U0520871

中国古典诗词校注评丛书

谢朓全集

【汇校汇注汇评】

卢海涛　编著

中国古典诗词校注评丛书编撰委员会

顾　　问　冯其庸　霍松林　袁世硕　冯天瑜
编　　委　（以姓氏笔画为序）

　　　　　左东岭　叶君远　朱万曙　阮　忠
　　　　　孙之梅　杨合鸣　李　浩　汪春泓
　　　　　张庆善　张新科　张　毅　陈大康
　　　　　陈文新*　陈　洪　赵伯陶　胡晓明
　　　　　郭英德　唐翼明　韩经太　廖可斌
　　　　　戴建业

（注：标*为常务编委）

前　言

谢朓(464—499),字玄晖,陈郡阳夏(今河南太康县)人,先祖为东晋名臣谢安。谢朓19岁时入仕,永明五年(487),与竟陵王萧子良西邸之游,初任其功曹、文学,与萧衍、沈约、王融等同为"竟陵八友"。永明九年(491),随随郡王萧子隆至荆州,十一年还京,为骠骑咨议、领记室。建武二年(495),出为宣城太守。两年后,复返京为中书郎。之后,又出为南东海太守,寻迁尚书吏部郎,故又称谢宣城、谢吏部。东昏侯永元元年(499)遭始安王萧遥光诬陷被害,时年36岁。谢朓是南朝杰出的诗人,与沈约等一起开启了讲求声律、语言清新通畅的"永明体"诗风,对后世近体诗的形成与唐代诗风起了重要影响。谢朓尤长于山水诗的创作,与同族中另一位著名的山水诗人谢灵运齐名,因晚谢灵运一辈,故世称谢灵运为"大谢"、谢朓为"小谢"。

谢朓之时,当年可与东晋皇室"共天下"的世家大族经过百年的纷争、劫难,其影响力已不复往日。面对动荡飘摇的时局,谢朓虽仍然在官场中周旋,却已不能像谢灵运那样肆意放纵地为人处世,而始终表现出一种如履薄冰的小心翼翼,心中对仕途的恐惧也越来越强烈。可以说,对仕途的留恋、忧虑和恐惧,伴随了谢朓一生,也深深影响了谢朓诗文创作的艺术风格。

谢朓的文学创作中,成就最大的当然是他的山水诗。谢灵运是山水记游诗的开创者,其笔下不乏写景佳句。但总的说来,尚未完全摆脱玄言诗的影响,山水只是其心中玄理的外化,情、景、理未能自然地融于一体。故在一定意义上,大谢之山水诗大部分还说不上是成熟的山水诗,而只是玄言诗的继续。

谢朓的山水诗则真正达到了情景交融。在他的笔下,浓郁的情感随着明山秀水、余霞澄江扑面而来。他将人生旅途中滋生的种种复杂而浓挚的情感渗透在山川风物的描绘中,如官场血腥斗争造成的恐惧不安、宦游羁旅引发的乡思离愁、郡斋独坐潜生的寂寞怅惘、朋友离别酿出的依依不舍等等。山山水水、一草一木,无不濡染着谢朓的悲欢哀乐,而很少有枯燥的说理。从这个角度说,谢朓的诗歌可谓是山水诗走向成熟的标志。例如他那首最著名的《暂使下都夜发新林至京邑赠西府同僚》:

> 大江流日夜,客心悲未央。徒念关山近,终知返路长。秋河曙耿耿,寒渚夜苍苍。引领见京室,宫雉正相望。金波丽鳷鹊,玉绳低建章。驱车鼎门外,思见昭丘阳。驰晖不可接,何况隔两乡?风烟有鸟路,江汉限无梁。常恐鹰隼击,时菊委严霜。寄言罻罗者,寥廓已高翔。

诗人作此诗时正是永明十一年(493),谢朓因谗被武帝从荆州召回途中。此时谢朓心情可谓百感交集,充满了对未来命运的忧惧与茫然。故在诗中,谢朓以雄厚的笔力渲染出大江的莽莽苍苍、滔滔滚滚,极为生动地象征了诗人悲从中来、无止无息的一腔情怀。复杂情感都与秋江夜行时的自然景色紧密交融,相互生发,相互烘托,达到情景交融的境界。

谢朓的诗歌除了情景交融的特点外,还格外注重追求如清水芙蓉般的"清丽"语言特色。南朝诗歌向来竞趋绮靡,但如果能够消其色泽,便可步入"清丽"。小谢诗一向被视作"清丽居宗",清丽正是其诗本色。如《观朝雨》:

> 朔风吹飞雨,萧条江上来。既洒百常观,复集九成台。空

蒙如薄雾,散漫似轻埃。平明振衣坐,重门犹未开。耳目暂无扰,怀古信悠哉。戢翼希骧首,乘流畏曝鳃。动息无兼遂,歧路多徘徊。方同战胜者,去翦北山莱。

诗歌写观雨引发的归隐情思,心情在空蒙潇洒的朝雨中平静不波,仿佛在雨雾中净化,尘世烦扰被抛开,全然一副敞开怀抱、与大自然融合的心态。全诗自然、真实、亲切,使人不知不觉中亦进入这样一种明净的境界。

即便写哀伤的主题,谢朓的情思也是一样纯净明秀,既非愁肠百结,亦非深沉悲慨。如《晚登三山还望京邑》诗:

灞涘望长安,河阳视京县。白日丽飞甍,参差皆可见。余霞散成绮,澄江静如练。喧鸟覆春洲,杂英满芳甸。去矣方滞淫,怀哉罢欢宴。佳期怅何许,泪下如流霰。有情知望乡,谁能鬒不变?

该诗为谢朓赴任宣城离京时作。诗人行至三山,回首京邑,触发何日得归之思,未离去便已生乡愁。诗人当此百感交集之时,却在诗中重笔端出一片明丽的景色及对这片景色的眷赏。"白日""余霞"句表现的缤纷而又绚烂的美,可谓绝唱,"喧鸟覆春洲,杂英满芳甸"与之相较亦不逊色。诗人眼中美好的景色如此让人留恋,由离去而生出的愁思却只是这眷恋中的一声轻轻叹息,诗末虽谓泪下如霰,可读来却无凄凉之感,充分表现了谢朓情思的"清新"。

除了山水诗外,谢朓的文赋在南朝也一直为当世推崇,谢朓的辞赋作品正处于魏晋到隋唐文学演进的时期,而其本人也起到了承前启后的关键作用。由于辞赋发展渐于成熟和其个人气质的关系,谢朓的赋作相比于前代辞赋,更显得纤细和个人化,即所谓的"诗人之赋"。读其赋作,让我们能轻易感觉到和其山水诗一样的高妙。同时,谢朓的赋作也表现了他对社会、人生的态度,并包含了丰富的时代变革的内容,是我们全面认识谢朓作品不可缺少的部分。

谢朓诗歌在当时就有极大影响,齐代文人作诗已有效法。如虞炎作《玉阶怨》,有"黄鸟度青枝"句,被钟嵘举出为学小谢之例;稍后的文人如柳恽、何逊等,也都深受其影响;萧纲在《与湘东王书》中更赞其作为"文章之冠冕,述作之楷模"。到了唐代,谢朓简直就成了诗人们心中的偶像。李白一生对谢朓推崇备至,在他的诗文集中我们可以找到许多对谢朓的赞美:"解道澄江静如练,令人长忆谢玄晖","诺谓楚人重,诗传谢朓清"。杜甫也说:"谢朓每篇堪讽咏。"大历诗人更将谢朓作为自己学习的榜样,读大历诗,几乎处处可见谢朓的影子。如钱起"宣城传远韵,千载谁此响",张南史"始能崇结构,独有谢宣城",刘长卿"惟有郡斋窗里岫,朝朝相对谢玄晖"。唐以后,很多诗论家都认为谢朓诗为唐调之始,如严羽《沧浪诗话·诗评》:"谢朓之诗,已有全篇似唐人者。"清方东树则评价更高:"玄晖别具一副笔墨,开齐梁而冠乎齐梁,不第独步齐梁,直是独步千古。盖前乎此、后乎此未有若此者也。"从这里也可见谢朓在中国文学史上重要影响。

《谢朓集》唐时为十二卷,另有逸集一卷。北宋时并录为十卷。南宋初,楼炤知宣州,为《谢朓集》重新刻版,只收原本诗、赋五卷,而弃下五卷所录应用之文。后世《谢朓集》篇制遂循楼本为定制。近代以来,《谢朓集》注本颇多。最早一部完整的谢朓诗歌注释当为郝立权《谢宣城诗注》,其后又有李直方《谢宣城诗注》。然二本皆为诗注,不涉及文。目前最为完备的谢朓全集校注当为曹融南《谢宣城集校注》(上海古籍出版社1991年版),前言对谢朓生平、诗歌、辞赋、骈文作了详细评析,正文搜录谢朓传世所有诗文,除注释外还有文字勘记、历代评家论谢诗集说。附录中则有谢集佚文、版本卷帙,旧刻序跋,诸家评论,《南齐书》、《南史》中之谢朓本传、《宣城郡志·良吏列传》及谢朓诗文系年等资料。其校注之详细与资料之丰富可谓前无古人。此外陈冠球先生亦有《谢宣城全集》，其书在谢朓每一篇诗文之后均有题解，对作品的系年与内容作了详尽的分析考证，并作有谢朓年表与谢朓世系表，颇有可参考之处，然陈先生此书印刷错误太多，极为影响阅读体验，实为大憾。

本编文字以曹融南先生《谢宣城集校注》（上海古籍出版社1991年版）为底本，依据谢朓诗文之体裁编年校注，共收谢朓诗歌148首，包括乐府35首、四言诗3首、联句7首、咏物诗16首、其他五言诗87首（包含残句二首）。文29篇，其中赋9篇，各类应用骈文20篇（包含残篇《为鄱阳王让表》）。此外谢朓集中收《春游》一首，《乐府诗集》以为王融所作，而《玉台新咏》以为谢朓所作，历来未有定论，仍录于此。

卢海涛

2017年3月20日

目 录

乐 府

杂曲歌辞 ······ 3
  永明乐 ······ 3
  金谷聚 ······ 8
  王孙游 ······ 10
  春游 ······ 11
  江上曲 ······ 11
  咏邯郸故才人嫁为厮养卒妇 ······ 13
  同赋杂曲名 ······ 14
    • 秋竹曲 胱时为宣城太守 ······ 14
    • 阳春曲 檀秀才 ······ 15
    • 渌水曲 江朝请 ······ 16
    • 采菱曲 陶功曹 ······ 17
    • 白雪曲 朱孝廉 ······ 17
  曲池之水 ······ 18

相和歌辞 ······ 20
  玉阶怨 ······ 20
  铜爵悲 ······ 21
  蒲生行 ······ 22

同谢咨议咏铜爵台 ················· 23
鼓吹曲辞 ······················· 26
　　鼓吹曲 ······················· 26
　　　• 元会曲 ····················· 27
　　　• 郊祀曲 ····················· 28
　　　• 钧天曲 ····················· 30
　　　• 入朝曲 ····················· 31
　　　• 出藩曲 ····················· 34
　　　• 校猎曲 ····················· 35
　　　• 从戎曲 ····················· 37
　　　• 送远曲 ····················· 38
　　　• 登山曲 ····················· 39
　　　• 泛水曲 ····················· 40
　　同沈右率诸公赋鼓吹曲名先成为次 ········ 41
　　　• 芳树 沈右率约 ················· 42
　　　• 当对酒 范通直云 ················ 42
　　　• 临高台 谢朓时为随王文学 ············ 43
　　　• 巫山高 王尹丞融 ················ 44
　　　• 有所思 刘中书绘 ················ 45
　　同前再赋 ······················ 46
　　　• 芳树 谢朓 ··················· 46
　　　• 同前 王融 ··················· 47
　　　• 临高台 沈约 ·················· 48
　　　• 有所思 王融 ·················· 48
　　　• 巫山高 刘绘 ·················· 49
　　　• 同前 范云 ··················· 49

同王主簿有所思 …………………………………… 50
郊庙歌辞 51
　　雩祭歌 …………………………………………… 51
　　迎神 ……………………………………………… 52
　　世祖武皇帝 ……………………………………… 54
　　青帝 ……………………………………………… 57
　　赤帝 ……………………………………………… 58
　　黄帝 ……………………………………………… 59
　　白帝 ……………………………………………… 60
　　黑帝 ……………………………………………… 62
　　送神 ……………………………………………… 63

四言诗

侍宴华光殿曲水奉敕为皇太子作 …………………… 67
　•一 ………………………………………………… 67
　•二 ………………………………………………… 67
　•三 ………………………………………………… 67
　•四 ………………………………………………… 67
　•五 ………………………………………………… 67
　•六 ………………………………………………… 67
　•七 ………………………………………………… 68
　•八 ………………………………………………… 68
　•九 ………………………………………………… 68
三日侍华光殿曲水宴代人应诏 ……………………… 74
　•一 ………………………………………………… 74
　•二 ………………………………………………… 74

- 三 ·· 74
- 四 ·· 75
- 五 ·· 75
- 六 ·· 75
- 七 ·· 75
- 八 ·· 75
- 九 ·· 75
- 十 ·· 75

三日侍宴曲水代人应诏 ························· 80
- 一 ·· 80
- 二 ·· 80
- 三 ·· 80
- 四 ·· 80
- 五 ·· 81
- 六 ·· 81
- 七 ·· 81
- 八 ·· 81
- 九 ·· 81

五言诗

和江丞北戍琅邪城 ································· 89

北戍琅邪城_{江孝嗣} ······························ 90

和刘西曹望海台 ····································· 91

奉和竟陵王同沈右率过刘先生墓 ·············· 92

经刘瓛墓下_{随郡王萧子隆} ······················ 94

登山望雷居士精舍同沈右卫过刘先生墓下作并序 竟陵王萧子良 95
奉和沈约 97
奉和竟陵王经刘瓛墓下 虞炎 98
奉和竟陵王经刘瓛墓下 柳恽 99
和别沈右率诸君 100
饯谢文学 沈右率 102
饯谢文学 虞别驾 102
饯谢文学 范通直 103
饯谢文学 王中书 104
饯谢文学 萧记室 104
饯谢文学 刘中书 105
离夜 105
离夜 江丞 107
离夜 王常侍 107
将发石头上烽火楼 108
怀故人 109
奉和随王殿下 110
• 一 111
• 二 111
• 三 112
• 四 113
• 五 114
• 六 115
• 七 117
• 八 118
• 九 118

5

- 十 ··· 119
- 十一 ·· 120
- 十二 ·· 121
- 十三 ·· 122
- 十四 ·· 123
- 十五 ·· 123
- 十六 ·· 124

和王长史卧病 ··· 125
卧疾叙意_{王秀之} ··· 127
夏始和刘屠陵 ··· 128
答张齐兴 ·· 130
临溪送别 ·· 132
同羁夜集 ·· 133
望三湖 ··· 134
和伏武昌登孙权故城 ·· 135
冬绪羁怀示萧谘议虞田曹刘江二常侍 ················· 140
和何议曹郊游二首 ·· 142
- 其一 ·· 142
- 其二 ·· 143

落日同何仪曹煦 ··· 144
和宋记室省中 ··· 145
至寻阳诗 ·· 147
失题 ·· 147
暂使下都夜发新林至京邑赠西府同僚 ················ 148
新亭渚别范零陵云 ·· 153
昧旦出新亭渚_{徐勉} ······································ 155
和徐都曹出新亭渚 ·· 156

始出尚书省 ……	158
和王中丞闻琴 ……	162
酬王晋安 ……	163
观朝雨 ……	166
别王僧孺 ……	169
直中书省 ……	171
答王世子 ……	173
和王主簿季哲怨情 ……	175
赠王主簿二首 ……	177
一 ……	177
二 ……	178
夜听伎 ……	178
一 ……	179
二 ……	179
游东田 ……	180
入琵琶峡望积布矶 刘绘 ……	182
和刘绘入琵琶峡望积布矶诗 ……	183
晚登三山还望京邑 ……	186
京路夜发 ……	190
之宣城郡出新林浦向板桥 ……	192
始之宣城郡 ……	195
出下馆 ……	197
和王著作融八公山 ……	198
后斋回望 ……	202
游敬亭山 ……	203
治宅 ……	205
新治北窗和何从事 ……	207

7

秋夜	209
郡内高斋闲望答吕法曹	210
落日怅望	212
秋夜讲解	214
宣城郡内登望	216
冬日晚郡事隙	219
游山	221
高斋视事	223
祀敬亭山庙	225
赛敬亭山庙喜雨	226
春思	229
和纪参军服散得益	230
送江兵曹檀主簿朱孝廉还上国	231
与江水曹至滨戏	233
送江水曹还远馆	234
赋贫民田	235
在郡卧病呈沈尚书	237
答谢宣城沈约	239
将游湘水寻句溪	241
忝役湘州与宣城吏民别	243
休沐重还丹阳道中	245
移病还园示亲属	247
行园沈约	249
和沈祭酒行园	249
直石头萧衍	251
和萧中庶直石头	252

咏物诗

同咏坐上所见一物	259
• 席	259
• 同前 柳恽	260
• 幔 王融	261
• 帘 虞炎	261
咏竹火笼	262
同前 沈约	263
同咏坐上器玩	264
• 乌皮隐几	264
• 竹槟榔盘 沈约	265
咏镜台	265
咏灯	266
咏烛	267
同咏乐器	268
• 琴	268
• 琵琶 王融	269
• 篪 沈约	270
咏鹧鹆	270
咏竹	271
咏蒲	272
咏落梅	273
咏墙北栀子	274
咏风	275
咏兔丝	276
游东堂咏桐	277

9

咏蔷薇 ·· 278

联　句

阻雪 ·· 283
祀敬亭山春雨 ·· 286
纪功曹中园 ··· 287
闲坐 ·· 288
往敬亭路中 ··· 289
还涂临渚 ·· 291
侍筵西堂落日望乡 ·································· 292

赋

七夕赋奉护军王命作 ······························· 297
高松赋奉司徒竟陵王教作 ························ 303
拟宋玉风赋奉司徒教作 ···························· 307
杜若赋奉随王教作　时年二十六于坐献 ······ 310
游后园赋奉随王教作 ······························· 312
临楚江赋 ·· 314
思归赋并序 ··· 317
野鹜赋并序 ··· 324
酬德赋并序 ··· 325

章　表

为鄱阳王让表 ·· 341
为明帝拜录尚书表 ·································· 342
为齐明帝让封宣城公表 ···························· 345

为宣城公拜章 ·············· 346
为百官劝进齐明帝表 ·············· 348

笺 启

谢随王赐左传启 ·············· 353
谢随王赐紫梨启 ·············· 354
拜中军记室辞随王笺 ·············· 356
为王敬则谢会稽太守启 ·············· 361

教 令

为随王东耕文 ·············· 367
为录公拜扬州恩教 ·············· 368
临东海饷诸葛璩谷教 ·············· 370

册 文

齐明皇帝谥册文 ·············· 375
齐敬皇后哀策文 ·············· 379

墓志铭

齐鬱林王墓志铭 ·············· 391
齐海陵王墓铭 ·············· 392
临海公主墓志铭 ·············· 395
新安长公主墓志铭 ·············· 397

祭 文

祭大雷周何二神文 ·············· 401

11

为诸娣祭阮夫人文 ……………………………………… 403

附录一 ……………………………………………………… 406
附录二 ……………………………………………………… 410
附录三 ……………………………………………………… 416
附录四 ……………………………………………………… 422

乐府

杂曲歌辞

　　《乐府诗集·杂曲歌辞》解题曰："《宋书·乐志》曰：'古者天子听政，使公卿大夫献诗，耆艾修之，而后王斟酌焉。然后被于声，于是有采诗之官。周室下衰，官失其职。汉、魏之世，歌咏杂兴，而诗之流乃有八名：曰行，曰引，曰歌，曰谣，曰吟，曰咏，曰怨，曰叹，皆诗人六义之余也。至其协声律，播金石，而总谓之曲。若夫均奏之高下，音节之缓急，文辞之多少，则系乎作者才思之浅深，与其风俗之薄厚。当是时，如司马相如、曹植之徒，所为文章，深厚尔雅，犹有古之遗风焉。自晋迁江左，下逮隋、唐，德泽浸微，风化不竞，去圣逾远，繁音日滋。艳曲兴于南朝，胡音生于北俗。哀淫靡曼之辞，迭作并起，流而忘反，以至陵夷。原其所由，盖不能制雅乐以相变，大抵多溺于郑、卫，由是新声炽而雅音废矣。昔晋平公说新声，而师旷知公室之将卑。李延年善为新声变曲，而闻者莫不感动。其后元帝自度曲，被声歌，而汉业遂衰。曹妙达等改易新声，而隋文不能救。呜呼，新声之感人如此，是以为世所贵。虽沿情之作，或出一时，而声辞浅迫，少复近古。故萧齐之将亡也，有《伴侣》；高齐之将亡也，有《无愁》；陈之将亡也，有《玉树后庭花》；隋之将亡也，有《泛龙舟》。所谓烦手淫声，争新怨衰，此又新声之弊也。杂曲者，历代有之，或心志之所存，或情思之所感，或宴游欢乐之所发，或忧愁愤怨之所兴，或叙离别悲伤之怀，或言征战行役之苦，或缘于佛老，或出自夷虏。兼收备载，故总谓之杂曲。'"

永明乐①

第一

帝图润九有，皇风浮四溟②。永明一为乐，咸池无复灵③。

第二

民和礼乐富，世清歌颂徽④。鸿名轶卷领，称首迈垂衣⑤。

第三

朱台郁相望,青槐纷驰道⑥。秋云湛甘露,春风散芝草⑦。

第四

龙楼日月照,淄馆风云清⑧。储光温似玉,藩度式如琼⑨。

第五

化洽鳀海君,恩变龙庭长⑩。西北弩环裘,东南尽龟象⑪。

第六

出车长洲苑,选旅朝夕川⑫。络络结云骑,奕奕泛戈船⑬。

第七

燕驷游京洛,赵服丽有晖⑭。清歌留上客,妙舞送将归⑮。

第八

实相薄五礼,妙化开六尘⑯。明祥已玉烛,宝瑞亦金轮⑰。

第九

生蔑苧萝性,身与佳惠隆⑱。飞缨入华殿,屣步出重宫⑲。

第十

彩凤鸣朝阳,玄鹤舞清商⑳。瑞此永明曲,千载今为皇㉑。

【题解】

《南齐书·乐志》曰:"《永平乐歌〔1〕》者,竟陵王子良与诸文士造奏之。

---

〔1〕《乐府诗集》同引《乐志》作"永明乐歌",并按曰:"此曲永明中造,故曰永明乐。"

人为十曲。道人释宝月辞颇美,上常被之管弦,而不列于乐官也。"现存者除谢朓集中十首,还有王融《永明乐十首》、沈约集中亦存一首。永明五年(487)武帝第二子竟陵王萧子良开西邸,招文学。谢朓、沈约、王融、萧衍、任昉、陆倕、范云、萧琛八人尽入其门,号为"竟陵八友"。故诸人作《永明乐》当为此时。永明系齐武帝萧赜年号。武帝为人刚毅有断,不好奢华,在位十一年,治总大体,市朝晏逸,中外宁和,可谓南朝难得之治世。《永明乐》十首,其一总述高帝开国直至武帝永明年间,帝业一统,皇风普化的圣朝气象;其余各首则各颂一端,称美武帝各项治绩。十首全为五言四句,对仗工整,辞藻典丽,虽为颂美唱和之作,但短章丽语,已可窥见永明诗体新变之风。

【校注】

①《古诗纪》题作"永明乐十首",注:"王融同赋。"

②"帝图"句:《乐府诗集》、万历己卯览翠亭刻梅鼎祚序本《谢朓集》(以下简称览翠本)、万历间汪士贤校刻本《谢朓集》(以下简称万历本)、康熙丁亥郭威钊序本《谢朓集》(以下简称郭本)作"帝图闰九月"。《古诗纪》、张溥《汉魏六朝百三家集·谢宣城集》(以下简称张本)作"帝图开九有"。帝图:帝王之宏图谋猷,引申为帝业。南朝宋颜延之《三月三日曲水诗序》:"有宋函夏,帝图弘远。"润:润泽。九有:九州,泛指全国。《诗经·商颂·玄鸟》:"方命厥后,奄有九有。"毛传:"九有,九州也。"皇风:天子之德。四溟:四海。张协《杂诗》之十:"云根临八极,雨足洒四溟。"

③咸池:古乐名,又名大咸。《礼·乐记》:"咸池,备矣。"郑注:"黄帝所作乐名也,尧增修而用之。咸,皆也;池之言施也。"灵:称事物之美善。《广韵》:"灵,神也,善也。""帝图"四句称颂自高帝开国直至永明,帝业一统,泽被四海,永明乐一旦定曲,则古乐便不能称最。

④徽:美善。《广韵》:"徽,美也。"

⑤鸿名:大名,极高的名声。轶:超越。《广韵》:"轶,过也。"卷领:衣领外翻,传说是最古老的服式。这里代指古时候的豪杰。《淮南子·氾论训》:"古者有鍪而绻领以王天下者矣,其德生而不辱,予而不夺。"称首:指地位最高者。《史记·司马相如列传》:"前圣之所以永保鸿名而常为称首者以此。"迈:超越。垂衣:指君王无为而治。《易经·系辞下》:"黄帝、尧、舜垂衣裳而天下治,盖取

之乾坤。""民和"四句称颂君王垂衣而治,以致民情和畅,世道清平,礼乐丰富,颂歌美善,可见天子圣明,足以超越前代明君。

⑥朱台:指帝王宫室。郁:积聚茂盛之状。《诗经·秦风·晨风》:"鸠彼晨风,郁彼北林。""青槐"句:《古诗纪》、张本作"青槐分驰道"。青槐:《学中故事》:"天街两畔槐,号槐衙,谓成行列如排衙"。纷:茂盛。驰道:天子道。《仪礼·曲礼下》:"岁凶,年谷不登……驰道不除。"

⑦湛:厚,盛。《诗经·小雅·湛露》:"湛湛露斯,匪阳不晞。"朱熹集传:"露茂盛状。"甘露:祥瑞的象征。《瑞应图》:"甘露,美露也。神灵之精,仁瑞之泽;其凝如脂,其甘如饴。一名膏露,一名天酒。"芝草:菌属。古以为瑞草,服之能成仙。左思《魏都赋》:"德连木理,仁挺芝草。皓兽为之育薮,丹鱼为之生沼。""朱台"四句颂宫室壮丽,祥瑞纷呈。

⑧"龙楼"句:览翠本、郭本作"龙楼日明照"。龙楼:太子居所。《汉书·成帝纪》:"帝为太子……初居楼宫。上尝急召,太子出龙楼门。"张晏曰:"门楼上有铜龙,若白鹤、飞廉之为名也。"淄(zī)馆:战国时,齐国于国都临淄(今山东淄博市)稷门附近设馆以召士人,曰"稷下学宫"。按建安十九年(214),曹植封临淄侯,亦多交文士,此处或指竟陵王子良。

⑨储光:太子之容光。此时储君为文惠太子萧长懋。《汉书·疏广传》:"太子,国储副君。"藩:屏障。古时多以宗室为朝廷屏藩。此处应指竟陵王子良。藩度:藩王之德度。式:法式。琼:美玉。《左传·昭公十二年》:"思我王度,式如玉。""龙楼"四句颂储君与藩王均德行高尚,温美如玉。

⑩化洽:教化和洽。《说文》:"洽,霑也。"《诗经·大雅·江汉》:"矢其文德,洽此四国。"鳀(tí)海君:指东鳀人之君。《汉书·地理志下·吴地》:"会稽海外有东鳀人,分二十余国,以岁时来献见云。"龙庭长:指匈奴单于。《文选·班固〈封燕然山铭〉》:"蹑冒顿之区落,焚老上之龙庭。"张铣注:"龙庭,单于祭天所也。"

⑪环:玉璧的一种,圆形有空。裘:皮衣。龟:古时以麒麟、凤凰、龟、龙为嘉瑞。《周书》:"离身、染齿之国,以龙角神龟为献。"象:古时亦为祥瑞之兽。《汉书·武帝纪》:"元狩二年夏,南越献驯象、能言鸟。""化洽"四句言国威隆盛,化洽四海,各方进贡不绝。

⑫出车:兵车驶出,代指戎事征伐。《诗经·小雅·出车》:"我出我车,于

彼牧矣。"长洲苑:吴王阖闾游猎之地。故址现位于江苏苏州西南。《越绝书》:"阖闾走犬长洲。"选旅:简选师旅。朝夕:潮汐。朝夕川:即朝夕池,海之别名,因押韵故改"池"为"川"。《文选·左思〈吴都赋〉》:"带朝夕之浚池,佩长洲之茂苑。"吕延济注:"吴有朝夕池,谓潮水朝盈夕虚,因为名焉。"

⑬络络:犹络绎,连续不绝。云骑:骑兵众盛,多如云涌。奕奕:纷纭散布状。《诗经·小雅·车攻》:"驾彼四牡,四牡奕奕。"戈船:战船。《汉书·武帝纪》注:"臣瓒曰:'伍子胥书有戈船,以载干戈,因谓之戈船。'""出车"四句言选兵习武,极状陆师、水师军威之赫然。

⑭燕驷:此处指才辩之士受重于君王。《史记·苏秦列传》:"(苏秦)说燕文侯……于是资苏秦车马金帛以至赵……苏秦为从约长,并相六国,北报赵王,乃行过雒阳,车骑辎重,诸侯各发使送之甚众,疑于王者。"阮籍《辞蒋太尉辟命奏记》:"邹子居黍谷之阴,而昭王陪乘。夫布衣韦带之士,孤居独立,王公大人所以屈体而下之者,为道存也。"燕驷当综二事用之。京洛:周平王东迁以洛为都,光武帝刘秀建东汉亦以洛阳为都,故以京洛代指国都。"赵服"句:《古诗纪》、览翠本、郭本作"赵服丽有辉"。赵服:用赵武灵王胡服骑射之典。丽有晖:嵇康《赠兄秀才从军》:"良马既闲,丽服有晖。"

⑮清歌:歌声清越。张衡《舞赋》:"展清声而长歌。"上客:尊贵之客。《战国策·秦策》:"应侯曰:'善。'乃延(蔡泽)入座,为上客。"送将归:送将归之客。《楚辞·九辩》:"憭栗兮若在远行,登山临水兮送将归。""燕驷"四句颂国朝升平景象,士人受重,美人歌舞。

⑯实相:佛教术语,指宇宙万有之本体。《涅槃经》:"无相之相,名为实相。"盖与真如、实性、实际、真谛等同义,谓真实如常不变。五礼:《周礼·地官·大司徒》:"以五礼防万民之伪。"郑注:"五礼,谓吉、凶、宾、军、嘉。"古时以祭祀事为吉礼,丧葬事为凶礼,宾客事为宾礼,征伐戎事为军礼,冠婚事为嘉礼。"妙化"四句:《古诗纪》、览翠本作"妙花开六尘"。妙化:同妙华。亦为佛教术语,指不可思议之神化。开六尘:六尘,佛家语,谓色、声、香、味、触、法六境。《圆觉经》谓佛以色、声等六尘而说法,众生以眼、耳等六根而误解。如眼见经卷而悟解者,色尘说法也。此即所谓"开六尘"。

⑰明祥:指佛理精深,被泽四方而得吉祥。玉烛:《尔雅·释天》:"四气和谓之玉烛。"疏:"言四时和气,温润明照,故曰玉烛。"宝瑞:菩萨宝相呈现的祥

7

瑞。金轮:佛家术语。释典言劫初金轮王生,其时有金轮宝自然出现。"实相"四句言武帝及诸王公崇尚佛法,以致祥瑞纷见。

⑱蔑:没有。苧:《乐府诗集》、《古诗纪》、览翠本、万历本、张本、郭本作"苹"。苧(zhù)萝:山名。在浙江省诸暨市南,相传越国美女西施、郑旦为此山鬻薪者之女。赵晔《吴越春秋·勾践阴谋外传》:"乃使相者国中,得苧萝山鬻薪之女,曰西施、郑旦。""身与"句:《乐府诗集》作"身与嘉惠隆"。佳惠:恩遇。贾谊《吊屈原赋》:"恭呈嘉惠兮。"

⑲飞缨:香缨飘舞。屣(xǐ)步:慢步徐行。重宫:深宫。"生蔑"四句歌颂后妃贤德,君王恩重。

⑳"彩凤"句:谓贤才得时。《诗经·大雅·卷阿》:"凤凰鸣矣,于彼高冈。梧桐生矣,于彼朝阳。"朱氏善曰:"凤凰者,贤才之喻;朝阳者,明时之喻。"玄鹤:黑羽之鹤。《史记·乐书》:"师旷不得已,援琴而鼓之。一奏之,有玄鹤二八集乎廊门;再奏之,延颈而鸣,舒翼而舞。"清商:商声,古代五音之一。古谓其调凄清悲凉,故称清商。《韩非子·十过》:"公曰:'清商固最悲乎?'师旷曰:'不如清徵。'"

㉑瑞:祥瑞。《论衡·指瑞》:"王者受富贵之命,故其动出见吉祥异物,见则谓之瑞。""千载"句:《乐府诗集》、《古诗纪》、览翠本、万历本、张本、郭本作"千载为金皇"。"彩凤"四句颂贤才得遇明时,则《永明曲》出可谓盛世祥瑞。

【汇评】

谢榛《四溟诗话》卷四:凡诗用"恩"字,不粗则俗,难于造句。陈思王"恩纪旷不接"、梁武帝"笼鸟易为恩"、谢玄晖"恩变龙庭长"……此皆句法新奇,变俗为雅,名家自能吻合。

陈祚明《采菽堂古诗选》卷二十评《永明乐》(出车长洲苑):"络络""奕奕"字与"结"字、"泛"字相应,并活。

金谷聚①

渠椀送佳人,玉梧要上客②,车马一东西,别后思今夕。

【题解】

本诗为五言四句,正为永明中所流行之"新变体"。《南史·武陵昭王晔传》载:"(晔)与诸王共作短句诗,学谢灵运体,以呈高帝。帝报曰:'见汝二十字,诸儿作中,最为优者。但康乐放荡,作体不辨有首尾,安仁、士衡深可宗尚,颜延之抑其次也。'"作为武帝诸子中最好文学者,竟陵王萧子良对这种短句也颇为爱好,曾与诸文士造奏《永明乐》,可见其时风尚。陈庆元《谢朓诗歌系年》中认为谢朓于永明中作《王孙游》《铜雀悲》《玉阶怨》《金谷聚》短句诗数首。陈冠球则将上述短诗创作时间断为永明四五年间。本诗写为佳人远行送别,首句写送者举杯为佳人饯行,次句写主人向各位来客敬酒,三句写酒后各别东西,末句则写别后之相思。全篇虽只四句二十字,却一句一幕,尤其最后两句,以"别"显"聚",用别后之思,反见"聚"之盛况,可谓别具心思,已开唐绝境界。

【校注】

①本曲为谢朓首创。金谷:地名,今位于河南洛阳老城东北,石崇曾于此筑园,号"金谷园"。《玉台新咏》卷十题注:"道元《水经注》:'金谷水出河南太白源,东南流,历金谷,谓之金谷水。东南流,经石崇故居。'"石崇《金谷诗序》:"余以元康六年,从太仆卿出为使,持节监青、徐诸军事、征虏将军。有别庐在河南县界金谷涧中,去城十里,或高或下,有清泉茂林,众果、竹、柏、药草之属,莫不毕备。又有水碓、鱼池、土窟,其为娱目欢心之物备矣。时征西大将军祭酒王诩当还长安,余与众贤共送往涧中,昼夜游宴,屡迁其坐,或登高临下,或列坐水滨。时琴、瑟、笙、筑,合载车中,道路并作;及住,令与鼓吹递奏。遂各赋诗以叙中怀,或不能者,罚酒三斗。感性命之不永,惧凋落之无期,故具列时人官号、姓名、年纪,又写诗著后。后之好事者,其览之哉!凡三十人,吴王师、议郎关中侯、始平武功苏绍,字世嗣,年五十,为首。"本诗题应指此事。

②"渠椀"句:涵芬楼影印明依宋钞本《谢朓集》(以下称涵芬楼本)作"璩椀送佳人"。渠椀:以砗磲(chē qú)壳所做的碗。砗磲为热带海中软体动物,壳厚而大,印度所产最多,佛经以为七宝之一。椀,同"碗"。玉梧:即玉杯。梧,同杯。《韩非子·说林上》:"玉杯象箸,必不盛菽藿。"上客:见《永明乐》注⑮。

【汇评】

陈祚明《采菽堂古诗选》卷二十:言别之怀,此为切至。

张玉穀《古诗赏析》卷十八：只说别时之景，别后尚足系思，而别时之苦不言显矣，用笔最妙。

沈德潜《古诗源》卷十二：别离情事，以澹澹语出之，其情自深。苏、李诗亦不作蹙蹙声也。

王孙游①

绿草蔓如丝，杂树红英发②。无论君不归，君归芳已歇③。

【题解】

本诗写思妇闺怨。前二句写春色，仅写绿草如丝，红花勃发，虽只十字，却将盎然之春意历历见于眼前，与丘迟"暮春三月，江南草长，杂树生花"之句可相辉映。而三四句则转写闺怨，"君"始终不归，而等"君"归来，"思妇"的青春恐怕也如同这易逝的春色一般匆匆而去。在明媚春光的掩映下，思妇的哀怨更显深沉，让人顿生"劝君惜取少年时"的感慨。全诗情景交融，遣词构思亦极见诗人之婉转心思，可谓小谢诗中佳作。

【校注】

①本曲为谢朓首创，《乐府诗集》此曲属杂曲歌辞。郭茂倩曰："《楚辞·招隐士》曰：'王孙游兮不归，春草生兮萋萋。'《王孙游》盖出于此。"

②蔓：本指植物细长而不能直立的枝茎。这里为蔓延的意思。《诗经·郑风·野有蔓草》："野有蔓草，零露漙兮。"疏："毛以为郊外野中有蔓延之草。"英：花。《广韵》："英，华也。荣而不实曰英也。"

④芳已歇：《楚辞·九章·悲回风》："煄蕙槁而节离兮，芳已歇而不比。"歇：尽。

【汇评】

陈祚明《采菽堂古诗选》卷二十：翻新取胜，"王孙芳草"句千古袭用，要以争奇见才。

张玉穀《古诗赏析》卷十八：上二写春景，以见急当归也。下二从不归兜转一笔,醒出即归已晚,而不归之感愈深,真乃意新笔曲。

春　游

置酒登广殿,开襟望所思①。春草行已歇,何事久佳期②。

【题解】

《乐府诗集》于谢朓《王孙游》下录王融五言小诗一首,《玉台新咏》则列为谢朓所作《春游》。陈庆元《谢朓诗歌系年》认为该诗诗意与谢朓《王孙游》相近,兹列于此。此诗亦写闺怨,思人于大殿上置美酒遣怀,却始终无法排解,此时望见殿外春草将歇,而远人却依旧未还,可谓怨而仍望,望而更怨,其委婉曲折之处已有唐诗气象。

【校注】

①置酒:设酒席。陆机《拟青青陵上柏》:"人生当几时,譬彼浊水澜。戚戚多滞念,置酒宴所欢。"广殿:泛指宽广的堂屋。《汉书·黄霸传》:"先上殿。"注:"屋之高严,通呼曰殿。"开襟:敞开衣裳。潘岳《西征赋》:"开襟乎清暑之馆,游目乎五柞之宫。"

②佳期:《楚辞·九歌·湘夫人》:"登白蘋兮骋望,与佳期兮夕张。"注:"佳谓湘夫人也。""佳期"原指与佳人约会。后来凡欢叙之日,均称佳期。

江上曲①

易阳春草出,踟蹰日已暮②。莲叶向田田,淇水不可渡③。愿子淹桂舟,时同千里路④。千里既相许,桂舟复容与⑤。江上可采菱,清歌共南楚⑥。

【题解】

本诗末句有"清歌共南楚"之语,南楚一般为荆州之代称。故一般认为本诗应是永明九年(491)春天,谢朓赴荆州为随王属官时作。陈庆元则认为是永明十年(492)春所作。姑仍系于永明九年春。

本诗从词句来看,可视作一首情诗。描绘了一位纯情少女追求爱情的婉曲心迹。

以第一人称直抒深婉炽热的情感,是南朝乐府中常见的表达手法。诗中美丽少女的形象我们在《读曲歌》和《子夜四时歌·春歌》中很容易找到熟悉的影子。而小谢的妙笔与情思,无疑又为这个美丽的艺术形象增添了几分独特的情韵,千载之后读之,犹能感到诗中少女的专情、大胆与率真。此外,谢朓还大胆地吸收了乐府民歌中的语句与修辞手法,是以全诗在语言风格上也呈现出一种清浅倩丽的风貌,这正是当时"永明"新体所共有的一个特征,体现了其时诗歌发展的一种新变与趋势。

【校注】

①《乐府诗集》中属杂曲歌辞。前人未有此题。

②易阳:易水之北。古人以山南水北为阳。枚乘《梁王菟园赋》:"晚春早夏,邯郸、襄国、易阳之容丽人及其燕饰子相予杂逯而往款焉。"盖其地多美女及游冶之事。踟蹰(chí chú):来回走动。《诗经·邶风·静女》:"爱而不见,搔首踟蹰。"

③"莲叶"句:《乐府诗集》、《古诗纪》、览翠本、万历本、张本、郭本作"荷叶尚田田"。向:趋。《集韵》:"向,趣也。"趣,同趋。田田:叶浮水上貌。《汉相和曲·江南》:"江南可采莲,莲叶何田田。"淇:古为黄河支流,后为卫河支流。《诗经·卫风·氓》:"淇水汤汤,渐车帷裳。"

④淹:留。《楚辞·离骚》:"日月忽其不淹兮,春与秋其代序。"桂舟:桂木做的船,取其芳洁。《楚辞·湘君》:"美要眇兮宜修,沛吾乘兮桂舟。"

⑤容与:船徐徐而动的样子,又安逸自得状。《楚辞·九歌·湘夫人》:"时不可兮骤得,聊逍遥兮容与。"

⑥南楚:今湖北江陵一带。《汉书·高帝纪》孟康注:"旧名江陵为南楚。"

【汇评】

王夫之《古诗评选》卷一:空中置想,曲折如真,《青青河畔草》之所以独绝千里也,此犹未坠。

陈祚明《采菽堂古诗选》卷二十:一气悠扬。

方东树《昭昧詹言》卷七:此冶游诗,起四句以二地陪起楚南,而句节参差入妙。"愿子"二句求与之同舟,即《越人歌》之意。"千里"二句既得许后;"江上"二句,收作本题,有延年千秋之意。此篇初未详其特用易、淇二水之故,思之历年不得,遍询雅博者,亦不能知。后读枚乘《菟园赋》曰:"晚春早夏,邯郸、襄国、易阳之容,丽人燕饰。"予乃悟古人以此地多游冶,故与淇上并称之。孟康《史记注》以江陵为南楚,秦拔郢置南郡地。此诗比而赋也。

咏邯郸故才人嫁为厮养卒妇[①]

生平宫阁里,出入侍丹墀[②]。开笥方罗縠,窥镜比蛾眉[③]。
初别意未解,去久日生悲。憔悴不自识,娇羞余故姿[④]。
梦中忽仿佛,犹言承燕私[⑤]。

【题解】

本诗系乐府旧题,收于《乐府诗集七三·杂曲一三》,萧士赟云:"《乐府遗声》佳丽四十八曲有《邯郸才人嫁为厮养卒妇》,盖古有是事也。"以才人嫁为贱卒之妇,未必有所事实,乃借庭妾被弃表"妾薄命"之伤叹而自述情怀之作。

本诗多认为与《王孙游》《铜雀悲》《玉阶怨》《金谷聚》等五言小诗一起写于永明年间,如陈庆元即认为应写于永明八年(490)。但陈冠球认为此诗明显地含有寓意,寄寓了诗人被黜后复杂的心绪。观其诗意似乎与谢朓在建武二年(495)突然出为宣城太守时的复杂心意相合。故从其论,系于建武二年。

【校注】

①本诗题说明见题解。《乐府诗集》此题无"咏"字。邯郸:战国时赵国国都,今河北邯郸市。才人:宫中女官名,晋武帝司马炎始设。《宋书·后妃传》:"晋武帝采汉、魏之制,置贵嫔、夫人、贵人,是为三夫人,位视三公。淑妃、淑媛、淑仪、修华、修容、修仪、婕妤、容华、充华,是为九嫔,位视九卿。其余有美

人、才人、中才人,爵视千石以下。"厮养卒:执贱役之士卒。《史记·张耳陈余列传》:"有厮养卒谢其舍中曰:'吾为公说燕与赵王载归。'舍中皆笑曰:'使者往十余辈辄死,若何以能得王?'"

②生平:即平生。这里指长期以来。郭本作"半生"。宫阁:妃子所居之宫殿。丹墀(chí):古时宫殿前的石阶,因其以红色涂饰,故名丹墀。张衡《西京赋》:"右平左城,青琐丹墀。"

③笥(sì):装衣物的竹制方形容器。《庄子·秋水》:"王以巾笥而藏之庙堂之上。"方:全部,周遍。罗縠(hú):皆丝织品。罗:轻软有稀孔的丝织品。縠:质地轻薄纤细透亮、表面起皱的平纹丝织物,也称绉纱。《周礼》疏:"轻者为纱,绉者为縠。"蛾眉:蚕蛾触须细长而弯曲,如人之眉毛,故以之喻女子美丽的眉毛,后亦以此代指美女。《楚辞·离骚》:"众女嫉余之蛾眉兮,谣诼谓余以善淫。"蛾,涵芬楼本作"娥"。

④憔悴:忧愁,困苦。《淮南子·主术训》:"百姓黎民憔悴于天下,是故使天下不安其性。"

⑤仿佛:大概相似之意。《楚辞·九辩》:"颜淫溢而将罢兮,柯仿佛而萎黄。"燕私:寝室休息。《史记·李斯列传》:"吾常多闲日,丞相不来。吾方燕私,丞相辄来请事。"

【汇评】

陈祚明《采菽堂古诗选》卷二十:清怨细诉,如哀弦低语,六朝有此一种。

同赋杂曲名

秋竹曲

朓时为宣城太守

媛娟绮窗北,结根未参差①。从风既袅袅,映日颇离离②。欲求枣下吹,别有江南枝③。但能凌白雪,贞心荫曲池④。

【题解】

本诗宋钞本云:"朓时为宣城太守。"又有檀秀才赋《阳春曲》、江朝请赋《渌水曲》、陶功曹赋《采菱曲》、朱孝廉赋《白雪曲》。故多将其暂系为建武二年(495)或三年(496)间。《古文苑》宋玉《讽赋》:"臣复援琴而鼓之,为秋竹积雪之曲。"章樵注:"曲名取坚贞之节,不为物移,以自况也。"此曲应以此而来。秋竹虽外表柔美,不足为笙管之用,却能不畏寒雪而荫蔽池塘,其秉性之刚直坚贞不同凡俗。观其诗意或为作者心曲之自陈。

【校注】

①娗娟(pián juān):亦作"便娟",意为轻盈美好貌。谢灵运《山居赋》:"既修竦而便娟,亦萧森而翁蔚。"绮窗:雕刻或绘饰得很精美的窗户。《古诗十九首·西北有高楼》:"交疏结绮窗,阿阁三重阶。"参差:长短、高低不齐的样子。《诗经·周南·关雎》:"参差荇菜,左右流之。"

②袅袅:亦作"嫋嫋"。形容轻盈柔弱的样子。《白头吟》:"竹竿何嫋嫋,鱼尾何蓰蓰。"离离:分离貌。《诗经·王风·黍离》:"彼黍离离,彼稷之苗。"

③枣下吹:即乐器笙。因笙管似枣花攒聚,故以枣下代指笙。《古咄唶歌》:"枣下何攒攒,荣华各有时。夏欲初赤时,人从四边来。枣适今日赐,谁当仰视之?"江南枝:江南之竹,又名孟宗竹。《文选·王褒〈洞箫赋〉》:"原夫箫管之所生兮,于江南之丘墟。"李善注:"江图曰:'慈母山,此山竹作箫笛,有妙声。'"

④"但能"二句作者以秋竹自拟。言其不畏严寒,怀抱贞心,荫蔽曲池之情怀。凌:超越,凌驾。荫:庇护和受庇护皆称荫。《楚辞·九歌·山鬼》:"山中人兮芳杜若,饮石泉兮荫松柏。"

阳春曲[1]

檀秀才[2]

青云献初岁,白日映雕梁[3]。兰萌犹自短,柳叶未能长[4]。已见花红落,复闻花蕊香。乐此试游衍,谁知心独伤[5]。

【校注】

①《古诗纪》作《阳春歌》。《乐府诗集》中此曲属清商曲辞。郭茂倩曰:"刘

15

向《新序》曰:'宋玉对楚威王问曰:"客有歌于郢中者,其始曰《下里巴人》,国中属而和者千人。其为《阳陵采薇》,国中属而和者数百人。其为《阳春白雪》,国中属而和者,数十人而已也。引商刻角,杂以流徵,国中属而和者,不过数人。是以其曲弥高,其和弥寡。"然则《阳春》所从来亦远矣。'"《乐府解题》曰:"阳春,伤时也。"

②檀秀才:名约。

③青云:《乐府诗集》《古诗纪》作"青春"。《汉书·百官公卿表》注:"应劭曰:'黄帝受命有云瑞,故以云记事也,由是而言,故春官为青云。'"献:《楚辞·招魂》:"献岁发春兮。"王逸注:"献,进也。"初岁:一年之始。《大戴礼记·夏小正》:"初岁祭耒,始用畼。"白日:《乐府诗集》《古诗纪》作"白云"。雕梁:饰有浮雕、彩绘的梁。

④萌:草木的芽。

⑤游衍:游玩。《诗经·大雅·板》:"昊天曰旦,及尔游衍。"

渌水曲①

江朝请②

塘上蒲欲齐,汀洲杜将歇③。春心既易荡,春流岂难越④?桂棹及晚风,菱影映初月⑤。芳草若可赠,为君步罗袜⑥。

【校注】

①涵芬楼本、《古诗纪》、览翠本、郭本题作《绿水曲》。

②江朝请:名夐。

③蒲:水草。汀洲:水中小洲。杜:杜若,香草。《楚辞·九歌·湘夫人》:"搴汀洲兮杜若,将以遗兮远者。"

④荡:动,摇动。《左传·庄公四年》:"余心荡。"杜注:"荡,动散也。"

⑤"桂棹"二句:《乐府诗集》作"桂楫及晚风"。涵芬楼本作"桂棹及春风"。王闿运《八代诗选》作"桂棹随晚风,菱江及初月"。《古诗纪》作"菱江及初月"。桂棹:见《江上曲》注④。

⑥"芳草"句:《乐府诗集》、览翠本、《古诗纪》、郭本、《八代诗选》作"芳香若

可赠"。赠芳草,此处有结恩情之意。《诗经·郑风·溱洧》:"维士与女,伊其相谑,赠之以勺药。"毛传:"芍药,香草。"罗袜:曹植《洛神赋》:"凌波微步,罗袜生尘。"

采菱曲①

陶功曹②

朝日映兰泽,乘风入桂屿③。櫂歌已流倡,轻舟复容与④。
勿遽佳期移,方追明月侣⑤。采采讵盈匊,还望空延伫⑥。

【校注】
①《古诗纪》、览翠本、郭本作《采菱歌》。《乐府诗集·采菱曲》属《清商曲辞·江南弄》,其中未收本作。郭茂倩曰:"《古今乐录》曰:'《采菱曲》和云:菱歌女,解佩戏江阳。'"《尔雅翼》:"吴楚之风俗,当菱熟时,士女子相如采之,故有采菱之歌以相和,为繁华流荡之极。"
②陶功曹:其名不详。
③兰泽:长兰草的沼泽。《古诗十九首·涉江采芙蓉》:"涉江采芙蓉,兰泽多芳草。"桂屿:桂树丛生的洲屿。
④櫂歌:渔歌。汉武帝《秋风辞》:"箫鼓鸣兮发櫂歌。"倡:同"唱"。容与:见《江上曲》注⑤。
⑤遽:急忙,匆忙。佳期:见《春游》注②。
⑥采采:采了又采。《诗经·周南·芣苢》:"采采芣苢。"讵:岂。盈匊:匊,同"掬"。《诗经·小雅·采绿》:"终朝采绿,不盈一匊。"毛传:"两手曰匊。"延伫(zhù):引颈企立,形容盼望之切。陶潜《停云》诗:"良朋悠邈,搔首延伫。"

白雪曲①

朱孝廉②

凝云没霄汉,从风飞且散③。连翩下幽谷,徘徊依井干④。
既兴楚客谣,亦动周王叹⑤。所恨轻寒质,不迨春归旦⑥。

17

【校注】

①《乐府诗集》作《白雪歌》,属《琴曲歌辞》。郭茂倩曰:"谢希逸《琴论》曰:'刘涓子善鼓琴,制《阳春》《白雪》曲。'琴集曰:'《白雪》师旷所作商调曲也。'《唐书·乐志》曰:'《白雪》,周曲也。'张华《博物志》曰:'《白雪》者,太帝使素女鼓五十弦瑟曲名也。'"

②朱孝廉:名不详。

③"凝云"二句:《文苑》作"凝云凌霄汉,从风惊且散"。凝云:浓云,密云。霄汉:云霄和天河,指天宇高处。《后汉书·仲长统传》:"不受当时之责,永保性命之期。如是,则可以陵霄汉,出宇宙之外矣。"

④"连翩"句:《古诗纪》、览翠本、万历本、郭本作"联翩下幽谷"。《文苑》《乐府诗集》作"连翩避幽谷"。连翩:形容连续不断。张衡《思玄赋》:"缤连翩兮纷暗暧。"井干:井上围栏。《庄子·秋水篇》司马彪注:"井干,井栏也。"又,汉武帝时建高楼,曰井干。《史记·武帝本纪》索隐:"言筑垒万木,转相交架,如井干。"

⑤楚客谣:《文选》谢惠连《雪赋》:"楚谣以幽兰俪曲。"李善注:"宋玉《讽赋》曰:'臣尝行至主人,独有一女,置臣兰房之中。臣援琴而鼓之,为幽兰白雪之曲。'"周王:指周穆王。《穆天子传》:"季冬丙辰,天子南游于黄台之丘……天子乃休。日中大寒,北风雨雪,有冻人。天子作诗三章以哀民,曰:我徂黄竹,□□□。□员闵寒,帝收九行。嗟我公侯,百辟冢卿。皇我万民,且夕勿忘。"

⑥"所恨"二句:郭本作"所憾轻寒早"。览翠本作"所恨轻寒早,不待阳春旦"。《乐府诗集》、《古诗纪》、万历本作"不追阳春旦,所恨轻寒早"。《文苑》作"不追春光旦"。此二句语出谢惠连《雪赋》:"君宁见阶上之白雪,岂鲜耀于阳春。"意为雪质轻寒,不能受阳春之日照。

曲池之水①

缓步遵莓渚,披襟待蕙风②。芙蕖舞轻蒂,包笋出芳丛③。

浮云自西北,江海思无穷④。鸟去能传响。见我绿琴中⑤。

【题解】

本诗为谢朓身处曲池之畔有所感发之作。观诗中景物当为春日,故陈冠球认为此处之曲池或为《秋竹曲》中之曲池。盖《秋竹曲》所写为冬日之景,则本诗的创作时间略晚于《秋竹曲》。此时作者之前突然出为宣城太守的惊惧之感已渐渐平复,是以全诗呈现出一片悠然祥和之意。

【校注】

①本题《乐府诗集》作"曲池水"。

②遵:沿着。《诗经·周南·汝坟》:"遵彼汝坟,伐其条枚。"莓渚:有莓苔生长的水中小洲。左思《魏都赋》:"兰渚莓莓,石濑汤汤。"披襟:敞开衣襟。宋玉《风赋》:"有风飒然而至,王乃披襟而当之曰:'快哉此风!'"蕙风:夹有花草香气之风。左思《魏都赋》:"蕙风如薰,甘露如醴。"

③芙蕖:荷花的别名。曹植《洛神赋》:"远而望之,皎若太阳升朝霞;迫而察之,灼若芙蕖出渌波。"轻荇:指水荇。"包笋"句:张本作"苞笋出芳丛"。包笋:即冬笋。《东观汉记·马援传》:"援好事,至荔浦,见冬笋,名曰苞笋。"

④浮云:此处指小人。宋玉《九辩》:"何泛滥之浮云兮,猋壅蔽此明月。"王逸注:"浮云行,则蔽月之光;谗慝进,则忠良壅也。"江海:此处喻作者寄心江海,不尽避世独往之想。《庄子·让王》:"身在江海之上,心存魏阙之下。"

⑤"见我"句:《乐府诗集》作"见我测琴中"。绿琴:即绿绮琴。傅玄《琴赋序》:"齐桓公有鸣琴曰号钟,楚庄有鸣琴曰绕梁,中世司马相如有绿绮,蔡邕有焦尾,皆名器也。"

相和歌辞

《乐府诗集·相和歌辞》解题:"《宋书·乐志》曰:'相和,汉旧曲也,丝竹更相和,执节者歌。本一部,魏明帝分为二,更递夜宿。本十七曲,朱生、宋识、列和等复合之为十三曲。'其后晋荀勖又采旧辞施用于世,谓之清商三调歌诗,即沈约所谓'因弦管金石造歌以被之'者也。《唐书·乐志》曰:'平调、清调、瑟调,皆周房中曲之遗声,汉世谓之三调。又有楚调、侧调。楚调者,汉房中乐也。高帝乐楚声,故房中乐皆楚声也。侧调者,生于楚调,与前三调总谓之相和调。'《晋书·乐志》曰:'凡乐章古辞存者,并汉世街陌讴谣,《江南可采莲》《乌生十五子》《白头吟》之属。'其后渐被于弦管,即相和诸曲是也。"

玉阶怨①

夕殿下珠帘,流萤飞复息②。长夜缝罗衣,思君此何极③。

【题解】

《玉阶怨》所作时间当与前述《金谷聚》《王孙游》等诗同。本诗亦为永明时流行的"新体诗",体裁短小而注重音韵,可为唐诗五绝之先声。

【校注】

①本诗收入《乐府诗集·楚调曲》,《李太白集·玉阶怨》王琦注:"题始自谢朓。"玉阶:玉石砌成或装饰的台阶,亦为台阶的美称。《文选·班固〈西都赋〉》:"玄墀扣砌,玉阶彤庭。"

②珠帘:用线穿成一条条垂直串珠构成的帘幕。《西京杂记》卷二:"昭阳殿,织珠为帘,风至则鸣,如珩佩之声。"流萤:飞行不定的萤火虫。

③"长夜"句:《古诗纪》作"长短缝罗衣"。何极:无尽之意。《楚辞·九辩》:"私自怜兮何极。"

【汇评】

陈祚明《采菽堂古诗选》卷二十：此首竟是唐绝，其情亦深，长夜缝衣，初悲独守，归期未卜，来日方遥，道一夕之情，余永久之感。

张玉榖《古诗赏析》卷十八：此宫怨诗，能于景中含情，故言情一句便醒。

沈德潜《古诗源》卷十二：竟是唐人绝句。在唐人中为最上者。

铜爵悲①

落日高城上，余光入总帷②。寂寂深松晚，宁知琴瑟悲③。

【题解】

本题《乐府诗集·相和歌辞·平调曲》作"铜雀悲"，创作时间与《玉阶怨》等诗同。建安十五年(210)，曹操于邺城(今河北省临漳县西南)筑铜雀台。郭茂倩曰："铜雀台在邺城，建安十五年筑。其台最高，上有屋一百二十间，连接榱栋，侵彻云汉，铸大铜雀置于楼颠，舒翼奋起，势若飞动，因名为铜雀台。"《邺都故事》载："魏武帝遗命诸子曰：'吾死后葬于邺之西岗下，与西门豹祠相近。无藏金玉珠宝。余香可分诸夫人，不命祭吾。妾与伎人，皆著铜雀台，台上施六尺床，下穗帐，朝晡上酒脯糗糒之属。每月朝十五，辄向帐前作伎，汝等时登台，望吾西陵墓田。'……《乐府解题》曰：'后人悲其意，而为之咏也。'"与世人多感魏武之悲凉不同，谢朓此诗则咏铜雀伎之悲情。盖魏武故去，其妾与伎人，在其人生最美之年华，却不得不于铜雀台中终老一生，此等命运皆为魏武以言而决也。"寂寂深松晚，宁知琴瑟悲"一句更有隐斥魏武之意，可谓别出心思，颇有与前人命意不同之处。

【校注】

①《乐府诗集·相和歌辞六·铜雀台》题解："一曰《铜雀妓》。"

②余光：落日残辉。总帷：细而疏的麻布，古时多作丧服用。

③寂寂：寂静无声貌。左思《咏史》："寂寂杨子宅。"深松：松荫茂密。古时以松为墓树，此处借指曹操陵墓。

蒲生行①

蒲生广湖边,托身洪波侧②。春露惠我泽,秋霜缛我色③。根叶从风浪,常恐不永植。摄生各有命⑥,岂云智与力④。安得游云上,与尔同羽翼。

【题解】

本诗为咏蒲之作,本集不见,《乐府诗集》卷三十五录于谢朓名下。

本诗诗意与《暂使下都夜发新林至京邑赠西府同僚》相近,陈庆元认为应作于永明十一年(493),而陈冠球则以为此诗作于隆昌元年(494),此时正值萧鸾谋篡,大肆杀戮,谢朓虽受鸾眷顾,但心中忧惧而恐不能永终之心与本诗之意相同,故本诗当是作者托物寄意,以蒲自喻,反映其时政局动乱、好景不长之作。故从陈冠球之说系于隆昌元年。

【校注】

①《古诗纪》卷六十八本诗题记:"本集不载,见《乐府诗集》。"《风雅翼》卷十曹植《浮萍篇》题记:"魏陈思王植所作,一曰《蒲生行》,取《塘上行》篇首二字为题。"按曹操《塘上行》首句:"蒲生我池中,其叶何离离。"

②蒲:草名,本诗所咏为香蒲。广湖:广阔的湖泊。托身:容身,安身。《淮南子·主术训》:"然民有掘穴狭庐,所以托身者,明主弗乐也。"洪波:大波浪。曹操《观沧海》:"秋风萧瑟,洪波涌起。"

③泽:光亮,润泽。《说文解字》卷十一:"泽,光润也。"缛:繁密的彩饰。左思《吴都赋》:"绸缪缛绣。"

④摄生:指养生,保养身体。《老子》:"盖闻善摄生者,陆行不遇兕虎,入军不被兵甲。"

【汇评】

钟惺:(三四两句)说秋霜不衰飒。二"我"字待物如人。

谭元春《古诗归》卷十三:蒲言托身已奇矣,又发出摄生智力大议论,渊博可敬。

陈祚明《采菽堂古诗选》卷二十:得乐府古情,根叶二句大佳。

王夫之《古诗评选》卷一:结构净,推致大,微加矜饰。然纳之汉人乐府中,亦不见有几许高下。此题第一首诗,命意一曲,而群心已该矣。使甄后而能云然,何遽出庄姜下耶!

丁耀亢《天史》卷十二:比也,惜托身之不坚,贵摄生也。

吴汝纶:(七八两句)转接纯在空际。

同谢咨议咏铜爵台[①]

總帷飘井干,樽酒若平生[②]。郁郁西陵树,讵闻歌吹声[③]。
芳襟染泪痕,婵媛空复情[④]。玉座犹寂寞,况乃妾身轻[⑤]。

【题解】

本诗相关背景详见《铜爵悲》题解。自魏晋以来,朝代频易,社会始终动荡不安,而个人的命运也往往处于一种飘零沦落、朝不保夕的状态,虽高门大户亦不能保家门平安。是以南朝时有不少诗人如何逊、江淹等对曹操"铜雀台"典故中的悲凉之意颇有感触,写了不少以"铜雀台""铜雀妓"为题的作品。谢朓此诗所表达的情感与前人略有不同。本诗前二句写祭奠曹操的"盛况","樽酒若平生"一句虽平白如话,却包含了多重的意蕴,既是描述,又是感慨,留给人们广阔的想象余地。随后"郁郁西陵树,讵闻歌吹声",承前二句诗意,又更进一层:沧海桑田,曹魏王朝早已倾覆,早就无人为曹操一月两次置歌舞酒乐,侍奉如常;西陵墓地之上树木依旧葱茏,可铜雀台上的歌吹如今早已烟消云散,无人得以听闻,诗人禁不住要为那些终老铜雀台上的妾伎们而悲泣感伤了。芳襟翠袖,徒染悲泣之泪;婉转缠绵,空余伤感之情。"芳襟染泪痕,婵媛空复情"一句正是表达此意。由此可见,作者表面似乎是在感叹曹操的身后寂寞,其实乃是为写妾伎们的寂寞张本。最后二句"玉座犹寂寞,况乃妾身轻",

正点出此旨:雄才大略如魏武尚不免身后寂寞,何况那些空老台中、红颜凋零的妾伎们呢。谢朓此诗咏铜雀伎之悲情,却未在此着笔过多,他从铜雀故址的具体故事中跳了出来,而将目光上升到对人生的感悟与反思。是以他能够从大人物的悲哀中,看到小人物的悲哀;从历史的冷酷中,领略到现实的冷酷;从死者的寂寞中,感受到生者的寂寞。这也使得本诗虽叙写平白,却思蕴深远;虽辞章短小,却情韵悠长。

本诗《文选》李善注:"谢咨议璟。"按《梁书·谢微传》(《南史》作谢微)载:"齐竟陵王子良开西邸,招文学,璟亦预焉。隆昌中,为明帝骠骑咨议参军,领记事。"齐明帝萧鸾于延兴元年(494)七月为骠骑大将军,谢朓此时亦为萧鸾记事。故此诗应为谢朓在隆昌、延兴年间与谢璟在萧鸾府中唱和之作。

【校注】

①《文选》作"同谢咨议铜爵台诗";《玉台新咏》作"铜雀台妓";张本作"铜雀台同谢咨议赋"。

②縓帷:见前《铜爵悲》注②。井干:见前《白雪曲》注④。若平生:同生时一样。魏武帝遗命诸子曰:"……朝晡上酒脯粻糒之属。"所以死后供奉如常。

③郁郁:指松柏繁茂貌。西陵:曹操墓。"讵闻"句:《玉台新咏》作"讵闻鼓吹声"。讵(jù):岂,难道,表示反问。潘岳《悼亡诗》:"尔祭讵几时,朔望忽复尽。"

④芳襟:美人的衣襟,此处即曹操妾伎所穿之衣。"婵媛"句:《玉台新咏》作"婵娟空复情"。婵媛:牵萦不舍的样子。《楚辞·九章·哀郢》:"心婵媛而伤怀兮。"王逸注:"婵媛,牵引也。"

⑤玉座:帝王之宝座。妾身轻:指妾伎自感身世轻微。

【汇评】

刘履《风雅翼》卷七:玄晖此诗,盖同谢咨议追咏其事以刺夫虽死犹不能忘情于妓乐,则亦徒然而已,且以妓妾感叹之词终焉,其警人之意益深远矣。

于光华《文选集评》引孙鑛语曰:婉似初唐风调,但未作对联耳。又曰:轻秀入情,自成一格,须看其全在几虚字生动。

于光华《文选集评》引方伯海语:通体皆刺操枉为身后之计,言婉而致微。

钟惺《古诗归》卷十三:婉约称情。又曰:要知是深情语不是败兴语。又曰:"樽酒"句,《十九首》中妙语。

陆时雍《古诗镜》卷十六:"繐帷飘井干,樽酒若平生。郁郁西陵树,讵闻歌吹声。"刻意之极,直欲逼之使露。"玉座犹寂寞,况乃妾身轻"当是绮罗隐曲。

何焯:诗可以怨,作者其知之矣。又曰:前一绝讽允奉陵园之愚,后一绝仍归忠爱,此篇为两得之。又曰:有哀有叹,一味嗤笑,味反短矣。

王夫之《古诗评选》卷一:樽速则气为之伤,而凄清之在神韵者,合初终为一律,遂忘其累,人固不可以无清才也如此。

沈德潜《古诗源》卷十二:笑魏武也,而托之于树,何等含蓄!可悟立言之妙。

方东树《昭昧詹言》卷七:每二句一断,一换意,换笔、换势。诗止八句而分四层,顺逆离合,夹叙夹写,笔笔转,反覆咏叹,令人悽断。此诗意格,韦、柳不知矣,后惟杜、韩短篇,时有此章法文法。"繐帷"二句,叙也,而二句中用意用笔,已具有往复。"郁郁"二句议也,即反承上二句逆折。"芳襟"二句顺叙也,而二句用意用笔,折断作两层顿挫,自叹自怜。"玉座"二句,忽放声极口明言,而用笔仍作两层折换,仍复含蓄不尽。古人独步千古,岂偶然哉!彼韦、柳但得其面目耳,而于其作用措注之精微,似未解也。不然何以求似此者而不可得也。此诗八句,换四层意,作四转势,几于每句作一色笔法。所谓一波三折,惊鸿游龙,殆尽之矣。何仲言、王子安皆不能过此。杜《玉华宫》脱化此,但变用散体阳调耳。

陈祚明《采菽堂古诗选》卷二十:悠扬有情,微开唐声。

张玉毂《古诗赏析》卷十八:诗以诮魏武也。前四以置酒鼓吹托于陵树不闻,已及婉妙;后四更以玉座寂寞,从染泪之妾自宽自解中点出,绝不露非笑之痕,何等温厚!

鼓吹曲辞

《乐府诗集·鼓吹曲辞》解题:"鼓吹曲,一曰短箫铙歌。刘瓛定军礼云:'鼓吹未知其始也,汉班壹雄朔野而有之矣。鸣笳以和箫声,非八音也。骚人曰"鸣篪吹竽"是也。'蔡邕《礼乐志》曰:'汉乐四品,其四曰短箫铙歌,军乐也。黄帝岐伯所作,以建威扬德、风敌劝士也。'"可知此类曲辞起初应为军乐。解题又云:"崔豹《古今注》曰:'汉乐有黄门鼓吹,天子所以宴乐群臣也。短箫铙歌,鼓吹之一章尔,亦以赐有功诸侯。'"可见此类曲辞后来被天子用于宴乐群臣,亦以之赐有功之诸侯。又云:"然则黄门鼓吹、短箫铙歌与横吹曲,得通名鼓吹,但所用异尔。汉有《朱鹭》等二十二曲,列于鼓吹,谓之铙歌。及魏受命,使缪袭改其十二曲,而《君马黄》《雉子斑》《圣人出》《临高台》《远如期》《石留》《务成》《玄云》《黄爵》《钓竿》十曲,并仍旧名。是时吴亦使韦昭改制十二曲,其十曲亦因之。而魏、吴歌辞,存者唯十二曲,余皆不传。晋武帝受禅,命傅玄制二十二曲,而《玄云》《钓竿》之名不改旧汉。宋、齐并因汉曲。又充庭十六曲,梁高祖乃去其四,留其十二,更制新歌,合四时也。北齐二十曲,皆改古名。其《黄爵》《钓竿》,略而不用。后周宣帝革前代鼓吹,制为十五曲,并述功德受命以相代,大抵多言战阵之事。隋制列鼓吹为四部,唐则又增为五部,部各有曲。唯《羽葆》诸曲,备叙功业,如前代之制。初,魏、晋之世,给鼓吹甚轻,牙门督将五校悉有鼓吹。宋、齐已后,则甚重矣。齐武帝时,寿昌殿南阁置《白鹭》鼓吹二曲,以为宴乐。陈后主常遣宫女习北方箫鼓,谓之《代北》,酒酣则奏之。此又施于燕私矣。"

鼓吹曲[①]

【题解】

本曲郭茂倩《乐府诗集》解题曰:"齐永明八年,谢朓奉镇西随王教于荆州道中作:一曰《元会曲》,二曰《郊祀曲》,三曰《钧天曲》,四曰《入朝曲》,五曰《出藩曲》,六曰《校猎曲》,七曰《从戎曲》,八曰《送远曲》,九曰《登山曲》,十曰《泛水曲》。《钧天》已上三曲颂帝功,《校猎》已上三曲颂藩德。"《南齐书·武十七王列传》载:"八年,(随王)代鱼复侯子响为使持节、都督荆雍梁宁南北秦六州、镇西将军、荆州刺史,给鼓吹一部。"可见鼓吹曲辞是作为朝廷赏赐赠给随王萧子隆的,谢朓则是应随王之名作《鼓吹曲》十首。这十首《鼓吹曲》从其题目上来看显然就是一组仪式用曲,涉及祭祀、节日、出行、游猎等多个方面,是举行以上活动时要演奏的乐曲,其主要功能就是歌功颂德。但从诗歌的具体内容与艺术手法来看,谢朓的齐随王鼓吹曲虽仍为乐辞,但却比魏晋以来朝廷所制之鼓吹曲辞具有了更强的文学性,具体而言,谢朓的《鼓吹曲》相比于同时期朝廷的礼乐,还多保留三言、四言的句式,在形式上则更趋新变,已都是完整的五言结构。他的乐辞也不唯单纯地合于音乐,而是将之作为一种文学创作来对待,呈现出清丽、谐美之特色,这与之前的鼓吹曲辞有明显区别。

本诗《乐府诗集》解题曰"于荆州道中作",而随王子隆亲府州事为永明九年(491),故本组诗应作于永明九年暮春,原注有误。

【校注】

①《乐府诗集》作《齐随王鼓吹曲》。张本作《隋王鼓吹曲》十首。

元会曲

二仪启昌历,三阳应庆期①。珪赞纷成序,鞮译憬来思②。
分阶虨组练,充庭罗翠旗③。觞流白日下,吹溢景云滋④。
天仪穆藻殿,万宇寿皇基⑤。

【题解】

元会指元旦朝会,古时天子元旦会群臣,受朝贡,大宴飨作乐,曰元会。此诗正应景而作,描述天子元会朝会时的堂皇气象与肃穆氛围。

【校注】

①二仪:指天地。《易》:"易有太极,是生两仪。"启:开。昌历:昌瑞的历

数。三阳:指正月。《尚书·洪范》孔颖达疏:"正月为春,木位也,三阳已生,故三为木数。"庆期:吉庆之期,即指元会之日。

②"珪贽"二句:涵芬楼本作"珪贽咸成序,鞮译憬来思"。珪贽(guī zhì):持珪求见,借指朝会时大臣们以圭玉为礼。《尚书·金縢》孔传:"周公秉桓珪以为贽。"成序:谓朝会时大臣们尊卑有礼,排列成行。鞮(dī)译:古代指把西方、北方地区少数民族语言译成汉语的通译官。《礼记·王制》:"五方之民,言语不通,嗜欲不同。达其志,通其欲;东方曰寄,南方曰象,西方曰狄鞮,北方曰译。"疏:"鞮,知也,谓通传夷狄之语与中国相知。"憬来:远行而来贡。《诗经·鲁颂·泮水》:"憬彼淮夷,来献其琛。"

③赩(xì):大红色。组练:组甲、被练,原指古代军吏、士卒的衣甲,后用来借指精锐的部队或军士的武装军容。《左传·襄公三年》:"(楚子重)使邓廖帅组甲三百,被练三千以侵吴。"充庭:古代的一种朝仪。每大朝会,陈皇帝车辇仪仗于殿庭,谓之充庭。《后汉书·安帝纪》:"(永初)四年春正月元日,会,彻乐,不陈充庭车。"罗:罗列。翠旗:饰以翠羽的旗帜。晋夏侯湛《禊赋》:"擢翠旗,垂繁缨,微云乘轩,清风卷旌。"

④觞流:言传杯也。又作进酒劝饮解。"吹溢"句:《艺文类聚》、《乐府诗集》、嘉靖本作"吹谧景云滋"。吹溢:指鼓吹之声大作。景云:瑞气,祥云。《文选·应贞〈晋武帝华林园集诗〉》:"凤鸣朝阳,龙翔景云。"

⑤天仪:指天子的容仪。《文选·颜延之〈三月三日侍游曲阿后湖作〉》诗:"神御出瑶轸,天仪降藻舟。"穆:美。《诗经·大雅·文王》:"穆穆文王。"藻殿:藻饰之宫殿。"万宇"句:《艺文类聚》作"万宇庆皇基"。万宇:天下万国。寿皇基:称颂皇朝基业永固久长。班固《西都赋》:"图皇基于亿载,度宏规而大起。"

郊祀曲

六宗禋配岳,五時奠甘泉①。整跸游九阙,清箫开八埏②。
鎗鎗玉銮动,溶溶金障旋③。均宫光已属,升柴礼既虔④。
福响灵之集,南岳固斯年⑤。

【题解】

郊祀为祭名,古代天子于郊外祭祀天地,冬至时于南郊祭天,夏至时于北郊祭地。郊谓大祀,祀为群祀。郊祀祭天是中国古代国家宗教的中心,《礼记·郊特牲》孔颖达疏:"天神在上,非燔柴不足以达之;地示在下,非瘗埋不足以达之。"帝王通过祭祀来沟通神圣,从而获得对其统治基础与合法性的保证。因而郊祀便成为历代王朝的最重要的大典之一,其仪式也格外隆重烦琐。《汉书·礼乐志》载武帝定郊祀之礼,立乐府,作郊祀歌九章。这些乐章与诗篇是祈祷、祝颂等宗教情感的表现,同时也具有一定的娱乐性。谢朓此诗正以华丽雅正的语言形象地描写了天子于郊外祭祀天地时的庄重仪式。

【校注】

①"六宗"句:《乐府诗集》作"六宗禋祀岳"。六宗:古人尊祀的六神。《尚书·舜典》:"肆类于上帝,禋于六宗,望于山川,遍于群神。"禋:指禋祀,古时郊社之祀主要为"禋祀",即升烟祭天,加牲体与玉帛于柴上焚烧,因烟气上达以致其精诚。《周礼·大宗伯》:"以禋祀祀昊天上帝。"配岳:以五岳配祀。五畤:又称五畤原,在今陕西凤翔县南。秦汉时祭祀天帝的处所。《史记·孝武本纪》:"上初至雍,郊见五畤。"张守节正义:"先是文公作鄜畤,祭白帝;秦宣公作密畤,祭青帝;秦灵公作吴阳上畤、下畤,祭赤帝、黄帝;汉高祖作北畤,祭黑帝;是五畤也。"甘泉:指甘泉宫,故址在今陕西淳化西北甘泉山。《汉书·郊祀志》:"(武帝)作甘泉宫,中为台室,画天地、泰一诸鬼神而置祭具以致天神。"

②整跸(bì):即清跸,帝王出行时开路清道,以为警戒。九阙:九门。《礼记·月令》注:"路门、应门、雉门、库门、皋门、城门、近郊门、远郊门、关门,凡九门也。""清箫"句:《乐府诗集》作"清箫开八缠"。清箫:指箫声清越。八埏(yán):地的边际。《汉书·司马相如传下》:"上畅九垓,下泝八埏。"颜师古注引孟康曰:"埏,地之八际也。言德上达于九重之天,下流于地之八际。"

③"锵锵"二句:《乐府诗集》作"锵锵玉鸾动,溶溶金阵旋"。《古诗纪》、览翠本、张本、郭本作"锵锵玉鸾动"。涵芬楼本作"溶溶金阵旋"。锵锵:象声词,多状金玉之声。玉銮:车铃的美称。《楚辞·离骚》:"扬云霓之晻蔼兮,鸣玉鸾之啾啾。"溶溶:水盛貌,此处形容金障之盛。金障:金色的障扇。帝王临朝或

出巡的仪仗。

④"均宫"句：《乐府诗集》、《古诗纪》、览翠本、张本、丁福保《全汉三国南北朝诗·全齐诗》（以下简称《全齐诗》）作"郊宫光已属"。均：成均，古之大学。《周礼·春官·宗伯》："大司乐掌成均之法，以治建国之学政，而合国之子弟焉。"均宫：学宫。光已属：光已烛天。属，通"烛"，照也。升柴：燔柴祭天。《礼记·礼器》："因名山升中于天。"孙希旦集解："名山谓五岳也；中，成也；升中于天，谓巡狩至于方岳之下，燔柴祭天，以活动之成升而告之也。"虔：诚敬。《广韵》："虔，敬也。"

⑤"福响"句：涵芬楼本作"福飨灵之集"。福响：同"福飨"。谓神明受祭飨而赐福。《汉书·叙传上》："然后精诚通乎神明，流泽加于生民，故能为鬼神所福飨，天下所归往。"灵之集：神灵之所集。南岳：衡山，齐是南朝之国，故以祭南岳以求江山永固。

钧天曲

高宴颢天台，置酒迎风观①。笙镛礼百神，钟石动云汉②。瑶池宝瑟惊，绮席舞衣散③。紫凤来参差，玄鹤至凌乱④。已庆明庭乐，谁想南风弹⑤。

【题解】

《史记·赵世家》曰："赵简子疾，五日不知人……居二日半，简子寤。语大夫曰：'我之帝所甚乐，与百神游于钧天，广乐九奏万舞，不类三代之乐，其声动人心。'"钧天之名，盖取自此。钧天在古代汉族神话传说指天之中央，钧天曲，即钧天广乐，指天上的音乐，仙乐。后也形容优美雄壮的乐曲。本诗所写正是对朝会典礼时所奏宏乐的描绘：辉煌富丽的宫殿之下，笙镛大作，钟石齐鸣，声音宏大，气势豪壮，凸显出帝王的神圣庄严。

【校注】

①"高宴"句：《艺文类聚》作"高宴皓天台"。《乐府诗集》作"高宴浩天台"。高宴：盛大的宴会。颢天台：司马相如《上林赋》："于是乎游戏懈怠，置酒乎颢

天之台。"迎风观:汉武帝所筑宫观。《文选·西京赋》李善注引《汉书》曰:"武帝因秦林光宫,元封二年增通天、迎风、储胥、露寒。"

②笙镛:亦作"笙庸"。古乐器名。镛,大钟。《书·益稷》:"笙镛以间,鸟兽跄跄。"钟石:古代乐器,指钟和磬。《汉书·律历志》颜注引《急就篇》曰:"钟则以金,磬则以石,皆所用合乐也。"云汉:《诗经·大雅·棫朴》:"倬彼云汉,为章于天。"毛传:"天河也。"

③"瑶池"句:《乐府诗集》作"瑶台琴瑟惊",《艺文类聚》作"瑶台宝瑟惊",《古诗纪》、张本作"瑶堂琴瑟惊",览翠本、郭本作"瑶池琴瑟惊"。瑶池:神话中西王母所居住的地方,位于昆仑山上。此处代指宫中之池。《列子·周穆王》:"遂宾于西王母,觞于瑶池之上。西王母为王谣,王和之,其辞哀焉。乃观日之所入。一日行万里。"绮席:以绮绡所制的华美地席。

④"紫凤"二句:《乐府诗集》作"威凤来参差,玄鹤起流乱"。《古诗纪》、张本作"玄鹤起凌乱,威凤来参差"。紫凤:传说中的神鸟。《山海经·南山经》:"丹穴之山,有鸟焉,其状如鸡,五采而文,名曰凤皇。"玄鹤:见《永明乐》注⑳。

⑤明庭:古代帝王祭祀神灵之地。《汉书·郊祀志》:"黄帝接万灵明庭。明庭者,甘泉也。""谁想"句:《乐府诗集》、《古诗纪》、张本作"讵惭南风弹"。南风:古曲名,相传为虞舜所作。《礼记·乐记》:"昔者舜作五弦之琴,以歌《南风》。"《孔子家语·辨乐解》:"昔者舜弹五弦之琴,造《南风》之诗。其诗曰:'南风之薰兮,可以解吾民之愠兮;南风之时兮,可以阜吾民之财兮。'"

入朝曲①

江南佳丽地,金陵帝王州②。逶迤带渌水,迢递起朱楼③。
飞甍夹驰道,垂杨荫御沟④。凝笳翼高盖,叠鼓送华辀⑤。
献纳云台表,功名良可收⑥。

【题解】

本诗题旨如《乐府诗集》所言为"颂藩德"也。鼓吹曲辞,多为军中歌乐和宫廷宴乐,故一般此类作品的主要目的都为歌功颂德,鲜有佳品。但谢朓此诗写帝京气象,虽亦不出"颂藩德"樊篱,但全诗气势高敞,语言鲜丽,对句工整,音调铿锵,写出了帝都金陵的富丽繁华和自己意气昂扬的进取之心,既是一曲颂歌,也是一幅壮丽的图画,格调非同一般,故历来都被视为谢朓的名作之一。

本诗前八句纵笔描绘了金陵帝都的富丽堂皇和繁荣昌盛。首二句总揽形势,虚笔入篇。"江南"句从空间横面着墨,描绘都城的地理形势;"金陵"句则从时空纵面措笔,概览金陵帝都历史迁延,开篇便奠定了全诗气势辉煌的基调。古人言小谢诗"工于发端",此句可为佐证。中间三联承"帝王州"写来,具体描绘当今帝都金陵城的景象。诗人极重视角的变化,"逶迤"二句写远眺,"飞甍"二句则取近观。诗人应着视角的变换,层次分明地写出了帝都的形象。"逶迤带渌水""飞甍夹驰道"以河水的蜿蜒曲折和道路的绵绵延伸,挖掘出诗境的远近纵深感;"迢递起朱楼""垂杨荫御沟"以高楼的嵯峨入云和杨柳的婀娜多姿,拓展出诗境的上下层次感。同时,诗人还注意到了色彩明暗的对比,绿水朱楼,红绿相映,飞甍杨柳,金碧相间,金陵帝都的富丽雄阔便形象地展现于世人眼前。紧跟的"凝笳"二句中,诗人又由静转动,以驷马飞驰,车盖摩云,极写道路的繁华;又以华辀画舫,从容优游,极写河流的胜景,运动物于静景,景境全活。而且,车驰舟驶,声鼓动地(笳声徐引谓之"凝",轻鼓小击谓之"叠"),更加突出了场景的繁华、壮观。皇京帝都的辉煌气派,渲染至极。最后一联作者循古人旧例,写功成名就,登台受赏收束全诗。"功名良可收",既是对随王的预祝,也反映了诗人本人积极进取的精神风貌。

本诗造境宏伟高敞,措笔秀丽工整,语言清鲜流丽,同时也首开古典诗歌中都市城邑题材的创作,《文选·乐府》在《鼓吹曲》十首中仅选此一篇,可谓独具慧眼。

【校注】

①《文选》作"鼓吹曲"。

②江南:长江以南,时为南齐之领土。佳丽:俊美,秀丽。曹植《赠丁仪王粲》诗:"壮哉帝王居,佳丽殊百城。"金陵:《三国志·吴书八·张纮传》裴松之注:"《江表传》曰:'纮谓权曰:"秣陵,楚武王所置,名为金陵。地势冈阜,连石头。访问故老,云昔秦始皇东巡会稽,经此县,望气者云金陵地形有王者都邑

之气,故掘断连冈,改名秣陵,今处所具存。地有其气,天之所命,宜为都邑。'"帝王州:《六朝事迹》:"诸葛亮论金陵地形云:'钟阜龙蟠,石城虎踞,真帝王之宅。'"

③"逶迤"句:五臣本《文选》、《乐府诗集》、涵芬楼本、览翠本、张本作"逶迤带绿水"。逶迤(wēi yí):亦作"逶迟""逶蛇",曲折绵延貌。《淮南子·泰族训》:"河以逶蛇故能远,山以陵迟故能高。"渌水:清澈的水。张衡《东京赋》:"于东则洪池清籞,渌水澹澹。""迢递"句:《三谢诗》作"迢绕起朱楼"。迢递(tiáo dì):遥远貌。嵇康《琴赋》:"指苍梧之迢递,临回江之威夷。"朱楼:谓富丽华美的楼阁。《后汉书·冯衍传下》:"伏朱楼而四望兮,采三秀之华英。"

④飞甍(méng):指两端翘起的房脊,亦借指高楼。甍,屋脊。左思《吴都赋》:"长干延属,飞甍舛互。"驰道:皇帝的专用车道。御沟:流经皇宫的河道。崔豹《古今注·都邑》:"长安御沟,谓之杨沟,谓植高杨于其上也。一曰羊沟,谓羊喜抵触垣墙,故为沟以隔之,故曰'羊沟'也。"

⑤凝笳:徐缓幽咽的笳声。《文选·谢朓〈鼓吹曲〉》李善注:"徐引声谓之凝。"张铣注:"凝笳,其声凝咽也。"高盖:指高车。张衡《东都赋》:"结飞云之袷辂,树翠羽之高盖。""叠鼓"句:《三谢诗》作"叠鼓逸华辀",《艺文类聚》作"叠鼓送行辀"。叠鼓:轻轻击鼓。《文选·谢朓〈鼓吹曲〉》李善注:"小击鼓谓之叠。"华辀(zhōu):刻画华彩的车辕,常用作车之代称。

⑥献纳:委婉地提出意见以供接受、采纳。班固《西都赋》:"朝夕伦思,日月献纳。"云台:汉宫中高台名。在南宫中。《后汉书·二十八将传论》:"永平中,显宗追感前世功臣,乃图画二十八将于南宫云台。"

【汇评】

杨慎《升庵诗话》卷十三:谢玄晖《鼓吹曲》:"凝笳翼高盖,叠鼓送华辀。"李善注:"徐引声谓之投,小击鼓谓之登。"岑参《凯歌》:"鸣笳擂鼓拥回军。"急引声谓之鸣,疾击鼓谓之擂。凝笳叠鼓,吉行之文仪也。鸣笳擂鼓,师行之武备也。诗人之用字不苟如此,观者不可草草。

陆时雍《古诗镜》卷十六:"凝笳翼高盖","翼"字奕奕生动。

于光华《文选集评》引孙矿语曰:浅景浅语,未见所佳。

于光华《文选集评》引方伯海语曰:清丽工整,渐开五七言近体。

陈祚明《采菽堂古诗选》卷二十：风调高华,句成浑丽,此子建余风也。

出藩曲

云枝紫微内,分组承明阿①。飞艎溯极浦,旌节去关河②。眇眇苍山色,沈沈寒水波③。铙音巴渝曲,箫鼓盛唐歌④。夫君迈惟德,江汉仰清和⑤。

【题解】

本题写藩王出镇时的赫赫景象,应是称颂随王镇荆州之事。首二句写随王受天子之命,出镇荆州。随王就藩荆州当自金陵溯江而上,固有"飞艎溯极浦,旌节去关河"之语。"眇眇"两句则写就藩途中景色。"铙音"二句写随王就藩途中奏鼓吹曲辞以为仪仗。《南齐书·武十七王列传》载随王子隆出镇荆州时天子"给鼓吹一部",即本组《鼓吹曲》。最后二句则称颂随王萧子隆的德行才能,言荆州当在随王治下政清人和。

【校注】

①"云枝"句:《乐府诗集》作"云披紫微内"。云枝:高耸入云的树枝。此处指帝室支子随王萧子隆。《宋书·始平孝敬王子鸾传》:"上痛爱不已,拟汉武《李夫人赋》,其词曰:'……中云枝之夭秀,寓坎泉之曾岑。'"紫微:星宿名,主管官位、威权。此处当指朝廷之中书省。分组:受组绶以出镇藩国。组,组绶,指官印上的绦带,此处代指官位。承明:即承明庐。汉承明殿旁屋,侍臣值宿所居,称承明庐。《汉书·严助传》:"君厌承明之庐,劳侍从之事,怀故土,出为郡吏。"颜师古注引张晏曰:"承明庐在石渠阁外,直宿所止曰'卢'。"阿:中间的门。

②"飞艎"句:《乐府诗集》作"飞艎游极浦"。飞艎:即飞驰的大型渡船。溯:逆流而上。极浦:遥远的水滨。《楚辞·九歌·湘君》:"望涔阳兮极浦,横大江兮扬灵。"旌节:古代指使者所持的节,以为凭信,后借以泛指信符。《周礼·地官·掌节》:"货贿用玺节,道路用旌节。"关河:关山河川、关塞、关防等,常常引申为山河之意。

③"眇眇"句:张本作"渺渺苍山色"。眇眇(miǎo):辽远,高远。《楚辞·九

章·悲回风》:"登石峦以远望兮,路眇眇之默默。""沈沈"句:《乐府诗集》作"沈沈远水波"。沈沈:通"沉沉",深沉貌。

④铙(náo):古代青铜打击乐器之一,其最初的功能为军中传播号令之用。《周礼·地官·鼓人》:"以金铙止鼓。"郑注:"如铃,无舌,有秉,执而鸣之。"巴渝曲:古曲名,汉高祖所作。《后汉书·南蛮西南夷列传》:"阆中有渝水,其人多居水左右,天性劲勇,初为汉前锋,数陷陈。俗喜歌舞,高祖观之,曰:'此武王伐纣之歌也。'乃命乐人习之,所谓《巴渝舞》也。""箫鼓"句:《乐府诗集》作"箫管盛唐歌"。箫鼓:均为鼓吹乐器。盛唐歌:古曲名。《汉书·武帝纪》:"(元封)五年冬,行南巡狩,至于盛唐,望祀虞舜于九嶷。登灊天柱山,自寻阳浮江,亲射蛟江中,获之。舳舻千里,薄枞阳而出,作《盛唐》《枞阳》之歌。"按盛唐,山名,在今安徽潜山县内。

⑤"夫君"句:《乐府诗集》作"夫君遗惟德"。夫君:对神灵之敬称,后亦称君上,本诗指随王萧子隆。《楚辞·九歌·云中君》:"思夫君兮太息。"迈惟德:谓勉力树德。《尚书·大禹谟》:"皋陶迈种德。"江汉:长江与汉水,此处代指荆州地区。清和:清静和平,形容升平气象。贾谊《新书·数宁》:"大数既得,则天下顺治;海内之气清和咸理,则万生遂茂。"

校猎曲

凝霜冬十月,杀盛凉飙开①。原泽旷千里,腾骑纷往来②。
平置望烟合,烈火从风回③。殪兽华容浦,张乐荆山台④。
虞人昔有喻,明哲时戒哉⑤。

【题解】

古时,田猎是一项具有军事意义的生产活动,并与祭祀有关,主要目的是训练各种武器使用和车马的驾控。田猎有一定的礼规,不按礼法狩猎是暴殄天物。礼法规定,田猎不捕幼兽,不采鸟卵,不杀有孕之兽。另外,围猎捕杀要围而不合,留有余地,不能一网打尽,斩草除根。本诗描述的正是随王田猎的仪式。其中"平置望烟合,烈火从风回"二句将狩猎时生火起烟以驱赶野兽时

35

的景象描绘得生动壮阔,可谓名句。

【校注】

①凝霜:凝结成霜。《楚辞·九章·悲回风》:"吸湛露之浮源兮,漱凝霜之雰雰。"杀:肃杀之气。《礼记·月令》:"孟秋之月,杀气浸盛,阳气日衰。""杀盛"句:《乐府诗集》、《古诗纪》、张本作"杀盛凉飙哀"。飙(biāo):暴风。

②"原译"句:涵芬楼本作"原泽广千里"。原泽:原野大泽。腾骑:奔驰的猎骑。

③罝(jū):捕捉兔子的网,也泛指捕鸟兽的网。《诗经·周南·兔罝》:"肃肃兔罝,施于中林。"

④殪(yì):杀死。《诗经·大雅·吉日》:"殪此大兕。"毛传:"殪,壹发而死。"华容:地名,属荆州,在今湖北监利县西北,曹操赤壁之战曾败走于此。张乐:设乐。司马相如《上林赋》:"张乐乎轇輵之宇"。荆山:山名。位于湖北省西部,山有抱玉岩,传为楚人卞和得璞处。郦道元《水经注·江水二》:"《禹贡》:'荆及衡阳惟荆州。'盖即荆山之称,而制州名矣。故楚也。"故有荆山楚源之说。荆山台:指楚地所筑之台。

⑤"虞人"二句:《乐府诗集》、《古诗纪》、张本作"虞人如有谕,明明时戒哉"。觅翠本作"明明时戒哉"。虞人:古代掌管山泽苑囿田猎的职官。《礼记·王则》:"獭祭鱼,然后虞人入泽梁;豺祭兽,然后田猎;鸠化为鹰,然后设罻罗;草木零落,然后入山林。""虞人昔有喻"指的是虞人之箴,即古代虞人为戒田猎而作的箴谏之辞。《左传·襄公四年》:"昔周辛甲之为大史也,命百官,官箴王阙。于《虞人之箴》曰:'芒芒禹迹,画为九州,经启九道。民有寝庙,兽有茂草;各有攸处,德用不扰。在帝夷羿,冒于原兽,忘其国恤,而思其麀牡,武不可重,用不恢于夏家。兽臣司原,敢告仆夫。'《虞箴》如是,可不惩乎?"明哲:明智,通达事理。《尚书·说命》:"知之曰明哲。"时戒哉:即指要时时以虞人之箴为戒。

【汇评】

陈祚明《采菽堂古诗选》卷二十:起句一气递衍有势,"平罝"二句燎火赫然,结规讽得体。

从戎曲

选旅辞轘辕,弭节趋河源①。日起霜戈照,风回连旗翻②。红尘朝夜合,黄沙万里昏③。嘹唳清笳转,萧条边马烦④。自勉辍耕愿,征役去何言⑤。

【题解】

本诗写壮士为国效力,辍耕从戎的壮志豪情。全诗前八句极写远戍边关的艰难困苦,用词简练,笔力遒劲,其中"日起霜戈照,风回连旗翻。红尘朝夜合,黄沙万里昏"二联写景壮阔,充盈着一种激荡慷慨之气,已可见盛唐气象。结句抒发辍耕从戎之志,慷慨豪雄,一片拳拳报国之心溢于辞章。本诗气势雄浑,意境悲阔,开启了唐代边塞诗先河。

【校注】

①"选旅"二句:《乐府诗集》作"选旅乱轘辕,弭节赴河源",《古诗纪》、张本、《全齐诗》作"选旅辞轘轩,弭节赴河源"。览翠本、万历本作"弭节赴河源"。轘辕:山名,在今河南偃师市东南,接巩义、登封二市界。因山路有十二曲,盘旋往还得名。形势险阻,历代为控守要地。《战国策·秦策一》:"(秦)下兵三川,塞轘辕、缑氏之口。"弭(mǐ)节:指驻节,停车。节,车行的节度。《楚辞·离骚》:"吾令羲和弭节兮,望崦嵫而勿迫。"王逸注:"弭,按也。按节,徐行也。"河源:河流的源头,古代特指黄河的源头。《山海经·北山经》:"敦薨之山……敦薨之水出焉,而西流注于泑泽。出于昆仑之东北隅,实惟河原。"《史记·大宛列传》:"……而汉使穷河源,河源出于寘,其山多玉石,采来,天子案古图书,名河所出山曰昆仑云。"

②霜戈:明亮锋利的戈戟。《汉书·武帝纪》:"霜戈一挥,巨滑奔迸。""风回"句:《乐府诗集》、览翠本、万历本、张本作"风回连骑翻"。

③红尘:原意是指繁华的都市,车马过时扬起的尘土,借喻名利之路。班固《西都赋》:"红尘四合,烟云相连。"

④"嘹唳"句:《乐府诗集》、览翠本、万历本、张本、郭本、《全齐诗》作"寥唳

37

清筦转"。嘹唳(liáo lì):亦作"寥唳",形容声音响亮凄清。谢惠连《秋怀》:"萧瑟含风蝉,寥唳度云雁。"清筦:凄清的胡笳声。萧条:指寂寥冷清的样子。《楚辞·远游》:"山萧条而无兽兮,野寂漠其无人。"

⑤辍耕:中止耕作。《文选·应璩〈与从弟君苗君冑书〉》:"昔伊尹辍耕,郅恽投竿,思致君于有虞,济蒸人于涂炭。""自勉"二句言以辍耕从戎之愿自勉。

送远曲

北梁辞欢宴,南浦送佳人①。方衢控龙马,平路骋朱轮②。璚筵妙舞绝,桂席羽觞陈③。白云丘陵远,山川时未因④。一为清吹激,潺湲伤别巾⑤。

【题解】

本诗写宾客送别。前八句写送别之场景,后二句写依依惜别的伤感之意。

【校注】

①北梁:在北边的桥,古多指送别之地。王褒《九怀·陶壅》:"济江海兮蝉蜕,绝北梁兮永辞。"南浦:南面的水边,后常被用来称送别之地。《楚辞·九歌·河伯》:"子交手兮东行,送美人兮南浦。"江淹《别赋》:"春草碧色,春水渌波,送君南浦,伤如之何。"佳人:美好之人。汉武帝《秋风辞》:"兰有秀兮菊有芳,怀佳人兮不能忘。"

②方衢:指四达之路。《大戴礼记》:"六马之离,必于四达之衢。"龙马:指骏马。朱轮:古代王侯显贵所乘的车子。因用朱红漆轮,故称。《文选·杨恽〈报孙会宗书〉》:"恽家方隆盛时,乘朱轮者十人。位在列卿,爵为通侯。"

③璚筵(qióng yán):盛宴,美宴。璚,同"琼"。桂席:盛宴。羽觞:又称羽杯、耳杯,古代的一种盛酒器具。《汉书·外戚传下·孝成班倢伃》:"顾左右兮和颜,酌羽觞兮销忧。"

④"白云"二句表送远惜别之情。《穆天子传》:"乙丑,天子觞西王母于瑶池之上。西王母为天子谣曰:'白云在天,山陵自出。道思悠远,山川间之。将子无死,尚复能来。'"

⑤清吹:管乐吹奏。潺湲:形容流泪的样子。《楚辞·九歌·湘君》:"横流涕兮潺湲,隐思君兮陫侧。"

登山曲

天明开秀崿,澜光媚碧堤①。风荡翻莺乱,云行芳树低②。
暮春春服美,游驾凌丹梯③。升峤既小鲁,登峦且怅齐④。
王孙尚游衍,蕙草芳萋萋⑤。

【题解】

本诗写春游登山之乐及沿路所见之美景,前四句写景,字少意多,景象广阔。"风荡翻莺乱,云行芳树低"一联写得尤为别致,将如画春景写得新巧可爱。接着两句"暮春春服美,游驾凌丹梯",由写景转叙游,"暮春"一语总括前四句写景,并提示下文。"升峤"四句由叙游转抒情。诗人登上高山,纵目远眺,确是气势辽阔,景象万千。遂因景起兴,发思古之幽情,而最后二句则反用淮南小山《招隐士》"王孙游兮不归,春草生兮萋萋"语意作结,其不悦于官,羡慕归隐之意已溢于言表。

全诗语言雅致,情韵悠长。诗中所描绘的画面清新明丽,而由景生发出来的情趣则超然幽眇,可谓情景交融,为谢朓山水诗作中的精品。

【校注】

①"天明"句:郭本作"天明开秀尊"。崿:山崖。媚:作动词,增媚。
②"风荡"二句:《乐府诗集》作"风荡飘莺乱,云华芳树低"。览翠本、郭本作"云行芳柳低"。
③春服:春日穿的衣服。《论语·先进》:"暮春者,春服既成。""游驾"句:《艺文类聚》作"游驾蹑石梯"。丹梯:指高入云霄的山峰,亦指寻仙访道之路。
④峤:泛指高而陡峭的山峰。《尔雅·释山》:"山小而高,岑;锐而高,峤。"小鲁:《孟子·尽心上》:"孔子登东山而小鲁,登泰山而小天下。"
⑤王孙:淮南小山《招隐士》:"王孙游兮不归,春草生兮萋萋。"游衍:恣意游玩。《诗经·大雅·板》:"昊天曰旦,及尔游衍。""蕙草"句:《乐府诗集》、《古

39

诗纪》、览翠本、万历本、张本、郭本作"蕙草正萋萋"。蕙草：即《招隐士》中之"春草"。萋萋：《招隐士》王逸注："萋萋，垂条吐叶，芬荣华也。"

【汇评】

陈祚明《采菽堂古诗选》卷二十："风荡"二句景动，"升峤"二句用意切，结引芳草王孙，翻新有致。

泛水曲

玉露沾翠叶，金风鸣素枝①。罢游平乐苑，泛鹢昆明池②。
旌旗散容裔，箫管吹参差③。日晚厌遵渚，采菱赠清漪④。
百年如流水，寸心宁共知⑤。

【题解】

本诗写王公贵族悠游苑囿，泛舟池沼之乐。首二句言时令，"玉露""金风"之语可知其时为秋天。随后六句描绘随王萧子隆及众人游览园林，泛舟池沼的悠游场景，写得情韵高雅，气象雍容。"百年如流水，寸心宁共知。"二句则写得流转自然，表面以人生苦短，愿结相知之意作结，其实是作者向随王婉转的表露心迹，以求重用。全诗对仗工整，辞藻绮丽，虽有自陈之心，但却含蓄婉转，不失自身格调。

【校注】

①"玉露"句：《艺文类聚》作"玉霜沾翠草"。《乐府诗集》、《古诗纪》、览翠本、张本作"玉露霑翠叶"。玉露：指晶莹的秋露。《宋史·乐志》："金行序晚，玉露晨清。"金风：指秋风。《文选·张协〈杂诗之三〉》："金风扇素节，丹霞启阴期。"李善注："西方为秋而主金，故秋风曰金风也。"素枝：与前句"翠叶"相对。素，白色。

②平乐苑：汉代宫观名，又作"平乐观""平乐馆"。汉高祖时始建，武帝增修，在长安上林苑。《汉书·武帝纪》："(元封六年)夏，京师民观角觝于上林平乐观。"《文选·张衡〈西京赋〉》："大驾幸乎平乐，张甲乙而袭翠被。"泛鹢(yì)：泛舟。古

人画鹢首于船头,故称舟为鹢。谢灵运《侍泛舟赞》:"泛鹢兮游兰池,渚相委兮石参差。"昆明池:湖沼名。汉武帝元狩三年于长安西南郊所凿,以习水战,宋以后湮没。按"昆明池"与前句"平乐苑"均为用典而作泛指,并非确指其地。

③"旌旗"二句:《艺文类聚》作"羽旗散容裔,箫鼓吹参差"。涵芬楼本作"箫鼓吹参差"。旌旗(jīng qí):旗帜的总称。《周礼·春官·司常》:"凡军事,建旌旗。"容裔:随风飘动貌。《文选·张衡〈东京赋〉》:"建辰旒之太常,纷焱悠以容裔。"箫管:排箫和大管。泛指管乐器。参差:古代乐器名,亦名笙。相传为舜造,像凤翼参差不齐。《楚辞·九歌·湘君》:"望夫君兮未来,吹参差兮谁思?"

④遵渚:原谓鸿雁循着水中小洲飞翔,后用以形容鸿飞。《诗·豳风·九罭》:"鸿飞遵渚,公归无所。"采菱:采摘菱花。清漪:谓水清澈而有波纹。《诗·魏风·伐檀》:"河水清且涟猗。"曹植《九咏》:"遇游女于水裔,采菱花而结辞。"谢诗此句意为于清澈的湖水中采摘菱花互赠,以求相结,有希求随王赏识之意。

⑤百年:指人之一生。《礼记·曲礼上》:"百年曰期。"流水:喻流逝之岁月一去而不复回。寸心:指心,古人认为心的大小在方寸之间,故名。陆机《文赋》:"函绵邈于尺素,吐滂沛乎寸心。"

【汇评】

陈祚明《采菽堂古诗选》卷二十:工而亮,矜琢中有流逸之气。结句言及寸心,乃自披露耳。

同沈右率诸公赋鼓吹曲名先成为次①

【题解】

谢朓本题共作二首,其一《临高台》,其二《芳树》。《乐府诗集》引《古今乐录》,将其列于汉鼓吹铙歌十八曲之中。宋钞本《临高台》题注云"时为随王文学",故一般认为此二首应作于永明九年(491)。陈冠球则认为,观其内容"风起天寒,倦游思归",当作于谢朓到荆次年,即永明十年(492)秋。姑从其论,系于此。同赋诸人为沈约、范云、王融、萧衍、刘绘,均为竟陵王西邸之士,除萧衍此时与谢朓同在荆州外,其余均在京城,故为遥相唱和。

【校注】

①《古诗纪》、览翠本、万历本、张本题无"先成为次"。

芳　树①

沈右率约②

发萼九华隈,开跗寒露侧③。氛氲非一香,参差多异色④。宿昔寒飙举,摧残不可识⑤。霜雪交横至,对之长叹息。

【校注】

①《乐府诗集》本曲属《鼓吹曲辞·汉铙歌》。《乐府解题》曰:"古词中有云:'妒人之子愁杀人,君有他心,乐不可禁。'若齐王融'相思早春日',谢朓'早玩华池阴',但言时暮、众芳歇绝而已。"

②沈右率约:即沈约(441—513),"竟陵八友"之一,字休文,汉族,吴兴武康(今浙江湖州德清)人,孤贫流离,笃志好学,博通群籍,能属文。历仕宋、齐、梁三朝。著有《晋书》《宋书》《齐纪》《高祖纪》《迩言》《谥例》《宋文章志》,并撰《四声谱》。作品除《宋书》外,多已亡佚。时为右卫将军。

③九华:汉掖庭中的殿名。《西京杂记》卷一:"汉掖庭有月影台、云光殿、九华殿、开襟阁、临池观,不在簿籍,皆繁华窈窕之所栖宿焉。"隈(wēi):角或角落。左思《魏都赋》:"考之四隈。"跗(fū):通"柎",花萼房。

④氛氲:指浓郁的烟气或香气。

⑤宿昔:宿,通夙。昔,通夕。宿昔即早晚意。摧残:凋零。张衡《西京赋》:"梗林为之靡拉,朴丛为之摧残。"

当对酒①

范通直云②

对酒心自足,故人来共持。方悦罗衿解,谁念发成丝③。循性良为达,求名本自欺④。迨君当歌日,及我倾樽时。

【校注】

①《乐府诗集》此曲属《相和歌辞·相和曲》。《乐府解题》曰:"魏乐奏武帝所赋'对酒歌太平'其旨意言王者德泽广被,政理人和,万物咸遂。若梁范云'对酒心自足',则言但当为乐,勿徇名自欺也。"

②范通直云:即范云(451—503),字彦龙,南乡舞阴(今河南泌阳县西北)人。有识具,善属文。齐武帝时,除为尚书殿中郎,后官至广州刺史。入梁官散骑常侍、吏部尚书。

③"方悦"句:事见《史记·滑稽列传》:"(淳于)髡曰:……日暮酒阑,合尊促坐,男女同席,履舄交错,杯盘狼藉,堂上烛灭,主人留髡而送客,罗襦襟解,微闻芗泽,当此之时,髡心最欢,能饮一石。"

④循性:顺着本性。《孔子家语·弟子行》:"不畏强御,不侮矜寡,其言循性,其都以富,材任治戎,是仲由之行也。"

临高台

谢朓时为随王文学

千里常思归,登台瞻绮翼①。才见孤鸟还,未辨连山极②。四面动清风,朝夜起寒色。谁识倦游者,嗟此故乡忆③。

【题解】

本诗为谢朓至荆州后怀念京城所作。《乐府诗集》本题属《鼓吹曲辞·汉铙歌》,《乐府解题》:"古词言:'临高台,下见清水中有黄鹄飞翻,关弓射之,令我主万年。'但言临望伤情而已。"首句开篇便点明全篇"思归"之主旨,因"思归"而来登台远眺故乡所在,以慰乡关之思。随后"才见"二句,则写登台所见。诗人登上高台,凭窗举目,首先映入他眼帘的是倦飞归巢的孤鸟。接着,主人公目光由近而远,向他家乡方向望去。然而,极目远天,唯见山峦连绵却"未辨"家乡何处,用意尤苦。接着"四面"二句写身所感受。因是高台,四面皆窗,故能感到"四面"清风之"动"。"朝夜"则写辨认时间之长。孤身远羁,思归不能,望乡不见,已是十分凄凉。不见故乡而不愿离台而去,暮色降临,清风四起,寒气砭人,此境此景此情,更是无限凄凉。最后二句,与首句照应,揭示"思

43

归"之意。诗人沉浮宦海多年,然而至今仍不过任随王文学,空怀抱负无法施展。其中之"倦"实难与人言。其中悲慨郁结之气也只在最后"嗟此"一句中泄出而远达于高台四野。全诗以景衬情,融情入景,如走珠流玉,读来意味深沉,凄楚动人。

【校注】

①绮翼:羽毛有文采的禽鸟。《文选·潘岳〈射雉赋〉》:"莺绮翼而赪趾。"

②"才见"句:涵芬楼本作"裁见孤鸟还"。连山:山势连绵。《文选·木华〈海赋〉》:"水如连山。"

③倦游:倦于宦游。

【汇评】

吴兢《乐府古题要解》卷上《临高台》:右古词,大略言"临高台,下有清水清且寒。江有香草目以兰,黄鹄高飞离哉翻。开弓射鹄,令吾主寿万年"。若齐谢朓"千里常思归",但言归望伤情而已。

陈祚明《采菽堂古诗选》卷二十:自述所感,故非泛作。

闻人倓《古诗笺·临高台》注:"若齐谢朓,但言临望伤情而已。"

方东树《昭昧詹言》卷七:此因登高临望而思乡也。起二句先点题情,得势倒点题面,以下四句皆登望中之景,而景中皆有情,景亦活矣,非同死写景,此古人用法、用意之深妙处。收句敷衍结首句,章法奇而完密。

吴汝纶:中四句皆有比兴,孤鸟殆以自比。收云"倦游",当已奉敕还都。集云"时为随王文学",玩诗意则将去荆州矣。

巫山高①

王尹丞融②

仿像巫山高,薄暮阳台曲③。烟云乍舒卷,猿鸟时断续④。彼美如可期,寤言纷在瞩⑤。怃然坐相望,秋风下庭绿⑥。

【校注】

①本曲在《乐府诗集》中属《鼓吹曲辞·汉铙歌》。

②王尹丞融,即王融(466—493),字元长,南朝齐文学家,"竟陵八友"之

一,琅琊(今山东临沂)人。东晋宰相王导的六世孙。自幼聪慧过人,博涉古籍,富有文才。年少时即举秀才,入竟陵王萧子良幕,极受赏识,官太子舍人,迁至秘书丞,后官至中书郎。齐武帝病重,融欲矫诏拥立子良即位,事未成。萧子良和鬱林王萧昭业争夺帝位失败,王融因依附子良而下狱,被孔稚珪奏劾,赐死。

③"仿像"句:《玉台新咏》、《乐府诗集》、《古诗纪》、张本作"想像巫山高"。览翠本、万历本、郭本作"仿佛巫山高"。仿像:隐约貌。《文选·木华〈海赋〉》:"且希世之所闻,恶审其名?故可仿像其色,暧昧其形。"李善注:"仿像、暧昧,不审之貌。"巫山:山名。在重庆、湖北边境。北与大巴山相连,形如"巫"字,故名。长江穿流其中,形成三峡。阳台:宋玉《高唐赋序》:"妾在巫山之阳,高丘之阻。旦为朝云,暮为行雨。朝朝暮暮,阳台之下。"

④"烟云"二句:《古诗纪》、张本作"蘅芳乍舒卷,猿鸟自断续"。《玉台新咏》作"蘅芳乍舒卷"。涵芬楼本作"行芳乍舒卷"。

⑤彼美:《诗经·郑风·有女同车》:"彼美孟姜,洵美且都。""寤言"句:郭本作"寤言分在瞩"。《玉台新咏》、涵芬楼本作"寤言纷在属"。寤言:醒后说话。《诗·卫风·考槃》:"独寐寤言,永矢弗谖。"

⑥"怃然"句:《艺文类聚》作"无望坐相望"。《玉台新咏》、《古诗纪》、张本作"怃然坐相思"。怃然:怅然失意的样子。《论语·微子》:"夫子怃然曰:'鸟兽不可与同群,吾非斯人之徒与而谁与?'"庭绿:庭树绿叶。

有所思①

刘中书绘②

别离安可再,而我更重之。佳人不相见,明月空在帷。
共衔满堂酌,独敛向隅眉③。中心乱如云,宁知有所思。

【校注】

①《乐府解题》曰:"古词言'有所思,乃在大海南。何用问遗君?双珠玳瑁簪。闻君有他心,烧之当风扬其灰。从今已往,勿复相思而与君绝'也。"按《古今乐录》:"汉太乐食举第七曲亦用之。"不知与此同否。若齐王融"如何有所

45

思",梁刘绘"别离安可再",但言离思而已。

②刘中书绘:即刘绘(458—502),字士章,彭城人,南朝齐官吏。聪警有文义,善隶书。齐高帝以为录事典笔翰,为大司马从事中郎。

③"共衔"句:《乐府诗集》、览翠本、《古诗纪》作"共御满堂酌"。向隅:对着墙角。刘向《说苑·贵德》:"今有满堂饭酒者,有一人独索然向隅而泣,则一堂之人皆不乐矣。"

同前再赋

芳　树

谢朓

早玩华池阴,复鼓沧洲枻①。椅梶芳若斯,葳蕤纷可结②。
霜下桂枝销,怨与飞蓬折③。不厕玉盘滋,谁怜终萎绝④。

【题解】

本诗创作时间与《临高台》同。《乐府解题》曰:"古词中有云:'妒人之子愁杀人,君有他心,乐不可禁。'若齐王融'相思早春日',谢朓'早玩华池阴',但言时暮、众芳歇绝而已。"本诗前四句写暮春之时诗人乘舟在湖中游玩,看到桂树枝叶繁茂,一片兴盛景象。随后四句笔锋一转,写诗人感叹,眼前虽是一片兴旺,但一旦秋来霜起,也难逃枝叶摧折的命运,而且由于它的果实无法为人们使用,所以即便桂树风姿高洁,卓于常树,却也没有多少人会为它的凋萎而感到哀怜。本诗观其诗意,应为作者寄兴之作。诗人此时虽以文才得随王爱重,但始终只是文学之臣,而不能展露自己的抱负。而且谢朓因家世故,一向对朝局变幻怀畏惧之心,终其一生,失据于依违进退之间。故此处以芳树自比,或为感慨自己不遇之感与忧惧之心。

【校注】

①华池:《楚辞·东方朔〈七谏〉》王逸注:"华池,芳华之池也。""复鼓"句

《乐府诗集》、涵芬楼本、《古诗纪》、张本作"复影沧洲枻"。沧洲:滨水的地方。古时常用以称隐士的居处。阮籍《为郑冲劝晋王笺》:"然后临沧洲而谢支伯,登箕山以揖许由。"枻(yì):船舷,亦指短桨。《楚辞·九歌·湘君》:"桂櫂兮兰枻。"

②"椅柅"二句:涵芬楼本作"旖旎芳若斯,葳蕤纷可继"。涵芬楼本、万历本、览翠本作"葳蕤纷可继"。椅柅(yǐ nǐ):木弱貌。葳蕤:草木茂盛,枝叶下垂的样子。东方朔《七谏·初放》:"便娟之修竹兮,寄生乎江潭。上葳蕤而防露兮,下泠泠而来风。"结:《文子·上德》:"夏条可结,时难得而易失。"

③"霜下"句:《乐府诗集》作"霜下桂枝铺"。该句事见《汉书·外戚传》:"上(汉武帝)又自为作赋以伤悼(李)夫人,其辞曰:'……秋气憯以凄泪兮,桂枝落而销亡。'""怨与"句:涵芬楼本、万历本、览翠本作"怨与飞蓬逝"。

④厕:参与,混杂在里面。《广韵》:"厕,间也,次也。"玉盘:玉做成的盘子。张衡《四愁》诗:"美人赠我金琅玕,何以报之双玉盘。"滋:滋味。"谁怜"句:涵芬楼本、万历本、览翠本作"谁怜终细绝"。萎绝:枯谢。《楚辞·离骚》:"虽萎绝其亦何伤兮,哀众芳之芜秽。"

【汇评】

吴兢《乐府古题要解》卷上《芳树》:右古词,中有云:"妒人之子愁杀人,君有他心,乐不可禁。"若齐王融"相思早春日"、谢朓"早玩华池阴",但言时暮众芳歇而已。

陈祚明《采菽堂古诗选》卷二十:次句作"影"字则尖,然太轻,作"鼓"字则稳,然少致,宜两存。末段即物寓感,其情凄楚,桂可作和,故结云然。

方东树《昭昧詹言》卷七:此题本赋《鼓吹曲》故用赋体。起四句说盛,后四句说衰,而迟暮众芳歇,言外有比兴。所以说桂,犹之铜炉橘柚,此切树言之,若曰不为世用,无人访生死矣。结谓密阴连结。

吴汝纶:此亦古词伤妒之旨。

同 前

王融

相望早春日,烟花杂如雾。复此佳丽人,含姿结芳树①。

绮罗已自怜,萱风多有趣②。去来徘徊者,佳人不可遇。

【校注】
①此句意为树枝芳洁,结之象情之深固。
②萱(xuān)风:经过萱丛的风。萱,萱草,一种草本植物,也称忘忧草。

临高台

沈约

高台不可望,望远使人愁①。连山无断绝,河水复悠悠②。所思暧何在?洛阳南陌头③。可望不可至,何用解人忧?

【校注】
①"高台"二句:宋玉《高唐赋》:"登高远望,使人心瘁。"
②悠悠:连绵不尽貌。左思《吴都赋》:"直冲涛而上濑,常沛沛以悠悠。"
③暧(ài):昏暗不明的样子。南陌:南面的道路。萧衍《河中之水歌》:"莫愁十三能织绮,十四采桑南陌头。"

有所思

王融

如何有所思,而无相见时。夙昔梦颜色,阶庭寻履綦①。高歌更何已,引满终自期②。欲知忧能老,为视镜中丝③。

【校注】
①夙昔:见沈约《芳树》注⑤。梦颜色:《古诗十九首·凛凛岁云暮》:"独宿累长夜,梦想见容辉。"履綦(lǚ qí):足迹,踪影。《汉书·外戚传下·孝成班倢伃》:"俯视兮丹墀,思君兮履綦。"
②引满:谓斟酒满杯而饮。《汉书·叙传上》:"皆引满举白,谈笑大噱。"期:《说文》:"期,会也。"

③忧能老:语出《诗经·小雅·小弁》:"维忧用老。"

巫山高

刘绘

高唐与巫山,参差郁相望①。灼烁在云间,氤氲出霞上②。
散雨收夕台,行云卷晨帐③。出没不易期,婵娟似惆怅④。

【校注】

①高唐:台名,相传在楚地云梦泽中。宋玉有《高唐赋》。
②灼烁(zhuó shuò):鲜明光彩的样子。《古文苑·宋玉〈舞赋〉》:"珠翠灼烁而照曜兮,华袿飞髾而杂纤罗。"
③散雨:雨丝散乱。张协《杂诗》其四:"森森散雨足。"行云:流动的云。曹植《王仲宣诔》:"哀风兴感,行云徘徊,游鱼失浪,归鸟忘栖。"
④婵娟:姿态美好貌。《文选·张衡〈西京赋〉》:"嚼清商而却转,增婵娟以此豸。"惆怅:因失意或失望而伤感、懊恼。《楚辞·九辩》:"廓落兮,羁旅而无友生;惆怅兮,而私自怜。"

同 前

范云

巫山高不极,白日隐光辉①。遥遥朝云出,冥冥暮雨归②。
岩悬兽无迹,林暗鸟疑飞。枕席竟谁荐,相望空依依③。

【校注】

①不极:无穷,无限。
②遥遥:指距离很远。《左传·昭公二十五年》:"鹳鹆之巢,远哉遥遥。"冥冥:《诗经·小雅·无将大车》:"维尘冥冥。"郑笺:"蔽人目明,令无所见也。"
③"枕席"句:事见宋玉《高唐赋序》:"玉曰:'昔者,先王尝游高唐,怠而昼寝,梦见一妇人,曰:"妾,巫山之女也,为高唐之客,闻君游高唐,愿荐枕席。"'"依依:留恋,不忍分离貌。王逸《九思·伤时》:"志恋恋兮依依。"

49

同王主簿有所思①

佳期期未归,望望下鸣机②。徘徊东陌上,月出行人稀③。

【题解】

王主簿即王季哲,谢朓岳父王敬则子。《资治通鉴》卷一百四十一胡三省注:"(王)敬则为大司马,以其子(王季哲)为记事参军。"据《南齐书·明帝纪》,王敬则于建武元年(494)冬十月为大司马。故此诗当为建武二年(495)与王季哲唱和之作。

本诗为拟乐府旧题,写思妇怀念夫君,望其早归之闺怨。谢朓以其时流行之五言新体出之,已具有鲜明的格律化倾向,反映了五言诗从古体向律体过渡的痕迹。而本诗语言清新自然,意境含蓄隽永,可谓即景含情,言在意外。无论是在体制、格调上,还是笔法、意境上都已开唐诗五绝先声。

【校注】

①张本作"有所思同王主簿赋"。

②佳期:见《春游》注②。望望:瞻望的样子,依恋的样子。《礼记·问丧》:"其往送也,望望然,汲汲然,如有追而弗及也。"鸣机:即机杼,织布机。

③徘徊:往返回旋,来回走动。《荀子·礼论》:"今夫大鸟兽则失亡其群匹,越月逾时,则必反铅;过故乡,则必徘徊焉,鸣号焉,踯躅焉,踟蹰焉,然后能去之也。"陌:田间东西方向的道路,泛指田间小路。《史记·商君列传》:"为田开阡陌封疆,而赋税平。"

【汇评】

陈祚明《采菽堂古诗选》卷二十:即景含情,意在言外,法同唐绝,而调稍高。

张玉縠《古诗赏析》卷十八:先写情,后写景,则景中无非情矣。诗境超甚。

沈德潜《古诗源》卷十二:即景含情,怨在言外。

成书《多岁堂古诗存》曰:词尽意不尽,断句正宗。

郊庙歌辞

《乐府诗集·郊庙歌辞》载:"《乐记》曰:'王者功成作乐,治定制礼。是以五帝殊时,不相沿乐,三王异世,不相袭礼。'明其有损益。"此类歌辞源于《诗经》中的颂诗,主要在祭祀天地、祖先等大典礼上使用。两汉之后,世有制作,南朝先为依仿晋曲,后乃创制,以为一代之典,但陈陈相因,艺术价值不高。

雩祭歌[1]

【题解】

建武二年(495),谢朓时任中书郎,颇受明帝眷顾,重要之典章制度均出其手。《南齐书·乐志》载:"建武二年,雩祭,谢朓造辞,一依谢庄,唯世祖四言也。"雩(yú),在古代是为求雨而举行的一种祭祀。《左传·桓公五年》:"凡祀,启蛰而郊,龙见而雩。"谓每年孟夏,苍龙昏见东方,以是月祀五方上帝,谓之常雩。又大旱亦雩,《公羊传·桓公五年》:"大雩者何?旱祭也。"南齐雩祭在明堂,系常祭。雩祭歌即为祀神之辞,玄虚无征,意义难明。谢庄所作之《宋明堂歌》共九首,而谢朓《雩祭歌》则少《登歌》一首。谢朓本诗除《世祖武皇帝》为四言外,其余各首字数句数均相同,其中《迎神》《送神》均三言,依汉郊祀歌;《青帝》三言依木数,《赤帝》七言依火数,《黄帝》五言依土数,《白帝》九言依金数(实为四言五言各一句);《黑帝》六言依水数(实为三言两句)。五帝分别对应五行,《黄帝》居中,青、赤、白、黑分主四季。每首五章转韵,共计三十一章。

【校注】

[1]《乐府诗集》作"齐雩祭乐歌",涵芬楼本、张本作"齐雩祭歌"。

迎 神

清明畅,礼乐新①。候龙景,选贞辰②。
阳律亢,阴晷伏③。耗下土,荐穜稑④。
宸仪警,王度宣⑤。瞻云汉,望旻天⑥。
张盛乐,奏云舞⑦。集五精,延帝祖⑧。
雩有讽,禜有秩⑨。秬鬯芬,圭瓒苾⑩。
灵之来,帝阍开⑪。车煜燿,吹徘徊⑫。
停龙轙,遍观此⑬。涷雨飞,祥云靡⑭。
坛可临,奠可歆⑮。对甿祉,鉴皇心⑯。

【题解】

《雩祭歌》共八首,《迎神》为第一首,共八章,每章三言四句。内容依雩祭之程序而展开,写得肃穆隆重。第一章写雩祭开始,内容为政治清明,礼乐一新,迎候龙星之影,而选择正确的时辰进行祭祀。第二章写上天降下旱灾,谷物连年不熟。第三章写齐明帝亲临祭祀,仰看银河,祝望昊天,态度虔诚。第四章写祭祀中演奏盛乐,开始歌舞以召集五星,迎候帝祖。第五章写呈献牺牲,讽诵致祭。第六章写神灵降临。第七章写请求神灵降雨。第八章则写皇帝诚心可鉴,恭请神灵鉴察。

【校注】

①清明:不浊不乱,指天下太平,政治有法度。《诗经·大雅·大明》:"肆伐大商,会朝清明。"畅:通,达。

②候:迎候,伺候。龙:古代星宿名称,亦称苍龙。《左传·桓公五年》:"凡祀,启蛰而郊,龙见而雩。"景,同"影"。"选贞辰"句:《乐府诗集》、《古诗纪》、涵芬楼本、张本作"练贞辰"。贞:正。

③亢:《广雅》:"亢,旱也。"晷:日影。"阳律亢"二句言晴盛天旱而雨候

潜藏。

④"秏下土"句:涵芬楼本、《诗纪》、张本作"耗下土"。秏(hào):同"耗"。下土:下土之民。《诗经·大雅·云汉》:"耗斁下土。"意为上天厌弃下土之民而降以灾难。荐:再,又。《左传·僖公十三年》:"晋荐饥。"稑穋(tóng lù):《周礼·天官·内宰》:"上春,诏王后帅六宫之人,而生稑穋之种,而献之于王。"郑玄注引郑司农曰:"先种后孰谓之稑,后种先孰谓之穋。"此句意为谷物连岁不熟。

⑤"宸仪警"二句:《乐府诗集》、中华书局点校本《南齐书》(以下简称《南齐书》)作"震仪警,王度乾"。涵芬楼本、《古诗纪》、张本作"王度乾"。宸仪:帝王的仪仗。宸,北极星所在,后借指帝王所居,又引申为王位、帝王的代称。警:帝王出入时,于所经路途侍卫警戒,清道止行,谓之"警跸",出为警,入为跸。王度:王者的德行器度。《左传·昭公十二年》:"思我王度,式如玉,式如金。"宣:明。

⑥"瞻云汉"二句:《南齐书》、《乐府诗集》、涵芬楼本、《古诗纪》、张本作"嗟云汉,望昊天"。云汉:见《钧天曲》注②。昊天:天,《尚书·尧典》:"乃命羲和,钦若昊天。"

⑦盛乐:盛大的乐曲。《礼记·月令》:"(仲夏之月)命有司为民祈祀山川百源,大雩帝,用盛乐。"云舞:翩翩而舞。《乐府诗集·郊庙歌辞·汉郊祀歌》:"钟鼓竽笙,云舞翔翔。"

⑧五精:五方之星。即后述所祀之青、赤、黄、白、黑五帝。《文选·张衡〈东京赋〉》:"辨方位而正则,五精帅而来摧。"延:引进接待;引入。帝祖:天帝和先祖。《文选·颜延之〈宋郊祀歌〉》:"禽威宝命,严恭帝祖。"

⑨"雩有讽"句:郭本作"云有讽"。雩,祭祀名,祈求降雨。讽:背诵。《周礼·春官·大司乐》:"兴道讽诵言语。"禜(yíng):古代一种对于水灾和旱灾的祭祀。《左传·昭公元年》:"山川之神,则水旱、疠疫之灾,于是乎禜之;日月星辰之神,则雪霜、风雨之不时,于是乎禜之。"秩:有条理,不混乱。

⑩"秬鬯芬"二句:《南齐书》、《乐府诗集》、《古诗纪》、张本作"脣鬯纷,圭瓒瑟"。秬鬯(jù chàng):古代以黑黍和郁金香草酿造的酒,用于祭祀降神及赏赐有功的诸侯。《诗经·大雅·江汉》:"厘尔圭瓒,秬鬯一卣。"圭瓒(guī zàn):古代的一种玉制酒器,形状如勺,以圭为柄,用于祭祀。《尚书·文侯之命》:

53

"平王锡晋文侯秬鬯圭瓒。"苾(bì):香,芳香。《诗经·小雅·楚茨》:"苾芬孝祀。"

⑪灵:神灵。《楚辞·九歌·湘夫人》:"九疑缤兮并迎,灵之来兮如云。"帝阍:掌管天门的人。《楚辞·离骚》:"吾令帝阍开关兮,倚阊阖而望予。"

⑫煜燿(yù yào):光彩照射的意思。吹:鼓吹。

⑬"停龙辖"句:《南齐书》、《乐府诗集》作"停龙轙"。龙轙(yǐ):雨神之龙车。轙,车衡上贯穿缰绳的大环,此处代指车。

⑭"涷雨飞"二句:《古诗纪》、览翠本、万历本、郭本作"冻雨飞,祥云靡"。《南齐书》、《乐府诗集》作"涷雨飞,祥云风"。涷雨:暴雨。《楚辞·九歌·大司命》:"令飘风兮先驱,使涷雨兮洒尘。"祥云:象征祥瑞的云气,传说中神仙所驾的彩云。靡:华丽,美好。

⑮坛:祭坛。《说文》:"坛,祭场也。坛之言坦也。"歆:祭祀时鬼神享受祭品的香气。《说文》:"歆,神食气也。"

⑯"对甿祉"句:明南京国子监本(以下简称明南监本)、清同治金陵书局本(以下简称金陵书局本)《南齐书》作"对氓祉"。《乐府诗集》、《古诗纪》、览翠本、万历本、张本、郭本作"对甿社"。甿(méng):古代称农民。祉:原指祖先神降临,后引申为福气。皇心:指齐明帝祭祀之诚心。

世祖武皇帝

潜哲维祖,长发其武①。帝出自震,重光御寓②。
七德攸宣,九畴咸叙③。静难荆衡,凝威蠡浦④。
昧旦丕承,夕惕刑政⑤。化一车书,德馨粢盛⑥。
昭星夜景,非云晓庆⑦。衢室成阴,璧水如镜⑧。
礼充玉帛,乐被匏弦⑨。於铄在咏,陟配于天⑩。
自宫徂兆,靡爱牲牷⑪。我将我享,永祚丰年⑫。

【题解】

世祖武皇帝指齐武帝萧赜(440—493),为齐太祖萧道成长子,在位11年,因文惠太子早死,传位于孙萧昭业即后来之鬱林王。太祖兄道生子萧鸾,先后废弑鬱林王萧昭业及昭业弟海陵王萧昭文,自立为帝。明帝在表面上仍尊崇武帝。《世祖武皇帝》内容为称颂世祖,因世祖配享,故为雩祭歌第二首,位列《迎神》之次。全诗共三章,每章四言八句。第一章列举世祖功业,第二章写世祖之勤政治国,第三章写祭享祝愿。

【校注】

①濬哲:深邃的智慧,一说明智。《诗经·商颂·长发》:"濬哲维商,长发其祥。"祖:指齐世祖萧赜。长发:长久发扬。《诗经·商颂·长发》:"濬哲维商,长发其祥。"武:萧赜谥号"武帝"。《逸周书·谥法解》第五十四:"刚强理直曰武,威强澼德曰武,克定祸乱曰武,刑民克服曰武,夸志多穷曰武。"萧赜在位11年,刚毅有断,惟总大体,革晋宋之弊政,故称武帝。

②"帝出"句:《说卦传》:"帝出乎震,齐乎巽,相见乎离,致役乎坤,说言乎兑,战乎乾,劳乎坎,成言乎艮。万物出乎震,震,东方也。"震:卦名,震上震下,其象为雷,为长子。此句意为武帝为太子继位。重光:比喻累世盛德,辉光相承。《尚书·顾命》:"昔君文王、武王,宣重光。"御寓:即"御宇",统治天下之意。

③七德:指武功的七种德行。事见《左传·宣公十二年》:"夫武,禁暴、戢兵、保大、定功、安民、和众、丰财者也。故使子孙无忘其章……武有七德,我无一焉,何以示子孙?"九畴:传说中天帝赐给禹治理天下的九类大法,即《洛书》。后泛指治理天下的大法。《尚书·洪范》:"天乃锡禹洪范九畴,彝伦攸叙。初一曰五行,次二曰敬用五事,次三曰农用八政,次四曰协用五纪,次五曰建用皇极,次六曰乂用三德,次七曰明用稽疑,次八曰念用庶征,次九曰向用五福,威用六极。"叙:指次序。

④"静难"二句:《南齐书》《乐府诗集》作"静难荆舒,凝威蠡浦"。静难:即靖难,平定变乱。衡:指衡山。蠡浦(lí pǔ):湖名,即今之鄱阳湖。《尚书·禹贡》:"彭蠡既潴。"此二句颂武帝之功。宋昇明元年(477)冬,萧道成都督荆湘八州军事,荆州刺史沈攸之起兵东下,攻郢城,武帝此时守盆口,并派部属据西

塞为鄄城援,终平攸之。

⑤昧旦:又叫昧爽,指天将亮的时间。《诗经·郑风·女曰鸡鸣》:"女曰鸡鸣,士曰昧旦。"丕承:很好地继承。《尚书·君奭》:"惟文王德丕承无疆之恤。"夕惕:谓至夜晚仍怀忧惧,工作不懈。《易·乾》:"君子终日乾乾,夕惕若厉,无咎。"本句谓武帝朝夕勤于政务,时刻保持警醒而不敢懈怠。

⑥化:《说文》:"化,教行也。"一:《广韵》:"一,同也。"车书:《史记·秦始皇本纪》:"车同轨,书同文。"表示天下归于一统。德馨:德行馨香。语出《尚书·君陈》:"黍稷非馨,明德惟馨。"粢盛(zī chéng):古代盛在祭器内以供祭祀的谷物。《公羊传·桓公十四年》:"御廪者何?粢盛委之所藏也。"

⑦昭星:即"景星"。《晋书·天文志中·瑞星》:"景星,如半月,生于晦朔,助月为明。或曰,星大而中空。或曰,有三星,在赤方气,与青方气相连,黄星在赤方气中,亦名德星。""非云"句:万历本、《汉魏六朝诸家文集·谢宣城集》(以下简称文集本)作"蜚云晓庆"。非云:指五色云,古人以为喜庆、吉祥、祥瑞之气。也作"景云""卿云"。《史记·天官书》记载:"若烟非烟,若云非云,郁郁纷纷,萧索轮囷,是谓卿云。卿云,喜气也。"

⑧衢室:相传为尧征询民意的处所,后泛指古代帝王听政之所。《管子·桓公问》:"黄帝立明台之议者,上观于贤也;尧有衢室之问者,下听于人也。"成阴:形容衢室来人之多,影多成阴。璧水:指太学。周天子所设之学曰辟廱,亦曰璧雍、辟雍。《三辅黄图》卷五:"周文王辟廱,在长安西北四十里,亦曰璧雍。如璧之圆,雍之以水,象教化流行也。"

⑨"乐被"句:《南齐书》作"乐被筦弦",《乐府诗集》作"乐被管弦"。玉帛:圭璋和束帛,古代祭祀、会盟、朝聘等均用之。《周礼·春官·肆师》:"立大祭用玉帛牲牷。"匏(páo)弦:匏和弦,均乐器名,古代八音之一。《礼记·乐记》:"匏曰笙,丝曰弦。"

⑩於铄:叹词,表赞美。《诗经·周颂·酌》:"於铄王师,遵养时晦。"咏:曼声长吟,歌唱。陟配:谓天子升遐后,于祭天时配享。《尚书·君奭》:"故殷礼陟配天,多历年所。"

⑪宫:宗庙。《诗经·召南·采薇》:"于以用之?公侯之宫。"徂:往。《尔雅》:"徂,往也。"兆:祭坛或墓地的界域。《周礼·春官·小宗伯》:"兆五帝于四郊。"靡:无,没有。爱:爱惜,珍惜。牲牷(shēng quán):古代祭祀用的纯色

全牲,后泛指祭品。《左传·桓公六年》:"吾牲牷肥腯,粢盛丰备。"

⑫"我将"句:《诗经·周颂·我将》:"我将我享,维羊维牛,维天其右之"郑笺:"将,犹奉也。我奉养,我享祭之。"祚:福,赐福。

青　帝

营翼日,鸟殷宵①。凝冰泮,玄蛰昭②。
景阳阳,风习习③。女夷歌,东皇集④。
奠春酒,秉青珪⑤。命田祖,渥群黎⑥。

【题解】

《周礼·天官·大宰》云"祀五帝",唐贾公彦疏云:"五帝者,东方青帝灵威仰,南方赤帝赤熛弩,中央黄帝含枢纽,西方白帝白招拒,北方黑帝叶光纪。"贾疏实据两汉纬书,《河图》云:"东方青帝灵威仰,木帝也;南方赤帝赤熛怒,火帝也;中央黄帝含枢纽,土帝也;西方白帝白招拒,金帝也;北方黑帝叶光纪,水帝也。"故《迎神》第四章"集五精"者,即指此五帝。《雩祭歌》依次列为三至七首。《青帝》按序为第三首,共三章,每章三言四句。第一章写冬去春来,万物复苏。第二章写风和日丽,春神作歌,天帝降临。第三章写祈神降雨,润泽黎民。

【校注】

①营:指营室星,即室宿,二十八宿之一。《礼记·月令》:"孟春之月,日在营室。"翼:辅佐。《左传·昭公九年》:"翼戴天子。"鸟:星名,即"朱雀"。《尚书·尧典》:"日中星鸟。"殷:正。《尚书·尧典》:"以殷仲春。"

②泮:冰雪融解。《诗经·邶风·匏有苦叶》:"迨冰未泮。"玄蛰昭:《礼记·乐记》:"蛰虫昭苏。"郑注:"昭,晓也。蛰虫以发出为晓。"

③"景阳阳"句:《艺文类聚》作"景汤汤"。景:日光。阳阳:温和晴朗的样子。《楚辞·九怀》:"季春兮阳阳。"习习:微风和煦貌。《诗经·邶风·谷风》:"习习谷风,以阴以雨。"

④"姨歌"句:《艺文类聚》作"夷女歌"。女夷:古代传说中的春神,后亦以

57

为花神。《淮南子·天文训》：" 女夷鼓歌，以司天和，以长百谷禽鸟草木。" 东皇：即东皇太一，《九歌》中所描写的天帝，是中国古代祭祀的最高神。《汉书·郊祀志》云：" 天神，贵者太一。太一佐曰五帝。古者天子以春秋祭太一东南郊。"

⑤ "奠春酒"句：《南齐书》《乐府诗集》作"樽春酒"。奠：设酒食为祭。春酒：在寒冬酿造，以备春天饮用的酒。《诗经·豳风·七月》："十月获稻，为此春酒，以介眉寿。"秉：持，执。青珪：亦作"青圭"，古代礼器，以青玉制成，上尖下方。《周礼·春官·大宗伯》："以青圭礼东方，以赤璋礼南方。"郑玄注："圭锐，象春物初生。"

⑥ 田祖：传说中始耕田者，说法不一。《周礼·春官》："凡国祈年于田祖。" 渥：沾润。群黎：万民，百姓。《诗经·小雅·天保》："群黎百姓，遍为尔德。"

赤　帝

惟此夏德德恢台①，两龙在御炎精来②。
火景方中南讹秩③，靡草云黄含桃实④。
族云翁郁温风煽⑤，兴雨祁祁黍苗遍⑥。

【题解】

《赤帝》为《雩祭歌》的第四首。《晋书·天文志》："南方赤帝，赤，熛怒之神也。"故《赤帝》之内容为祭祀主宰夏季的赤帝。全诗三章，每章七言二句，第一章写夏神御龙降临，以昭蕃育万物之德。第二章写火日当空夏神尽职，草木生长繁盛。第三章写夏雨利农，滋润黍苗。

【校注】

① "惟此"句：《艺文类聚》作"惟此夏德德恢恢"。夏德：夏季旺气，五行之说中以四季中之旺气为德。恢台：旺盛或广大的样子。《楚辞·九辩》："收恢台之孟夏兮，然欿傺而沉藏。"

② "两龙"句：南监本、毛晋本（以下简称毛本）、清武英殿本（以下简称殿

本)清官书局本(以下简称局本)《南齐书》作"雨龙在御炎精来"。炎精:赤精之君。赤精,即南方之神,古代天子于立夏之日祭之南郊。《周礼·春官·大宗伯》:"以赤璋礼南方。"郑玄注:"礼南方以立夏,谓赤精之帝,而炎帝、祝融食焉。"

③火:大火星。方中:正中。《诗·鄘风·定之方中》:"定之方中,作于楚宫。"朱熹《集传》:"定,北方之宿,营室星也。此星昏而正中,夏正十月也。"南讹:指夏时耕作及劝农等事。《尚书·尧典》:"平秩南讹。"又南方主夏属火,炎帝所司,亦有用以借称火神。

④靡(mí)草:草名。《礼记·月令》:"孟夏之月……靡草死,麦秋至。"含桃:樱桃的别称。《礼记·月令》:"(仲夏之月)天子乃以雏尝黍,羞以含桃先荐寝庙。"

⑤族云:凝聚的云气。翁(wěng)郁:茂盛貌。温风:热风。《礼记·月令》:"季夏之月……温风始至,蟋蟀居壁,鹰乃学习,腐草为萤。"

⑥祁祁:舒缓合宜的样子。《诗经·小雅·大田》:"有渰萋萋,兴雨祁祁。"

黄　帝

禀火自高明,毓金挺刚克①。凉燠资成化,群方载厚德②。
阳季句萌达,炎徂潦暑融③。商暮百工止,岁极凌阴冲④。
泉流疏已清,原隰远而平⑤。咸言祚惟亿,敦民保高京⑥。

【题解】

《晋书·天文志》:"黄帝坐太微中,含枢纽之神。"黄帝为主中央之神,按序排在五帝之三。《黄帝》为祭歌第五首,内容为祭祀黄帝,歌颂其生成化育。全诗共三章,每章五言四句。第一章写黄帝掌握枢纽,调节凉暖,万物之生长都要承载其德。第二章写四季运转,万物生长运作应各依时令。第三章写黄帝庇佑,天下河清海晏,福泽万民,勉励众人要努力耕作以取得好的收获。

【校注】

①"禀火"二句：《艺文类聚》作"禀火自明敏，资金挺刚克"。禀火：承受火的锻炼。《旧唐书·音乐志三》："毓金为体，禀火成身。"高明：指天，上天。《尚书·洪范》："沈潜刚克，高明柔克。"毓：生养，养育。刚克：谓以刚强取胜。《尚书·洪范》："三德：一曰正直，二曰刚克，三曰柔克。"

②燠(yù)：暖，热。《尔雅》："燠，暖也。"成化：生成化育。黄帝位在中央，神含枢纽，禀火毓金，性兼刚柔，气兼冷暖，所以万物凭以成化。"群方"句：《古诗纪》、览翠本、郭本作"群芳载厚德"。群方：指万方。载厚德：《易经·坤卦》："地势坤，君子以厚德载物。"

③阳季：指春末。句萌：草木初生的嫩芽、幼苗。拳曲者称为"句"，有芒而直者称为"萌"，合称"句萌"。《礼记·月令》："季春之月……生气方盛，阳气发泄，句者毕出，萌者尽达，不可以内。"达：幼苗出土。炎：炎暑。徂：往。溽暑：犹言暑湿之气，指盛夏。《礼记·月令》："土润溽暑。"

④商暮：秋末。商音属秋。《初学记》卷三引南朝梁元帝《纂要》："九月季秋，亦曰暮秋，末秋，暮商，杪秋。"百工：古代主管营建制造的工官名称，以后沿用为各种手工业者和手工业行业的总称。《考工记·总序》："国有六职，百工与居一焉。……审曲面势，以饬五材，以辨民器，谓之百工。"岁极：年终。凌阴：藏冰的地窖。《诗经·豳风·七月》："二之日凿冰冲冲，三之日纳于凌阴。"

⑤"泉流"句：《南齐书》、《乐府诗集》作"皇流疏已清，原隰甸已平"。《古诗纪》、万历本、览翠本、张本、郭本作"原隰甸已平"。疏：通。原隰(xí)：广平与低湿之地，亦泛指原野。《国语·周语上》："犹其原隰之有衍沃也。"

⑪祚：赐福。亿：安宁，安定。"敦民"句：南监本《南齐书》、《乐府诗集》、《古诗纪》、张本作"敦民保齐京"。敦：勉励，劝导。高京：高高的大谷仓。《管子·轻重》注："大囷曰京。"

白　帝

帝说于兑，执矩固司藏①。百川收潦，精景应金方②。

嘉树离披,榆关命宾鸟③。夜月如霜,金风方嫋嫋④。
商阴肃杀,万宝咸亦遒⑤。劳哉望岁,场功冀可收⑥。

【题解】

《晋书·天文志》:"西方白帝,白招矩之神也。"《拾遗记》:"白帝之子,即太白之精。"白帝即少昊金天氏,主管西方的天神。古人在传统五行之说中以百物配五行。秋天属金,其味为辛,其色为白,故司秋之神就是白帝。本诗为祭歌第六首,亦三章,每章四句,单句四言,偶句五言。内容为祭祀主宰秋收的白帝。第一章写时令入秋,第二章写入秋后之景象,第三章写秋收完毕,祈盼丰收。

【校注】

①"帝说"句:《南齐书》、《乐府诗集》作"帝悦于兑"。帝:指白帝。说:同"悦"。兑:《周易·说卦传》:"兑,正秋也,万物之所说也,故曰:说言乎兑。""执矩"句:览翠本、万历本、文集本、郭本作"执矩固斯藏"。执矩:《汉书·魏相丙吉传》:"西方之神少昊,秉'兑',执矩司秋。"矩,画直角或方形的工具。固司藏:《礼记·月令》:"季秋之月……是月也,申严号令,命百官贵贱无不务内,以会天地之藏,无有宣出。"固,固守。司,主管。藏,收藏。

②收潦(lào):洪水不再泛滥。潦,同"涝"。《庄子·秋水》:"禹之时,十年九潦。""精景"句:《南齐书》、《艺文类聚》、《乐府诗集》作"精景应徂商"。精景:明亮的日光。王僧达《和琅琊王依古》:"白日无精景,黄沙千里昏。"金方:西方。《汉书·五行志》:"金,西方,万物既成,杀气之始也。"

③嘉树:美树。《楚辞·九章·橘颂》:"后皇嘉树,橘徕服兮。"嘉,美。离披:分散下垂的样子,纷纷下落的样子。《楚辞·九辩》:"白露既下百草兮,奄离披此梧楸。"榆关:犹"榆塞",泛指北方边塞,亦专指山海关。《汉书·韩安国传》:"后蒙恬为秦侵胡,辟数千里,以河为竟。累石为城,树榆为塞,匈奴不敢饮马于河。"宾鸟:又作"宾雁",即鸿雁。《礼记·月令》:"季秋之月……鸿雁来宾。"

④"金风"句:《南齐书》、《艺文类聚》、《乐府诗集》作"秋风方嫋嫋"。金风:指秋风。《文选·张协〈杂诗〉》:"金风扇素节,丹霞启阴期。"嫋嫋(niǎo niǎo):

61

微风吹拂的样子。《楚辞·九歌·湘夫人》:"嫋嫋兮秋风,洞庭波兮木叶下。"

⑤商阴:秋气,见《黄帝》注④。肃杀:严酷萧瑟貌,多用以形容深秋或冬季的天气和景色。《汉书·礼乐志·郊祀歌》:"西颢沆砀,秋气肃杀。""万宝"句:《古诗纪》、张本、郭本作"万宝咸已遒"。万宝:各种作物的果实。《庄子·庚桑楚》:"春气发而百草生,正得秋而万宝成。"遒:聚合,聚集。《诗经·商颂·长发》:"敷政优优。百禄是遒。"

⑥劳哉:辛劳的叹词。望岁:盼望丰收。《左传·昭公三十二年》:"闵闵焉如农夫之望岁,惧以待时。"场功:指修筑场地和翻晒、脱粒等农事。《国语·周语中》:"野有庾积,场功未毕。"

黑　帝

白日短,玄夜深①。招摇转,移太阴②。
霜钟鸣,冥陵起③。星回天,月穷纪④。
听严风,来不息⑤。望玄云,黝无色⑥。
曾冰裂,积羽幽⑦。飞雪至,天山侧。
关梁闭,方不巡⑧。合国吹,飨蜡宾⑨。
统微阳,究终始⑩。百礼洽,万祚臻⑪。

【题解】

《晋书·天文志》:"北方黑帝,叶光纪之神也。"黑帝亦为后天五帝之一,为主管北方的天神。《史记·天官书》:"黑帝行德,天关为之动。"高祖刘邦曾自封为黑帝,并建立黑帝祠。《史记·封禅书》载:"高祖曰:'故秦上帝祠何帝也?'对曰:'四帝有白、青、黄、赤之祠。'刘邦又问道:"吾闻天有五帝,而有四,何也?"莫知其说。于是高祖曰:'吾知之矣,乃待我而具五也。'于是设立黑帝祠,名为北畤。"《黑帝》为祭歌第七首,为祭祀主宰冬天的黑帝之歌。本诗共三章,每章三言八句。第一章写冬季到来,天文转变。第二章写寒风瑟瑟,冬寒逼人。第三章写祭享众神,祈求万福。

【校注】

①玄夜:黑夜。刘桢《公宴》诗:"遗思在玄夜,相与复翱翔。"
②招摇:即北斗第七星摇光。亦借指北斗。《礼记·曲礼上》:"行,前朱雀而后玄武,左青龙而右白虎,招摇在上,急缮其怒。""移太阴"句:涵芬楼本、《乐府诗集》作"移大阴"。太阴:即太岁星。《尔雅·释天》:"太阴,太岁也。"
③霜钟:指钟或钟声。《山海经·中山经》:"(丰山)有九钟焉,是知霜鸣。"冥陵:即冥凌,指北方之神。《楚辞·大招》:"冥凌浃行,魂无逃只。"
④"星回"二句:谓一年已终,星辰复回于原位。《礼记·月令》:"季冬之月……月穷于纪,星回于天,数将几终,岁且更始。"
⑤严风:冬日之寒风。《初学记》引梁元帝《纂要》曰:"冬曰玄英,亦曰安宁,亦曰玄冬、三冬、九冬;天曰上天;风曰寒风、劲风、严风。"
⑥玄云:黑云,浓云。《楚辞·九歌·大司命》:"广开兮天门,纷吾乘兮玄云。"黝:青黑色。《说文》:"黝,微青黑色也。"
⑦"曾冰裂"句:《南齐书》、《乐府诗集》、涵芬楼本作"曾冰冽"。《古诗纪》作"曾冰烈"。曾冰:层冰,厚冰。积羽:古地名。《竹书纪年》卷下:"(周穆王)北征,行流沙千里,积羽千里。"
⑧关梁:关口和桥梁。方不巡:不复巡守四方。
⑨合国吹:大型吹奏。《礼记·月令》:"季冬之月……命乐师大合吹而罢。"蜡(zhà)宾:年终祭祀的助祭人。《礼记·礼运》:"昔者仲尼与于蜡宾。"
⑩"统微阳"句:《南齐书》《乐府诗集》作"充微阳"。统:总合。微阳:微弱的阳光。《白虎通义·诛伐》:"冬至,所以休兵不举事,闭关,商旅不行,何?此日阳气微弱,王者承天理物,故率天下静,不复行役,扶助微气成万物也。"究始终:指始终循礼以行。《左传·昭公三年》:"一为礼于晋,犹荷其禄,况以礼始终乎。"
⑪百礼:各种礼法。洽:合。祚:福。臻:至,到。

送　神

敬如在,礼将周①。神之驾,不少留②。
跃龙镳,转金盖③。纷上驰,云之外。

警七曜,诏八神④。排阊阖,渡天津⑤。
有渰兴,肤寸积⑥。雨冥冥,又终夕⑦。
俾栖粮,惟万箱⑧。皇情畅,景命昌⑨。

【题解】

《送神》为祭歌最后一章,主要写祭礼完毕,送神而归,谢其降福。共五章,每章三言四句。第一章写礼毕送神,第二章写众神升天,第三章写神驾飞度,第四章写神又赐雨,最后一章写谢神降福。

【校注】

①敬如在:语出《论语·八佾》:"祭如在,祭神如神在。"周:周全、完满。

②少:同"稍"。

③"跃龙镳"句:《南齐书》《乐府诗集》作"跿龙镳"。龙镳(biāo):驾车之龙。镳,马衔也。金盖:金饰的车盖,此处代指仙人车驾。

④"警七曜"句:《南齐书》作"警七耀"。警:告诫。七曜:又称七政、七纬、七耀。中国古代对日(太阳)、月(太阴)与金(太白)、木(岁星)、水(辰星)、火(荧惑)、土(填星、镇星)七大行星的一种总称。晋范宁《春秋穀梁传序》:"阴阳为之愆度,七曜为之盈缩。"诏:告、告知。八神:八方之神。《汉书·武帝纪》:"用事八神。"

⑤阊阖(chāng hé):指天门。《楚辞·离骚》:"吾令帝阍开关兮,倚阊阖而望予。"天津:指天汉,即银河。《楚辞·离骚》:"朝发轫于天津兮,夕余至乎西极。"

⑥有渰(yǎn):亦作"有弇"。浓云密布貌。一说指雨神。《诗经·小雅·大田》:"有渰萋萋,兴雨祁祁。"肤寸积:指云层逐渐积厚。《公羊传·僖公三十一年》:"触石而出,肤寸而合。"

⑦雨冥冥:雨迷漫的样子。《楚辞·九歌·山鬼》:"雷填填兮雨冥冥。"

⑧俾:使。栖粮:谓年谷丰登,余粮存放于田头,后因以称颂丰年盛世。《文选·左思〈魏都赋〉》:"余粮栖亩而弗收。"万箱:言粮食数量之多。

⑨皇情:天子之情。景命:大命。指授予帝王之位的天命。《诗经·大雅·既醉》:"君子万年,景命有仆。"

64

四言诗

侍宴华光殿曲水奉敕为皇太子作①

一

旁求邃古,逖听鸿名②。大宝曰位,得一为贞③。
朱绨叶祉,绿字摘英④。升配同贯,进让殊声⑤。

二

大横将属,会昌已命⑥。国步中阻,宸居膺庆⑦。
玺剑先传,龟玉增映⑧。宗尧有绪,复禹无竞⑨。

三

礼行郊社,人神受职⑩。宝效山川,鳞羽变色⑪。
玄塞北麾,丹徼南极⑫。浮毳驾风,飞泳登陟⑬。

四

能官民秀,利建天胄⑭。枑䴋列野,营绛分区⑮。
论思帝则,献纳宸枢⑯。麟趾方定,鹓翼谁濡⑰。

五

西京蔼蔼,东都济济⑱。秋祓濯流,春禊浮醴⑲。
初吉云献,上除方启⑳。昔驾阳频,今帐云陛㉑。

六

嘉乐旧矣,芳宴在斯㉒。载留神瞩,有睟天仪㉓。
龙精已映,威仰未移㉔。叶依黄鸟,花落春池㉕。

67

七

高殿弘敞,禁林稠密㉖。青嶝崛起,丹楼间出㉗。
翠葆随风,金戈动日㉘。惆怅清管,徘徊轻佾㉙。

八

霸浐入筵,河淇流阼㉚。海若来往,鲂鲉沿沂㉛。
欢饫终日,清光欲暮㉜。轻貂回首,华组徐步㉝。

九

登贤博望,献赋清漳㉞。汉贰称敏,魏两垂芳㉟。
监抚有则,匕鬯无方㊱。瞻言守器,永郁元良㊲。

【题解】

四言诗乃是中国最早产生的诗体,它以其独特的艺术魅力,在先秦两汉一千多年的的诗坛里独领风骚。魏晋时期,由于文学自身发展的原因以及社会生活和语言的进一步发展,四言诗更一度呈现繁荣的局面,涌现出以曹操、嵇康、陶渊明等为代表的大量杰出诗人,其作品突破了《诗经》及两汉以来雅颂的束缚,呈现出言约意广、风格隽雅、声情和缓的文体特色与艺术风格,代表了我国四言诗创作的最高水平。虽然魏晋时期出现了有利于四言诗发展的社会环境和文化氛围,但面对新兴的文学样式五言诗所体现出的种种优势,四言诗在达到了其发展的顶峰后,也不可避免走上了衰落的道路。齐梁之间,是五言诗最终替代四言诗成为中国古典诗歌主要诗体的最后阶段。谢朓集中,四言诗仅此三首,大量可见的则是五言新诗的创作,正体现了这一变革的趋势。

本诗及《三日侍华光殿曲水宴代人应诏》《三日侍宴曲水代人应诏》三首四言诗作于同时。《南齐书·王融传》:"(永明)九年,上幸芳林园,禊宴朝臣,使融为《曲水诗序》,文藻富丽,当世称之。"《文选》王融序云:"有诏曰:'今日嘉会,咸可赋诗。凡四十有五人,其辞云尔。'"按《南齐书》中明文记载之三月三日曲水诗会仅此一次,谢朓此时尚未赴任荆州,参会作诗可能较大。曹融南将此诗创作系于建武四年(497),其时谢朓正奉派赴湘祭祀南岳,夏方返京,应不能参与三月三日诗会。曹道衡、沈玉成《中古文学史料丛考·谢朓诗歌系年》则认为诗中似有写齐明帝鬱林、海陵之事,故认为应系于建武二年(495)春,谢朓赴宣城任前。此处仍系于永明九年(491)为宜。

三月三日为古时修禊之日,古代汉族习俗,于夏历三月上旬的巳日(魏以后始固定为三月三日),到水边嬉游。由女巫导演,于三月上巳沐浴除灾祈福。汉代应劭的《风俗通义》把禊列为祀典,说:"禊,洁也。"永和九年,王羲之、谢安等在兰亭盛会,曲水流觞、宴游赏花,结集为念,王羲之并作《兰亭集序》。之后曲水宴便成文人雅会之称,而帝王赐宴,景象更是隆重。本诗共九章,每章八句。谢朓时为太子舍人,奉敕为文惠太子代作。诗中历写齐高帝代宋建齐,武帝继位,极力称颂齐帝治下国势昌盛,贤才毕集,帝嗣稳定,国本巩固。随后写春禊盛宴始终,最后以太子自谦作结。全诗章法严谨,措辞典重,虽为奉敕所作,颇受拘束,仍可窥见谢朓笔力。

【校注】

①《艺文类聚》、《初学记》题为《为皇太子侍华光殿曲水宴诗》。

②"旁求"句:《艺文类聚》、览翠本、郭本、《文选补遗》作"旁求遂古"。旁求:四处征求,广泛搜求。《尚书·太甲上》:"旁求俊彦,启迪后人,无越厥命以自覆。"邃(suì)古:远古。《后汉书·班固传下》:"伊考自邃古,乃降戾爰兹,作者七十有四人。"逖(tì)听:犹逖闻。常表示恭敬。司马相如《封禅文》:"率迩者踵武,逖听者风声。"鸿名:大名,盛名。《史记·司马相如列传》:"前圣之所以永保鸿名而常为称首者用此。"

③大宝:指帝位。《易·系辞下》:"圣人之大宝曰位。"得一为贞:语出《老子》:"天得一以清,地得一以宁……侯王得一以为天下贞。"得一,得道。贞,正也。

④"朱绨"句:《古诗纪》、万历本、张本、《全齐诗》作"朱禘叶祉"。朱绨(tí):作赤文于绨状物,可舒卷。语出张衡《西京赋》:"木衣绨锦,土被朱紫。"叶:同"协"。绿字:河图上的绿色文字。《晋书·地理志序》:"昔大禹观于浊河而受绿字,寰瀛之内可得而言也。"赤文、绿字俱为天子符瑞。《尚书中候·握河

纪》:"河龙出图,洛龟书威,赤文绿字,以授轩辕。"

⑤升配:同"陟(zhì)配"。谓天子升遐后,于祭天时配享。《文选·颜延之〈宋郊祀歌〉》:"陟配在京,降德在民。"同贯:犹一体,一例。《后汉书·周景传》:"(周景)常称曰:'臣子同贯,若之何不厚!'"进让:亦作"进攘"。进取与谦让。《史记·司马相如列传》:"进让之道,何其爽与?"此处指萧道成受宋禅让而为帝之事。殊声:声闻殊异。

⑥大横:龟卜卦兆名。龟文呈横形,故称。《史记·孝文本纪》:"卜之龟,卦兆得大横,占曰:'大横庚庚,余为天王,夏启以光。'"后因以指帝王登基之兆。会昌:帝王之符命。《河图》:"赤九会昌,十世以光。"已命:已受天命。"大横"二句指武帝承继帝统乃承天命。

⑦"国步"二句:《艺文类聚》、《古诗纪》作"国步中徂,震居膺庆"。览翠本、张本、《全齐诗》作"国步中徂"。国步:指国家的命运,亦指国土。《诗经·大雅·桑柔》:"于乎有哀,国步斯频。"中徂:中断。本句意指高祖驾崩。曹融南则认为是指郁林、海陵二王乱政。宸居:指帝位。《文选·颜延之〈三月三日曲水诗序〉》:"高祖以圣武定鼎,规同造物;皇上以睿文承历,景属宸居。"此处指武帝继位。膺庆:谓当武帝继位之庆。《正韵》:"膺,当也。"

⑧"玺剑"句:《艺文类聚》作"玺剑克传"。玺剑:玉玺宝剑,谓传国之宝。《西京杂记》卷一:"汉帝相传以秦王子婴所奉白玉玺,高帝斩白蛇剑。剑上有七采珠、九华玉以为饰。""玺剑"句意为将象征帝位之玺剑传于武帝。龟玉:指龟甲和宝玉,古时是国家重器。《礼记·玉藻》:"执龟玉,举前曳踵,蹜蹜如也。"

⑨宗尧:指舜帝宗法尧帝。《礼记·祭法》:"有虞氏禘黄帝而郊喾,祖颛顼而宗尧。"有绪:有条不紊之意。复禹:恢复大禹的治绩。《左传·哀公元年》:"伍员曰:'……(少康)遂灭过、戈,复禹之绩。祀夏配天,不失旧物。"无竞:不可争衡,无比。《诗·周颂·执竞》:"执竞武王,无竞维烈。"

⑩礼行郊社:语出《礼记·礼运》:"故祭帝于郊,所以定天位也;祀社于国,所以列地利也……故礼行于郊,而百神受职焉;礼行于社,而百货可极焉。"受职:《周礼·春官·宗伯》:"壹命受职。"贾公彦疏:"郑司农云'受职治职事者,谓始受王之官职,治其所掌之事也'。"

⑪效:显示,呈现。鳞羽:代称鱼和鸟。《南齐书·高逸传·宗测》:"性同

鳞羽,爱止山壑,眷恋松云,轻迷人路。"此二句意为由于帝王之盛德,故而出现宝物呈现于山川之中、鱼鸟为之变色的的祥瑞之兆。

⑫玄塞:指长城。《文选·曹植〈求自试表〉》:"西望玉门,北出玄塞。"北靡:向北蔓延。丹徼(jiào):古代称南方的边疆为丹徼。徼,边界。崔豹《古今注·都邑》:"南方徼色赤,故称丹徼,为南方之极也。"

⑬"飞泳"句:《艺文类聚》、《全齐诗》、《古诗纪》作"非泳非陟"。《文选补遗》作"飞流登陟"。𫐓(qiāo):通"橇"。一种在泥路上滑行的交通工具。《汉书·沟洫志》:"水行乘舟,泥行乘𫐓。""浮𫐓"句意指边远之国前来朝觐。飞泳:指飞鸟游鱼。此处代指罕见的祥瑞之鸟兽。登陟(zhì):升天。此处指升于朝廷之上。

⑭能官:能干之官。《国语·晋语四》:"先且居之佐军也善,军伐有赏,善君有赏,能其官有赏。"民秀:指民间才能出众的人。利建:《易·屯》:"元亨利贞。勿用有攸往,利建侯。"孔疏:"以其屯难之世,世道初创,其物未宁,故宜'利建侯'以宁之。"后因以"利建"谓封土建侯。天跗(fū):指天旗之跗,犹言鼎足之意。《隋书·天文志》:"建星六星,在南斗北,亦曰天旗,天之都关也。为谋事,为天鼓,为天马。南二星,天库也。中央二星,市也,铁锧也。上二星,旗跗也。"

⑮枵(xiāo):指玄枵星,十二星次之一。《史记·天官书》:"北宫玄武虚危。"鹑(chún):指鹑火星。《晋书·天文志》:"自柳九度至张十六度为鹑火,于辰在午,周之分野,属三河。"营:指营室星。《淮南子·天文训》:"星部地名……营室、东壁卫。"《晋书·天文志》:"营室、东壁,卫,并州。"绛:地名,今山西绛县。

⑯论思:议论,思考。特指皇帝与学士、臣子讨论学问。班固《两都赋》序:"朝夕论思,日月献纳。"帝则:天帝或天子所定的法则。《诗经·大雅·皇矣》:"不识不知,顺帝之则。"宸枢:指帝位。

⑰麟趾:比喻齐帝皇族昌盛。《诗经·周南·麟之趾》:"麟之趾,振振公子。"鹈(tí)翼:语出《诗经·曹风·候人》:"维鹈在梁,不濡其翼。"郑玄笺:"鹈在梁,当濡其翼,而不濡者,非其常也。"后因以"鹈翼"比喻小人尸位素餐。皇族昌盛而朝无奸小。

⑱西京、东都:分指西汉帝都长安与东汉帝都洛阳。此处皆代指帝都。蔼

蔼:盛多貌。《诗·大雅·卷阿》:"蔼蔼多吉士。"济济:众多貌。《尚书·大禹谟》:"济济有众。"此二句言齐都贤才之盛。

⑲秋祓(fú):秋季除灾去邪的祭祀。刘桢《鲁都赋》:"及其素秋二七,天汉指隅,民胥祓禊,国于水嬉。"谓夏历七月十四为秋祓。濯(zhuó)流:在水边洗涤。春禊:即指三月三日上巳禊饮。春禊浮醴,即指曲水流觞之事,具体事见题解。

⑳"初吉"句:《初学记》作"初吉方巳"。初吉:此处指三月三日上巳之日。献:祭献。上除:指上巳日。徐干《齐都赋》:"青春季月,上除之良,无大无小,祓于水阳。"

㉑"昔驾"句:《艺文类聚》、涵芬楼本、《古诗纪》、张本、《全齐诗》作"昔驾阳颖"。阳频:此处指汾水、颍水北岸,皆为古时隐士所居之地。汾水之阳事见《庄子·逍遥游》:"尧治天下之民,平海内之政,往见四子藐姑射之山,汾水之阳,窅然丧其天下焉。"颍水之阳事见皇甫谧《高士传》:"许由隐于沛泽之中,尧以天下让之,乃而遁于中岳,颍水之阳,箕山之下。"云陛:指巍峨的宫殿。

㉒"嘉乐"句:《初学记》作"初言云巳"。《草堂诗笺》作"嘉乐具矣"。嘉乐:嘉美喜乐。《礼记·中庸》:"《诗》曰:'嘉乐君子,宪宪令德。'"旧矣:即久矣。芳宴:丰盛美好的宴席。

㉓神瞩:谓天子瞩目。"载留"句意为乃得天子之欢赏。睟(suì):外表或面色润泽的。《文选·左思〈魏都赋〉》:"魏国先生,有睟其容。"天仪:天子之仪容。《文选·颜延之〈车驾幸京口三月三日侍游曲阿后湖作〉》:"神御出瑶轸,天仪降藻舟。"

㉔龙精:龙星之精。见《雩祭歌·迎神》注②。已映:指星光已见。此句意为酒宴已至夜晚。威仰:指灵威仰,主东方,春神。《周礼·天官》"祀五帝"贾公彦疏:"为东方青帝灵威仰、南方赤帝赤熛怒、中央黄帝含枢纽、西方白帝白招拒、北方黑帝汁先纪。"

㉕"叶依"二句写酒宴之景色,亦表示参宴诸臣皆依托帝室而得庇护之意。

㉖"高殿"句:《艺文类聚》、《初学记》作"高宴弘敞"。高殿:即华光殿。禁林:皇家园林。班固《西都赋》:"毛群内阗,飞羽上覆,接翼侧足,集禁林而屯聚。"

㉗嶝(dèng):登山的小道。《玉篇·山部》:"嶝,小坂也。"丹楼:朱楼,多指

宫观。王嘉《拾遗记·洞庭山》："丹楼琼宇,宫观异常。"

㉘翠葆:帝王仪仗的一种。以翠羽联缀于竿头而成,形若盖。金戈:金属制的戈。

㉙惆怅:因失意或失望而伤感、懊恼。《楚辞·九辩》:"惆怅兮而私自怜。"清管:声音清越的管乐器。谢灵运《江妃赋》:"建羽旌而逶迤,奏清管之依微。"轻佾(yì):轻盈的乐舞行列。

㉚霸浐:灞水和浐水的合称。《文选·司马相如〈上林赋〉》:"终始灞浐,出入泾渭。"按灞水和浐水在长安附近,古时为春禊之地。河淇:黄河与淇水。均在洛阳附近。阼:大堂前东西的台阶,帝王登阼阶以主持祭祀,故亦指帝位。此二句以古都长安、洛阳春禊之地代指齐都建康的曲水宴。

㉛"海若"句:《艺文类聚》、《广文选》、《全齐诗》作"娲若来往"。海若:传说中东海的海神。《庄子·秋水》:"于是焉河伯始旋其面目,望洋向若而叹。"沿泝(sù):即"沿溯"。《说文》:"沿,缘水而下也。"又"泝,逆流而上曰泝洄"。

㉜"欢饫"句:《初学记》作"欢饮有终"。《艺文类聚》、《古诗纪》作"欢饫有终"。饫(yù):饮宴。清光:清亮的光辉。多指月光、灯光之类。

㉝"轻貂"句:《初学记》作"轻轺迴音"。轻貂:轻软的貂尾。古代为侍中、中常侍官员帽上的装饰物,指代达官贵人。华组:华贵的组绶。此处代指高级官员。《魏书·高祖纪下》:"八月乙亥,给尚书五等品爵已上朱衣、玉佩、大小组绶。""回首"与"徐步"均指酒宴结束,官员们离席而归。

㉞登贤:举用有道德有才干的人。《后汉书·左周黄列传》:"急登贤之举,虚降己之礼。"博望:苑名。《汉书·戾太子传》:"上(武帝)为(戾太子)立博望苑,使通宾客,从其所好。"献赋:作赋献给皇帝,用以颂扬或讽谏。典出《史记·司马相如列传》,司马相如因汉武帝读《子虚赋》而发迹。清漳:水名,漳河上流,源出于山西省平定县南大黾谷。王粲《登楼赋》:"挟清漳之通浦兮,倚曲沮之长洲。"

㉟汉贰:指戾太子。贰:《广韵》:"贰,副也。""魏两"句:万历本作"魏雨垂芳"。魏两:指魏太子曹丕。《易经·离卦》:"明两作,离;大人以继明照于四方。"故以"两"称太子,亦曰"储两"。

㊱监抚:指监国、抚军,为太子的职责。徐陵《皇太子临辟雍颂》:"皇太子耀彼重离,光兹匕鬯,仪以天文,化成天下。"有则:有法度。《左传·闵公二

年》："(太子)君行则守,有守则从。从曰抚军,守曰监国,古之制也。"匕鬯(chàng):指宗庙祭祀。《易·震》:"震惊百里,不丧匕鬯。"王弼注:"匕,所以载鼎实,鬯,香酒。奉宗庙之盛也。"无方:无常方,谓皆得其宜。《礼记·檀弓》:"左右就养无方。"

㊲瞻言:指有远见的言论。《诗经·大雅·桑柔》:"维此圣人,瞻言百里。"守器:指太子主宗庙之器,因借指太子。《南齐书·文惠太子传赞》:"二象垂则,三星丽天。树嫡惟长,义匪求贤。方为守器,植命不延。"媿(kuì):同"愧"。元良:太子的代称。《礼记·文王世子》:"一有元良,万国以贞,世子之谓也。"此二句为代太子作谦辞,谓有愧太子之职。

【汇评】

陈祚明《采菽堂古诗选》卷二十:命章条次,择句安雅,时有隽句,足资耽味,四言之杰构也。颜光禄方斯拙矣。

三日侍华光殿曲水宴代人应诏

一

群分未辩,类聚兹式①。天睠休明,且求至德②。
御繁实简,制动惟默③。官府百王,衣裳万国④。

二

中叶遭闵,副内多违⑤。悠悠灵贶,爰有适归⑥。
於昭睿后,抚运天飞⑦。凝居中县,神动外畿⑧。

三

县象著明,离光乃位⑨。我有储德,徽猷渊备⑩。
长寿察书,龙楼迥辔⑪。重道上庠,行遵儒肆⑫。

四

朝阳有干,布叶萋萋[13]。思皇威矣,鹓羽高栖[14]。
出驰先辂,入秉介珪[15]。瞻秦望井,建鲁分奎[16]。

五

求贤每劳,得士方逸[17]。有觉斯顺,无文咸秩[18]。
万箱惟重,百锾载恤[19]。屈草戒谀,阶蓂纪日[20]。

六

文教已肃,武节既驰[21]。荣光可照,合璧如规[22]。
载怀姑射,尚想瑶池[23]。濯龙乃饰,天渊在斯[24]。

七

作乐顺动,实符时义[25]。上春初吉,亦留渊寄[26]。
红树岩舒,青莎水被[27]。雕梁虹拖,云甍鸟跂[28]。

八

高悬甲帐,周褰黼帷[29]。长筵列陛,激水旋墀[30]。
浮醪聚蚁,灵蔡呈姿[31]。河宗跃踢,海介夔跜[32]。

九

弱腕纤腰,迁延妙舞[33]。秦筝赵瑟,殷勤促柱[34]。
降席连緌,称觞接武[35]。稽首万年,献兹多祜[36]。

十

天地既成,泉流既清[37]。薄暮沾幸,属奉文明[38]。
将标齐配,刻扫秦京[39]。愿驰龙漠,饮马县旌[40]。

75

【题解】

本诗共十章,每章八句。内容与顺序与代太子所作类似,唯在句辞与典故上有所变化。

【校注】

①群分、类聚:《易经·系辞上》:"方以类聚,物以群分。"谓同类的事物聚在一起,而不同的事物则以类区分。此二句言外族物类未分,均以齐为法式。

②天睠(juàn):上天的眷顾。休明:美好清明。《左传·宣公三年》:"楚子问鼎之大小轻重焉。对曰:'在德不在鼎……德之休明,虽小,重也;其奸回昏乱,虽大,轻也。'"至德:最高的道德,盛德。《易经·系辞上》:"阴阳之义配日月,易简之善配至德。"此二句赞南齐有德故得天下。

③御繁实简:即"执简御繁"之意,即以简便的办法去对付复杂繁多的事情。《易经·系辞》:"乾以易知,坤以简能,易则易知,简则易从……易简而天之理得矣。"制动惟默:制止动荡唯有静默。《礼记·中庸》:"国有道,其言足以兴,国无道,其默足以容。"此二句意为制御天下,唯简唯默。

④官府:设官府以为治。《周礼·天官·太宰》:"以治官府。"百王:谓诸侯王。按南北朝时诸侯王有开府之权,故曰"官府百王"。衣裳:借指各国君王,此处意为万国来朝。

⑤中叶:指中世,中期。《诗经·商颂·长发》:"昔在中叶,有震且业。"遭闵:遭遇忧患,一般指丧事。闵,忧患,凶丧之意。《左传·宣公十二年》:"寡君少遭闵凶,不能文。"此处指齐高帝在位仅四年便驾崩。副:指副贰,即太子。内:《韵会》:"天子宫禁谓之内。"多违:多违背,多悖谬。《左传·襄公八年》:"谋之多族,民之多违,事滋无成。""副内"句意为高帝子嗣多有早亡。

⑥悠悠:指遥远,长久。《诗经·王风·黍离》:"悠悠苍天。"灵贶(kuàng):神灵赐福。《文选·范晔〈光武纪赞〉》:"世祖诞命,灵贶自甄。"爰:乃,于是。"爰有"句意为天命归于武帝。

⑦於昭:《诗经·大雅·文王》:"文王在上,於昭于天。"《诗集传》:"於,叹词;昭,明也。"睿后:圣明的君主。抚运:顺应时运。天飞:登上帝位。《易经·乾卦》:"飞龙在天。"

⑧中县:指京城。《礼记·王制》:"天子之县内,方百里之国九。"外幾(jī):王幾外之地。

⑨县象著名:天象明白可见。《易经·系辞上》:"县象著明,莫大乎日月。"县,通"悬"。此句比喻君王在上。离光:日光。《易经·说卦》:"离也者,明也,万物皆相见,南方之卦也。圣人南面而听天下,向明而治,盖取诸此也。"此二句意为武帝即高帝后继位。

⑩储德:太子的德行。《汉书·疏广传》:"太子,国储副君。"徽猷:美善之道。猷,道。指修养、本事等。《诗经·小雅·角弓》:"君子有徽猷,小人与属。""君子有美道以得声誉,则小人亦乐与之而自连属焉。"渊备:既深且备。

⑪长寿察书:事见《后汉书·刘隆传》。此句谓太子明察。龙楼:汉代太子宫门名。《汉书·成帝纪》:"上尝急召,太子出龙楼门,不敢绝驰道,西至直城门,得绝乃度,还入作室门,上迟之,问其故,以状对。上大说。"颜师古注引张晏曰:"门楼上有铜龙,若白鹤、飞廉之为名也。"此句谓太子守礼。

⑫重道:多次前往。上庠:古代的大学。《礼记·王制》:"有虞氏养国老于上庠,养庶老于下庠。"行遵:巡行。儒肆:学校,庠序。《宋书·礼志一》:"陛下以圣德玄一,思隆前美,顺通居方,导达物性,兴复儒肆,金与后生。"此句指武帝重视儒教。

⑬朝阳:《尔雅》:"山东曰朝阳。"干:指梧桐。此句语出《诗经·大雅·卷阿》:"凤凰鸣矣,于彼高冈。梧桐生矣,于彼朝阳。菶菶萋萋,雍雍喈喈。"萋萋:草木茂盛的样子。《诗经·周南·葛覃》:"维叶萋萋。"

⑭思皇威矣:《诗经·大雅·文王》:"思皇多士,生此王国。"鹓(yuān)羽:即鹓鶵,指凤凰一类的鸟。《庄子·秋水》:"夫鹓鶵,发于南海而飞于北海,非梧桐不止,非练实不食,非醴泉不饮。"此句意指武帝求贤若渴,思慕天下贤士。

⑮先辂(lù):天子或诸侯使用的一种用象牙装饰的正车。一说即木辂。《尚书·顾命》:"先辂在左塾之前,次辂在右塾之前。"蔡沉《集传》:"先辂,木辂也。"介圭:古玉器名,大玉。《诗经·大雅·崧高》:"锡尔介圭,以作尔宝。"

⑯井:星宿名。十二星分之一,为秦之分野。《晋书·天文志上》:"自东井十六度至柳八度为鹑首,于辰在未,秦之分野。"故曰"瞻秦望井"。奎:奎宿,鲁之分野。《晋书·天文志上》:"自奎五度至胃六度为降娄,于辰在戌,鲁之分野,属徐州。"故曰"建鲁分奎"。

⑰"求贤"二句意为武帝劳于求贤,非得士不息。王褒《圣主得贤臣颂》:"君人者,勤于求贤而逸于得人。"

⑱有觉斯顺:谓直道而行便可得顺遂。《诗经·小雅·斯干》:"殖殖其庭,有觉其楹。"无文咸秩:意为不尚文饰,能依序行事。《尚书·洛诰》:"王肇称殷礼,祀于新邑,咸秩无文。"

⑲万箱:形容数量之多。《诗经·小雅·甫田》:"乃求斯万箱。""万箱"句意为重视农业,祈求丰收。百锾(huán):六百两。锾,重量单位。《尚书·吕刑》:"墨辟疑赦,其罚百锾。"载恤:乃加悯恤。"百锾"句意为轻省刑罚。

⑳屈草戒谀:张华《博物志》:"尧时有曲佞草生于庭,佞人入朝,则屈而指之。一名指佞草。"阶蓂(míng):即蓂荚。瑞草名,夹阶而生,故名。

㉑文教:指礼乐法度,文章教化。《尚书·禹贡》:"三百里揆文教。"肃:严肃,庄重。武节:武德。使用武力应遵循的道义准则。《文选·张衡〈东京赋〉》:"文德既昭,武节是宣。"既驰:指武德远播四方。

㉒荣光:五色云气,古时以为吉祥之兆。《尚书·中候》:"荣光出河,休气四塞。"合璧:比喻日月同升。《汉书·律历志上》:"日月如合璧,五星如联珠。"

㉓载怀:心有所念。姑射:神仙或美人代称。《庄子·逍遥游》:"藐姑射之山,有神人居焉,肌肤若冰雪,绰约若处子。"瑶池:见《钧天曲》注③。

㉔濯龙:内厩名。此处指御用之骏马。颜延之《白龙赋》:"处以濯龙之奥。"饰:清洁刷洗。《周礼·地官·封人》:"凡祭祀,饰其牛牲。"天渊:池名,亦名"天泉"。

㉕作乐:制作音乐。《易经·豫卦》:"先王以作乐崇德。"顺动:顺时而动。时义:即时宜。《易经·豫卦》:"圣人以顺动而民服,豫之时义大矣哉!"

㉖上春:孟春,指农历正月。《周礼·春官·天府》:"上春,衅宝镇及宝器。"初吉:见《侍宴华光殿曲水奉敕为皇太子作》注⑳。渊寄:犹幽怀。

㉗红树:盛开红花之树。青莎:即莎草。《楚辞·招隐士》:"青莎杂树兮,薠草靃靡。"

㉘雕梁:刻绘文采的屋梁。虹拖:如长虹之延伸。司马相如《上林赋》:"宛虹拖于楯轩。"云甍(méng):高耸入云的屋脊。借指高大的房屋。鸟跂(qǐ):如大鸟之跂望。跂,踮脚。

㉙甲帐:汉武帝所造之帐幕。《北堂书钞》卷一三二引《汉武帝故事》:"上

以琉璃珠玉,明月夜光杂错天下珍宝为甲帐,次为乙帐。甲以居神,乙以自居。"周褰(qiān):四周牵起。褰,撩起(衣服等)。黼帷(fǔ wéi):绣有黑白斧形的帷幕。《文选·班固〈西都赋〉》:"袪黼帷,镜清流。"

㉚长筵:指排成长列的宴饮席位。激水旋墀(chí):谓曲水流觞,激水绕着殿阶。墀,宫殿台阶。

㉛浮醪:即浮醴,亦为曲水流觞之意。聚蚁:指酒面上的泡沫。晋张华《轻薄篇》:"浮醪随觞转,素蚁自跳波。"灵蔡:卜卦用的大龟。蔡,本大龟所出地名,后指大龟。《文选·张协〈七命〉》:"皆象刻于百工,兆发乎灵蔡。"

㉜河宗:指黄河的水神,即河伯。《穆天子传》卷一:"甲辰,天子猎于渗泽,于是得白狐、玄貉焉,以祭于河宗。"跃踢:即矍踢。《汉书·扬雄传》:"河灵矍踢。"海介:海中甲壳类。夔蚭(kuí ní):同"蹊跇"。盘曲蠕动的样子。

㉝弱腕纤腰:指酒宴上起舞之歌舞伎。迁延:退却,徜徉。此处形容歌舞伎舞姿曼妙。

㉞秦筝:秦地的一种弦乐器。似瑟,传为秦蒙恬所造,故名。曹丕《善哉行》:"齐侣发东舞,秦筝奏西音。"赵瑟:相传古代赵国的人善弹瑟。《史记·廉颇蔺相如列传》中有秦王请赵王鼓瑟之事,故有此称。殷勤:频繁,反复。促柱:急弦。支弦的柱移近则弦紧,故称。马融《长笛赋》:"若绲瑟促柱,号钟高调。"柱,乐器上弦的枕木。

㉟降席:离席而下。连緌(ruí):帽带相连。《说文》:"緌,系冠缨也。"称觞:举杯祝酒。接武:足迹前后相接。《礼记·曲礼上》:"堂上接武,堂下步武。"此二句言与宴者纷纷下席,举杯称颂君王。

㊱稽首:指古代跪拜礼,为九拜中最隆重的一种。常为臣子拜见君父时所用。跪下并拱手至地,头也至地。《周礼·春官·大祝》:"一曰稽首,二曰顿首,三曰空首,四曰振动。"祜(hù):福,大福。

㊲天地既成:此处颂武帝得天地大道。《易经·泰卦》:"天地交,泰。后以成天地之道。"泉流既清:指天下太平故泉流以清,为祥瑞之兆。

㊳薄暮:指傍晚,太阳快落山的时候。《楚辞·天问》:"薄暮雷电,归何忧?厥严不奉,帝何求?"文明:光明,有文采。《易经·乾卦·文言》:"见龙在田,天下文明。"

㊴标:《广韵》:"标,举也。"齐配:指祭祀天时以齐帝先祖为配。《易经·豫

79

卦》:"殷荐之上帝,以配祖考。"刻扫秦京:指扫平北魏。秦京指咸阳,此处代指北魏。

⑩龙漠:犹言龙沙,即白龙堆沙漠,泛指西北边荒之地。《后汉书·班超传赞》:"坦步葱雪,咫尺龙沙。"饮马:饮马于河,后指通过战争扩大疆土至某地。《左传·宣公十二年》:"楚子北,师次于郔。沉尹将中军,子重将左子反将右,将饮马于河而归。"县旌:挂起旌旗。指进军。县,同"悬"。葛洪《抱朴子·广譬》:"故秦始皇筑城遏胡,而祸发帷幄;汉武悬旌万里,而变起萧墙。"

【汇评】

陈祚明《采菽堂古诗选》卷二十:章法密甚,于此细寻,不独可会四言,凡应诏之体皆宜安详委悉若此,其选词亦复工雅。

三日侍宴曲水代人应诏①

一

神理内寂,机象外融②。遗情汾水,垂冕鸿宫③。
树以司牧,匪我求蒙④。徒勤日用,谁契玄功⑤。

二

往晦必明,来硕资蹇⑥。於皇克圣,时乘御辩⑦。
宝历载晖,瑶光重践⑧。昭昭旧物,熙熙迁善⑨。

三

当宁日昃,求衣未明⑩。抵璧焚翠,销剑隳城⑪。
九畴式序,三辟再清⑫。虞箴罔阙,矇奏传声⑬。

四

丽景则春,仪方在震⑭。重圣积厚,金式琼润⑮。

80

天爵必谐,王臣咸荩⑯。譬诸华霍,惟邦之镇⑰。

五

正朔葱瀚,冠冕邛越⑱。争长明堂,相趋魏阙⑲。
龟象南荐,环裘西发⑳。巢阁易窥,驯庭难豫㉑。

六

上巳惟昔,于彼禊流㉒。祓秽河浒,张乐春畴㉓。
既停龙驾,亦泛凫舟㉔。灵宫备矣,无待兹游㉕。

七

初莺命晓,朝霞开夜㉖。饰陛导源,回伊流灞㉗。
极望天渊,曲阻谽树㉘。闲馆岩敞,长廊水架㉙。

八

金觞摇荡,玉俎推移㉚。筵浮水豹,席扰云螭㉛。
寥亮琴瑟,嗷咷埙篪㉜。欢兹广宴,穆是天仪㉝。

九

周道如砥,康衢载直㉞。徒愧玄黄,负恩无力㉟。
华辖徒驾,长缨未饰㊱。相彼失晨,宁忘鼓翼㊲。

【题解】

本诗与前二首内容相似,亦为歌颂武帝,描述盛宴之作,然造辞用典仍能避免与前章重复,玄晖才情可见一斑。

【校注】

①《艺文类聚》题作"为人作三日侍华光殿曲水宴诗"。

81

②神理:犹神道,神灵。《文选·王融〈三月三日曲水诗序〉》:"设神理以景俗,敷文化以柔远。"机象:指斗魁星象,古人以魁星主文。《后汉书·郎颛传》:"北斗魁星第三为机。"融:明朗。

③遗情:寄情。汾水:见《侍宴华光殿曲水奉敕为皇太子作》注㉑。冕:天子之冠。鸿宫:宏伟之宫殿。

④树以司牧:设立制度官位以统治万民。南朝齐萧道成《即位告天文》:"肇自生民,树以司牧。"匪我求蒙:语出《易经·蒙卦》:"匪我求童蒙,童蒙求我。"孔疏:"蒙者,微昧闇弱之名,物既蒙昧,惟愿亨通,但暗者求明,明者不谘于暗,故云童蒙求我也。"

⑤日用:《诗经·小雅·天保》:"民之质矣,日用饮食。""谁契"句《艺文类聚》、涵芬楼本作"谁器玄功"。玄功:即元功,至高无上的功绩。《后汉书·冯衍传上》:"将定国家之大业,成天地之元功也。"此二句意为如只勤于日用谋生,则无人能来辅佐君王功业。

⑥往晦必明:意为阴暗过后必然光明。《南齐书·高帝纪》:"晦往明来。"来硕资赛:语出《易经·蹇卦》:"往蹇来硕。"孔疏:"硕,大也……往则长难,来则难终,难终则众难皆济,志大得矣,故曰'往蹇来硕吉'。"此二句应指高帝驾崩,武帝继位之事。

⑦於皇:叹词,表示赞美。《诗经·周颂·武》:"於皇武王,无竞维烈。"克圣:能受谏言。《尚书·说命》:"后克圣,臣不命其承。"时承:指天子即位。《易经·乾卦》:"时承六龙,以御天也。"御辩:驾驭世变。辩,通"变"。语本《庄子·逍遥游》:"若夫乘天地之正,而御六气之辩。"

⑧宝历:指国祚,皇位。《乐府诗集·燕射歌辞·晋朝飨乐章》:"椒觞再献,宝历万年。"载晖:充满光辉。瑶光:北斗七星的第七星名。古代以为象征祥瑞。《淮南子·本经训》:"瑶光者,资粮万物者也。"践:《类篇》:"践,列也。"此二句颂武帝即位。

⑨昭昭:明亮,光明。《楚辞·九歌·云中君》:"烂昭昭兮未央。"旧物:指旧时的典章文物。《左传·哀公元年》:"祀夏配天,不失旧物。"熙熙:温和欢乐的样子。《汉书·礼乐志》:"众庶熙熙。"迁善:去恶为善,改过向善。《孟子·尽心上》:"杀之而不怨,利之而不庸,民日迁善而不知为之者。"

⑩"当宁"句:《艺文类聚》作"当宁日晏"。当宁:指天子临朝听政。《礼

记·曲礼下》:"天子当宁而立,诸公东面,诸侯西面,曰朝。"日昃:太阳偏西。《尚书·无逸》:"自朝至于日中、昃,不遑暇时。"求衣:指起床。《汉书·邹阳传》:"始孝文皇帝据关入立,寒心销志,不明求衣。"此二句颂武帝即位后勤于政事。

⑪"抵璧"句:《佩文韵府》作"抵璧极翠"。抵璧:掷璧。谓不以财宝为重。葛洪《抱朴子·安贫》:"上智不贵难得之财,故唐虞捐金而抵璧。"焚翠:烧掉翠裘。王隐《晋书》:"有献雉头裘者,上(武帝)曰:'异服奇伎,典制所禁也,宜于殿前烧裘。敕有异服者,依礼致罪。'"销剑:即销刃,意为销毁兵器。隳(huī)城:毁坏城墙。贾谊《过秦论》:"隳名城,杀豪杰,收天下之兵,聚之咸阳。"此二句言武帝尚节俭,息兵事。

⑫九畴:见《零祭歌·世祖武皇帝》注③。式序:按次序序录功劳。"三辟"句:《诗纪》、张本、《全齐诗》作"三辟载清"。三辟:谓夏、商、周三代之刑法。《左传·昭公六年》:"夏有乱政而作《禹刑》,商有乱政而作《汤刑》,周有乱政而作《九刑》,三辟之兴,皆叔世也。"再清:再度臻于清平。

⑬虞箴:即虞人之箴,见《鼓吹曲·校猎曲》注⑤。罔:《尔雅·释言》:"罔,无也。"阙:同"缺"。矇奏:盲乐师的演奏。《诗·大雅·灵台》:"矇瞍奏公。"

⑭丽景则春:指美好的景色在春天。仪方在震:意为法式之位在东方。震,卦名,雷之象。《易经·说卦》:"万物出乎震,震,东方也。"按震位在东方,指太子之位,此处应指文惠太子。

⑮重圣:此处指高帝、武帝两代君主之厚德。金式:《左传·昭公十二年》:"思我王度,式如玉,式如金。"琼润:犹玉润也。指有玉之润泽。《礼记·聘义》:"君子比德于玉焉,温润而泽,仁也。"

⑯天爵:天然的爵位。《孟子·告子上》:"仁义忠信,乐善不倦,此天爵也;公卿大夫,此人爵也。"谐:《玉篇》:"谐,合也,调也。"王臣:志匡王室之臣。《易经·蹇卦》:"六二,王臣蹇蹇。匪躬之故。"荩:通"进"。忠诚。《诗经·大雅·文王》:"王之荩臣,无念尔祖。"

⑰华霍:华山与霍山的并称。葛洪《抱朴子·审举》:"华霍所以能崇极天之峻者,由乎其下之厚也。"此二句意为太子担负国家安定之重任,地位高重如华霍二山一般。

⑱正朔:原义是一年的第一天,汉代及其以前,朝代更迭时,每更正朔以示

83

新呈天命。后来延伸为王朝的正统地位。葱：指葱岭。瀚：指瀚海，地名，其含义随时代而变。或曰即今呼伦湖、贝尔湖，或曰即今贝加尔湖，或曰为杭爱山之音译。《史记·卫将军骠骑列传》："(霍去病)封狼居胥山，禅于姑衍，登临瀚海。"冠冕：特指中原汉人服饰。《隋书·东夷传论》："今辽东诸国，或衣服参冠冕之容，或饮食有俎豆之器，好尚经术，爱乐文史。"邛：古代西南少数民族国名，亦称邛都。《史记·西南夷传》："自滇以北，君长以什数，邛都最大。"越：即百越，古代对长江中下游及以南地区少数民族的统称。此二句意为四海蛮夷均奉齐之正朔。

⑲争长：争行礼先后。《左传·隐公十一年》："滕侯、薛侯来朝，争长。"明堂：即"明政教之堂"，为古代帝王宣明政教、举行大典的地方。周代始有"明堂"之称，传说为周公时所建，也有的说是周文王所建。《大戴礼记·感应篇》："明堂，自古有之，所以朝诸侯。""相趋"句：《古诗纪》、览翠本、张本、《全齐诗》作"相超魏阙"。魏阙：指宫门上巍然高出的观楼。其下常悬挂法令，后用作朝廷的代称。《庄子·让王》："中山公子牟谓瞻子曰：'身在江海之上，心居乎魏阙之下，奈何？'"此二句言万邦来朝，以争朝觐位次为荣。

⑳"龟象"句：《古诗纪》、张本、《全齐诗》作"龟蒙南荐"。龟象：见《永明乐》注⑪。环裘：见《永明乐》注⑪。此二句言齐国国威煊赫，外邦贡献纷至。

㉑巢阁易窥：《庄子·马蹄》："乌鹊之巢，可攀援而窥。"驯庭：驯服的前来朝见。翧（xuè）：飞越。

㉒上巳：指上巳节，古代修禊之日，以在三月上旬的巳日而得名，魏以后改定为农历三月初三。具体可见《侍宴华光殿曲水奉敕为皇太子作》题解。禊流：祓禊所临之溪流。

㉓"祓秽"句：《艺文类聚》作"祓秽河浦"。祓（fú）秽：去除污秽。河浒：河边。《诗经·王风·葛藟》："绵绵葛藟，在河之浒。"张乐：见《校猎曲》注④。春畴：春天的田野。《说文》："畴，耕治之田也。象耕屈之形。"

㉔龙驾：天子的车驾。凫舟：鸭形的船。《文选·张协〈七命〉》："乘凫舟兮为水嬉，临芳洲兮拔灵芝。"

㉕灵宫：即灵府。古代神话中苍帝之庙。苍帝为主东方之青帝，司春。

㉖"朝霞"句：《艺文类聚》作"朝华开夜"。初莺：春日之黄莺。命晓：使天破晓。

84

㉗饰陛:装饰殿陛。导源:指引水为禊流。伊:指伊水,洛河的支流之一,在洛阳附近。灞:指灞水,在长安附近。
㉘天渊:指天渊池。见《三日侍华光殿曲水宴代人应诏》注㉔。"曲阻"句:《古诗纪》、览翠本、张本、《全齐诗》作"曲阻亭榭"。曲阻:曲折险阻。潘岳《金谷集作》诗:"回谿萦曲阻,峻阪路威夷。"谢榭:指宫殿台榭。《文选·班固〈东都赋〉》:"谢门曲榭。"
㉙"闲馆"句意为闲静的楼馆临岩而敞朗。"长廊"句意为长廊依曲水而构架。
㉚金觞:精美珍贵的酒杯。"金觞"句意指曲水流觞,随波摇荡。玉俎(zǔ):古代祭祀、设宴时,用以盛牲的礼器。曹植《九咏赋》:"兰肴御兮玉俎陈,雅音奏兮文虞罗。"
㉛水豹:水兽名。《古文苑·扬雄〈蜀都赋〉》:"其深则有猵獭、沉鳢、水豹、蛟蛇。"云螭:传说中龙的别称。《文选·郭璞〈游仙诗〉》:"虽欲腾丹溪,云螭非我驾。"
㉜寥亮:清越响亮。后多作"嘹亮"。向秀《〈思旧赋〉序》:"邻人有吹笛者,发声寥亮。"嗷嘈:乐器声。埙篪(xūn chí):埙与篪,埙篪相应。按埙与篪两种乐器形制各异,但因发音原理相同,音色相近,在一起演奏,音色和谐,故后多以喻兄弟。《诗经·小雅·何人斯》:"伯氏吹埙,仲氏吹篪。"毛传:"土曰埙,竹曰篪。"
㉝"穆是"句:《古诗纪》、览翠本、张本、《全齐诗》作"穆穆天仪"。广宴:即广宴,意为大设宴会。颜延之《三月三日曲水诗序》:"方且排凤阙以高游,开爵园而广宴。"穆:见《元会曲》注⑤。天仪:见《元会曲》注⑤。
㉞周道如砥:《诗经·小雅·大东》:"周道如砥,其直如矢。"原意指周朝的道路平坦笔直,后用来形容政治清明,平均如一。康衢载直:指四通八达的大路。《尔雅·释宫》:"四达谓之康,五达谓之衢。"此句亦为称颂齐帝政治清平。
㉟媿(kuì):同"愧"。玄黄:生病的样子。《诗经·周南·卷耳》:"陟彼高岗,我马玄黄。"此句为作者自谦才力匮乏之语。
㊱华幡(fān):装饰华美的车驾。《汉书·景帝纪》:"诏曰:'夫吏者,民之师也。车驾、衣服宜称。……令长吏二千石车朱两幡,千石至六百石朱左幡。'"长缨:指捕缚敌人的长绳。《汉书·终军传》:"军自请:'愿受长缨,必羁南越王

85

而致之阙下。'"此二句为作者自谦之语,谓居其位而寸功未立。

㊲失晨:指失误报晨之鸡。此处比喻失职。曹操《选举令》:"谚曰:'失晨之鸡,思补更鸣。'"鼓翼:犹振翅。张衡《归田赋》:"王雎鼓翼,仓庚哀鸣。"此二句意为作者自觉失职辜负皇恩,当振作以自勉。

【汇评】

陈祚明《采菽堂古诗选》卷二十:此篇经营不逮前一篇之密,而别见新隽,后劲不衰。一题盾作三篇,才可谓有余矣。

五言诗

和江丞北戍琅邪城

春城丽白日,阿阁跨层楼①。沧江忽渺渺,驱马复悠悠②。
京洛多尘雾,淮济未安流③。岂不思抚剑,惜哉无轻舟④。
夫君良自勉,岁暮勿淹留⑤。

【题解】

《南齐书·州郡志上》:"南琅邪郡本治金城,永明徙治白下。"《南齐书·武十七王传·南海王》亦载:"南海王子罕,字云华,世祖第十一子也。永明六年,为北中郎将、南琅邪彭城二郡太守。上初以白下地带江山,徙琅邪郡自金城治之,子罕始镇此城。"按白下城始建于东晋咸和三年(328),陶侃率军平定苏峻之乱时修筑白石垒,又名白石陂。关于白下城的最早记载见于南朝刘宋时期,南齐永明六年(488)时进一步增筑,并将南琅邪郡移治白下,此后又称琅邪城。故地或为今南京市鼓楼区狮子山一带(另一说在今南京市鼓楼区中央门外北崮山)。《南齐书·武帝纪》载:"(永明九年)秋,九月,戊辰,车驾幸琅邪城讲武,观者倾都,普颁酒肉。"其时琅邪城为武帝整军习武之所,以防御北魏,图谋北伐。本诗中"京洛多尘雾,淮济未安流",即体现了当时形势。

江丞,宋钞本江丞《北戍琅邪城》题作"江孝嗣"。谢朓诗中有"岂不思抚剑,惜哉无轻舟"一句以表羡慕之情,则可见此诗作时二人均在京城。而"春城丽白日"亦说明此诗作于春天。谢朓永明九年(491)春离京赴荆州入随王幕中前作《离夜》诗,江曾有唱和,此时江孝嗣应已返回京中。故本诗当作于永明九年前,暂系于永明六年春,琅邪城初徙白下之时。

【校注】

①春城:指春日之建康。阿(ē)阁:四面有檐的楼阁。《文选·古诗十九首·西北有高楼》:"交疏结绮窗,阿阁三重阶。"此二句言春日建康,众人登高之事。

②"沧江"句:涵芬楼本、郭本作"苍江忽渺渺"。沧江:即长江。渺渺:微远

貌。《管子·内业》:"渺渺乎如穷无极。""驱马"句:《诗经·廊风·载驰》:"驱马悠悠,言至于槽。"毛传:"悠悠,远貌。"此句言作者目送江孝嗣骑马远去。

③"京洛"句:化用陆机《为顾彦先赠妇》:"京洛多风尘。"京洛:泛指都城,此处代指北方被北魏统治的地区。多尘雾:以喻其时南北战事。淮济:淮水与济水。古时淮水、济水与长江、黄河并称"四渎"。此处亦泛指沦于北魏统治下的北方之地。未安流:水不安流,指北方战事未平。此二句言时局不稳,江丞北戍之重要。

④抚剑:即按剑,代指从戎。傅玄《长歌行》:"抚剑安所趋,蛮方未顺流。"轻舟:此处喻从戎报国之途。曹植《杂诗》:"愿欲一轻济,惜哉无方舟!"此二句意为诗人亦有从戎报国之心,可惜却无机会。

⑤夫君:对友人之代称。此处代指江孝嗣。《楚辞·九歌·湘君》:"望夫君兮未来,吹参差兮谁思。"淹留:羁留,逗留。《楚辞·离骚》:"时缤纷其变易兮,又何可以淹留?"此二句勉励江孝嗣要及时为国立功,不要荒废光阴。

【汇评】

王夫之《古诗评选》卷五:骏马驰平皋,几于无影。

方东树《昭昧詹言》卷七:自南北戍,所以先写京城,次言渐远江,渐驱马,一路层次交代。"京洛"二句,实言所以须北戍之故,为一段。"抚剑"入己,另一意,然"惜哉无轻舟"句意不明。收句勉江,语自明,顿挫往复。

陈祚明《采菽堂古诗选》卷二十一:结四句,逸响自然,殊合古调。

张玉縠《古诗赏析》卷十八:诗有惜其出戍意。前二先写京城之景,白日虽丽,而阿阁层楼,重叠遮掩,中寓谗谄蔽明,正直不容意。"苍江"二句,递落江之北戍,水陆路长。"京洛"四句,点明江戍所在,时危难济,忽就已身,作一感慨。后二仍兜转江丞,以勉其成功早归收住,短章中局势开拓,当与江丞原作并传。

北戍琅邪城

江孝嗣

驱马一连翩,日下情不息^①。芳树似佳人,惆怅余何极。

薄暮苦羁愁,终朝伤旅食②。丈夫许人世,安得顾心臆③。按剑勿复言,谁能耕与织④。

【校注】

①连翩:迅急貌。何劭《游仙诗》:"连翩御飞鹤。"日下:指京都。古代以帝王比日,因以皇帝所在地为"日下"。《世说新语·排调》:"荀鸣鹤、陆士龙二人未相识,俱会张茂先坐。张令共语……陆举手曰:'云间陆士龙。'荀答曰:'日下荀鸣鹤。'"

②薄暮:指傍晚,太阳快落山的时候。《楚辞·天问》:"薄暮雷电,归何忧?"旅食:古代谓仕而无正禄者的宴饮。《仪礼·燕礼》:"尊士旅食于门西。"

③丈夫:犹言大丈夫,指有所作为的人。许人世:意为以身许国。臆:通"意"。

④按剑:犹抚剑,见《和江丞北戍琅琊城》注⑥。

和刘西曹望海台①

沧波不可望,望极与天平②。往往孤山映,处处春云生。
差池远雁没,飒沓群凫惊③。嚣尘及簿领,弃舍出重城④。
临川徒可羡,结网庶时营⑤。

【题解】

《古诗纪》本诗题解云:"此诗本见《谢朓集》,《选诗拾遗》云钟宪作,不知何据。既不能明,始并存之。"陈庆元《谢朓诗歌系年》中以"弃舍出重城"之"重城"与《送江水曹还远馆》之"重城"相同,均指宣城,并据诗意认为本诗乃表谢朓倦于嚣尘案牍之累,而生出城结网之心,故将本诗系于建武三年(496)。但古人"重城"之称乃泛指大城之谓,仅以两诗中均有"重城"之语便定本诗为在宣城之作,似有牵强。且观谢朓在宣城诗作,多可见其时诗人生活之清闲,与本诗之意亦有相左之处。反而谢朓在京之时,常有畏祸之心,亦常苦于代作应和之事,其心境颇有与本诗同者。

陈冠球《谢宣城全集》以刘西曹为刘绘。刘绘与谢朓同为竟陵西邸文友,二人在京期间尝有唱和。《南齐书·刘绘传》:"豫章王嶷为江州,以绘为左军主簿,随镇江陵,转镇西外兵曹参军,骠骑主簿。"而永明七年(489)十二月,豫章王萧嶷请辞还第。故本诗应作于永明七年前,姑系于永明七年春。

【校注】

①《艺文类聚》本诗题作"和刘西曹望海"。

②沧波:即沧海。不可望:谓不能望到尽头。"望极"句意为望到极处,水天相接。

③差池:参差不齐之意。《诗·邶风·燕燕》:"燕燕于飞,差池其羽。"飒沓(sà tà):群飞的样子。《文选·鲍照〈舞鹤赋〉》:"飒沓矜顾,迁延迟暮。"凫:野鸭。

④嚣尘:喧闹扬尘。后多代指纷扰的尘世。《左传·昭公三年》:"子之宅近市,湫隘嚣尘,不可以居。"簿领:谓官府记事的簿册或文书。《文选·刘桢〈杂诗〉》:"沉迷簿领书,回回自昏乱。"此二句遥想刘绘等望海台之潇洒不羁。

⑤"临川"二句:《汉书·董仲舒传》:"临渊羡鱼,不如退而结网。"意表退居沧海,摆脱凡尘之心。

【汇评】

陆时雍《古诗镜》卷十六:"处处春云生"适然佳句。然谓春云则可,谓秋云则不可,所以为佳。

王夫之《古诗评选》卷五:此一发端者,洵为惊人,然正一往得之。末四句颇为累句,乃其胜处亦正在此,宁不相萦回,勿为钩锁也。

陈祚明《采菽堂古诗选》卷二十一:极目之状,俨然超迥。

奉和竟陵王同沈右率过刘先生墓

嘉树因枝条,琢玉良可宝①。若人陵曲台,垂帷茂渊道②。

善诱宗学原,鸣钟霁幽抱③。仁焉徂宛洛,清徽夜何早④。岁晚结松阴,平原乱秋草。不有至言扬,终滞西山老⑤。

【题解】

刘先生即刘瓛,南齐硕儒,据《南齐书》本传,刘瓛卒于永明七年(489),竟陵王子良《登山望雷居士精舍同沈右卫过刘先生墓下作》,同赴者有沈约、谢朓、虞信和柳恽等人。谢朓此诗中有"乱秋草"之语,而观其余诸人诗中亦有言"宿草""垅草"之类,可见其诗非作于刘瓛去世当年。而永明九年(491)秋,谢朓已赴荆州随王幕中,故该诗当作于永明八年(490)秋,此时沈约恰任右率之职,亦可为证。

本诗的前四句描绘了刘先生墓地之情景,中间四句歌颂刘瓛生前的高尚品德与渊博之学问,最后四句则阐发了自己对先贤的缅怀之情。

【校注】

①嘉树:佳树;美树。《楚辞·九章·橘颂》:"后皇嘉树,橘徕服兮。""琢玉"句:涵芬楼本作"琭玉良可宝"。此二句赞美刘瓛造就人才众多,茂盛如嘉树之枝条,师生均为国之瑰宝。

②若人:指刘瓛。陵:登上,升。曲台:汉时作天子射宫,又立为署,置太常博士弟子,为著记校书之处。《汉书·儒林传·孟卿》:"(后)仓说礼数万言,号曰《后氏曲台记》。"后亦以指著述校书。垂帷:放下室内悬挂的帷幕。借指专心读书或写作。《汉书·董仲舒传》:"(董仲舒)下帷讲诵,弟子传以久次相授业,或莫见其面。盖三年不窥园,其精如此。进退容止,非礼不行,学士皆师尊之。"茂:《尔雅·释诂》:"茂,勉也。"渊道:渊深之道。此二句赞刘瓛潜心钻研大道。

③善诱:善于诱导。《论语·子罕》:"夫子循循然善诱人。"宗:尊。学原:学问之本源。鸣钟:指击钟。《鬻子·上禹政》:"禹之治天下也,以五声听。门悬钟、鼓、铎、磬,而置鼗,以得四海之士。为铭于簨,曰:'教寡人以道者击鼓,教寡人以义者击钟,教寡人以事者振铎,语寡人以忧者击磬,语寡人以狱讼者挥鼗。'"霁(jì):《说文》:"霁,雨止也。"本句意为刘瓛善于诱发启导,对学生能以义相教而使幽塞之怀开解。

④仁:仁人,指刘瓛。徂:往。古人有生来死往之说,故引申为死。宛洛:二古邑的并称,即今河南南阳和洛阳。常借指名都,此处指建康。清徽:犹清操。《晋书·宗室传论》:"(安平)清徽至范,为晋宗英。"夜:比喻亡故。古人有将墓穴曰夜台,一曰长夜。陆机《挽歌》:"按辔遵长簿,送子长夜台。"此二句惜刘之早亡。

⑤至言:犹善言。《说苑·君道》:"闻天下之至言,而恐不能行。"此处应指众人悼念之言。滞:《广韵》:"滞,凝久也。"西山:钟山西麓,刘瓛墓在此。

附

经刘瓛墓下①

随郡王萧子隆②

升堂子不谬,问道余未穷③。如何辞白日,千载隔音通④。山门一已绝,长夜缅难终⑤。初松切暮鸟,新杨催晓风⑥。榛关向芜密,泉途转销空⑦。

【校注】

①刘瓛(434—489):南朝齐学者、文学家,字子珪,沛国相(今安徽濉溪县西北)人。少笃学,博通五经。聚徒教授,常有数十人。儒学冠于当时,京师士子贵游莫不下席受业。永明七年(489)病卒。梁武帝天监元年(502),诏立碑,谥"贞简先生"。

②萧子隆(474—494):字云兴,齐武帝第八子,封随郡王。有文才,武帝以其能属文,谓尚书令王俭曰:"我家东阿也。"永明八年(490),代鱼复侯子响为使持节都督荆雍梁宁南北秦六州、镇西将军、荆州刺史,进号督益州。鬱林王立,进号征西将军。海陵王立,转中军大将军。萧鸾辅政,谋害诸王,武帝诸子中,子隆最以才貌见惮,与鄱阳王锵同先见杀。事见《南齐书》本传。

③升堂:比喻学问技艺已入门。《论语·先进》:"子曰:'由也升堂矣,未入

于室也。'"问道:请教道理、学问。《晏子春秋·问上》:"臣闻问道者更正,闻道者更容。"

④白日:代指人世,阳间。辞白日即谓人之辞世。音通:即音讯。

⑤山门:指墓门。《宋书·袁颛传》:"奈何毁掷先基,自蹈凶戾。山门萧瑟,松庭谁扫?"长夜:谓人死后埋于地下,永处黑暗之中,如漫漫长夜。曹植《三良》诗:"揽涕登君墓,临穴仰长叹。长夜何冥冥,一往不复还。"

⑥"新杨"句:《艺文类聚》作"新杨催晚风"。

⑦榛:丛杂的草木。关:指墓门。芜:《尔雅·释诂》:"芜,丰也。"泉途:泉下,地下。代指阴间。谢庄《宋孝武宣贵妃诔》:"皇帝痛掖殿之既阒,悼泉途之已宫。"

登山望雷居士精舍同沈右卫过刘先生墓下作并序①

竟陵王萧子良②

沛国刘子珪③,学优未仕④,迹迩心邈⑤,履信体仁,古之遗德。潜舟迅景⑥,灭赏沦辉⑦,言念芳猷⑧,式怀嗟述⑨。属舍弟随郡有示来篇⑩,弥缜久要之情⑪,益深宿草之叹⑫。升望西山,率尔为答⑬。虽因事雷生,实申悲刘子云尔。

汉陵淹馆芜,晋弥洙风阙⑭。五都声论空,三河文义绝⑮。
兴礼迈前英,谈玄逾往哲⑯。明情日夜深,徽音岁时灭⑰。
垣井总已平,烟云从容裔⑱。尔叹牛山悲,我悼惊川逝⑲。

【校注】

①《全齐诗》题作"同随王经刘先生墓下作"。雷居士:即雷次宗(386—448),字仲伦,豫章南昌人。少入庐山,师事著名佛学大师慧远,从之学三礼、毛诗,并修净业。其后,立馆于东林寺之东,为东林十八贤之一。雷次宗少时

便有远迹隐居之意,长乐隐退,笃志好学,成为一个兼通儒佛的学者。他曾两次被皇帝请到京城讲授儒学,齐高帝萧道成曾是他的学生。沈右卫:即沈约。按沈约任右卫将军时为齐明帝死后之事,其时竟陵王子良已去世多年,而在永明八年(490),沈约时任司徒右长史,在子良西邸与谢朓等人并称"竟陵八友"。故此处"右卫"当为"右率"。

②萧子良(460—494):字云英,齐武帝萧赜次子,文惠太子萧长懋同母弟。萧子良好结儒士,常与文友交流学问。永明五年(487),正位为司徒,居建康鸡笼山西邸,召天下有才之士,其中以范云、萧琛、任昉、王融、萧衍、谢朓、沈约、陆倕等最知名,时称"八友"。永明十一年(493),文惠太子卒,子良与侄儿萧昭业争位不成。隆昌元年(494),皇太孙萧昭业即位,萧子良终日郁郁寡欢,忧郁而亡,时年三十五岁。具体事迹见《南齐书》本传。

③刘子珪:即刘瓛。

④"学优"句:涵芬楼本作"学优来仕"。

⑤迩:近。遐:远。此句意为刘瓛行迹不离尘俗而心志高远。

⑥潜舟:即藏舟,比喻事物不断变化,不可固守。《庄子·大宗师》:"夫藏舟于壑,藏山于泽,谓之固矣,然而夜半有力者负之而走,昧者不知也。"景:日光。

⑦灭赏沦辉:意指刘瓛之亡故。

⑧芳猷:犹美德。此处意指追念刘瓛之美德。

⑨式:语气助词。嗟述:感叹。

⑩随郡:即随王萧子隆。来篇:指随王所作之《经刘瓛墓下》。

⑪缜:周密,细致。《礼记·聘义》:"缜缜以栗。"久要:旧约。《论语·宪问》:"久要不忘平生之言。"

⑫宿草:隔年的草。《礼记·檀弓上》:"曾子曰:'朋友之墓,有宿草而不哭焉。'"

⑬率尔:轻率的样子。《论语·先进》:"子路率尔而对。"

⑭"汉陵"句:涵芬楼本作"汉叹淹馆芜"。汉陵:指汉室陵夷。淹馆:指淹中传礼之馆。《汉书·艺文志》:"礼古经者,出于鲁淹中。""晋弥"句:《艺文类聚》《古诗纪》《八代诗选》《全齐诗》作"晋殄洙风阙"。弥:停止。《尔雅·释言》:"弥,终也。"洙风:指洙泗遗风。孔子讲学,在洙、泗二水之间,世因以洙泗

为孔子教泽之代称。

⑮五都:古代的五大城市。所指不一。汉以洛阳、邯郸、临淄、宛、成都为五都。《汉书·食货志下》:"遂于长安及五都立五均官,更名长安东西市令及洛阳、邯郸、临淄、宛、成都市长皆为五均司市师。"三国魏以长安、谯、许昌、邺、洛阳为五都。《三国志·魏书·文帝纪》:"改许县为许昌县。"裴松之注引《魏略》:"改长安、谯、许昌、邺、洛阳为五都。"声论:指言论。三河:古代地区名,指河东、河内、河南三郡,后代泛指这一地区。《史记·货殖列传》:"昔唐人都河东,殷人都河内,周人都河南,夫三河在天下之中,若鼎足,王者所更居也,建国各数百千岁。"

⑯"兴礼"句:《八代诗选》作"典礼迈前英"。前英、往哲均指前贤。此二句称赞刘瓛长于礼而善谈玄。

⑰徽音:犹德音。指令闻美誉。《诗经·大雅·思齐》:"大姒嗣徽音,则百斯男。"郑玄笺:"徽,美也。"

⑱容裔:见《泛水曲》注③。

⑲牛山悲:《韩诗外传》卷十:"齐景公游于牛山之上而北望齐,曰:'美哉国乎,郁郁蓁蓁!使古无死者,则寡人将去此而何之?'俯而泣沾襟。""我悼"句:《论语·子罕》:"子在川上曰:'逝者如斯夫,不舍昼夜。'"

奉　和①

沈约

表闾钦逸轨,轼墓礼贞魂②。化涂终眇默,神理暧犹存③。
尘经未辍幌,高衡已委门④。日芜子云舍,徒望董生园⑤。
华阴无遗市,楚席有虚樽⑥。玄泉倘能慰,长夜且勿论⑦。

【校注】

①《艺文类聚》题作"经刘瓛墓诗"。张本作"奉和竟陵王经刘瓛墓"。

②表闾:谓旌表闾里,以彰显功德。《史记·殷本纪》:"封比干之墓,表商

97

容之间。"逸轨:高洁的轨范。潘岳《秋兴赋》:"仰群俊之逸轨兮,攀云汉以游骋。"轼墓:谓经过刘瓛墓前时,凭车前扶手之横木以致敬。《礼记·檀弓》:"子路曰:'吾闻之也,过墓则式。'"

③化涂:幽冥之途。《淮南子·精神训》高诱注:"化,犹死也。"眇默:悠远,空寂。《文选·颜延之〈还至梁城作〉》:"眇默轨路长,憔悴征戍勤。"张铣注:"眇默,远貌。"神理:神妙之理。暖:《文选·王俭〈褚渊碑文〉》:"暖有余辉。"刘良注:"暖,光也。"

④"尘经"句:涵芬楼本、郭本作"尘驾未辍幌"。尘经:指刘瓛死后,其经书久未翻动,已生灰尘。幌:帐幔,帘帷。衡:即"横"。此处指横门,即以横木为门的简陋房屋,借指房屋建筑古朴典雅。委:《广雅》:"委,弃也。"

⑤芜:荒芜。子云舍:《汉书·扬雄传》:"扬雄,字子云……家素贫,耆酒,人希至其门。时有好事者载酒肴从游学。"董生园:《汉书·董仲舒传》:"董仲舒,广川人也。少治《春秋》,孝景时为博士。下帷讲诵,弟子传以久次相授业,或莫见其面。盖三年不窥园,其精如此。进退容止,非礼不行,学士皆师尊之。"

⑥"华阴"句:《后汉书·张楷传》:"楷字公超……司隶举茂才,除长陵令,不至官,隐居弘农山中。学者随之,所居成市,后华阴山南遂有公超市。""楚席"句:《汉书·楚元王传》:"楚元王敬礼穆生等,穆生不嗜酒,王每置酒,常为穆生设醴也。"

⑦玄泉:犹黄泉,指阴间。长夜:见萧子隆《经刘瓛墓下》注⑤。

奉和竟陵王经刘瓛墓下①

虞炎

下帷闻昔儒,窥园信且逸②。聚学丛烟郊,栖遁事环荜③。
戢景谢归年,税驾空悠日④。庭露已沾衣,松门向萧瑟⑤。
悯悯神念周,依依惠言密⑥。

【校注】

①虞炎:字不详,会稽人。生卒年不详,约齐武帝永明中前后在世。以文学与沈约俱为文惠太子所遇,意昀殊常。官至骁骑将军。

②"下帷"二句事见沈约《奉和竟陵王经刘瓛墓》注⑤"董生园"。

③"聚学"句:《古诗纪》作"聚学从烟郊"。烟郊:月色朦胧或烟雾弥漫的郊野。"栖遁"句:涵芬楼本作"栖道事环荜"。栖遁:隐居。环荜:意指刘瓛虽贫寒却笃志修研儒学。

④戢(jí)景:意为匿迹;隐居。《初学记》卷三十引晋傅咸《萤火赋》:"当朝阳而戢景兮,必宵昧而是征。"税驾:意为解下驾车的马,停车。有休息或归宿之意。司马迁《史记·李斯列传》:"物极则衰,吾未知所税驾也。"司马贞索隐:"税驾,犹解驾,言休息也。"

⑤松门:墓门。仲长统《昌言》:"古之葬,植松柏梧桐以识墓。"

⑥悯悯:同"闵闵",忧愁貌。《左传·昭公三十二年》:"余一人无日忘之,闵闵焉如农夫之望岁,惧以待时。"杜预注:"闵闵,忧貌。"

奉和竟陵王经刘瓛墓下①

柳恽

西河寂高业,北海望清尘②。曾微谁与寄,尚德在伊人③。
遗文重昭晢,绝绪复纷纶④。露华白朝日,兰生无久春⑤。
芳猷动渊思,抚轼履高辰⑥。山风起寒木,野雀乱秋榛⑦。
垄草时易宿,素轨邈难遵⑧。

【校注】

①柳恽(465—517):字文畅,祖籍河东解州(今山西运城)。齐竟陵王萧子良引为法曹参军。入梁,曾两次出任吴兴太守,"为政清静,人吏怀之"。梁天监十六年(517)卒,赠侍中,中护军。《梁书》《南史》有传。

②西河:古地名。战国魏在今陕西东部的沿河地区设置西河郡。《史记·

仲尼弟子列传》:"卜商,字子夏。……孔子既没,子夏居西河教授,为魏文侯师。"高业:指儒学之业。此句叹惜刘瓛之逝。清尘:车后扬起的尘埃。亦用作对尊贵者的敬称。《汉书·司马相如传》:"犯属车之清尘。"

③曾:通"层"。重叠。徽:美、善。尚德:《论语·宪问》:"尚德哉若人。"伊人:这个人。《诗经·秦风·蒹葭》:"所谓伊人,在水一方。"此处"伊人"指刘瓛。

④昭晢(zhé):清楚,明白。《文选·陆机〈文赋〉》:"物昭晢而互进。"李善注引《说文》曰:"昭晢,明也。"绝绪:指垂绝学说之统绪。纷纶:渊博。《后汉书·逸民传·井丹》:"井丹,字大春。……通五经,善谈论,故京师为之语曰:'五经纷纶井大春。'"李贤注:"纷纶,犹浩博也。"

⑤"露华"句:涵芬楼本作"露华向朝日"。此二句意为刘瓛之逝如露晞兰摧。

⑥芳猷:见萧子良原诗注⑧。渊思:深思。抚轼:《礼记·曲礼》郑注:"抚,犹据也,据式小俛,崇敬也。"高辰:指秋辰。

⑦"野雀"句:涵芬楼本作"野雀乱秧榛"。

⑧垄草:即宿草,见萧子良原诗注⑫。素轨:清素之轨范。《方言》:"轨,道也。"

和别沈右率诸君①

春夜别清樽,江潭复为客②。叹息东流水,如何故乡陌③。重树日芬蒀,芳洲转如积④。望望荆台下,归梦相思夕⑤。

【题解】

《南齐书·武十七王·随郡王传》载:"(永明)八年,(随王)代鱼复侯子响为使持节、都督荆雍梁宁南北秦六州、镇西将军、荆州刺史,给鼓吹一部。"永明九年(491)春,随王正式赴荆就职。谢朓因文学为随王所爱,此时也从太子舍人任上调为随王镇西功曹,转文学,一同赴任。沈约等人为表惜别之情,作《饯谢文学》诗以赠谢朓。谢朓此诗即为答谢之作,故应作于永明九年(491)春。

"永明体"作为一种新的诗学风尚,相比于古体诗而言,在构思上主要有这样一些特点:绝不全面铺陈,而是围绕某一个主题展开,最后落到一点立意或巧思上,因而适宜于短篇。首起尾结、二句一层、四层四转势的八句体结构也由此形成。本诗为与朋友惜别之作,但与古体诗的直抒相思不同,本诗没有重重叠叠地诉说,而是惜字如金,借助二句一层四转势的跳跃性,概括长距离、长时间的情感历程,将眼前到荆台的漫长旅程和两地相思乃至途中的离悲都串联起来,情语皆似流水。

【校注】

①各明代刻本均题作"和沈右率诸君饯谢文学别";《古诗纪》题作"和沈右率诸君饯谢文学";张本题作"答沈右率诸君饯别"。

②清樽:酒器。亦借指清酒。《古诗类苑》卷四五引《古歌》:"清樽发朱颜,四坐乐且康。"江潭:江水深处。《楚辞·九章·抽思》:"长濑湍流,泝江潭兮。"王逸注:"潭,渊也。楚人名渊曰潭。"此处借指楚地,即荆州。

③"汉息"二句:意为作者联想到任后在江边看江水东流,而自己西行,故难抑思乡之情。

④"重树"句:《古文苑》作"重树日始菡"。重树:茂密的树林。鲍照《凌烟楼铭序》:"重树穷天,通原尽日。"芬蒀(yūn):香气浓郁,烟霭氤氲。芳洲:芳草丛生的小洲。《楚辞·九歌·湘君》:"采芳洲兮杜若,将以遗兮下女。"积:聚积。此二句指作者的乡愁如春天的草木更生。

⑤望望:瞻望的样子,依恋的样子。《礼记·问丧》:"其往送也,望望然,汲汲然,如有追而弗及也。"荆台:楚国著名高台,故址在今湖北省监利县北。此处代指荆州。

【汇评】

王夫之《古诗评选》卷五:惜字惜句,其自赏有如此者,非此则又何以为玄晖?

方东树《昭昧詹言》卷七:起句叙饯文学兼补时令,次句点明系之官,非饯归,亦非仕京邑,所谓交代分明也。三四句就第二句复为客意,顿挫咏叹,言此身如水东流无停,思念故乡陌将如之何也。以上为一段,重树二句写景收句,入已伐之情,此文学必之荆州为王府官属也。

饯谢文学①

沈右率②

汉池水如带,巫山云似盖③。澌汨背吴潮,潺湲横楚濑④。一望沮漳水,宁思江海会⑤。以我径寸心,从君千里外⑥。

【校注】

①《古诗纪》、张本题作"饯谢文学离夜"。《艺文类聚》《古文苑》《文苑英华》题作"别谢文学"。

②沈右率:即沈约。

③汉池:即汉水。巫山:见前王融《巫山高》注③。盖:车盖。

④澌汨(zhì yù):水流激荡的样子。《文选·枚乘〈七发〉》:"澌汨潺湲,披扬流洒,横暴之极。"潮:《古文苑·校勘记》:"九卷本潮作湖。"潺湲(chán yuán):水流动的样子。《楚辞·九歌·湘夫人》:"慌忽兮远望,观流水兮潺湲。"濑(lài):沙石上流过的水。

⑤"一望"句:万历本、郭本作"一望阻漳水"。沮漳(jū zhāng):沮水与漳水的并称,均在今湖北境内,亦指此二水之间的地区。

⑥径寸心:即寸心,指渺小的生命或者心意。旧时认为心的大小在方寸之间,故名。

饯谢文学

虞别驾①

差池燕始飞,幂历草初辉②。离人怅东顾,游子去西归③。清潮已驾渚,潺露复沾衣④。一乖当春聚,方掩故园扉⑤。

【校注】

①《古文苑》作"虞驾部炎",《古诗纪》作"虞炎别驾"。虞别驾:即虞炎。见前附虞炎《奉和竟陵王经刘瓛墓下》注①。

②差池:参差不齐的样子。《诗经·邶风·燕燕》:"燕燕于飞,差池其羽。"幂(mì)历:覆被分布的样子。左思《吴都赋》:"幂历江海之流。"

③"游子"句:《古文苑》《古诗纪》《全齐诗》作"游子怆西归"。

④"清潮"句:《古文苑》作"清潮已架渚"。溽(rù)露:繁多的露水。

⑤乖:分离。

饯谢文学

范通直①

阳台雾初解,梦渚水裁绿②。远山隐不见,平沙断还续。
分弦饶苦音,别唱多悽曲③。尔拂后车尘,我事东皋粟④。

【校注】

①《古文苑》作"范通直云",《古诗纪》作"范云通直"。

②阳台:见王融《巫山高》注③。梦渚:指云梦泽中洲渚。裁:通"才",刚,仅。

③分弦:指别离酒宴上的弦奏,与"别唱"互文。饶:多。《广韵》:"饶,饱也,余也。"

④后车:副车,侍从所乘的车。曹丕《与朝歌令吴质书》:"文学托乘于后车。"东皋:水边向阳高地。也泛指田园、原野。阮籍《辞蒋太尉辟命奏记》:"方将耕于东皋之阳,输黍稷之税,以避当涂者之路。"此二句意为谢朓此去将拂去后车之尘,获得提拔,而自己则将归隐田园,躬耕东皋。

饯谢文学①

王中书②

所知共歌笑,谁忍别笑歌③。离轩思黄鸟,分渚蔓青莎④。翻情结远旆,洒泪与烟波⑤。春江夜明月,还望情如何。

【校注】

①张本题作"饯谢文学离夜"。

②王中书:即王融。

③"所知"句:《古文苑》作"所知共歌吹"。所知:指相知之人。

④离轩:此处指与谢朓离别之处的轩槛,与下句中之"分渚"互文。思黄鸟:比喻别后相思为劳之意。《诗经·小雅·绵蛮》:"绵蛮黄鸟,止于丘阿。道之云远,我劳如何。"蔓(ài):草木茂盛的样子。青莎:见《三日侍华光殿曲水宴代人应诏》注㉗。

⑤旆(pèi):古代旌末形如燕尾的垂旒。

饯谢文学

萧记室①

执手无还顾,别渚有西东②。荆吴渺何际?烟波千里通③。春篁方解箨,弱柳向低风④。相思将安寄,怅望南飞鸿。

【校注】

①《古文苑》作"萧记室琛"。《古诗纪》作"萧琛记室"。萧记室(478—529):名琛,一作萧璨,字彦瑜,兰陵人,南朝梁学者、官员。琛少而朗悟,有纵横才辩。起家齐太学博士。王俭为丹阳尹,辟为主簿,累迁至尚书左丞。入

梁,受武帝重用,大通二年,授金紫光禄大夫。

②别渚:言离别处之江渚。

③"荆吴"句:《古文苑》《古诗纪》作"荆吴眇何际"。荆吴:春秋时的楚国与吴国,后泛指长江中下游地区。司马相如《上林赋》:"荆吴郑卫之声,《韶》《濩》《武》《象》之乐。"渺:辽远的样子。

④"春篁"句:《古文苑》《古诗纪》作"春筍方解箨"。篁(huáng):泛指竹子。箨(tuò):草木脱落的叶或皮。

饯谢文学

刘中书①

汀洲千里芳,朝云万重色②,悠然在天隅。之子去安极③。春潭无与窥,秋台共谁陟④。不见一佳人,徒望西飞翼。

【校注】

①刘中书:即刘绘。见刘绘《有所思》注②。

②汀洲:水中小洲。《楚辞·九歌·湘夫人》:"搴汀洲兮杜若,将以遗兮远者。""朝云"句:涵芬楼本、《古诗纪》、万历本作"朝云万里色"。

③"悠然"句:《古文苑》作"悠悠在天隅"。

④"秋台"句:《古诗纪》《八代诗选》作"秋台谁共陟"。

离　夜①

玉绳隐高树,斜汉耿层台②。离堂华烛尽,别幌清琴哀③。翻潮尚知限,客思眇难裁④。山川不可梦,况及故人杯⑤。

【题解】

本诗写于永明九年(491),为谢朓随随王赴荆州前夜与江丞、王常侍惜别之作。本诗亦为"始用新声"之"永明体"。本诗构思奇巧,语言清丽,与浑朴之古诗相比别有意趣。前四句写景,后四句入情,笔意多变,文势曲宕,方东树称之为"短篇极则"。此外,本诗在音律上颇值玩味,全诗对仗工整,平仄和谐,音调铿锵。除了"清琴哀"和"不可梦"分别为三平和三谐,和二三联失粘外,其余都基本符合近体诗的格律要求。谢朓在诗歌声律音韵上的尝试,对于近体诗之成熟无疑有着重要意义。

【校注】

①张本题作"离夜同江丞王常侍作"。

②《艺文类聚》作"斜汉映层台"。玉绳:星名。《春秋元命苞》:"玉衡北两星为玉绳。"常泛指群星。斜汉:指秋天向西南方向偏斜的银河。《文选·谢庄〈月赋〉》:"斜汉左界,北陆南躔。"耿:明亮,光明。层台:重台,高台。《楚辞·招魂》:"层台累榭,临高山些。"

③离堂:饯别之堂,与下句之"别幌"互文。华烛:华美的烛火。曹植《七启》:"华烛烂,幄幪张,动朱脣,发清商。"清琴:清越的琴声。此二句写离别酒宴上之惜别悲哀之情景。

④"翻潮"句:涵芬楼本作"翻浪尚知限。"《艺文类聚》《古诗纪》作"翻潮尚知恨"。翻潮:翻腾之江水。古传江潮翻涌,至柴桑(今九江西南)而尽,故此句谓"尚知限"。"客思"句:万历本、郭本作"客思眇难裁"。眇:通"渺"。辽远。裁:度量。此二句意为翻腾之江水尚有所止,而思乡之情怀却无法衡量。

⑤"山川"句:《古诗纪》《全齐诗》作"山川不可尽"。"况及"句:《古诗纪》、张本作"况乃故人杯"。此二句意为离别之后,山川尚且难以如梦,更何况与故人把酒言欢乎?

【汇评】

方东树《昭昧詹言》卷七:章法宏放,纵荡汪洋,皆短篇极则。又,起写离夜之景,由远及近,三四兼叙,共为一段。五六入别情,却以"翻潮"句横空逆折一笔,文势文情,俱曲宕奇警。"山川"二句又另换笔意作结,言远涉已足愁烦,况兼怀恋故人之饯,此诗通身为行者自述之词,短篇极则。

附

离 夜

江丞①

石泉行可照,兰杜向寒风②。离歌上春日,芳思徒以空③。情遽晓云发,心在夕河终④。幽琴一罢调,清醑谁复同⑤。

【校注】

①《古文苑》作"江丞孝嗣"。《古诗纪》作"江孝嗣"。江丞:事迹未详。

②"兰杜"句:涵芬楼本、《古诗纪》、万历本、郭本作"兰杜向含风"。兰杜:兰花和杜若,皆香草。一般用来比喻人的高洁情操。

③上春:孟春,指农历正月。《周礼·春官·天府》:"上春,衅宝镇及宝器。"芳思:芳美之思。

④"情遽"句:涵芬楼本作"情遽晚云发"。遽(jù):急速,匆忙。

⑤"清醑"句:涵芬楼本缺"清"字。清醑(xǔ):清酒。谢灵运《拟魏太子邺中集诗·应玚》:"列坐廕华榱,金樽盈清醑。"

离 夜

王常侍①

月没高楼晓,云起扶桑时②。烛筵暖无色,行住悯相悲③。当轩已凝念,况乃清江湄④。怀人忽千里,谁缓鬓徂丝⑤。

【校注】

①《古诗纪》、《全齐诗》作"王侍常"。王常侍:事迹不详。

107

②扶桑:古地名。《淮南子·天文训》:"日出于旸谷,浴于咸池,拂于扶桑,是谓晨明。"

③"烛筵"句:《古诗纪》作"烛筵缓无色"。暧:昏暗。《广韵》:"暧,日不明。""行住"句:涵芬楼本作"行往悯想悲"。行住:行谓行者,住谓居者。

④湄(méi):岸边,水与草相接的地方。《说文》:"湄,水草交为湄。"

⑤怀人:思念远行的人。《诗经·周南·卷耳》:"嗟我怀人,寘彼周行。""谁缓"句:涵芬楼本作"谁缓鬓组丝"。此二句言别绪伤人。

将发石头上烽火楼①

徘徊恋京邑,踯躅躘曾阿②。陵高墀阙近,眺迥风云多③。荆吴阻山岫,江海含澜波④。归飞无羽翼,其如离别何⑤!

【题解】

永明九年(491),随郡王萧子隆赴任荆州刺史,谢朓从行。当时,原镇西将军、荆州刺史萧子响之乱方定不久。临走前,谢朓登上建康(今江苏南京)西边石头山上的烽火楼,因忧畏前途,感于离别而写了这首诗。故诗中有"陵高墀阙近,眺迥风云多"之语。

杜甫曾赞"谢朓每篇堪讽咏",本诗可为力证。全诗以"恋京邑"提携全篇,明写京邑可恋,暗写荆州可畏。由情及景,以景融情,由今及后,由后复今,妙笔回还往复,互为呼应。可谓结构严谨,属对工整,诗意含蕴,耐人寻味,堪称五律之先导。

【校注】

①石头:即石头城。汉建安十六年(211),孙权筑土坞于石头山。晋义熙中,加砖垒石,因山为城,因江为池,地形险固,为攻守金陵必争之地。烽火楼:《六朝事迹编类》:"《图经》云:'(烽火楼)在石头城西南最高处,杨修诗注云:"沿江筑台以举烽燧,自建康至江陵五千七百里,有警半日而达。……齐武帝登烽火楼诏群臣赋诗。"'"

②"徘徊"句:《艺文类聚》作"徘徊恋皇邑"。京邑:京城,京都。张衡《东京赋》:"京邑翼翼,四方所视。"此处指齐都建康。踯躅(zhí zhú):形容用脚踏地,徘徊不前的样子。躧(xǐ):漫步。《广韵》:"躧,步也。"

③"陵高"句:《艺文类聚》、万历本作"陵高阙墀近"。"陵高"句:《古诗纪》、张本作"陵高迟关近"。陵:登上,升。墀(chí)阙:宫禁。

④荆吴:指谢朓将发建康赴江陵,建康古属吴国,江陵属荆州,故云荆吴。"江海"句:涵芬楼本作"江海合澜波"。江海:《尚书·禹贡》:"江、汉朝宗于海。"

⑤"归飞"句:《文选·古诗十九首》:"亮无晨风翼,焉能凌风飞。""其如"句:《艺文类聚》作"其如别离何"。

怀故人①

芳洲有杜若,可以慰佳期②。望望忽超远,何由见所思③?
我行未千里,山川已间之④。离居方岁月,故人不在兹⑤。
清风动帘夜,孤月照窗时。安得同携手,酌酒赋新诗。

【题解】

诗中有"我行未千里,山川已间之"之句,据《宋书·州郡志》载,建康至荆州水路三千余里,此句同王常侍《离夜》中"怀人忽千里,谁缓鬓徂丝"一句相应。而"安得同携手,酌酒赋新诗"一句则与江丞《离夜》"幽琴一罢调,清酳谁复同"一句相应。故本诗系永明九年(491)谢朓随随王赴荆州道中作,为怀念离京时为其饯别的诸位友人。

本诗前半部分仿《古诗十九首》清空浅近之风格,后半部分则间杂律句,"清风动帘夜,孤月照窗时"一句音节洪亮,近乎唐人格调。

【校注】

①《玉台新咏》题作《赠故人》,《渊鉴类函》题作"赠友人诗"。
②"芳洲"句:《楚辞·九歌·湘君》:"采芳洲兮杜若。"王逸注:"芳洲,香草

丛生水中之处。""可以"句:《太平御览》作"可以订佳期"。涵芬楼本、《古诗纪》、张本、郭本作"可以赠佳期"。佳期:见《春游》注②。

③超远:遥远。《楚辞·九歌·国殇》:"出不入兮往不反,平原忽兮路超远。"所思:所思慕之人,即故人。

④"我行"句:《古诗纪》、张本、郭本作"行行未千里"。间:间隔,阻隔。

⑤离居:散处,分居。《古诗十九首》:"同心而离居。"

【汇评】

吴景旭《历代诗话》:《九歌》"采芳洲兮杜若",谢玄晖"芳洲采杜若",盖用此语,而胜韵不减本辞,乃古人笔妙也。

王夫之《古诗评选》卷五:宣城有空浅一格诗,此类是也。空者善涵,浅者微至,原五言极境,但颇为音制浮亮所累。不尔,《十九首》亦复去人不远。

陈祚明《采菽堂古诗选》卷二十:起语流逸,其意欲仿汉人,结语佻薄,其体竟沦唐代,以"夜"字、"时"字押句,末语太近故也。

方东树《昭昧詹言》卷七:一往清绮。然伤平,无奇处。

奉和随王殿下

【题解】

永明四年至五年(486—487)间,谢朓曾为随王东中郎府,但此时随王年仅十三四岁,应不可能与谢朓有如此之多唱和。永明十一年(493),齐世祖驾崩,鬱林王、海陵王相继为帝,随王解荆州任入京。其时齐明帝为辅政,有代立之心,谋害诸王,随王于世祖诸子中以才貌尤获明帝忌惮,故与鄱阳王同夜被杀。此时谢朓正为明帝幕中,以其心性,当不敢与随王频繁往来,故本组诗当作于永明九年至十一年(491—493)间,谢朓随随王赴荆州三年之间。

本组诗共十六首,涉及四季,前后三年,难以定序,故按谢朓本集原序排次。总的说来,这组诗多是与僚友同集,清夜晤对时的奉和之作。内容除侍游之外,还有赠别、游仙乃至礼佛等。由于是奉和之作,且谢朓一向有畏祸之心,故谢朓此组诗写得格外谦谨,少有直抒胸臆之语。且随王原作现皆不可见,这都为理解本组诗增添了不少难度。

一

玄冬寂修夜，天围静且开①。亭皋霜气怆，松宇清风来②。
高琴时以思，幽人多载怀③。幸藉汾阳想，岭首正徘徊④。

【题解】

在谢朓本集中，本诗为《奉和随王殿下》组诗的第一首。观其诗意，所写内容为随王与幕下诸僚在冬夜听琴，氛围凄怆伤怀。其具体写作年份难以考证，在组诗中也未必是最早写的。陈庆元系于永明九年(491)冬。

【校注】

①玄冬：冬季。《汉书·扬雄传》："于是玄冬季月，天地隆烈，万物权舆于内，徂落于外。"修夜：长夜。《楚辞·严忌〈哀时命〉》："愁修夜而宛转兮。"天围：天宇，天界。

②亭皋(gāo)：水边的平地。《汉书·司马相如传》："亭皋千里，靡不被筑。"霜气：刺骨的寒霜之气。鲍照《芜城赋》："棱棱霜气，蔌蔌风威。"松宇：结宇松下。

③高琴：高妙的琴音。时以思：时时引发愁思。"幽人"句：《古诗纪》、万历本、张本、郭本、《全齐诗》作"幽人多感怀"。幽人：幽隐之人，隐士。《易经·履》："履道坦坦，幽人贞吉。"

④汾阳想：谓栖隐之想。见《侍宴华光殿曲水奉敕为皇太子作》注㉑。

二

高秋夜方静，神居肃且深①。闲阶涂广露，凉宇澄月阴②。
婵娟影池竹，疏芜散风林③。渊情协爽节，咏言兴德音④。
闇道空已积，迁直愧蓬心⑤。

【题解】

本诗在谢朓本集中为组诗第二首，陈庆元系于永明九年(491)秋。魏晋以来,在上层社会中盛行"清谈"之风。士族名流相遇,不谈国事,不言民生,专谈老庄、周易等玄理。谁要谈及如何治理国家,如何强兵裕民,何人政绩显著等,就被贬讥为专谈俗事,遭到讽刺。这种风气在南齐时依旧盛行,被王公贵族视为高雅之事、风流之举。谢朓《奉和随王殿下》组诗中有不少是描写随王与众文士清谈的内容。本诗内容即为描写随王与众僚属在秋夜论道咏诗之事。

【校注】

①高秋:指秋日天高气爽。"神居"句:张本作"神居肃且清"。神居:神人所居。司马相如《美人赋》:"门阁昼掩,暧若神居。"此处为对随王居处的敬称。

②闲阶:寂静的庭阶。涂:厚。《楚辞·九叹·逢纷》:"白露纷以涂涂兮。"广露:广天之露。凉宇:凉秋的天空。

③婵娟:色态美好。见刘绘《巫山高》注④。影:映。疏芜:萧索荒芜。

④渊情:渊深之情。爽节:爽朗的音节,与下句中德音相对。咏言:吟咏。德音:善言。后亦用以对别人言辞的敬称。《诗经·邶风·谷风》:"德音莫违,及尔同死。"

⑤闇(àn)道:即君子之道。《礼记·中庸》:"君子之道,闇然而日章。""迁直"句:《古诗纪》、万历本、张本、郭本、《全齐诗》作"干直愧蓬心"。迁直:笔直。蓬心:比喻知识浅薄,不能通达事理。后亦常作自喻浅陋的谦词。《庄子·逍遥游》:"则夫子犹有蓬之心也夫。"

三

怆怆绪风兴,祁祁族云布①。严气集高轩,稠阴结寒树②。日月谬论思,朝夕承清豫③。徒藉小山文,空揖章台赋④。

【题解】

本诗在谢朓本集中为组诗第三首,陈庆元系于永明九年(491)冬。本诗是写随王和众人寒冬之季,在高轩中高谈阔论的场景。诗中谢朓自谦才学浅陋,所言不能对众人有所匡正,可见其谨小慎微之处。

【校注】

①怆怆:忧伤悲痛的样子。王褒《九怀·思忠》:"感余志兮惨栗,心怆怆兮

自怜。"绪风:余风。《楚辞·九章·涉江》:"乘鄂渚而反顾兮,欸秋冬之绪风。"王逸注:"绪,余也。"祁祁、族云并见《雩祭歌·赤帝歌》注⑤、注⑥。

②严气:寒气。《文选·谢惠连〈雪赋〉》:"玄律穷,严气升,焦溪涸,汤谷凝。"吕延济注:"严气,寒气也。"稠阴:稠密的阴气。

③日月:指日日月月。《论语·雍也》:"回也,其心三月不违仁,其余则日月至焉而已矣。"论思:见《侍宴华光殿曲水奉敕为皇太子作》注⑯。清豫:恬适,安乐。《尔雅·释诂》:"豫,乐也。"

④小山文:指淮南王刘安所著之《淮南子》。刘安,字小山,故名。《淮南子》原本《道德经》而作,属杂家,此处为作者自谦所凭借者为无稽之文。章台赋:即《章华赋》。《后汉书·文苑传》:"(边让)少辩博、能属文,作《章华赋》。虽多淫丽之辞,而终之以正,亦如相如之讽也。"此句意指自己佩服边让作赋持正却不能效法。

四

星回夜未艾,洞房凝远情①。云阴满池榭,中月县高城②。
乔木含风雾,行雁飞且鸣③。平台盛文雅,西园富群英④。
芳庆良永矣,君王嗣德声⑤。眷此伊洛咏,载怀汾水情⑥。
顾已非丽则,恭惠奉仁明⑦。观淄咏已失,怃然愧簪缨⑧。

【题解】

本诗在谢朓本集中为组诗第四首,陈庆元系于永明九年(491)秋。据《南齐书·谢朓传》载:"子隆在荆州,好辞赋,数集僚友。朓以文才,尤被赏爱,流连晤对,不舍日夕。"本诗即是明证,谢朓在诗中称赞随王的德才与文会的盛况,却极力自抑诗才,这一情况在本组诗中反复出现,可见其畏祸之心。然不久谢朓仍为随王长史王秀之密告,其境遇实堪同情。

【校注】

①星回:是谓一年已终,星辰复回于原位。《礼记·月令》:"(季冬之月)星回于天,数将几终,岁且更始。"孔颖达疏:"谓二十八宿随天而行,每日虽周天一匝,早晚不同,至于此月,复其故处,与去年季冬早晚相似,故云星回于天。"

113

夜未艾：夜未尽。《诗经·小雅·庭燎》："夜如何其，夜未艾。"洞房：幽深的内室。《楚辞·招魂》："姱容修态，絙洞房些。"远情：深远的情意。

②云阴：云翳，阴云。中月：当空的明月。高城：此处指荆州府城。

③乔木：高大的树木。《诗经·周南·汉广》："南有乔木，不可休思。"行雁：旅雁。北雁南飞，正为秋冬之时。

④平台：古台名，传说为春秋时宋皇国父所筑，在今河南商丘睢阳区东北。西园：萧子隆《山居序》："所谓西园多士，平台盛宾，邹、马之客咸在，《伐木》之歌屡陈，是用追芳昔娱，神游千古，故亦一时之盛事。"此处平台、西园皆以赞随王幕下多有文学之士。

⑤芳庆：指美盛之事，即上句所写平台、西园之事。德声：仁德的声誉。《文选·曹植〈又赠丁仪王粲〉》："君子在末位，不能歌德声。"

⑥伊洛咏：伊洛，指伊水与洛水，两水汇流，多连称。两水均在洛阳附近，为古人游赏之地，故"伊洛咏"多指游赏吟咏之盛事。《南史·谢朏传》："（王）彧尝与（谢）孺子宴桐台，孺子吹笙，彧自起舞，既而叹曰：'今日真使人飘摇有伊、洛间意。'"汾水情：指隐栖之情。见《侍宴华光殿曲水奉敕为皇太子作》注㉑。

⑦"顾已"句：涵芬楼本、《古诗纪》、万历本、郭本、张本作"顾已非丽则"。丽则：美丽典雅。扬雄《法言·吾子》："诗人之赋丽以则，辞人之赋丽以淫。""恭惠"句：《古诗纪》作"恭惠神明"。恭惠：恭承敬惠。曹植《皇子生颂》："祗肃郊庙，明德敬惠。"仁明：仁爱明察。刘向《列女传·周室三母》："君子谓太姒，仁明而有德。"此处以称颂随王。

⑧"观淄"句：意为作者自谦自己诗作浅陋。怃（wǔ）然：怅然失意的样子。《论语·微子》："夫子怃然曰：'鸟兽不可与同群，吾非斯人之徒与而谁与？'"簪缨（zān yīng）：古代达官贵人的冠饰。后借指高官显宦。"怃然"句意为自言愧于所职。

五

肃景游清都，修簪侍兰室①。累树疏远风，广庭丽朝日②。
穆穆神仪静，愔愔道言密③。一餐击灵表，无咎科年历④。

【题解】

本诗在谢朓本集中为组诗第五首,陈庆元因诗中有"肃景"之语,认为应作于夏日,并系于永明九年(491)夏。但观诗中内容,主要描写作者从随王祭祀郊庙时的隆重仪式,并希求获得神灵护佑,亦为作者隐向随王表达自己欲攀附之心意。故本诗或作于永明九年(491)春作者随随王离京辞庙之时。

【校注】

①肃景:端肃其身影。景,影子。清都:神话传说中天帝居住的宫阙。《列子·周穆王》:"清都、紫微、钧天、广乐,帝之所居。"此处代指京都。"修簪"句:涵芬本、万历本作"修簪待兰室"。兰室:芳香高雅的居室。多指妇女的居室。《文选·张华〈情诗〉》:"佳人处遐远,兰室无容光。"此处指祭祀斋戒时的静室。

②累榭:多层的台榭。《楚辞·招魂》:"层台累榭。"

③穆穆:威仪隆重肃敬的样子。《礼记·曲礼下》:"天子穆穆。"神仪:神情仪表,此处为赞美随王容仪。愔愔(yīn yīn):和悦安舒的样子。《左传·昭公十二年》:"祈招之愔愔,式招德音。"道言:悟道之言。

④一餐:此处指得仙家一餐之馔。灵表:对仪表的美称。《文选·祢衡〈鹦鹉赋〉》:"于是羡芳声之远扬,伟灵表之可嘉。"张铣注:"伟,美也。谓美其声音仪表,可以嘉善。"此处指仙灵之表,隐以谓随王。科:判定。年历:一年大事之记录。《晋书·礼志》:"汉仪,太史每岁上其年历。"此处泛指年祀。

六

神心遗魏阙,冲想顾汾阳①。肃景怀辰豫,捐玦蓟山杨②。
时惟清夏始,云景暧含芳③。月阴洞野色,日华丽池光④。
草合亭皋远,霞生川路长⑤。端坐闻鹤引,静瑟怆复伤⑥。
怀哉泉石思,歌咏郁璃相⑦。塘春多迭驾,言从伊与商⑧。
衮职眷英览,独善伊何忘⑨。愿辍东都远,弘道侍云梁⑩。

【题解】

本诗在谢朓本集中为组诗第六,陈庆元系于永明九年(491)夏。本诗篇幅为十六首诗中最长的一首，所展现的思想内容也最为复杂。开头四句写游仙之事，或为承和随王原诗而来。随后十句写初夏景色，以及自己的归隐之思，应为随侍随王出游所见。最后六句笔锋一转，写同游之人多拟回朝进取，自己也当息归隐之念，继续供职。诗中谢朓意欲归隐，却又因为随王格外之重爱，而不得不表示永远随侍之心，其复杂之心态可见一斑。

【校注】

①神心：魂与心。宋玉《神女赋》："意离未绝，神心怖覆。"此处"神心"与下句中的"冲想"皆代指随王之心志。魏阙：见《三日侍宴曲水代人应诏》注⑲。"冲想"句：《古诗纪》、张本、郭本、《全齐诗》作"中想顾汾阳"。汾阳：见《侍宴华光殿曲水奉敕为皇太子作》注㉑。

②肃景：见组诗其五注①。辰：日子，时光。《诗经·齐风·东方未明》："不能辰夜，不夙则莫。"豫：巡游。《孟子·梁惠王下》："吾王不游，吾何以休？吾王不豫，吾何以助？一游一豫，为诸侯度。"捐玦（juān jué）：捐弃玉玦。《楚辞·九歌·湘君》："捐余玦兮江中，遗余佩兮醴浦。"山杨：山上的杨树。《诗经·小雅·南山有台》："南山有桑，北山有杨。""捐玦"句意为谢朓有不仕之心，愿归去蓠北山之杨。

③云景：云和日。《汉书·礼乐志》："(《安世房中歌》)芬树羽林，云景杳冥。"暧：温润，温暖。《庄子·逍遥游》："暧然似春。"

④月阴：月影。借指月光、月亮。洞：深远。

⑤"草合"句：张本、《全齐诗》作"草含亭皋远"。亭皋：见组诗其一注②。川路：河道。

⑥鹤引：乐府琴曲名，即《别鹤操》。崔豹《古今注》卷中："《别鹤操》，商陵牧子所作也。娶妻五年而无子，父兄将为之改娶。妻闻之，中夜起，倚户而悲啸。牧子闻之，怆然而悲，乃歌曰：'将乖比翼隔天端，山川悠远路漫漫，揽衣不寝食忘餐！'后人因为乐章焉。"静瑟：传说中用员山静木制的能召集万灵的宝瑟。王嘉《拾遗记·周穆王》："员山，其形员也，有大林，虽疾风震地，而林木不动，以其木为瑟，故曰'静瑟'。"

⑦泉石思：归隐之思。泉石，代指山水。璩（qióng）相：玉的质地。《诗经·大雅·棫朴》："金玉其相。"毛传："相，质也。"此句赞随王诗咏有郁然如玉

之质。

⑧"塘春"句:《古诗纪》、张本、郭本作"春塘多迭驾"。迭驾:超逸之车驾,比喻不羁之才。言从:跟从,听从。伊:指伊水。《列仙传》:"王子乔者,周灵王太子也,好吹笙作凤凰鸣,游伊洛之间。道士浮丘公,接以上嵩山。"商:指商山,在今陕西商县东南,为汉初商山四皓隐居处。

⑨衮职:三公之职。英览:指帝王之赏识。

⑩东都:随王居荆州,建康在东,故云东都。"弘道"句:涵芬楼本作"宏道侍云梁"。云梁:郭璞《游仙诗》:"云生梁栋间,风生窗户里。"此处比喻得道之居,代指随王府。

七

清房洞已静,闲风伊夜来①。云生树阴远,轩广月容开②。
宴私移烛饮,游赏藉琴台③。风猷冠淄邺,衽舄愧唐枚④。

【题解】

本诗在谢朓本集中为组诗第七首,陈庆元将该诗系于永明九年(491)夏。本诗内容亦是有关随王西府文酒之会,谢朓自谦诗赋不如前人。

【校注】

①洞:深邃。闲风:微风。伊:语气词,无意义。

②月容:明月之容光。

③琴台:鼓琴之台。

④风猷(yóu):风教德化。《文选·任昉〈为范始兴作求立太宰碑表〉》:"原夫存树风猷,没著徽烈,既绝故老之口,必资不刊之书。"吕向注:"猷,道……言风教道德,死当著其美业,故老既没必资于铭记。"淄:指战国时齐都淄博。齐国于都城设稷下学宫,为一时文人汇集之地。邺:指邺城。三国时曹操父子居此,奖掖文学,一时文人汇集,文风为一时之盛。衽(rèn):衣襟。《仪礼·丧服记》:"衽二尺有五寸。"舄(xì):鞋。崔豹《古今注》:"舄,以木置履下,干腊不畏泥湿也。"唐枚:指唐勒与枚乘,二人均以辞赋闻名。此二句上句称颂随王,下句则自谦有衽舄之荣却才逊唐枚。

117

八

方池含积水,明流皎如镜①。规荷承日泫,瀌鳞与风泳②。
上善叶渊心,止川测动性③。幸是芳春来,侧点游濠盛④。

【题解】

本诗在谢朓本集中为组诗第八首,陈庆元系于永明十年(492)春。本诗所写为随王与众人游于濠上,作逍遥玄远之谈。谢朓在此极称众人清谈之盛,可比庄、惠同游濠梁之盛事,同时也表达了自己才学浅薄,惭于与会之心。

【校注】

①"方池"句:刘桢《杂诗》:"方塘含白水。""明流"句:《古诗纪》、万历本、张本、郭本、《全齐诗》作"明月流皎镜"。

②规荷:圆荷。泫(xuàn):水珠下滴。瀌(piāo)鳞:轻捷游动的鱼。

③上善:此处指水。《老子》:"上善若水,水善利万物而不争。"叶:同"协",合于。渊心:渊深的内心。《诗经·邶风·燕燕》:"其心塞渊。"止川:止水,静止不动之水。《庄子·德充符》:"人莫鉴于流水而鉴于止水。"动性:活动的情性。

④"幸是"句:《古诗纪》、张本、郭本、《全齐诗》作"幸是方春来"。侧:旁边。《诗经·大雅·云汉》序:"遇灾而惧,侧身修行。"点:指曾点,字皙。《论语·先进》:"(点)曰:'莫春者,春服既成,冠者五六人,童子六七人,浴乎沂,风乎舞雩,咏而归。'夫子喟然叹曰:'吾与点也!'"游濠盛:意谓濠上之游。《庄子·秋水》:"庄子与惠子游于濠梁之上。庄子曰:'儵鱼出游从容,是鱼之乐也。'惠子曰:'子非鱼,安知鱼之乐?'庄子曰:'子非我,安知我不知鱼之乐?'"

九

浮云西北起,飞来下高堂①。合散轻帷表,飘舞桂台阳②。
遥阶收委羽,平池如夜光③。眷言金玉照,顾惭兰蕙芳④。

【题解】

本诗在谢朓本集中为组诗第九首,具体写作时间已无从考究。观其诗意,为谢朓在随王殿堂中参与酒宴,对随王对自己的恩遇极为感激,但自感无兰蕙之芳,故对随王之垂顾十分惭愧。

【校注】

①"浮云"句:曹丕《杂诗》:"西北有浮云,亭亭如车盖。"高堂:指房屋的正室厅堂。《论衡·别通》:"开户内光,坐高堂之上。"合散:指云忽聚忽散。飘舞:指云飘舞。桂台:汉未央宫中台名。王嘉《拾遗记·前汉下》:"元凤二年,于淋池之南起桂台,以望远气。"此处代指随王所居。

③"遥阶"句:涵芬楼本作"遥阶妆委羽"。委羽:山名。《淮南子·地形训》:"北方曰积冰,曰委羽。……烛龙在雁门北,蔽于委羽之山,不见日。""平池"句:《古诗纪》、张本、郭本、《全齐诗》作"平地如夜光"。夜光:月亮。《楚辞·天问》:"夜光何德,死则又育?"

④眷言:回头看。言,助词,无实义。《诗经·小雅·大东》:"睠言顾之,潸焉出涕。"金玉:比喻贵重,此处指随王。兰蕙:比喻贤者。扬雄《甘泉赋》:"排玉户而飏金铺兮,发兰蕙与穹穷。"

十

睿心重离圻,歧路清江隈①。四面寒飙举,千里白云来。
川长别管思,地迥翻旗回②。还顾昭阳阙,超远章华台③。
置酒巫山日,为君停玉杯。

【题解】

本诗在谢朓本集中为组诗第十首,陈庆元系于永明九年(491)冬。为和随王送别诗之作,兼赠送别之人。杜晓勤则以为是永明十一年(493)秋,谢朓离荆州赴京时与随王依依惜别之作。本诗在组诗中为谢朓难得直接表露自己情感之作,故全诗意境清丽,意味隽永,为十六首中之佳作。

【校注】

①"睿心"句:《古诗纪》、张本、郭本、《全齐诗》作"睿心重离析"。万历本作

119

"睿心重离坼"。涵芬楼本作"睿心重离拆"。睿心:圣明之心,此处代指随王。离坼(chè):指分别。《说文》:"坼,裂也。"隈(wēi):水流弯曲处。《淮南子》:"田者不侵畔,渔者不侵隈。"

②别管:离别时的管乐。思:悲。《文选·张华〈励志诗〉》:"吉士思秋,实感物化。"李善注:"思,悲也。"迥:远。翻旗:风翻的旌旗。

③昭阳阙:代指荆州。昭阳,指昭丘之阳。昭丘为春秋时楚昭王墓,在今湖北省当阳市东南。《文选·王粲〈登楼赋〉》:"北弥陶牧,西接昭丘。"李善注引《荆州图记》:"当阳东南七十里,有楚昭王墓,登楼则见,所谓昭丘。"章华台:又称章华宫,是楚灵王时修建的离宫。

【汇评】

王夫之《古诗评选》卷五:谐音令度,固不轻韶。

陈祚明《采菽堂古诗选》卷二十一:声调差亮。

十一

桂楼飞绝限,超远向江歧①。轻云霁广甸,微风散清漪②。
连连绝雁举,眇眇青烟移③。严城乱芸草,霜塘凋素枝④。
气爽深遥瞩,豫永聊停曦⑤。即己终可悦,盈思且若斯⑥。

【题解】

本诗在谢朓本集中为组诗第十一首,陈庆元系于永明九年(491)秋。本诗写众人随随王秋游,兴尽而归的喜悦心情。

【校注】

①桂楼:以桂木为楼,此处代指随王西府。飞:指桂楼殿角飞甍高举如飞。绝限:指楼高绝远难至。超:遥远。《楚辞·九歌·国殇》:"出不入兮往不反,平原忽兮路超远。"江歧:江水分流之处。

②"轻云"句:张本作"轻寒霁广甸"。涵芬楼本作"轻云齐广甸"。霁(jì):雨雪停止。甸:郊外。清漪(yī):水清澈而有波纹。《诗经·魏风·伐檀》:"河水清且涟猗。"

③连连:接连不断。绝雁:指绝塞之雁。"眇眇"句:《古诗纪》、张本、郭本、《全齐诗》作"渺渺青烟移"。眇眇:见《出藩曲》注③。

④严城:戒备森严的城池。芸草:黄草。《诗经·小雅·苕之华》:"苕之华,芸其黄兮。"素枝:寒枝。

⑤遥瞩:远望。豫:游玩。永:通"咏"。停曦(xī):时间延缓停止。

⑥"即己"句:涵芬楼本作"印已终可悦"。万历本作"即已终可悦"。《古诗纪》、张本、郭本、《全齐诗》作"即已终可悦,盈尊且若斯"。即己:指即就己意所适。盈思:指思绪满怀。

十二

炎光阙风雅,宗霸拯时沦①。龙德待云雾,令图方再晨②。
岁远荒城思,霜华宿草陈③。英威邈如是,徘徊歧路人④。

【题解】

本诗在谢朓本集中为组诗第十二首。观其诗意为感怀随王能够识拔人才,但自己却无所适从的惶恐凄凉之心。谢朓随随王至荆州后,深受爱重,遭到旁人嫉恨。永明十一年(493),随王长史王秀之密启武帝,谢朓被诏还都。本诗或与此事有关,故系于永明十一年(493)七月前后。

【校注】

①炎光:指晋室。阙:缺少。风雅:教化规范。宗霸:指身为宗室而抚绥一方的诸侯。此处指随王。拯:救助。时沦:失时的隐沦之人。此处或为作者自比。

②龙德:指圣人之德,天子之德。《易经·乾卦》:"潜龙勿用,何谓也?子曰:龙德而隐者也,不易乎世。"云雾:比喻贤臣的辅佐。《易经·乾卦》:"云从龙。"此句谓君臣相遇。令图:远大的谋略。《左传·昭公元年》:"臣闻君子能知其过,必有令图。令图,天所赞也。"再晨:复如旭日东升,朝气蓬勃。

③岁远:指作者来荆州时日渐久。思:思乡之愁。宿草:见《登山望雷居士精舍同沈右卫过刘先生墓下作并序》注⑫。

④英威:英永威武。《后汉书·光武帝纪赞》:"英威既振,新都自焚。""徘

徊"句：意谓自己无所适从。

十三

念深冲照广，业阐清化玄①。端仪穆金殿，敷教藻琼筵②。
舡湛轻帷蔼，磬转芳风旋③。卷綍栖道树，方津棹法舩④。
归兴凭大造，昭涂良易筌⑤。

【题解】

本诗在谢朓本集中为组诗第十三首，具体写作时间不可考。齐梁之时，佛教盛行于王公贵族间，当时文惠太子以及竟陵王萧子良都尊崇佛教，随王亦涉猎佛学，本诗所写正是随王西邸谈论佛学之场景。

【校注】

①念深：信念深入。冲照：冲虚之鉴照。此处应代指随王。业：佛教术语。清化：清明的教化。《后汉书·邓骘传》："不能宣赞风美，补助清化，诚惭诚惧，无以处心。"玄：深妙的佛理。

②"敷教"句：《汉魏诸名家集·谢宣城集》（以下简称名家本）、《古诗纪》、万历本缺"敷"字。文集本作"文教藻琼筵"。端仪：端庄的仪式。穆：壮美。金殿：华丽庄严的殿宇。敷教：布施教化。《尚书·舜典》："帝曰：'契，百姓不亲，五品不逊，汝作司徒，敬敷五教，在宽。'"藻：文采。琼筵：盛宴，美宴。

③湛：安。蔼：《广韵》："树木繁茂的样子。"磬（qìng）：佛寺中使用的一种钵状物，用铜铁铸成，既可作念经时的打击乐器，也可用石制成，亦可敲响集合寺众。

④卷綍：卷起缰绳。道树：菩提树，相传释迦牟尼在此树下成道，故称。《大集经》："怜悯众生趣道树。"方津：横渡迷津。方，旁行之意。棹：划船。法舩：指法船。佛教认为佛法能使人了脱生死，好像船能渡人，过生死海而到涅槃的彼岸。

⑤归兴：归途之兴。大造：大功劳，大恩德。《左传·成公十三年》："文公恐惧，绥静诸侯，秦师克还无害，则是我有大造于西也。"昭涂：指显途，与"幽涂"相对。易筌：指易得于言筌之外。《庄子·外物》："筌者所以在鱼，得鱼而

忘筌。言者所以在意,得意而忘言。"筌,竹制的捕鱼用具。

十四

分悲玉瑟断,别绪金樽倾①。风入芳帷散,钉华兰殿明②。
想折中园草,共知千里情③。行云故乡色,赠子一离声④。

【题解】

本诗在谢朓本集中为组诗第十四首,时序难考。其内容为和作随王宴别僚友。

【校注】

①分悲:别离时的伤悲。断:指曲终音绝。别绪:离别时的思绪。金樽:金制的酒器。

②芳帷:芳香的幕帷。钉(gāng):灯。兰殿:以木兰为殿。此处代指随王宫殿。

③中园:犹故园。此二句意为作者想折故园之草,想来送别之人归乡之思亦与作者同也。

④行云:流动的云。曹植《王仲宣诔》:"哀风兴感,行云徘徊,游鱼失浪,归鸟忘栖。""赠子"句:《古诗纪》、张本、郭本、《全齐诗》作"赠此一离声"。离声:别离的声音。鲍照《代东门行》:"伤禽恶弦惊,倦客恶离声。离声断客情,宾御皆涕零。"

十五

年华豫已涤,夜艾赏方融①。新萍时合水,弱草未胜风②。
闺幽瑟易响,台迥月难中。春物广余照,兰萱佩未穷③。

【题解】

本诗在谢朓本集中为组诗第十五首,陈庆元系于永明十年(492)三月初春。内容为深夜随随王游赏西府之情景。

123

【校注】

①年华:指岁月,时光。豫:同"预"。涤:《大戴礼记·下小正·正月》:"寒日涤冻涂。"孔安国传:"涤也者,变也,变而煖也。"夜艾:夜尽。见组诗其四注①。融:和乐。《左传·隐公元年》:"大隧之中,其乐也融融!"

②"新萍"句:谓新生浮萍,因风时于水面相和。"弱草"句:意为新草初生,其叶未舒,故不生风。

③余照:月色余光。比喻随王恩德。兰:香草名。《易经·系辞》:"同心之言,其臭如兰。"萱:见王融《芳树》注②。

十六

涟漪映余雪,严城限深雾①。清寒起洞门,东风急池树②。
神居望已肃,徘徊举冲趣③。栖迟如归咏,丘山不可屡④。

【题解】

本诗在谢朓本集中为组诗第十六首,陈庆元系于永明十年(492)三月初春。本诗内容为作者遥望神居兴起栖心归真之想。

【校注】

①"涟漪"句:《古诗纪》、张本、《全齐诗》作"连漪映余雪"。涟漪(lián yī):形容被风吹起的水面波纹。《诗经·魏风·伐檀》:"坎坎伐檀兮,寘之河之干兮,河水清且涟漪。"严城:寒城。

②洞门:重门,门门相对。《汉书·董贤传》:"诏将作大匠为贤起大第北阙下,重殿洞门,木土之功穷极技巧,柱槛衣以绨锦。"

③神居:见组诗其二注①。冲趣:冲远之趣。

④栖迟:游玩休憩。《诗经·陈风·衡门》:"衡门之下,可以栖迟。"毛传:"栖迟,游息也。"归咏:指咏歌而归。丘山:指山林。陶潜《归田园居》:"少无适俗韵,性本爱丘山。"

和王长史卧病

崥岰款崇崖,派别朝洪河①。兔园文雅盛,章台冠盖多②。
渊襟眷睿岳,燮赞动旺歌③。顾影惭骍服,载笔旅江沱④。
缟衣纷可献,琴言暧已和⑤。青皋向还色,春润视生波⑥。
岩垂变好鸟,松上改陈萝⑦。日与岁眇邈,归恨积蹉跎⑧。
愿缉吴山杜,宁袄楚池荷⑨?清风岂孤劭?功遂怀增阿⑩。
勿药良有畅,荏苒芳未过⑪。幸留清樽味,言藉故田莎⑫。

【题解】

王长史即王秀之。《南齐书·王秀之传》载其曾为随王镇西长史,曾与谢朓一起供职于随王荆州幕中。王秀之有《卧疾叙意》一诗,中有"循躬虽已兹,况复岁将暮"之句,可见其诗作于岁暮。而谢朓和诗中有"青皋向边色,春润视生波"一句,可知其诗和于此年春天。谢朓在荆州的时间为永明九年(491)至永明十一年(493),而永明十一年谢朓正因为王秀之密启武帝诬告谢朓而导致谢朓返京,二人此时应不可能有唱和之事,故本诗应为永明十年(492)谢朓到荆州不久二人未交恶时所作。

本诗篇幅较长,前八句写二人公事于随王幕中,中间八句写二人俱有思归之心,但都不能如意,最后八句则预祝王秀之病体早愈,二人再相约回乡共饮。

【校注】

①崥岰(pí xiù):山间低处。崥,两石中间。岰,山洞,岩穴。款:至。张衡《西京赋》:"绕黄山而款牛首。"派别:水之分流。左思《吴都赋》:"百川派别,归海而汇。"洪河:大河。此处与上句中之"崇崖"均代指随郡王。

②兔园:园囿名,也称梁园。汉梁孝王筑,多集文士,故址在河南商丘市东。此处代指随王西府。《史记·梁孝王世家》:"于是孝王筑东苑,方三百余

里,广睢阳城七十里。大治宫室,为复道,自宫连属于平台三十余里。……招延四方豪桀,自山以东游说之士,莫不毕至。"文雅:文人雅士。章台:即章华台,见《奉和随王殿下》其十注④。冠盖:本指古代官吏的帽子和车盖,后代指官吏。班固《西都赋》:"冠盖如云,七相五公。"

③渊襟:深广的胸怀。《诗经·邶风·燕燕》:"仲氏任只,其心塞渊。"眷:眷恋。睿岳:明智的封疆大吏。岳,指封疆之吏。《史记·伯夷传》:"舜禹之间,岳牧咸荐。"此句赞王秀之受眷于随王。"燮赞"句:涵芬楼本作"庆赞动眍歌"。燮赞:协调赞助。眍歌:民间歌谣。

④骈服:《后汉书·章帝纪》:"骈马可辍解之。"李贤注:"夹辕者为服马,服马外为骈马。"此句意为谢朓自惭才学不够,不足乘驷马之车。载笔:代指谢朓此时官职随王文学。江沱(tuó):此处指荆州之地。《尚书·禹贡》郑注:"水出江为沱。"

⑤"缟衣"句:《古诗纪》作"缟衣分可献"。缟衣:白绢衣裳。《礼记·王制》:"殷人哻而祭,缟衣而养老。"琴言:表达心意的琴声。暖:温和的样子。此二句言二人情谊极深。

⑥青皋:青葱的泽畔。还色:回春的景色。春润:润物之春雨。生波:新生之波。

⑦岩垂:岩边。垂,旁边。此二句化用谢灵运《登池上楼》"园柳变鸣禽"之句。

⑧眇邈:久远。归恨:即归思。蹉跎:失时。阮籍《咏怀》之五:"娱乐未终极,白日忽蹉跎。"

⑨缉:用线连接。吴山:吴地之山,此处代指建康。杜:杜若。袂(mèi):衣袖。《楚辞·九歌·湘夫人》:"捐余袂兮江中,遗余褋兮澧浦。"楚池:楚地的池塘,代指荆州。此二句意为诗人希望能回到建康家乡而不愿久居荆楚。

⑩孤劭(shào):谓洁身自好。亦谓自强、自励。功遂:功成名就。增阿:层叠之山阿。此二句赞王秀之清高,并言自己亦有归隐之心。

⑪勿药:不服药。《易经·无妄》:"无妄之疾,勿药有喜。"荏苒(rěn rǎn):指时间渐进。《文选·张华〈励志〉诗》:"日与月与,荏苒代谢。"此二句祝愿王秀之病体早愈,尚可及时游赏春光。

⑫清樽:酒器。亦借指清酒。故田:故乡的田地。莎(suō):泛指草。此二

句言与王秀之相约回乡共饮。

【汇评】

陈祚明《采菽堂古诗选》卷二十一：情事详婉，略有秀句，结意虽同诸篇，稍能增致。

附

卧疾叙意

王秀之

贞悔不少期，福极固难豫①。疾药虽一途，遂以千百虑②。
景仄念徂龄，带缓每危曙③。循躬虽已兹，况复岁将暮④。
层冰日夜多，飞云密如雾。归鸿互断绝，宿鸟莫能去。
辍我丘中瑟，良田一嗟故⑤。隐沦迹有违，宰官功未树⑥。
何用搅余情，恨恨此故路⑦。岂言劳者歌，且曰幽人赋⑧。

【校注】

①贞悔：均为卦名。《周易》卦有六爻，其上体即上三爻称"悔"，又称"外卦"；其下体即下三爻称"贞"，又称"内卦"。《尚书·洪范》："曰贞曰悔。"此句意为贞悔之变，不可预期。极：疲惫。豫：预备。

②"疾药"句：《古诗纪》、万历本作"疾药既一途"。

③景仄：指日斜，比喻年纪已过中年。徂龄：指流年。带缓：指身体消瘦，腰带变缓。危曙：指作者伤感自己病体难愈，故每见曙光而自忧。

④循躬：摩抚其体。

⑤"辍代"句：《八代诗选》《古诗纪》《全齐诗》作"辍我丘中琴"。辍：《尔雅·释诂》："辍，已也。"丘中瑟：指在丘山之中演奏弦乐。《尚书大传》："子夏读书毕，孔子问曰：'吾子何为于书？'子夏曰：'《书》之论事，昭昭若明焉，所受

127

于夫子者,弗敢忘。退而穷居河、济之间,深山之中,壤室蓬户,弹琴以歌先王之风,有人亦乐之,无人亦乐之。上见尧、舜之道,下见三王之义,可以忘死生矣。'"

⑥隐沦:隐居。谢灵运《入华子冈是麻源第三谷》:"既枉隐沦客,亦栖肥遯贤。"宰官:泛指官吏。此二句作者自伤自己违背了栖隐的本心,功业却一无所成。

⑦"何用"句:《古诗纪》作"何用揽余情"。"恨恨"句:《八代诗选》作"恨恨此故路"。恨恨:抱恨不已。《古诗为焦仲卿妻作》:"恨恨那可论。"

⑧"岂言"句:涵芬楼本作"言岂劳者歌"。劳者歌:《春秋公羊传·宣公十五年》何休注:"饥者歌其食,劳者歌其事。"幽人赋:班固《幽通赋》:"萝登山而迥眺兮,睹幽人之髣髴。"

夏始和刘孱陵

威仰弛苍郊,龙曜表皇隰①。春色卷遥甸,炎光丽近邑②。
白蘋望已骋,缃荷纷可袭③。徒愿尺波旋,终怜寸景戢④。
对窗斜日过,洞幌鲜飙入⑤。浮云去欲穷,暮鸟飞相及。
柔翰缜芳尘,清源非易挹⑥。回江难绝济,云谁畅伫立⑦。
良宰勖夜渔,出入事朝汲⑧。绩羽余既裳,更赋子盈粒⑨。
椅梧何必零,归来共栖集⑩。

【题解】

刘孱陵,事迹不详,且原作已不可见。孱陵为地名,据《南齐书·州郡志》,孱陵县属荆州南平郡,治所在今湖北公安县南。谢诗中有称刘"良宰"之辞,则刘当为其时孱陵县令,故称"刘孱陵"。按诗中所写时令,及诗中作者所发抑郁之意,此诗非作于永明九年(491)谢朓初至之时,而应作于永明十年(492)夏。

全诗前八句为第一层,写时间荏苒,转眼就已由春入夏,而自己仍羁縻于州郡,不知何日可以返京,故心中悲伤。接下来八句写自己忝为随王文学,可惜至今却寸功未立,毫无建树,着实堪恨。最后六句写二人均无意久留州郡,希望能够尽早回到京城,以展抱负。

【校注】

①威仰:即灵威仰,春神,主东方。《周礼·天官·小宗伯》贾疏:"五帝:苍曰灵威仰,太昊食焉。"苍郊:青郊。龙曜(yào):胆神名。道教以为五脏俱有神。《黄庭内经·心神章》:"胆神龙曜字威明。"皇隰(xí):美好的田野。《诗经·小雅·皇皇者华》:"皇皇者华,于彼原隰。"此二句以星象表明大地回春。

②甸:郊外。《左传·襄公二十一年》杜注:"郭外曰郊,郊外曰甸。"炎光:阳光。《文选·扬雄〈剧秦美新〉》:"震声日景,炎光飞响。"近邑:指屠陵城。

③白蘋:水滨的水草。《楚辞·九歌·湘夫人》:"白蘋兮骋望,与佳期兮夕张。""缃荷"句万历本、文集本、名家集本、郭本作"湘荷纷可袭"。缃:浅黄色。袭:外衣。此处作动词,指穿衣。

④尺波旋:陆机《长歌行》:"寸阴无停晷,尺波岂徒旋。"意为光阴不停逝去,水波决不会空旋。寸景:寸影,寸阴。戢:收敛,收藏。

⑤洞幌:穿过帷幌。鲜飙:清新的风。

⑥柔翰:指写字的笔。左思《咏史》诗:"弱冠弄柔翰,卓荦观群书。"缜:结。芳尘:指美好的风气、声誉。《宋书·谢灵运传论》:"屈平、宋玉导清源于前,贾谊、相如振芳尘于后。"清源:清澈的水源,此处指道德学问之根本。

⑦回江:水流回旋的江河。绝:横渡。《吕氏春秋·异宝》:"丈人渡之绝江。"济:渡过水流。《楚辞·涉江》:"济乎江湖。"云谁:即云何,如何。伫立:长时间站立。《诗经·邶风·燕燕》:"瞻望弗及,伫立以泣。"

⑧良宰:指贤能的官员。此处代指刘屠陵。勖(xù):勉励。《说文》:"勖,勉也。"夜渔:夜间捕鱼。后用为地方官施德政的典实。《吕氏春秋·具备》:"巫马旗短褐衣弊裘而往观化于亶父,见夜渔者,得则舍之。巫马旗问焉,曰:'渔为得也,今子得而舍之何也?'对曰:'宓子不欲人之取小鱼也。所舍者小鱼也。'巫马旗归告孔子曰:'宓子之德至矣。'""出入"句:《墨子·尚贤》:"贤者之治邑也,蚤出暮入,耕稼树艺,聚菽粟,是以菽粟多而民足乎食。"此二句赞刘屠陵善教化,劝农事。

⑨"绩羽"句:《古诗纪》作"积羽余既裳"。绩羽:指织鸟羽为毦衣。《博

雅》："耗，鷚也。一曰绩羽为衣，一曰兜鍪上饰。"盈粒：指五谷充盈。

⑩椅梧：椅树和梧桐树，皆为凤凰所集之树。颜延之《秋胡诗》："椅梧倾高凤，寒谷待鸣律。"何必零：未必凋零。

答张齐兴

荆山嵸百里，汉广流无极①。北驰星晷正，南望朝云色②。
川隙同幽快，冠冕异今昔③。子肃两岐功，我滞三冬职④。
谁知京洛念，髣髴昆山侧⑤。向夕登城濠，潜池隐复直⑥。
地迥闻遥蝉，天长望归翼⑦。清文忽景丽，思泉纷宝饰⑧。
勿言修路阻，勉子康衢力⑨。曾厓寂且寥，归轸逝言陟⑩。

【题解】

张齐兴，其人事迹不可考。《南齐书·州郡志》载，梁州、郢州均有齐兴郡，而郢州位置"以分荆楚之势"，故此处当为郢州之齐兴。诗中有"子肃两岐功，我滞三冬职"之句，可见张应为齐兴郡守。故此诗应为张到荆州与谢朓唱和之作。此外，诗中又有"地迥闻遥蝉，天长望归翼"之句，可见其时在夏天，诗意与《夏始和刘孱陵》一诗类似。或为其时地方官员前往荆州向随王述职，有和谢朓交游唱和之事，故此诗应与《夏始和刘孱陵》作于同时，均为永明十年（492）夏。

【校注】

①荆山：在湖北南漳县西八十里，漳水发源于此。山有抱玉岩，传为楚人卞和得璞处。郦道元《水经注·江水二》："《禹贡》：'荆及衡阳惟荆州。'盖即荆山之称，而制州名矣。故楚也。"嵸：山势高峻貌。司马相如《上林赋》："于是乎崇山矗矗，巃嵸崔巍。"汉广：汉水广阔。《诗经·周南·汉广》："汉之广矣，不可泳思。"汉，指汉水。

②"北驰"句：《古诗纪》、张本、郭本作"北驰星斗正"。北驰：荆州属南国，

故星斗用"北驰"。此句形容北斗星位运转不失其正。南望：《周礼·夏官·职方》："荆州有薮泽曰云梦。"云梦在南，故用"南望"。朝云：宋玉《高唐赋》："楚襄王与宋玉游于云梦之台，望高唐之观，其上独有云气。王问曰：'此何气也？'对曰：'所谓有朝云也。'"

③川隰：江边湿地。幽快：清幽快意。冠冕：仕宦，又指高官高位。《北史·寇洛等传论》："冠冕之盛，当时莫与比焉。"异今昔：此处指二人的仕途今昔不同，二人皆为由京都外放州县之人。

④肃：整饬。《说文》："肃，持事振敬也。"两岐：一麦两穗，旧时以为祥瑞，以兆丰年。《后汉书·张堪传》："（张堪）拜渔阳太守……乃于狐奴开稻田八千余顷，劝民耕种，以致殷富。百姓歌曰：'桑无附枝，麦穗两岐。张君为政，乐不可支。'"此处用张堪事赞张齐兴之治绩。滞：拖延，延误。三冬：三个冬季，即三年。《史记·东方朔传》："朔年十二学书，三冬文史足用。"此处代指谢朓的文学官职。

⑤京洛：此处代指齐都建康。昆山：指昆仑山，古人以为昆仑山为仙人所居。此二句意为作者回京之念，仿佛远如昆仑之侧，渺不可达。

⑥向夕：将晚之时。城壕：护城河。潜池：深池。此处指城壕隐于地平线之下。

⑦地迥：地远。遥蝉：远处的蝉声。归翼：归鸟。

⑧清文：清丽的诗文。此处为赞美张齐兴的诗作。思泉：指文思如泉涌。曹植《王仲宣诔》："文若春华，思若流泉。"宝饰：镶嵌珠玉的妆饰。沈约《弥陀佛铭》："物爱彫彩，人荣宝饰。"

⑨修路：长路。阻：阻隔。《诗经·秦风·蒹葭》："溯洄从之，道阻且长。"康衢：为勉励张齐兴如宁戚之助齐桓公为治。《说苑·尊王》："宁戚，故将车人也。叩辕行歌于康之衢，桓公任以国。"

⑩曾厓：高厓。归轸：归去的车驾。轸，车后之横木，后为车之通称。言：语气词，无意义。陟：登，升。《尔雅·释诂》："陟，陞也。"

临溪送别

怅望南浦时,徙倚北梁步①。叶下凉风初,日隐轻霞暮②。荒城迥易阴,秋溪广难渡③。沫泣岂徒然,君子行多露④。

【题解】

陈冠球认为诗中"荒城迥易阴,秋溪广难渡"一句中之"荒城"与《奉和随王殿下》十二中的"岁远荒城思"之荒城一致,皆是指代荆州。观此诗诗意,确有道理。但谢朓刚到荆州时心情应不至如本诗之低落,故此诗应作于谢朓来荆州之次年,故系之于永明十年(492)秋。

全诗紧扣"送别"之主题,首联便直接点出主题,中间二联写离别时之景,别情寓于景中,最后一联又回归"送别"之意,可谓情景交融,不可分割,后来唐代送别诗多效仿此写法。

【校注】

①南浦:见《送远曲》注①。徙倚:徘徊,来回地走,逡巡。《楚辞·远游》:"步徙倚而遥思兮,怊惝恍而乖怀。"北梁:见《送远曲》注①。

②"叶下"句:《古诗纪》、郭本、张本作"叶上凉风初"。《广文选》作"华夏凉风初"。

③荒城:此处代指荆州。迥:高远。

④沫泣:悲泣而泪流满面。多露:谓露水多。《诗·召南·行露》:"厌浥行露,岂不夙夜,谓行多露。"此二句谓自己泪流满面,乃因为君远行多艰,有婉戒之意。

【汇评】

谭元春《古诗归》卷十三:"荒城迥易阴",即唐人"幽州无夕阳"之意。但唐句凄,此句浑。

成书《多岁堂古诗存》:起结将正意点清,中间写景处即有情在。唐人每用之,殆效法于此。

同羁夜集

积念隔炎凉,骧言始今夕①。已对浊樽酒,复此故乡客②。
霜月始流砌,寒蜻早吟隙③。幸藉京华游,边城宴良席④。
樵采咸共同,荆莎聊可藉⑤。恐君城阙人,安能久松柏⑥。

【题解】

同羁,即同旅行之人。此诗为谢朓在荆州时作。诗中有"边城宴良席"之句,荆州在南齐时为最西之地,故谓之边城。谢朓作此诗后,何逊有《望新月示同羁诗》,而谢诗中亦有"幸藉京华游,边城宴良席"之句,当为宴请旧日京城故友之作。诗中言自己身处边城,盼归京都而不可得,故幽栖自解,表达出强烈的思乡之情。故本诗应作于永明十年(492)秋。

【校注】

①积念:犹积思,刻骨相思。炎凉:指寒去暑来。骧(xiāng)言:指畅言。郝立权《谢宣城诗注》引黄节曰:"骧言,造词。犹本集《观朝雨》之'骧首'盖仰昂言之也。"

②浊樽酒:即古人酿之黄酒,较混浊。故乡客:远离故乡之游客。

③霜月:寒夜的月亮。砌:台阶。《广韵》:"砌,阶砌也。""寒蜻"句:涵芬楼本、《古诗纪》、万历本、张本、郭本作"寒蛸早吟隙"。蜻(jīng):蜻蛚,即蟋蟀。《方言》:"蜻蛚,楚谓之蟋蟀,南楚之间,谓之虫王孙。"吟隙:指蟋蟀在砖石缝隙中鸣叫。

④京华:指齐都建康。边城:边远之城,此处指荆州。

⑤樵采:砍柴。《战国策·齐策四》:"有敢去柳下季垄五十步而樵采者,死不赦。"荆莎:荆棘、莎草。《左传·襄公二十六年》:"初,楚伍参与蔡太师子朝友,其子伍举与声子相善也。……伍举奔郑,将遂奔晋,声子将如晋,遇之于郑郊,班荆相与食,而言复故。"此二句言诸人流落边城,困顿下僚,犹能安于贫贱,自得其乐。

⑥城阙:指帝王的宫阙所在,此处指齐都建康。松柏:松树与柏树,此处比喻隐士。此二句谓诸人皆有志于回京,不可能久处此边城荒鄙之地。

【汇评】

王夫之《古诗评选》:温其如玉,讵亦可以惊人相诧。

陈祚明《采菽堂古诗选》卷二十:闲旷萧疏,押"隙"字韵有致。结句以山野傲之,即从"幸藉"句生出。

望三湖①

积水照赪霞,高台望归翼②。平原周远近,连汀见纡直③。葳蕤向春秀,芸黄共秋色④。薄暮伤哉人,婵媛复何极⑤。

【题解】

三湖,在今湖北省江陵县东,《荆州记》:"江陵城东三里余,有三湖:倚北湖、倚南湖、廖台湖,皆其一隅。"本诗写薄暮时分作者在高台上眺望三湖秋色,思归之情强烈。陈冠球认为谢朓在此诗中情绪低落,应为永明十一年(493)春还京之前所作。但观其诗中有"葳蕤向春秀,芸黄共秋色"之语,当为谢朓目睹秋日萧条而感怀春日之语。可见此诗应写于秋天,故将本诗系于永明十年(492)秋为宜。全诗意境宏阔,最后二句抒情之语,可谓忧思深广。

【校注】

①《古诗纪》题作"望三河"。

②赪(chēng)霞:红色的云霞。赪,红色。归翼:归飞之鸟。陶渊明《归鸟诗》:"翼翼归鸟,载翔载飞。"

③周:围绕,遍及。汀:水边平地,小洲。纡(yū):曲折。鲍照《观漏赋》:"从江河之纡直,委天地之圆方。"

④葳蕤(wēi ruí):见谢朓《芳树》注②。芸黄:花草枯黄的样子。《诗经·小雅·苕之华》:"苕之华,芸其黄矣。"

⑤薄暮:指傍晚,太阳快落山的时候。《楚辞·天问》:"薄暮雷电,归何忧?

厥严不奉,帝何求?"伤哉人:自己伤叹之辞。人,指谢朓本人。婵媛:见《同谢谘议咏铜爵台》注④。

【汇评】

陈祚明《采菽堂古诗选》卷二十一:短章诵至结句,言外有情,便可存。

和伏武昌登孙权故城①

炎灵遗剑玺,当涂骇龙战②。圣期阙中壤,霸功兴宇县③。
鹊起登吴台,凤翔陵楚甸④。襟带穷岩险,帷帟尽谋选⑤。
北拒溺骖镳,西亀收组练⑥。江海既无波,俯仰流英盼⑦。
裘冕类禋郊,卜揆崇离殿⑧。钓台临讲阅,樊山开广宴⑨。
文物共葳蕤,声明且葱蒨⑩。三光厌分景,书轨欲同荐⑪。
参差世祀忽,寂寞市朝变⑫。舞馆识余基,歌梁想遗转⑬。
故林衰木平,荒池秋草遍⑭。雄图怅若兹,茂宰深遐睠⑮。
幽客滞江皋,从赏乖缨弁⑯。清卮阻献酬,良书限闻见⑰。
幸藉芳音多,承风采余绚⑱。于役倘有期,鄂渚同游衍⑲。

【题解】

伏武昌即伏曼容,时为武昌太守。《梁书·伏曼容传》:"会俭薨,迁中书侍郎,大司马谘议参军,出为武昌太守。"王俭死于永明七年(489)五月,则伏迁为大司马谘议参军应在永明七年后。此时南齐大司马为豫章王萧嶷,萧嶷于永明十年(492)四月,则伏为武昌太守当为永明十年四月之后。此外,诗中有"故林衰木平,荒池秋草遍"之句,可见作诗时已为秋季。诗中又有"于役倘有期,鄂渚同游衍"之句,可见谢朓其时应在荆州任职,而遥和伏诗,故系于永明十年(492)秋。

伏诗原作为登临怀古之作,谢朓之和诗亦遥想构思,从武昌城之历史、形胜、风物等各方面铺陈写来,其中又带入自己感慨古今之叹。全诗语言精练,

135

法度森严，为谢朓集中难得之笔力沉雄之作。在崇尚绮丽、巧艳的齐梁诗坛称得上别具一格，可谓开老杜、韩诗之先河，故历来为评家称赏。

【校注】

①武昌：《南齐书·州郡志》载，武昌郡，属郢州，在今之湖北鄂州。《水经江·水注》引《九州记》："鄂，今武昌也。孙权以魏黄初元年自公安徙此，改曰武昌县。……分建业之民千家以益之。至黄龙元年，权迁都建业。"孙权故城：《读史方舆纪要》："吴王城在武昌县东一里，或云孙吴故宫城遗址也。"

②炎灵：指以火德而王的汉王朝。剑玺：指汉高祖刘邦的斩蛇剑与传国玺，此二物皆为汉代传国神器。后用此象征统治权。当涂：汉代谶书中的隐语。指三国魏。《三国志·魏书·文帝纪》："肃承天命。"裴松之注："太史丞许芝条魏代汉见谶纬于魏王曰：'……故白马令李云上事曰："许昌气见于当涂高，当涂高者当昌于许。当涂高者，魏也；象魏者，两观阙是也；当道而高大者魏，魏当代汉。"'"骇(hài)：《说文》："骇，惊也。"龙战：《周易·坤卦》："龙战于野，其血玄黄。"此二句谓汉朝灭亡，曹魏以武力代汉而起。

③"圣期"句：六臣注《文选》作"圣朝阙中壤"。圣期：圣人出世的时期。王充《论衡·刺孟》："孟子曰：'五百年必有王者兴，五百年者，以为天出圣期也。'"阙：同"缺"。中壤：泛指中原地区。霸功：霸道，与"王道"相对而言，此处指曹操霸业。桓谭《陈便宜》："所谓霸功者，法度明正，百官修治，威令流行者也。"县：指天下。

④鹊起：指崛起，趁机行动或乘势奋起。《文选·谢朓〈和伏武昌登孙权故城〉》李善注："《庄子》曰：'鹊上城之垝，巢于高榆之颠，城坏巢折，陵风而起。故君子之居时也，得时则义行，失时则鹊起。'司马彪曰：'垝，最高危限之处也。起，飞也。'"凤翔：凤凰飞翔，后以称颂帝王之兴起。此二句均指孙氏之发迹。

⑤襟带：比喻形势回互环绕的要害之地。岩险：高峻险要之地。张衡《西京赋》："岩险周固，襟带易守。"帷扆(wéi yǐ)：犹帷幄。指天子决策之处或将帅幕府。《汉书·张陈王周传》："高帝曰：'运筹帷幄中，决胜千里外，子房功也。'"谋选：智谋过人之人。此二句言孙权既得形胜之地，又多谋略之臣。

⑥北拒：指孙权北抗曹操。溺：水淹。骖镳(cān biāo)：骖马的镳辔，泛指马具。西翦：指孙权在西边打败刘备。翦，通"戬"。平定。组练：见《元会曲》

注③。

⑦"江海"句:万历本、文集本、名家集本、郭本作"四海既无波"。"俯仰"句:李善注《文选》《三谢诗》作"俯仰流英盼";六臣注《文选》、涵芬楼本作"俯仰流英盼"。俯仰:指低头与抬头。《左传·定公十五年》:"夫礼……将左右周旋,进退俯仰,于是乎取之。"英盼:指目光奕奕有神。此二句言孙权克敌制胜后雄视天下之英姿。

⑧裘冕:衣大裘而冠冕,为古代天子祭祀所定的六种冕服之一。大裘,黑羔裘。《周礼·夏官·节服氏》:"郊祀裘冕,二人执戈。"类:事类。禋郊:郊外祭祀天神。禋,禋祀,见《郊祀曲》注①。卜揆(bǔ kuí):测度谋划。崇:立。离殿:即离宫,指正宫之外供帝王出巡时居住的宫室。《史记·刘敬叔孙通列传》:"孝惠帝曾春出游离宫。"

⑨钓台:《水经注》:"武昌郡治城南有袁山,即樊山也,北背大江,江上有钓台。"讲阅:演习武事,校阅军实。樊山:见前"钓台"注。广:盛大之宴会。

⑩文物:指礼乐制度。《左传·桓公二年》:"夫德,俭而有度,登降有数,文物以纪之,声明以发,以临百官。"葳蕤:草木茂盛,枝叶下垂的样子。此处指吴国礼乐之盛。"声明"句:《海录碎事》作"声名且葱蒨"。声明:见前"文物"注。葱蒨(cōng qiàn):草木青翠茂盛貌,亦是形容吴国礼乐兴盛。颜延之《杂体诗》:"青林结冥濛,丹巘被葱蒨。"

⑪三光:指日、月、星。《白虎通·封公侯》:"天道莫不成于三,天有三光,日、月、星。"分景:分散光辉。书轨:指文字与车轨,亦借指统一。《礼记·中雍》:"子曰:'今天下车同轨,书同文。'"荐:进献。此二句谓上天厌弃三分,故天下归于晋而得一统。

⑫"参差"句:《三谢诗》作"参差世代忽"。参差:不齐貌,指孙权后人不振。世祀:时代祭祀。《左传·僖公十二年》:"管氏之世祀也宜哉!"忽:指时光短促。此句谓孙吴朝代短促。寂寞:冷落,凄凉。市朝:偏指"朝",谓朝廷,官府。《古步出夏门行》:"市朝易人,千载墓平。"变:变化,指孙皓因残虐无道而亡国。

⑬舞馆:舞蹈的场所。鲍照《芜城赋》:"歌堂舞馆之基。"识:辨识。余基:残余之地基。"歌梁"句:《三谢诗》、涵芬楼本作"歌梁想遗啭"。歌梁:指歌馆的屋梁。亦借指歌馆。遗转:遗音。《淮南子》:"秦楚燕赵之歌也,异转而皆乐。"高诱注:"转,音声也。"

⑭故林:指孙吴时遗留的园林。衰木平:指老树凋零。荒池:荒芜的池泽。

⑮雄图:远大的抱负;宏伟的谋略。怅:惆怅。若兹:如此。茂宰:旧时对县官的敬称,此处指伏曼容。遐睠(xiá juàn):眷念遥远的过去。此二句遥想伏曼容登孙氏故城眺远怀古,念孙氏之霸业怅然如此。

⑯幽客:意为隐士,此为谢朓自指。滞:逗留。江皋:江边平地,代指荆州。从赏:相从游赏。乖:背离。缨弁(biàn):冠上缨带,后为仕宦的代称。缨,系冠之带。弁,礼服所用之冠。此句意为自己因为官职在身,故不能从伏曼容相游赏。

⑰清卮(zhī):清酒。卮,酒器。阻:阻隔,未能参与。献酬:谓饮酒时主客互相敬酒。《诗经·小雅·楚茨》:"献酬交错,礼仪卒度,笑语卒获。"郑玄笺:"始主人酌宾为献,宾既酌之主人,主人又自饮酌宾曰酬。"良书:指伏曼容的来信。《墨子·贵义》:"墨子献书惠王,王受而读之曰:'良书也。'"

⑱芳音:指伏之诗句。承风:接受教化。《楚辞·远游》:"闻赤松之清尘兮,愿承风乎遗则。"余绚:无限的美。《文选·谢朓〈和伏武昌登孙权故城〉》刘良注:"言其雅风采咏余美。绚,美也。"

⑲于役:行役,谓因兵役、劳役或公务奔走在外。《诗经·王风·君子于役》:"君子于役,不知其期。"鄂渚:地名,相传在今湖北武汉市黄鹄山上游三百步长江中。《楚辞·九章·涉江》:"乘鄂渚而反顾兮。"游衍:畅游。见檀秀才《阳春曲》注⑤。

【汇评】

方回《文选颜鲍谢诗评》卷四:虚谷曰:"炎灵遗斩蛇之剑与传国之玺而吴兴,日、月、星三光厌乎分景而书轨欲同也,故吴亡。凡诗述兴盛之事则雅而难为工,言及衰亡则哀而易为辞。"此'舞馆''歌梁''故林''荒池'四句所以读之而见其佳也。伏武昌者伏曼容,自大司马参军出为武昌太守。朓以茂宰称之,太守亦可云茂宰而世人罕用。

刘履《风雅翼》卷七:此亦玄晖在宣城时,闻伏武昌登城怀古而有作,故遥和之。其意谓汉祚既亡,三国鼎峙,然魏独以谶纬弑夺而得位,此盖圣王不作而霸功所以兴也。是时,孙权据形胜之地,任谋略之臣,据敌制胜,雄视中原,及践帝位而一时行事,文物声明,可谓盛矣。然而天厌分裂,将归于一。故其世代促忽,以至于今,而陈迹荒凉如此。夫以当时之雄图而有今日之哀替。守兹土者,登高遐览,不能不深为之感慨而形于赋咏也。篇末自以为不得从赏为恨,尚期相与游乐者,则亦因和是诗而不免兴感于怀云尔。

陆时雍《古诗镜》卷十六：谢朓诗所谓朝华方披,夕秀已殒,独此作为收全力。

于光华《文选集评》引孙鑛语曰：盛陈往事,语炼而法整,颇似赋,然此等实为杜诗所祖。

于光华《文选集评》引方伯海语曰：字字新隽警拔,气体复凝厚,兼此者难矣。引用故实,简而该,炼而流,宜李青莲折服赏心也。

张玉榖《古诗赏析》卷十八：此系遥和伏诗。前十,从汉末魏乘霸功杂起,递落孙氏雄据吴楚,用人拒敌之业。城在楚地,"凤翔"句是点题。"江海"八句叙鼎足既定后,孙权在城郊天筑殿,临阅开宴,文物声明之盛,以上皆是述古。"三光"十句转到天意厌分欲合,孙氏国亡世改后,故国目前凄凉之景,而以伏曼容宦游凭吊顿住。后八,方叙己身未及从游,见诗遥和,仍以慨想同游鄂渚,兜转故城作结,章法密甚。

又：宣城诗多流利,而此二章皆排比铺陈,另是一种。然清气在骨,终不以词华掩也。

陈祚明《采菽堂古诗选》卷二十一：先写繁华,后叙萧索,凭吊之情极畅。

何焯《义门读书记》卷三：无句不妙,然比之前人,意味力量自殊。此退之所以并扫齐梁也,鲍明远太丽,谢元晖太工,皆求胜前人而反不及。

沈德潜《古诗源》卷十二：宣城系遥和,非共登城者,玩末二句见。

方东树《昭昧詹言》卷七：起十八句叙孙氏之盛,"三光"二句承上起下,作转势。"参差"以下七句言今日之衰。第八句入伏作诗。"幽客"六句言己得诗和诗。收句以期往游此另结。何云："无句不妙,然比之前人意味力量自殊。退之所以并扫齐、梁也。"愚谓此与《八公山》皆典制大题,宜用杜、韩方能胜任,否则子建亦可。此诗伤平,然兴象力量似胜仲宣《行经孙氏陵》。又曰：平叙之作而葳蕤葱倩,俛仰英眄。

139

冬绪羁怀示萧谘议虞田曹刘江二常侍[1]

去国怀丘园,入远滞城阙[2]。寒灯耿宵梦,清镜悲晓发[3]。
风草不留霜,冰池共如月[4]。寂寞此闲帷,琴樽任所对[5]。
客念坐婵媛,年华稍菴薆[6]。夙慕云泽游,共奉荆台绩[7]。
一听春莺喧,再视秋虹没。疲骖良易返,恩波不可越[8]。
谁慕临淄鼎,常希茂陵渴[9]。依隐幸自从,求心果芜昧[10]。
方轸归欤愿,故山芝未歇[11]。

【题解】

本诗有"夙慕云泽游,共奉荆台绩"之句,故当为谢朓在荆州时寄示诸僚友之作。冬绪指残冬时节,则本诗应作于冬季。羁怀,为在外羁旅漂泊之心。谢朓诗中又有"一听春莺喧,再视秋虹没"之句,可见谢朓来荆州有经历春夏秋冬四季,而观谢朓在荆三年,唯有永明十年符合此条件,故本诗作于永明十年(492)冬末。

题中萧谘议,即萧衍,曾与谢朓同赴荆州于随王幕下任职。《南史·梁武帝纪上》:"竟陵王子良开西邸,招文学,帝与沈约、谢朓、王融、萧琛、范云、任昉、陆倕等并游焉,号曰'八友'。融俊爽,识鉴过人,尤敬异帝,每谓所亲曰:'宰制天下,必在此人。'累迁随王镇西谘议参军。"闻人倓注及《十八家》注以为虞田曹为虞玩之,刘江二常侍为刘善明与江祀。但据《南齐书》虞玩之及刘善明本传,刘善明卒于高帝建元二年(480),虞玩之卒于永明七年(489),故不可能为二人。陈冠球认为虞田曹或为武帝敕谢朓还京敕令中之"侍读虞云",刘、江则为曾任南阳国常侍的刘喧与曾任南郡王国常侍的江祀。但此二人任常侍职时距谢朓此时甚远,且难寻二人与谢朓在荆州时有共事之记载,故亦难断定是否为此二人。

本诗为谢朓怀念京都,思念故园之作。叙事抒情,一气流转,层次分明。首六句写残冬羁旅,夜寒难寐。次六句回忆与故友同游旧事。再次六句写无奈外放,希望退隐。最后四句写决意归隐,终老山中之心。全诗以意为主,韵随意转,诗境凄清,情思哀婉。

【校注】

①皎然《诗式》题作"羁绪示萧谘议";《文镜秘府论》题作"冬序羁怀"。

②去国:离开京都或朝廷。丘园:指家园,乡村。《易经·贲卦》:"六五,贲于丘园,束帛戋戋。"孔颖达疏:"丘谓丘墟,园谓园圃。唯草木所生,是质素之所。"后以"丘园"指隐居之处。入远:入边远之地,此处指荆州。滞:阻碍,停留。城阙:此处指齐都建康。

③耿:明亮,光明。宵梦:夜梦,此句谓夜不成眠。清镜:明镜。晓发:白发。

④风草:风中之草。冰池:结冰的池塘。此二句写残冬之景象。

⑤闲帷:闲静的帷帐,指孤寂的空房。琴樽:指琴与酒樽,代指弹琴饮酒。任所对:随便与谁相对。

⑥客念:羁旅中的思绪。坐:无故,自。《说文通训定声》:"坐为自然之词。"婵媛:见《同谢谘议咏铜爵台》注④。年华:年岁。菴薆(ān ǎi):茂盛、众多的样子。此句谓作者渐入盛年。

⑦夙:平素,一直。云泽:指云梦泽。见《答张齐兴》注②。共奉:共事。荆台:见《和别沈右率诸君》注⑤。绩:功业。

⑧疲骖:犹"疲驽"。常以谦言己无能。恩波:恩泽,指随王之看重。此二句言自己自感才华有限,不安于位,但随王恩遇却不能忘却。

⑨临淄鼎:代指富贵。《汉书·主父偃传》:"主父偃,齐国临淄人也。……我阨日久矣。且丈夫生不五鼎食,死即五鼎烹耳。"张晏注:"五鼎食,牛、羊、豕、鱼、麋也。诸侯五,卿大夫三。"茂陵渴:指病免,司马相如病免后居茂陵。《汉书·司马相如传》:"相如口吃而善著书,常有消渴病……常称疾闲居,不慕官爵。"此二句言自己不慕富贵,但望免归。

⑩依隐:对政事既有所近,又无为如隐,谓依违于政事和隐居之间。《汉书·东方朔传赞》:"饱食安步,以仕易农;依隐玩世,诡时不逢。"颜师古注引如淳曰:"依违朝隐,乐玩其身于一世也。"芜昧:杂乱不明。此二句言幸能如东方朔般依违玩世,但求之于心,结果又杂乱不明。

141

⑪轸:《广韵》:"轸,动也。"归欤愿:望归之心。故山:犹家园。芝:紫芝。古人以为瑞草。《古今乐录》:"四皓隐居,高祖聘之,不出。做歌曰:'漠漠高山,深谷透迤。晔晔紫芝,可以疗饥。'"诗人以此二句作结还是希望可以弃官回家隐居。

【汇评】

钟惺《古诗归》卷十三:谢诗惊人处当于此等处求之。"风草不留霜,冰池共如月"二句亦可作谢诗评。其他如"日出众鸟散""敛性就幽蓬""灭烛听归鸿""秋华临夜空""折荷戢寒袂""微风吹好音""落日飞鸟远""国小暇日多""竹外山犹影""高琴时以思""轻鸣惊涧音""游蜂花上食""挥袂送君已,独此夜琴声""叶上凉风初""堕珥答琴心"皆远胜"澄江静如练"等句,因太白偶然拈出,千古耳食得声耳。

陈祚明《采菽堂古诗选》卷二十一:此在郡既久,故慨然动归思。"一听"二句,诚使人若不可耐。"恩波不可越"语得体。

方东树《昭昧詹言》卷七:此系为随王府文学时作。起言出常思归,今远适荆州,仍滞城阙,言志不乐仕,故曰羁怀也。"寒灯"以下十二句实叙一"羁"字。"疲骖"以下八句述怀,言己所以羁此非恋禄,乃感恩,然终不欲久留。此诗序述委婉,情文斐靡,一往情深似刘公干。

和何议曹郊游二首

其一

春心澹容与,挟弋步中林①。朝光映红萼,微风吹好音②。江垂得清赏,山际果幽寻③。未尝远别离,知此惬归心④。流泝终靡已,嗟行方至今⑤。

【题解】

何议曹,即何煦,谢朓另有《落日同何仪曹煦》一诗,当同为一人。据《南齐书·百官志》载仪曹属京职,议曹为州职,而从本诗的内容来看,应是谢朓离京后享受山水之乐所作,故何煦应为谢朓在荆州共事之人。二首中,其二则尽显厌倦宦游之心,与谢朓在荆后期心情吻合,且诗中有"归途岂难涉,翻同江上夏"之语,故应为永明十一年(493)夏所作。而其一内容闲适,绝无伤感,在谢集中也较为少有,或者为其一着重写何议曹感受,而其二着重写自己感受之原因,两相对比,则可见二人心态之不同。其一中有"春心澹容与"之句,故当作于永明十一年(493)春。

【校注】

①澹(dàn)容与:《汉书·礼乐志》:"澹容与。"颜注:"澹,安也。容与,言闲舒也。""挟弋"句:涵芬楼本、张本作"挟戈步中林"。弋:带有丝绳的箭。《诗经·郑风·女曰鸡鸣》:"将翱将翔,弋凫与雁。"孔疏:"弋,谓以绳系矢而射也。"中林:《诗经·周南·兔罝》:"肃肃兔罝,施于中林。"毛传:"中林,林中。"

②红萼(è):红色的花萼。好音:指鸟语。

③江垂:江边。清赏:指幽雅的景致或清雅的玩物。果:终,竟。幽寻:为"寻幽"的倒置,与"清赏"相对。

④"未尝"句:《古诗纪》、万历本、张本、郭本作"未尝远离别"。

⑤泝(sù):逆流而上。靡已:无已,不停止。

其二

江皋倦游客,薄暮怀归者①。扬舲浮大川,惆怅至日下②。
霢靡青莎被,潺湲石溜泻③。寄语持笙簧,舒忧愿自假④。
归途岂难涉,翻同江上夏⑤。

【题解】

本诗与第一首情感完全不同,作者写到自己漂泊在外,心情愁苦,但这愁苦并非旅途困难所致,而是另有不能言说之苦,或为谢朓此时已经知道自己为王秀之密告之事,全靠与友人游赏山水方能略有消减。

【校注】

①江皋:江边平地。倦游客:指作者自己。薄暮:傍晚。怀归者:指作者

自己。

②舲(líng)：有窗户的小船。《楚辞·九章》："乘舲船余上沅兮。"王逸注："舲船，船有窗牖者也。"大川：指长江。日下：目前，眼下。

③霏靡(suī mǐ)：草木细弱，随风披拂貌。《楚辞·招隐士》："青莎杂树兮，薠草霏靡。"洪兴祖补注："霏靡，弱貌。"潺湲：水慢慢流动的样子。《楚辞·九歌·湘夫人》："慌忽兮远望，观流水兮潺湲。"石溜：石间水流。溜：《广韵》："溜，水溜。"

④笙簧：指乐器。《诗经·小雅·鹿鸣》："吹笙鼓簧，承筐是将。"舒忧：抒发忧思、忧虑。《楚辞·九叹》："愿假簧以舒忧。"

⑤此二句谓将返归而同赏江上之夏。

【汇评】

方东树《昭昧詹言》卷七：次首起四句，叙何江游，"霏靡"二句写景，"寄语"四句述何情，言其老而怀归，反来仕日下虽对胜景而忧不解。有如屈子之浮夏，不知其仕乱世而不得已邪？抑元晖之雅言邪？

落日同何仪曹煦①

参差复殿影，氛氲绮罗杂②。风入天渊池，芰荷摇复合③。
远听雀声聚，回望树阴沓④。一赏桂尊前，宁伤蓬鬓飒⑤。

【题解】

本诗中何仪曹应与《和何议曹郊游二首》中之何议曹为同一人，写作时间亦相近。诗中有"风入天渊池，芰荷摇复合"之句，为描写夏天景色，故此诗应写于永明十一年(493)夏。

本诗写作者与何煦在落日时同饮之事，写落日之情景细致入微。在谢朓笔下，夏日傍晚的景色被描绘得极有层次：殿影参差，绮罗杂沓，晚风吹荷，雀声环据，树阴回合，一派闲适景象。然而最后一句"宁伤蓬鬓飒"却将作者心中之穷愁点出，与前面华贵景物形成鲜明对比。

【校注】

①涵芬楼本题作"落日同何仪曹照"。
②复殿：重叠的宫殿。氛氲：繁盛的样子。《文选·谢惠连〈雪赋〉》："霰淅沥而先集，雪纷糅而遂多，其为状也，散漫交错，氛氲萧索。"李善注引王逸《楚辞注》："氛氲，盛貌。"绮罗：泛指华贵的丝织品或丝绸衣服。杂：繁杂，花色繁多。
③天渊池：见《三日侍华光殿曲水宴代人应诏》注㉔。芰(jì)荷：指菱叶与荷叶。《楚辞·离骚》："制芰荷以为衣兮，集芙蓉以为裳。"
④沓：重叠。《广韵》："沓，重也，合也。"
⑤一赏：偶一赏心，有"难得"之意味。桂尊：尊中置桂酒。《楚辞·九歌·东皇太一》："蕙肴蒸兮兰藉，奠桂酒兮椒浆。"宁伤：何必心伤。蓬鬓：鬓发蓬乱。

【汇评】

陈祚明《采菽堂古诗选》卷二十一：六句摹景如画。

和宋记室省中

落日飞鸟还，忧来不可极①。行树澄远阴，云霞成异色②。
怀归欲乘电，瞻言思解翼③。清扬婉禁居，秘此文墨职④。
无叹阻琴樽，相从伊水侧⑤。

【题解】

方东树《昭昧詹言》卷七指出"宋"应为"宗"之误。宋记室实为宗夬。陈庆元、陈冠球皆然其说。依据如下：《梁书·庾于陵传》载："齐随王为荆州，召为主簿，使与谢朓、宗夬抄撰全书。"可见谢朓与宗夬曾并为西府同僚。《南史·宗悫·从子夬》又载："齐鬱林之为南郡王，居西州，使夬管书记，以笔札贞正见许，故任焉。时与魏和通，敕夬与尚书殿中郎任昉同接魏使，皆时选也。及文惠太子薨,王为皇太孙,央仍管书记。"文惠太子薨于永明十一年(493)春,宗央此时应已离开随王入京为皇太孙书记。皇太孙居东宫,东宫在禁中,亦称省中。故此诗应为永明十一年七月郁林王即位前所作,此时谢朓急于回京,诗中有"竹树澄远阴"之语,其时令正为夏秋之际。

诗中谢朓抒写了对京都的无限怀念,以及期盼与友人早日相逢的心情。起首四句写诗人所睹之景色,由于诗人归心似箭,故眼前之景色亦包含思归之情。尤其"落日飞鸟还,忧来不可极"二句,情思蕴藉,语句清丽,可谓名句。随后四句写自己思归欲与友人相聚之心,最后两句则写不久相遇之后则无须叹琴樽遥隔。

【校注】

①"落日"句:《古诗纪》、张本、文集本、郭本、《全齐诗》作"落日飞鸟远"。陶渊明《归去来兮辞》:"鸟倦飞而知还。""忧来"句:《古诗钞》作"忧来不可及"。曹操《短歌行》:"忧从中来,不可断绝。"此二句言谢朓被密告返京时忧心忡忡的惊恐心情。

②"行树"句:万历本、文集本、名家集本、郭本作"竹树澄远阴"。

③乘电:驾电。比喻迅疾。瞻言:观望。言,语气助词,无实义。《诗经·大雅·柔桑》:"维此圣人,瞻言百里。"解翼:安上翅膀。

④清扬:泛指人美好的仪容、风采。《诗经·郑风·野有蔓草》:"有美一人,清扬婉兮。"此处赞美宗央外表。禁居:宫禁之中,指中书省。文墨职:指掌管章表书记文檄之事。

⑤无叹:不要感叹。伊水:黄河南岸支流洛河的支流之一,源于熊耳山南麓的栾川县,东北至偃师注入洛河。《列仙传》:"王子乔者,周灵王太子晋也。好吹笙作凤凰鸣,游伊洛之间,道士浮丘公接以上嵩高山。"此二句言劝宗央莫为琴樽所羁绊,与自己一起归隐山水之间。

【汇评】

元兢《古今诗人秀句序》:观夫"落日飞鸟远,忧来不可及",谓扪心罕属,而举目增思;结意惟人,而缘情寄鸟。落日低照,即(目)随望断,暮禽还集,则忧共飞来。美哉玄晖,何思之若是也。

王夫之《古诗评选》卷五:简贵。非简将不贵,非贵亦何能简耶? 又曰:落日飞鸟远,合离之际,妙不可言。要此景在日鸟之外,亦在日鸟之间,冥搜得句,至此极矣。过此以往,便入唐宋怪径中,将使诗如禅谜。

陈祚明《采菽堂古诗选》卷二十一:落日飞鸟与忧俱远,足兴怀人之情。

方东树《昭昧詹言》卷七:姚姜隖先生云:"此'宋'字当是'宗'误。宗夬为鬱林王记室参军,及为皇太孙仍为记室。"起四句先叙省中之景。"怀归"四句,述宗之情,宗诗中必有思归之意也。故本其情以为言,则"清扬""秘职"正道其闷瞀。注家以为荣之者,失之矣。按宗,南阳人,故收以伊水言之。

至寻阳诗

过客无留轸,驰晖有奔箭①。

【题解】

本诗谢朓集中不见,《文选·暂使下都夜发新林至京邑赠西府同僚》"驰晖不可接,何况隔两乡"一句李善注中录此二句。寻阳,即今之九江。诗当为永明十一年(493)谢朓自荆州返京时所作。

【校注】

①奔箭:比喻离去之迅速。沈约《长歌行》:"留欢恨奔箭。"

失　题

夜条风淅淅①,晚叶露凄凄。

【题解】

本诗谢朓集中不见,录自《古今合璧事类备要》。所作时间不详,附系于此。

【校注】

①淅淅:风细声。谢惠连《七月七日夜咏牛女诗》:"淅淅振条风。"

暂使下都夜发新林至京邑赠西府同僚①

大江流日夜,客心悲未央②。徒念关山近,终知返路长③。
秋河曙耿耿,寒渚夜苍苍④。引领见京室,宫雉正相望⑤。
金波丽鳷鹊,玉绳低建章⑥。驱车鼎门外,思见昭丘阳⑦。
驰晖不可接,何况隔两乡⑧?风烟有鸟路,江汉限无梁⑨。
常恐鹰隼击,时菊委严霜⑩。寄言罻罗者,寥廓已高翔⑪。

【题解】

永明十一年(493),谢朓因随王长史王秀之密告,被武帝敕令还都,本诗即作于此年。武帝于永明十一年七月驾崩,而谢朓此诗有"秋河曙耿耿,寒渚夜苍苍"之句,应作于深秋。可见敕令发后,谢朓未立即还京,直至郁林王即位后方成行。

此诗乃谢朓之代表作。写于谢朓遭谗奉诏从荆州返京之时。对于此番还都,诗人心情可谓悲喜交集。悲的是离开有知遇之恩的随王,离开相处甚欢的西府同僚,横遭小人中伤,等待他的不知是怎样的命运;喜的则是回到思念的京邑。旅途中的景色对其情感起着重要的引发、深化、烘托作用,达到情景交融的境界。起句"大江流日夜,客心悲未央"以雄厚的笔力渲染出大江的莽莽苍苍、滔滔滚滚,极为生动地象征了诗人悲从中来、无止无息的一腔情怀。"秋河曙耿耿"以下六句描写秋夜已泛动着微微曙色,水边的沙洲还在寒色苍茫中,曙色中,京邑巍峨的城墙已隐约可见,月光洒落在宫殿之上,玉绳星已悄然低垂。眼前的景色如此美好,冲淡了诗人原先的愤懑不平,而代之以对京城的亲切眷念。他重返故里、一酬乡思的喜悦,辞别知己、忧谗畏讥的悲哀等复杂情感都与秋江夜行时的自然景色紧密交融,相互生发,相互烘托。

全诗结构严整,情深景切,即体现了谢朓作诗"工于发端"的特色,又无谢诗中经常存在的"末篇多踬"的毛病。可谓是谢朓集中之压卷之作,历来为人所称赏。

【校注】

①《艺文类聚》题作"夜发新林至京邑诗"。新林:指新林浦。《景定建康志》:"在城西二十里,阔三丈,深一丈,长十二里。"

②大江:长江。王粲《七哀诗》:"方舟溯大江,日暮愁我心。"客心:客旅之心。未央:未尽,未已。《诗·小雅·庭燎》:"夜如何其?夜未央。"

③"徒念"句:《艺文类聚》作"徒望关山近"。徒念:徒想,空想。关山:关隘山岭。王粲《闲邪赋》:"关山介而阻险。"返路:返乡之路。颜延年《秋胡诗》:"返路遵山河。"此二句谓本以为返京之路不远,但最终才知道回乡之路格外漫长。

④秋河:天河,银河。耿耿:明亮。寒渚:寒天水中的小块陆地。苍苍:茫无边际。《诗经·秦风·蒹葭》:"蒹葭苍苍,白露为霜。"此二句上句写"曙",下句写"夜",正应首句"大江流日夜","日夜"不同,但"悲未央"之意则同。

⑤"引领"句:《艺文类聚》作"引领见京邑"。引领:伸颈远望。多以形容期望殷切。《国语·楚语》:"缅然引领南望曰:'庶几赦吾罪。'"京室:帝都宫室。潘岳《河阳县作》:"引领望京室,南洛在伐柯。"宫雉(zhì):皇宫的围墙。雉,古代计算城墙面积的单位。《周礼》:"王城之隅九雉。"

⑥金波:谓月光。《汉书·礼乐志》:"月穆穆以金波,日华燿以宣明。"颜师古注:"言月光穆穆,若金之波流也。"鳷鹊(zhī què):汉代宫观名。《文选·司马相如〈上林赋〉》:"过鳷鹊,望露寒,下棠梨,息宜春。"郭璞注引张揖曰:"此四观,武帝建元中作,在云阳甘泉宫外。"此处指齐都建康之宫观。玉绳:星名。常泛指群星。《文选·张衡〈西京赋〉》:"上飞闼而仰眺,正睹瑶光与玉绳。"李善注引《春秋元命苞》曰:"玉衡北两星为玉绳。"建章:指建章宫,建于汉武帝时期,规模宏大,故址位于今陕西省西安市西。《三辅黄图》载:"周二十余里,千门万户,在未央宫西、长安城外。"此处借指齐都建康之宫观。《南史·宋前废帝纪》:"以北邸为建章宫。"

⑦驱车:驾驶或乘坐车辆。《古诗十九首·青青河畔草》:"驱车策驽马,游

149

戏宛与洛。"鼎门：城门名。旧洛阳城东南有鼎门。郦道元《水经注·谷水》："郏，山名，鄏，地邑也。十年定鼎为王之东都，谓之新邑，是为王城。其城东南，名曰鼎门，盖九鼎所从入也。"昭丘：春秋楚昭王墓。在今湖北省当阳市东南。《荆州图记》："当阳东南七十里，有楚昭王墓，登楼则见，所谓昭丘。"

⑧驰晖：时光，光阴。《文选》李善注："驰晖，日也。朓《至寻阳诗》曰：'过客无留辔，驰晖有奔箭。'"两乡：两地。此二句谓京城与荆州路隔千里，看来是不可能再回去了。

⑨"风烟"句：《古诗纪》、万历本、郭本作"风云有鸟路"。六臣本《文选》作"风宵有鸟路"。风烟：风烟之上，指高峻之处。鸟路：飞鸟之路。《南中八志》："交阯郡，治龙编县。自与古鸟道四百里。"江汉：长江与汉水，此处代指荆州地区。无梁：没有桥梁。《楚辞·哀时命》："道壅塞而不通兮，江河广而无梁。"

⑩鹰隼(sǔn)：鹰与隼，均为猛禽，此处喻凶狠的逸人。息夫躬《绝命辞》："玄云泱郁，将安归兮。鹰隼横厉，鸾徘徊兮。"时菊：应时而开的菊花。潘岳《河阳诗》："时菊耀秋华。委：通"萎"。枯萎，衰败。严霜：霜杀百花，故称严霜，后比喻严厉。《楚辞·九辩》："秋既先戒以白露兮，冬又申之以严霜。"

⑪罻(wèi)罗者：设网捕鸟之人，此处喻中伤己者。罻，小网。罗：捕鸟的网。《诗经》毛传："古者鹰隼击，然后罻罗设。"寥廓：旷远，广阔。司马相如《难蜀父老》："犹鹪鹏之翔乎寥廓，而罗者犹视乎薮泽。"高翔：高飞，比喻脱离罗织之祸。

【汇评】

方回《文选颜鲍谢诗评》卷二：虚谷曰："《南史》谓王秀之欲以启闻，朓知之因事求还寄此诗。味尾句诚若得远引之义。然以江陵为京室，'金波丽鳷鹊，玉绳低建章'两句丰丽，用之子隆则诸侯王也亦得用人主官殿事乎？"

刘履《风雅翼》卷七：玄晖在随王西府，以词赋深被赏爱，乃为长史王秀之所嫉，遂因事还都。及至京邑而恋旧之情不能自已，故作是诗以寄同僚焉。言见此大江之流不息，使我心悲无穷者，盖自荆州顺流而下，相去虽近，然欲复返此路，则终知其不可得也。今秋夜澄明，瞻望京室，已一一在目。回顾向来欢集之地，则彼此隔越而不可接矣。因叹风云寥廓之间，幸有鸟路可容高举。何江汉近地，乃反不得以通？盖由在府中时，常恐谗邪中伤，犹鸟虑鹰隼之搏击菊畏严霜之凋残耳。令我既得远避，则谗谮之人已无所施其巧矣。曾原谓："此诗词实典丽，意亦委折，而气则溢。"斯言得之。

杨慎《升庵诗话》卷二"五言律起句"条：五言律起句最难，六朝人称谢朓工于发端。如"大江流日夜，客心悲未央"，雄压千古矣。

谢榛《四溟诗话》卷三：谢宣城《夜发新林》诗："大江流日夜，客心悲未央。"阴常侍《晓发新亭》诗："大江一浩荡，悲离足几重。"二作突然而起，造语雄深，六朝亦不多见。

于光华《文选集评》引孙鑛语："秋河"六句是关山近；"驱车"六句是返路长思荆州。"风云"二句正是隔两乡意。收归斥逸用长卿语意，结甚劲快。又曰：此玄晖最有名诗，音调最响，造语最精峭。然而气格亦渐近唐。又曰："首二句，昔人谓压全古，信然。"

于光华《文选集评》引方伯海语：清而逸，丽而流，叙事只是脱口而出，灭尽结构痕迹，仍复截截周到，诸谢中当推此君第一。

胡应麟《诗薮》：杨用修论发端，以玄晖"大江流日夜"为妙绝。

陆时雍《古诗镜》卷十六：起四语属高调，然一唱气尽，下无余音。

钟惺《古诗归》卷十三：起结俱是近体佳境。

谭元春《古诗归》卷十三：起结难删余平平。

王夫之《古诗评选》卷五：旧称朓诗工于发端。如此发端语，廖天孤出，正复宛诣，岂不夐绝千古！非但危唱雄声已也。以危唱雄声求者，一击之余，必得衰飒，千钧之力，且无以善后，而况其余哉！太白学此，往往得髓，亦低昂之势所必然也。"驰晖不可接"，得景逼真，千古遂不经人道，亦复无人知赏。

刘大勤《师友诗传续录》：刘大勤问曰："律中起句，易涉于平，宜用合法？"渔洋答云："古人谓玄晖工于发端，如《宣城集》中'大江流日夜，客心悲未央'，是何等气魄？唐人尤多警策。"

陈祚明《采菽堂古诗选》卷二十：亦用古诗游戏，宛洛余旨，风度宏丽。"大江流日夜"浩然而来，以景中有情故佳。因投外之悲，结怀侣之念，偶来旧阙，企羡昔僚，此时胸中愁绪固有滔滔漭漭，其来无端者，寓目大江，与之俱永。三四言比虽易逢，终归违远也。望京一段，极写华壮，以深恋慕之思。"驰晖不可接"亦是名语，此段遥承"终知返路长"句，极言企羡之情。投外必有忌者故。末段云然语意超越。

151

戴明说《历代诗家》:"大江流日夜,客心悲未央"胜绝只消苍浑。

于光华《文选集评》引邵长蘅语:起结超绝,中复绮丽,自是杰作。

沈德潜《古诗源》卷十二:一起滔滔莽莽,其来无端。望京一段,眷恋不已。又曰"秋河"六语,应"关山近";"驱车"六语,应"返路长"。时朓被谗而去,故有末二语。言已翔乎廖阔,罗者无如何也。用长卿《难父老》篇语意。

何焯《义门读书记》卷二:元晖俊句为多,然求其一篇尽善,盖不易。得如此沉郁顿挫,故是压卷之作。元晖一章之中自有玉石等语,钟记室抑扬之词不可据也。其名章如此,诗尚捶掇未尽耳!

成书《古诗存》:起句俊伟,直欲上迈陈思。论诗者言体格卑下,动指齐梁,似此诗置之魏人中,岂复能辨?

李锳《诗法易简录》卷三:按齐梁体虽创于沈、谢,然实权舆于潘、陆,橐吁于颜、谢也,善乎?胡应麟之言曰:"晋宋之交,古今诗道升降之大限乎?士衡、安仁一变而排偶开矣,灵运、延年再变而排偶盛矣,元晖三变而排偶愈工。淳朴愈散,汉道尽矣。"元会此诗,音节虽变魏晋,而气象阔大,非齐梁诸家专工绮靡者所可及。太白所谓"中间小谢又清发"洵非虚语。

张玉榖《古诗赏析》卷十八:前四,即江流以引客悲,起势苍莽,而"徒念""终知"又分宾主两层引下。"秋河"六句,顶"关山近"来,言京室不远也,为眼前之景。"驱车"六句,顶"返路长"来,言西府难还也,为意中之情。以不见昭丘剔出,赋中有比。后四,方吐在府被谗之恨,客悲之结穴,赠诗之本旨也。语反若自喜者然,高极。"鹰隼"句与末二句皆就鸟喻,而几难保全意,反杂出菊委严霜一比,愈见错入古。

方东树《昭昧詹言》卷七:此在荆州随王府被谗敕回,与康乐之被谗出为永嘉临川内史情事略同,亦与明远之《从荆州回京上浔阳道望京邑》情事相同,诗亦似之。一起兴象千古,非徒工起调云尔也。若云悲之未央,似江流无已时,比而兴也,互文也。三四叙题,交代分明,而慷慨顿挫。"秋河"六句写景,交代"夜"字、"京邑"字。题绪即分明,而写景复妙。"驱车"二句,束上起下,用法严密,绮交脉注,交代分明。康乐、明远多用此法。"驰晖"四句承昭,叙西府,笔势骞举又极沈郁顿挫,真所谓"调与金石谐,思逐风云上"者。"常恐"四句,著笔题外,正得题中,乃作恉本意也,何云厌倦。愚谓极才思情文之壮,纵横跌宕悲淋漓,空绝前后,太白、杜、韩无以尚之。然但厚藩王而无亲君之义,古人真

152

处在此,失处不复,顾宋以后,人能弥缝此失而又往往入以假象伪情客气求之。唐以前诗惟有陈思、阮、陶、杜、韩,文义与理兼备,故能嗣经骚,得诗教之正,元晖未及此也。

新亭渚别范零陵云[①]

洞庭张乐地,潇湘帝子游[②]。云去苍梧野,水还江汉流[③]。停骖我怅望,辍棹子夷犹[④]。广平听方籍,茂陵将见求[⑤]。心事俱已矣,江上徒离忧[⑥]。

【题解】

新亭是东吴时建筑的旧亭,原名临沧观,晋安帝隆安中,丹阳尹司马恢之重建,更名新亭。永嘉后,为南渡名士游赏之地。《世说新语·言语》载:"过江诸人,每至美日,辄相邀新亭,藉卉饮宴。周侯中坐而叹曰:'风景不殊,正自有山河之异!'皆相视流泪。唯王丞相愀然变色曰:'当共戮力王室,克复神州,何至作楚囚相对?'"故址在建康(今南京)郊外,下临江渚。

范云与谢朓都是竟陵王萧子良的"竟陵八友"之一,他们友情深笃,过从甚密。《南史·范云传》:"永明十年使魏……使还,再迁零陵内史。"零陵郡治在今湖南零陵县北,范云赴任前作《之零陵郡次新亭诗》。本诗即为谢朓之和诗,谢朓于永明十一年(493)秋返京,故其送别范云当在此时。

荆楚古代被视为蛮夷之乡,京官外任荒远之地,很有点贬谪的意味。范云《之零陵郡次新亭》诗有"沧流未可源,高帆去何已"之语,虽含蓄委婉,但其中不胜惆怅之情显而易见。而谢朓这首和诗同样也对好友的远别以及自身的境遇表达出深深的感伤。谢朓此诗结构极具新意,一般说来,送别诗都是从此地遥想彼地,从现时憧憬将来;而谢朓此诗,率皆反其道而行之。在时间上,他先将时间倒退回去,从黄帝奏乐、二妃南行写起,然后再慢慢收束回来,落脚到与友人送别之现时;在地域上,他则先写洞庭潇湘,再将地域推宕开去,由江汉之水,顺流直下,一直写到离别之此地。在此时空交错之中,诗人由物境而入

153

心境,将诗笔深入到心灵深处,抒发怀友之思和惜别之情,描绘失意之志和失落之感。这样一条由远及近、由景入情的线索,蜿蜒络绎于诗的始终,表现出诗人构思上的精巧和诗篇结构上的戛戛独造。本诗写景阔大,抒情深至,属对精工,结构严谨,可谓谢朓短章之上品。

【校注】

①《文选》题作"新亭渚别范零陵";《艺文类聚》题作"新亭渚别范云"。

②"洞庭"句:《庄子·天运》:"北门成问于黄帝曰:'帝张咸池之乐于洞庭之野,吾始闻之惧,复闻之殆。'"洞庭,指洞庭湖。"潇湘"句:《山海经》:"洞庭之山,帝之二女居之,是常游于江渊。澧沅风交潇湘之川。"郭璞曰:"言二女游戏江之渊府,则能鼓动五江,令风波之气共相交通,言其灵也。皇女英随舜不反,死于湘水,因为湘夫人。"

③"云去"句:《归藏启筮》:"有白云出自苍梧,入于大梁。"苍梧,古郡名,在今广西苍梧县。"水还"句:《尚书·禹贡》:"江汉朝宗于海。"此二句言自己与范云一去一返。

④停骖:停车。怅望:怅然看望或想望。蔡邕《初平诗》:"暮宿河南,怅望天阴,雨雪滂滂。""辍棹"句:《初学记》作"轻棹予夷犹。"辍棹:停船。夷犹:犹豫。《楚辞·九歌·湘君》:"君不行兮夷犹,蹇谁留兮中洲?"王逸注:"夷犹,犹豫也。"

⑤"广平"句:事见王隐《晋书》:"郑袤,字林叔,为中郎散骑常侍,会广平太守缺,宣帝谓袤曰:'贤叔大匠浑垂,称于平阳,魏郡蒙惠化。且卢子家、王子邕继踵此郡,欲使世之不乏贤,故复相屈。'在郡先以德化,善为条教,百姓爱之。"方:趋向。籍:籍甚,很多之意。"茂陵"句:事见《冬绪羁怀示萧谘议虞田曹刘江二常侍》注⑨。此二句言范云将同晋代广平太守一般被人称誉,而自己则如司马相如般病免待用。

⑥离忧:忧伤。《楚辞·九歌·山鬼》:"风飒飒兮木萧萧,思公子兮徒离忧。"马茂元注:"离忧,就是忧愁的意思。楚地方言。"

【汇评】

严羽《沧浪诗话·考证》:子谓"广平听方籍,茂陵将见求"一联删去,只用八句,尤为浑然,不知识者以为何如?

徐燉《徐氏笔精》：六朝人诗与唐迥别，然有句法类唐者，如"朔风动秋草，边马有归心""乱流趋正绝，孤屿媚中川""野旷沙岸静，天高秋月明""铜陵映碧涧，石窦泻红泉""归华先委露，别叶早辞风""秋河曙耿耿，寒渚夜苍苍""云去苍梧野，水还江汉流"。实开盛唐之门户也。

于光华《文选集评》引孙矿语曰：浅而净，意态有余，音调可风。

于光华《文选集评》引劲子湘曰：短章，却起的阔大，正觉别绪黯然。

陈祚明《采菽堂古诗选》卷二十：其词淹雅，其调嘹唳，云去水还，用兴别意。

方东树《昭昧詹言》卷七：起四句先从零陵起，语似有神助。何云："'云去'句既有兴象，兼之故实。""停骖"二句清题，绮交脉注。又："心事已矣"意未详。元晖两用"已矣"，而此尤未亮。

张玉穀《古诗赏析》卷十八：前六，突就范所往地援引故事，写出云去水流之感，落到我留子往，愈觉此别神伤。后四，透后言将来升沉各异，聚首未由，妙在明己心事，将"俱已"二字连范亦拖在内，折到徒抱离忧，陡然咽住。"江上"字则又补点题中"新亭渚"也。

王士禛《香祖笔记》卷五：谢玄晖"洞庭张乐地"、李太白"黄鹤西楼月"二诗，同时绝唱。

何焯《义门读书记》卷二：全首以楚辞点缀而成，自然风韵潇洒，既有兴象，兼之故实。又曰：宣城之秀，为诗中别开蹊径，此亦由晋魏而变唐人之关键也。五言始于苏李，倡于东京，至建安而畅，至太康而绮，至元嘉而矫健。至永平以下，研切声病，骎骎乎律矣，亦诗家升降之数也。

成书《多岁堂古诗存》：初不用"执手""酸心"等语，前半就景写，后半就事写，中间止用二句点"别"字，章法隽甚。

昧旦出新亭渚

徐勉[①]

驱车凌早术，山华映初日[②]。揽辔且徘徊，复值清江谧[③]。杳蔼枫树林，参差黄鸟匹[④]。气物宛如斯，重以心期逸[⑤]。

春堤一游衍,终朝意殊悉⑥。

【校注】

①徐勉(466—535),字修仁,东海郯人。少孤贫,早励清节。六岁属祈霁文,见称耆宿。既长,笃志好学。起家国子生。太尉文宪公王俭时为祭酒,每称勉有宰辅之量。射策举高第,补西阳王国侍郎。累官至中书令。其戒子书,为世传诵。梁世言相者,勉及范云而已。卒,谥"简肃"。《梁书》《南史》有传。

②凌:经过。术:古代城市中的道路。《说文》:"术,邑中道也。"

③揽辔(pèi):挽住马缰。曹植《赠白马王彪》诗:"欲还绝无蹊,揽辔止踟蹰。"谧(mì):安静。

④"杳蔼"句:《古诗纪》、万历本作"杳霭枫树林"。杳蔼:茂盛貌。陈琳《柳赋》:"蔚昙昙其杳蔼,象翠盖之葳蕤。"

⑤气物:景气,风物。宛:清楚地,真切可见。心期:心所期仰。《宋书·雷次宗传》:"次宗与子侄书:'心之所期,尽于此也。'"

⑥终朝:《诗经·小雅·采绿》:"终朝采绿,不盈一匊。"毛传:"自旦及食时为终朝。"悉:详尽,详细。

和徐都曹出新亭渚①

宛洛佳遨游,春色满皇州②。结轸青郊路,迥瞰沧江流③。
日华川上动,风光草际浮④。桃李成蹊径,桑榆荫道周⑤。
东都已俶载,言归望绿畴⑥。

【题解】

徐都曹即徐勉。据《南史》本传载,徐勉曾为西中郎将田曹参军,俄徙署都曹。徐勉有《昧旦出新亭渚》诗,故谢朓本集本诗原题作《和徐都曹勉昧旦出新渚》。陈庆元、陈冠球皆认为本诗作于建武二年(495),此时谢朓任职中书郎,同在台省,或为二人同游之和作。孙兰则认为观本诗内容写清新明媚之春色,可见此时谢朓心情甚为闲适。而建武二年,正值萧鸾篡位,此时萧子隆、萧子良、鬱林王以及海陵王均遇害,此时谢朓正处时局动荡中心,恐难有此诗中之心情。《南齐书·巴陵王萧昭秀传》载,鬱林王继位,萧昭秀为西中郎将、荆州刺史。徐勉当于此时随任,于新亭渚作此诗。谢朓此时方由荆州返京,其心境或于本诗更为符合,孙兰之说颇为有理,故系于隆昌元年(494)春。

此诗剪裁布景颇具功力。谢朓并不像徐勉《昧旦出新亭渚》那样,逐一描写京郊出游的全部过程,而是集中笔力,或大笔涂染,或精工刻画,状写出京郊从东方初白到旭日东升的春日风光,清新悦目,迥不尤人,即景遣兴小诗而采用此法,最适当不过。由此见出谢朓善于取景化境的深厚修养。在写景方面,诗人完全沉浸到京郊春光的良辰美景之中,通篇不着一字抒怀,却闪现着无限向往、无限流连之情。"日华川上动,风光草际浮"一句,尤显生动新警,使人们在观赏诗美的同时,感受到诗人的那一颗热爱自然的灵秀之心。全诗篇幅短小,对仗工稳,声律考究,显示了"永明体"的鲜明特征。

【校注】

①本集题作"和徐都曹勉昧旦出新渚";《艺文类聚》题作"和徐勉出新亭渚";《文选》《三谢诗》题作"和徐都曹诗"。

②宛洛:二古邑的并称。即今之南阳和洛阳,常借指名都。王逸《荔支赋》:"宛洛少年,邯郸游士。"遨游:指游乐,嬉游。《庄子·列御寇》:"饱食而遨游,泛若不系之舟,虚而遨游者也。"皇州:帝都,京城。鲍照《结客少年场》:"升高临四关,表里望皇州。"

③结轸:停车。轸,古代指车箱底部四周的横木,借指车。青郊:指春天的郊野。迥:《文选》、《三谢诗》、涵芬楼本作"迴",《草堂诗笺》作"俯"。"迴瞰"句:《文选》、张本、郭本作"迴瞰苍江流"。瞰:远望。苍江:青色的江水。

④日华:太阳的光华。李程《日五色赋》:"德动天鉴,祥开日华。"风光:应为"光风",指雨止日出时的和风。为与"日华"相对,故倒为"风光"。《楚辞·招魂》:"光风转蕙,氾崇兰些。"

⑤"桃李"句:事见《汉书·李广传》:"桃李不言,下自成蹊。""桑榆"句:六臣注《文选》作"桑榆阴到周"。桑榆:桑树与榆树。《楚辞·九叹·怨思》:"鸣鸠栖于桑榆。"道周:路旁。《诗经·唐风·有杕之杜》:"有杕之杜,生于道周。"

157

⑥东都:原指洛阳,此处代指建康。俶载(chù zǎi):指开始从事某种工作。《诗经·大雅·大田》:"俶载南亩,播厥百谷。"朱熹《诗集传》:"取其利耜而始事于南亩,既耕而播之。"后以"俶载"指农事伊始。言归:回归。言,助词。《诗经·周南·葛覃》:"言告师氏,言告言归。"绿畴:绿色的田亩。

【汇评】

于光华《文选集评》引孙鑛语曰:大是浅调,只日、风两语佳耳。

于光华《文选集评》引方伯海曰:一副春游图,清新生动。不以摹拟损才。但据大意,是刺其乐游无节,非美之也。

陈祚明《采菽堂古诗选》卷二十一:"浮"字、"动"字极难入诗,此二句景极活,语不浮,以其切也。写景虚字须切。

何焯《义门读书记》:妙是昧旦即目。又曰:佳处正在字句之间,此所以渐异于古也。

张玉榖《古诗赏析》卷十八:诗送徐出新亭渚,而游宛洛也。前四先从所往之地说起,点清现在出渚事;中四写出渚时所见春景;后二即景中,遥想彼处方事春畦,因就转瞬绿畴,点醒望归作结。

成书《多岁堂古诗存》:风华旖旎,句句皆熨帖而成,何等细密!又曰:"日华"二语,景实难绘,看他自在写出能不推为绝唱!

方东树《昭昧詹言》卷七:"日华川上动"二句,千古如新。阮亭不取,失之矣。

始出尚书省

惟昔逢休明,十载朝云陛①。既通金闺籍,复酌琼筵醴②。
宸景厌昭临,昏风沦继体③。纷虹乱朝日,浊河秽清济④。
防口犹宽政,餐荼更如荠⑤。英衮畅人谋,文明固天启⑥。
青精翼紫軑,黄旗映朱邸⑦。还睹司隶章,复见东都礼⑧。
中区咸已泰,轻生谅昭洒⑨。趋事辞宫阙,载笔陪旌荣⑩。

邑里向疏芜,寒流自清泚⑪。衰柳尚沉沉,凝露方泥泥⑫。零落悲友朋,欢娱燕兄弟⑬。既秉丹石心,宁流素丝涕⑭。因此得萧散,垂竿深涧底⑮。

【题解】

永明十一年(493)七月,齐武帝驾崩,鬱林王继位,次年改元隆昌。同年七月,萧鸾废鬱林王,海陵王继位,改元延兴,仍由萧鸾辅政。按《南齐书》谢朓本传载,谢朓自荆州回京后,先为新安王中军记室,寻以本官兼尚书殿中郎。萧鸾辅政时,谢朓追随其历任骠骑谘议,领记室,掌霸府文笔。故此诗据诗题应为谢朓刚由尚书殿中郎转为萧鸾骠骑谘议时所作,故诗中有"趋事辞宫阙,载笔陪旌棨"之句,应写于延兴元年(494)七月左右。

本诗开头四句追忆武帝在位十年间国家繁盛气象及自己备受重用的感慨,随后四句写鬱林王即位后,失德乱政,以致朝中正气衰微。"防口"至"趋事"十二句写萧鸾辅政以致朝政渐趋清正,而自己也得以受到重用。最后十句则写自己倦于官场,故言自甘清寂之志以作结。本诗叙事言情,可谓谢朓对自己出仕十年来的心路历程的一次剖析。十年之中,南齐政局由稳定到混乱,谢朓自己也经历了被间还都,又得萧鸾看重的离合起落,而就在延兴元年十月,萧鸾最终又废海陵王而自立为帝,一年之中,帝位三易,在此期间,与谢朓关系密切的许多友人如王融、竟陵王、随王先后在巨变中被杀或病故,其中局势险恶之处,对生性胆小谨慎之谢朓的刺激可想而知。"零落悲友朋"之句即可窥见其心中对故友之哀痛与对时局之惶恐。故此时谢朓虽颇得萧鸾眷顾,但心中却隐隐流露不安,已生畏祸遁世之意。

【校注】

①惟:语气词,无意义。休明:德美清明,此处为赞美齐武帝。《左传·宣公三年》:"楚子问鼎之大小轻重焉。对曰:'在德不在鼎……德之休明,虽小,重也;其奸回昏乱,虽大,轻也。'"十载:齐武帝在位十一年,此处概称十载。云陛:指巍峨的宫殿。云,极言其高。左思《七讽》:"开甲第之广袤,建云陛之嵯峨。"

②金闺:指金马门,汉代宫门名。籍:应劭《汉书注》:"籍者,为二尺竹牒,

记其年纪。名字、物色,悬之宫门,案省相应,乃得入也。"此句意为谢朓为武帝赏识,已可历金门而上玉堂。琼筵:盛宴,美宴。袁弘《夜酣赋》:"开金扉,坐琼筵。"醴:甜酒。《汉书·楚元王传》:楚元王敬礼穆生等,穆生不嗜酒,王每置酒,常为穆生设醴也。"

③"宸景"句:六臣本《文选》涵芬楼本作"宸景厌照临"。宸景:北辰星光,此处代指武帝。《文选》本诗吕向注:"宸,帝居也;景,日也。天子比于日,以照临天下也。"厌昭临:倦于照临大地,为武帝驾崩的委婉说法。"昏风"句:涵芬楼本作"风昏沦继体"。昏风:乱风,此处喻鬱林王之乱政。继体:泛指继位。《汉书·师丹传》:"先帝暴弃天下而陛下继体,四海安宁,百姓不惧。"此处指鬱林王继位。

④纷虹:纷纭之邪气。《汉书·息夫躬〈绝命辞〉》:"虹霓燿兮日微。"张晏曰:"虹霓,邪阴之气也,而有照耀以蔽日月,方逸言流行,忠良浸微也。""浊河"句:语出《战国策·张仪说秦王》:"清济浊河,足以为阻。"孔安国《尚书注》曰:"济水入河,并流十数里,清浊异色,混为一流。"亦喻逸邪之秽忠正也。

⑤防口:语出《国语》:"召公谏厉王曰:'防人之口,甚于防川。'"此处指鬱林王。宽政:语出《左传》"陈公子完谓齐侯曰:'臣幸若获宥,及于宽政,君之惠也。'仲长子《昌言》曰:'有军兴之大役焉,有凶荒之杀用焉,如此则清修洁皎之士,固当食荼鹽胆,枕藉菁棘。'"此处为称誉萧鸾之辅政。"餐荼"句:语出《诗经·邶风·谷风》:"谁谓荼苦,其甘如荠。"此句谓鬱林王残暴,厉王防口之政较之尚为宽政,民处其下,餐荼亦觉甘之如荠。

⑥英衮:此处谓萧鸾,其时为尚书令。衮,古三公之代称。《周礼》:"三公自衮冕而下。"畅:通畅。人谋:人的谋划。《正蒙》:"天能为性,人谋为能。"文明:见《三日侍华光殿曲水宴代人应诏》注㊳。天启:上天的启示。《左传·闵公元年》:"卜偃曰:'毕万之后必大。万,盈数也;魏,大名也。以是始赏,天启之矣。'"

⑦青精:星名。《春秋元命苞》:"殷纣之时,五星聚房。房者,苍神之精,周据而兴。"翼:辅助。孔安国《尚书传》:"翼,辅也。"紫軑(dài):天子之车。《方言》:"韩楚之间,轮谓之軑。徒计切。"黄旗:天子的仪仗之一。司马德操《与刘恭嗣书》曰:"黄旗紫盖,恒见东南,终成天下者,扬州之君子。"朱邸:指汉朝时候诸侯王第宅,以朱红漆门,故称朱邸。《史记》:"诸侯朝天子,于天子之所立

舍曰邸,诸侯朱户,故曰朱邸。"

⑧司隶:《东观汉记》:"更始欲北之雒阳,以上(指刘秀)为司隶校尉。三辅官府吏东迎雒阳,见更始诸将过者数十辈,皆冠帻而衣妇人之衣,大为长安所笑。见司隶官属,皆相指视之。极望,老吏或垂涕,粲然复见官府仪体,贤者蚁附也。"章:指礼仪。东都:代指东汉。

⑨中区:指国中、国中,与蛮荒相别。陆机《文赋》:"伫中区以玄览。"泰:安宁。轻生:轻微的生命。此处为作者自比。谅:相信。昭洒:昭雪。

⑩趋事:办事,立业。《汉书·朱博传》:"夜寝早起,妻希见其面……其趋事待士如是。"宫阙:指尚书省。载笔:携带文具以记录王事。《礼记·曲礼上》:"史载笔,士载言。"旌棨(jīng qǐ):旌旗与棨戟,为高官出行的仪仗,后代指高官。此处代指萧鸾。此二句谢朓自述出尚书省而为萧鸾记室。

⑪邑里:乡里。《鹖冠子》曰:"士之居邑里。"向:渐渐。疏芜:荒凉芜秽。贾逵《国语注》曰:"芜,秽也。"清泚(cǐ):清澈明净。

⑫"衰柳"句:万历本作"衰柳向沉沉"。沉沉:茂盛之貌也。方:正,正在。泥泥:濡湿貌。《诗经·小雅·蓼萧》:"蓼彼萧斯,零露泥泥。"

⑬零落:日渐稀少。孔融《与曹操书》曰:"海内知识,零落殆尽。""欢娱"句:涵芬楼本作"欢娱宴兄弟";六臣本《文选》作"欢虞谯兄弟";《三谢诗》作"欢虞宴兄弟"。燕兄弟:宴请兄弟。《毛诗序》曰:"常棣,燕兄弟也。"

⑭秉:保持,坚持。丹石:丹砂和石头。比喻赤诚、坚定。《吕氏春秋》:"石可破而不可夺其坚,丹可磨而不可夺其赤。"宁:岂,难道。素丝涕:指易受习俗影响以及由此而发感叹。《淮南子》:"墨子见练丝而泣之,为其可以黄可以黑。"高诱曰:"闵其化也。"此二句言自己当坚贞自持而不为外物所化。

⑮"因此"句:六臣本《文选》作"乘此终萧散"。萧散:不拘束,闲散舒适。《西京杂记》卷二:"司马相如为《上林》《子虚》赋,意思萧散,不复与外事相关。"垂竿:垂钓。孙惠《龟赋》:"泛舟于清泠之渊,垂竿于岩涧之下。"

【汇评】

方回《文选颜鲍谢诗评》卷四:虚谷曰:读首四句,知朓尽齐武帝永明之世,立朝十许年。次六句痛郁林。次八句美齐明帝,称曰英衮。知其咏帝用"青精""黄旗",并光武司隶事,则帝有所归矣,海陵为虚位也。"趋事""载笔"一联去尚书省为记室也。邑里以下十句,乃是因出省而还家,朓前赋《东田诗》有庄在钟山,盖有退闲之意。诗排比多而兴趣浅,三谢惟灵运诗喜以老庄说道理写情愫,述景则不冗寄意,则极怨为特高云。

孙鑛:腴炼。

方伯海:丰度凝远,体质端重,极似颜光禄。

陈祚明《采菽堂古诗选》卷二十:玄晖历少帝之后,而出守于明帝之朝,措语若斯,甚为有体。"防口"二句,处乱朝诚有然者。"青精"四句,真有宇宙再清气象。"邑里"数句,萧瑟。结语质而有致。

何焯《义门读书记》卷三:二首(指本诗与《直中书省》)皆祖述颜光禄。又曰:大意是阿附齐明,无足取也。

和王中丞闻琴

凉风吹月露,圆景动清阴①。蕙气入怀抱,闻君此夜琴②。
萧瑟满林听,轻鸣响涧音③。无为澹容与,蹉跎江海心④。

【题解】

王中丞,即王思远,琅琊临沂人,王晏从弟。《南史》有传。延兴元年(494),萧鸾辅政,王迁御史中丞,而谢朓此时亦为萧鸾记室,同在朝中。诗中有"凉风吹月露"之句,故应为延兴元年秋。

这首诗是一首闻琴诗,首二句写写秋月之下,有人隐隐弹琴,写景静中有动。次二句写"蕙风"入怀,引出闻琴,而感受已在其中。第三联正面写"闻琴",写琴音高妙,以气氛相托,以形容比拟,极富画面、音乐与诗歌意境之美。最后两句是"闻琴"引起的感慨,也是全篇的归结。远离尘嚣、充满林下风致的琴声,使人神远心驰,更增隐逸之想,诗人提醒自己和友人不要耽于安逸而忘却了隐遁之心,其高洁指向可见一斑。

全诗不作具体细致刻画,而纯从虚处传神,往往能给人以更多的联想。谢朓没有具体细致地描摹琴音,而是着意渲染"闻琴"的环境气氛,和自己的主观感受。这种氛围和感受,如果用一个字来概括,那就是一个"清"字:月夜清凉、蕙风清香;琴声清幽,而所引起的又是清逸的隐居之兴。全诗便在这"清"的境界中达到和谐的统一。

【校注】

①圆景:指月亮。《文选·曹植〈赠徐干〉》:"圆景光未满,众星粲以繁。"李善注:"圆景,月也。"清阴:指树影。

②"蕙气"句:《古诗纪》、张本、万历本、郭本作"蕙风入怀抱"。

③萧瑟:秋风声。宋玉《九辩》:"悲哉!秋之为气也。萧瑟兮,草木摇落而变衰。"

④澹容与:见《和何议曹郊游二首》其一,注①。蹉跎:见《和王长史卧病》注⑧。江海心:见《曲池之水》注④。

【汇评】

王夫之《古诗评选》卷五:沈远之调,王昌龄学此,乃不能得其适怨清和。

成书《多岁堂古诗存》:清微淡远,有悠然尘表之致。

方东树《昭昧詹言》卷七:先写二句,闻琴时之景,兴会标举,第三句一垫,四句点题,共为一段,章法与《离夜》同。"萧瑟"二句正面写"闻"字。收句始入闻琴之情,而借以慰王。

张玉毂《古诗赏析》卷十八:前四,以夜景递落闻琴,妙在蕙风入抱,衬得有力。后四,接写琴声,劝其勿耽幽寂,而琴之足以移人,愈可见矣。此种诗亦有弦外之音,"凉风""蕙风"叠用却是小疵。

酬王晋安①

梢梢枝早劲,涂涂露晚晞②。南中荣橘柚,宁知鸿雁飞③!
拂雾朝青阁,日旰坐彤闱④。怅望一途阻,参差百虑依⑤。
春草秋更绿,公子未西归⑥。谁能久京洛,缁尘染素衣⑦。

163

【题解】

　　王晋安即王德元,据《梁书》卷三十三载,永明十一年(493),其"出为晋安郡(治所在今福州)"。本诗有"拂雾朝青阁,日旰坐彤闱"之句,可见谢朓此时应在中书省任上。又有"春草秋更绿,公子未西归"之句,可见时为秋天,且二人并未会面,为遥和之作。据此二点,可知谢朓当时在中书省任上,且在秋天,只能为建武元年(494)秋。

　　本诗为谢朓与友人相赠答之作,外状若宁,真情暗伏,是此诗的最大特色。首四句写景,一彼一此,一温一寒,语含双关,非同寻常。接下四句写自己目前困窘的处境和怅惘的心情。最后四句又回到"酬"字上面。"春草"句化用《楚辞·招隐士》:"王孙游兮不归,春草生兮萋萋"句意;"谁能"句化用陆机《为顾彦先赠妇二首》"京洛多风尘,素衣化为缁"句意,似皆泛泛寻常之语,但用意却颇凄惨、沉痛。究其因,当与其时残酷之朝局及诗人畏祸之心态相关。所以,全诗写得曲折委婉,闪烁其词!非悉心领会,曲意迎合,丕能达其旨。

　　本诗之辞句上颇为讲究,首联、三联、四联之对仗十分工整,且多处化用古人成语、成句,第三联着色较浓,尤为工巧。

【校注】

①张本题作"酬王晋安德元"。晋安:王隐《晋书》曰:"晋安郡,太康三年置,即今之泉州也。"

②"悄悄"句:《古诗纪》、张本、郭本作"稍稍枝早劲"。悄悄(shāo shāo):劲挺的样子。《尔雅》:"梢,梢擢也。"涂涂:浓厚貌。《楚辞·九叹·逢纷》:"白露纷以涂涂兮,秋风浏以萧萧。"晞:晒干。《诗经·秦风·蒹葭》:"蒹葭萋萋,白露未晞。"

③南中:泛指南方之地,晋安在闽南,即位于南中。荣:盛。《尔雅·释草》:"木谓之华,草谓之荣。"宁知:哪知,岂知。鸿雁飞:鸿雁南飞,至衡阳而止,而不至晋安,故曰"宁知"也。

④朝:上朝。青阁:指朝堂,朝廷。日旰(gàn):天色晚,日暮。《左传·襄公十四年》:"卫献公戒孙文子、宁惠子食,皆服而朝,日旰不召。"彤闱(tóng wéi):意为朱色的宫门,代指尚书省所处。

⑤"怅望"句:意为路远相阻,彼此怅望。参差:纷杂不齐状。百虑:各种思

虑。《易经·系辞下》:"天下同归而殊涂,一致而百虑。"依:依缠。

⑥"春草"二句:《文选》李善注:"言春草萋萋,故王孙乐之而不反。今春草秋而更绿,公子尚未西归。"

⑦京洛:代指建康。缁(zī):黑色。此二句意为自己不能久处京城风尘之中,而使自己素衣染黑,其中畏祸之意明显。

【汇评】

吴聿《观林诗话》:古人五字,往往句有相犯者。如潘安仁、王仲宣皆云:"但诉杯行迟。"曹子建、应德琏皆云:"公子敬爱客。"李少卿云:"行人怀往路。"苏子卿云:"征夫怀往路。"左太冲云:"绿叶日夜黄。"张景阳云:"密叶日夜疏。"《古诗》:"秋草凄以绿。"又:"秋草萋更碧。"谢玄晖又云:"春草秋更绿。"如此者众,不可悉举。

胡仔《苕溪渔隐丛话》:江淹《拟汤惠休诗》曰"日暮碧云合,佳人殊未来",古今以为佳句。然谢灵运"圆景早已满,佳人犹未还",谢玄晖"春草秋更绿,公子未西归",即是此意。

葛立方《韵语阳秋》:灵运诗如"矜名道不足,适己物可忘""清晖能娱人,游子憺忘归";玄晖诗如"春草秋更绿,公子未西归""大江流日夜,客心悲未央"等语,皆得三百五篇之余韵。

范晞文《对床夜话》卷一:楚词"沅有芷兮沣有兰,思公子兮未敢言",又"望美人兮未来,临风恍兮浩歌",又"王孙游兮不归,春草生兮萋萋",又"惟草木之零落兮,恐美人之迟暮",皆爱君惜时之词,后世拟之者,不过徒法其句耳,非其意也。……玄晖云:"春草秋更绿,公子未西归。"

韦居安《梅磵诗话》卷上:陆士衡《为顾彦先赠妇》诗云:"京洛多风尘,素衣化为缁。"谢玄晖《酬王晋安》诗云:"谁能久京洛,缁尘染素衣?"予观陈简斋《和张规臣墨梅》诗云:"粲粲江南万玉妃,别来几度见春妇。相逢京洛还似旧,惟恨缁尘满素衣。"结用陆谢语,道得著。

刘履《风雅翼》卷八:此盖玄晖在中书时,答王晋安之诗。其意谓彼此气候之寒暖,景物之荣悴,既皆不同矣。况我于此自朝之晚,不得休暇,而德元之守郡,优游玩适,至今忘归。是以不免怅望而兴感叹也。所谓"参差百虑依"者,不特为与晋安睽间而言,盖其居中必有龃龉而以补外为乐焉耳!

165

杨慎《升庵集》卷五十七：谢朓《酬王晋安》诗："南中荣橘柚，宁知鸿雁飞。"后人不解此句之妙。晋安即闽泉州也。"南中荣橘柚"即谚云树蛮不落叶也；"宁知鸿雁飞"即谚云雁飞不到处也。树不凋，雁不到，本是瘴乡，乃以美言之，此是隐句之妙。

孙鑛：首四句王，中四句己，末四句王、己分收，布置分明，语语奇秀。

方伯海：因上鸿雁飞，不知为秋，复以草色更绿提醒之。点缀《招隐诗》，可谓青出于蓝。又曰：情生文，文复生情，风流蕴藉，此诚谢家宝树。

王夫之《古诗评选》卷五：宣城于声情中外别有玄得，时酣畅出之，遂臻逸品，乃不恤古人风局。顾如此等作，收放含吐，绝不欲奔涌以出，其致自高，非抗之也。自李白以惊人目之，后来一以惊人相求。宣城初不欲惊人，人自惊尔。若故欲惊人者，早已狂怪，达人视之，蝘蜓而已。杜陵乃至以死不休为誓，亦何著此死紧。

陈祚明《采菽堂古诗选》卷二十：以节序之移，重怀人之切。"南中"二句深入一层，语故隽。"王孙""芳草"愈用愈新，若此虽百出不厌。

方东树《昭昧詹言》卷七：起四句，对面从王所处起，写秋景神妙，同别范。善曰："鸿雁不至晋安，故曰'宁知'也。""拂雾"四句言己，"春草"四句双结王与己。按《南史·王僧孺传》，齐文惠太子薨，僧孺出为晋安郡丞。姚姜坞先生据此，谓为僧孺也。然晋安，今泉州也。僧孺东海郯人，不当曰西归。注又引《毛诗》，西归尤为假借，无理。本集曰王德元，是也。

观朝雨①

朔风吹飞雨，萧条江上来②。既洒百常观，复集九成台③。
空濛如薄雾，散漫似轻埃④。平明振衣坐，重门犹未开⑤。
耳目暂无扰，怀古信悠哉⑥。戢翼希骧首，乘流畏曝鳃⑦。
动息无兼遂，歧路多徘徊⑧。方同战胜者，去翦北山莱⑨。

【题解】

观本诗内容，当为谢朓在中书省任上，晨起观雨有感所作。诗中有"朔风吹飞雨,萧条江上来"之句,可见其时为秋冬之际。综合上述两点,故本诗只能作于建武元年(494)冬。

　　谢朓此时正以文采得高宗萧鸾眷顾。高宗以权臣篡位,其间朝局颇为激荡,对宗室、朝臣多有杀戮,与谢朓关系亲密的竟陵王萧子良、随王萧子隆以及王融等都因牵扯于此朝变,而先后去世。这些故友的遭遇无疑对于生性胆小怯懦的谢朓有极大刺激。故此时谢朓虽身在中书重地,但面对生性残酷多疑的萧鸾,其心中却无半点自得之意,反而生起如履薄冰的畏祸之心。

　　全诗共十六句,前八句依常理,全诗当以"平明振衣坐"领起,才能顺理成章。但那样势必使全诗结构显得平淡无奇,而且由景入情的转折也将显得生硬、突兀。故谢朓以"观"为全诗之眼,前六句直接写"观"时客观之景,写的风致飘萧,气贯意连。后八句写"观"后主观之情,而"平明振衣坐"二句则置于枢纽关键之处,使写景与抒情有机地结合起来,起到承上启下的重要作用。"戢翼希骧首,乘流畏曝鳃"一句可见其面对朝局,有感于祸福相依的苦闷之心。然而谢朓一生虽小心翼翼,畏祸不已,但始终未能摒弃名利之心而纠结于进退之间,最终还是在政争之祸中送了性命,故观其本诗中"动息无兼遂,歧路多徘徊"之句,亦足使人为其命运感慨不已。

【校注】

①《艺文类聚》题作"观雨"。

②朔风:北风。阮籍《咏怀》:"朔风厉严寒,阴气下微霜。"萧条:指寂寥冷清的样子。《楚辞·远游》:"山萧条而无兽兮,野寂漠其无人。"

③百常观:指极高的楼台。百常,形容极高。古时八尺为寻,倍寻为常。《文选·张衡〈西京赋〉》:"通天訬以竦峙,径百常而茎擢。"薛综注:"倍寻曰常。"观,即阙,宫门前两边的望楼。九成台:台名。在今广东省韶关市曲江区。原名闻韶台,相传舜南巡奏乐于此。《吕氏春秋·音初》:"有娀氏有二佚女,为之九成之台,饮食必以鼓。"

④空蒙:迷茫貌,缥缈貌。张衡赋:"朝雨空蒙入薄雾。"散漫:弥漫四散,遍布。谢惠连《雪赋》:"其为状也,散漫交错,氛氲萧索。"

⑤平明:犹黎明,天刚亮的时候。《荀子·哀公》:"君昧爽而栉冠,平明而听朝。"振衣:指抖衣去尘,整衣。《楚辞·渔父》:"新沐者必弹冠,新浴者必振

167

衣。"重门:宫门。左思《蜀都赋》:"华阙双邈,重门洞开。"

⑥怀古:思念古代的人和事。张衡《东京赋》:"望先帝之旧墟,慨长思而怀古。"悠哉:思念样子。悠,思念;哉,语气助词,表感叹。其重叠,表极度忧思之意。如《诗经·关雎》:"悠哉悠哉,辗转反侧。"

⑦戢(jí)翼:敛翅止飞,比喻归隐。成公绥《慰情赋》:"惟潜龙之勿用,戢鳞翼以匿影。"骧(xiāng)首:昂首,抬头。邹阳《上书吴王》:"臣闻蛟龙骧首奋翼,则浮云出流,雾雨咸集。"乘流:顺着水流,此处指乘势而进。贾谊《鵩鸟赋》:"乘流则逝兮,得坻则止。"曝鳃:喻挫折、困顿。《辛氏三秦记》:"河津,一名龙门,两旁有山,水陆不通,龟鱼莫能上。江海大鱼,薄集龙门下,上者为龙,不得上,曝鳃水次也。"此二句言谢朓在进退之间患得患失的心情。

⑧动息:指出仕与退隐。兼遂:两者皆得遂心意。歧路:岔路。本诗《文选》李善注:"言出处之情有疑,譬临歧路而多惑也。"

⑨方:将。战胜者:此处指隐逸之心战胜功名之心。《韩非子·喻老》:"子夏曰:'吾入见先王之义则荣之,出见富贵又荣之,两者战于胸中,未知胜负,故瘦。今先王之义胜,故肥。'"北山莱:《诗经·小雅·南山有台》:"南山有台,北山有莱。"毛传:"莱,草也。"

【汇评】

方回《文选颜鲍谢诗评》卷四:虚谷曰,"百常阙"出张景阳《七命》,"九成台"出《吕氏春秋》。此必省中早坐,见雨有"骧首"之思,又有"曝鳃"之惧。动而进乎息,而退乎恐熊鱼难兼而路分为二,莫知适从也。如子夏战纷华而胜,则可归矣,亦平。

刘履《风雅翼》卷八:此殆玄晖任内职时所作。其言早起飞雨既集,禁门未开,未与物接,而耳目暂得无扰,因怀古人处世之道,一何悠哉!今我欲敛翮而退,犹望得意以骧首乘流而进,又畏失势而曝鳃,是以动息两难,惑于多岐而未决。方将相与能以道义自胜者,去采北山之莱而归休焉。

王夫之《古诗评选》卷五:发端峻甚,遽欲一空今古声情。所引太高,故后亦难继,正赖以平缓持之,不致轻躐。

陈祚明《采菽堂古诗选》卷二十一:起六句写朝雨,如此飘萧。"动息无兼遂"语有至理。结总是体所应然。

何焯《义门读书记》卷三：玄晖之言如此，而卒不免自蹈暴鳃之祸者，盖清雨晓凉，万虑俱息，能战胜于俄顷，而不觉旋惑于富贵之途也。行之维艰，亦可悲夫。又云：风致飘然，发端尤佳，后亦稳贴。

方东树《昭昧詹言》卷七：起六句朝雨，平明以下十句，皆"观"字内意。何云："'戢翼'四语是'战'，所谓'贫贱而思富贵，富贵又履危机'者也。"又云："元晖之言如此，而卒不免'曝鳃'者，盖清雨晓凉，能战胜于俄顷，而不觉旋惑于富贵。行之维艰，亦可悲矣。"

别王僧孺①

首夏实清和，余春满郊甸②。花树杂为锦，月池皎如练③。
如何当此时，别离言与面④。留杂已郁纡，行舟亦遥衍⑤。
非君不见思，所悲思不见。

【题解】

据《南史·王僧孺传》，永明十一年(493)春，王德元出为晋安郡，王僧孺补为晋安郡丞。陈庆元《谢朓诗歌系年》认为永明十一年王僧孺出为晋安郡丞时，谢朓还在荆州，与本诗中"如何当此时，别离言语面"一句不符，故认为应按《古文苑》卷九之说为王融所作。陈冠球则认为，按《南史·王僧孺传》所载，王僧孺出为晋安郡丞后不久，与建武元年(494)时，为始安王萧遥光所荐，除仪曹郎，迁书侍御史，出为钱塘令。而书侍御史为御史中丞之佐官，称"丞"亦无不可。而此时谢朓亦在京城，于王僧孺赴任钱塘令时宴别赠诗亦有可能，但明帝改元建武已经是当年十月以后之事，而诗中所描写景色为春夏之际，故只能为建武二年(495)春所作，想来明帝即位后，朝局动荡，诸事繁杂，王僧孺建武元年获职后并未马上上任，而是等到此年朝局稳定后方赴钱塘亦不无可能。

全诗十句，写离别之情。但开头四句作者却一反常态，下大力气描写当时之气候如何宜人，城郊景色如何明丽，不见半点离情别绪，直到五六句"如何当此时，别离言与面"一出，方觉前四句写宜人的气候，明媚的春色，皎洁的月池，更反衬出挚友间别离之苦。而且景愈美,则别离之苦愈深。接下来"留杂已郁纡"一句,"留""已"二字甚着力,既对前六句作一点染,又是对下文作一启示。全诗一气呵成,但笔调却多有变化,翻出许多深情,令人回味无穷。

【校注】

①《古文苑》、《古诗纪》、张本题作"别王丞僧孺"。本诗《艺文类聚》卷二十九题谢朓作;《古文苑》卷九题王中书融作。王僧孺(465—522),南朝梁诗人、骈文家。东海郯人,早年贫苦,南齐后期,因为学识渊博和文才出众,被举荐出仕。梁初官至御史中丞,后任南康王长史,因被典签汤道愍所谮,弃官。后半生颇不得志。僧孺好典籍,藏书万余卷,率多异本,与沈约、任昉并为当时三大藏书家。

②首夏:始夏,初夏。指农历四月。谢灵运《游赤石进帆海》诗:"首夏犹清和,芳草亦未歇。"清和:天气清明和暖。曹丕《槐赋》:"天清和而湿润,气恬淡以安治。"清和本指暮春初夏时天气,后成为农历四月之代称,袁枚《四月称清和之讹》:"张平子《归田赋》:'仲春令月,时和气清。'盖指二月也,小谢诗因之,故曰:'首夏犹清和'。今人删去'犹'字,竟以四月为清和。"

③"花树"句:犹后来丘迟之名句"杂花生树"。"月池"句:与谢朓"澄江静如练"句相似。

④"如何"句:《古诗纪》作"如何于此时,别离言与宴"。《艺文类聚》、张本、郭本作"如何当此时,别离言与宴"。

⑤"留杂"二句:郭本无。留杂:《古文苑》章樵注:"留杂,别时相遗送物也。《诗》:'杂佩以赠之。'""留杂"二字为动宾结构,与下句"行舟"相对。郁纡(yū):忧思萦绕貌。《文选·曹植〈赠白马王彪〉》诗:"郁纡将何念,亲爱在离居。"李周翰注:"郁纡,愁思繁也。"遥衍:谓向远处漂流或扩展。

【汇评】

陈祚明《采菽堂古诗选》卷二十:写景有以比物而愈显者,则用比语更隽。若"澄江如练"是也。偶得此句,不嫌屡用。又曰:以风景之繁华,感别离之萧瑟,"如何"二句一往凄其,并知上文景中有情,读之改观易虑。又曰:"杂"字疑是"襟"字之误,结语极轻而情至,六朝人自有此种语。古风已漓,然又非初唐所及。

直中书省

紫殿肃阴阴,彤庭赫宏敞①。风动万年枝,日华承露掌②。
玲珑结绮钱,深沉映朱网③。红药当阶翻,苍苔依砌上④。
兹言翔凤池,鸣佩多清响⑤。信美非吾室,中园思偃仰⑥。
朋情以郁陶,春物方骀荡⑦。安得凌风翰,聊恣山泉赏⑧。

【题解】

本诗作于建武二年(495)春,谢朓中书郎任上。全诗写作者在中书省当值时所见之春色,并抒发了自己退隐田园的情感。全诗大半篇幅极言中书省环境之美、地位之显赫。皇宫深院,一派森严肃穆的气象,宫廷外则是一片风和日丽、春意盎然的景象。可这并不是作者追求的目标。"信美非吾室,中园思偃仰",就像当年王粲登楼感慨他乡虽美终不如故土可亲一样,中书省虽好,却非诗人意中所求。诗人向往的是没有官场倾轧、沉浮,而有山水之乐、朋友之谊的山水胜境,在那里他能忘却世事的纷扰。谢朓此时虽位居中书郎,但并不能真正一展自己心中抱负,而只能作为词臣供明帝驱驰,且当时朝局动荡,谢朓心中对此宫中当值生活极为厌倦,故有此超逸之田园之思。

【校注】

①"紫殿"句:《锦绣万花谷》作"紫薇阴肃萧"。紫殿:即紫宫,指帝王宫殿。《三辅黄图·汉宫》:"武帝又起紫殿,雕文刻镂黼黻,以玉饰之。"肃阴阴:形容殿中肃静。《庄子·田子方》:"致阴肃肃,致阳赫赫。"阴阴,幽暗貌。"彤庭"句:《古诗纪》、郭本作"彤庭赫弘敞"。彤庭:原指宫廷。因以朱漆涂饰,故称。后泛指皇宫。班固《西都赋》:"于是玄墀扣砌,玉阶彤庭。"赫:形容庭中明畅。宏敞:高大宽敞。

②万年枝:指古木。日华:日光照耀。《汉书·礼乐志》:"月穆穆以金波,日华曜以宣明。"承露掌:即承露盘。《汉书·郊祀志上》:"其后又作柏梁、铜柱、承露、仙人掌之属矣。"

171

③玲珑：明彻貌。《文选·扬雄〈甘泉赋〉》："前殿崔巍兮,和氏玲珑。"绮钱：古时宫殿中的窗饰。《东宫旧事》："窗有四面,绫绮连钱。""深沉"句：《初学记》作"深沈映珠网"。朱网：朱色网户。《楚辞·招魂》："网户朱缀,刻芳连些。"王逸注："网户,绮文缕也;缀,缘也。网与罔同,而义异也。"

④红药：指芍药花。苍苔：青色苔藓。《淮南子》："穷谷之污,生以苍苔。"

⑤兹言：此谓。翔凤池：即凤凰池,为禁苑中池沼。魏晋南北朝时设中书省于禁苑,掌管机要,接近皇帝,故称中书省为"凤凰池"。《晋书·荀勖传》："勖久在中书,专管机事。及失之,甚罔罔怅怅。或有贺之者,勖曰:'夺我凤凰池,诸君贺我邪!'"鸣佩：佩玉行时作声,此处比喻出仕。《礼记·玉藻》："君子行则鸣佩玉。"

⑥"信美"句：王粲《登楼赋》："虽信美而非吾土兮,曾何足以少留。"信美：诚然很美好。中园：园中。张华《三月三日后园会》诗："顺时省物,言观中园。"偃仰：安居。《诗经·小雅·北山》："或栖迟偃仰,或王事鞅掌。"

⑦朋情：朋友之情。郁陶：形容喜而未畅。《礼记·檀弓下》："人喜则思陶。"郑玄注："陶,郁陶也。"孔颖达疏："郁陶者,心初悦而未畅之意也。"春物：春天景物。骀荡(dài dàng)：舒缓荡漾。马融《长笛赋》："安翔骀荡,从容阐缓。"

⑧安得：怎能。凌风：高飞风中。《古诗十九首》："亮无晨风翼,焉能凌风飞。"翰：高飞。《诗经·大雅·常武》："如飞如翰。"郑玄注："如鸟之飞翰也。"聊：姑且。恣：放任,任意。山泉赏：赏心于山泉,比喻退隐之意。

【汇评】

于光华《文选集评》引孙鑛语曰：调响,写景好。

于光华《文选集评》引方伯海语曰：先从殿廷赋起,气象万千。又曰：典丽不入秾秽,清新不入寒瘦,此君诗,古秀全在骨。

王夫之《古诗评选》卷五：深稳非宣城所长,此复深稳,较"结构何迢递""芳洲有杜若"诸篇,遂高一倍。"信美"二字,承受有千钧之力,特神勇者色不变尔。

陈祚明《采菽堂古诗选》卷二十一：前段写内直景物,华赡。"风动"二句,"动"字、"华"字活。"红药"二句,状物生动,出句尤佳,然固不佻。结亦得体。

投外者必羡近臣,内直者自应作林泉想也。

张玉縠《古诗赏析》卷十八:此在省思归之诗,乃为中书郎时所作。前十,起即点清省中,随细写省中之景,而以"兹言"一联,就省中之人皆艳羡顿住,反喝下文。后六,接落己身。"信美"句,忽将上文一齐撇落,转出归思,怀人玩物,恣赏山泉,皆思归之故也。前路喷喷铺陈,不图后路烟云尽扫,笔极不测。

何焯《义门读书记》卷三:前八句写中书省,非徒宏丽,尤细意分贴。"红药",承"宏敞";"苍苔",承"阴阴"也。"凤池"八句,"直"字内意。用凤池事妙切中书,不似后人漫泛,杂乱填凑。又曰:结语学公干。又曰:玄晖当禁近之地,而兴中园之思,此与陆平原承华之叹何异?故知急流勇退,非寻常意见所能。

方东树《昭昧詹言》卷七:前八句写中书省,非徒宏丽,尤细意分贴。"红药",承"宏敞";"苍苔",承"阴阴"也。"凤池"八句,"直"字内意。用凤池事妙切中书,不似后人漫泛,杂乱填凑。何云:"结语学公干。""信美非吾室"语,非所宜言。此何地何官,岂可与仲宣异地登楼同怨?全无事主之诚,致身图报之意,岂得以陶公高洁不乐仕为藉口耶。此等境界,李于鳞移于七律,便是绝妙,可悟学诗之妙诀,但于鳞气稍浮,此固各有天分在。

答王世子

飞雪天山来,飘聚绳棂外①。苍云暗九重,北风吹万籁②。
有酒招亲朋,思与清颜会③。熊席惟尔安,羔裘岂吾带④。
公子不垂堂,谁肯怜萧艾⑤。

【题解】

王世子,郝立权认为系鱼复侯萧子响,子响曾过继为齐武帝之弟豫章王萧嶷之世子,永明六年(488)还本,永明八年(490)在荆州反叛,后被赐死。故将此诗系于永明六年前后。然观史籍,未发现谢朓与萧子响有何交往,与本诗诗意颇有不合。且世子一词,起初确为代称帝王诸侯的嫡长子,但在南北朝时,其适用范围已经放宽。《南齐书·陈显达传》中陈显达子便被称为世子。而《南齐书·王敬则传》中亦载:"帝既多杀害,敬则自以高、武旧臣,心怀忧恐。帝虽外厚其礼,而内相疑备,数访问敬则饮食体干堪宜,闻其衰老,且以居内地,故得少安。三年中,遣萧坦之将齐伏五百人,行武进陵。敬则诸子在都,忧怖无计。上知之,遣敬则世子仲雄入东安慰之。仲雄善弹琴,当时新绝。江左有蔡邕焦尾琴,在主衣库,上敕五日一给仲雄。仲雄于御前鼓琴作《懊侬曲歌》曰:'常欢负情侬,郎今果行许!'帝愈猜愧。"明确称敬则子仲雄为世子。谢朓在京中时,多与敬则数子往来,与其诗中"有酒招亲朋"相符,且《南齐书·陈显达传》载:"家既豪富,诸子与王敬则诸儿,并精车牛,丽服饰。当世快牛称陈世子青,王三郎乌,吕文显折角,江瞿昙白鼻。显达谓其子曰:'尘尾扇是王谢家物,汝不须捉此自逐。'"观本诗中有"公子不垂堂,谁肯怜萧艾"之语,正为之互照,故陈庆元、陈冠球等人均认为此王世子应为谢朓岳父王敬则次子王仲雄。故系于建武二年(495)春。

【校注】

①绳枥(líng):用绳结成窗枥,代指贫寒之家。

②九重:古人认为天有九层,因泛言天为"九重天"。《汉书·礼乐志·郊祀歌》:"九重开。"万籁:自然界万物发出的各种响声。籁,从孔穴中发出的声音。

③清颜:对人容颜的敬称。多用于男性友朋,此处指王世子。陆机《艳歌行》:"洞房出清颜。"

④熊席:熊皮坐席。《周礼·春官·司几筵》:"几筵甸役,则设熊席右漆几。"羔裘:《诗经·郑风·羔裘》:"羔裘如濡。"毛传:"羔裘,大夫服也。"此二句为恭维王世子及自谦之辞,亦可见二人境况之不同。

⑤"公子"句:《汉书·爰盎传》:"千金之子不垂堂。"颜师古注:"垂堂,谓坐堂外边,恐坠堕也。"此处意为王世子不垂堂下视。萧艾:艾蒿,臭草。常用来比喻不肖之人。《楚辞·离骚·补注》:"萧艾,贱草,以喻不肖。"此处谢朓以萧艾自比,以求王世子垂顾,可见郎舅之间,关系颇为疏远。

【汇评】

王夫之《古诗评选》卷五:华净。其华可及,其净不可及也。

和王主簿季哲怨情①

掖庭聘绝国，长门失欢宴②。相逢咏蘼芜，辞宠悲团扇③。
花丛乱数蝶，风帘入双燕④。徒使春带赊，坐惜红颜变⑤。
平生一顾重，宿昔千金贱⑥。故人心尚尔，故心人不见⑦。

【题解】

王季哲为谢朓岳父王敬则三子，即前述《南齐书·陈显达传》中所载"当世快牛称陈世子青，王三郎乌"之王三郎。《资治通鉴》卷一四一胡三省注："敬则为大司马，以其子（季哲）为记事参军。"王敬则于建武元年（494）十月任大司马，而本诗内容为写春怨，故当系于建武二年（495）春，与《答王世子》所作时间仿佛。王季哲原诗不详，但观谢朓和诗内容，可能亦为表现豪门贵公子生活的艳情之作，已可见后来宫体诗的端倪，惟谢朓所作尚有分寸，尔后梁陈之时，宫体盛行，其气格渐流于低俗。

谢朓此诗开头四句乃引古时四位著名弃妇起笔，随后以景相状，写红颜衰老，衣带消磨，衬出昔贵今贱，旧日恩爱不在的凄凉景象，读之令人伤怀。

【校注】

①《昭明文选》《三谢诗》题作"和王主簿怨情"。

②"掖庭"句：用王昭君出塞事。掖庭：即永巷，指宫殿中的傍舍，为后妃之室。《后汉书·班固传》："后宫则掖庭、椒房，后妃之室。"李贤注引《汉宫仪》："婕妤以下皆居掖庭。"此处代指王昭君所居之地。《汉书·元帝纪》："赐单于待诏掖庭王嫱字昭君为阏氏。"聘：娶妻纳征曰聘。此处为受聘。绝国：指极其辽远之邦国。《史记·卫将军骠骑列传》："因前使绝国功，封骞博望侯。""长门"句：涵芬楼本作"长夜失欢宴"。"长门"句用汉武帝皇后陈阿娇故事。长门：汉宫名。汉武帝陈皇后被废后迁居长门宫。《文选·长门赋》序："孝武皇帝陈皇后时得幸，颇妒。别在长门宫，愁闷悲思。闻蜀郡成都司马相如天下工为文，奉黄金百斤为相如、文君取酒，因于解悲愁之辞。而相如为文以

175

悟上,陈皇后复得亲幸。"故后世常以"长门怨"为题发抒失宠宫妃的哀怨之情。

③"相逢"句:事见汉乐府古诗《上山采蘼芜》:"上山采蘼芜,下山逢故夫。"为弃妇之辞。蘼(mí)芜:香草名。"辞宠"句:六臣本《文选》作"辞宠悲班扇"。"辞宠"句用班婕妤团扇故事,班为汉成帝婕妤,初颇受宠爱,后为赵飞燕所潜,失宠,幽居于长信宫,乃作赋自伤,并为怨诗一首。诗云:"新制齐纨素,皎洁如霜雪。裁作合欢扇,团圆似明月。出入君怀袖,动摇微风发。常恐秋节至,凉意夺炎热。弃捐箧笥中,恩情中道绝。"

④"风帘"句:《三谢诗》作"风帘入飞燕"。

⑤春带:春衣之带。赊:缓也。此句意为怨情令人消瘦,以致衣带渐宽。"坐惜"句:六臣本《文选》、万历本、张本、郭本作"坐惜红妆变";《三谢诗》作"坐惜红装变"。坐:徒然,与上句"徒"同义而避重。

⑥"平生"句:六臣本《文选》、涵芬楼本作"生平一顾重"。顾:回头看。曹植《失题·有美一人》:"一顾千金重,何必珠玉钱。"宿昔:从前,往常。阮籍《咏怀》:"宿昔同衾裳。"

⑦"故人"句:《玉台新咏》作"故人心尚永"。"故心"句:李善注《文选》作"故人心不见"。此二句言失宠之旧人心尚如故,而旧时恩爱之心却被人视而不见。

【汇评】

陆时雍《古诗镜》卷十六:蕊气芳声,自是闺中本色,末语巧而丽。

于光华《文选集评》引孙鑛语:比茂先《情诗》态更妍,语更丽,但渐入纤巧,古意稍减。

于光华《文选集评》引方伯海语:此篇诗明是宫怨,五臣注硬扯入忠臣放逐,殊欠理解。

何焯:渐入纤靡,然风致自妙。

陈祚明《采菽堂古诗选》卷二十一:"花丛"二句秀,结句轻倩,六朝佳致。

赠王主簿二首

【题解】

本诗中之王主簿即前首中之王主簿季哲。诗作时间亦与前诗同时。此二首从内容上看,其一为闺怨,其二为公子冶游,与其他两首谢朓与王季哲的和诗《和王主簿季哲怨情》《同王主簿有所思》内容仿佛,可见王季哲诗风偏好香艳绮靡一类。观谢朓此二首和诗遣词、立意虽全为艳情之作,但细观其诗内容,上下二首情感一悲一乐,两相对照颇足深思,尤其第二首用淳于髡之典故,暗示韶光易逝之意,或有讽谏季哲之意,故全诗虽为艳情之作,但气格较之后来之齐梁宫体高低立下。

一

日落窗中坐,红妆好颜色①。舞衣襞未缝,流黄覆不织②。蜻蛉草际飞,游蜂花上食③。一遇长相思,愿寄连翩翼④。

【校注】

①红妆:指女子的盛妆。因妇女妆饰多用红色,故称,后亦代指美女。《妆台记》:"始皇宫中,悉好神仙之术,乃梳神仙髻,皆红妆翠眉,汉宫尚之。"

②襞(bì):折叠衣裙。《汉书·扬雄传》:"固不如襞而幽之离房。"流黄:淡黄色,此处代指淡黄色的绢。《乐府诗集·相和歌辞·相逢行》:"大妇织绮罗,中妇织流黄。"

③蜻蛉(qīng líng):蜻蜓。《埤雅》:"蝍蛉,六足四翅,其翅轻薄如禅,尽取蚊虫食之。遇雨即多,好集木上款飞。一名蜻蛉。"

④连翩:连续飞翔貌。何劭《游仙诗》:"连翩御飞鹤。"

【汇评】

钟惺、谭元春《古诗归》卷十三:深情懒态,言外可想。

陈祚明《采菽堂古诗选》卷二十一：六朝秀致，押"食"字韵有姿。

二

清吹要碧玉，调弦命绿珠①。轻歌急绮带，含笑解罗襦②。余曲讵几许，高驾且踟蹰③。徘徊韶景暮，惟有洛城隅④。

【校注】

①清吹：见《送远曲》注⑤。碧玉：《乐府诗集·清商曲》有《碧玉歌》。郭茂倩题解引《乐苑》："《碧玉歌》者，晋汝南王所作也。碧玉，汝南王妾名。以宠爱之甚，所以歌之。"调弦：奏弦乐，如调琴鼓瑟之类。绿珠：人名，西晋石崇宠妾。《晋书·石崇传》："崇有妓曰绿珠，美而艳，善吹笛。"

②绮带：舞衣之带。解罗襦：用淳于髡典，事见范云《当对酒》注③。

③讵(jù)：岂，何。高驾：高车驷马，形容贵客。王僧达《答颜延年》："君子耸高驾。"踟蹰(chí chú)：徘徊，要走不走的样子。《陌上桑》："使君从南来，五马立踟蹰。"

④韶景：指美好的春光。《集韵》："韶，美也。"洛城：洛阳，此处代指齐都建康。此二句写贵介公子冶游之事，化用曹植《赠丁翼》："嘉宾填城阙，丰膳出中厨。吾与二三子，曲宴此城隅。"诗意。

夜听伎

【题解】

本诗《玉台新咏》题作"听妓"，其写作时间、内容、体制与《赠王主簿》二首、《和王主簿季哲怨情》、《同王主簿有所思》等诗仿佛，格调亦为艳情一流，故《玉台新咏》皆为收录，而世人也对谢朓多有误解，认为其是齐梁绮艳诗风之代表人物，然细观谢朓全集之中这类艳情作品其实极少，上述作品多为唱和应酬之作，且其中多有讽喻之意，据此认为其为齐梁绮艳诗风的代表人物或有不妥。事实上谢朓之诗歌上承魏晋逸绪，下开盛唐新风，开永明一代诗体，其诗歌无论是在内容上还是格调上都绝非齐梁宫体诗人可相提并论的。

一

琼闺钏响闻,瑶席芳尘满①。要取洛阳人,共命江南管②。
情多舞态迟,意倾歌弄缓③。知君密见亲,寸心传玉盌④。

【校注】

①琼闺:闺室之美称。钏:臂镯的古称。瑶席:指华美之席。屈原《九歌·东皇太一》:"瑶席兮玉瑱,盍将把兮琼芳。"芳尘:芳香之尘。谢灵运《石门新营所住》:"芳尘凝瑶席。"

②要:邀请,约请。洛阳人:指洛阳美人。陆机《拟东城一何高》:"京洛多妖丽。"鲍照《学古》:"会得两少妾,同是洛阳人。"共命:一起吹奏。江南管:见《秋竹曲》注③。

③意倾:倾意,倾心。歌弄:指歌唱、奏乐。

④"知君"句:涵芬楼本作"知君密相亲"。见亲:相亲。"寸心"句:《玉台新咏》作"寸心传玉腕"。寸心:见《泛水曲》注⑤。

二

上客光四座,佳丽直千金①。挂钗报缨绝,堕珥答琴心②。
蛾眉已共笑,清香复入衿③。欢乐夜方静,翠帐垂沉沉④。

【校注】

①上客:见《永明曲》注⑮。佳丽:指貌美的女子。陆云《为顾彦光赠妇》诗之一:"佳丽良可美,衰贱焉足纪。"

②挂钗:司马相如《美人赋》:"臣之东邻,有一女子。……玉钗挂臣冠,罗袖拂臣衣。"缨绝:《史记·滑稽列传》:"淳于髡仰天大笑,冠缨索绝。"缨,系冠的带子。此句形容上客狂笑之态。堕珥(duò ěr):落下耳饰。《史记·滑稽列传》:"若乃州闾之会……前有堕珥,后有遗簪,髡窃乐此,饮可八斗而醉二参。"珥,耳饰。答琴心:《史记·司马相如传》:"卓王孙有女文君新寡,好音,故相

179

如……以琴心挑之。"

③"蛾眉"句:涵芬楼本、万历本作"娥眉已共笑"。蛾眉:蚕蛾触须细长而弯曲,因以比喻女子美丽的眉毛。后代指美人。《楚辞·离骚》:"众女嫉余之蛾眉兮。""清香"句化用《史记·滑稽列传》"罗襦襟解,微闻芗泽"句意。

④翠帐:饰以翠羽的帷帐。《楚辞·招魂》:"翡帷翠帐,饰高堂些。"

【汇评】

谭元春《古诗归》卷十三:上歌艳在亲暱,下歌艳在幽情。

游东田

戚戚苦无惊,携手共行乐①。寻云陟累榭,随山望菌阁②。远树暧仟仟,生烟纷漠漠③。鱼戏新荷动,鸟散余花落。不对芳春酒,还望青山郭④。

【题解】

东田是建康有名的游览胜地。齐武帝的文惠太子非常喜爱东田的景色,特在此设立楼馆,并经常到这一带游幸。《文选》李善注:"朓有庄在钟山东,游还作。"此诗当为谢朓在京城任职时所作,诗中所写为春景,但却有"戚戚苦无惊"之句,或与明帝篡位前后,谢朓多位故交相继去世有关,故系之于建武二年(495)春。

本诗写与友人携手共游东田所见的美景和感受。为排解莫名的惆怅,诗人与朋友携手在山水中找寻乐趣。只见华美的楼阁隐现在起伏的山峦中,远处林木郁郁葱葱,云烟弥漫缭绕;近处游鱼嬉戏,新荷飘香,喧鸟散去时落英缤纷。诗人心中的愁闷在空山鸟语中不知不觉地消散了。诗人从惆怅不经意地转化为审美的愉悦,陶醉在自然美景中。愁闷意绪的传达在这里几乎被欣赏山水的喜悦所掩盖,只有在细细品味时才感觉到欢愉中还夹着隐隐的忧绪,传达着作者特有的悲欣交集的情思韵味。全诗语言清新流丽,多工整对句。全诗用字浅近,写景清新,意境圆融,体现出"永明体"清浅倩丽之特色。

【校注】

①"戚戚"句:李善注《文选》作"慼慼苦无悰"。戚戚:忧惧貌,忧伤貌。《论语·述而》:"君子坦荡荡,小人长戚戚。"何晏《集解》引郑玄曰:"长戚戚,多忧惧。"悰(cóng):欢乐,乐趣。

②寻云:此处意为登高。陟(zhì):登。累榭:重叠的木屋。《楚辞·招魂》:"层台累榭,临高山些。"随山:顺着山林。《尚书·禹贡》:"随山刊木。"菌阁:菌桂簇拥的高楼。王褒《九怀·匡机》:"菌阁兮蕙楼,观道兮从横。"

③"远树"二句:《艺文类聚》作"远树暧芊芊,山烟纷漠漠"。仟仟:同"芊芊",草木茂盛貌。《广雅》:"芊芊,盛也。"生烟:指山间水气蒸腾,如烟雾布列。谢灵运《征赋》:"被宿莽以迷径,睹生烟而知墟。"漠漠:迷蒙貌。

④春酒:冬酿春熟之酒,亦称春酿秋冬始熟之酒。《诗经·豳风·七月》:"为此春酒,以介眉寿。"

【汇评】

方回《文选颜鲍谢诗评》卷二:起句佳,"远树""生烟"之联尤佳。"鱼戏新荷动,鸟散余花落"佳之尤佳。然碟元气甚矣。阴铿、何逊、庾信、徐陵、王褒、张正见、梁简文、薛通衡诸人,诗皆务出此,而唐人诗无不袭此等语句。灵运、惠连在宋永初、元嘉间犹未甚也,宋六十岁至于齐,而玄晖出焉唐,子西之论有旨哉。

杨慎《升庵诗话》卷一"文选生烟字"条:宋人小说谓刘禹锡《竹枝词》"瀼西春水縠文生",乃生熟之生,信是。《文选》谢朓诗"远树暧芊芊,生烟纷漠漠"亦然。小谢之句,实本灵运。灵运撰《征赋》云:"披宿莽以迷径,睹生烟而知墟。"

陆时雍《古诗镜》卷十六:"生烟纷漠漠","漠漠"二字佳,最是淡烟野色。尝总谢朓之佳句论之,塘边草杂,红树际花,犹白儿子学语声口得利。"鱼戏新荷动,鸟散余花落",小小结构,境趣自成;"日出众鸟散,山暝孤猿吟"清远自然,标格道上;"余霞散成绮,澄江净如练",意象偶会,拟议不生;"天际识归舟,云中辨江树",神会境成,景堪图画;"花丛乱数蝶,风帘入双燕",闺阁风情,绣谱物色;"叶上凉风初,日隐轻霞暮",景色如洗,轻快欲绝;"日华川上动,风光草际浮",指景欲近,关趣未深;"远山翠百重,回流映千丈",村究踯躅,品斯下矣!

181

又《诗镜总论》:夫咏物之难,非肖难也,惟不局局于物之难。玄晖"余霞散成绮,澄江净如练""天际识归舟,云中辨江树",山水烟霞,衷成图绘,指点盼顾,遇合得之。古人佳处,当不在言语间也。

钟惺《古诗归》卷十三:出口如不欲重,惟恐伤之。又曰:"落"字根"散"字,说的花鸟相关有情。

于光华《文选集评》引孙鑛语:浅显工缛,是初唐源本。

于光华《文选集评》引方如海语:字字清新。

何焯《义门读书记》卷二:节候已过,强事登望,所以见其戚戚无欢也。呼应无迹,古人所以高。陶诗"暧暧远人村,依依墟里烟",元晖盖用之结句,见鱼鸟之有得,而思归也。又曰:短章以淡远取致,笔情轻秀,累句涩字,一例屏除。

张玉穀《古诗赏析》卷十八:此赋游以适兴之诗,前四以写忧寻乐说起,点清出游东田。"累榭""菌阁"指山庄言。中四,写游时所见初夏之景,两远两近,后二,则以无春酒,遽言归,寄楷收住。

成书:句句描写,却是一气触结,足征力厚。又曰:"鱼戏""鸟散"二语,已近陈隋体格,然语自浑成。

陈祚明《采菽堂古诗选》卷二十:"鱼戏"二句,生动飞舞,写景物之最胜者,调亦未坠。

方东树《昭昧詹言》卷七:起四句,迤逦平叙。"远树"四句写景华妙,千古如新。收结首二句,善曰云云是也。绝不矜奇,而人自不能及。

入琵琶峡望积布矶[①]

刘绘

江山信多美,此地最为神[②]。以兹峰石丽,重在芳树春。
照烂虹霓杂,交错锦绣陈[③]。差池若燕羽,剞劂似龙鳞[④]。
却瞻了非向,前观复已新[⑤]。翠微上亏景,清莎下拂津[⑥]。
巉岩如刻削,可望不可亲[⑦]。昔途首遐路,未获究清尘[⑧]。
誓将返初服,岁暮请为邻[⑨]。

【校注】

①《古诗纪》、万历本、郭本题作"入琵琶峡望积布矶呈玄晖"。
②信:的确,确实。神:奇妙。
③照烂:犹灿烂。司马相如《子虚赋》:"众色炫燿,照烂龙鳞。"虹霓:虹。
④"差池"句:见虞别驾《饯谢文学》注②。嶡屴(zè lì):高大峻险貌。《文选·王延寿〈鲁灵光殿赋〉》:"嶡屴嶬䃜,岑崟巃嵸,骈龙㨂兮。"
⑤却瞻:指反顾。向:昔也。"前观"句:《古诗纪》、《八代诗选》作"前观已复新"。
⑥翠微:形容山光水色青翠缥缈。《文选·左思〈蜀都赋〉》:"郁菶菶以翠微,崛巍巍以峨峨。"景:日光。"清莎"句:《古诗纪》、《八代诗选》作"青莎下拂津"。清莎:同"青莎",见《三日侍华光殿曲水宴代人应诏》注㉗。
⑦巉(chán)岩:意指高而险的山岩。刻削:雕刻。《韩非子·外储说左上》:"凡刻削者,以其所以削必小。"
⑧清尘:见柳恽《奉和竟陵王经刘瓛墓下》注②。
⑨初服:未入仕时的服装。《楚辞·离骚》:"进不入以离尤兮,退将复脩吾初服。"蒋骥注:"初服,未仕时之服也。"

和刘绘入琵琶峡望积布矶诗①

昔余侍君子,历此游荆汉②。山川隔旧赏,朋僚多雨散③。
图南矫风翮,曾非息短翰④。移疾觌新篇,披衣起渊玩⑤。
惆怅怀昔践,彷佛得殊观⑥。赪紫共彬驳,云锦相凌乱⑦。
奔星上未穷,惊雷下将半⑧。回潮渍崩树,轮囷轧倾岸⑨。
岩筱或傍翻,石箘无修干⑩。澄澄明浦媚,衍衍清风烂⑪。
江潭良在目,怀贤兴累叹⑫。岁暮不我期,淹留绝岩畔⑬。

【题解】

刘绘,字士章,彭城人。《南齐书·刘绘传》载:"……时豫章王嶷与文惠太子以年秩不同,物论谓宫、府有疑,绘苦求外出,为南康相。……征还为安陆王护军司马,转中书郎,掌诏诰。……永明末,京邑人士盛为文章谈义,皆凑竟陵王西邸。绘为后进领袖,机悟多能。……安陆王萧宝晊为湘州,以绘为冠军长史、长沙内史,行湘州事,将军如故。"刘绘与谢朓俱为竟陵王西邸文友,多有诗文唱和,绘有《入琵琶峡望积布矶呈玄晖》,本诗即为谢朓之和作。伍叔傥《谢朓年谱》将刘绘诗系于永明七年(489),即刘绘出为南康相时所作,谢朓于数年后追和,但谢诗中有"移疾觇新篇"之句,恐与实际不合。《水经注·江水注》载:"江水又东,经积布山南,俗谓之积布矶,又曰积布圻……北即酉阳、寻阳二郡界。"酉阳在今湖北黄冈东南,寻阳在今江西九江,故刘绘诗当为其赴任湘州以后所作。按《南齐书》所载,绘任职湘州当为建武元年(494)十月之后,谢朓《酬德赋》序有"建武二年,予将南牧……时予病"之语,和谢朓诗中"昔余侍君子。历此游荆汉""移疾觇新篇,披衣起渊玩"两句可相佐证,绘诗中又有"以兹峰石丽,重在芳树春"之句,故本诗当作于建武二年(495)春,刘绘赴湘州、谢朓南牧又赴荆州,故二人均经过积布矶,乃有此唱和。

本诗共二十句,前十句写接到刘绘赠诗,不由回顾昔日旧游之事,颇多感慨,后十句描写积布矶山水景色,描摹高妙,写景奇绝,结尾"岁暮不我期,淹留绝岩畔"抒情,在清逸安然之外更有沉郁惆怅之意。谢朓忧愁畏祸,依违两难之心由此可见一斑。

【校注】

①张本题作"和刘中书"。

②君子:此处指随郡王萧子隆。荆汉:荆山和汉水,此处代指荆州。此句为诗人回顾自己在永明九年(491)随随王赴荆州任职之事。

③旧赏:旧时玩赏之地。雨散:如雨水般散落,比喻朋友分离。颜延之《和谢监灵运诗》:"入神幽明绝,朋好云雨乖。"此句言旧时游历之地已多年未赏,而昔时的同僚朋友如今也四处分散,无缘得见。

④图南:谓南飞,南征。后以比喻人的志向远大。《庄子·逍遥游》:"(鹏)背负青天……而后乃今将图南。"此处应指刘绘建武元年(494)赴湘州任职之事。矫:高举。风翮(hé):凌风的鸟翅。短翰:短的羽翼。"曾非"句意为自己虽无大志,但也一直在努力前行。

⑤移疾:犹移病。上书称病。多为居官者求退的婉辞。《汉书·疏广传》:"即日父子俱移病,满三月赐告,广遂称笃,上书乞骸骨。"觏(gòu):见,看见。新篇:指刘绘之赠诗。渊玩:深入品玩。

⑥惆怅:悲哀,伤感。昔践:旧日游历之地。"彷彿"句:《艺文类聚》作"髣像得殊观"。彷彿:同"仿佛",好像,如同。殊观:殊异之观。此二句言自己重游故地,但旧游之人却多星散,故心生惆怅,而刘绘赠诗,写景奇丽,仿佛给琵琶峡景色增添了特殊的景观。

⑦"赪紫"句:《草堂诗笺》作"赫紫共彬驳"。赪:赤色。彬驳:众色杂错。云锦:云气华美如锦,此处当指朝霞。

⑧奔星:流星,此处比喻江水之湍急。惊雷:惊人之雷鸣,此处喻瀑布之声响。

⑨回潮:指回落的潮水。渍:浸润。崩树:峡谷矶头倒塌的树木。轮囷(qūn):盘曲貌。《文选·邹阳〈狱中上书自明〉》:"蟠木根柢,轮囷离奇。"李善注引张晏曰:"轮囷离奇,委曲盘戾也。"轧(yà):滚压。倾岸:崩塌的堤岸。

⑩岩筱(xiǎo):山岩上的小竹。"石箘"句:《古诗纪》、郭本、《全齐诗》作"石箘芜修干"。箘(jùn):竹子。

⑪"澄澄"句:涵芬楼本作"澄澄明浦湄"。澄澄:清澈貌。阮修《上巳会诗》:"澄澄绿水,澹澹其波。"媚:秀美。衍衍:行走貌。东方朔《七谏·自悲》:"驾青龙以驰骛兮,班衍衍之溟溟。"

⑫江潭:江水深处。《楚辞·九章·抽思》:"长濑湍流,泝江潭兮。"怀贤:指怀念昔时同游琵琶峡之友人。累叹:屡次叹息。《后汉书·梁统传赞》:"褒亲幽愤,升高累叹。"

⑬淹留:滞留,逗留。《楚辞·离骚》:"时缤纷其变易兮,又何可以淹留?"

【汇评】

陈祚明《采菽堂古诗选》卷二十一:极写山川奇峻,语刻画而不拙,此种又稍类康乐。

方东树《昭昧詹言》卷七:此刘绘有《入琵琶峡望积布矶诗呈元晖》,元晖和之也。起四句,追叙己昔曾游,分两层交代。"图南"二句顿束,言刘今方仕,此不比己之息。"翰下"四句,因及己移疾得诗,叙次交代,分明清警。"赪紫"以下十句,述刘诗中所言峡景以承,观"江潭"二句,紧承刘之诗,以感起己之昔游,收束一片。末句另出一层,言己苟即死,无重游之期,而淹留于此,则永绝此岩畔之游,文情景妙。

晚登三山还望京邑[①]

灞涘望长安,河阳视京县[②]。白日丽飞甍,参差皆可见[③]。余霞散成绮,澄江静如练[④]。喧鸟覆春洲,杂英满芳甸[⑤]。去矣方滞淫,怀哉罢欢宴[⑥]。佳期怅何许,泪下如流霰[⑦]。有情知望乡,谁能鬒不变[⑧]。

【题解】

三山,在今南京市西南。《文选》李善注:"山谦之《丹阳记》曰:'江宁县北十二里滨江,有三山相接,即名为三山。旧时津济道也。'"观本诗诗意,可知诗人多有留恋京邑之心。谢朓《酬德赋》序有"建武二年,予将南牧"之语,盖此时谢朓将出为宣城太守。本诗中有"喧鸟覆春洲,杂英满芳甸"之句,故本诗应作于建武二年(495)春。

全诗抒写了诗人赴任途中登上三山遥望京城和大江美景时引发的思乡之情。其中"余霞散成绮,澄江静如练。喧鸟覆春洲,杂英满芳甸"最为著名。"余霞"两句用大笔勾勒:白日西沉,灿烂的余霞铺满天空,如散开的锦缎,清澄的大江仿佛一条明净的白绸。"喧鸟"两句则细笔点染:喧闹的归鸟盖满了春天的江洲,各色野花开遍了芬芳的郊野。京邑的黄昏被诗人描绘得绚烂明丽,满目春色,使诗人流连忘返。想到此去不知何时才能还乡,诗人不禁泪如雪霰般落下,进而想到望乡之日,谁不会因思乡令黑发变白呢?这里绚丽明美的景色使游子的乡愁温柔而缠绵,全诗如一支深情温柔的夜曲,倾诉着绵绵爱意,具有柔美清婉的独特情韵。此诗意境宏阔,色彩绚丽,既刻画出景物的真实面貌,又给人以美的感受,可谓是谢朓山水诗的代表作。

【校注】

①《艺文类聚》题作"晚登三山望京邑"。

②灞涘(bà sì):灞水岸边。灞,水名,源出陕西蓝田,流经长安城东,上有灞桥,为古人送别之地。涘,水边。河阳:古县名,故城在今河南孟州市。晋潘岳曾为河阳县令,其《河阳县作诗》云:"引领望京室,南路在伐柯。"京县:指西晋都城洛阳。此二句以"灞涘""河阳"代指三山,以"长安""京县"代指建康,以王粲、潘岳自比,用典切题。

③丽:美好。作动词有"增美"之意。飞甍:见《入朝曲》注④。参差:不齐貌。

④绮:平纹底上起斜纹花的单色丝织物。"澄江"句:《文镜秘府论》作"澄江净如练"。澄江:清澈而静止的江水。练:白绢。

⑤"喧鸟"句:《三谢诗》、《文集》本、《名家集》本作"暄鸟覆春洲"。喧鸟:喧闹的归林之鸟。覆:覆盖,此处形容归鸟之多。春洲:春天的洲渚。杂英:各色野花。芳甸:花草遍生之郊野。

⑥去矣:离开。邯郸淳《赠伍处玄》:"行矣去言,别易会难。"滞淫:长久停留。王粲《七哀诗》之二:"荆蛮非我乡,何为久滞淫。"怀哉:想念。《诗经·王风·扬之水》:"怀哉怀哉,曷月予还归哉。"

⑦佳期:见《春游》注②。何许:何时。阮籍《咏怀》十一:"良辰在何许?凝霜沾衣襟。"流霰(xiàn):飞降的雪粒,后常形容流泪。霰,雪珠。

⑧有情:指怀有思乡之情。卢谌《与刘琨书》:"苟曰有情,孰能不怀。"望乡:遥望故乡。《古诗十九首·涉江采芙蓉》:"还顾望旧乡,长路漫浩浩。"鬒(zhěn):头发又黑又密。《诗·鄘风·君子偕老》:"鬒发如云。"毛传:"鬒,黑发也。"

【汇评】

何汶《竹庄诗话》卷四引唐庚《唐子西语录》:灵运在永嘉因梦惠连,遂有"池塘生春草"之句,玄晖在宣城因登三山遂有"澄江静如练"之句。二公妙处在鼻无垩,目无膜。尔鼻无垩,斤将曷运?目无膜,篦将曷施?所谓浑然天成,天球不琢者欤。

又,《诗评》云:"玄晖诗,其源出于谢琨,微伤细密颇在不伦。一章之中,自有玉石,然奇章秀句,往往警遒,足使叔源失步,明远变色,目善发诗瑞,而末篇诗蹶,此其意锐而才弱也。然至为后进士子之所嗟慕。"《渔隐丛话》云:"古今诗人以诗名世者,或只一句。如'池塘生春草'则谢康乐也,'澄江静如练'则谢宣城也夫,岂在多哉。"

张戒《岁寒堂诗话》卷上:建安、陶、阮以前,诗专以言志;潘、陆以后,诗专以咏物;兼而有之者,李、杜也。言志乃诗人之本意,咏物特诗人之余事。古诗、苏、李、曹、刘、陶、阮,本不期于咏物,而咏物之工,卓然天成,不可复及。其情真,其味长,其气胜,视《三百篇》几于无愧,凡以得诗人之本意也。潘、陆以后,专意咏物,雕镌刻镂之工日以增,而诗人之本旨扫地尽矣。……谢玄晖"澄江静如练",……就其一篇之中,稍免雕镌,粗足意味,便称佳句,然比之陶、阮以前苏、李、古诗、曹、刘之作,九牛一毛也。大抵句中若无意味,譬之山无烟云,春无草树,岂复可观?

刘履《风雅翼》卷八:晖在郡既久,必有所不乐于怀。因出临江登眺,而起恋阙之思,故作是诗。其言当去矣,而且留滞之久,怀念至此,宁不使人罢欢宴耶?然是时,朝廷擢授非凭,势要无由通进,则是未知佳期又在何许,是以不免悲泣而至于叹伤也。观此则与前篇"豹隐"之志,得无少变乎?

方回《文选颜鲍谢诗评》卷三:虚谷曰:起句以长安洛阳拟金陵,用王粲潘岳二诗,极佳!李白云:"解道澄江静如练,令人却忆谢玄晖。"此一联尤佳也。三山今犹如故,回望建康甚近,想六朝时甚盛也。味末句,其惓惓于京邑如此,去国望乡,其情一也。有情无不知望乡之悲,而况去国乎!

于光华《文选集评》引方伯海语:秀处在骨,是《左》《国》擅长处。

陆时雍《古诗镜·诗镜总论》:咏物之难,非肖难也。惟不局局于物之难。玄晖"余霞散成绮,澄江净如练""天际识归舟,云中辨江树"山水烟霞,衷成图绘,指点盻顾,遇合得之,古人佳处当不在言语间也。又卷十六:"余霞散成绮,澄江净如练"景色最佳,此得象最深处。又"花树杂为锦,月池皎如练"则象浅而韵钝矣。以月池之景练,不足以言之。

王世贞《艺苑卮言》:谢山人(榛)谓"澄江净如练","澄""净"二字意重。欲改"秋江净如练"。余不敢以为然,盖江澄乃净耳。

钟惺《古诗归》卷十三:右丞以田园作应制语,玄晖以山水作都邑诗,非惟不堕清寒,愈见旷远。

王夫之《古诗评选》卷五：折合处速甚，所谓羚羊挂角者。如此，虽有踪如无踪也。佳句率成，故中动供奉知赏。

田雯《古欢堂杂著》卷十七：玄晖含英咀华，一字百炼而出。如秋山清晓，霏蓝翕黛之中，时有爽气。齐之作者，公居其冠。刘后村谓"余霞散成绮，澄江静如练"，皆吞吐日月、摘蹑星辰之句。故李白《登华山落雁峰》云："恨不携谢朓惊人诗，搔首问青天。"其服膺如此。

陈祚明《采菽堂古诗选》卷二十：一起一结，情绪相应，法既密而志复显。古人诗，起结必相应，可知命笔之先，具有所以作诗之故，定非无谓徒饰丽词。又以见章法因承，定从发端涉笔，先觅警句，此理不然。

"澄江如练"洵称名句？茂秦谓"澄"字与"静"字意叠，非也。澄是江之形静，是江之性，惟澄故静，不加澄字，何见其静乎？出句亦佳。

题是望京，清天霁景，故一望在目。"澄江"二句，景中有情，绮霞散飞，正是霁色，与澄江句亦复相关，若两景互乖，则两伤在合矣。

王士禛《戏仿元遗山论诗绝句》其二十六：枫落吴江妙入神，思君流水是天真。何因点窜澄江练，笑杀谈诗谢茂秦。

张玉毂《古诗赏析》卷十八：此因望京师而思归之诗，若泥定望京，后半便难索解。前四，以前人比起，了却望京题面。中四，则就登山所见春晚之景铺叙，引动归思。后六，醒出久滞京国，有怀故乡之意，却以有情皆然，暗兜起处作结。盖王、潘二人皆有怀归诗也。

何焯《义门读书记》：灞涘。河阳皆去京城咫尺，然已隔限中外，虽白日昭昭，而佳期犹杳，所以顾望怀恋，不能远去也。"余霞"二句，乃望之极。"喧鸟""杂英"自比，曾不如微禽织草犹得其所耳。发端既非若痴人掉书袋，以下亦非止于流连景物，诵诗者固当论其世也。

成书《多岁堂古诗存》：着色鲜妍，自成缤纷古藻，绝去痴肥，亦殊顽艳。

沈德潜《说诗晬语》：齐人寥寥，谢玄晖独有一代，以灵心妙悟，觉笔墨之中，笔墨之外，别有一般深情名理。

方东树《昭昧詹言》卷七：起二句为一段，借宾陪起，何云："可作使事之法。""白日"六句，正写京邑题，而兴象华妙，千古如新。"去矣"以下，述怀归之情，虽仕大郡，而志切怀归，亦徒作雅言耳。以为不得志而然与？高怀而然与？厌浊世乱邦，而欲去之与？若仕承平盛时，则足以基谗祸也。

189

京路夜发

扰扰整夜装，肃肃戒徂两①。晓星正寥落，晨光复泱漭②。
犹沾余露团，稍见朝霞上③。故乡邈已夐，山川修且广④。
文奏方盈前，怀人去心赏⑤。敕躬每局蹐，瞻恩惟震荡⑥。
行矣倦路长，无由税归鞅⑦。

【题解】

  观诗意，本诗应为建武二年(495)谢朓离京赴任宣城太守途中所作。建武二年初夏，谢朓突然于中书省任上出为宣城太守，《南齐书·谢朓传》中未言被出原因，但《南史·谢朓传》中或有蛛丝马迹可寻。在言及江祏构陷谢朓一事时，有这样的记载："先是，朓常轻祏为人，祏常诣朓。朓因言有一诗，呼左右取，既而便停。祏问其故，云：'定复不急'。祏以为轻己。后祏及弟祀、刘沨、刘晏俱候朓，朓谓祏曰'可谓带二江之双流'，以嘲弄之。"谢朓后来被害固然是因为谢朓在萧遥光篡位一事上，未能站对立场，但其之前因得明帝看重，而轻视江祏等贵戚也是一个重要原因。是以，在江祏等贵戚的中伤之下，再以明帝多疑之性格，将谢朓从中书任上外出为宣城太守也就不足为奇了。

  本诗题为《京路夜发》，诗人选择夜间出发，本为出行大忌，但因为他是遭谗被贬，未免尴尬，故急急然不待天明，便黯然离去。由此，便可以体会到诗人此时沉重的心态和复杂的感情。诗的前八句写行旅和途中所见景色，章法缜严细密，层次络绎分明，客观时间的推移和主观情感的衍变，全都一一迭现出来，写景之中，依稀可见诗人的情感脉络，使人在景色观照之际，领略到凄凉、苍茫之感。后六句抒怀，紧承着前面隐约迷离的黯淡情愫，本诗的主旋律是婉转低沉的，诗人刚遭不幸，才出牢笼，虽心怀愤恨，但一向的畏祸之心，让谢朓保持着极大的克制，以免自己再落言诠，更添祸事。诗人用极大的气力，把自己心中因无端被贬的愤懑不平之情渐次展开，从而将自己心中激腾不已的满腔悲愤，以平和冲远的面貌表现出来。本诗抒情虽直抒胸臆，但仍寓于写事纪行之中,情景之间融合无间,意趣盎然。

【校注】

①"扰扰"句:万历本、《名家集》本作"扰扰整衣装"。扰扰:纷乱貌,烦乱貌。枚乘《七发》:"其波涌而云乱,扰扰若三军之腾装。"《广雅》:"扰扰,乱也。"整夜装:夜里整理行装。肃肃:疾速貌。《诗经·召南·小星》:"肃肃宵征,夙夜在公。"戒:准备。徂两:行进的车辆。徂,往。两:同"辆"。

②寥落:稀疏,稀少。"晨光"句:《古诗纪》、万历本、张本、郭本作"晨光复潢潢"。泱漭(yāng mǎng):昏暗不明的样子。

③沾:沾濡。露团:《诗经·郑风·野有蔓草》:"野有蔓草,零露团兮。"刘良注:"团,露垂貌。"

④邈:遥远。夐(xiòng):远。班固《燕山铭》:"夐其邈兮亘地界。""山川"句:陆机《赴洛诗》:"远游越山川,山川修且远。"

⑤文奏:公文文章。曹植《圣皇篇》:"侍臣省文奏,陛下体仁慈。"怀人:思念家乡之人,此处为谢朓自比。《诗经·周南·卷耳》:"嗟我怀人,置彼周行。"心赏:心中愉悦。鲍照《代白头吟》:"心赏犹难恃,貌恭岂易凭。"此二句言自己正为君王赏识,文奏繁忙之时,却又要远行,为思乡之情烦扰。

⑥敕躬:即警饬己身。敕,谨慎整理。躬,自己。《汉书·孔光传》:"勤心虚己,延见群臣,思求其故,然后敕躬自约,总正万事。"局蹐(jí):小心戒惧的样子。《诗经·小雅·正月》:"谓天盖高,不敢不局。谓地盖厚,不敢不蹐。"郑玄笺:"局蹐者,天高而有雷霆,地厚而有陷沦也。此民疾苦王政,上下皆可畏怖之言也。"瞻恩:仰望圣恩。震荡:动荡不安,此谓仕途浮沉不定。

⑦"行矣"句:陆机《赠弟士龙诗》:"行矣怨路长,惄焉伤别促。"税:通"脱",释放、解脱之意。鞅:指套在牛马颈上的皮带。税归鞅:指脱车驾而不复出。

【汇评】

于光华《文选集评》引孙矿语曰:意境全在此("晓星"四句)点景四语上,数虚字何等斟酌。

于光华《文选集评》引方伯海语:中间写夜发,字字是夜发,故诗文不切处,便是陈言。又曰:玄晖诗,多用单句直入,却不前突后竭,是其力量过人处。

陆时雍《古诗镜》卷十六:首六句景色指点如次。

陈祚明《采菽堂古诗选》卷二十:"扰扰""肃肃"字,写夜发殊肖,"晓星"四句,景色俨然,心倦路长,即事已显。

倪思宽《二初斋读书记》卷四:谢元晖《京路夜发》云:"晓星正寥落,晨光复泱漭,犹沾余露团,稍见朝霞上。"写昧旦之景极其清妙,犹忆草香。王师尝称,元文宗自集庆路入正大统,途中偶吟诗有云:"二三鲇露滴如雨,六七个星犹在天。"此则不烦描绘,天然入妙,方诸谢诗,其亦所谓后来居上者与?

何焯《义门读书记》:字字是"夜发",细心熨帖,是永明以后之格也,便为唐人律诗之所自出。

吴骞《拜经楼诗话》卷三:"晓星正寥落,晨光复泱漭。犹沾余露团,稍见朝霞上。"此谢元晖《京路夜发》诗也。元文宗集庆路入正大统途中作诗有云:"二三鲇露滴如雨,六七箇星犹在天。"《二初斋读书记》亟推之,以为后来居上。不知小谢诗,绘晨光之熹微,真所谓霏蓝翕黛中时有爽气。文宗语绝无蕴蓄,而阴怀嫉忮之心,已昭然若揭。使明宗早觉,何至堕其术中?倪氏之言,未免唐突西子,亦失知人论世之意。

张玉縠《古诗赏析》卷十八:此之官宣城之诗,前六,点清夜发,即夜发写所见之景。中四,分两层:一层在地方上顾后瞻前,一层在人事上料前念后,皆正写在途怀抱。后四则以循分供职自勉作收,而游倦难归,决绝之中,仍含惆怅。

之宣城郡出新林浦向板桥

江路西南永,归流东北骛①。天际识归舟,云中辨江树②。
旅思倦摇摇,孤游昔已屡③。既欢怀禄情,复协沧洲趣④。
嚣尘自兹隔,赏心于此遇⑤。虽无玄豹姿,终隐南山雾⑥。

【题解】

建武二年(495)春,谢朓出任宣城太守,从金陵出发,逆大江西行。谢朓溯流而上,出新林浦是第一站。诗人既因无故被贬而心生幽愤,又为能远离京城是非之地而自我宽解,在此矛盾之心态下,写了这首诗。诗的前四句将诗人对故乡的浓情融会在一幅江水、归帆、云树、游子构成的长江行旅图中。"江路西南永,归流东北骛"描写了乘舟逆流而西与江水东流相背的情景,通过水流归海而人却辞乡的对比表达了对家乡的留恋。"天际识归舟"二句被视为六朝名句,诗人站立船头,凝望归途中的云帆、辨识岸上的离离江树,因为那归舟、江树所指向的正是他的故乡金陵。诗句未着一情语,而去国离乡之情尽在其中,景语、情语浑然莫辨。

谢朓在出任宣城太守之前,曾在短短一年间经历了南齐三个皇帝的更替。在此朝局动荡之际,谢朓的不少故人都因卷入时局而丧命。明帝自立后,谢朓颇受重用,但以其谨小慎微之个性,在目睹此乱局时,不能不心有余悸。所以当此次出牧宣城时,谢朓对京邑固然不无留恋,但也很庆幸自己能离开政治斗争的漩涡。本诗最后六句就表现了这种复杂的情绪。全诗结构完整,思致含蓄,语言清淡,情味旷逸,堪称谢朓山水诗中的上乘之作。

【校注】

①江路:江中航程,谢朓此次赴宣城先走长江水路。永:长。归流:流入海的河流。骛(wù):疾驰。《玉篇》:"骛,奔也,疾也。"

②天际:天边。扬雄《交州箴》:"交州荒裔,水与天际。""云中"句:见应劭《风俗通》:"太山岩石,松树郁郁苍苍如云中。"

③摇摇:心神不定貌。《诗经·王风·黍离》:"行迈靡靡,中心摇摇。"孤游:独游。谢灵运《于南山往北山经湖瞻眺》:"孤游非情叹,赏废理谁通。"屡:多次。

④怀禄:留恋爵禄。杨恽《报孙会宗书》:"怀禄贪势,不能自退。"沧洲趣:指隐逸之趣。

⑤嚣尘:指纷扰的尘世。《左传·昭公三年》:"子之宅近市,湫隘嚣尘,不可以居。"赏心:心意欢乐。谢灵运《游南亭诗》:"赏心惟良知。"

⑥玄豹:黑豹,比喻隐者。语出《列女传·贤明传·陶答子妻》。此处"玄豹"有双重含义,从上下文看是说自己虽无玄豹的姿质,不能深藏远害,但此去宣城,亦与隐于南山雾雨无异;从典故的含义看,"玄豹姿"又借喻自己身为一郡之守,虽无美政德行,但也深知爱惜名誉,决不会做陶答子那样的贪官污吏。"终隐"句:《太平御览》作"且隐南山雾"。南山雾:比喻隐居之地,此处代指宣

城。陆厥《齐歌行》:"玄豹空不食,南山隐云雾。"

【汇评】

吴开《优古堂诗话》"天际识归舟"条:梁王僧孺《中川长望》诗云:"岸际树难辨,云中鸟易识。"盖全用谢玄晖"天际识归舟,云中辨江树"而不及也。梁元帝诗云"远村支里出,遥船天际归",亦效玄晖,而远胜僧孺。

陆时雍《古诗镜》卷十六:"天际"二语不烦意想,指点自成,品之为上。又:无复声色臭味,可谓超绝。又:天然景,天然语,自属灵运家风。

于光华《文选集评》引孙鑛语曰:音调特轻俊,语与醒快。又曰:写景入神,有无限妙致。

于光华《文选集评》引方伯海语:中间二语,可与江文通"层云万里生"同为千古绝调。

钟惺《古诗归》卷十三:水云万里,一幅烟江送别图。

于光华《文选集评》引邵长蘅语:玄晖清迥,变于大谢,秀句实足动人。

王夫之《古诗评选》卷六:景宋以下诗,能不作两截者鲜矣。然自不虚架冒子,回顾收拾,全用经生径路也。起处直,转处顺,收处平,虽两截,因一致也矣。语有全不及情而情自无限者,心目为政,不恃外物故也。'天际识归舟,云中辨江树',隐然一含情凝眺之人,呼之欲出。从此写景,乃为活景。故人胸中无丘壑,眼底无性情,虽读尽天下书,不能道一句。司马长卿谓读千首赋便能作赋,自是英雄欺人。

陈祚明《采菽堂古诗选》卷二十:"天际"二句竟堕唐音,然在选体,则渐以轻离,入唐调则尤用朴胜。末段闲旷之情,迢递出之,故佳。

何焯《义门读书记》:"天际"二句衬出江路之永,所谓"赏心"者在此也。又曰:次联固自警绝,然其得势,全在上二句,"出"字、"向"字,无不笼罩。结句以廉洁自励,收"之郡"使事无迹。

成书《多岁堂古诗存》:即景抒写,不作一惊人语,便已悠然意远。

方东树《昭昧詹言》卷七:一起以写题为叙题,兴象如画,浑转浏漓。宣城在京邑西南,江以入海为归,故曰"归流"。此言已行逆江,而回望东北。古人字不苟下,与明远《登黄鹤矶》"适郢无东辕"二句同工。"天际"二句,则明远无之矣。"旅思"以下言己怀。"欢禄"句及"我行虽纤组"语,皆与康乐意同。休文"纷吾隔嚣滓",何义门云:"自言此去隔在泥涂也,无斥京师为嚣滓之理。"余谓如元晖此语分明,前又云京、洛缁尘,要不可谓非失义。何说言儒者正义耳。何又云:"结句以廉节自厉,收'之郡',使事无迹。"余谓此即"资此永幽栖"意,借隐豹为兴象耳。元晖固未必贪贿,而厉志之意,非元晖胸中所有也。

张玉穀《古诗赏析》卷十八:此亦之官宣城时作。前四,先写江行之乐,揭过题面。后八,则以久已倦游跌出,吏隐外郡庶几可以远害全身是焉。题情较《京路夜发》作用意一变。

始之宣城郡

下帷阙章句,高谈愧名理①。疏散谢公卿,萧条依掾吏②。
簪发逢嘉惠,教义承君子③。心迹苦未并,忧欢将十祀④。
幸沾云雨庆,方筶参多士⑤。振鹭徒追飞,群龙难隶齿⑥。
烹鲜止贪竞,共治属廉耻⑦。伊余昧损益,何用祗千里⑧。
解剑北宫朝,息驾南川涘⑨。宁希广平咏,聊慕华阴市⑩。
弃置宛洛游,多谢金门里⑪。招招漾轻楫,行行趋岩趾⑫。
江海虽未从,山林于此始⑬。

【题解】

本诗为建武二年(495)春,谢朓到任宣城太守时所作。谢朓离开京城,虽有留恋故乡之情,但远离是非之地却也使其心情格外轻松,故谢朓下车伊始,便直抒自己的为政方针。本诗前八句为首段,谢朓主要回顾自己过去十年来甘苦备尝,依违畏惧的矛盾心迹。接下来十二句为谢朓自述自己治理宣城的施政方针,"烹鲜止贪竞,共治属廉耻"虽只十字,却表现了谢朓要无为而治,不扰百姓,广施教化的为政思想。最后六句则表露了谢朓久欲仕隐合一,而如今出守宣城终于得遂心愿的欣喜之心。

谢朓出身世家大族,本人也以文章辞句名重当时,颇得其时之帝王所爱

195

重。但谢朓本人却拙于官场应对,面对残酷的时局,亦尝忧惧于心。故观其过往十年之宦海沉浮,虽可称顺畅,但细究其心,竟然忧日居多,故谢朓一生依违于进退之间,尝有畏祸退隐之意,但又终究不能摆脱自己的功名之心,是以最终他还是没能逃脱悲剧之命运而死于非命。这种心态也决定了谢朓但求无过,不求有功的消极施政心态,故本诗对研究谢朓的生平与志趣极有价值。

【校注】

①下帷:放下室内悬挂的帷幕,引申指闭门苦读。《史记·儒林列传》:"下帷讲诵,弟子传以久次相授业,或莫见其面,盖三年董仲舒不观于舍园,其精如此。"阙:空缺,缺少。章句:古籍的分章、分段和语句停顿。高谈:指魏晋名士间的清谈。名理:指魏晋及其后清谈家辨析事物名和理的是非同异。《世说新语·言语》:"裴仆射善谈名理,混混有雅致。"此二句为谢朓自谦无学术、名理。

②疏散:闲散,放达不羁。谢灵运《过白岸亭诗》:"未若长疏散,万事恒抱朴。"谢:犹"惭",告罪、自愧不如之意。萧条:逍遥,闲逸。支遁《五月长斋诗》:"萧条咏林泽,恬愉味城傍。"依:依赖。掾(yuàn)吏:分曹治事的属吏、胥吏。《后汉书·百官志》:"郡太守、郡丞、县令或长、县丞、县尉,各置诸曹掾史。"掾,原为佐助的意思,后为副官佐或官署属员的通称。

③簪发:指冠弱之年。古时男子及冠,以簪连冠与发。嘉惠:见《永明乐》注⑱。教义:教以礼义。承:承蒙。君子:有才德的人。此处指豫章王萧嶷。

④心迹:思想与行为。谢灵运《斋中读书》诗:"矧乃归山川,心迹双寂漠。"祀:商代称年为祀。

⑤云雨:比喻恩泽。《后汉书·邓骘传》:"托日月之末光,被云雨之渥泽。"方辔:并辔,并驾。《晋书·刘曜传》:"佞人方辔,并后载驰。"多士:众多之士。《诗经·大雅·文王》:"思皇多士,生此王国。"

⑥振鹭:形容德行纯洁的贤人。《诗经·周颂·振鹭》:"振鹭于飞。"毛传:"振振,群飞貌。鹭,白鸟也。"群龙:喻贤臣。《后汉书·郎颛传》:"唐尧在上,群龙为用,文武创德,周召作辅。"隶齿:同列。《左传·隐公十一年》:"不敢与诸隶齿。"隶,附属。此二句谢朓自谦自己才德不足,故不能与朝中群贤同列,实为感叹自己仕途不顺。

⑦烹鲜:《老子》:"治大国若烹小鲜。"王弼注:"喻不扰也。"后以比喻治国

便民之道,亦比喻政治才能。"共治"句:《艺文类聚》作"共理属廉耻"。共治:共同治理。《尹文子》:"所贵圣人之治,不贵其独治,贵其能与众共治。"属:瞩目。此二句言自己治郡不扰民,不贪竞,将与廉洁知耻之人共治。

⑧伊余:自指,我。伊,语气词,无意义。昧:不明白。损益:增减,盈亏。此处指政治利害,施政利弊。祗(zhī):敬。千里:面积广阔。此处指一郡之地。此二句意为自己不明施政利弊,何以被任命治理一郡之地。

⑨解剑:卸官,指谢朓卸任中书郎出为宣城太守。北宫:汉宫名。此处代指朝廷。息驾:停车休息。曹植《美女篇》:"行徒用息驾,休者以忘餐。"南川:指宣城。

⑩广平咏:见《新亭渚别范零陵云》注⑤。华阴市:见沈约《奉和竟陵王经刘瓛墓》注⑥。

⑪弃置:抛弃,放弃。宛洛:见《奉和竟陵王同沈右率过刘先生墓》注④。多谢:久去之意。金门:即金马门。见《始出尚书省》注②。

⑫招招:招呼貌。《诗经·邶风·匏有苦叶》:"招招舟子,人涉卬否。"轻楫(jí):轻舟。行行:踯躅不行貌。《后汉书·桓典传》:"行行且止,避骢马御史。"岩趾(zhǐ):山脚。

⑬江海:代指退隐之地。见《曲池之水》注④。山林:亦指归隐之意。张华《招隐诗》:"隐士托山林,遁世以保真。"此二句言诗人虽未遂全隐之志,但寄隐山林却可由此开始。

【汇评】

陈祚明《采菽堂古诗选》卷二十:起句命意萧散,结语超然,有长往之思,中间序旨谦厚,摛文修雅。

出下馆①

麦候始清和,凉雨销炎燠②。红莲摇弱荇,丹藤绕新竹③。
物色盈怀抱,方驾娱耳目④。零落既难留,何用存华屋⑤。

【题解】

本诗为建武二年(495)夏,谢朓初至宣城,从观舍而出所观之夏日田园景色,谢朓在诗中感慨时序更替与物候变化,写景适心娱目,然下馆简朴,又自感身世飘零,故结语二句颇有韶华易逝之悲。

【校注】

①《初学记》题作"夏日诗"。

②麦候:麦熟季节。指农历四五月间。《礼记·月令》:"孟夏之月,农乃登麦。"清和:见《别王僧孺》注②。炎燠(yù):炎热。燠,暖,热。

③荇(xìng):荇菜,多年生草本植物,叶略呈圆形,浮在水面,根生水底,夏秋开黄花,嫩茎可食,全草入药。

④物色:指风物,景色。颜延之《秋胡》诗:"日暮行采归,物色桑榆时。"方驾:两车并行。《后汉书·马防传》:"临洮道险,车骑不得方驾。"

⑤零落:草木凋落。此处比喻人事衰颓。《楚辞·离骚》:"惟草木之零落兮,恐美人之迟暮。"华屋:华美的屋宇。曹植《箜篌引》:"生存华屋处,零落归山丘。"

【汇评】

陈祚明《采菽堂古诗选》卷二十一:以物色之推迁,爰兴怀于时序,造感不遥,而在情已切。

和王著作融八公山①

二别阻汉坻,双崤望河澳②。兹岭复嶙峋,分区奠淮服③。
东限琅琊台,西距孟诸陆④。阡眠起杂树,檀栾荫修竹⑤。
日隐涧疑空,云聚岫如复⑥。出没眺楼雉,远近送春目⑦。
戎州昔乱华,素景沦伊谷⑧。阽危赖宗衮,微管寄明牧⑨。
长蛇固能翦,奔鲸自此曝⑩。道峻芳尘流,业遥年运倏⑪。
平生仰令图,吁嗟命不淑⑫。浩荡别亲知,联翩戒征轴⑬。

再远馆娃宫,两去河阳谷⑭。风烟四时犯,霜露朝夜沐⑮。春秀良已凋,秋场庶能筑⑯。

【题解】

陈庆元《谢朓诗歌系年》认为史籍中未见有王融曾任著作一职,故题名应为《和王著作八公山》,而陈冠球认为王融可能在迁秘书丞前曾担任过著作郎一职,且王融历来究心边事,在永明末年曾上疏言北伐事,极有可能作此八公山诗。其时谢朓与王融为竟陵文友,关系甚笃,且八公山事为谢朓先人事迹,谢朓和作王融诗极有可能,故陈冠球认为本诗应为永明九年(491)谢朓赴荆州前作。但观谢朓本诗诗意,颇有不类。谢朓诗中有"平生仰令图,吁嗟命不淑。浩荡别亲知,联翩戒征轴。再远馆娃宫,两去河阳谷"之句,此处之"两去"当指谢朓于永明九年赴荆州及建武二年(495)赴宣城两次离开京城,"再远"则指本次前往宣城任太守。且诗中有"风烟四时犯,霜雨朝夜沐"一句,正与建武二年,北魏拓跋宏南犯至八公山一事相符,再结合诗之末二句,故本诗当作于建武二年夏,此时王融已故去三年,故诗题为"和王著作融"当误。

本诗与前《和伏武昌登孙权故城》均为谢诗中少有的咏古长篇,写法也极为相似。前十二句写八公山之地理、景物,极言其山势之险要。随后八句追忆自己先祖谢安、谢玄在淝水之战中的丰功伟绩。最后十句则写自己有志效法先祖,建功立业,却可惜一直毫无建树,唯祝愿王著作能早建功业。全诗典实厚重,与谢朓一贯清丽淡远之诗风迥异,更近于谢家的另一位前辈谢灵运的诗风。

【校注】

①《文选》《三谢诗》题作"和王著作八公山"。

②二别:指大别山与小别山。《左传·定公四年》:"吴子伐楚,子常乃济汉而阵,自小别至于大别。"汉坻(chí):汉水中的小洲。坻,水中小洲。双崤(xiáo):指东西崤山,在今河南省西部。《左传·僖公三十二年》:"晋人御师必于殽,殽有二陵焉。其南陵,夏后皋之墓也;其北陵,文王之所辟风雨也。"河澳(yù):黄河凹曲处。澳,水边弯曲的地方。

③巑岏(cuán wán):高峻的山峰。《楚辞·九叹·忧苦》:"登巑岏以长企

199

兮,望南郢而窥之。"分区:划分区域。潘岳《为贾谧作赠陆机》:"芒芒九有,区域以分。"奠:定。淮服:淮河流域。服,王畿千里之外之地。

④限:阻隔。琅琊台:台名,位于山东省诸城市琅琊山上,秦始皇在此筑层台,刻石记功。距:至,到。孟诸:古大泽名,位于宋国,在今河南商丘东北、虞城西北。

⑤阡眠:草木茂密貌。《楚辞·九怀·通路》:"远望兮阡眠。"檀栾:秀美貌。诗文中多用以代指竹。枚乘《梁王菟园赋》:"修竹檀栾,夹池水,旋菟园,并驰道。"

⑥"日隐"句:《艺文类聚》作"日隐澜疑空"。《文选》《三谢诗》作"日隐涧凝空"。此二句意为日光隐没,山涧若有若无,云气聚集,仿佛岩岫回环复叠。

⑦楼雉:指城墙。雉,古代计算城墙面积的单位,长三丈高一丈为一雉。送春目:春天送客之目光。《吕氏春秋·士容论》:"客出,田骈送之以目。"

⑧戎州:指苻坚之前秦。乱华:指西晋末年"五胡乱华"事。素景:指晋。干宝《搜神记》:"金者,晋之行也。"按中国五行理论,晋为金德,金属秋,秋为白帝,素景即为白帝星光。伊谷:伊水与谷水,在今河南省境内,当时俱为前秦所属。

⑨阽(diàn)危:临近危险。《汉书·食货志上》:"安有为天下阽危者若是而上不惊者。"宗衮:对同族居高位者之称。此处指谢安。洪迈《容斋随笔》:"安石于玄晖为远祖,以其为相,故曰宗衮。衮,天子及上公的礼服。微管:若非管仲。《论语·宪问》:"微管仲,吾其披发左衽也。"明牧:贤明的地方长官。此处指谢玄。

⑩长蛇:喻指贪残凶暴者。此处指苻融。《文选》李善注引《群谢录》:"玄领徐州,苻坚倾国大出,玄为前锋,射伤苻坚,阵杀苻融。"翦:斩断,除去。奔鲸:喻指不义凶暴之人。此处指苻坚。

⑪道:品行。峻:崇高。芳尘:指美好的风气、声誉。陆机《大暮赋》:"播芳尘之馥馥。"业遥:指谢家先祖的功业已经遥远。年运:不停运行的岁月。《庄子》:"老聃曰:'予年运而往矣,将何以戒我乎。'"倏(shū):迅疾。

⑫平生:谢朓自谓也。仰:仰慕。令图:善谋、远大的谋略。《左传·昭公元年》:"臣闻君子能知其过,必有令图。令图,天所赞也。"此处指谢氏先祖的谋划。吁嗟:(yù jiē):表示哀叹、叹息。命:命运。淑:美好。此二句诗人哀叹

自己不能如先人般建功立业。

⑬浩荡:心无所主貌。《楚辞·离骚》:"怨灵修之浩荡兮,终不察夫民心。"联翩:见朱孝廉《白雪曲》注④。戒:筹备登程。征轴:指远行的车。

⑭再远:再次远离。馆娃宫:《方言》:"吴有馆娃宫。"此处借指南齐宫苑。两去:指谢朓于永明九年和建武二年两次离开京城。河阳谷:河阳故城在今河南省孟州市西。石崇《思归引序》:"肥遁于河阳别业。"此处代指谢朓外任之地。

⑮风烟:犹风尘,尘世。曹植《亟出行》:"蒙雾犯风烟。""霜霜"句:《文选》、《三谢诗》,万历本、郭本作"霜雨朝夜沐"。"霜露"句取"栉风沐雨"之意。《淮南子·要略训》:"禹沐淫雨,栉扶风。"

⑯春秀:春天开的花。凋:凋谢。秋场:秋收的打谷场。《诗经·豳风·七月》:"九月筑场圃。"此二句言自己年华已逝,将告归以事农圃。

【汇评】

方回《文选颜鲍谢诗评》卷四:此诗平平铺叙,琅琊、孟诸东限西距,泛而不切,又误向背。"平生仰令图"以下,自述两别家乡之意,以辛苦为叹,殊无足观。"檀栾荫修竹"一联处处可用,何独八公山?

陆时雍《古诗镜》卷十六:远近送春,目此神到语。

陈祚明《采菽堂古诗选》卷二十一:惟"日隐"二句生致,余言情颇尽,大结构也。

何焯《义门读书记》:向疑何以不用苻坚八公山草木皆疑晋兵事,岂王诗已及之耶?王诗今不传,细玩诗中,已用"宗袞",此事何必琐屑?又《晋书》中以为祷于蒋侯而然,固宜在所弃也。

又:玄晖诗短章绝佳,而长篇殊少警采,此钟嵘所以有意锐才弱之叹。

沈德潜《古诗源》卷十二:小谢诗俱极流利,而此篇及《和伏武昌》作,典重质实,俱宗仰康乐。

方东树《昭昧詹言》卷七:起二句陪起。前十二句,言其地与景。"戎州"六句,述本事。"道峻"二句,顿挫。"贴危赖宗袞",谢玄也。"平生"以下,入己情结,言己欲,收暮景。以此较韩杜长篇,何啻逊之。固知此等不必用齐梁矣。

又:此诗但尽题意,不出齐梁靡弱,平铺无奇,姚姜坞先生云:"元长为著作,必是齐初,此朓少作也。"

张玉穀《古诗赏析》卷十八:前六,以"二别""双崤"陪起,先叙山川之形。"阡眠"六句,就山写景,"眺楼""送目"即起下意。"戎州"八句,就山吊古,不述八公旧事,止怀二谢近功,避复原唱,即其亲者言也。"道峻"一联,又起下意,后十,承上转入己身,自叹生命不淑,南北奔驰,无时休息,而以精神已衰,逝将归老作收,笔致固佳,然题是和人咏山,竟无一语兜转,亦是疏处。

后斋回望

高轩瞰四野,临牖眺襟带①。望山白云里,望水平原外。
夏木转成帷,秋荷渐如盖②。巩洛常睠然,摇心似悬旆③。

【题解】

观本诗诗意,当为建武二年(495)夏秋之交时所作,为谢朓在宣城郡内后斋登高望远思乡之作。首联即点诗题,写作者登高轩而俯瞰四野。次联写山高水长,承上联中"襟带"二字。第三联写眼前近景,时令已是自夏入秋,转眼已是树木成帷,秋荷如盖。最后二句作者抒怀,表达了宣城虽好,但终非吾土的思乡之意。作者观察细致,描写贴切,全诗写景高旷平远,笔调清美秀丽。

【校注】

①高轩:见《奉和随王殿下》之三注②。瞰:远望。牖(yǒu):窗户。《说文》:"牖,穿壁以木为交窗也。"段注:"交窗者,以木横直为之,即今之窗也。在墙曰牖,在屋曰窗。"襟带:此处指后斋附近地势,意为山川屏障环绕,如襟如带。张衡《东京赋》:"苟民志之不谅,何云岩险与襟带。"

②帷:围在四周的帐幕。盖:指篷、伞等覆盖物。

③巩洛:京畿之地。此处指建康。睠然:顾念貌;依恋貌。摇心:谓心神不定。《诗经·王风·黍离》:"中心摇摇。"悬旆(pèi):同"悬旌"。比喻心神不安。《战国策·楚策一》:"寡人卧不安席,食不甘味,心摇摇如悬旌,而无所终薄。"旆,古代旌旗末端形如燕尾的垂旒飘带。

【汇评】

陈祚明《采菽堂古诗选》卷二十一：后四语有秀致。

游敬亭山①

兹山亘百里,合沓与云齐②。隐沦既已托,灵异居然栖③。
上干蔽白日,下属带回溪④。交藤荒且蔓,樛枝耸复低⑤。
独鹤方朝唳,饥鼯此夜啼⑥。泄云已漫漫,夕雨亦凄凄⑦。
我行虽纡组,兼得寻幽蹊⑧。缘源殊未极,归径窅如迷⑨。
要欲追奇趣,即此陵丹梯⑩。皇恩竟已矣,兹理庶无睽⑪。

【题解】

《文选》李善题注云："《宣城郡图经》：'敬亭山,宣城县北十里。'"《嘉靖宁国府志·表镇记》："府之镇山曰敬亭。"又"城北十里曰敬亭,高数百丈,周广倍之。谢玄晖诗'兹山亘百里,合沓与云齐'。"后人称"谢家青山"即指此。本诗写探幽之闲情又无思乡之伤感,且诗中有"我行虽纡组,兼得寻幽蹊"及"皇恩竟已矣,兹理庶无睽"之句,应为谢朓初到宣城时之心情,诗中又有"交藤荒且蔓,樛枝耸复低"之句,所写应为秋景,故本诗当作于建武二年(495)之秋。

本诗起四句以虚实结合的笔端总览敬亭山的雄伟姿势,笔触多变,摇曳生姿。接下来五句至十二句,仰承前四句,具体描绘敬亭山的山光水色。这里,纷纭迭现出一些山间特有的物象:藤蔓、樛枝、独鹤、饥鼯、泄云、秋雨,由此烘托出敬亭山超然物外的境界。同时,隐约写出诗人"游"山的时间和方式,笔调依旧是虚实相间,婉转多变。最后八句,抒发作者的由衷感慨,"朝隐"山水,超然物外,是谢朓梦寐以求的崇高境界,这次出守宣城正是让谢朓体验到"朝隐"的自在悠闲,于是他继续向山深之处探幽,偶尔回头瞻望,已是归路渺远、恍惚迷离了。全诗章法分明,结构井然,用语精警,极类谢灵运之诗风,已开唐律先河。而结句"皇恩竟已矣,兹理庶无睽"亦反映了他复杂之情感,颇有屈子行吟之意。结合谢朓此时系列作品,可见其被出宣城不可能心中无怨,但又不能忿忿不平,其心中委屈之意,颇为纠结,故谢朓此诗,亦极得屈原《涉江》之幽深阴晦。

【校注】

①《三谢诗》《文选》题作"敬亭山诗"。

②兹:此。亘(gèn):绵延。合沓:重叠;攒聚。贾谊《旱云赋》:"遂积聚而合沓兮,相纷薄而慷慨。"

③隐沦:神人等级之一。泛指神仙。桓谭《新论》:"天下神人五:一曰神仙,二曰隐沦,三曰使鬼物,四曰先知,五曰铸凝。"托:寄寓。灵异:神奇灵异之物。居然:安然。栖:栖止,居住。

④干:触。司马相如《子虚赋》:"其山则盘纡茀郁,隆崇嵂崒,岑崟参差,日月蔽亏,交错纠纷,上干青云。"属:连接。《文选·司马相如〈子虚赋〉》:"罢池陂陀,下属江河。"带:环绕,萦绕。回溪:回曲的溪流。枚乘《七发》:"向虚壑兮背槁槐,依绝区兮临回溪。"

⑤交藤:交错的蔓藤。樛(jiū)枝:向下弯曲的树枝。

⑥独鹤:孤独之鹤。唳:鹤鸣之声。《八王故事》:"陆机歌曰:'欲闻华亭鹤唳,不可得也。'"饥鼯(wú):饥饿的鼯鼠。鼯,鼯鼠,俗称飞鼠,别名夷由。《尔雅·释鸟》:"鼯鼠,夷由。"

⑦"泄云"句:六臣本《文选》作"渫云已漫漫"。泄云:飘散的云。左思《魏都赋》:"穷岫泄云,日月恒翳。"漫漫:遍布。"夕雨"句:六臣本《文选》、《艺文类聚》、万历本作"多雨亦凄凄"。夕雨:黄昏之雨。凄凄:阴冷。

⑧纡组:系佩官印。谓身居官位。张衡《东京赋》:"纡皇组,要干将。"纡,系结,佩带。组,组绶,官印的纽带。幽蹊:犹幽径。

⑨缘源:循着源头。殊:还,犹。未及:未尽。窅(yǎo):深远。《篇海类编》:"窅,深远貌。"

⑩追:追求。奇趣:神奇的趣味。即此:即于此处。陵:升,登。丹梯:指入云霄的山峰,道家多指寻仙访道之路。

⑪皇恩:皇帝给予的恩惠。已矣:完了,逝去。兹理:指隐逸求仙之理。庶:或许。睽(kuí):不顺,分离。

【汇评】

胡应麟《诗薮》外编二：《游敬亭山》《和伏武昌》《刘中丞》之类，虽篇中绮绘间作，而体裁鸿硕，词气冲淡，往往灵运、延之逐鹿。后人但亟赏工丽。此类不复检摭。要之非其全也。

于光华《文选集评》引孙鑛语曰：是康乐构法，而下语更清妙。又曰：人、仙、峰、溪、草、木、鸟、兽、云、雨，布置一一有次第，便是唐律所祖。

于光华《文选集评》引方伯海语：俱从山之高处写，逐步换形，末以幽栖应上"隐沦""灵异"作结。

陈祚明《采菽堂古诗选》卷二十：应是初至此山，故发端郑重。六句中千岩万壑，举在楮上。"泄云"二句，转入时景，以述今游。"缘源"二句，极写窅深，与起意相应。

何焯《义门读书记》："兹山"领起，直入有势。以"即此陵丹梯"叫转，警绝。前四句总写，一半写景，一半写情。唐人律诗作法，俱是此种。又曰：玄晖诗有凌霄摩空之态，宜太白之赏心也。

成书《多岁堂古诗存》：起语不平，以下便处处聱牙佶屈，结构俱在胸中，固不可率尔涉笔。

方东树《昭昧詹言》卷七：前十二句山，"我行"八句，游山之情，章法分明，大致亦同康乐、明远，但音节易之以和耳，精警似逊之。起二句叙，"上干"八句写景。"隐沦"二语，亦同康乐然。然此为泛声，说见鲍《登庐山》。"皇恩已矣"言己被出，不复望宠近眷顾。"兹理"即上"追奇"二句，分收完密。

治　宅

结宇夕阴街，荒幽横九曲①。迢递南川阳，迤逦西山足②。
辟馆临秋风，敞窗望寒旭③。风碎池中荷，霜翦江南菉④。
既无东都金，且税东皋粟⑤。

【题解】

陈庆元将本诗系于永泰元年(498)。但建武四年(497),谢朓告发其岳父王敬则谋反,王敬则于本年四月兵败被杀,谢朓之妻常怀刃欲报。此外永泰元年七月,明帝病死,谢朓又卷入废立之事,故他此时心态恐极为惶恐,与本诗中"辟馆临秋风,敞窗望寒旭"之闲适颇有不合,应无此治宅赋诗之心情。且诗中所描写之景,与京城风貌迥异,如"南川阳""西山足"更似宣城景色,而末句"既无东都金,且税东皋粟"更足证明此时谢朓应不在京城。据其诗意及描写之景,或为建武二年(495)秋,谢朓始至宣城不久,于山间为自己营造别业之事所作。

本诗前四句写自己新宅的位置,西山夕阴,南川九曲,阴阳向背宛然可见。随后四句写新宅之布局,及庭院景色,而"风碎"一联更点出其时为秋天。最后二句与在宣城所作之大多数诗篇一般,表明自己的归隐之心,也点出了治宅的目的。全诗结构严密,写景闲逸,"风碎"一联用语尤为尖新。

【校注】

①结宇:建造屋舍。《晋书·江逌传》:"剪茅结宇,耽玩载籍,有终焉之志。"夕阴街:长安街名。《三辅黄图》:"长安八街九陌有香室街、夕阴街、尚冠前街。"故陈庆元据此认为本诗作于永泰元年。此处或以谢朓治宅于西山之麓,夕阳多阴,故以此言宅边之街。荒幽:指环境荒凉幽寂。九曲:迂回曲折。王褒《九怀·危俊》:"径岱土兮魏阙,历九曲兮牵牛。"此处指所治之宅位于西山南川多曲之处。"九"非实指,泛言多也。

②迢递:见《入朝曲》注②。南川:指宣城东之水阳江。阳:山的南面或水的北面。《穀梁传·僖公二十八年》:"山南为阳,水北为阳。"迤逦(yǐ lǐ):曲折连绵。《集韵》:"迤逦,旁行连延也。"西山:即宣城附近之陵阳山。

③辟馆:修建客室。临秋风:指客室在住宅之西首,因秋多西风。敞窗:开辟窗户。寒旭:指秋日。

④菣(qìn):草名。即荬草,今之青蒿。《说文》:"菣,王曲也。"

⑤东都金:用疏广事。闻人倓注:"《汉书》:疏广为大傅,兄子受为太子家令,倾之拜少傅,太傅在前,少傅在后,朝廷以为荣。广曰:'知足不辱,知止不殆。'即日父子俱移病上书乞骸骨,上许之,加赐黄金二十斤,皇太子增以五十

斤,公卿大夫故人邑子设祖道,供帐都门外,送者车数百,两辞决而去。"税:赋税,交付租税。东皋:泛指田野或高地。《文选·潘岳〈秋兴赋〉》:"耕东皋之沃壤兮。"此处借指隐者耕作之田园。粟:此处为五谷代称。"且税"句用阮籍《奏记诣蒋公》"方将耕与东皋之阳,输黍稷之税,以避当涂者之路"之意,表明自己将在此宅中,弃官务农,以避当道。

【汇评】

陈祚明《采菽堂古诗选》卷二十一:"风碎"二句亦太尖。结颇雅逸。雅与逸颇难兼,雅在用词,逸在命旨。

方东树《昭昧詹言》:起二句叙题。"迢递"六句写东都收结。元晖多此调,此亦无胜。

新治北窗和何从事

国小暇日多,民淳纷务屏①。辟牖期清旷,开帘候风景②。
泱泱日照溪,团团云去岭③。岩峣兰橑峻,骈阗石路整④。
池北树如浮,竹外山犹影⑤。自来弥弦望,及君临箕颍⑥。
清文蔚且咏,微言超已领⑦。不见城壕侧,思君朝夕顷⑧。
回舟方在辰,何以慰延颈⑨。

【题解】

《南齐书·百官志》"州牧、刺史"条:"州朝置别驾、治中、议曹、文学祭酒、诸曹部从事史。"何从事,当为谢朓宣城太守署中幕僚,名不详。本诗当为建武二年(495)秋,谢朓到任宣城后于府居新开北窗,何从事上门拜访赋诗,谢朓乃和之。谢朓在宣城以吏隐自居,与何从事颇多唱和及联句,如《侍宴西堂落日望乡》《往敬亭路中》《祀敬亭山春雨》《纪功曹中园》《闲坐》《还涂临渚》等,可见二人性情相投,待之颇切。

本诗前十句写新治北窗所见之景色,下八句写何从事见许赠诗,主宾之间颇为相得,诗中写景敷陈铺写,思路渊密,层次井然,虽有康乐之遗风,但其中笔致意兴,已渐开唐人近体之风。

【校注】

①国小:指宣城郡治地小。古人称诸侯封邑及州郡治地为国。暇日:空闲的日子。民淳:民风淳朴。纷务:纷杂的官务。屏:摒除。

②辟牖:开窗。期:希望。清旷:清朗开阔。谢灵运《田南树园激流植楥诗》:"中园屏氛杂,清旷招远风。"风景:风光景色。《晋书·羊祜传》:"羊祜乐山水,每风景,必造岘山,置酒闲咏。"

③泱泱:云起貌。《文选·潘岳〈射雉赋〉》:"天泱泱以垂云。""团团"句:涵芬楼本作"团团云出岭"。团团:簇聚貌。江淹《杂事诗》:"苍苍山中桂,团团霜露色。"

④岧峣(yáo):高峻;高耸。曹植《九愁赋》:"践蹊径之危阻,登岧峣之高岑。"兰橑(lǎo):用木兰做的椽子。《楚辞·九歌·湘夫人》:"桂栋兮兰橑,辛夷楣兮药房。"骈阗(pián tián):犹"骈田"。聚集在一起。潘岳《西征赋》:"华夷士女,骈阗逼侧。"

⑤树如浮:山间云气蒸腾,故远树如浮。山犹影:日光斜射,竹林布影于山。影,隐约可见。

⑥弥弦望:谓时之久。《玉篇》:"弥,久,久经。"弦望,指农历每月初七、八,廿二、三和十五(有时是十六、七)。《鹖冠子·天则》:"弦望晦朔,终始相巡。"此句言自己来宣城已数月。临:莅临。箕颍:即箕山和颍水。相传尧时,贤者许由曾隐居箕山之下,颍水之阳。后因以"箕颍"指隐居者或隐居之地。

【汇评】

钟惺《古诗归》卷十三:思路清密,渊然洽然。又曰:往往以排语写出妙思,康乐亦有之,然康乐排得可厌,却不失为古诗,玄晖排得不可厌,业已漫淫近体。

王夫之《古诗评选》卷五:宣城固以逸句雄古今,而世所传者,皆其轻俊之作,遂令奕叶风流,几同薄俗,不知其有此渊密之篇,固本地风光也。又曰:汉魏作者,惟以神行,不藉句端著语助为经纬。陶谢以降,神未有至,颇事虚引为运动。故其行止合离,断不与文字为缘。如此作"及君"二字,用法活远,正复令浅人迷其所谓。唯然,歌咏除终犹觉去乐理未远。后人用此者,一反一侧,一呼一诺,一伏一起,了了与经生无异,而丝竹管弦蝉联暗换之妙,湮灭尽矣,反不如俚歌填词之犹存风雅也。悲夫!

陈祚明《采菽堂古诗选》卷二十一:闲适起句,情事清出。整字押韵稳。"竹外"句大尖。

方东树《昭昧詹言》:起四句,新治北窗。"泱泱"六句,写景如遇诸目前。"自来"四句,言何来赠诗。"不见"四句,似是何即别去。此八句一往清警似公干。又曰:此等非玄晖高制,然必细心读之,乃知高青邱之学有功力,不似他人但袭取其显者。

成书《多岁堂古诗存》:笔致闲旷,意兴飞腾,层次井井中自成起伏,是着意经营之作。

张玉毂《古诗赏析》卷十八:言何居停于此,偶然不见于城濠之侧,朝夕犹思。今归舟之解,近在明辰,何以慰我盼望也。又曰:此因何有题已新治北窗诗,和之而即送其行也。前四,就已新治北窗说起,因在官廨,故以国小民淳引入。"期清旷""候风景"领下写景。"泱泱"六句,皆言窗外所见清景。"池北"十字,达得如画。"自来"四句,转到何来吟诗,就诗赞美。后四,乃送行之情,以暂隔犹思跌出远别系念,笔曲而不见延颈,仍与开窗望远相关。

秋　夜

秋夜促织鸣,南邻捣衣急①。思君隔九重,夜夜空伫立②。
北窗轻幔垂,西户月光入③。何知白露下,坐视阶前湿④。
谁能长分居,秋尽冬复及。

【题解】

本诗中有"北窗轻幔垂"之句,陈庆元《谢朓诗歌系年》以为此北窗即为《新治北窗和何从事》中新治之北窗,故系之于建武二年(495)秋。此诗全是思妇口吻,写其秋夜怀人,伫立庭中,不堪久别之闺怨。但后人多以为谢朓乃以闺怨为借托,写自己思归之情,其心意较之《后宅回望》诗"巩洛常睠然,摇心片悬斾"更为婉曲。全诗清空哀怨,景中含情,情景浑然。"何知白露下,坐视阶前湿"一句壮怨妇思君之心,极为工巧,李白《玉阶怨·玉阶生白露》一首,诗意或本于此。

【校注】

①促织:蟋蟀的别称。捣衣:洗衣时,在石板上用杵捶击衣物,使其干净。晋乐府民歌《月节折杨柳歌十三首·八月歌》:"夜闻捣衣声,窈窕谁家妇。"

②九重:见《答王世子》注②,此处谓间隔重深。伫立:见《夏始和刘屠陵》注⑦。

③轻幔:薄的帐幕。幔,帐幕。

④白露:秋露。《礼记·月令》:"孟秋之月,……凉风至,白露降。"

【汇评】

陈祚明《采菽堂古诗选》卷二十一:一气宕逸。"西户月光入",质语不文,"入"字生动;"何知白露下",写露亦拙,然得神。四句写景,特为结二语,故有情。

张玉縠《古诗赏析》卷十八:此诗亦可作思家解,然作拟闺怨解为妥。前四点清秋夜,就秋声引入怀人伫立。中四,写伫立所见夜景。"何知"十字,赋物最工。后二,醒出不堪久别之情,为题中"秋"字透后作收。

方东树《昭昧詹言》卷七:起四句叙。"北窗"四句景,而五、六又于景中见情,甚妙。收句敷衍耳。

郡内高斋闲望答吕法曹①

结构何迢递,旷望极高深②。窗中列远岫,庭际俯乔林③。
日出众鸟散,山暝孤猿吟④。已有池上酌,复此风中琴⑤。
非君美无度,孰为劳寸心⑥。惠而能好我,问以瑶华音⑦。
若遗金门步,见就玉山岑⑧。

【题解】

吕法曹,即吕僧珍,字元瑜,东平范人也。《南史》《梁书》有传。宋钞本注:"吕僧珍为齐王法曹。"陈庆元《谢朓诗歌系年》认为谢朓为齐臣,不可能称呼萧衍为齐王,故此处"齐王"当为"梁王"之误。《南齐书·明帝纪》:"建武二年秋七月,以冠军梁王为司州刺史。"据《梁书·武帝纪》,萧衍此时未封梁王。"而称梁王者,是史臣追书。"(《诸史考异》)《梁书·吕僧珍传》:"建武二年,魏军南攻,五道并进。武帝师师援义阳,僧珍在军中……武帝甚嘉之。"故吕诗当为建武二年(495)秋遥寄,谢朓此时在宣城太守任上,颇为寂寞,故答诗有希望还朝之意,若不可能,自己就只能栖隐山林了。

本诗前八句写自己高斋闲坐,远望窗外山林秀色,饮酒听琴,实即以自己的闲散情状作答,而不留痕迹,下六句则明答来书,感谢朋友关心,并表示自己超然物外的情怀。全诗清新自然,飘逸俊朗,首二句发端高峻,声调铿锵。中四句得康乐之灵秀,又增以轻清,令人心旷神怡,已有盛唐山水诗之风味。

【校注】

①《诗式》题作"郡中高斋闲望答吕法曹"。李善注《文选》题作"郡内高斋闲坐答吕法曹"。

②结构:连结构架,以成屋舍。王延寿《鲁灵光殿赋》:"于是详察其栋宇,观其结构。"迢递:见《入朝曲》注②。旷:辽阔,高大。高深:指高山和江海。

③远岫:远处的山峰。庭际:庭中。乔林:树木高大的丛林。

④暝:日暮。

⑤池上酌:池边饮酒。石崇《思归引》:"宴华池,酌玉觞。"风中琴:风中抚琴。嵇康《赠秀才诗》:"习习和风,吹我素琴。"此二事俱为文人雅事,可见其时谢朓生活之闲逸。

⑥美无度:美意无限。《诗经·魏风·汾沮洳》:"彼其之子,美无度。"孔疏:"其美信无限度矣,非尺寸可量也。"劳寸心:《诗经·齐风·甫田》:"劳心忉忉。"寸心,指心。见《泛水曲》注⑤。

⑦"惠而"句:爱我而又善我。《诗经·邶风·北风》:"惠而好我,携手同行。"瑶华音:称美吕僧珍之赠诗。瑶华,美玉之光华。

⑧遗:失去。金门:即金马门。见《始出尚书省》注②。见就:相就。玉山:

神话中西王母所居之山。《穆天子传》:"癸巳,至群玉之山,容氏所守,先王之所谓册府。"岑:小而高的山。皇甫谧《释劝》:"排阊阖,步玉岑。"此二句言若自己不能受召回朝,就去楼隐求仙。

【汇评】

于光华《文选集评》引孙鑛语曰:尽精妙,然风格已渐入唐。

于光华《文选集评》引方伯海语曰:清新中逸气湍飞。

于光华《文选集评》引邵长蘅语曰:宣城得康乐之灵秀,而变以轻清,令人心旷神怡。

钟惺《古诗归》卷十三:语似陶,亦似王、孟。"日出众鸟散",陶诗中妙语。

陈祚明《采菽堂古诗选》卷二十:此诗嘹亮自然,调高节古,远追汉魏,无足多让。又:"窗中""庭际",山林在目,千古登高望远,不能易此二句。又:"鸟散""猿孤",兴离群之感,极佳。"独酌""独弹",企思深至。又:后六句,风人之遗调,语安雅而情缠绵。

何焯《义门读书记》:化艰为易,去重就轻,以其略浮词而取真色,所琢炼者在意象物情之间耳。

张玉縠《古诗赏析》卷十八:此因闲望思吕,遂答其诗,所谓两截题也。前二,高斋闲望,点题直起。"窗中"四句,皆写望中景,然"窗中"句顶上"旷"字,"庭际"句顶上"高深","日出""山暝"则该一日说,"众鸟散""孤猿吟"已含独望之感,为思友引端。"已有"四句,渡到思吕,却又从闲望时补出,非无酌琴韵事可以自乐,然后跌出非君孰思,曲折开展。后四,感吕亦复念已贻诗,即美其诗,以若亲来至作结。用"玉山岑"乃暗兜前半高斋之景也。

落日怅望

昧旦多纷喧,日晏未遑舍①。落日余清阴,高枕东窗下②。
寒槐渐如束,秋菊行当把③。借问此何时,凉风怀朔马④。
已伤慕归客,复思离居者⑤。情嗜幸非多,案牍偏为寡⑥。
既乏琅邪政,方憩洛阳社⑦。

【题解】

本诗作于建武二年(495)深秋,系作者公务繁忙了一天之后,在日落时分,眺望窗外秋景时思乡慕归,忧国思友之作。诗中有"借问此何时,凉风怀朔马"之句或为当时北魏入寇之事的反映,应在答吕法曹诗之后。全诗诗思清远,描写深秋景物颇有雅致。

【校注】

①昧旦:又叫昧爽,指天将亮的时间。《诗经·郑风·女曰鸡鸣》:"女曰鸡鸣,士曰昧旦。"纷喧:纷乱喧闹。日晏:天色已晚,日暮。《史记·酷吏列传》:"汤每朝奏事,语国家用,日晏,天子忘食。"遑舍:来不及休息。遑,来不及。舍,停止。《诗·小雅·何人斯》:"尔之安行,亦不遑舍。"

②清阴:谓天气阴凉。陶渊明《和郭主簿》:"蔼蔼堂前林,中夏贮清荫。"高枕:高枕而卧。东窗:陶渊明《停云》:"有酒有酒,闲饮东窗。"

③束:聚集成条状的东西。闻人倓《阮亭古诗笺》注此句:"槐干屈蟠,秋日叶落,故其枝如束。"张协《杂诗》:"密叶日夜疏,丛林森如束。"行:且,将。把:握,持。

④凉风:指北风。朔马:北方的战马。《古诗十九首》:"胡马依北风。"

⑤慕归客:思归之人,为谢朓自指。离居者:离开居处之人,指自己分散各地的亲朋。《尚书·盘庚下》:"今我民用荡析离居,罔有定极。"孔颖达疏:"播荡分析,离其居宅,无安定之极。"

⑥情嗜:情欲,欲望,欲念。《管子·入周》:"问所欲,求所嗜。"嗜,《说文》:"嗜,喜欲之也。"案牍:公事文书。此处指公务。

⑦琅邪政:此处指美政。《汉书·朱博传》:"朱博,字子元,杜陵人也。……迁琅邪太守……视事数年,大改其俗。……博治郡,常令属县各用其豪杰以为大吏,文武从宜。县有剧贼及它非常,博辄移书以诡责之。其尽力有效,必加厚赏;怀诈不称,诛罚辄行。以是豪强慑服。"琅邪,汉郡,治所在东武(今山东诸城市)。洛阳社:即白社,指退隐者所居之处。《晋书·隐逸传》:"董京,字威辇,不知何郡人也。……初与陇西计吏俱至洛阳,被发而行,逍遥吟咏,常宿白社中。"

【汇评】

陈祚明《采菽堂古诗选》卷二十一:由喧得寂,乐倍恒常。"寒槐"二句,雅有隽致。结句数见,而语各不同。

方东树《昭昧詹言》卷七:前八句叙题,"已伤"二句一顿,"情嗜"四句言情,章法同前而无妙。自《中书省》至此七篇,情事诗境略同。

秋夜讲解[①]

四缘去谁肇,七识习未央[②]。沉沉倒营魄,苦荫蹙愁肠[③]。
琴瑟徒烂漫,姱容空满堂[④]。春颜邈几日,秋垄终茫茫[⑤]。
孰云济沉溺,假愿托津梁[⑥]。惠唱摛泉涌,妙演发金相[⑦]。
空有定无执,宾实固两忘[⑧]。自来乘首夏,及此申暮霜[⑨]。
云物清晨景,衣巾引夕凉[⑩]。风振蕉荙裂,霜下梧楸伤[⑪]。
六龙且无借,三相宁久长[⑫]。何时接灵应,及子同舟航[⑬]。

【题解】

本诗为谢朓阐述佛理之作。谢朓本人思想更近于儒家,于佛学似未见有热衷之处,故其诗中与佛学相关之作并不多见。但齐梁之际,正是佛教在中国广泛传播的关键时期,其时之帝王贵族,多有好之者。《南齐书·武十七王·竟陵王萧子良传》:"又与文惠太子同好释氏,甚相友悌。子良敬信尤笃,数于邸园营斋戒,大集朝臣众僧,至于赋食行水,或躬亲其事,世颇以为失宰相体。劝人为善,未尝厌倦,以此终致盛名。"谢朓在竟陵西邸多年,多少有所濡染。

谢朓此诗中有"自来乘首夏,及此申暮霜"之句,正与谢朓出为宣城太守事吻合,结合其诗诗意,作于建武二年(495)秋或为合理。谢朓出守宣城,非心中所愿,故心中颇有苦闷,牧守一方之后,又多见民生疾苦与自然灾害,故心日渐消极,唯以佛理消解。全诗写人间疾苦,前四句写自己因为思绪难宁,故学习佛学,随后六句写人生祸福相依,富贵无常,故以佛学为解脱之津梁,接下来四句写讲解时之声容,言自己已悟"空相"之佛理,最后十句写时令入秋,万物凋伤,希望能以佛理感应,同上慈航。细味谢朓本诗诗意,其消极出世之想,似与道家更为接近,而不及于禅。

【校注】

①讲解:此处指佛家阐解佛理。

②四缘:四缘为佛教术语。为佛教阿毗达摩(论)中所整理出之因缘论。即赅括一切有为法之生起所凭借之四种缘。即因缘、等无间缘、所缘缘、增上缘,大小乘皆说之,唯说法互异。肇(zhào):开始,最初。七识:佛家术语,指第七识,又称"末那识",唯识宗将有情之识立为八种,末那识即为八识中之第七识。佛学解释为修行人放弃善恶的分别心。末那,为梵语之音译,意译为意,思量之义。未央:见《暂使下都夜发新林至京邑赠西府同僚》注②。

③"沉沉"句:《文集》本、《名家集》本作"渊渊倒营魄"。沉沉:茂盛貌。《淮南子·俶真训》:"不以曲故,是非相尤。茫茫沉沉,是谓大治。"营魄:即魂魄。苦荫:患苦日影之移,年光之逝。荫,日影。蹙(cù):聚拢,皱缩。《孟子·梁惠王》:"举疾首蹙頞而相告。"

④烂漫:放荡,淫佚。此处指音声放佚貌。刘向《列女传·夏桀末喜》:"桀既弃礼义,淫于妇人。……造烂漫之乐。"姱(kuā)容:美丽的容貌。《楚辞·招魂》:"姱容修态,絙洞房些。"空:徒然。满堂:列满堂前,此处以形容美色之多。《楚辞·九歌·少司命》:"满堂兮美人。"

⑤春颜:青春之美颜。遽(jù):急速,仓猝,匆忙。秋垄:秋天萧瑟的坟墓。垄,《集韵》:"垄,冢也。"茫茫:渺茫,模糊不清。扬雄《法言·重黎》:"神怪茫茫,若存若亡,圣人曼云。"

⑥济:本意是过河、渡过的意思,后引申为帮助之意。沉溺:比喻苦难、痛苦的处境。司马相如《难蜀父老》:"拯民于沉溺。"假:借用,利用。《广雅》:"假,借也。"津梁:架桥梁于津上以济渡。此处比喻佛理真谛。

⑦惠唱:指和顺之梵唱。摛(chī):《说文》:"摛,舒也。"泉涌:指禅唱之声如泉之涌,源源不绝。陆云《南征赋》:"雄声泉涌。"妙演:精妙的阐述。《晋书·郭象传》:"先是注《庄子》者数十家,莫能究其旨统。向秀于旧注外而为解义,妙演奇致,大畅玄风。"发:焕发。金相:美质。《诗经·大雅·棫朴》:"金玉之相。"

⑧空有:佛教语。空,指法性;有,指幻相。谓相反相成的真俗两谛。《佛地经论》卷四:"菩萨藏,千载已前,清净一味,无有乖诤;千载已后,乃兴空有二

种异论。"定无执:一定不要执着。"宾实"句:万历本、《古诗纪》、张本、郭本作"宾实固相忘"。宾实:谓名声与事功相称。《庄子·逍遥游》:"名者,实之宾也。"此二句谓不要执着于空、有,要将名实两忘。

⑨申:《广韵》:"申,重也。"此二句言自己于初夏来宣城,而目前已到深秋。

⑩云物:云的色彩。《周礼·春官·保章氏》:"以五云之物,辨吉凶、水旱降丰荒之侵象。"郑玄注:"物,色也。视日旁云气之色……郑司农云:以二至二分观云色,青为虫,白为丧,赤为兵荒,黑为水,黄为丰。"清:此处为动词。

⑪蕉:芭蕉。莁(dá):指车前草。"霜下"句:张本作"露下梧楸伤"。楸(qiū):树名,落叶乔木,干高叶大,可造船,亦可做器具。次二句写秋日之肃杀景象。

⑫六龙:指太阳。神话传说日神乘车,驾以六龙,羲和为御者。刘向《九叹·远游》:"贯颢蒙以东揭兮,维六龙于扶桑。"三相:佛教术语。《妙莲法华经·药草喻品》:"如来说法,一相一味,所谓解脱相、离相、灭相,究竟至于一切种智。"

⑬灵应:神灵感应。《后汉书·光武帝纪下》:"地祇灵应而朱草萌生。"同舟航:佛家语,意为同假舟筏以济彼岸。舟航:犹津梁。南朝梁沈约《答释法云书》:"实不刊之妙旨,万代之舟航。"

宣城郡内登望①

借问下车日,匪直望舒圆②。寒城一以眺,平楚正苍然③。
山积陵阳阻,溪流春谷泉④。威纡距遥甸,巉岩带远天⑤。
切切阴风暮,桑柘起寒烟⑥。怅望心已极,惝恍魂屡迁⑦。
结发倦为旅,平生早事边⑧。谁规鼎食盛,宁要狐白鲜⑨。
方弃汝南诺,言税辽东田⑩。

【题解】

观本诗首句"借问下车日,匪直望舒圆",本诗当为谢朓建武二年(495)到宣城后不久所作,诗中又有"寒城""阴风""寒烟"等句,可见其时已是冬季,故本诗当作于建武二年冬。本诗描写了谢朓在宣城郡内登高望远所见平野苍茫之景,抒发了郁结已久之倦旅思归之情。前八句写登城远眺;次四句写日暮天寒,心神不定;最后六句表现出诗人厌倦仕途,想要弃官遁世的消极思想。全诗意境清远,言语高亮,立意工妙。其中"寒城"一句写景尤为新警、生动,已近唐人格调。

【校注】

①《文选》题作"郡内登望"。《三谢诗》题作"郡内登望诗"。

②下车:指官吏到任。《礼记·乐记》:"武王克殷,反商,未及下车,而封黄帝之后蓟。"后称初即位或到任为"下车"。匪:非。直:值,逢。望舒:神话传说中为月驾车之神,借指月亮。《楚辞·离骚》:"前望舒使先驱兮,后飞廉使奔属。"王逸注:"望舒,月御也。"此二句用张协《杂诗》之八"下车如昨日,望舒四五圆"诗意,言自己出守宣城,时日已久。

③平楚:即平林,谓从高处远望,丛林树梢齐平。杨慎《升庵诗话·平林》:"楚,丛木也;登高望远,见木杪如平地,故云平楚。"苍然:苍茫的样子。

④积:重叠。陵阳:山名,在宣城市内有三峰,其脉环绕县治,相传为陵阳子明得仙之地。阻:此处当名词作险要解。春谷泉:《汉书》:"丹阳郡有春谷县。"《水经注》:"江连春谷县北,又合春谷水。"汉丹阳郡治宛陵,即今宣城。

⑤逶迤:绵延曲折貌。《文选》李善注:"逶迤,威夷纡余,流长之貌也。"距:到。《尚书·益稷》:"予决九川,距四海。"巉(chán)岩:意指高而险的山岩,形容险峻陡峭,山石高耸的样子。带:连着,附着。此二句言陵阳山绵延高耸。

⑥切切:象声词,形容声音凄切。阴风:朔风,阴冷之风。颜延之《北使洛》:"阴风振凉野,飞雪瞀穹天。"桑柘(zhè):指桑木与柘木。《礼记·月令》:"(季春之月)命野虞无伐桑柘,鸣鸠拂其羽,戴胜降于桑。"寒烟:寒冷的烟雾。桑柘多植于宅边,故此处所起寒烟或为炊烟、暮烟。

⑦怅望:怅然看望或想望。蔡邕《初平诗》:"暮宿河南怅望,天阴雨雪滂滂。"极:困窘、疲困。惝恍(chǎng huǎng):失意的样子。《楚辞·远游》:"步徙倚而遥思兮,怊惝恍而乖怀。"

⑧结发:束发。《史记·平津侯主父列传》:"臣结发游学,四十余年。"事

边:在边疆任职,谢朓任职于荆州,其时荆州为南齐和北魏之边界。

⑨规:规求,贪求。《左传·昭公二十六年》:"侵欲无厌,求求无度。"鼎食:列鼎而食,形容富贵人家豪华奢侈的生活。《汉书·主父偃传》:"丈夫生不五鼎食,死则五鼎烹耳。"张晏注:"五鼎食,牛、羊、豕、鱼、麋也。诸侯五,卿大夫三。"宁要:即不要。狐白:指狐白裘,以狐腋白毛部分制成的皮衣。《晏子春秋》:"景公被狐白之裘,坐于堂侧。"鲜:新,美。此二句言自己不追求富贵之生活。

⑩汝南诺:后汉宗资为汝南郡守,政事委功曹范滂,自己但画诺而已。后因以"汝南诺"借指郡守不理政事。《续汉书》:"汝南太守南阳宗资任用范滂,时人谣曰:'汝南太守范孟博,南阳宗资主画诺。'"言:语助词,无义。税:释放,解脱。辽东田:言管宁事。《魏志》曰:"管宁闻公孙度令行海外,遂至于辽东。"皇甫谧《高士传》曰:"人或牛暴宁田者,宁为牵牛著凉处,自饮食也。"此二句言自己将放弃官位,如管宁般远遁辽东。

【汇评】

朱熹《朱子语类·论文下》卷一百四十:苏子由爱选诗"亭皋木叶下,陇首秋云飞",此正是子由慢底句法。某却爱"寒城一以眺,平楚正苍然"十字正有力。

于光华《文选集评》引方伯海语曰:凡古人诗一个题目,必有所托之意。而一个题目,又有一个题目本位。所托之意,又是本位之余意。从无抛弃本位,径入余意者。大约上半多说景,下半多说情。情即从景生出。此篇及前篇(《观朝雨》)皆照题目写足本位,下方及归隐意。故诗之形貌,虽有万端,法律初无二致。引而伸之,是在善学者。

王夫之《古诗评选》卷五:渐有轩举之势,要其儒缓,自不失康乐门风。

陈祚明《采菽堂古诗选》卷二十一:"寒城"二句,渐近唐人。"积"字深,"流"字活。结意虽数见,然立言之体应尔。

张玉縠《古诗赏析》卷十八:此因登望而思归之诗。前四,以在郡日久,落到"登望"。"寒城"十字,领起有力。中八正写望中之景,一句山,一句水,"威纡"即顶水说,"巉岩"即顶山说。风暮烟寒,景中带苦,怅望惝恍,即景引情。后六自表平生倦远宦,甘淡泊,勒到弃官归田作收,援古自况,便不单弱。

何焯《义门读书记》：出语高亮，得登高之佳致，不止以平叙为能事者。又曰：发端言匪直数月，而已经岁，故下云"心已极""魂屡迁"也。

沈德潜《古诗源》卷十二："寒城"一联格高，朱子亦赏之。

成书《多岁堂古诗存》：此诗又以清娇胜，相题立格，无不工妙，允推作手。

方东树《昭昧詹言》卷七：何云："起句逼出登望。"又曰："晦翁赏'寒城'十字，以为有力。""山积"六句，承上"眺"字，皆写眺中之景，"怅望"句束上，"惝恍"句起下，此二句为一篇顿挫，隔断前后，以为章法。"结发"六句述怀。"匪直望舒圆"，截四五字，则意未足。（张协诗："下车如昨日，望舒四五圆。"）

冬日晚郡事隙

案牍时闲暇，偶坐观卉木①。飒飒满池荷，翛翛荫窗竹②。
檐隙自周流，房栊闲且肃③。苍翠望寒山，峥嵘瞰平陆④。
已惕慕归心，复伤千里目⑤。风霜旦夕甚，蕙草无芬馥⑥。
云谁美笙簧，孰是厌藜藋⑦。愿言追逸驾，临潭饵秋菊⑧。

【题解】

本诗写作者公务闲暇之余，眺望窗外景物，顿生归隐之心，其内容悠闲萧散，而无思乡之惆怅，故当为初至宣城时所作，诗题为"冬日"，故本诗当作于建武二年（495）冬。

在诗中，诗人忙于案牍冗务直到傍晚方得偷闲，他透过窗户观赏四周景色，只见满目萧瑟：枯荷在池中发出飒飒之声，修竹也已凋敝。沿着檐廊走一遭，房栊空漠静寂。举目远眺，寒山被一片苍翠所笼罩，四周原野尽在望中。总之，是一片萧瑟、静谧的寒冬景象。一年将尽，岁暮又值黄昏，最能引起人的乡愁。"已惕慕归心，复伤千里目。"归思已使人惊心，远望更添愁绪。初来时芳草萋萋，转眼已是冬日风霜。光阴荏苒而归思无着，令人无限感伤。思乡的感触让诗人在结尾说出弃官归隐的心愿："云谁美笙簧，孰是厌藜藋。"诗人化用《诗经》成句，表达了不羡富贵，不厌清贫的人格期许，最后又化用典故，把自己的出仕比作乘着奔逸失路的车驾,希望赶快停驾去追随传说中隐居在菊坛边的人。全诗从宣城的冬景写来,转为抒发游子的乡愁,最后归结到幽栖远祸的深层情结。总之,既眷恋荣仕又想远离尘嚣的矛盾在谢朓的山水诗里,或隐曲或强烈贯穿始终,形成独特的抒情模式。后黄庭坚括取此诗诗意为《快阁》七律,可见此诗对后世之影响。

【校注】

①案牍:见《落日怅望》注⑥。偶坐:相对而坐;同坐。《文选·颜延之〈夏夜呈从兄散骑车长沙〉》:"独静阙偶坐,临堂对星分。"卉木:花木。

②飒飒:形容风吹动树木枝叶等发出的声音。《楚辞·九歌·山鬼》:"风飒飒兮木萧萧,思公子兮徒离忧。"翛翛(xiāo xiāo):羽毛残破貌。《诗经·豳风·鸱鸮》:"予羽谯谯,予尾翛翛。"此处言竹叶如鸟羽旁敝。

③檐隙:檐下。周流:周游。司马相如《上林赋》:"步檐周流,长途中宿。"房栊:窗户。《汉书·班婕妤〈自悼赋〉》:"广室阴兮帷幄暗,房栊虚兮风泠泠。"闲肃:悠闲,清静。

④峥嵘:深远貌,深邃貌。《楚辞·远游》:"下峥嵘而无地兮,上寥廓而无天。"瞰:从高的地方向下看,俯视。《后汉书·光武帝纪上》:"瞰临城中。"李贤注:"俯视曰瞰。"平陆:平原,陆地。陶渊明《停云》:"平陆成江。"

⑤惕:戒惧,惊慌不宁。《易经·乾卦》:"夕惕若厉。"慕归:思归。

⑥"风霜"句:涵芬楼本作"风霜旦夕蕰"。蕙草:香草名,以其在零陵多产,故又有零陵香之称。芬馥:香气浓郁。左思《吴都赋》:"光色炫晃,芬馥胶盭。"

⑦云谁:即云何,如何之意。笙簧:指笙的乐音,此处代指豪奢的生活。应劭《风俗通义》:"谨按《世本》:'女娲作簧。'簧,笙中簧也。《诗》云:'吹笙鼓簧,承筐是将。'"孰:谁。疷(kē)轴:饥病。《诗经·卫风·考槃》:"考盘在阿,硕人之疷。"又:"考盘在阿,硕人之轴。"郑笺:"疷,饥意。""轴,病因。"此二句言自己不羡慕豪奢的生活,也不在意隐居之贫困。

⑧逸驾:奔驰的车驾。"临潭"句:涵芬楼本作"临泽饵秋菊"。饵:吞食。《汉书·贾谊传》:"适足以饵大国耳。"秋菊:《楚辞·离骚》:"夕餐秋菊之落英。"

【汇评】

陈祚明《采菽堂古诗选》卷二十一:俱是平调,情景并切。"飒飒"二句,"苍翠"二句,微有致。结意数见,必索新语,故不觉重复。

何焯《义门读书记》:山谷《快阁》一首,括取此意移之七言,而大变其貌,可悟为诗之理。

方东树《昭昧詹言》卷七:起句点题。次句"观"字,串下"飒飒"六句之景。"已惕"二句顿束,承上起下。"风霜"以下述怀,章法同前山谷《快阁》一首,括取此意,移之七言,可悟为诗之理。

游　山

托养因支离,乘闲遂疲蹇①。语默良未寻,得丧云谁辨②。
幸莅山水都,复值清冬缅③。凌崖必千仞,寻溪将万转④。
坚崿既崚嶒,回流复宛澶⑤。杳杳云窦深,渊渊石溜浅⑥。
傍眺郁篻䇹,还望森楠楩⑦。荒隩被葳莎,崩壁带苔藓⑧。
鼯狖叫层嵁,鸥凫戏沙衍⑨。触赏聊自观,即趣咸已展⑩。
经目惜所遇,前路欣方践⑪。无言蕙草歇,留杯芳可搴⑫。
尚子时未归,邴生思自免⑬。求志昔所钦,胜迹今能选⑭。
寄言赏心客,得性良为善⑮。

【题解】

本诗作于建武二年(495)冬,谢朓此时在宣城太守任上,颇好山水,多有吟咏。本诗所写不为具体之一山一水,而是泛写自己心中的感受,作法上与《游敬亭山》多有类似,但心态上却无《游敬亭山》之凄苦,描写上也更细致工整,可见其时心情已渐平复,而日趋闲适。

【校注】

①托养:保养身体。支离:指形体不全,异于常态。《庄子·人间世》:"夫支离其形者,犹足以养其身,终其天年,又况支离其德者乎?"乘闲:趁着空闲。遂:安于。疲蹇(jiǎn):疲病。《释名》:"蹇,跛蹇也,病不能执事役也。"

②语默:谓说话或沉默。《易经·系辞上》:"君子之道,或出或处,或默或语。"得丧:犹得失。指名利的得到与失去。《庄子·田子方》:"而况得丧祸福之所介乎!"云:语气助词,无意义。辨:明了,了解。

③莅(lì):来到。山水都:山水聚集之地,指宣城。清冬缅:凄清的冬天已尽。缅,尽貌。潘岳《西征赋》:"冀阙缅其堙尽。"

④凌崖:登山。千仞:形容极高或极深。仞,古以八尺为仞。"寻溪"句:郭本、张本作"寻壑半将万转"。

⑤坚崿(è):坚硬的山崖。崿,山崖。崚嶒(líng céng):高耸突兀。宛澶:即"宛潭"。《文选·司马相如〈上林赋〉》:"宛潭胶盭,逾波趋浥。"李善注引司马彪曰:"宛潭,展转也。"

⑥杳杳:昏暗貌。《楚辞·九章·怀沙》:"昫兮杳杳,孔静幽默。"云窦:云气出没的山洞。鲍照《登庐山》诗之一:"松磴上迷密,云窦下纵横。"渊渊:深广,深邃。《庄子·知北游》:"渊渊乎其若海,巍巍乎其终则复始也。"石溜:岩石间之水。浅(jiān):即"浅浅",水流疾貌。《楚辞·九歌·湘君》:"石濑兮浅浅,飞龙兮翩翩。"

⑦傍眺:向旁边看。郁:盛貌。篻簩(piǎo láo):《文选·左思〈吴都赋〉》:"篻簩有丛。"刘逵注引《南州异物志》:"篻竹大如戟槿,实中劲强,交阯人锐之为矛,甚利。簩竹,有毒,夷人以为觚,刺兽,中之则必死。""还望"句:涵芬楼本作"还望深柟楩"。楠楩(nán pián):楠木与黄楩木,皆大木。

⑧荒隩(yù):荒芜的水曲。隩,《说文》:"隩,水隈厓也。"葴莎(zhēn suō):俱为草名,即马蓝与蒿草。《文选·张衡〈西京赋〉》:"草则葴莎菅蒯。"崩壁:断裂的岩壁。带:覆盖。

⑨鼯狖(wú yòu):鼯鼠与黑色长尾猴。鼯,见《游敬亭山》注⑥。狖,长尾猿。层嵌(kān):高耸之山岩。鸥凫:俱为水鸟名。鸥,江鸥。凫,野鸭。沙衍:沙滩边流水浅处,亦指沙滩。

⑩触赏:触目赏心。自观:自己玩赏。即趣:指就己意趣所得。展:适意。

⑪经目:过目。惜所遇:珍惜所遇见的。"前路"句:涵芬楼本缺"欣"字。方践:正在走去。此二句言诗人对已经欣赏过的景物都很喜欢,而对即将去的地方也欣然前往。

⑫蕙草:香草名。见《冬日晚郡事隙》注⑥。垣(yuán):墙。搴(qiān):拔

222

取,取。《楚辞·九歌·湘君》:"搴芙蓉兮木末。"此二句言即便蕙草已在不声不响中凋零,但仍有留剩在墙间的香草可以折取。

⑬"邴生"句:涵芬楼本缺"邴"字。尚子:指东汉尚长。后用为不以家事自累的典实。见《后汉书·逸民列传·向长》。邴(bǐng)生:指汉哀帝时邴曼容。邴汉侄,时有名望。《汉书·两龚传》:"(邴)汉兄子曼容,亦养志自修,为官不肯过六百石,辄自免去。"此二句言自己欲学尚子、邴生自免官职而去归隐。

⑭"求志"句:《古诗纪》、万历本、郭本作"永志昔所钦"。求志:指求能自守平生之志。《论语·季氏》:"隐居以求其志。"钦:敬佩;恭敬。胜迹:有名的古迹、遗迹。此二句言过去钦羡隐居之志,如今能够游览此等幽胜之地,遂了心愿。

⑮赏心客:指心有所爱赏之人。得性:谓合其情性。谢灵运《道路忆山中》诗:"得性非外求,自已为谁纂。"此二句寄言心有爱赏之人,若能守志任真,的遂本性,便为大善。

【汇评】

陆时雍《古诗镜》卷十七:语多实写,景物如历。"崩壁带苔藓",点染绝工。"鸥凫戏沙衍",语亦自在。

陈祚明《采菽堂古诗选》卷二十一:此首荡漾苍蔚,有赋家之心。应以移疾得郡,故起句云然。三句言未能解组,四句言投外而得胜游,如塞翁得失,理非一也。"凌厓"以下,顿垒十二句,其中离奇萧森,一山一水,句句相承,法甚密。"触赏"四句,甚得游历之趣,即目既已饶趣,前途尚复可寻,写景又以虚摹,令人自远。结归怀隐,正应起意,命句并雅,无衰飒之患。

成书《多岁堂古诗存》:不矜才,不使气,按部就班,负声振采,自成一篇工整文字。

高斋视事

余雪映青山,寒雾开白日①。暧暧江村见,离离海树出②。披衣就清盥,凭轩方秉笔③。列俎归单味,连驾止容膝④。

空为大国忧,纷诡谅非一⑤。安得扫蓬径,销吾愁与疾⑥。

【题解】

高斋,光绪《宣城县志·古迹》载:"高斋,在府治内。谢朓守宣城建,以其踞陵阳之椒,故谓之高斋。"视事,即治理政事,处置案牍。从诗中描写景色来看,当为建武二年(495)冬,谢朓在宣城太守任上作,写其在郡内高斋治事时之所见所感。前四句写清晨远望户外余雪之景,其意境清旷平远。中四句写公事之烦琐与苦怨。最后四句写抒发自己厌倦官场,意欲归隐之心。全诗四句一段,层次井然,诗中所表现出的清远志趣历来也为人所激赏。

【校注】

①映:映衬。

②暧暧:昏昧貌。《楚辞·离骚》:"时暧暧其将罢兮,结幽兰而延伫。"离离:分列貌。

③清盥(guàn):洗濯。盥,《说文》:"盥澡手也。"秉笔:执笔。《国语·晋语九》:"臣以秉笔事君。"此处代指政事。

④列俎(zǔ):列于食器之菜肴。俎,古代祭祀时放祭品的器物。单味:一味菜肴。形容饮食俭约。连驾:并驾,车驾相连。陆机《叹逝赋》:"居充堂而衍宇,行连驾而比轩。"容膝:仅容两膝,形容空间狭小。《高士传·陈仲子》:"仲子入谓妻曰:'楚王欲以我为相,今日为相,明日结驷连骑,食方丈于前,意可乎?'妻曰:'夫子左琴右书,乐在其中矣。结驷连骑,所安不过容膝;食方丈于前,所甘不过一肉。今以容膝之安,一肉之味,而怀楚国之忧,乱世多害,恐生不保命也。'于是出谢使者,遂相与逃去,为人灌园。"此二句言自己需求不多,不蕲有余。

⑤大国:指宣城郡。宣城在南齐时为大郡。纷诡:纷乱,诡诈。诡:《玉篇》:"诡,欺也。"谅:《说文》:"谅,信也。"非一:不是一种,言多也。

⑥"安得"句:张本作"安得扫荒径"。蓬径:蓬草丛生之径,喻指隐居之处。赵歧《三辅决录》:"张仲蔚,平陵人也,与同郡魏景卿俱隐身不仕,……所居蓬蒿没人。""销吾"句:《古诗纪》,万历本、张本作"锁吾愁与疾"。销:古同"消",消散,消失。

【汇评】

钟惺《古诗归》卷十三：谁想视事诗如此清适，然真名士作官，有此不为异。

谭元春《古诗归》卷十三：与灵运俱妙于出景，但彼以确而能清，此似清而实确。清与确皆能惊人，好奇者往往失之。

王夫之《古诗评选》卷五：此尤全体康乐，名士自有风轨，不在轻车捷步也。

陈祚明《采菽堂古诗选》卷二十一：视事时旷然望远，殊有胜情。结句"锁"字稍欠稳妥，不若作"躅"。

张玉榖《古诗赏析》卷十七：此因视事可厌而思归之诗。前六，先写高斋所见雪后之景，落出就盥秉笔，点清"视事"，便有与之不称意在。后六，随以人欲易足一拓，转到案牍纷诡可厌，而以安得归家，锁愁与疾作结，笔有余劲。

沈德潜《古诗源》卷十二：起四句写雪后，入神。

方东树《昭昧詹言》卷七：不及《直中书省》华妙奇艳，而句势用意略同。

祀敬亭山庙

翦削兼太华，峥嵘跨玄圃①。贝阙视阿宫，薜帷阴网户②。参差时未来，徘徊望澧浦③。椒糈若馨香，无绝传终古④。

【题解】

敬亭山在宣城郡内，其庙当为邑庙，本诗即其后《赛敬亭山庙喜雨》及联句《祀敬亭山春雨》《往敬亭路中》等系列之作，应为谢朓于建武三年(496)春前往敬亭山庙求雨祭祀所作。本诗多用《楚辞·九歌》中语句，其内容与《雩祭歌》类似，均为求神降临，但府郡祀神，远逊于朝廷雩祭明堂，故篇幅也相对简短。

【校注】

①翦削：犹言刻削，形容山势峻峭。兼：《说文》："兼，并也。"太华：即西岳华山，在陕西省华阴市南，因其西有少华山，故称太华。《山海经·西山经》："又西六十里，曰太华之山，削成而四方，其高五千仞，其广十里，鸟兽莫居。"峥嵘：高峻貌，形容山的高峻突兀或建筑物的高大耸立。《文选·班固〈西都

赋〉》:"岩峻崷崒,金石峥嵘。"跨:超过时间或地区之间的界限。玄圃:即"县圃",传说中昆仑山顶的神仙居处,中有奇花异石。玄,通"县"。《楚辞·离骚》:"夕余至乎县圃。"王逸注:"县圃,神山,在昆仑之上。《淮南子》曰:'昆仑县圃,维绝,乃通天。'"

②贝阙:用紫贝装饰的宫殿。《楚辞·九歌·河伯》:"鱼鳞屋兮龙堂,紫贝阙兮朱宫。"王逸注:"言河伯所居,以紫贝作阙。"又:"紫贝,水虫名"。阿:水边。《穆天子传》:"天子饮于河水之阿。"薜(bì)帷:以薜荔为墙帷。《楚辞·九歌·湘夫人》:"罔薜荔兮为帷。"薜,薜荔,一种香草,缘木而生。阴:通"荫"。《集韵》:"荫,草木荫翳也。"网户:刻镂网状空格的门户。《楚辞·招魂》:"网户朱缀,刻方连些。"

③参差:不齐,不相遇合。未来:还没有到来,不来。《楚辞·九歌·湘君》:"望夫君兮未来,吹参差兮谁思?"徘徊:往返回旋,来回走动。比喻犹豫不决,或眷恋。澧(lǐ)浦:《楚辞·九歌·湘君》:"遗余佩兮醴浦。"醴,一作"澧"。王逸注:"《水经》云:'澧水出武陵充县,注于洞庭。'"

④椒糈(jiāo xǔ):以椒香拌精米制成的祭神的食物。《楚辞·离骚》:"巫咸将夕降兮,怀椒糈而要之。"若:如果。馨香:芳香。《古诗十九首·庭中有奇树》:"馨香盈怀袖,路远莫致之。"无绝:永不断绝。终古:久远。《楚辞·九歌·礼魂》:"春兰兮秋菊,长无绝兮终古。"

赛敬亭山庙喜雨①

夕帐怀椒糈,蠲景洁菁芧②。登秋虽未献,望岁伫年祥③。
潭渊深可厉,狭斜车未方④。蒙笼度绝限,出没见林堂⑤。
秉玉朝群帝,樽桂迎东皇⑥。排云接虹盖,蔽日下霓裳⑦。
会舞纷瑶席,安歌绕凤梁⑧。百味芬绮帐,四座沾羽觞⑨。
福被延氓泽,乐极思故乡⑩。登山骋归望,原雨晦茫茫⑪。
胡宁昧千里,解珮拂山庄⑫。

【题解】

本诗写作时间当略后于《祀敬亭山庙》。古时祭祀酬谢神灵的活动称为"赛"。之前祭神,祈求降雨,已而灵验,故再往敬亭山庙中赛神祈福。本诗正是写在敬亭山庙中赛神祈福之过程,及遇雨喜悦之心情。全诗通篇叙事,结尾则抒发对家乡之思念。首二句写赛庙前的准备。接下来四句追叙由于过去疏于祭献,故导致春旱。接下来六句写朝山迎神,再后六句写赛神盛况及自己的思乡之情。最后四句点出喜雨之意,望甘霖普降,而自己也得解职归隐之心。全诗叙事层次分明,描写颇为细致,其中对神仙降临场面的描写,辞藻华丽,想象尤为奇特,所反映之六朝时地方祭神之风俗,可与《零祭歌》相参照。

【校注】

①《艺文类聚》题作"赛敬亭庙喜雨"。赛:行祭礼以酬神。《史记·封禅书》:"冬赛祷祠。"

②"夕帐"句:《古诗纪》、张本、郭本作"夕怅怀椒糈"。夕帐:指晚上设帐幕以迎神。椒糈:见《祀敬亭山庙》注④。蠲(juān):洁净,明亮。《广韵》:"蠲,洁也,明也。"膋芗(liáo xiāng):皆祭神之贡品,古代祀神时焚之以散发馨香。膋,肠间脂肪。《礼记·祭义》:"取膟膋,乃退。"孙希旦集解:"膟,血也;膋,肠间脂也。"芗,谷香。《礼记·曲礼下》:"黍曰芗合,粱曰芗萁。"此二句言赛神前之准备。

③登秋:谷物成熟的秋天。曹植《喜雨》:"嘉种盈膏壤,登秋必有成。"《尔雅·释诂》:"登,成也。"献:献祭神灵。《说文》:"献,宗庙犬,名羹献。犬肥者以献之。"望岁:盼望丰收。《左传·昭公三十二年》:"闵闵焉如农夫之望岁,惧以待时。"伫:企盼,等待。年祥:吉年,丰年。

④潭渊:犹深渊。马融《广成颂》:"沦灭潭渊,左挈夔龙,右提蛟鼍。"深可厉:指河水深度及腰,可涉水而过。《诗经·邶风·匏有苦叶》:"深则厉,浅则揭。""狭斜"句:《古诗纪》、张本、郭本作"狭邪车未方"。狭斜:即"狭邪",指小街曲巷。车未方:指道路狭窄,不能并车而行。《乐府诗集·长安有狭邪行》:"长安有狭邪,狭邪不容车。"

⑤"蒙笼"句:《古诗纪》、张本作"朦胧度绝限"。蒙笼:草木茂盛貌。扬雄《甘泉赋》:"乘云阁而上下兮,纷蒙笼以捷成。"绝限:险阻之处。林堂:林中庙堂。

⑥"秉玉"句:《艺文类聚》作"执玉朝群帝"。秉玉:即持珪。玉,指古代祀神时所持之珪璧等瑞玉。群帝:所祭祀之众多天神,可参见《雩祭歌》中诸神。樽桂:指在杯中盛桂花酒。樽,同"尊"。《汉书·礼乐志·郊祀歌》:"尊桂酒。"应劭曰:"桂酒,切桂置酒中也。"《楚辞·九歌·东皇太一》:"蕙肴蒸兮兰藉,奠桂酒兮椒浆。"东皇:东皇太一,简称太一,又称太乙。

⑦"排云"句:《艺文类聚》作"排云接孔盖"。排云:排开云层。多形容高。郭璞《游仙诗》之六:"神仙排云出,但见金银台。"接:迎接。虬盖:饰有龙形花纹的车盖,此处指天神所乘之车驾。虬,《说文》:"虬,龙无角者也。"蔽日:遮蔽日光。《楚辞·九章·涉江》:"山峻高以蔽日,下幽晦以多雨。"下:降下。霓裳:神仙的衣裳,相传神仙以云为裳。《楚辞·九歌·东君》:"青云衣兮白霓裳,举长矢兮射天狼。"

⑧会舞:合舞。《楚辞·九歌·东君》:"展诗兮会舞。"纷:指舞姿缤纷。瑶席:形容华美的席面,设于神座前供放祭品。一说指用瑶草编成的席子。皆泛言华贵。《楚辞·九歌·东皇太一》:"瑶席兮玉瑱,盍将把兮琼芳。"安歌:轻声慢唱。《楚辞·九歌·东皇太一》:"疏缓节兮安歌,陈竽瑟兮浩倡。"绕:环绕,此处指余音绕梁之意。凤梁:雕绘着凤凰等饰物的屋梁。

⑨百味:各种食品和滋味。《文选·曹植〈求自试表〉》:"身被轻煖,口厌百味。"芬:香气散漫。绮帐:华丽的帷帐。"四座"句:《艺文类聚》作"四望沾羽觞"。羽觞:见《送远曲》注③。

⑩"福被"句:《古诗纪》、张本、郭本作"福被延民泽"。福被:福泽广被。延氓泽:指增长百姓之福泽。《尔雅·释诂》:"延,长夜。"《方言》:"氓,民也。"

⑪骋:放开,放纵。归望:盼望回归故乡。晦:晦暗。

⑫胡宁:何乃,为何。昧:《广韵》:"昧,暗昧。"千里:指自己故乡远隔千里。解珮:即"解佩"。指辞官。佩是古代文官朝服上的饰物,因此脱去朝服辞官为"解佩"。《文选·鲍照〈拟古之三〉》:"解佩袭犀渠,卷袠奉卢弓。"拂:放。山庄:代指家园。此二句言不因原雨茫茫而减故乡之思,故将解佩还家而放乎山庄。

【汇评】

陈祚明《采菽堂古诗选》卷二十一:《九歌》之遗,秀雅可诵。"出没"句佳,能写登临所见之状。

春　思

茹溪发春水,阰山起朝日①。兰色望已同,萍际转如一。
巢燕声上下,黄鸟弄俦匹②。边郊阻游衍,故人盈契阔③。
梦寐藉假簧,思归赖倚瑟④。幽念渐郁陶,山楹永为室⑤。

【题解】

本诗当为谢朓任职宣城时所作,诗中内容表露出闲适之情,较为欢快,应是其初至宣城时所作,诗中有"茹溪发春水"之句,故当为春天所作。谢朓于建武二年初夏至宣城,建武四年春则已离开,故本诗当作于建武三年(496)春。

此诗当为谢朓在宣城所治新宅闲居时所作,前六句写宣城山中春日美景,其中前四句写景尤为精警。后六句写自己念友思归,却以幽念郁陶,有在山久居之意。然而随后不久,谢朓便返京任职,最后卷入宫变,而死于非命,可见若真能如诗中所言安于山楹,或可远祸未知。谢朓一生依违进退之间,颇值感叹。

【校注】

①茹溪:即茹水,在今湖南临澧县西,九澧之一。《水经注·澧水》:"茹水出龙茹山,水色清澈,漏石分沙。庄辛说楚襄王所谓饮茹溪之流者也。茹水东注澧水。"阰(pí)山:楚国山名。《楚辞·离骚》:"朝搴阰之木兰兮。"

②巢燕:筑巢之燕。声上下:《诗经·邶风·燕燕》:"燕燕于飞,下上其言。"毛传:"飞而上曰上音,飞而下曰下音。"黄鸟:见徐勉《昧旦出新亭渚》注④。俦匹:同伴,伴侣。《楚辞·七谏》王逸注:"二人为匹,四人为俦。"《乐府诗集·杂曲歌辞二·伤歌行》:"悲声命俦匹,哀鸣伤我肠。"

③边郊:指边地郊野。游衍:见檀秀才《阳春曲》注⑤。契阔:离合,聚散。契,合,聚。阔,疏,分离。《诗经·邶风·击鼓》:"死生契阔,与子成说。"

④"梦寐"句:万历本、《古诗纪》、张本、郭本作"梦寐借假簧"。梦寐:谓睡梦。假簧:凭借笙簧以解除烦忧。刘向《九歌》:"愿假簧以舒忧兮,志纡郁其难

释。"倚瑟：谓和着瑟声。《史记·张释之冯唐列传》："使慎夫人鼓瑟，上自倚瑟而歌。"

⑤幽念：静思，深思。郁陶：忧思积聚貌。《尚书·五子之歌》："郁陶乎予心，颜厚有忸怩。"山楹：代指山上的房屋。《楚辞·严忌〈哀时命〉》："凿山楹而为室兮。"楹，《说文》："楹，柱也。"借指房屋。

【汇评】

王夫之《古诗评选》卷五：平善。

陈祚明《采菽堂古诗选》卷二十一：起四句水光日色，流动衍漾，致甚佳。

和纪参军服散得益

金液称九转，西山歌五色①。炼质乃排云，濯景终不测②。云英亦可饵，且驻羲和力③。能令长卿卧，暂故遇真识④。

【题解】

纪参军，当指功曹纪晏，谢朓在宣城期间联句多有其人参与。《南齐书·百官志》："凡公督府置佐：长史、司马各一人，谘议参军二人。"又所属十八曹，"局曹以上署正参军，法曹以下署行参军，各一人"。故纪功曹亦可称纪参军。服散指服五石散，又名寒食散。六朝时，服五石散为名士风度之体现。《世说新语·言语》："何平叔云：'服五石散，非唯治病，亦觉神明开朗。'"刘孝标注引秦丞祖《寒食散论》："寒食散之方，虽出汉代，而用之者盖寡，靡有传焉。魏尚书何晏首获神效，由是大行于世，服者相寻。"谢朓苦闷时，亦有学道飞升之心，但其对服食五石散之事却并不热衷。故对纪晏服散得益之说颇有规劝，可见谢朓处世颇为方正耿直。

【校注】

①金液：古代方士炼的一种丹液，谓服之可以成仙。《汉武内传》："其次药有九丹金液，紫华红英，太清九转五雪之浆。"葛洪《抱朴子·金丹》："金液太乙所服而仙者也，不减九丹矣。"九转：道教谓丹的炼制有一至九转之别，而以九

转为贵。《抱朴子·金丹》:"夫金丹之为物,烧之愈久,变更愈妙。……一转之丹,服之三年得仙。……九转之丹,服之三日得仙。""西山"句:事见曹丕《折杨柳行》:"西山一何高。高高殊无极。上有两仙僮。不饮亦不食。与我一丸药。光耀有五色。"此处代指服散。

②炼质:道家语,谓服食还丹、金液,以修炼形体。《抱朴子·金丹》:"故老子之诀言云:'子不得还丹金液,虚自苦耳。'……夫金丹之为物,烧之愈久,变化愈妙。黄金入火,百炼不消,埋之,毕天不朽。服此二物,炼人身体,故能令人不老不死。"排云:谓排云气而登仙。郭璞《游仙诗》之六:"神仙排云出,但见金银台。"濯景:洗影。虞集《步虚词》:"炼丹轩辕鼎,濯影昆仑池。"终不测:谓求仙之事多为虚无缥缈之事,难以预测。

③云英:云母的一种,道家多用来炼丹。《抱朴子·仙药》:"又云母有五种……五色并具而多青者名云英,宜以春服之。"饵:《玉篇》:"饵,食也。"羲和:中国上古神话中的日月女神与时间之神。《楚辞·离骚》:"吾令羲和弭节兮,望崦嵫而勿迫。"王逸注:"羲和,日御也。"洪兴祖补注:"虞世南引《淮南子》云:'爰止羲和,爰息六螭,是谓悬车。'注云:'日乘车,驾以六龙,羲和御之,日至此而薄于虞渊,羲和至此而回。'"此二句言服食云英以求留止时光,以求长生,但实际上谢朓是否定这一观点的。

④长卿:即司马相如,长卿为其字。《汉书·司马相如传》:"相如既病免,家居茂陵。"司马相如患消渴之症,而服散犹能使人燥渴,故能令司马相如卧病,以此劝说纪参军不要服散。真识:至道,此处指道家所倡服食求仙之道。

送江兵曹檀主簿朱孝廉还上国

方舟泛春渚,携手趋上京①。安知慕归客,讵亿山中情②。
香风蕊上发,好鸟叶间鸣。挥袂送君已,独此夜琴声③。

【题解】

江兵曹,即江泌,《南齐书·孝义传》有其传。檀主簿,生平不详,具体何人已不可考。闻人倓以为"檀超"(见《南齐书·文学传》),陈庆元《谢朓诗歌系年》已证其误。朱孝廉,或为朱谦之,《南齐书·孝义传》亦有其传,曾与谢朓同赋杂曲《白雪曲》。江、檀、朱三位均为谢朓宣城时的僚属或同游。上国,即上京,指当时的京都建康(今江苏南京),为谢朓故乡。此三人在建武三年(496)同时回京,诗首句为"方舟泛春渚,携手趋上京",故本诗当作于建武三年春。

永明九年(491),谢朓赴荆州出为随王文学始,多在外宦游,期间虽于永明十一年(493)应召返京,但不过一年多后,又于建武二年(495)出任宣城太守。故而江、檀、朱三位此时的还京之举,触动了谢朓常萦于怀的思乡之情,故有此诗述怀,抒发了与好友依依惜别之情,并表现了自己的生活志趣与人生追求。

开头两句紧扣题旨,实写送别的环境、时间,并带有企羡友人还京之意。随后二句虚写去者不知留者之情,语调甚苦。第三联又实写春日之景,在清丽馨溢、鸟鸣风香的描述之中透出自得其乐,体现出谢朓工笔淡抹、细致描摹的写景特点。结句则又回到"送别"之上,与首句直接呼应,而以琴声作结,更显意韵深远,余味不尽。全诗辞藻清雅,诗境超逸,已开唐人送别诗重情境渲染之先河。

【校注】

①方舟:两船相并。《尔雅·释水》:"大夫方舟。"春渚:春水。携手:指三人同行。上京:即齐都建康,与题中"上国"同指。

②"安知"句:郭本、张本作"安知暮归客"。安:疑问代词,哪里、怎么。慕归:思归。"讵忆"句:涵芬楼本、《古诗纪》、张本作"讵忆山中情"。郭本作"讵意山中情"。讵:哪里、岂。忆:回忆。《广韵》:"忆,度也。"此二句意同,皆言还京三人怎知自己的思归之情。

③挥袂(mèi):犹挥手。表示告别。袂,衣袖。

【汇评】

钟惺《古诗归》卷十三:自待待人,皆置之极幽孤之境。

谭元春《古诗归》卷十三:"闻君此夜琴",佳景也。"独此夜琴声",苦境也。一吟之而神往,一吟之而神伤,各极其妙。妙于作闻琴诗,才华事实,无用处矣。

方东树《昭昧詹言》卷七:起二句先叙题面,著"携手"二字,以表三人也。

三四句言三人不念己之不得归也。"香风"二句，写山中之情，留"送"字收。此篇无甚佳胜。

张玉縠《古诗赏析》卷十七：前四叙事，述彼之舍己群去，有怅恨意。后四补景，述己之送彼，独留有傲岸意。诗境清超。

与江水曹至滨干戏①

山中上芳月，故人清樽赏。远山翠百重，回流映千丈②。
花枝聚如雪，芜丝散犹网③。别后能相思，何嗟异封壤④。

【题解】

本诗为谢朓在建武三年(496)于宣城作，与《送江水曹还远馆》当为赠同一人，赋同一事。水曹，官名。《南齐书·百官志》："法曹、田曹、水曹、铠曹、右户十八曹、局曹以上署正参军。"江水曹，其人不详。曹融南以为江祏，陈冠球以为或江革，俱乏实证。本诗首联起笔简净，次联写景阔大，第三联写近景细密，末联寄语殷切，月下临别之情颇为真切隽永。

【校注】

①《艺文类聚》题作"与江水曹"。《玉台新咏》题作"别江水曹"。《古诗纪》、张本题作"与江水曹至干滨戏"。滨干：城郊，江边。

②回流：萦折之江流。

③"芜丝"句：《玉台新咏》作"垂藤散似网"。《艺文类聚》作"垂藤散犹网"。芜：丛生的杂草。《小尔雅》："芜，草也。"

④"何嗟"句：《玉台新咏》、《艺文类聚》作"何嗟异风壤"。封壤：疆域；疆界。

【汇评】

方东树《昭昧詹言》卷七：起二句叙题，兼著地与时。"远山"二句，言水中山景。"花枝"二句，写岸山。总四句写景语，甚新妙。"别后"二句收，用意用笔，深曲有味，又紧承上四句景及山月。清尊言之，思此景此情也。

送江水曹还远馆

高馆临荒途,清川带长陌①。上有流思人,怀旧望归客②。塘边草杂红,树际花犹白。日暮有重城,何由尽离席③。

【题解】

本诗写江边送别友人,与《与江水曹至滨干戏》内容相近,但读来绝无重复累赘之感。诗写客地相逢,不忍遽别,写景清丽,深情动人,已有唐人别诗风味。王维《归嵩山作》"清川带长薄,车马去闲闲"一联即化用本诗首联。

【校注】

①高馆:高大的客馆。荒途:人烟稀少之道路。清川:清澈的河流,此处或指宣城附近之水阳江。带:萦带。长陌:远道,长路。

②流思人:长久思乡之人。怀旧:怀念故友,旧人。班固《西都赋》:"愿宾摅怀旧之蓄念,发思古之幽情。"望归客:盼望归家之人。

③重城:指大城中有小城相重叠。左思《吴都赋》:"重城结隅。"离席:指别宴。

【汇评】

王夫之《古诗评选》卷五:晋宋之不能变而唐,势也。宣城即不坠素业,而已坠风会中矣。然以此置唐人诗中,其深远高逸,又似鹤立鹳鹭之表。

陈祚明《采菽堂古诗选》卷二十一:结句留连不能尽兴之意,颇复情长。

方东树《昭昧詹言》卷七:此似江祐过谒,而馆去城远,元晖伐之作此。又似挈眷在馆者,故三四句及之。又:此诗先叙远馆并景起二句,右丞取作律句,更妙。收二句,言伐送不能久留。又:自《离夜》至此七篇,情事诗景相似。

赋贫民田

假遇非将迎，靖共延殊庆①。中岁历三台，旬月典邦政②。
会是共治情，敢忘卹贫病③。将无富教理，孰有知方性④。
敦本抑工商，均业省兼并⑤。察壤见泉脉，觇星视农正⑥。
黍稷缘高殖，稻稌即卑盛⑦。旧塍新塍分，青苗白水映⑧。
遥树匝清阴，连山周远净⑨。即此风云佳，孤觞聊可命⑩。
既微三载道，庶藉两岐咏⑪。俾尔仓廪实，余从谷口郑⑫。

【题解】

本诗为谢朓在宣城太守任上施政之总结，诗中有"旬月典邦政"之语，当为谢朓到宣城后至少十个月后所作，故本诗当作于建武三年(496)夏。

本诗系统地表达了谢朓以"农本"思想为主治郡施政之要略。前八句表达了对孔子"富之""教之"治民主张的推崇与实践。"敦本"以下八句则是实现治民主张的具体经济措施，作者明确提出要敦本重农，平均、限制产业，减少兼并，这对发展其时的农业生产，无疑是极为重要的，体现出作者的卓越识见。最后八句描绘出一幅欣欣向荣的农业生产画面，显示出作者的经济措施取得了较好的效果，并表达了自己意欲隐遁的念头。全诗层次分明，风格朴实，词句典重，饶有逸趣，虽写政治方略，但读来却不觉枯燥，在谢朓作品中可谓独树一帜，颇值重视。

【校注】

①"假遇"句：郭本作"假誉非将迎，静拱延殊庆"。假遇：即"嘉遇"，美好的际遇。将迎：送往迎来。《庄子·知北游》："颜渊问乎仲尼曰：'回尝闻诸夫子曰："无有所将，无有所迎。"回敢问其游。'仲尼曰：'……唯无所伤者，为能与人相将迎。'"靖共：亦作"靖恭"，恭谨地奉守，静肃恭谨。《诗·小雅·小明》："靖共尔位，正直是与。"延：招来。殊庆：特别的恩泽。

②中岁:中年。三台:汉代对尚书、御史、谒者三台的总称。尚书为"中台",御史为"宪台",谒者为"外台",合称"三台"。延兴元年,谢朓官尚书殿中郎,时年三十一。旬月:十个月。《汉书·车千秋传》:"数月,(千秋)遂代刘屈氂为丞相。……特以一言寤意,旬月取宰相封侯,世未尝有也。"典邦政:主管地方财务。指任宣城太守。典,主管。

③"会是"句:《古诗纪》、张本作"曾是共治情"。嘉靖本作"会是共怡情"。会:领会。共治:见《始之宣城郡》注⑦。恤(xù):同"恤"。

④将:如果。富教理:即孔子"富之""教之"的治民主张。《论语·子路》:"子适卫,冉有仆。子曰:'庶矣哉!'冉有曰:'既庶矣,又何加焉?'曰:'富之。'曰:'既富矣,又何加焉?'曰:'教之。'"孰有:哪有。知方:是指知礼法。《论语·先进》:"可使有勇,且知方也。"

⑤敦本:重视农业。敦,厚,重,古代称农业为"本业"。抑工商:古代称工商业为害农的"末业",所以要抑制。均业:平均、限制产业。省:减少。兼并:合并,并吞,通常指土地侵夺或经济侵占。晁错《论贵粟疏》:"此商人所以兼并农人,农人所以流亡者也。"

⑥察壤:考察土物之宜。《周礼·地官·司徒》:"大司徒之职……辨十有二壤之物而知其种,以教稼穑树艺。"泉脉:泉所从来处。鲍照《从登香炉峰》:"金涧测泉脉。"觇(chān)星:观测星象。农正:古代职掌农事的官。上古时,少皞氏以鸟名名督视农桑之官。《左传·昭公十七年》:"九扈为九农正。"

⑦黍稷:《本草纲目》:"李时珍曰:'稷与黍,一类两种也。粘者为黍,不粘者为稷。稷可作饭,黍可酿酒。'"缘:因,适。殖:繁殖。稌稌(zhuō tú):《文选·张衡〈南都赋〉》:"冬稌夏穑,随时代熟。"刘良注:"稌,稻;穑,麦也。"卑:指低田。

⑧埓(liè):《说文》段玉裁注:"埓者,庳垣,亦所以为界,稻田中作介画以蓄水,取义于此。"塍(chéng):《说文》:"塍,稻中畦也。"

⑨"遥树"句:万历本、《文集》本、《名家集》本作"遥柳匝清阴"。匝:环绕。周远:指原野旷阔。净:空气清新。

⑩风云佳:风光美好。孤觞(shāng):独个儿喝酒。觞:古代酒器。命:置酒,命酒。

⑪"既微"句:万历本、《文集》本、《名家集》本作"即微三载道"。微:《韵会》:"微,无也。"三载道:古时官员每三年考察政绩。《汉书·食货志》:"衣食

足而知荣辱,廉让生而争讼息,故三载考绩。"两岐咏:参见《答张齐兴》注④。

⑫俾(bǐ):使。尔:指农民。仓廪(lǐn):粮仓。《管子·牧民》:"仓廪实而知礼节。"谷口郑:指谷口郑子真。郑子真,名朴,汉成帝时人,家居谷口,隐居不仕,时人仰慕。

【汇评】

陈祚明《采菽堂古诗选》卷二十一:语并得体,田间景物描写,差不寂寞。结押"郑"字亦雅。

在郡卧病呈沈尚书①

淮阳股肱守,高卧犹在兹②。况复南山曲,何异幽栖时③。
连阴盛农节,簦笠聚东菑④。高阁常昼掩,荒阶少诤辞⑤。
珍簟清夏室,轻扇动凉飔⑥。嘉鲂聊可荐,绿蚁方独持⑦。
夏李沈朱实,秋藕折轻丝⑧。良辰竟何许,夙昔梦佳期⑨。
坐啸徒可积,为邦岁已期⑩。弦歌终莫取,抚机令自嗤⑪。

【题解】

本诗《文选》李善题注曰:"集曰:'沈尚书,约也。'"《南史·沈约传》:"齐明帝即位,征为五兵尚书,迁国子祭酒。"本诗为谢朓在宣城太守任上卧病怀念沈约之作,诗中有"坐啸徒可积,为邦岁已朞"之句,可见此时谢朓到任已满一年,故本诗当作于建武三年(496)夏。本诗开头四句写自己卧病,自觉亏于职守,接下来"连阴"以下十句写卧病期间闲适之生活,最后六句写自己对朋友的怀念,并自惭到任一年来无所建树,岁月空度。谢朓与沈约俱为竟陵西邸文友,交情甚笃,谢朓此诗致意沈约,或有不欲久处外郡,怀念京城,希望朝中朋友为之活动之意。然其时明帝对武帝旧人颇有猜疑,沈约不久即从五兵尚书任上调任国子祭酒之职,其心中亦有自危之感。故其答谢之诗中,表明自己亦有思退之心,并羡慕谢朓能避居外郡,悠然自得。

237

【校注】

①《艺文类聚》题作"在郡呈沈尚书"。

②淮阳:汉代汲黯曾为淮阳太守。《汉书·汲黯传》:"乃召拜黯为淮阳太守。黯伏谢不受印……上曰:'君薄淮阳邪?吾今召君矣。顾淮阳吏民不相得,吾徒得君之重,卧而治之。'"股肱(gōng)守:指护卫京都或者重要郡县的太守。《史记·季布栾布田叔传》:"(季)布为河东守。……上默然,惭曰:'河东吾股肱郡,故特召君耳。'"高卧:即指前述汲黯卧治之事,亦言卧病在此。此二句谢朓自比汲黯,言己无治郡之才,唯效汲黯卧治之意。

③况复:何况,况且。南山曲:指谢朓于陵阳山曲所治之宅。"何异"句化用谢灵运《邻里相送至方山》:"资此永幽栖。"

④连阴:连续阴天或连日阴雨。胡安道《秋霖赋》:"冀连阴之时退,想云雾之见微。"农节:农事时节。蓑(tái)笠:指蓑衣和笠帽。《诗经·小雅·都人士》:"彼都人士,蓑笠缁撮。"东菑(zī):东面的田地,后来泛指田园。菑,指已经开垦一年的土地。后来泛指田亩。

⑤高阁:高大的楼阁。昼掩:白天关着门。殷仲堪《诔》:"荆门昼掩,闲庭晏然。"荒阶:荒芜的厅阶。诤辞:争讼之辞。

⑥珍簟(diàn):指精美的竹席。簟,竹席。凉飔(sī):凉风。飔,疾风。《楚辞·离骚》:"溢飔风兮上征。"

⑦嘉鲂(fáng):鲂鱼的美称。鲂鱼味美,故云。聊:姑且。荐:荐食。绿蚁:新酿的酒还未滤清时,酒面浮起酒渣,色微绿(即绿酒),细如蚁(即酒的泡沫),称为"绿蚁"。方:将要。独持:独自把杯。

⑧夏李:大李。任昉《述异记》卷下:"杜陵有金李,李大者谓之夏李,尤小者呼为鼠李。"朱实:曹丕《与吴质书》:"沈朱李于寒水。"

⑨良辰:指美好的时光。阮籍《咏怀诗》其九:"良辰在何许,凝霜沾衣襟。"夙昔:见沈约《芳树》注⑤。

⑩坐啸:闲坐吟啸。《后汉书·党锢传》:"后汝南太守宗资任功曹范滂,南阳太守成瑨亦委功曹岑晊,二郡又为谣曰:'汝南太守范孟博,南阳宗资主画诺。南阳太守岑公孝,弘农成瑨但坐啸。'"后因以"坐啸"指为官清闲或不理政事。徒可积:指时间空自累积。为邦:治理州郡,此处指谢朓任宣城太守。《论

语·子路》:"善人为邦百年,可以胜残去杀矣。"

⑪"抚机"句:涵芬楼本、郭本作"抚枕令自嗤"。《三谢诗》作"抚枕今自嗤"。弦歌:指礼乐教化。《论语·阳货》:"子之武城,闻弦歌之声。"抚机:凭几,拍几。陆机《赴洛诗》:"抚机不能寐,振衣独长想。"自嗤:自笑。阮籍《咏怀》十五:"乃悟羡门子,噭噭今自嗤。"

【汇评】

方回《文选颜鲍谢诗评》卷二:虚谷曰:"起句二韵,谓卧病治郡如汲黯不异。'栖隐'以下十句,叙事述景,又若夸太守之乐。然下文乃云'良辰竟何许,夙昔梦佳期',此十字乃是见约自东阳太守入为尚书意,欲约引己入朝也。"

刘履《风雅翼》卷八:玄晖与沈尚书交契雅厚,因卧病治所作诗,寄之以道己之情素焉! 其意谓淮阳为汉要郡,汲黯犹卧治之,今我守此幽静之邦,尤为易治,且得以养病矣。然但居闲自适,不得与朋好欢唔,徒积岁月,而弦歌之治,终莫可取,是以抚枕慨然,秪自嗤笑耳! 观其在郡期年,民既安业,庭无诤讼,而犹以不及古人之政化为耻,亦可谓善于修职者矣。

于光华《文选集评》引孙鑛语曰:此犹得康乐遗度,但调微清轻耳。

于光华《文选集评》引方伯海语曰:读宣城诗,如把西山爽气,烦郁顿消,但题是卧病,却不见病字意。

陈祚明《采菽堂古诗选》卷二十:序情事备极闲适萧森之致,为守容高卧是一层,山曲便幽栖又是一层,来绪宛宛。又:"薑笠聚东菑",景可画。又:"新簟"数句,语语秀逸,其风度远溯建安,亦似安仁,惟"秋藕折轻丝"一句,太隽,然亦非唐调。

何焯《义门读书记》:出笔清迥,一洗板重之气,故佳。

答谢宣城

沈约

王乔飞凫舄,东方金马门①。从宦非宦侣。避世不避喧。揆余发皇鉴,短翮屡飞翻②。晨趋朝建礼,晚沐卧郊园③。

宾至下尘榻,忧来命绿樽④。昔贤侔时雨,今守馥兰荪⑤。神交疲梦寐,路远隔思存⑥。牵拙谬东氿,浮惰反西崑⑦。顾循良菲薄,何以俪玙璠⑧。将随渤澥去,刷羽泛清源⑨。

【校注】

①王乔:传说中之仙人。《后汉书·方术传》:"王乔者,河东人也。显宗世,为叶令。乔有神术,每月朔望,常自县诣台朝。帝怪其来数,而不见车骑,密令太史伺望之。言其临至,辄有双凫从东西飞来。于是候凫至,举罗张之,但得一只舄焉。乃诏尚书课视,则四年中所赐尚书官属履也。"舄舃(fú xì):指仙履,喻指仙术。亦常用为县令的典实,详见前王乔注。东方:指东方朔。金马门:汉代宫名。《史记·滑稽列传》:"武帝时,齐人有东方生名朔。……时坐席中,酒酣,据地歌曰:'陆沈于俗,避世金马门。宫殿中可以避世全身,何必深山之中,蒿庐之下。'"

②揆(kuí)余:《楚辞·离骚》:"皇览揆余初度兮,肇锡余以嘉名。"皇鉴:皇帝的明察。潘岳《西征赋》:"皇鉴揆余之忠诚,俄命余以末班。"短翮(hé):短的羽翅。丁仪《周成王论》:"振短翮与鸾凤并翔。"

③建礼:汉宫门名,为尚书郎值勤之处。《汉书典职》:"尚书郎昼夜更直于建礼门内。"沐:休沐。

④下尘榻:指礼遇宾客。《后汉书·徐稚传》:"陈蕃为太守,在郡不接宾客,唯稚来特设一榻,去则悬之。稚不至则灰尘积于榻。"后以"尘榻"为优礼宾客、贤士之典。"忧来"句:谓以酒消愁。《汉书·东方朔传》:"东方朔曰:'臣闻销忧者莫若酒也。'"绿樽:酒樽,见谢朓原诗注⑦"绿蚁"条。

⑤侔(móu):《说文》:"侔,齐等也。"时雨:应时的雨水。《孟子·尽心上》:"君子之所以教者五,有如时雨化之者。"今守:即谢朓。荪(sūn):古书上说的一种香草,即今菖蒲是也。

⑥神交:梦魂相交会。《列子·周穆王》:"梦有六候。……此六者,皆魂神所交也。"思存:思念,念念不忘。《诗经·郑风·出其东门》:"虽则如云,匪我思存。"

⑦牵拙:草率庸拙。东氿:古代传说中的日出处。亦泛指东方极远之地。

浮惰:游荡怠惰,游手好闲。西崑(kūn):谓崦嵫,日之所入也。

⑧顾循:眷念安抚。菲薄:鄙陋。常用为自谦之词。《楚辞·远游》:"质菲薄而无因兮,焉托乘而上浮。"玙璠(yú fán):美玉,喻指美德或品德高洁的人。《左传·定公五年》:"季平子行东野,还未至,丙申,卒于房,阳虎将以玙璠敛。"

⑨渤澥(xiè):古代称东海的一部分,即渤海。扬雄《解嘲》:"若江湖之雀,渤澥之鸟。"清源:清澈的水源。刘桢《赠徐干诗》:"细柳夹道生,方塘含清源。"

将游湘水寻句溪

既从陵阳钓,挂鳞骖赤螭①。方寻桂水源,谒帝苍山垂②。
辰哉且未会,乘景弄清漪③。瑟汨泻长淀,潺湲赴两岐④。
轻蘋上靡靡,杂石下离离⑤。寒草分花映,戏鲔乘空移⑥。
兴以暮秋月,清霜落素枝⑦。鱼鸟余方玩,缨绂君自縻⑧。
及兹畅怀抱,山川长若斯⑨。

【题解】

这首诗作于建武三年(496)暮秋。"将游湘水",指作者奉诏将去湘州(治所在今湖南长沙市)祭祀南岳,湘水,即湘江。王应麟《通鉴地理通释》:"湘水出全州清湘县阳朔山,东入洞庭北至衡阳县入江。""寻句溪",是指将去而未成行前,得有余闲到句溪寻幽探胜。《江南通志》载:"句溪在宁国府城(即宣城)东五里,溪流回曲,形如句字,源出笼丛、天目诸山,东北流二百余里,合众流入江。"本诗前六句点题,写将赴湘州前先游句水,随后六句写句水风景,最后六句抒发及时行乐之感。全诗写景清新,用语新警,既有汉魏古诗质朴清脱的意韵,又体现出"永明体"写景尖新之特色。在细密描写了句溪的动人景物之余,也抒发出自己心乐鱼鸟、厌弃缨绂(冠带和冠带的下垂部分,代指贵显的地位)的感情。

【校注】

①陵阳钓:刘向《列仙传》:"陵阳子明钓得白龙,惧,放之。后得白鱼,腹中

有书,教子明服食之法。子明遂上黄山,采五石脂,沸水服之。三年,龙来迎去。"后常以"陵阳钓"为垂钓之典。陵阳,即宣城内之陵阳山。挂鳞:亦用《列仙传》子明事。骖(cān):驾三匹马拉的车,乘车。赤螭(chī):传说中的赤色无角小龙(一说雌龙)。《文选·司马相如〈上林赋〉》:"蛟龙赤螭。"

②桂水源:指桂阳县,治所在今湖南郴州。谒帝:指谢朓奉诏谒祭南岳之神。帝应指舜,舜葬于苍梧之野,沅、湘之间。苍山:即苍梧山。垂:旁边。

③辰:《广韵》:"辰,时也。"会:《说文》:"会,合也。"乘景:趁时。清漪:见《泛水曲》注④。

④"瑟汨"句:涵芬楼本"瑟汨"句缺"淀"字。《文集》本作"瑟汨泻长磴"。瑟汨(gǔ):水流声。淀:《玉篇》:"淀,浅水也。"潺湲(chán yuán):水流动的样子。见沈约《饯谢文学》注④。赴两歧:指水流分入句溪与宛溪。

⑤靡靡:柔弱随顺貌,倒伏相依貌。陆机《拟青青河畔草》:"靡靡江离草,熠燿生河侧。"离离:盛多貌。《诗经·小雅·湛露》:"其桐其椅,其实离离。"

⑥鲔(wěi):鱼的一种。

⑦素枝:无花的树枝。毋丘俭《承露盘赋》:"嘉木灵草,绿叶素枝。"

⑧缨緌(yīng ruí):冠带与冠饰。借指官位或有声望的士大夫。縻:束缚,牵制。

⑨畅怀抱:心怀畅快。若斯:如此。

【汇评】

陈祚明《采菽堂古诗选》卷二十:忽发远想,言遂拟高蹈,时偶未能,且作兹游也。命意超超。"轻蘋"四句,清姿濯濯。"戏鲔乘空移",语颇尖俊,似伤古诗浑厚气格。然正以尖俊之极,唐人不能道。翻有类于建安,但差轻耳。"缨緌君自縻"语,亦有致,与起意相合。

方东树《昭昧詹言》卷七:起以黄山、桂水二事陪。"辰哉"二句,承上脱卸,束住入题。"瑟汨"六句正写。"暮秋"六句述情,兼著时令,"予""君"皆自指。"怀抱"二句,倒装句法,言山川不改而人不能久常,当及兹畅怀抱也。又:只未遂仙隐,且作兹游,因即写其景,著笔甚轻。

忝役湘州与宣城吏民别

弱龄倦簪履,薄晚忝华奥①。闲沃尽地区,山泉谐所好②。
幸遇昌化穆,悖俗罕惊暴③。四时从偃息,三省无侵冒④。
下车遽暄席,纡绂始黔灶⑤。荣辱未遑敷,德礼何由导⑥。
汩徂奉南岳,兼秩典邦号⑦。疲马方云驱,铅刀安可操⑧。
遗惠良寂寞,恩灵亦匪报⑨。桂水日悠悠,结言幸相劳⑩。
吐纳贻尔和,穷通勖所蹈⑪。

【题解】

本诗作于建武四年(497)春,"忝"为谦辞,意为"有愧于"。"役",指临时性差事,而并未解除宣城职务,但实际上,谢朓同年便被选复为中书郎,不再任职宣城,故本诗也是谢朓在宣城的最后一首诗。

本诗可与《始之宣城郡》一首对照而读,一一对比其上任时的施政纲领在这两年多里是否得以实行,可谓谢朓宣城太守任上的施政总结。诗中开头四句写自己向来为政简要,而宣城则是山水闲沃,颇合自己心性。"幸遇"以下八句言自己在宣城之治绩,表示自己虽然才学道德,不足以教化百姓,但宣城民风淳朴,故自己这几年虽无为而治,但也算政通人和,无有大过。接下来四句言自己奉命祭祀南岳之事。最后六句言自己与送别吏民互相勉慰。谢朓任职宣城,并非己愿,故其求去之心颇为强烈,但其为人宽厚,与宣城吏民相处甚为相得,宣城数年,可谓其人生中难得的平静时光。宣城百姓也颇为感念其治绩,专为其立祠。而谢朓离开宣城后不过两年,就因卷入萧遥光谋位之事而遇害,若能安处宣城,或可免也未可知,不知其临刑之际,可有怀念宣城与世无争之时日,其人生际遇若此,殊属可叹。

【校注】

①弱龄:冠弱之年,泛指幼年、青少年。陶潜《始作镇军参军经曲阿》:"弱

243

龄寄事外,委怀在琴书。"倦:厌倦。簪履(zān lǚ):簪笄和鞋子。簪以固冠,履以饰足,皆为仕宦者所服,借指任官。"倦簪履",意为厌倦仕途。薄晚:傍晚,此处以日之西薄比喻年事渐长。谢灵运《善哉行》:"晼晚西薄。"华奥:指宣城,宣城在建康西南。奥,《集韵》:"奥,室西南隅,人所安息也。"

②闲沃:土地广大而肥沃。山泉:犹山水,指山水风景。谐:《玉篇》:"谐,合也。"此二句言宣城水土肥沃,其山水风光正适合自己的喜好。

③昌化:昌盛之化。穆:《广韵》:"穆,和也。""惇俗"句:张本作"淳俗罕惊暴"。惇俗:风俗淳厚。《说文》:"惇,厚也。"惊暴:惊扰横暴。

④四时:四季。从:顺从。偃息:睡卧止息。三省:《论语·学而》:"曾子曰:'吾日三省吾身,为人谋而不忠乎?与朋友交而不信乎?传不习乎?'"侵冒:侵蚀与贪竞。"无侵冒"即《始之宣城郡》中"烹鲜止贪竞"之意。此二句言谢朓在宣城行无为之治,常常自省,戒除贪竞。

⑤下车:见《宣城郡内登望》注②。遽:马上。暄席:指坐久席暖。"纡绂"句:万历本、《古诗纪》、张本、郭本作"纡服始黔灶"。纡绂(yū fú):谓佩印作官。绂,系官印的丝带。《后汉书·吴盖陈臧传论》:"虽怀玺纡绂,跨陵州县,殊名诡号,千队为群,尚未足以为比功上烈也。"黔灶:犹黔突,意为因炊爨而熏黑了的烟囱。黔:黑色。突:烟囱。《淮南子·修务训》:"孔子无黔突,墨子无煖席。"此二句反用《淮南子》之意,言自己到任马上坐暖席子,生火煮饭,不及于古之圣贤急于行道。

⑥未遑:没有时间顾及,来不及。敷:颁布施行。德礼:道德与礼教。《论语·为政》:"道之以德,齐之以礼,有耻且格。"此二句言自己在任上还未及于宣示荣辱,教导德礼。

⑦汩徂(yù cú):疾行。《楚辞·九章·怀沙》:"伤怀永哀兮,汩徂南土。"王逸注:"徂,往也。"兼秩:即兼职。秩,《增韵》:"秩,职也,官也。"典:典祀,官名,隶属春官,司掌郊祀之事。《周礼·春官·宗伯》:"典祀掌外祀之兆守,皆有域,掌其政令。"邦号:指谢朓外祀地域的名号,即南岳。

⑧疲马:疲惫之马,此处为谢朓自谦,虽为疲马不能致远,但仍甘心为朝廷驱驰。铅刀:铅制的刀。铅质软,作刀不锐,故比喻无用的人和物。《淮南子·齐俗训》:"铅不可以为刀。"此处亦为谢朓自谦,言己才力微薄。

⑨遗惠:指留下恩惠。陆云《与戴季甫书》之六:"遗惠鄙州,民物同哀。"寂

寡:指自己给宣城之遗惠不多。恩灵:犹恩宠。此二句言自己给宣城遗惠不多,对朝廷之恩宠也无所报答。

⑩悠悠:长久,遥远。结言:最后之言。劳:慰劳。此二句言自己此去桂水为日久远,故最后别离之时,对众人致以劳慰。

⑪吐纳:吐故纳新,道家养生之术。《庄子·刻意》:"吹呴呼吸,吐故纳新,为寿而已矣。"穷通:困厄与显达。《庄子·让王》:"古之得道者,穷亦乐,通亦乐,所乐非穷通也。"勖:勉励。

休沐重还丹阳道中①

薄游第从告,思闲愿罢归②。还邛歌赋似,休汝车骑非③。
灞池不可别,伊川难重违④。汀葭稍靡靡,江菼复依依⑤。
田鹄远相叫,沙鸨忽争飞⑥。云端楚山见,林表吴岫微⑦。
试与征徒望,乡泪尽沾衣⑧。赖此盈樽酌,含景望芳菲⑨。
问我劳何事,霡沐仰清徽⑩。志狭轻轩冕,恩甚恋闱闱⑪。
岁华春有酒,初服偃郊扉⑫。

【题解】

休沐,指古代官员休假。《通鉴》王先谦补注:"汉制中朝官五日,得一下里舍休沐。"若南朝沿用汉制,则谢朓得假休沐当为建武四年(497)再任中书郎后之事。丹阳,地名。南齐时丹阳郡下辖建康,谢朓庄园正在建康郊外之东田。诗中所写景色当为夏日,故本诗应为建武四年(497)夏,谢朓返京任中书郎后,休沐返家所作。全诗前六句为首段,写自己厌倦官场,故休沐回家后只愿辞官而归居田园。"汀葭"以下十句为次段,写还园路中之风景,作者归思如箭,乡泪沾衣。最后六句为末段,写自己多受皇恩,既依恋宫闱,希望回报君王眷顾,但又厌倦官场喧哗,愿返初服的纠结之心。

【校注】

①《文选》、《艺文类聚》题作"休沐重还道中"。

245

②薄游:指为薄禄而宦游于外。常用于自谦辞。夏侯湛《东方朔画赞》序:"以为浊世不可以富贵也,故薄游以取位。"第:副词,姑且。告:休假。《汉书·汲黯传》:"黯多病,病且满三月,上常赐告者数。"罢归:辞职或免官归里。《汉书·韦贤传》:"贤七十余,为相五岁,地节三年以老病乞骸骨,赐黄金百斤,罢归,加赐第一区。"

③还邛:用司马相如故事。《汉书·司马相如传》:"司马相如家贫,素与临邛令相善,于是相如往舍临邛都亭。是时卓文君新寡,好音,相如以琴心挑之。相如时从车骑,雍容闲雅甚都。文君心悦而好之,恐不得当也。"歌赋:司马相如善作赋,有《子虚赋》等作品。休汝:用袁绍单车归汝南事。《后汉书·许劭传》曰:"许劭,汝南人,为郡功曹。同郡袁绍,濮阳令,车徒甚盛,将入界内,曰:'吾舆服岂可使许子将见?'遂以单车归家。"

④灞池:池名。在汉文帝陵墓灞陵上,故名。潘岳《关中记》曰:"霸陵,文帝陵也,上有池,有四出道以写水。"枚乘集有《临霸池远诀赋》。伊川:指伊水,经洛阳南汇入洛水,与前句中之灞池均代指齐都建康。重违:犹难违。此二句言自己不愿再离京都。

⑤汀葭:水边的芦苇。葭,芦苇。《诗经·卫风·硕人》:"葭菼揭揭。"靡靡:草随风倒伏相依的样子。《高唐赋》:"薄草靡靡,联延夭夭。"菼(tǎn):初生的荻。依依:轻柔貌。《诗经·小雅·采薇》:"昔我往矣,杨柳依依。"

⑥田鹄(hú):田中之天鹅。鹄,鸟名,指鸿鹄,又名"黄鹄",俗称天鹅。沙鸨(bǎo):鸨鸟的一种。常栖息沙滩或沙渚上,故称。

⑦楚山:山名。即荆山,相传春秋楚人卞和得璞玉于此,后泛指楚地之山。林表:林梢,林外。表,犹外也。吴岫:犹吴山,吴地的山。

⑧征徒:远行的旅客。乡泪:思乡之泪。沾衣:曹丕《燕歌行》:"不觉泪下沾衣裳。"

⑨盈樽:指盛满酒的酒杯。嵇康《赠兄秀才入军诗》:"旨酒盈樽。"含景:谓日光照临。陆机《日出东南隅行》:"日出东南隅,清川含藻景。"芳菲:香花芳草。

⑩霑(zhān)沐:蒙受恩泽。清徽:犹清操,清美的音声。《晋书·宗室传论》:"(安平)清徽至范,为晋宗英。"

⑪轩冕:原指古时大夫以上官员的车乘和冕服,后引申为官位爵禄,国君

或显贵者,泛指为官。《管子·法法》:"先王制轩冕以著贵贱。"闱闱:重重宫门,代指皇宫。

⑫岁华:时光,年华。初服:未入仕时的服装,与"朝服"相对。《楚辞·离骚》:"进不入以离尤兮,退将复修吾初服。"

【汇评】

于光华《文选集评》引孙鑛语曰:以生拗见致。又曰:琢磨入细。

于光华《文选集评》引方伯海语曰:诗妙处总由能发人远想,说出只是眼前,他人却说不出,"楚山""吴岫"二语是也。

陈祚明《采菽堂古诗选》卷二十:通体言情,楚楚其旨,婉其辞逸。又:起语雅称,"汀葭"二句,语亦清扬。"云端"二句,较"天际识归舟"稍琢弥,似唐人。末段言情颇畅。又:起四句,用意宛转,甚明晰便佳。

何焯《义门读书记》:"还邛",义取家徒四壁,言游宦以来,徒有相如之四壁,无袁绍之兼辆,所以思归耳,重闱之恋,非其诚也。

方东树《昭昧詹言》卷七:起四句,休沐。"灞池"二句,重还。"汀葭"六句,丹阳道中景。"征徒"以下,述作旨。又:"汀葭"六句,写景。韦柳所模,多在此等而已。古人皆以叙题交代为本分,无阑入泛胜长语,求之谢鲍皆然。至韦、柳,乃不见此典型,但一味空象浮虚,寻其事绪,仿佛而已,了无实际。又:观元晖自言,见其胸中殊无决志,非徒智及而仁不能守,安在其能战胜哉! 此岂足与陶公同岁而语。"恩甚恋闱闱",饕荣之饰词耳。

移病还园示亲属

疲策倦人世,敛性就幽蓬①。停琴伫凉月,灭烛听归鸿②。
凉蒹乘暮晰,秋华临夜空③。叶低知露密,崖断识云重。
折荷葺寒袂,开镜眄衰容④。海暮腾清气,河关秘栖冲⑤。
烟衡时未歇,芝涧去相从⑥。

【题解】

旧时官员上书称病谓之移病。《汉书·公孙弘传》："使匈奴,还报,不合意。上怒,以为不能,弘乃移病免归。"颜师古注:"移病,谓移书言病也。"还园,指回到自己建康钟山之家园。谢朓《酬德赋》序云:"四年,予忝役朱方,……其夏还京师。"可见谢朓当于建武四年(497)夏回到京师,诗中又有"秋华临夜空"之句,故本诗当作于建武四年(497)秋。全诗所描写的时间集中在傍晚,诗的前六句写自己还园伊始的情景,抒发了自己宦海沉浮多年之后的疲惫与倦怠,对忽然有时间可以在自己的家园中栖隐度日颇为自得。最后两句写炊烟未歇,有实景,有想象,表达出对出世的向往。

【校注】

①疲策:如马之疲于驱策。敛性:收敛心性。幽蓬:蓬蒿深密处,指谢朓之庄园。

②凉月:秋月。归鸿:归飞的鸿雁。

③"凉蒹"句:万历本、《古诗纪》、张本、郭本作"凉薰承暮晰"。涵芬楼本作"凉薰承暮晰"。蒹:没有长穗的芦苇。晰:明亮。秋华:秋花。

④"折荷"句:语出《楚辞·离骚》:"制芰荷以为衣。"葺:修葺。寒袂:寒衣。眄:望,看。衰容:病衰之容颜。

⑤清气:天空中清明之气。《楚辞·九歌·大司命》:"高飞兮安翔,乘清气兮御阴阳。"河关:河流和关隘。颜延之《秋胡诗》:"离居殊年载,一别阻河关。"秘:秘藏。栖冲:栖隐冲素之所。

⑥烟:指山中之云烟。衡:通"蘅"。香草名,即杜衡。"芝涧"句:《古诗纪》、张本、郭本作"芝兰去相从"。芝:即芝兰,亦为香草名。此句言自己将归隐山中,采芝深谷,垂钓深涧。

【汇评】

钟惺《古诗归》卷十三:恬细渊润,别有异气在笔墨外。

陈祚明《采菽堂古诗选》卷二十一:"凉薰"二句,六朝语之倩者。"乘暮"字、"空"字,佳。"叶低"二句隽。

张玉榖《古诗赏析》:首二,直点"移病还园"起。"停琴"六句,接写幽居秋夜之景,琢句多佳。"折荷"四句,申叙幽居之事。"腾清气""秘栖冲",正所以养病也。后二,思与幽人过从,拍到示亲属意作收。

方东树《昭昧詹言》卷七:此诗甚平,但句法清新而已。"凉薰乘暮晰","晰"读如"明星皙皙"之"皙",言当晚暮而仍见秋花,月下如空也。此二句写月光宝妙,通身写园中景,而"栖冲"不脱疾。

行　园

沈约

寒瓜方卧垄,秋菰亦满陂①。紫茄纷烂漫,绿芋郁参差②。
初菘向堪把,时韭日离离③。高梨有繁实,何减万年枝④。
荒渠集野雁,安用昆明池⑤。

【校注】

①寒瓜:即西瓜。垄:田地分界高起的埂子,田垄,垄沟。菰(gū):多年生草本植物,生在浅水里,嫩茎称"茭白""蒋",可做蔬菜。果实称"菰米""雕胡米",可煮食。

②茄:常称茄子,吴越人沿用宋代叫法称为落苏。烂漫:光彩四射,绚丽多彩。王延寿《鲁灵光殿赋》:"潰潰汦汦,流离烂漫。"芋:又名芋艿、芋头。郁:茂盛貌。参差:纷纭繁杂。

③菘(sōng):菜名,即白菜。离离:分列貌。

④万年枝:见《直中书省》注②。

⑤荒渠:荒芜的水渠。昆明池:见《泛水曲》注②。

和沈祭酒行园

清淮左长薄,荒径隐高蓬①。回潮旦夕上,寒渠左右通。
霜畦纷绮错,秋町郁蒙茸②。环梨县已紫,珠榴拆且红③。

君有栖心地,伊我欢既同④。何用甘泉侧,玉树望青葱⑤。

【题解】

沈祭酒即沈约。《南史·沈约传》:"齐明帝即位,征为五兵尚书,迁国子祭酒。"沈约亦有宅邸在东田,谢朓归京师后,移病还园,或与沈约多有唱和。陈庆元《谢朓诗歌系年》将本诗列为永泰元年(498)作。然永泰元年沈约已任职左卫将军,且此时谢朓岳父王敬则谋反,谢朓因畏祸而出告。五月,王敬则事败伏诛,谢朓妻为此尝怀刃欲报,谢朓心中当极为纠结,当无本诗中之闲逸之心,而沈约与谢朓相交甚笃,当知谢朓此时心境,应不会于此时寄诗。故本诗系于建武四年(497)秋。本诗四句一段,首写沈约园外风物,已有隐栖气象。次写园内,盛赞沈园蔬果之美。最后写自己心意与沈约相同,愿意归隐田园而不慕富贵。

【校注】

①清淮:清澈的秦淮河。淮,即秦淮河。左:边也。长薄:绵延的草木丛。《楚辞·招魂》:"路贯庐江兮左长薄,倚沼畦瀛兮遥望博。"薄,草木丛生的地方。隐:《说文》:"隐,蔽也。"高蓬:高的蓬蒿。

②霜畦(qí):霜天的圃畦。纷:纷纭。绮错:谓如绮纹之交错。《后汉书·班固传上》:"周庐千列,徼道绮错。"秋町:义同"霜畦"。町,田埂,田区。《文选·张衡〈西京赋〉》:"筱荡敷衍,编町成篁。"蒙茸:蓬松、杂乱的样子。此处言杂草。

③环梨:即圆梨。环,通作"圆"。县:同"悬"。"珠榴"句:《古诗纪》、万历本、郭本作"珠榴折且红"。珠榴:石榴。石榴多子如珠,故称珠榴,与"环梨"相对。拆:《集韵》:"拆,开也,裂也。"

④栖心地:止息其心之地。栖心,息心。《晋书·陆云传》:"初慕圣门,栖心重仞。"伊:语气助词,无意义。

⑤甘泉:宫名。故址在今陕西淳化西北甘泉山。本秦宫。汉武帝增筑扩建,在此朝诸侯王,飨外国客,夏日亦作避暑之处。此处代指齐宫室。"玉树"句见扬雄《甘泉赋》:"翠玉树之青葱。"

【汇评】

陈祚明《采菽堂古诗选》卷二十一：秀句可摘，结语苍蒨。

直石头

萧衍

率土皆王土，安知全高尚①。东垄弃黍稷，西游入卿相②。
属逢利建始，投分参末将③。尺寸功未施，河山赏已谅④。
摄官因时暇，曳裾聊起望⑤。郁盘地势远，参差百雉壮⑥。
翠壁绛霄际，丹楼青霞上⑦。夕池出濠渚，朝云生叠嶂。
笼鸟易为恩，屠羊无饰让⑧。泰阶端且平，海水本无浪⑨。
小臣何日归，顿辔从闲放⑩。

【校注】

①"率土"句：丁福保辑《全梁诗》作"率土皆王士"。率土皆王土：见《诗经·小雅·北山》："溥天之下，莫非王土。率土之滨，莫非王臣。"全高尚：指自全高尚之德而不仕。《周易·蛊》："不事王侯，高尚其事。"

②东垄：犹"东亩"。垄，田中高处。"西游"句：用范雎西入秦，说昭王，取卿相之事。《史记·范雎蔡泽列传》："当此时，秦昭王使谒者王稽于魏。郑安平诈为卒，侍王稽。王稽问：'魏有贤人可与俱西游者乎？'郑安平曰：'臣里中有张禄先生，欲见君，言天下事。'王稽辞魏去，过载范雎入秦。"此二句言自己舍耕植之事而入仕。

③利建始：指明帝萧鸾建业之始。利建：见《侍宴华光殿曲水奉敕为皇太子作》注⑭。投分：见《和萧中庶直石头》注⑬。末将：《史记·项羽本纪》："王（楚怀王）召宋义与计事而大悦之，因置以为上将军；项羽为鲁公，为次将，范增为末将。"此处为萧衍自谦微末之意。

251

④尺寸功:指微薄之功。《史记·淮阴侯列传》:"--日数战,无尺寸之功。"施:加。河山赏:指以功获封赏。《汉书·高惠高后文功臣表序》:"封爵之誓曰:'使黄河如带,泰山岩厉,国以永存,爰及苗裔。'于是申以丹书之信,重以白马之盟。谅:《说文》:"谅,信也。"

⑤摄官:任职的谦词,表示暂时代理。《左传·成公二年》:"敢告不敏,摄官承乏。"曳裾:揽衣。比喻驱走寄食于王侯权贵门下。《文选·邹阳〈上吴王书〉》:"饰固陋之心,则何王之门不可曳长裾乎?"裾,衣服的大襟。

⑥郁盎:厚重貌。百雉:指城墙的长度达三百丈,是春秋时国君的特权。雉,古代计算城墙面积的单位,长三丈高一丈为一雉。《左传·隐公元年》:"都城过百雉,国之害也。"

⑦绛霄:指天空极高处。天之色本为苍青,称之为"丹霄""绛霄"者,因古人观天象以北极为基准,仰首所见者皆在北极之南,故借南方之色以为喻。

⑧"笼鸟"句:以笼鸟自喻表示感恩明帝。《鹖冠子》:"笼中之鸟,空笼不出。"言鸟之感恩。"屠羊"句:用屠羊说之典故,表示自己实无功劳,非矫饰谦让。《庄子·让王》:"楚昭王失国,屠羊说走而从于昭王。昭王反国,将赏从者。及屠羊说。屠羊说曰:'大王失国,说失屠羊。大王反国,说亦反屠羊。臣之爵禄已复矣,又何赏之有。'王曰:'强之。'屠羊说曰:'大王失国,非臣之罪,故不敢伏其诛;大王反国,非臣之功,故不敢当其赏。'"

⑨泰阶:古星座名。即三台。上台、中台、下台共六星,两两并排而斜上,如阶梯,故名。端且平:《文选·左思〈魏都赋〉》:"令斯民睹泰阶之平。"张载注:"泰阶者,天之三阶也。……三阶平则阴阳和,风雨时,岁大登,民人意,天下平,是谓太平。"

⑩小臣:萧衍自谦之称。顿辔:犹停车。《文选·陆机〈赴洛道中作〉》:"顿辔倚嵩岩,侧听悲风响。"从:《广韵》:"从,就也。"闲放:悠闲放任,闲散。此二句言自己将息驾归隐。

和萧中庶直石头

九河亘积岨,三巘郁旁眺①。皇州总地德,回江款岩徼②。

井干艳苍林,云甍蔽层峤③。川霞旦上薄,山光晚余照④。
翔集乱归飞,虹蜺纷引曜⑤。君子奉神略,瞰迥冯重峭⑥。
弹冠已籍甚,升车益英妙⑦。功存汉册书,荣并周庭燎⑧。
汲疾移偃息,董园倚谈笑⑨。麾斾一悠悠,谦姿光且劭⑩。
燕嘉多暇日,兴文起渊调⑪。曰余厕鳞羽,灭影从渔钓⑫。
泽渥资投分,逢迎典待诏⑬。咏沼邈含毫,专城空坐啸⑭。
徒惭皇鉴揆,终延曲士诮⑮。方追隐沦诀,偶解金丹要⑯。
若偶巫咸招,帝阍良可叫⑰。

【题解】

萧中庶,即萧衍。谢朓与萧衍同岁,二人在永明初同为"竟陵八友"之一,后又同赴荆州为随王属下,二人子女曾约为婚姻,可谓关系密切。萧衍极为推重谢朓之诗,尝谓"三日不读,即觉口臭"。而萧衍在政治上的才具则远超谢朓。王融曾评价萧衍:"宰天下者,必在此人。"果然,数年之后,萧衍代齐自立建梁,是为梁武帝。本诗陈庆元《谢朓诗歌系年》系为建武三年(496)。但此时谢朓还在宣城任上,而本诗中有"徒惭皇鉴揆,终延曲士诮"之句,可见此时谢朓已在中书郎任上,故本诗当作于建武四年(497)。

全诗可分三段,开头十句首段,写石头城的险要地势与城阙的雄伟壮观。"君子奉神略"以下十二句为次段,赞扬萧衍之文才武略、威望功绩以及器识休养。"曰余厕鳞羽"以下十二句为末段,写自己厌倦仕途,希望能早日归隐,离开尘世。读谢朓和诗及萧衍原诗,颇值感慨,萧诗故示恬退,而实为积蓄实力,其深谋远虑可见一斑。谢朓则一如既往,纠结于进退之间,畏祸之心,溢于言表。二人立意虽有不同,但皆可见其时明帝猜忌残酷之心,以致人心之忧惧。谢朓此诗之后,再无所传,可谓谢诗绝唱,故本诗最后一段,未尝不可作为其一生之自叙。

【校注】

①九河:禹时黄河的九条支流,也泛指黄河。《尚书·禹贡》:"九河既导。"此处九河应代指长江。亘:连绵不断,伸展开去。岨(jū):路途上的山石障碍。

253

三嵏(zōng)：三峰并峙的山。嵏，峰聚之山曰嵏。此处当借指建康西南之三山。此二句言石头城地势险要。

②皇州：帝都，京城。总：聚合，聚束。地德：大地的德化恩泽。《管子·问》："理国之道，地德为首。"回江：回环之江。长江流至建康折向东北，再转东入海，故曰"回江"。款：敲，叩。岩徼(jiào)：山崖边。此二句言石头城位置重要。

③井干：楼名。见前《白雪曲》注④。衪(xì)：大赤色。云甍(méng)：见《三日侍华光殿曲水宴代人应诏》注㉘。峤(qiáo)：泛指高而陡峭的山峰。此二句言石头城建筑雄伟。

④川霞：江上之霞光。薄：迫近。此二句言石头城早晚景色。

⑤翔集：众鸟飞翔而后群集于一处。《论语·乡党》："色斯举矣，翔而后集。""虹蜺"句：涵芬楼本作"虹蜺纷引擢"。虹蜺(ní)：见刘绘《入琵琶峡望积布矶》注③。纷引曜：日光折射而引起之纷纭之色。曜，日光。此二句为想象之语，引出下面称颂萧衍之辞。

⑥君子：指萧衍。神略：形容高超的谋略。瞰迥(jiǒng)：指远眺。冯：登临。峭：陡峭的山岩。此二句赞萧衍胸有大略。

⑦弹冠：指为官入仕。《汉书·王吉传》："吉与贡禹为友，时称'王阳在位，贡公弹冠。'"籍甚：盛大，盛多。《汉书·陆贾传》："贾以此游汉廷公卿间，名声籍甚。"升车：登车，上车。《礼记·经解》："行步，则有环佩之声；升车，则有鸾和之音。"英妙：英俊高妙。潘岳《西征赋》："终童山东之英妙，贾生洛阳之才子。"此二句言萧衍名声远播，前程远大。

⑧"功存"句：涵芬楼本作"功存汉策书"。汉册书：汉代一统天下，于辅弼之臣，论功定赏，申以丹书之信。《汉书·高惠高后文功臣表序》："封爵之誓曰：'使黄河如带，泰山岩厉，国以永存，爰及苗裔。'于是申以丹书之信，重以白马之盟。"册书，也作"策书"。古代帝王用于册立、封赠的诏书。《周礼》："凡命诸侯及公卿大夫，则策命之。"庭燎：古代庭中照明用的火炬。《诗经·小雅·庭燎》："夜如何其？夜未央，庭燎之光。"此二句言萧衍功绩荣显。

⑨汲疾：用汲黯卧治事。《汉书·汲黯传》："迁为东海太守，黯学黄老言治官民，好清静，择丞史任之，责大指而已，不细苛。黯多病，卧阁内不出。岁余，东海大治，称之。"偃息：睡卧止息。董园：用董仲舒读书事。见《奉和竟陵王同

沈右率过刘先生墓》注②。此二句言萧衍威重才高。

⑩麾旆：即挥旗以示号令。引申指军队。悠悠：旌旗轻轻飘动貌。《诗经·小雅·车攻》："悠悠旆旌。""谦姿"句：《易经·系辞》："谦尊而光。"孔疏："谓尊者有谦而更光明。"邵：美也。此二句言萧衍深明进退，而有修养。

⑪燕嘉：即宴乐。《诗经·小雅·鹿鸣》："我有旨酒，以宴乐嘉宾之心。"兴文：兴起文思，发而为文。曹植《赠徐干》："兴文自成篇。"渊调：渊雅的风调。此二句言萧衍好客善文。

⑫曰：语首助词，无意义。厕：间杂，置身。《释名·释宫室》："厕，杂也。言人杂厕在上非一也。"鳞羽：鱼和鸟。见《侍宴华光殿曲水奉敕为皇太子作》注⑪。灭影：谓藏匿踪迹，不露于世。陆云《岁暮赋》："日回天以灭影，飙衡渊而无澜。"从：从事。此二句言自己有退隐之心。

⑬泽渥：恩泽深厚。投分：情投意合、兴趣相投等。《文选·潘岳〈金谷集作诗〉》："投分寄石友。"逢迎：迎接，接待。《广韵》："逢，迎也。"典：主持，掌管。《广韵》："典，主也。"待诏：等待诏命。《文选·扬雄〈甘泉赋〉序》："孝成帝时，客有荐雄文似相如者……召雄待诏承明之庭。"此处指谢朓转任中书郎之事。

⑭咏沼：指为君王歌功颂德之作。《诗经·大雅·灵台》："王在灵囿，麀鹿攸攸……王在灵沼，于牣鱼跃。"沼：宫中池沼，或为凤凰池，为中书省所在。邈含毫：吮笔深思。《文选·陆机〈文赋〉》："或含毫而邈然。"张铣注："邈然，谓文迟成也。"专城：指任主宰一城的州牧、太守等地方长官。古乐府《陌上桑》："四十专城居。"此处指谢朓曾任宣城太守一事。坐啸：见《在郡卧病呈沈尚书》注⑩。此二句为谢朓自谦才薄，居中书则含笔邈然，受一郡但坐啸无功。

⑮皇鉴：皇帝的明察。潘岳《西征赋》："皇鉴揆余之忠诚，俄命余以末班。"揆：《广雅·释言》："揆，度也。"曲士：乡曲之士，比喻孤陋寡闻的人。《庄子·秋水》："曲士不可以语于道者，束于教也。"诮：责备。此二句言自己为乡曲之士，有愧明帝器重。

⑯隐沦：见《游敬亭山》注③。诀：秘诀。金丹：古代方士炼金石为丹药，认为服之可长生不老。葛洪《抱朴子·金丹》："金液入口，则其身皆金色，老子受之于元君，是为金丹。"要：要领。此二句言自己欲归隐求仙之念。

⑰若偶：如果遇到。巫咸：古神巫名，以作筮著称，能祝延人之福疾，知

人之生死存亡,期以岁月论断如神。《列子·黄帝》:"有神巫自齐来,处于郑,命曰巫咸,知人生死存亡,期以岁月,句句如神。"帝阍:见《雩祭歌·迎神》注⑪。

【汇评】

陈祚明《采菽堂古诗选》卷二十一:气苍语健,押韵并极自然,情事曲折能尽。

咏物诗

咏物传统古已有之。《国语·楚语上》："若是而不从,动而不悛,则文咏物以行之,求贤良以翼之。"而《广典记》亦载："梁孝王尝集诸游士与曜华宫使各赋。枚乘赋柳,路升赋鹤,公孙诡赋文鹿,邹阳赋酒,公孙乘赋月,羊胜赋屏风,韩安国赋几不成,邹阳代韩,邹罚酒,枚乘诸人赐绢各五匹。"可见当时已举行文会同咏。咏物诗是托物言志的诗歌,通过事物的咏叹体现诗人情感。咏物诗中所咏之"物"往往是作者的自况,与诗人的自我形象完全融合在一起,作者在描摹事物中寄托了一定的感情。在诗中,作者或流露出自己的人生态度,或寄寓美好的愿望,或包涵生活的哲理,或表现作者的生活情趣。齐梁之时,士风渐趋绮靡,士人的生活空间极为狭窄,他们视军国之事为俗务,却对身边的花草、山水、美人投注了极大的热爱,故咏物之作在此时极为盛行,成为在酒宴、文会上展现文采,消磨时间的游戏。谢朓作为齐梁时人的代表人物,自然也会受到这种潮流影响,创作了不少咏物诗。如不含乐府在内,总共有十六首。其写作年代不易考查,但同咏器物诸篇,大抵都在永明八年以前,当时竟陵王开西邸延文士,集会较多,吟咏相和之作也应运而生。其余独咏诸篇,以花木居多,疑在宣城时所作,陈庆元先生于《谢朓诗歌系年》中也将这几首归于其出守宣城之时。谢朓的咏物诗,在思想内容方面大多无甚可取之处,然在写作技巧上,却较前人有了很大提高,对其山水诗的创作也有相当之帮助。

同咏坐上所见一物[①]

席[②]

本生朝夕池,落景照参差[③]。汀洲蔽杜若,幽渚夺江蓠[④]。遇君时采撷,玉座奉金卮[⑤]。但愿罗衣拂,无使素尘弥[⑥]。

【题解】

本诗及《同咏坐上器玩·乌皮隐几》《同咏乐器·琴》《咏竹火笼》《咏鹧鹆》《杂咏三首》等一系列诗作,宋钞本总题为《同咏所见一物十一首》。其中还包括沈约、柳恽等人同咏之作。《梁书·柳恽传》载:"其父忧,去职。"柳恽之父柳世隆卒于永明九年(491),柳恽参与咏诗当在其父去世之前。此外题中沈约官职右率之称居多,可见本组咏物诗应为谢朓赴荆州之前,在竟陵王西邸与众人酬唱之作,故系之于永明八年(490)。本诗前四句主要描写制席之材料——蒲草的生长特性,后四句则说明了蒲草得遇贵人,被采织作蒲席,一下贵重起来,故希望常得贵人眷顾,其中托物申意之处,颇为明显。全诗篇幅短小,语言流畅,辞藻清丽,风格清新,具有鲜明的"永明体"诗风特点。

【校注】

①《古文苑》题作"沈右率座赋三物为咏"。

②张本作"同咏坐上所见一物得席"。

③"本生"句:《初学记》作"本生潮汐地"。《古诗纪》、张本作"本生潮汐池"。朝夕:即潮汐。《汉书·枚乘传》:"游曲台,临上路,不如朝夕之池。"落景:落日的光辉。

④"汀洲"句:《艺文类聚》作"河洲蔽杜若"。汀洲:水中小洲。《楚辞·九歌·湘夫人》:"搴汀洲兮杜若,将以遗兮远者。"杜若:香草名。幽渚:清幽的水中小洲。江蓠:香草名,即蘼芜,又作"江离"。《楚辞·离骚》:"扈江离与辟芷兮,纫秋兰以为佩。"王逸注:"江离、芷,皆香草名。"

⑤采撷(xié):摘取;采摘。玉座:见《同谢谘议咏铜爵台》注⑤。金卮(zhī):金制酒器,亦为酒器之美称。

⑥罗衣:轻软丝织品制成的衣服。此处借指权贵。拂:拂拭,引申为提拔器重。素尘:犹灰尘。弥:满,遍。

同前①

柳恽

照日汀洲际,摇风绿潭侧。虽无独茧丝,幸有青袍色②。罗袖少轻尘,象床多丽饰③。愿君兰夜饮,佳人时宴息④。

【校注】

①《玉台新咏》题作"咏席"。

②"虽无"句:《玉台新咏》《古诗纪》作"虽无独茧轻。"独茧丝:一茧之丝。《列子·汤问》:"詹何以独茧丝为纶。"青袍:古仕宦者之服。此处指蒲草色青似之。《古诗·穆穆清风至》:"青袍似春草。"

③象床:以象牙所饰之床。

④"愿君"二句:《艺文类聚》作"愿君夜阑饮,佳人时安息。"兰夜:指七夕。古时称农历七月为"兰月",所以七夕又称为"兰夜"。宴息:休息。《易经·随卦》:"君子以向晦入宴息。"

幔①

王融②

幸得与珠缀,幂历君之楹③。月映不辞卷,风来辄自轻。
每聚金炉气,时驻玉琴声④。但愿置樽酒,兰缸当夜明⑤。

【校注】

①《玉台新咏》《全齐诗》题作"咏幔"。

②《古文苑》作"谢文学朓"。

③"幸得"句:《全齐诗》作"幸待与珠缀"。《古文苑》作"幸得与君缀"。与珠缀:王嘉《拾遗记》:"贯细珠为帘幌,朝下以蔽景,夕卷以待月。"幂历:见虞别驾《饯谢文学》注②。楹:《说文》:"楹,柱也。"

④金炉:金制熏炉。《汉官典职》:"尚书郎给女史二人,著洁衣服,执香炉烧熏。"玉琴:玉饰之琴。

⑤"但愿"句:《玉台新咏》作"俱愿致樽酒"。"兰釭"句:《万花谷》作"兰釭常夜明"。兰釭(gāng):燃兰膏的灯,亦用以指精致的灯具。

帘

虞炎

青轩明月时,紫殿秋风日①。曈昽孔光晖,掩暧映容质②。
清露依檐垂,蛸丝当户密③。搴开谁共临,掩晦独如失④。

【校注】

①青轩:施青漆为饰之轩,借指豪华的居室。"紫殿"句:涵芬楼本作"紫殿金风日"。紫殿:见《直中书省》注①。

②"曈昽"句:《全齐诗》作"朣胧孔光辉"。曈昽(tóng lóng):日初出渐明貌。晻暧(ǎn ài):昏暗貌。《文选·王延寿〈鲁灵光殿赋〉》:"遂排金扉而北入,宵蔼蔼而晻暧。"

③"清露"句:《初学记》作"清露依帘垂"。蛸(shāo)丝:蟏蛸所吐之丝。《诗经·豳风·东山》:"蟏蛸在户。"蛸,即蟢子。

④搴(qiān)开:卷帘。掩晦:即掩闭。失:意同"亡"。江淹《别赋》:"居人愁卧,恍若有亡。"

咏竹火笼

庭雪乱如花,井冰粲成玉①。因炎入貂袖,怀温奉芳褥②。
体密用宜通,文邪性非曲③。本自江南墟,娟娟修且绿④。
暂承君玉指,请谢阳春旭⑤。

【题解】

本诗所作时间与《咏席》相近,宋钞本有沈约同咏(《古诗纪》作无名氏)。火笼,即覆罩熏炉上之笼,亦称熏笼,用以熏香取暖。诗中吟咏了竹火笼之功用,及其原料竹子的特性,全篇描摹细致,皆用拟人之法,可以看作是竹火笼的自叙,寓有"秋扇见捐"之意。

【校注】

①粲:鲜明貌。此二句借庭雪、井冰言天气之寒。

②"因炎"句:《太平御览》作"因炎入豹袖"。貂袖:貂衣之袖,贵人之服。芳褥:香褥。褥,坐卧的垫具。此二句言竹火笼因为温暖,被置于貂袖、芳褥中以取暖。

③"文邪"句:《艺文类聚》《太平御览》作"文斜性非曲"。邪:不正,邪恶。此二句言竹火笼虽编织严密,但却宜于导热,虽是交叉编织,但竹之本性确是不曲的。

④"本自"二句:《玉台新咏》无。墟:大丘。嫋娟:见《秋竹曲》注①。此二句言竹子产自江南大丘,姿态修长翠绿。

⑤"暂承"句:《艺文类聚》作"暂承君王指"。《全齐诗》作"暂承君玉旨"。玉指:代指贵人之手指。此二句言暂时承君玉指相捧,但一旦春回大地,竹火笼便失其作用。

【汇评】

陈祚明《采菽堂古诗选》卷二十一:宣城工于咏物,姿态疏秀,造情不远,而寄意可风。

同　前

沈约

结根终南下,防露复披云①。虽为九华扇,聊可涤炎氛②。
安能偶狐白,鹤卵织成文③。覆持鸳鸯被,百和吐氛氲④。
忽为纤手用,岁暮待罗裙⑤。

【校注】

①终南:终南山,在今陕西西安市南,亦称南山。

②九华扇:汉宫扇名,以竹篾结成九层之华文得名。曹植《九华扇赋》序:"昔吾先君常侍,得幸汉桓帝,赐方扇,不方不圆,其中结成文,名曰九华。"炎氛:即暑气。

③狐白:见《宣城郡内登望》注⑨。"鹤卵"句:意为竹火笼由竹篾编织成文,浅碧如鹤卵色。

④鸳鸯被:绣着鸳鸯的锦被,亦简称"鸳被""鸳衾"。《古诗十九首·客从

263

远方来》):"文彩双鸳鸯,裁为合欢被。"百和:即百合香。古人在室中燃香,取其芳香除秽。为使香味浓郁经久,又选择多种香料加以配制,因称为"百和香"。《太平御览》卷八一六引《汉武帝内传》:"燔百和香,燃九微灯,以待西王母。"

⑤纤手:指女子柔细的手。《古诗十九首·青青河畔草》:"娥娥红粉妆,纤纤擢素手。"

同咏坐上器玩

乌皮隐几①

蟠木生附枝,刻削岂无施②。取则龙文鼎,三趾献光仪③。
勿言素韦洁,白沙尚推移④。曲躬奉微用,聊承终宴疲⑤。

【题解】

《十八家诗钞》于本诗题下注"同沈约"。故本诗亦作于永明八年(490)左右,为谢朓与沈约等竟陵文友酬唱游戏之作。乌皮隐几,即黑色皮质几案,可供人依凭休息。本诗依次吟咏了乌皮隐几的取材、做工、形状、色泽以及功用。

【校注】

①张本题作"同咏坐上玩器得乌皮隐几"。

②蟠(pán)木:指盘曲而难以为器的树木。《汉书·邹阳传》:"蟠木根柢,轮囷离奇,而为万乘器者,何则?"附枝:树木的分枝。《后汉书·张堪传》:"百姓歌曰:'桑无附枝,麦穗两岐。张君为政,乐不可支。'"刻削:见刘绘《入琵琶峡望积布矶》注⑦。施:加工。

③取则:取作准则、规范或榜样。龙文鼎:雕有龙纹的宝鼎。班固《两都赋》:"宝鼎见兮色纷缊,焕其炳兮被龙文。"三趾:指隐几之三足。光仪:光彩的仪容。祢衡《鹦鹉赋》:"背蛮夷之下国,侍君子之光仪。"

④素韦:白色的皮革。白沙:《荀子·劝学》:"白沙在涅,与之俱黑。"推移:指移动、变化或发展之意。《礼记·王制》:"中国戎夷,五方之民,皆有性也,不

可推移。"此二句言白色皮革虽然光洁,但历久也会变黑,故用黑色皮革做隐几靠垫是可取的。

⑤曲躬:折腰。形容恭顺,此处以状隐几之形。微用:小小的功用,谦辞。

竹槟榔盘①

沈约

梢风有劲质,柔用道非一②。平织方以文,穹成圆且密③。
荐羞虽百品,所贵浮天实④。幸承欢醑余,宁辞嘉宴毕⑤。

【校注】

①《艺文类聚》、张本题作"咏竹槟榔盘"。

②"梢见"句:《古诗纪》、万历本、郭本作"稍风有劲质"。梢风:指竹。梢,古通"捎",掠拂之意。扬雄《羽猎赋》:"曳捎星之旃。"柔:通"揉"。《说文》段注:"凡木曲者可直、直者可曲为柔。《考工纪》多言揉。"

③"穹成"句:《艺文类聚》作"穿成圆且密。"穹:《周礼·冬官·考工纪·鞞人》郑注:"穹,谓鼓木腹穹隆者。"

④荐羞:《周礼·天官·笾人》段玉裁注:"荐、羞,皆进也。未食未饮曰荐,即食即饮曰羞。"浮天实:指槟榔,极言槟榔之实繁而树高。

⑤欢醑(xǔ):犹欢饮。此二句言盘盛槟榔,进以消食。宋刘穆之娶江嗣女。穆之往,食毕,求槟榔。江氏兄弟戏之曰:"槟榔消食,君乃常饥,何忽须此。"(见《南史·刘穆之传》)

咏镜台①

玲珑类丹槛,苕亭似玄阙②。对凤悬清冰,垂龙挂明月③。
照粉拂红妆,插花理云发④。玉颜徒自见,常畏君情歇⑤。

【题解】

本诗与《咏灯》、《咏烛》总题《杂咏三首》,均在宋钞本《同咏所见物十一首》中,应为同时之作。本诗前四句写镜台,后四句写照镜之美人,以镜依附于台做比,寄托"士为知己者死,女为悦己者容"的臣妾心理。

【校注】

①《玉台新咏》题作"镜台"。

②"玲珑"句:《初学记》作"玲珑类丹楹"。此处指雕镂空明。丹槛:赤色的栏杆。"苕亭"句:《太平御览》作"孤高似玄阙。"玲珑:明彻貌。苕亭:高峻貌。郦道元《水经注·澧水》:"嵩梁山高峰孤竦,素壁千寻,望之苕亭,有似香炉。"玄阙:古代传说中的北方极远之地。《史记·司马相如列传》:"遗屯骑于玄阙兮,轶先驱于寒门。"

③"对凤"句:《初学记》《太平御览》作"对凤临清水"。"垂龙"句:《太平御览》作"乘龙挂明月"。"对凤""垂龙"皆为镜台雕饰。庾信《镜赋》:"龙垂匣外,凤倚花中。""清冰""明月"皆以喻明镜。

④"插花"句:《玉台新咏》作"插花埋云发"。云发:形容头发繁密。《诗经·鄘风·君子偕老》:"鬒发如云。"

⑤玉颜:形容美丽的容貌。多指美女。宋玉《神女赋》:"貌丰盈以庄姝兮,苞温润之玉颜。""常畏":《太平御览》作"畏见君情歇"。《古诗钞》作"常谓君情歇"。

【汇评】

吴汝纶《汉魏六朝名家集选》:此美恶自知,人情难测也。一本评云:"殆有忧生之嗟。"

咏 灯①

发翠斜汉里,蓄宝宕山峰②。抽茎类仙掌,衔光似烛龙③。
飞蛾再三绕,轻花四五重④。孤对相思夕,空照舞衣缝⑤。

【题解】

本诗前四句写灯光,后四句借灯引出独守空房之美人在灯下缝裁舞衣,兴起年华空逝之闺怨,体现了古时妇女之哀愁。

【校注】

①《玉台新咏》题作"镫"。

②斜汉:即银河。宕山:《列仙传》:"主柱与道士共上宕山,言此有丹砂,可得数万斤。宕山长吏知而上山封之,沙流出,飞如火。乃听柱取焉。"此二句以神话为喻,形容灯之翠光。

③仙掌:即仙人手掌。《汉书·郊祀志》:"武帝作柏梁、铜柱、承露仙人掌之属。"烛龙:别名烛九阴,中国古代神话中的钟山之神。《山海经·大荒北经》:"西北海之外,赤水之北,有章尾山。有神,人面蛇身而赤,直目正乘,其瞑乃晦,其视乃明,不食不寝不息,风雨是谒。是烛九阴,是烛龙。"此二句写灯架高擎,灯光闪耀似烛龙。

④飞蛾:即灯蛾。《古今注·鱼虫》:"飞蛾善拂灯,一名火花,一名慕光。"轻花:指灯花。《西京杂记》:"陆贾曰:'灯火花,得钱财。'"此二句言灯花燃烧已久,引出结句。

⑤"空照"句:《初学记》作"空照无衣缝"。

咏 烛

杏梁宾未散,桂宫明欲沉①。暖色轻帏里,低光照宝琴②。
徘徊云髻影,灼烁绮疏金③。恨君秋月夜,遗我洞房阴④。

【题解】

本诗一二句写主人宴客未归;三四句写暮色渐深,内室烛光低弱;五六句写女子在内室烛光下徘徊,苦苦等待;最后二句写女子对丈夫迟迟不归表示哀怨。

【校注】

①杏梁:以文杏木做成的屋梁,泛指华丽的屋宇。《文选·司马相如〈长门赋〉》:"饰文杏以为梁。"桂宫:建于汉武帝时,又称"四宝宫",在未央宫以北偏西,为后妃居住生活的宫殿,建筑十分奢华。此处代指内室。班固《西都赋》:"自未央而连桂宫,北弥明光而亘长乐。"

②暧色:昏暗之色。《广韵》:"暧,日不明。"低光:低弱之光。宝琴:饰以宝玉之琴。

③云髻(jì):高耸的发髻。《文选·曹植〈洛神赋〉》:"云髻峨峨,修眉联娟。"灼烁:鲜明貌,光彩貌。《古文苑·宋玉〈舞赋〉》:"珠翠灼烁而照曜兮,华袿飞髾而杂纤罗。"绮疏金:指窗牖刻镂映烛光如金色。绮疏,指雕刻成空心花纹的窗户。《后汉书·梁冀传》:"窗牖皆有绮疏青琐,图以云气仙灵。"

④洞房:见《奉和随王殿下》其四注①。

同咏乐器

琴①

洞庭风雨干,龙门生死枝②。雕刻纷布濩,冲响郁清危③。春风摇蕙草,秋月满华池④。是时操别鹤,淫淫客泪垂⑤。

【题解】

《十八家诗钞》于题下注"同王融沈约"。本诗应与前述咏物之作同时期创作。其中王融咏《琵琶》、沈约咏《篪》。谢朓此诗首联写制琴之材乃为梧桐之木;次联写琴身雕满精美花纹,琴声清越淡雅;三联写琴韵悠远美妙;末联写正在听琴人妙之际,奏起的《别鹤操》使人泪下如雨。全诗借琴音抒发伤感别之情,或为此时谢朓将离京赴荆州随王幕中。

【校注】

①《初学记》题作"咏琴诗"。张本题作"同咏乐器得琴"。

②洞庭：即洞庭湖。崔骃《七依》："爰有洞庭之椅桐，依峻岸而旁生。"龙门：龙门山，在今河南洛阳市南。枚乘《七发》："龙门之桐，高百尺而无枝，……其根半死半生。……于是背秋涉冬，使琴挚斫斩以为琴。"此二句言制琴之木，椅、桐皆为制琴瑟之材。

③布濩(hù)：遍布，布散。《文选·张衡〈东京赋〉》："声教布濩，盈溢天区。""冲响"句：《古诗纪》、万历本、张本、《全齐诗》作"冲响郁清卮"。冲响：冲和之音。《广韵》："冲，和也。"危：高，陡。《说文》："危，在高而惧也。"

③"秋月"句：《初学记》作"秋月满阶池"。华池：见《芳树》注①。

④"是时"二句：《初学记》作："是时别鹤叫，侵淫客泪垂。"操：演奏。别鹤：即《别鹤操》。见《奉和随王殿下》其六注⑥。淫淫：流泪不止貌。《楚辞·九章·哀郢》："望长楸而太息兮，涕淫淫其若霰。"

【汇评】

吴汝纶《汉魏六朝名家集选》：言春秋佳日，不堪离别之思。

琵　琶①

王融

抱月如可明，怀风殊复清②。丝中传意绪，花里寄春情③。掩抑有奇态，凄锵多好声④。芳袖幸时拂，龙门空自生⑤。

【校注】

①《古文苑》题作"沈右率座赋三物为咏"，次为此篇。《玉台新咏》题作"咏琵琶"。

②"抱月"句：琵琶之形类月，故以为喻。

③"丝中"二句：言琵琶与琴瑟皆以弦丝以传情达意。

④掩抑：低沉抑郁。此处指弹奏琵琶时止息遏制之貌。"凄锵"句：《古文苑》《古诗纪》、万历本、张本作"悽锵多好声"。《玉台新咏》作"凄怆多好声"。凄锵：象声词，有节奏的声响。此处以状琵琶乐声。

⑤"芳袖"句:《初学记》作"芳袖幸持拂"。芳袖:指弹奏琵琶女子之袖。龙门:见《琴》注②。

篪①

沈约

江南箫管地,妙响发孙枝②。殷勤寄玉指,含情举复垂③。
雕梁再三绕,轻尘四五移④。曲中有深意,丹诚君讵知⑤。

【校注】

①《古文苑》题作"沈右率座赋三物为咏",三为此篇。《玉台新咏》、张本题作"咏篪"。篪(chí):乐器名。《诗经·小雅·何人斯》:"仲氏吹篪。"
②"江南"句:见《秋竹曲》注③。孙枝:孙竹。《周礼·春官·大司乐》:"孙竹之管。"以孙竹制篪,可发妙音。
③玉指:美言人之手指,此处称吹篪之人的手指。
④雕梁:饰以文采之梁。再三绕:见《赛敬亭山庙喜雨》注⑧。《古琴疏》:"华元献楚王以绕梁之琴,鼓之,其声嫋嫋,绕于梁间。"轻尘句:指篪声清亮。刘向《别录》:"鲁人虞公发声清,晨歌动梁尘。"
⑤"丹诚"句:《古文苑》作"丹心君讵知"。丹诚:赤诚之心。《三国志·魏书·陈思王植传》:"承答圣问,拾遗左右,乃臣丹诚之至愿,不离于梦想者也。"

咏鸂鶒①

蕙草含初芳,瑶池暖晚色②。得厕鸿鸾影,晞光弄羽翼③。

【题解】

鸂鶒(xī chì),水鸟名。形大于鸳鸯,而多紫色,好并游,俗称紫鸳鸯。左思《吴都赋》:"鸟则鹍鸡鹎鶋……鸂鶒……泛滥乎其上。"可见其早已为宫廷所饲养。谢朓此诗咏鸂鶒,不写其形状,而专突出其得厕鸿鸾,幸其得所之意,当为谢朓早年在宫中任职时,有感而发之作。

【校注】

①涵芬楼本题作"咏溪鹅"。

②蕙草:即春草。瑶池:以玉饰池。此以美称池沼。暧:《后汉书·周燮传赞》李贤注:"暧,犹翳也。"

③鸿:指大雁。陆机《诗疏》:"鸿,羽毛光泽纯白,似鹤而大,长颈。"鸾:又名鸾鸟、青鸟、鸡趣等,是古代神话中凤凰一类的鸟。《艺文类聚》引《决溢注》:"象凤多青色者,鸾也。"晞(xī)光:即希光,沐浴于阳光,比喻沐受恩惠。《韵会》:"晞,通作希。"

咏 竹

前窗一丛竹,青翠独言奇①。南条交北叶,新笋杂故枝。月光疏已密,风来起复垂。青扈飞不碍,黄口得相窥②。但恨从风箨,根株长别离③。

【题解】

本诗首联写竹枝青翠,异于他树。次联和三联写春日之际,春笋抽枝,渐成新竹。第四联写青扈、黄口穿飞其间。末联写笋皮从风而去,但却与根株永远分离,其中或有谢朓远离京城,心中惆怅失落的自况之意。故本诗当作于宣城之时。《新治北窗和何从事》有"池北树如浮,竹外山犹影"之句,而本诗有"前窗一丛竹"之句,或本诗所咏之竹即为北窗之竹。故暂系于建武三年(496)春。

【校注】

①"前窗"句:《艺文类聚》、《古诗纪》、张本、郭本、《全齐诗》作"窗前一丛竹"。奇:《淮南子·修务训》高诱注:"非常曰奇。"

②青鸅:即桑鸅。俗名青雀,背青黑色,腹下蓝色,故称。鸅,同"鷾"。《尔雅·释鸟》:"桑鷾,窃脂。"郭注:"俗谓之青雀,觜曲食肉,好盗脂膏,因名云。"黄口:幼雀。《说苑·敬慎》:"孔子见罗者,其所得者皆黄口也,孔子曰:'黄口尽得,大爵独不得,何也?'罗者对曰:'黄口从大爵者不得,大爵从黄口者可得。'"

③"根枝"句:涵芬楼本作"根枝长别离"。萚(tuò):草木脱落的皮、叶。根株:《说文》徐锴注:"在土曰根,在土上曰株。"

咏　蒲

离离水上蒲,结水散为珠①。间厕秋菡萏,出入春凫雏②。初萌实雕俎,暮蕊杂椒涂③。所悲塘上曲,遂铄黄金躯④。

【题解】

观诗意,本诗亦当作于宣城之时。谢朓曾于明帝篡位时作乐府《蒲生行》,感慨托身洪波不能永终的畏祸之心。此又作《咏蒲》,前三联分别描写蒲的自身形态、生长环境以及用途,最后一联用魏文帝甄后因谗言而被弃之故事,以蒲之遭遇自比,表达了自己因谗离京的幽怨之心。故亦系之于建武三年(496)。

【校注】

①离离:见《秋竹曲》注②。《乐府诗集·塘上行》:"蒲生我池中,其叶何离离。"结水:指蒲叶上凝着水滴。

②间厕:杂列之意。菡萏(hàn dàn):荷花的别称。《诗经·陈风·泽陂》:"彼泽之陂,有蒲菡萏。"凫雏:初生之野鸭。

③初萌:初萌的蒲芽,可充菜肴。《诗经·大雅·韩奕》:"其蔌维何?维笋及蒲。"实:充实。雕俎:雕花的菜盘。暮蕊:指蒲衰老时结的蒲棰,其中之蕊屑即为蒲黄,细若金粉,可为涂料。杂椒涂:以蒲黄杂花椒粉和泥涂墙。古时宫殿中所谓椒墙即如此涂饰,取其温香。

④塘上曲：即指乐府《塘上行》。《乐府诗集》：《邺都故事》曰："魏文帝甄皇后，中山无极人。袁绍据邺，与中子熙娶后为妻。后太祖破绍，文帝时为太子，遂以后为夫人。后为郭皇后所谮，文帝赐死后宫。临终为诗曰：'蒲生我池中，绿叶何离离。岂无兼葭艾，与君生别离。莫以贤豪故，弃捐素所爱。莫以麻枲贱，弃捐菅与蒯。莫以鱼肉贱，弃捐葱与薤。'"《歌录》曰："《塘上行》，古辞。或云甄皇后造。"《乐府解题》曰："前志云：'晋乐奏魏武帝《蒲生篇》，而诸集录皆言其词文帝甄后所作，叹以逸诉见弃，犹幸得新好，不遗故恶焉。'若晋陆机'江蓠生幽渚'，言妇人衰老失宠，行于塘上而为此歌，与古辞同意。""遂铄"句：《塘上行》："众口铄黄金，使君生别离。"铄，销，熔化。

咏落梅①

新叶初冉冉，初蕊新菲菲②。逢君后园宴，相随巧笑归③。亲劳君玉指，摘以赠南威④。用持插云髻，翡翠比光辉⑤。日暮长零落，君恩不可追。

【题解】

本诗首联写早梅初放。二、三、四联写美人随君于后园见到梅花盛开，得君之宠幸，亲自摘梅花以赠，美人簪于鬟上而容光焕发。最后一联写日暮时分，美人所簪之梅花零落，而君之恩宠亦不可复得。全诗除首联对仗外，其余各联均咏单行句式，读来一气流转，弥觉清新，最后一联寓有"色衰恩弛"之意，与谢朓被迫离京，出守宣城之心境或可对照，故据诗意，亦暂系之于建武三年（496）春。

【校注】

①《玉台新咏》题作"落梅"。
②冉冉：(毛、枝条等)柔软下垂的样子。曹植《美女篇》："柔条纷冉冉，落叶何翩翩。""初蕊"句：《玉台新咏》、涵芬楼本作"初蕊新霏霏"。初蕊：初开之花。菲菲：形容花的美艳。左思《吴都赋》："哗兮菲菲。"

③后园:指屋后庭园。司马相如《子虚赋》:"时从出游,游于后园。"巧笑:美好的笑容。《诗经·卫风·硕人》:"巧笑倩兮,美目盼兮。"

④玉指:美言人之手指。南威:亦称"南之威",春秋时晋国的美女。南威与西施并称"威施",均是美女的代称。《战国策·魏策二》:"晋文公得南之威,三日不听朝,遂推南之威而远之,曰:'后世必有以色亡其国者。'"

⑤云鬓:见《咏烛》注③。翡翠:美石。班固《西都赋》:"翡翠火齐,流耀含英。"

咏墙北栀子①

有美当阶树,霜露未能移②。金薋发朱采,映日以离离③。
幸赖夕阳下,余景及西枝④。还思照渌水,君阶无曲池⑤。
余荣未能已,晚实犹见奇⑥。复留倾筐德,君恩信未赀⑦。

【题解】

栀子,即栀子花。李时珍《本草纲目》:"卮,酒器也,卮子象之,故名,今俗加木作栀。"栀子花为白色,味芳香,果可作染料或入药。又有红栀子。《万花谷》:"蜀孟昶宴芳林园,赏红栀子,其花六出而红,清香如梅。"本诗有"金薋发朱采"之句,故所咏或为红栀子。本诗描写了栀子花的叶子、花朵、果实以及生长环境。盛赞了栀子花不凡之品质以及花之主人慷慨之恩德。诗中有"还思照渌水,君阶无曲池"一句,当是在友人园中所见之作。谢朓在宣城时有联句《纪功曹中园》一首,或为在纪园中见花而咏。姑系之于建武三年(496)夏。

【校注】

①《艺文类聚》题作"墙北栀子树诗"。

②有美:《诗经·郑风·野有蔓草》:"有美一人。"此处指栀子花如美人当街而立。霜露:霜和露水,两词连用常不实指,而比喻艰难困苦的条件。陶渊明《形影神》:"草木得常理,霜露荣悴之。"移:此处意为改易其色。

③金薋(fén):金黄色的果实。《诗经·周南·桃夭》:"桃之夭夭,有薋其

实。"朱采:朱红的色彩。此处指红栀子花朵颜色。"映日"句:《古诗纪》作"映日已离离"。离离:即历历,清晰分明貌。

④"余景"句:《艺文类聚》作"余景及四枝"。

⑤"君阶"句:《草堂诗笺》作"君家无曲池"。

⑥余荣:残花。奇:见《咏竹》注①。

⑦倾筐:畚属,一种斜口的筐子。后亦以"倾筐"指倾倒筐子。《诗经·召南·摽有梅》:"摽有梅,顷筐塈之。"未赀(zī):无可计量。

咏 风①

徘徊发红萼,葳蕤动绿蓶②。垂杨低复举,新萍合且离。
步檐行袖靡,当户思衿披③。高响飘歌吹,相思子未知④。
时拂孤鸾镜,星鬓视参差⑤。

【题解】

本诗前二联写风中之花草树木,三联写风中之思妇,最后二联写思妇相思之苦。全篇虽不见一风字,却句句不离风之存在。其中所寓或为谢朓自伤不为明帝眷顾而空老之意。姑系之于建武三年(496)。

【校注】

①涵芬楼本目录题为"咏春风"。

②徘徊:指春风来回吹拂。红萼:红色的花。萼,花蒂。葳蕤:见谢朓《芳树》注②。绿蓶(shī):草名。《楚辞·离骚》:"蒉菉蓶以盈室兮,盼独离而不服。"

③步檐:檐下走廊。陆贾《新语·资质》:"广者无舟车之通,狭者无步檐之蹊。"靡:随风飘动。潘尼《安石榴赋》:"尔乃擢纤手兮舒皓腕,罗袖靡兮流芳散。"披:分披,敞开。

④高响:犹高唱。歌吹:歌声与乐声。丘巨源《听邻妓诗》:"贵里临倡馆,东邻歌吹台。"

⑤孤鸾镜：即妆镜，常以比喻无偶或失偶者对命运的伤悼。范泰《鸾鸟诗》序："罽宾王结罝峻祁之山，获一鸾鸟。王甚爱之，欲其鸣而不能致也。乃饰以金樊，飨以珍羞，对之愈戚，三年不鸣。其夫人曰：'尝闻鸟见其类而后鸣，何不悬镜以映之？'王从其言。鸾睹形感契，慨然悲鸣，哀响中霄，一奋而绝。"星鬓：花白的鬓发。左思《白发赋》："星星白发，生于鬓垂。"

【汇评】

吴汝纶《汉魏六朝名家集选》：此嗟悲叹老之旨。一本评云：此伤久不遇。

咏兔丝

轻丝既难理，细缕竟无织。烂漫已万条，连绵复一色①。
安根不可知，萦心终不测②。所贵能卷舒，伊用蓬生直③。

【题解】

兔丝，亦作菟丝，草名。旧说在草曰兔丝，在木曰松萝。陆玑《诗疏》："今菟丝蔓连草上生，黄赤如金，今合药菟丝子是也。"兔丝常依附于其他植物上，以吸取其养分而生。本诗正是围绕这一特点进行吟咏。前四句言兔丝无有大用，却随处可见，生命力强，后四句言兔丝依附他物生长，不知其根安于何处，而毫无节操。此诗明言兔丝，其中亦寄托了谢朓因被小人嫉恨、排挤出京的抑郁幽愤之心，可与《咏蒲》相映照，故其亦可能作于建武三年(496)左右。

【校注】

①烂漫：见沈约《行园》注②。连绵：接连不断。谢灵运《过始宁墅诗》："岩峭岭稠叠，洲萦渚连绵。"

②"安根"二句：意为兔丝到处是根，四处萦绕，不知其所本为何。《吕氏春秋·精通》："人或谓兔丝无根也。兔丝非无根也，其根不属也，茯苓是也。"

③卷舒：卷缩和伸展。《淮南子·俶真训》："盈缩卷舒，与时变化。"伊：语气词。蓬生直：《荀子·劝学》："蓬生麻中，不扶自直。"

游东堂咏桐

孤桐北窗外,高枝百尺余①。叶生既婀娜,叶落更扶疏②。无华复无实,何以赠离居③。裁为圭与瑞,足可命参墟④。

【题解】

本诗中有"何以赠离居"之句,可见谢朓作此诗时并不在京城。谢朓在宣城府中,有东西二堂,曾作有《侍宴西堂落日望乡》联句,而本诗有"孤桐北窗外"之句,或即为《新治北窗和何从事》之北窗,故将本诗暂系于建武三年(496)谢朓任职宣城时。本诗首联言东堂孤桐枝干高大,次联言桐叶生而复落,三联言孤桐未见果实,不能赠与亲友,末联以桐叶封帝事作结。本诗寄意隐晦难明,或有人谓为感慨明帝翦除宗室之事,亦难确指。

【校注】

①"高枝"句:《初学记》《艺文类聚》作"高枝百丈余"。

②"叶生"二句:《艺文类聚》作"枝生既婀娜,枝落更扶疏"。婀娜:柔美貌。曹植《洛神赋》:"华容婀娜,令我忘餐。"扶疏:枝叶繁茂、四处分布的样子。《说文》段注:"扶疏,谓大木枝柯四布。"

③无华无实:按《本草》载,泡桐、油桐、梧桐均有花有实,唯青桐为梧桐之无实者。或东堂所植为青桐,又或谢朓未曾目东堂孤桐之华实。离居:离居之人。《楚辞·九歌·大司命》:"折疏麻兮瑶华,将以遗兮离居。"

④"裁为"二句:用周成王桐叶封弟故事以咏桐。《吕氏春秋·重言》:"成王与唐叔虞燕居,援桐叶以剪珪,而授唐叔虞曰:'余以此封女。'叔虞喜,以告周公。周公以请曰:'天子其封虞邪?'成王曰:'余一人与虞戏也。'周公对曰:'臣闻之,天子无戏言。天子言则史书之,工诵之,士称之。'于是遂封叔虞于晋。"圭:一种玉制礼器。《说文》:"圭,瑞玉也,上圆下方,圭以封诸侯。"瑞:玉制的符信。《周礼·春官·典瑞》:"典瑞,掌玉端、玉器之藏。"参墟:亦作"参

虚",参星的分野。今山西、河南一带,为古时晋国之地。《左传·昭公十五年》:"唐叔受之,以处参虚。"

【汇评】

吴汝纶《汉魏六朝名家集选》:此殆明帝之翦除宗室而发。

咏蔷薇

低枝讵胜叶,轻香幸自通①。发萼初攒紫,余采尚霏红②。新花对白日,故蕊逐行风③。参差不俱曜,谁肯盼微丛④。

【题解】

蔷薇,是蔷薇属部分植物的通称,品种甚多,花色不一,开时连春接夏,花有芳香。中国种植蔷薇历史甚早,《诗经·周南·何彼襛矣》中:"何彼襛矣?唐棣之华。"即以将出嫁公主比作唐棣花。《诗经·小雅·棠棣》中也有:"常棣之华,鄂不韡韡?凡今之人,莫如兄弟。"将常棣比作兄弟。这里提到的"唐棣""常棣"即为蔷薇科植物。汉武帝时,上林苑中已广泛栽培有蔷薇作观赏之用。《贾氏说林》曾载:汉武帝与丽娟在园中赏花,时蔷薇始开,态若含笑。汉武帝叹曰:"此花绝胜佳人笑也。"丽娟戏问:"笑可买乎?"武帝说:"可。"丽娟便取黄金百斤,作为买笑钱,以尽武帝一日之欢。"买笑花"从此便成了蔷薇的别称。

谢朓此诗以蔷薇之视角,自述一生,前三联各自正反成对,分写蔷薇的枝叶、香味、开谢之过程,从而得出第四联之感慨,即同是一身,各有荣枯。谢朓一生,浮沉宦场,其诗文中多写忧惧苦闷之心,本诗以花喻人,或有感慨人之一生穷达难料,进退无据之意,暂系之于谢朓出守宣城之时。

【校注】

①讵:岂能。此二句言蔷薇枝软,故低不胜叶,幸而花有清香,可为人知。
②发萼:花将开时,花萼先裂缝吐色。攒紫:簇聚着紫色花瓣。《仓颉篇》:

"攒,簇聚也。"余采:花谢之时,尚有余英。霏:《诗经·邶风·北风》毛传:"霏,甚貌。"此二句描写蔷薇花开谢过程极为细致,自有作者深意所在。

③蕊:花心。《楚辞·离骚》:"揽木根以结茝兮,贯薜荔之落蕊。"

④"谁肯"句:张本、郭本作"谁肯盼微丛"。《文集》本、《全齐诗》作"谁肯盼薇丛"。《古诗纪》、万历本作"谁肯盼薇丛"。

联句

联句是古代作诗的一种方式,是指一首诗由两人或多人共同创作,每人一句或数句,联结成一篇。相传联句起于汉武帝之《柏梁》诗。《东方朔别传》载:"孝武元封三年,作柏梁台。诏群臣二千石有能为七言诗,乃得上坐。"当时为每人一句一韵。联句作诗初无定式,晋宋时已不少人作诗用"联句",大抵为一人作四句,并有较完整的意思,后来习惯于由一人出上句,继者须对成一联,再出上句,轮流相续,最后结篇。联句诗多为友人间宴饮时酬酢游戏之作,难有佳篇。谢朓集中联句诗共七首,除《阻雪》作于永明八年外,其余俱为在宣城时与郡府僚属所作。朓为太守,故署名为府君。

阻 雪[①]

积雪皓阴池,北风鸣细枝[②]。九逵密如绣,何异远别离[③]!
　　　　　　　　　　　　　　　　　　　　　　　　　朓

风庭舞流霰,冰沼结文澌[④]。饮春虽以燠,钦贤纷若驰[⑤]。
　　　　　　　　　　　　　　　　　　　　　　　　江秀才革

珠霤条间响,玉霤檐下垂[⑥]。杯酒不相接,寸心良共知[⑦]。
　　　　　　　　　　　　　　　　　　　　　　　　　王丞融

飞云乱无绪,结冰明曲池。虽乖促席宴,白首信勿亏[⑧]。
　　　　　　　　　　　　　　　　　　　　　　　王兰陵僧孺

飘素莹檐溜,严结噎通岐[⑨]。樽罍如未浣,况乃限音仪[⑩]。
　　　　　　　　　　　　　　　　　　　　　　　　谢洗马昊

原隰望徙倚,松筠竟不移[⑪]。隐忧恶萱树,忘怀待山巵[⑫]。
　　　　　　　　　　　　　　　　　　　　　　　　谢中郎缓

初昕逸翩举,日昃驽马疲[⑬]。幽山有桂树,岁暮方参差[⑭]。
　　　　　　　　　　　　　　　　　　　　　　　　沈右率约

【题解】

本诗联句者有谢朓、沈约、江革、王僧孺、谢昊(涵芬楼本作"谢昊")、王融,另有一人谢绥,《古诗纪》,万历本、郭本作"刘中书绘"。王融在本诗中署名为王丞融。据《南齐书》本传,王融先为丹阳丞,后转中书郎,谢朓在永明九年(491)春离京赴荆州时,王融赠诗署名为王中书融,故本诗当作于永明九年(491)以前。此外沈约在本诗中署名右率,而《南齐书·武帝本纪》载,永明七年(489)三月,以太子右卫率王玄邈为兖州刺史;《南齐书·百官志》载:"太子左右卫率各一。"故沈约任右率当在永明七年(489)后。《文选·沈约〈奏弹王源〉》李善注引梁吴均《齐春秋》:"永明八年,沈约为中丞。"而永明九年(491)谢朓离京时,沈约赠诗署名已为右率,故沈约任职右率当在中丞之后,故本诗当作于永明八年(490)冬。

【校注】

①《古诗纪》、张本、《全齐诗》题作"阻雪连句遥赠和"。《古文苑》卷九章樵注:"旧本止载江革、王融二首,姓名又差。今添入倡首谢朓、殿后沈约二绝,足成联句一篇。外有王兰陵、谢旻、谢绥三首,词意不相殊绝,弗载。"

②皓:明亮。阴池:背阴的池塘。

③九逵:四通八达的大道。《三辅黄图·都城十二门》:"长安城面三门,四面十二门,皆通达九逵,以相经纬。"后以九逵指京城的大路。密如绣:路上积满了白雪。绣,通"绡"素。此处代指白雪。

④风庭:受风之庭院。流霰:飞降之雪粒。霰,《诗经·小雅·颊弁》:"如彼雨雪,先集维霰。"朱熹《诗集传》:"霰,雪之始凝者也。""冰沼"句:《古文苑》作"冰池结文澌"。文澌(sī):指冰初结时,遇风而成文。澌,解冻时河中流动的冰块。《风俗通》:"冰流曰澌。"

⑤饮春:饮春酒。见《雩祭歌·青帝》注⑤。燠(yù):暖、热。见《雩祭歌·黄帝》注②。"钦贤"句:难解。与前句或用王徽之的雪夜访戴之故事。按《南史·江革传》载:"(革)十六丧母,以孝闻。服阕,与观俱诣大学,补国子生,举高第。齐中书郎王融、吏部谢朓雅相钦重。朓尝宿卫,还过江革,时大雪,见革敝絮单席,而耽学不倦,嗟叹久之,乃脱所著襦,并手割半毡与革充卧具而去。"

⑥"珠霙"句:《古文苑》作"珠云条间响"。《古诗纪》作"玉溜檐下垂"。珠霙(yīng):指雪花如珠。霙,《埤雅》:"雪寒甚则为粒,浅则成华,华谓之霙。"玉雷(liù):指冰箸如玉。雷,《说文》:"雷,屋水流也。"

⑦"杯酒"二句:言阻雪不能共饮,但彼此心意却共相知。陶渊明《拟古》之一:"未言心相醉,不在接杯酒。"

⑧乖:《广韵》:"乖,睽也,离也。"促席:坐席互相靠近。东方朔《六言》:"合樽促席相娱。"白首:犹白发。表示年老。潘岳《金谷集作诗》:"白首同所归。"此二句亦言不能共饮,但彼此交谊,即使到白首亦不会相亏。

⑨飘素:飘雪。素,白,代指雪。莹:动词,使……明净。"严结"句:《古诗纪》、万历本、郭本、《全齐诗》作"岩结噎通歧"。严结:指冰雪严冻。此处引申为阻塞。通歧:通途。

⑩樽罍(léi):泛指酒器。限音仪:因阻雪而音容相隔。音仪:声音仪容。此二句言酒具因久未同饮而积满灰尘,最遗憾的则是因阻雪而不能见面晤谈。

⑪原隰:见《零祭歌·黄帝》注⑤。徙倚:徘徊。《楚辞·远游》:"步徙倚而遥思兮,怊惝恍而乖怀。"松筠:松树和竹子。《礼记·礼器》:"其在人也,如竹箭之有筠也,如松柏之有心也。二者居天下之大端矣,故贯四时而不改柯易叶。"后因以"松筠"喻节操坚贞。

⑫隐忧:深深的忧虑。《诗经·邶风·柏舟》:"耿耿不寐,如有隐忧。"恧(nǜ):自愧,惭愧。萱树:即萱草,亦名丹棘。崔豹《古今注问答释难》:"欲忘人之忧,则赠之以丹棘。丹棘,一名忘忧草,使人忘其忧也。"山卮(zhī):犹山杯,山中所酿之浊酒。

⑬初昕:日将出时。逸翮:指疾飞的鸟。郭璞《游仙诗》之四:"逸翮思拂霄,迅足羡远游。"日昃(zè):太阳偏西。昃,太阳西斜。驽马:指劣马。《周礼·夏官·马质》:"马量三物,一曰戎马,二曰田马,三曰驽马。"

⑭"幽山"句:以幽山之桂喻诸友。《楚辞·哀时命》:"桂树丛生兮山之幽……攀援桂枝兮聊淹留。"王逸注:"配托香木,誓同志也。""岁暮"句:指诸人因岁暮阻雪而未能齐聚。联句诸人皆为竟陵文友。以八桂为喻,应为谢朓有约,故首唱,其余诸人皆以阻雪,联句为答。

285

祀敬亭山春雨

水府众灵出,石室宝图开①。白云帝乡下,行雨巫山来②。
府君

歌风赞灵德,舞蹈起轻埃③。高轩乍留吹,玄羽或徘徊④。
何从事

福降群仙下,识逸百神该⑤。青鸟飞层隙,赤鲤泳澜隈⑥。
齐举郎

【题解】

建武三年(496)春,谢朓作有《赛敬亭山庙喜雨》之诗,本联句,当为同时谢朓首唱,郡府中僚属共赋之作,本诗内容与《赛敬亭山庙喜雨》相似,亦写祀神之辞,无甚意味。

【校注】

①水府:神话传说中水神所住的地方。木华《海赋》:"尔其水府之内,极深之庭,则有崇岛巨鳌,垤埧孤亭。"众灵:犹诸神。《文选·曹植〈洛神赋〉》:"迩乃众灵杂遝,命俦啸侣。"石室:指古代收藏经籍图书之处。《后汉书·黄琼传》:"陛下宜开石室,案河洛。"此处当为收藏道家经卷之处。宝图:神仙的图箓。《初学记》卷三十引《春秋合诚图》:"黄帝坐玄扈洛水上,与大司马容光等临观,凤皇衔图置帝前,帝再拜受图。"

②"白云"句:指白云下自天帝之乡。《庄子·天地》:"千岁厌世,去而上仙,乘彼白云,至于帝乡。"帝乡:天帝所居之所。"行雨"句:用宋玉《高唐赋》故事。见王融《巫山高》注③。

③歌风:歌唱乐曲。《山海经·大荒西经》:"太子长琴,始作乐风。"郭璞注:"风,曲也。"灵德:神灵的恩德。《文选·班固〈东都赋〉》:"登祖庙兮享圣神,昭灵德兮弥亿年。"吕延济注:"言以此鼎升宗庙,享天地,以明神灵之德。"轻埃:轻尘。

④高轩:见《奉和随王殿下》其三注②。吹:歌吹,吹奏乐器。玄羽:指玄鹤。见《永明乐》注⑳。

⑤逸:超越一般。该:《广韵》:"该,备也。"

⑥青鸟:传说中青鸟是有三足的神鸟,是西王母的使者。《汉武故事》:"七月七日,上(汉武帝)于承华殿斋,正中,忽有一青鸟从西方来,集殿前。上问东方朔,朔曰:'此西王母欲来也。'有顷,王母至,有两青鸟如乌,侠侍王母旁。"层隙:层楼檐隙,代指高楼。赤鲤:亦称"赤骥"。传说中为神仙所乘的神鱼,能飞越江湖。《尔雅翼》:"兖州人谓赤鲤为赤骥,取马之名,以其灵仙所乘,能越飞江湖故也。"澜隈(wēi):水曲。

纪功曹中园

兰庭仰远风,芳林接云崿①。倾叶顺清飙,修茎伫高鹤②。

何从事

连绵夕云归,晻暧日将落③。寸阴不可留,兰墀岂停酌④。

吴郎

丹樱犹照树,绿筱方解箨⑤。求志能两忘,即赏谢丘壑⑥。

府君

【题解】

谢朓曾有《和纪参军服散得益》一首,盖功曹亦可称参军,二者当为一人。本诗内容描绘的乃是春日景色,姑将本诗系于建武三年(496)春。

【校注】

①"兰庭"句:《古诗纪》、张本、郭本作"兰亭仰远风"。涵芬楼本作"兰庭迎远风"。兰庭:植兰之庭。云崿:高耸入云的山崖。

②清飙:犹清风。颜延之《寒蝉赋》:"折清飙而不沦,团高木以飘落。"修茎:修长的茎干。张衡《西京赋》:"立修茎之仙掌,承云表之清露。"

③晻暧:见虞炎《帝》注②。

④寸阴:指短暂的光阴。《淮南子·原道训》:"故圣人不贵尺之璧,而重寸之阴,时难得而易失也。"阴,日影。兰墀(chí):同兰阶。指种植兰蕙的庭阶,此处为美言也。

⑤丹樱:红色的樱花。绿筠:新生的竹子。筠,竹皮,此处代指竹。

⑥"求志"句:《古诗纪》、万历本、张本、郭本、《全齐诗》作"永志能两忘"。求:指有求于世。志:指归隐之志。两忘:两皆忘之。"即赏"句:谓即目为饮,足以赏怡,故可谢丘壑也。

闲　坐

雨洗花叶鲜,泉漫芳塘溢①。藉此闲赋诗,聊用荡羁疾②。

陈郎

霡霂微雨散,葳蕤蕙草密③。预藉芳筵赏,沾生信昭悉④。

纪功曹晏

紫葵窗外舒,青荷池上出⑤。既阖颍川扇,且卧淮南秩⑥。

府君

流风薄晚阴,行云掩朝日⑦。念此兰蕙客,徒有芳菲质⑧。

何从事

【题解】

本诗写作时间当与《纪功曹中园》相去不远,联句中谢朓有"既阖颍川扇,且卧淮南秩"之句,故地点或在谢朓山中之宅邸。全诗内容则为众人公务之余,闲坐排遣羁旅之苦闷。

【校注】

①芳塘:植有芰荷的池塘。此二句言雨后庭院中的景色。

②荡:涤荡,消除。羁:寄居在外,亦指旅居的人。疾:痛苦。

③霡霂(mài mù):小雨。葳蕤:见谢朓《芳树》注②。

④预:参与。藉:凭借。芳筵:美好的酒筵。沾:沾润,享有。信:诚然。昭

悉:光鲜而普遍。此二句言诗人春日参与芳筵,感受春天万物勃发的生机。

⑤紫葵:植物名,即落葵,落葵属一年生缠绕草本,茎、花带淡紫色,故亦称紫葵,可入药。陶渊明《和胡西曹示顾贼曹》:"晔晔荣紫葵。"

⑥"既阖"句:《古诗纪》、张本作"既阖颍川扉"。阖:关闭。颍川:用汉宣帝时颍川郡太守黄霸故事。见《汉书·循吏传》。此句意为谢朓理郡多有闲暇。淮南秩:用淮阳太守汲黯事。详见《在郡卧病呈沈尚书》注②。秩:指俸禄。谢朓此二句以古时二位太守为喻,言己治郡清静为政,德治民所,故能闲坐自得。

⑦"流风"句:《古诗纪》、万历本、张本、郭本作"流风荡晚阴"。

⑧"念此"句:张本、郭本作"余此兰蕙客"。涵芬楼本作"念此兰蕙容"。兰蕙客:比喻席间诸位皆为才质清美之士。兰蕙,兰草与蕙草,皆为香草名,连用多以喻贤者。芳菲:指香花芳草。亦代指贤者。

往敬亭路中

山中芳杜绿,江南莲叶紫①。芳年不共游,淹留空若是②。
府君

渌水丰涟漪,青山多绣绮③。新条日向抽,落花纷已委④。
何从事

弱葼既青翠,轻莎方靃靡⑤。鹭鸥没而游,麋麖胜复倚⑥。
齐举郎

春岸望沈沈,清流见弥弥⑦。幸藉人外游,盘桓未能徙⑧。
陈郎

鸳栖把琼芳,随山访灵诡⑨。荣楣每嶙峋,林堂多碕礒⑩。
府君

【题解】

此联句为谢朓首唱。诗中有"芳年不共游,淹留空若是"之句,可见非谢朓初次游赏敬亭山。观诗中描写景色,当为春末,故本诗应为建武三年(496)谢朓祀敬亭山庙祈雨后重游之作。谢朓至宣城后极爱敬亭山之风光,建武二年(495)秋,谢朓独游敬亭山作《游敬亭山》一首,颇多感慨,尔后又多次重游敬亭山,连祀庙在内,作游敬亭山诗四首,真可谓"相看两不厌,唯有敬亭山"。

【校注】

①山中:指敬亭山。芳杜:即香草杜若。

②芳年:芳华之年。淹留:羁留,逗留。《楚辞·离骚》:"时缤纷其变易兮,又何可以淹留?"

③涟漪:被风吹起的水面波纹。《诗经·魏风·伐檀》:"坎坎伐檀兮,置之河之干兮,河水清且涟猗。"绣绮:五彩文缯。绣,刺绣和绘画设色,五彩齐俱。绮,平纹底上起花的丝织物。

④新条:树木的新枝。委:积。

⑤葼(zōng):草名。谢灵运《山居赋》:"蓼蕺葼荞。"藿蘼:见《和何议曹郊游二首》其二注③。

⑥"鹭鸥"句:涵芬楼本作"鹭鸥没而游"。万历本、《文集》本、《名家集》本作"鹭鸟没而游"。鹭(yī):鸥的别名。《诗经·大雅·凫鹥》:"凫鹥在泾。"麇(jūn):同麕,獐子,与鹿相似,没有角。麚(jiā):同麚。公鹿。

⑦沈沈:见《出藩曲》注③。弥弥:水满貌。《诗经·邶风·新台》:"新台有泚,河水弥弥。"

⑧人外:即世俗之外。《后汉书·陈宠传》:"(尹)勤……屏居人外,荆棘生门。"盘桓:徘徊,逗留。《文选·班固〈幽通赋〉》:"承灵训其虚徐兮,伫盘桓而且俟。"

⑨鹢枻(yì):即鹢舻,鹢形的小舟。借以指舟。琼芳:犹玉浆、琼浆。皆美酒之称。灵诡:即神奇。

⑩荣:即屋之两翼,飞檐。楯(shǔn):《说文》段玉裁注:"楯,阑槛也。"嶙峋:形容山势峻峭、重叠、突兀的样子。碕礒(qí yǐ):山石不平貌。

【汇评】

方东树《昭昧詹言》卷七:此诗全见齐梁人句法。

还涂临渚

绿水缬清波,青山绣芳质①。落景皎晚阴,残花绮余日②。
何从事

白沙澹无际,青山眇如一③。伤此物运移,惆怅望还律④。
吴郎

白水田外明,孤顶松上出⑤。即趣佳可淹,淹留非下秩⑥。
府君遥和

【题解】

本联句为谢朓及郡府僚属出游归路经过洲渚时所作,谢朓与众同游,或中途有事,未与众人同返,故遥和尽兴。

【校注】

①缬(xié):《正字通》:"缬,结也。结缯丝为文也。"芳质:群芳之质,指草木。

②落景:落日之光。皎:使洁白。

③澹:《广韵》:"澹,水貌,又恬静。"无际:不见边际。眇:远,高。

④物运移:指万物运化,随时迁移。还(xuán):旋转,回旋。律:古时定乐律有阳律、阴律各六,共为十二律,又以十二律配历法之十二月。还律,即指岁月遒盛,而律亦将还也。

⑤白水:田外之白水,当指阳江水,临渚当为江边之渚。"孤顶"句:《古诗纪》、万历本、张本、郭本作"孤岭松上出"。

⑥即趣:谓就赏当前之趣。淹留:见《和江丞北戍琅琊城》注⑦。下秩:低微的官职。《后汉书·桓谭冯衍传赞》:"体兼上才,荣微下秩。"此二句为谢朓自述心志,言己久留宣城非是贪恋官位而是爱其山水可亲也。

【汇评】

陈祚明《采菽堂古诗选》卷二十一:尔时联句,每各作发端之兴,不取章法相承。白沙白水,并写山川,语俱有致。

侍筵西堂落日望乡

沈病已绵绪,负官别乡忧①。高城悽夕吹,时见国烟浮②。
曹丞

漠漠轻云晚,飒飒高树秋③。乡山不可望,兰卮且献酬④。
府君

旻高识气迥,泉停知潦收⑤。幸遇庆筵渥,方且沐恩猷⑥。
纪功曹晏

芸黄先露早,骚瑟惊暮秋⑦。旧城望已肃,况乃客悠悠⑧。
何从事

【题解】

谢朓在宣城时作有《游东堂咏梧》,东堂乃郡守府中之东堂,此处西堂当为郡府与东堂相对之西堂。故此联句应为谢朓在郡府西堂宴请府中僚属所作。句中纪功曹有"幸遇庆筵渥,方且沐恩猷"之句,或谢朓在建武三年(496)秋将奉命赴湘州祭祀南岳,为表对明帝荣宠之感激,故设宴以飨僚属。

【校注】

①沈病:久病,重病。沈,积久之意。绵绪:缠绵不断。绪,残余,也有未断之意。负官:谓身负官职。

②"高城"句:《古诗纪》、万历本、张本、郭本、《全齐诗》作"高城凄夕吹"。高城:指郡府。宣城府署在陵阳山上,地倚高城。悽:凄怆。夕吹:傍晚闭城吹号角之声。国烟:城邑中之炊烟。

③漠漠:弥漫貌。飒飒:风声。《楚辞·九歌·山鬼》:"风飒飒兮木萧萧。"

④乡山:故乡之山。兰卮:犹芳樽,美言酒器。献酬:谓饮酒时主客互相敬酒。《诗经·小雅·楚茨》:"献酬交错。"

⑤"泉停"句:《古诗纪》、张本、郭本、《全齐诗》作"泉渟知潦收"。旻(mín):

秋天。潦(lǎo):雨水。

⑥"幸遇"句:涵芬楼本作"幸预庆延渥"。庆筵:喜庆之筵。猷(yóu):《尔雅·释诂》:"猷,谋也。"

⑦芸黄:见《望三湖》注④。骚瑟:风吹草木声。

⑧肃:肃杀,萧索。《礼记·月令》郑注:"肃,谓枝叶肃栗。"客悠悠:指客居未已。悠悠,愁思貌。《诗经·邶风·终风》:"莫往莫来,悠悠我思。"

赋

赋是我国古代的一种有韵文体,源起于诗,《汉书·艺文志》将诗赋列为一门,并举荀子与屈原为祖。赋在形式上讲求文采、韵律,兼具诗歌和散文的性质。其特点是"铺采摛文,体物写志"。赋最早出现于诸子散文中,叫"短赋"。后以屈原为代表的文人开始创作"骚体",可以视作是诗向赋的过渡,故亦被称作"骚赋"。到了汉代,赋大为流行,相比于之前的短赋和骚赋,汉赋不论是内容还是形式都有较大发展,言志抒情、叙事状物,门类日渐广泛,规模也渐趋宏大,赋的体例得以正式确立,称为"辞赋"。汉赋兴盛一时,但由于其多歌颂粉饰、铺陈扬厉之辞,缺乏真情实感,汉赋创作日渐僵化,内容几乎等同于类书。魏晋以后,随着人们审美意识走向自觉,赋体在内容上开始更多的转向个人的情感与志向,形式上则日益向骈对方向发展,篇章日渐短小而情韵日趋悠长,形成了别具一格的"小赋"。谢朓作诗,辞藻华丽,多有化用楚辞及汉赋之辞。其人虽以诗闻名,但其赋体之创作,亦有可观之处。谢朓作为永明诗人,于音韵排偶自极为重视,故其赋之创作亦特重排偶神韵,形式严格。所作九篇赋,尽为小赋,其中四篇为奉命而作,创作时间较早,但水平较为一般,其余五篇则为言志、抒情、叙事之作,具有较高文学价值。

七夕赋 奉护军王命作

金祇司矩,火曜方流①;素钟登御,夷律鸣秋②。朱光既夕,凉云始浮③。盈多露之蔼蔼,升明月之悠悠④。步广阶而延睐,属天媛之淹留⑤。

嗟斯灵之淑景,招好仇于服箱⑥。迈姮娥而擢质,凌瑶华而擅芳⑦。䈞白玉以为饰,霏丹霞而为裳⑧。回龙驾之容裔,乱凤管之凄锵⑨。腾烛光于西极,命二妃于潇湘⑩。轼帝车而捐玦,凌天津而上翔⑪。怅汉渚之夕涨,忻河广之既梁⑫。临瑶席而宴语,绵含睇而蛾扬⑬。嗟兰夜之难永,泣会促而怨长⑭。忌纤阿之方驾,吝长庚之末光⑮。抚鸣琴而修恍,浩安歌而自伤⑯。歌曰："清弦怆兮桂筋酬,云幄静兮香风浮⑰。龙镳蹀兮玉銮整,睇星河兮不可留⑱。分双袂之一断,何四气之可周⑲。"

斯乃向像恍惚,仿佛幽暖⑳;耳之无闻,目之无缋㉑。故钟鼓闻而延子隐,白日沈而季后对㉒。岂形气之所求,亦理将其如昧㉓。

君王壮思风飞,冲情云上㉔;顾楚诗而纵辔,瞻兰书而竞爽㉕。实研精之多暇,聊余日之骀荡㉖。赋幽灵以去惑,排视听而玄往㉗。哂阳云于荆梦,赋洛篇于陈想㉘。乃澄心而闲邪,庶绸缪于兹赏㉙。

【题解】

本赋题注"奉护军王命作"。与谢朓关系密切的南齐宗室中,担任过护军将军的有两位。其一为竟陵王萧子良,《南齐书·竟陵文宣王子良传》载:"永明元年……徙为侍中……明年,入为护军将军,兼司徒。"其二为随王萧子显,据《南齐书·武帝本纪》载,永明七年(489)三月,中书令随郡王萧子显为中护军。《南齐书·百官志》护军将军、中护军条载:"凡为中,小轻,同一官也。"正史中未见永明二年(484)谢朓与萧子良有交往记录,故有人认为本赋可能为永明七年(489)谢朓奉随王之命作。但本赋之题除谢朓外,萧衍、范云、柳恽皆有同题之作,而上述诸人与谢朓皆为竟陵王西邸文人集团,与子隆来往极少,是以正史中虽不见谢朓与萧子良之间的交往,但竟陵王在居鸡笼山之前早有汇集文人之举,故谢朓此赋似为奉竟陵王命作更为合理,故系于永明二年(484)。

本赋写牛郎织女七夕相会之事。按其用韵分为四段,首段写七夕将至,牛郎盼织女能够相会久留。次段包括歌辞,歌辞另作一韵,写牛郎织女七夕匆匆一会便又分离,故作悲歌自伤。三段写两人分离不见,心中怨伤,最后一段赞竟陵王情性高逸,不爱高唐洛神之事,而命作本赋,可谓宗旨纯正。全赋以织女为主体,盛赞其资质高雅,哀伤其离恨幽远。本诗为奉命而作,然此时宫廷文风,虽亦偏好男女别恨,酒宴玩赏之内容,但较之梁陈之宫体尚不及于邪,其

298

立意高下可见。

【校注】

①金祇(qí)：金神，指少皞氏，为司秋之神。少皞氏以金德王。《礼记·月令》："孟秋之月……其帝少皞。"司矩：指行秋令。《淮南子·时则训》："秋为矩，矩者，所以方万物也。"火曜：星名，即心宿二之大火星。《诗经·豳风·七月》："七月流火。"

②素钟：白钟。《淮南子·时则训》："孟秋之月……撞白钟。"御：《广韵》："御，进也。""夷律"句：《初学记》作"夷则鸣秋"。夷律：即夷则。古代乐律名。古乐分十二律，用来确定音阶的高下，阴阳各六，夷则为其一也。后把十二个律与十二月相配，夷则配七月。《礼记·月令》："孟秋之月……律中夷则。"《史记·律书》："七月也，律中夷则。夷则，言阴气之贼万物也。"

③"朱光"句：《初学记》《全齐文》作"朱光敛夕"。朱光：日光。《文选·张载〈七哀诗〉之二》："朱光驰北陆，浮景忽西沉。"

④"盈多露"句：《初学记》《全齐文》作"盈夕露之蔼蔼"。盈：充满。多露：谓露水多。《诗经·召南·行露》："岂不夙夜，谓行多露。"蔼蔼：盛多貌。陆机《艳歌行》："蔼蔼风云会，佳人一何繁。""升明月"句：《全齐文》作"升夜月之悠悠"。悠悠：指遥远，长久。

⑤"步广阶"句：《初学记》作"步庭阶而延睐"。《全齐文》作"步广庭而延睐"。延睐：引领远眺。睐，《六书故》："睐，游眺也。""属天嫒"句：《初学记》作"属天嫒而淹留"。属：《广雅·释诂》："属，会也。"天嫒：即织女，亦称天孙。《史记·天官书》："织女，天女孙也。"淹留：见《和江丞北戍琅琊城》注⑦。

⑥斯灵：指织女。淑景：良辰。好仇：美好的伴侣。服箱：指牵牛星。《诗经·小雅·大东》："睆彼牵牛，不以服箱。""招好仇"句为牵牛被织女招为偶之意。

⑦迈：超越，超过。姮(héng)娥：即嫦娥，神话中之月中女神。为后羿（大羿）之妻，美貌非凡。本称"姮娥"，因避汉文帝刘恒的忌讳而改称"嫦娥"，又作"常娥"。《淮南子·览冥训》："弈请不死之药于西王母，姮娥窃之奔月宫。"擢质：出众的品质。擢，《广韵》："擢，拔也。"凌：凌驾，高出。瑶华：玉白色的花。有时借指仙花。《楚辞·九歌·大司命》："折疏麻兮瑶华，将以遗兮离居。"擅：

299

独揽。

⑧"靥白玉"句:《初学记》《全齐文》作"靥白玉而为饰"。靥(yè):妇女在面部点搽装饰品。霏:飘洒,飞扬。《文选·谢灵运〈石壁精舍还湖中作〉》:"林壑敛暝色,云霞收夕霏。"丹霞:红霞。曹丕《丹霞蔽日行》:"丹霞蔽日,采虹垂天。"

⑨龙驾:龙拉的车,后泛指神仙的车驾。此处指天媛所乘之车。《楚辞·九歌·云中君》:"龙驾兮帝服,聊翱游兮周章。"容裔:徐行貌。《文选·曹植〈洛神赋〉》:"六龙俨其齐首,载云车之容裔。"乱:原指乐曲的最后一章,此处作动词,作演奏解。凤管:笙箫或笙箫之乐的美称。《宋史·乐志》:"列其管为箫,聚其管为笙。凤凰于飞,箫则象之,凤凰戾止,笙则象之。"管,古代绕丝的竹管。《六书故》:"筦,络纬之筦也。"凄锵:象声词,此处指笙箫有节奏的声响。沈约《乐将殚恩未已应诏》:"凄锵笙管遒,参差舞行乱。"

⑩腾:升腾。烛光:神话中舜女之名。《山海经·海内北经》:"舜妻登比氏,生宵明、烛光。"西极:西边的尽头,谓西方极远之处。《楚辞·离骚》:"朝发轫于天津兮,夕余至于西极。"二妃:指尧的两女,娥皇、女英,也是传说中舜帝的两位妻子。舜出巡,死于苍梧,二妃赶至湘江,泪尽而亡。

⑪轼:古代车厢前面用作扶手的横木。此处作动词,意为凭轼以示敬意。帝车:即前之龙驾。捐玦(jué):捐弃玉玦。后比喻出会相爱者未遇,因失望而捐弃信物。《楚辞·九歌·湘君》:"捐余玦兮江中,遗余佩兮醴浦。"天津:星宿名,即银河。《楚辞·离骚》:"朝发轫于天津兮。"《晋书·天文志上》:"天津九星,主四渎津梁,所以度神通四方也。"

⑫汉渚:亦指银河。忻(xīn):欣喜。《淮南子·览冥训》:"忻忻然常自以为治。"河广:河水宽广。《诗经·卫风·河广》:"谁谓河广?一苇杭之。"河,原指黄河,此处代指银河。梁:水桥,此处意为架桥。

⑬瑶席:见《夜听伎》其一注①。宴语:犹燕语。宴饮叙谈。《诗经·小雅·蓼萧》:"燕笑语兮,是以有誉处兮。""绵含睇"句:涵芬楼本作"绵含睇而娥扬"。绵:连绵不绝。张衡《思玄赋》:"绵日月而不衰。"含睇(dì):含情而视。《楚辞·九歌·山鬼》:"既含睇兮又宜笑,子慕予兮善窈窕。"蛾扬:蛾眉上扬。形容美人笑貌。宋玉《神女赋》:"眉联娟以蛾扬兮,朱唇的其若丹。"蛾,指眉毛。

⑭"嗟兰夜"句:《初学记》作"嗟阑夜而难永"。《全齐文》作"嗟阑夜之难

永"。兰夜:指七夕之夜。农历七月古称"兰月",故七夕又称为"兰夜"。永:《尔雅·释诂》:"永,长也。"会促:相会短促。此处指牛郎织女平时隔银河相望,每年仅七夕可短暂相会。

⑮忌:《广韵》:"忌,畏也,憎恶也。"纤阿:神话中御月运行之女神。《史记·司马相如列传》:"阳子骖乘,纤阿为御。"方驾:见《出下馆》注④。吝:《说文》:"吝,恨惜也。"长庚:星名,又称金星、太白星、启明星。《诗经·小雅·大东》:"东有启明,西有长庚。"

⑯恍:失意貌。浩:大也。《楚辞·九歌·少司命》:"临风恍兮浩歌。"安歌:神态安详地歌唱。《楚辞·九歌·东皇太一》:"扬枹兮拊鼓,疏缓节兮安歌。"

⑰"清弦"句:《初学记》《艺文类聚》《全齐文》作"月殿清兮桂觞酬"。怆:《广韵》:"怆,凄怆也。"桂觞:觞盛桂酒。酬:敬酒。云幄:轻柔飘洒似云雾的帷幄。《西京杂记》卷一:"成帝设云帐、云幄、云幕于甘泉紫殿,世谓三云殿。"此处指天神宴饮处之帐幕。

⑱龙镳:即龙驾。见《雩祭歌·送神》注③。蹀(dié):《玉篇》:"蹀,蹈也。"玉銮:车铃的美称。銮,通"鸾"。古代皇帝车上的仪铃,安装在轭首或车衡上方。上部一般为扁圆形的铃,铃内有弹丸,铃上有辐射状的镂孔,车行则响,声似鸾鸣。《楚辞·离骚》:"鸣玉鸾之啾啾。"王逸注:"鸾,鸾鸟也。以玉为之,著于衡。"睠(juàn):同"眷",眷顾、眷恋。星河:即银河。

⑲分双袂:指离别、分手。干宝《秦女卖枕记》:"(秦女)取金枕一枚,与度为信,乃分袂泣别。"袂,衣袖。双袂,指织女和牛郎二人之衣袖。四气:指春、夏、秋、冬四时的温、热、冷、寒之气。《礼记·乐记》:"动四气之和,以著万物之理。"孔疏:"谓感动四时气序之平和,使阴阳顺序也。"周:循环往复。

⑳向像:同"响像"。依稀,隐约之意。《文选·王延寿〈鲁灵光殿赋〉》:"忽瞟眇以响像,若鬼神之仿佛。"恍惚:同"恍忽"。模糊,朦胧。《淮南子·原道训》:"游微雾,骛恍忽。"彷彿:即"仿佛"。大概相似。幽暧:幽暗不明。

㉑无闻:听不见,失去听觉。无缋(huì):失去视觉。缋,同"绘"。《广韵》:"绘,五采也。"

㉒延子:指延陵季子,即吴公子季札。春秋时吴王寿梦第四子,品德高尚,传为避王位隐居于常州武进焦溪的舜过山下。《左传·襄公二十九年》:"(季

301

札)自卫如晋,将宿于戚,闻钟声焉。曰:'异哉!吾闻之也,辩而不德,必加于戮。夫子获罪于君以在此,惧犹不足,而又何乐。夫子之在此也,犹燕之巢于幕上,君又在殡,而可以乐乎!'遂去之。"季后:指鲁公父文伯之母敬姜。敬姜出于季氏,古者贵贱不嫌同辞,故曰季后。《国语·鲁语》:"公父文伯退朝,朝其母。……其母叹曰:'鲁其亡乎?……是故天子大采朝日,与三公九卿,祖识地德,日中考政,与百官之政事。师尹惟旅牧相,宣序民事。少采夕月,与大史司载纠虔天刑。日入,监九御,使洁奉鬯郊之粢盛,而后即安。……'"

㉓"岂形气"句:涵芬楼本、览翠本、《文集》本、《名家集》本作"岂形器之所求"。形气:指形容与声气。《汉书·艺文志》:"形与气相首尾。"昧:不明。

㉔君王:指竟陵王。壮思:豪壮的情思。刘桢《赠五官中郎将》诗之四:"君侯多壮思,文雅纵横飞。"风飞:如风之飞,形容竟陵王神思敏捷。冲情:渊远的情怀。云上:入云之升,形容竟陵王性情高远。

㉕楚诗:不详所指,或为《古诗十九首》,其中有《迢迢牵牛星》一首言牛郎织女事。《古诗十九首》在齐梁时相传为枚乘所作,枚乘为淮阴人,古时属楚地。纵辔:谓放开马缰,纵马奔驰。此处以喻驰骋辞翰中。刘勰《文心雕龙·明诗》:"文帝、陈思,纵辔以骋节。"兰书:犹兰章,华美之文辞。竞爽:媲美,精明强干。《左传·昭公三年》:"二惠竞爽,犹可,又弱一个焉,姜其危哉!"

㉖研精:研磨精粹。孔安国《尚书序》:"研精覃思,博考经籍。"骀荡:见《直中书省》注。

㉗幽灵:泛指鬼神,此处指牛郎织女。排:排除。视听:此处指看到的和听到的有关牵牛织女之传闻。玄往:指神思远迈。

㉘哂(shěn):讥笑,哂笑。阳云:谓巫山之阳之云。荆梦:指楚怀王之梦。《文选·宋玉〈高唐赋〉》李善注引《襄阳耆旧传》:"赤帝女姚姬未行而卒,葬于巫山之阳,故曰巫山之女。楚怀王游于高唐,昼寝,梦见与神通,自称巫山之女。王因幸之。遂为置观于巫山之南,号为朝云。"洛篇:指曹植《洛神赋》。陈想:陈思王之浮想。曹植封为陈思王。

㉙澄心:使心情清静。《广韵》:"澄,清也。"闲邪:防止邪恶。《易经·乾卦》:"闲邪存其诚。"庶:庶几,差不多。绸缪(chóu móu):情意殷切。《文选·吴质〈答东阿王书〉》:"奉所惠贶,发函伸纸,是何文采之巨丽,而慰喻之绸缪乎!"

高松赋 奉司徒竟陵王教作①

阅品物于幽记,访丛育于秘经②;巡氾林之弥望,识斯松之最灵③。提于岩以群茂,临于水而宗生④,岂榆柳之比性,指冥椿而等龄⑤。若夫修干垂阴,乔柯飞颖⑥;望肃肃而既闲,即微微而方静⑦。怀风音而送声,当月露而留影⑧;既芊眠于广隰,亦迢递于孤岭⑨。集九仙之羽仪,栖五凤之光景⑩;固松木之为选,贯山川而自永⑪。尔乃青春受谢,云物含明⑫;江皋绿草,暧然已平⑬。纷弱叶而凝照,竞新藻而抽英⑭;陵翠山而如剪,施悬萝而共轻⑮。至于星回穷纪,沙雁相飞⑯;同云映其无色,阳光沈而减晖⑰。卷风飙之欻吸,积霰雪之严霏⑱;岂雕贞于岁暮,不受令于霜威⑲。若乃体同器制,质兼上才⑳;夏书称其岱畎,周篇咏其徂徕㉑。乃屈己以弘用,构大壮于云台㉒;幸为玩于君子,留神心而顾怀㉓。

君王乃徙宴兰室,解佩明椒㉔;搴幽兰于夕阴,咏耸干于琴朝㉕。陵高邱以致思,御风景而逍遥㉖;夷鼗冕之隆贵,怀汾阳之寂寥㉗。逸道胜于千祀,蕴神理而自超㉘。夫江海之为大,实涓浍之所归㉙;瞻衡恒之峻极,不让壤于尘微㉚。嗟孤陋之无取,幸闻道于清徽㉛;理弱羽于九万,愧不能兮奋飞㉜。

【题解】

《高松赋》题下注"奉司徒竟陵王教作",据《梁书·萧子恪传》载,萧子恪十二岁时,曾和作竟陵王萧子良之《高松赋》,卫军王俭奇之。据《梁》本传,萧子恪卒于梁武帝中大通三年(531),终年五十二岁,以此推之,萧子恪作《高松赋》时当为永明七年(489),谢朓此赋亦当作于同时,故将本赋暂系于永明七年

303

(489)。

本赋为谢朓奉萧子良命而作,按其文意可分两段。前段写高松,体物写生,铺陈周详,盛赞松树体态优美,品性高洁;后段颂随王之咏高松,悟道高妙,异常超脱,而自己却自惭孤陋,难趋其踪。本赋结构与《七夕赋》类似,前段赋高松详写,后段颂随王部分则为略笔,盖皆为奉教之作,为文有其定势也。

【校注】

①《初学记》题作"南齐谢朓和萧子良高松赋"。张本、《全齐文》题注作"奉竟陵王教作"。竟陵王:即齐武帝次子萧子良。教:古时皇太子或诸侯王所发布的命令或文书,称之为教,或者教令。蔡邕《独断》:"诸侯言曰教。"

②"阅品物"句:《初学记》作"阅品物于幽纪"。品物:犹万物。《易经·乾卦》:"云行雨施,品物流形。"幽记:罕见生僻之书籍。丛育:聚集生长之物,犹言万物。左思《吴都赋》:"瑰异之所丛育,鳞甲之所集往。"秘经:秘奥的书籍。

③巡:巡行察看。氾(fán)林:亦作"范林"。《山海经·海内北经》:"昆仑虚南所,有氾林方三百里,在驻驻东。"又《海外南经》:"狄山,帝尧葬于阳,帝喾葬于阴,其范林方三百里。"郭璞注:"言林木氾滥布衍也。"氾,广博。弥望:广远貌。张衡《西京赋》:"前开唐中,弥望广潒。"灵:《广雅·释诂》:"灵,善也。"此处指珍异之物。

④提:举。宗生:犹丛生。同种类植物密集生在一起。左思《吴都赋》:"楠榴之木,相思之树,宗生高冈,族茂幽阜。"

⑤"指冥椿"句:《初学记》作"指冀椿而等龄"。冥椿:冥灵与大椿的并称,传说中的古树名。《庄子·逍遥游》:"楚之南有冥灵者,以五百岁为春,五百岁为秋;上古有大椿者,以八千岁为春,八千岁为秋。"

⑥"若夫"句:张本、《全齐文》作"若夫修干垂荫"。修干:修长的树干。乔柯:即高枝。陶潜《杂诗》之十二:"年始三五间,乔柯何可倚?"颖:《说文》:"颖,禾末也。从禾,顷声。谓贯于穗及近于穗之芒秒。"此处指松针。

⑦"望肃肃"句:万历本、《文集》本、《名家集》本作"望肃肃而既闻"。肃肃:严正貌。《诗经·小雅·黍苗》:"肃肃谢功,召伯营之。"闲:安静。微微:幽静貌。《文选·张衡〈南都赋〉》:"章陵郁以青葱,清庙肃以微微。"

⑧"怀风音"句:张本、郭本、《全齐文》作"怀风阴而送声"。风音:即风声。

"当月露"句:《艺文类聚》《初学记》作"当月路而留影"。月露:月下露光。

⑨芊眠:光色盛貌。《文选·陆机〈文赋〉》:"或藻思绮合,清丽芊眠。"广隰:广阔的隰地。隰,低湿的地方。迢递:遥远貌。见《入朝曲》注③。

⑩九仙:道家将仙人分九等,曰九仙。张君房《云笈七签》卷三:"太清境有九仙,第一上仙,二高仙,三太仙,四玄仙,五天仙,六真仙,七神仙,八灵仙,九至仙。"羽仪:仪仗中以羽毛装饰的旌旗之类。《易经·渐卦》:"鸿渐于陆,其羽可用为仪。"孔疏:"处高而能不以位自累,则其羽可用为物之仪表,可贵可法也。"故后亦比喻居高位而有才德,被人尊重或堪为楷模。五凤:古人将凤凰分五种,凤、鹓鶵、鸑鷟、青鸾、鸿鹄。光景:即光影。

⑪"固松木"句:《初学记》《全齐文》作"固总木之为选"。选:上选,首选。"贯山川"句:语出袁淑《真隐传》:"子不见嵩、岱之松柏乎?上枝干青云,下根通三泉,此木岂与天地有骨肉哉?盖所居然也。"贯:贯通。

⑫"尔乃"句:《艺文类聚》《初学记》《全齐文》作"尔乃青春爱谢"。青春受谢:指四季交替,春天降临。《楚辞·大招》:"青春受谢,白日昭只。""云物"句:《艺文类聚》作"灵物含明"。云物含明:指云有光华,物有绚彩。

⑬江皋:江岸,江边。《楚辞·九歌·湘夫人》:"朝驰余马兮江皋,夕济兮西澨。"暧然:昏暗不明貌。

⑭纷:纷披。凝照:凝聚日光之照。新藻:新生之水藻。抽英:长出新枝。

⑮"陵翠山"句:张本、郭本、《全齐文》作"陵翠山其如剪"。陵:高出。如剪:指高松树冠平整如剪。施:蔓延,延续。《诗经·周南·葛覃》:"葛之覃兮,施于中谷。"悬萝:指依附松干上的蔓萝。共轻:指松树新枝与蔓萝一同在风中飘拂。

⑯星回穷纪:指日月重复会于玄枵。见《礼记·月令》:"(季冬之月)日穷于次,月穷于纪,星回于天,数将几终,岁且更始。"纪,会也。沙雁相飞:风沙与寒雁共飞。

⑰"同云"句:《初学记》、张本、《全齐文》作"同云泱其无色"。同云:云同一色,为将雪之兆。《诗经·小雅·信南山》:"上天同云,雨雪雰雰。""阳光"句:《艺文类聚》、《初学记》、览翠本、《文集》本、郭本作"阳光沈而灭晖"。

⑱风飙:暴风。《吴子·论将》:"居军荒泽,草楚幽秽,风飙数至,可焚而灭。"欻(xū)吸:迅疾貌。《文选·江淹〈杂体诗·王微〉》:"寂历百草晦,欻吸鹍

305

鸡悲。""积霰雪"句:《初学记》作"积霰雪之岩皑"。霰雪:雪珠和雪花。《楚辞·九章·涉江》:"霰雪纷其无垠兮,云霏霏而承宇。"

⑲"岂雕贞"句:《初学记》作"岂雕贞于寒暮"。雕贞:凋敝坚贞之性,谓岁暮松树凋落叶。雕,通"凋"。凋落,衰败。贞,谓贞正之质。受令:指受严霜支配。《论语·子罕》:"岁寒然后知松柏之后凋也。"

⑳器制:谓器用。上才:上等之材。

㉑夏书:指《尚书·禹贡》。岱畎(quǎn):指泰岱山谷。《尚书·禹贡》:"海岱惟青州。……岱畎丝、枲、铅、松、怪石。"畎,田地中间的沟。周篇:指《诗经》。徂徕:山名。又名尤来、尤崃、尤徕。在今山东省泰安市。《诗经·鲁颂·閟宫》:"徂来之松,新甫之柏。"

㉒屈己:委屈自己。弘用:大其施用。大壮:《易经》卦名,即乾下震上。为阳刚盛长之象。《易经·系辞下》:"上古穴居而野处,后世圣人易之以宫室,上栋下宇,以待风雨,盖取诸《大壮》。"云台:见《入朝曲》注⑥。

㉓玩:玩赏。君子:对贵族男子的泛称。神心:神妙之心。

㉔徙宴:迁移酒宴。兰室:以木兰为室,代指芳香高雅的居室。《文选·张华〈情诗〉》:"佳人处遐远,兰室无容光。"解佩:解脱佩玉。椒:山顶。

㉕搴:拔取。见《游山》注⑫。耸干:指高松。琴朝:当为朝琴,清晨抚琴。

㉖"陵高邱"句:涵芬楼本作"陵高山以致思"。高邱:高高的山丘。致思:深思。逍遥:游也。《楚辞·九章·哀郢》:"去终古之所居兮,今逍遥而来东。"

㉗夷:鄙夷。黻(fú)冕:古代祭服。《论语·泰伯》:"恶衣服而致美乎黻冕。"隆贵:隆重而尊贵。汾阳:汾水之阳,隐者所居也,见《侍宴华光殿曲水奉敕为皇太子作》注㉑。寂寥:指道家的玄虚境界。《老子》:"寂兮寥兮。"

㉘邈:远貌。道胜:《尉缭子·战威》:"虽形全而不为之用,此道胜也。"千祀:千年。祀,年。蕴:蕴含。神理:犹神妙之理。自超:自我超脱。

㉙涓浍(kuài):指小水流,小河。《文选·郭璞〈江赋〉》:"纲络群流,商搉涓浍。"

㉚衡恒:衡山与恒山,皆五岳之一。峻极:极为陡峭。《礼记·中庸》:"发育万物,峻极于天。"壤:土壤。尘微:微尘。此二句与上二句乃化用《管子·形势解》"海不辞水,故能成其大;山不辞土石,故能成其高;明主不厌人,故能成其众;士不厌学,故能成其圣"句意,并有赞扬竟陵王胸怀广博,能涵容众士之

雅望。

㉛孤陋:指孤处而见闻少,学识浅陋。《礼记·学记》:"独学而无友,则孤陋而寡闻。"清徽:犹清操,美洁之操行。

㉜弱羽:柔弱的翅膀。鲍照《咏双燕》其二:"自知羽翅弱,不与鹄争飞。"九万:《庄子·逍遥游》:"鹏之徙于南冥也,水击三千里,抟扶摇而上者九万里。"奋飞:振翼高飞。《诗经·邶风·柏舟》:"静言思之,不能奋飞。"

拟宋玉风赋 奉司徒教作

起日域而摇落,集桂宫而送清①。开翠帐之影蔼,响行佩之轻鸣②。扬淮南之妙舞,发齐后之妍声③。下鸿池而莲散,上爵台而云生④。至于新虹明岁,高月照秋⑤。睟仪迤豫,冲想云浮⑥。邹马之宾咸至,申穆之醴已酬⑦。朝役登楼之咏,夕引小山之讴⑧。厌朱邸之沈邃,思轻举而远游⑨。骐骥之马鱼跃,飘鉴车而水流⑩。此乃宋玉之盛风也⑪。

若夫子云寂寞,叔夜高张⑫。烟霞润色,荃蕙结芳⑬。出磵幽而泉冽,入山户而松凉⑭。眇神王于邱壑,独超远于孤觞⑮。斯则幽人之风也。

【题解】

本赋张本、《全齐文》题作"拟风赋"。赋题下注为"奉司徒教作",或与《高松赋》同时,故系于永明七年(489)。

《风赋》是宋玉赋作的代表作之一,在赋中,宋玉将风分为"大王之雄风"和"庶人之雌风"来加以描写,分别比喻了王侯贵族生活的奢侈和平民百姓的贫困,并讽谏楚襄王不要再沉溺奢侈淫逸的生活而要多关注庶民的疾苦。谢朓这篇拟作奉竟陵王所作,竟陵王萧子良在南齐宗室中以爱好文学出名,其人爱贤礼士,不好时务,故谢朓赋中大部分篇幅乃是称颂"大王之风"的盛美。从

307

"若夫子云寂寞"一句开始,谢朓又写了"幽人之风",虽然这部分篇幅极小,却是谢朓在赋中寄情最深的部分,谢朓极力描写了"幽人"的清高孤冷,其伟岸之风骨足以与"大王之风"的盛美相颉颃。谢朓作此赋时,入仕未久,正值年少,诗文尚少后来忧愁畏祸、依违两难之纠结,他此时正与萧子良等人意气相投,甚少顾忌,故赋中颇有为高士吐气之意味,在其作品中殊为难得。

【校注】

①起:风起。日域:日照之处,以喻极远之处。扬雄《长杨赋》:"东震日域。"摇落:凋残,零落。《楚辞·九辩》:"悲哉秋之为气也!萧瑟兮草木摇落而变衰。"桂宫:汉代宫殿名。详见《咏烛》注①。送清:指风起送来清凉之气。

②"开翠帐"句:《艺文类聚》作"开翠帷之影蔼"。翠帐:见《夜听伎》其二注④。影蔼:犹晻蔼,阴暗之意。《楚辞·离骚》:"扬云霓之晻蔼兮,鸣玉鸾之啾啾。"行佩:即行时随身之玉佩。《礼记·玉藻》:"古之君子必佩玉……行则鸣佩玉。"

③淮南妙舞:指精妙之舞。张衡《观舞赋》:"客有观舞于淮南者,美而赋之曰:'音乐陈兮旨酒施,击鼙鼓兮吹参差,叛淫衍兮漫陆离。'"齐后:指齐宣王。《韩非子·内储说》:"齐宣王使人吹竽,必三百人。"又《外储说》记齐宣王问匡倩:"儒者鼓瑟乎?"后,君主。《尔雅·释诂》:"后,君也。"妍声:美妙的声音。即前面所言之竽、瑟之声。

④鸿池:池名。故址在今河南洛阳东二十里。《水经注·谷水》:"谷水又东经鸿池陂。"爵台:台名。《水经注·睢水》:"蠡台直东,又有一台,世谓之雀台也。"爵,同"雀"。

⑤新虹:初见之虹。《礼记·月令》:"孟冬之月,虹藏不见。"盖至翌秋而始建。

⑥晬(zuì)仪:温润的仪容。《孟子·尽心上》:"君子所性,仁义礼智根于心,其生色也,晬然见于面,盎于背,施于四体,四体不言而喻。"逎(nǎi):即"乃"。豫:安闲,舒适。冲想:冲和深远之想。

⑦邹马:指邹阳和司马相如,二人曾从汉景帝弟梁孝王刘武游,后作为著名文士的通称。咸:都。申穆:指申公与穆生二人俱为汉高祖同父弟楚元王交中大夫。详见沈约《奉和竟陵王经刘瓛墓》注⑥。醴:见《始出尚书省》注②。

此句言子良礼敬文士,故其西邸文人汇集,盛况空前。

⑧登楼之咏:指王粲之《登楼赋》。汉献帝兴平元年,王粲为避关中战乱,南下投靠刘表,却不被刘表重用,以致流寓襄阳十余年,心情郁闷。建安九年(204),王粲久客思归,登上当阳东南的麦城城楼,纵目四望,万感交集,写下这篇历代传诵不衰的名作。小山之讴(ōu):指淮南小山所作之曲。崔豹《古今录》:"淮南王,淮南小山之所作也,王服食求仙,遍礼方士,遂与八公相携俱去,莫知所在。王之徒思恋不已,乃作《淮南王》之曲。"

⑨朱邸:见《始出尚书省》注⑦。沈邃:即"深邃",深沉貌。轻举:见《酬德赋》注⑦。远游:犹言避世隐遁。见《酬德赋》注⑦。

⑩骕骦(sù shuāng):良马名。本作"肃爽""肃霜",亦作"骕骥"。《左传·鲁定公三年》:"唐成公如楚,有两肃爽马。"鱼跃:像鱼那样跳跃。《诗经·大雅·灵台》:"于牣鱼跃。"鉴车:指车之光泽照人。《左传·襄公二十八年》:"(齐)庆丰遂来奔,献车于季武子,美泽可以鉴。"水流:即流水。《后汉书·马皇后纪》:"太后诏曰:'前过濯龙门,上见外家问起居者,车如流水,马如游龙。'"此二句言随王车马之盛。

⑪"此乃"句化用宋玉《风赋》:"此乃大王之雄风也。"

⑫子云:扬雄,字子云,蜀郡成都(今四川成都市郫都区)人,继司马相如之后为西汉最著名的辞赋家,西汉官吏、学者。少好学,口吃,博览群书,长于辞赋。年四十余,始游京师长安,以文见召,奏《甘泉》《河东》等赋。寂寞:扬雄为人清静无为,曾作《解嘲》:"惟寂惟寞,守德之宅。"叔夜:嵇康,字叔夜,谯国铚县(今安徽濉溪县)人,其人善文,工于诗,风格清峻。娶曹操孙女长乐亭主为妻,官至中散大夫,世称"嵇中散"。司马氏篡权后,隐居不仕,屡拒为官。因得罪钟会,遭其构陷,而被司马昭处死,年仅三十九岁。高张:指嵇康为人恃才傲物,风情高迈。

⑬烟霞:烟雾,云霞。亦指山水胜景。润色:润泽使增加光彩。《论语·宪问》:"为命,裨谌草创之,世叔讨论之,行人子羽修饰之,东里子产润色之。"荃:香草名。即"菖蒲",又名"荪"。《楚辞·离骚》:"荃不揆余之中情兮。"荑:初生的茅草(芽)。《诗经·邶风·静女》:"自牧归荑。"结芳:结为芳邻。

⑭磵(jiàn)幽:山涧幽隐处。磵,同"涧"。《古诗十九首·青青陵上柏》:"青青陵上柏,磊磊磵中石。"冽:寒冷。《诗经·小雅·大东》:"有冽氿泉,无浸

获薪。"山户：山中的人家。代指隐者。

⑮眇：《博雅》："眇，远也。"神王：谓精神旺盛。王，通"旺"。《庄子·养生主》："泽雉十步一啄，百步一饮，不蕲畜乎樊中，神虽王，不善也。"邱壑：即丘壑，意为深山与幽壑。多借指隐者所居。《汉书·叙传》："嗣报曰：'若夫严子者，绝圣弃智，修生保真，清虚淡泊，归之自然，独师友造化，而不为世俗所役者也。渔钓于一壑，则万物不奸其志，栖迟于一丘，则天下不易其乐。'"超远：遥远，此处指神意超远。《楚辞·九歌·国殇》："出不入兮往不反，平原忽兮路超远。"超，《方言》："超，远也。"

杜若赋 奉随王教作　时年二十六于坐献①

凭瑶圃而宣游，临水木而延伫②。柳含色于远岸，泉镜流于枉渚③；荫绿竹以淹留，藉幽兰而容与④。览兹荣之悦茂，纷为芳于清籞⑤。

观夫结根擢色，发曜垂英⑥；缘春峦以纤布，荫凉潭而影清⑦。景奕奕以四照，枝靡靡而叶倾⑧。冒霜蹎以独蒨，当春郊而径平⑨。搴汀洲以企予，怀石泉于幽情⑩。嗟中岩之纤草，厕金芝于芳丛⑪。夕舒荣于湑露，旦发彩于春风⑫。承羲阳之光景，庶无悲于转蓬⑬。

【题解】

据题注，谢朓时年二十六，当系于永明七年(489)。

杜若为香草名，《楚辞·九歌·湘夫人》有"搴汀洲兮杜若，将以遗兮远者"之句，后多以比喻品性高洁之人，"香草美人"之喻盖出于此也。本赋多用《楚辞》典故，首段八句想象出游，引出杜若。末段则详写杜若之生长过程，而起怀"幽人"之思，并称赞杜若之天性高洁，表达自己愿以之自比之意。赋最后借杜若"厕金芝于芳丛"之性，寄想自己"承羲阳之光景，庶无悲于转蓬"之心，其中向随王献赋寄意之心可谓明显。

【校注】

①《全齐文》作"杜若赋奉隋王教于坐献"。随王:指齐武帝第八子随郡王萧子隆。

②凭:乘、登之意。瑶圃:即玉圃,为园圃之美称,亦代指仙境。《楚辞·九章·涉江》:"驾青虬兮骖白螭,吾与重华游兮瑶之圃。"宣游:遍游,周游。《楚辞·王褒〈九怀〉》:"宣游兮列宿。"水木:谢混《游西池诗》:"水木湛清华。"延伫:久立,久留。《楚辞·离骚》:"悔相道之不察兮,延伫乎吾将反。"

③镜流:水流清澈,其流如镜。鲍照《河清颂》:"澄波海岳,镜流葱山。"枉渚:古地名。枉水流入沅水的小水湾,在今湖南常德市南。《楚辞·九章·涉江》:"朝发枉渚兮,夕宿辰阳。"

④淹留:见《和江丞北戍琅琊城》注⑦。"藉幽兰"句:《艺文类聚》作"藉幽兰而夷与"。容与:见《和何议曹郊游二首》其一注①。

⑤"览兹荣"句:《艺文类聚》作"览兹荣之苑茂"。荣:泛指草木的花。《尔雅·释草》:"木谓之华,草谓之荣。"悦茂:悦畅,繁茂。陆机《叹逝赋》:"信松茂而柏悦。""纷为芳"句:张本作"葐为芳于清籞"。纷:纷披。清籞(yù):帝王田猎游乐的苑囿。籞,禁苑。《汉书·宣帝纪》:"地节三年,诏池籞未御幸者,假与贫民。"苏林注:"折竹以绳绵连禁籞,使人不得往来,律名为籞。"

⑥结根:根茎盘结。擢色:谓发荣耀彩。擢,见《七夕赋》注⑦。

⑦缘:沿着。春峦:春山。纤布:细密的分布。潭:深水。《楚辞·九章·抽思》:"沂江潭兮。"

⑧奕奕:盛貌,众多貌。《文选·谢惠连〈雪赋〉》:"蔼蔼浮浮,瀌瀌奕奕。"四照:四面照射。靡靡:草随风倒伏相依的样子。《文选·宋玉〈高唐赋〉》:"薄草靡靡,联延夭夭。"

⑨冒:透出。霜蹊:覆霜之小路。蹊,《博雅》:"蹊,径道也。"蒨(qiàn):草长得茂盛的样子。

⑩"搴汀洲"句:《楚辞·九歌·湘夫人》:"搴汀洲兮杜若,将以遗兮远者。"企:踮起脚跟看。予,助词,无意义,相当于"而"。幽情:深远或高雅的情思。王羲之《兰亭集序》:"一觞一咏,亦足以畅叙幽情。"

⑪中岩:岩中。纤草:即杜若。金芝:金色芝草。古代传说中的一种仙药。《艺文类聚》卷九十七引《抱朴子》:"金芝生于金石之中,青盖茎。味甘辛,以秋取,阴干治食。令人身有光,寿万岁。"芳丛:花丛。

⑫溽(rù)露:浓密的露水。谢庄《宋孝武帝哀策文》:"溽露飞甘,舒云结庆。"发彩:焕发光彩。

⑬羲阳:即羲和,太阳的别称。见《和纪参军服散得益》注③。光景:阳光。庶:庶几。转蓬:随风飘转的蓬草,比喻人之流离转徙。曹植《杂诗》之二:"转蓬离本根,飘飘随长风。"

游后园赋 奉随王教作①

积芳兮选木,幽兰兮翠竹②。上芜芜兮荫景,下田田兮被谷③。左蕙畹兮弥望,右芝原兮写目④。山霞起而削成,水积明以经复⑤。

于是敞风闺之蔼蔼,耸云馆之苕苕⑥。周步櫩以升降,对玉堂之沉寥⑦。追夏德之方暮,望秋清之始飙⑧。藉宴私而游衍,时晤语而逍遥⑨。

尔乃日栖榆柳,霞照夕阳;孤蝉以散,去鸟成行⑩。惠气湛兮帷殿肃,清阴起兮池馆凉⑪。陈象设兮以玉瑱,披兰籍兮咀桂浆⑫。仰徽尘兮美无度,奉英轨兮式如璋⑬。藉高文兮清谈,豫含毫兮握芳⑭。则观海兮为富,乃游圣兮知方⑮。

【题解】

本赋题注为"奉随王教作",但观赋之内容,并无思归之意,不似为谢朓随赴荆州后所作。曹丕《与朝歌令吴质书》有"同承并载,以游后园"之句,而竟陵王萧子良亦有《游后园诗》,故本赋之后园当为竟陵王西邸之后园,故本赋或与《杜若赋》同时,亦系于永明七年(489)。

全赋按文意可分三段,首段写后园夏秋时之景色;次段写园中宴游之盛况;末段写自己有幸参与文会,获益匪浅。全赋气象高华,纯为赞颂,而别无寄托。

【校注】

①张本、《全齐文》题下无注。

②积芳:积聚芳树香草。选木:选植佳木。此二句言后园中广植芳草佳木。

③"上芃芃"句:《艺文类聚》《全齐文》作"上芃芃兮阴景"。芃芃:草木丛集貌。荫景:谓蔽日。田田:鲜碧貌。

④蕙畹(wǎn):栽植香草的田地。蕙,香草名,即蕙兰。畹,《说文》:"畹,田三十亩也。"弥望:见《高松赋》注③。芝原:种植芝草之田。写目:谓尽目力之所及,纵情观览。

⑤霞起:红霞飞起。孙绰《天台山赋》:"赤城霞起以建标,瀑布飞流以界道。"削成:如刀斧削成。《山海经》:"太华削成而四方。"积明:蓄积的清波。经复:即径复。迂回曲折。《楚辞·招魂》:"川谷径复,流潺湲些。"

⑥"于是"句:《艺文类聚》《古文苑》作"于是敞风闼之蔼蔼"。敞:打开,张开。风闼:通风的小门。闼,内门。蔼蔼:暗淡、昏昧貌。《文选·司马相如〈长门赋〉》:"望中庭之蔼蔼兮,若季秋之降霜。""耸云馆"句:《艺文类聚》、《古文苑》、张本、郭本、《全齐文》作"耸云馆之迢迢"。云馆:高耸入云之馆。《文选·左思〈吴都赋〉》:"寒暑隔阂于邃宇,虹蜺回带于云馆。"苕苕(tiáo tiáo):高貌。《文选·张衡〈西京赋〉》:"干云雾而上达,状亭亭以苕苕。"

⑦周:周流,围绕而行。步櫩(yán),檐下的走廊。《汉书·司马相如传上》:"步櫩周流,长途中宿。"玉堂:玉饰的殿堂,为宫殿之美称。宋玉《风赋》:"然后倘佯中庭,北上玉堂,跻于罗帷,经于洞房,乃得为大王之风也。"泬(xuè liáo)寥:清朗空旷貌。《楚辞·九辩》:"泬寥兮天高而气清。"

⑧追:跟随。夏德:炎夏之气。《礼记·月令》:"先立夏三日,太史谒之天子曰:'某日立夏,盛德在火。'"秋清:清秋之气。

⑨宴私:同"燕私"。《诗经·小雅·楚茨》:"诸父兄弟,备言燕私。"游衍:见檀秀才《阳春曲》注⑤。"时晤晤"句:《古文苑》、览翠本、张本、郭本、《全齐

313

文》作"时寱语而逍遥"。晤语:见面相对而语。《诗经·陈风·东门之池》:"彼美淑姬,可与晤语。"逍遥:见《高松赋》注㉖。

⑩日栖榆柳:指日已西沉。"孤蝉以散"《古文苑》、张本、郭本、《全齐文》作"孤霞已散"。此二句言傍晚园中之景。

⑪惠气:和顺之气。《楚辞·天问》:"伯强何处? 惠气安在?"王逸注:"惠气,和气也。"湛:澄清。谢混《游西池诗》:"水木湛清华。"帷殿:犹"幄殿"。有帷帐的宫殿。肃:严整貌。

⑫陈:陈列。象设:即像设,指室中所祠祀的人像或神佛供像。《楚辞·招魂》:"像设君室,静闲安些。"玉瑱(tiàn):古人冠冕上垂在两侧以塞耳的玉器。《诗经·鄘风·君子偕老》:"玉之瑱也,象之揥也。"具体何指不详,但言房中所见之物皆珍异之物也。披:批阅,披玩。兰籍:珍藏之典籍。咀:含在嘴里细细品味。桂浆:指酒浆,美酒。《楚辞·九歌·东君》:"操余弧兮反沦降,援北斗兮酌桂浆。"

⑬仰:仰望。徽尘:美好的事迹。陆机《愍怀太子诔》:"追慕徽尘,兴言断绝。"美无度:犹美善无比。《诗经·魏风·汾沮洳》:"彼其之子,美无度。"奉:遵奉。英轨:英明的法度。式如璋:《左传·昭公十二年》:"思我王度,式如玉,式如金。"璋,美玉,比喻美好的风度。《诗经·大雅·卷阿》:"颙颙昂昂,如圭如璋。"此二句为称颂随王之风度高贵华美。

⑭高文:高妙的文章。江淹《杂体诗·魏文帝游宴》:"高文一何绮,小儒安足为。"豫:参与。含毫:见《和萧中庶直石头》注⑭。握芳:指握持芳美,此处当指笔墨之物。此二句言文会之事。

⑮观海:比喻所观者大。《孟子·尽心上》:"故观于海者难为水,游于圣人之门者难为言。"游圣:游于圣人之门。见前"观海"注。知方:知礼法。《论语·先进》:"可使有勇,且知方也。"此二句为自谦之辞,言随王文会文章丰富,使自己大开眼界,颇受裨益。

临楚江赋

爰自山南,薄暮江潭①。滔滔积水,袅袅霜岚②。忧与忧兮竟无际,客之行兮岁已严③。尔乃云沈西岫,风荡中川④;驰波郁素,骇浪浮天⑤;明沙宿莽,石路相悬⑥。

于是雾隐行雁,霜眇虚林⑦;迢迢落景,万里生阴⑧。洌攒筄兮极浦,弭兰鹢兮江浔⑨。奉玉樽之未暮,餐胜赏之芳音⑩。愿希光兮秋月,承末照于遗簪⑪。

【题解】

从赋题可知,本赋应作于楚地,故只能限定于永明九年(491)至十一年(493)谢朓任职荆州和建武四年(497)其前往南岳祭祀这两个时间段。观本赋内容,其描写的季节当在冬季,而谢朓前往南岳祭祀则在建武四年(497)初至其夏,故本赋当作于他任职荆州时期。赋中有"忧与忧兮竟无际,客之行兮岁已严"之句,可见其时谢朓情感极其压抑,当不会作于初至荆州的永明九年(491),永明十一年(493)秋谢朓已离开荆州,故本赋当作于永明十年(492)冬。楚江,当指江陵附近之江水。《水经注·江水》:"江水又东,迳江陵县故城南,故楚也。"

本赋是现存谢朓赋中唯一写到山水壮阔、秋景迷茫的山水小赋,虽以描写楚江山水为主,却不失为一篇写景抒情的佳篇,但是这篇赋的创作原委却不甚明了。永明十年(492)冬,谢朓与随王幕下官僚之间似已有抵牾,随后不久就有王秀之密启之事,以致谢朓被调回京,谢朓心中虽然不免有怨愤之意,但值此前途未卜,局势未明之时,又不得不将内心真实的情感隐藏起来,这或许就是谢朓作《临楚江赋》时的心境。若与谢朓此时的相关诗文,尤其是其诗作《暂使下都夜发新林至京邑赠西府同僚》和笺文《拜中军记室辞随王笺》的相关内容对比,或可对此赋所表达之情感有更深之体会。

本赋篇幅短小,据内容可分为两段:首段写自己薄暮之际,凭临楚江之畔,眼前全是冬日肃杀之山川景色,而自己此时也是忧思无际;后一段则写希望可以藉游宴以赏心解忧之意。全赋多用七言句夹杂四、六言句的骚体句式,使得本赋极富诗情,作者睹物兴情,而自然山水也随着作家主体的思想感情起伏流转。此外,本赋音调铿锵,声韵流畅,楚骚句式和尾韵相押,使赋文具有诗歌般和谐的声律,渐开六朝山水抒情小赋之局面。谢朓与沈约论诗时曾说:

"好诗圆美流传如弹丸。""圆美流转"是谢朓诗歌的审美追求,也是其赋的审美追求。

【校注】

①爰(yuán):语首助词,无意义。山南:荆山之南。荆山在湖北省南漳县西,《尚书·禹贡》:"荆州北据荆山。"薄暮:指傍晚,太阳快落山的时候。《广雅》:"日将落曰薄暮。"江潭:江边。《楚辞·渔父》:"屈原既放,游于江潭,行吟泽畔。"

②滔滔:指大水奔流貌。《诗经·小雅·江汉》:"滔滔江汉。"积水:指江海、湖泊或池沼。袅袅:见《秋竹曲》注②。霜岚:山间的白色雾气。

③"忧与忧"句:《初学记》作"忧与江兮竟无际"。《楚辞·九章·哀郢》:"心不怡之长久兮,忧与忧其相接。"严:《正字通》:"寒气凌冽曰严。"

④"尔乃"句:张本作"尔乃云沈山岫"。岫:岩穴,山洞。"风荡"句:张本、《全齐文》作"风动中川"。中川:江中。谢灵运《登江中孤屿》诗:"乱流趋正绝,孤屿媚中川。"

⑤郁素:如素帛聚积,此处意为江水郁结成白浪。郁,积聚、凝滞。浮天:浮上天际。木华《海赋》:"浮天无岸。"

⑥"明沙"句:《初学记》作"明砂宿莽"。明沙:白沙。宿莽:经冬不死的草。《楚辞·离骚》:"朝搴阰之木兰兮,夕揽洲之宿莽。"

⑦雾隐行雁:南飞之雁为雾所隐。"霜眇"句:《初学记》作"霜耿虚林"。霜眇虚林:落叶空林为霜所掩。眇,见《离夜》注④。

⑧迢迢:形容道路遥远或水流绵长。《古诗十九首》:"迢迢牵牛星,皎皎河汉女。"落景:落日。生阴:形成阴影。

⑨"冽攒筂"句:涵芬楼本、《全齐文》作"列攒筂兮极浦"。冽:见《拟宋玉风赋》注⑭。攒筂:指筂音汇聚。筂,古代北方少数民族的一种乐器,类似笛子。极浦:遥远的水滨。《楚辞·九歌·湘君》:"望涔阳兮极浦,横大江兮扬灵"。弭:平息,停止,消除。兰鹢(yì):即兰舟,船的美称。鹢,一种似鹭的水鸟。后指头上画着鹢的船,亦泛指船。《汉书·司马相如传》:"浮文鹢。"江浔:江边。

⑩"奉玉樽"句:张本、《全齐文》作"奉王樽之未暮"。玉樽:酒杯之美称。"奉玉樽"即为把盏饮酒之意。餐:《文选·王俭〈褚渊碑文〉》李善注:"餐,美

也。"此处为欣赏音乐之意。胜赏：指鉴赏佳胜，此处当指音乐。芳音：美妙的声音。

⑪希光：仰望光辉。此处表示对随王的仰慕。陆机《辩亡论上》："故豪彦寻声而响臻，志士希光而影骛。""承末照"句：《全齐文》作"承永照于遗簪"。遗簪(zān)：比喻旧物或故情。《韩诗外传》："孔子出游于少原之野，有妇人中泽而哭，甚哀。孔子怪之，使弟子问焉。妇人对曰：'乡者刈蓍薪而亡吾蓍簪，是以哀。'孔子曰：'刈蓍薪而亡蓍簪，有何悲也？'妇人曰：'非伤亡簪也，吾所以悲者，不忘故也。'"此二句言望随王有秋月之照，而不忘故人。

思归赋 并序

夫鉴之积也无厚，而纳穷神之照①。心之径也有域，而怀重渊之深②。余少而薄游，身□防方思□俄然万里③，晚自□省，谅非一涂④。何则（此后缺）⑤

余菲薄以固陋，受恩灵而不訾⑥；拖银黄之沃若，剖金符之陆离⑦。舟未济而河广，途方遥而马疲⑧；忽中寝而念厉，魂申旦而九移⑨。昔受教于君子，逢知己之隆眄⑩；被名立之羽仪，沾宦成之藻绚⑪。羌服义而不怠，岂临岐而渝变⑫。势方迅于转圆，理好旋于奔电⑬。援弱葛而能升，践重冈而不眩⑭；信禔福之非已，宁悔祸其如见⑮。

大明廓以高临，吹万忻而同悦⑯；跨神皋之沃衍，奉英藩之睿智⑰。承比屋之隆化，踵芳尘之余烈⑱。怀龌龊之褊心，无夸毗之诞节⑲；竟伊郁而不怡，赖遹讨于先哲⑳。纷吾生之游荡，弥一纪而历兹㉑。自下车于江海，涉青春于是时㉒；睇崇冈而引领，望大夏而长思㉓。虽曲街之委陋，犹寤寐而见之㉔；况神交而通梦，眇河汉于佳期㉕。

317

尔乃眷言兴慕,南眺悠然㉖;将整归辔,愿受一廛㉗。考华城之直陌,相洛浦之回阡㉘;连飞甍于故友,接闲馆以怀仙㉙。临南场以艺藿,寄北池而采莲㉚;睇微茎之霢霂,望水叶之田田㉛。乃剪山木,不日为功㉜;非轮非奂,去斫去砻㉝。夜索绹而绕绕,旦乘屋而芃芃㉞。竹梲跨区而经北,绳闲窈窕以临东㊱;布菌萧于疏橑,织茭蕝于回栊㊲。于是篱插芳槿,门拂长杨㊳;园桃春发,窗竹夏凉。晨露晞而草馥,微风起而树香㊵。无芬菲以袭予,空旖旎于都房㊶。恒离居以岁月,庸销落而徒伤㊷。

　　我闻时命,有殖无迁㊸;征事或在,求理未甄㊹。譬丰草之区别,随霜露而夭延㊺;背萱鲜于堂北,尚幽幽而未捐㊻。苟外物以能惑,亦在应而无骞㊼;况朝霞之采可咽,琼扉之饰方宣㊽!养以虚白之气,悟以无生之篇㊾;岂加璧之赠可动,执圭之位能缠㊿!归来薄暮,聊以永年㉛。

【题解】

　　赋中有"奉英藩之睿智""承比屋之隆化"之句,可见作此赋时谢朓尚在荆州随王府中任上,赋中又有"纷吾生之游荡,弥一纪而历兹"之句,言己入仕途有一纪之年,按古人以12年为一纪,谢朓出仕大约应在建元四年(482)前后,往后推12年,正是永明十一年,此时谢朓尚在随王府中,故本赋当系于永明十一年(493)谢朓奉敕还都前。

　　谢朓此时与府中同僚之间已有较深矛盾(具体事见《暂使下都夜发新林至京邑赠西府同僚》一诗题解及汇评),不久即将奉敕还都,故谢朓此时心中充满忧愤惶恐,而亟待归去,故作此赋。全赋据意思可分三段,首段为谢朓对自己出仕以来仕途逆转之回顾。谢朓出仕以来,以文采而受世人重视,其从随王出仕荆州期间,用事颇为勤勉,而欲有所作为,亦颇受随王眷爱,不料却因此遭人嫉恨中伤,其心中忧愤委屈可想而知。故谢朓深感自己之才华难以舒展,产生思归之心。次段为对自己归隐后生活的想象,他一心访仙求道,筑屋山野,以求逍遥,认为这种生活一定比出仕逍遥自在。最后一段则表示自己归去之后,将绝意仕宦富贵,而全心归隐求道,以求永年。

古人言谢朓诗常称赞其"工于发端"而非之"末篇多踬"。如详读此赋,或能对其中原因有所谓"同情之了解"。谢朓此赋,可谓谢朓对自己前期仕宦生涯的总结,对了解谢朓一生思想脉络之渊源与诗歌特色之形成有重要意义。在此之前,谢朓诗文中尚有积极进取之意味,此赋之后,谢朓诗文中却多写畏祸思归,出世全生的消极思想,此赋可谓是其中变化之分水岭。如与《酬德赋》等作品相观照,则可更加深入明了把握谢朓忧惧畏祸和依违进退之两难心态的由来,亦可理解其何以百般逃避,却依旧殒身于政治倾轧的悲剧命运。

【校注】

①"夫鉴"句:语出陆机《演连珠》:"臣闻鉴之积也无厚,而照有重渊之深。"鉴:镜子。积:体积。穷神:穷极神化。

②心之径也有域:古人言心之径方寸。《列子·仲尼篇》:"文挚谓叔龙曰:'嘻!吾见子之心矣,方寸之地虚矣。'"径,直径。有域,有限。重渊:深渊。《庄子·列御寇》:"千金之珠,必在九重之渊。"

③薄游:见《休沐重还丹阳道中》注②。俄然:忽然,突然。《庄子·齐物论》:"昔者庄周梦为蝴蝶,栩栩然胡蝶也……俄然觉,则蘧蘧然周也。"

④"晚自□省":张本、《全齐文》作"晚而自省"。谅:揣度之辞,有恐怕、大概之意。

⑤"何则":张本、《全齐文》无"何则"字。

⑥菲薄:比喻德行鄙陋。《楚辞·远游》:"质菲薄而无因兮,焉托乘而上浮。"固陋:指固塞鄙陋;见识浅薄。司马相如《上林赋》:"鄙人固陋,不知忌讳。""受恩灵"句:览翠本、万历本、张本、郭本、《名家集》本、《文集》本、《全齐文》作"受灵恩而不訾"。恩灵:犹恩宠、福惠。《广雅·释诂》:"灵,福也。"不訾(zī):不可比量,不可计数。《史记·货殖列传》:"其先得丹穴,而擅其利数世,家亦不訾。"此句言自己才学浅陋,深受国恩。

⑦银黄:银印和金印或银印黄绶。借指高官显爵。《汉书·酷吏传·杨朴》:"怀银黄,垂三组,夸乡里。"沃若:润泽貌。《诗经·卫风·氓》:"桑之未

319

落,其叶沃若。"剖金符:即剖符。帝王在建国之后,就会封赏有功的诸侯将士,将符节剖分为二,君臣各执一半,作为信守的约证,一般多为铜制,故曰"金符"。《汉书·高帝纪》:"(高祖刘邦)与功臣剖符作誓,丹书铁契,金匮石室,藏之宗庙。"陆离:形容色彩绚丽繁杂。《淮南子·本经训》:"五采争胜,流漫陆离。"许慎注:"陆离,美好貌。"

⑧济:《尔雅·释言》:"济,渡也。"河广:见《七夕赋》注⑫。

⑨中寝:睡到一半,睡梦之中。念厉:思虑奋起。《尔雅·释诂》:"厉,作也。"申旦:自夜达旦,犹通宵。《楚辞·九章·思美人》:"申旦以舒中情兮,志沉菀而莫达。"九移:犹九逝,几度飞逝,谓因深思而心灵不安。《楚辞·九章·抽思》:"惟郢路之辽远兮,魂一夕而九逝。"

⑩"逢知己"句:万历本、张本作"逢知己之隆盼"。郭本、《全齐文》作"逢知己之隆盼"。君子:有才德的人,或指沈约等。隆昤:厚顾,青睐。《说文》:"昤,褱视也。"

⑪"被名立"句:涵芬楼本作"披名立之羽仪"。被:蒙受。名立:即立名,树立名声。《汉书·疏广传》:"地节三年,立皇太子,选广为少傅,数月,徙为太傅。广兄子受……拜受为少傅。广谓受曰:'今仕至二千石,宦成名立,如此不去,惧有后悔。'"羽仪:见《高松赋》注⑩。宦成:指仕宦有成。见"名立"注。藻:《广韵》:"藻,文藻。"绚:《广韵》:"绚,文彩貌。"

⑫羌:《楚辞·离骚》王逸注:"羌,楚人语辞也。"服义:服膺正义。《楚辞·招魂》:"朕幼清以廉洁兮,身服义而未沫。"临岐:面临歧路。《尔雅·释诂》:"岐,二达谓之岐。"渝变:变更,变化。《释言》:"渝,变也。"

⑬转圜:亦作"转圜",转动圆形器物。常用以代指便易迅速之事。《汉书·梅福传》:"昔高祖纳善若不及,从谏若转圜。"旋:旋转。奔电:闪电,比喻迅速。

⑭援:攀援。弱葛:柔弱的蔓草。践:履践,攀登。重冈:重叠的山冈。眩:《博雅》:"眩,惑也,乱也。"

⑮信:真,确实。禔(zhī)福:安宁幸福。《汉书·司马相如传》:"遐迩一体,中外禔福,不亦康乎?"

⑯大明:指日。《易经·乾卦》:"云行雨施,品物流行,大明终始,六位时成。"廓:广大,空阔。《汉书·东方朔传》:"廓然独立。"吹万:风吹万物。《庄

子·齐物论》:"子綦曰:'夫吹万不同,而使其自已也。'"

⑰"奉英藩"句:涵芬楼本、张本、郭本作"奉英藩之睿哲"。跨:跨越。神皋:指京畿。《文选·任昉〈齐竟陵文宣王行状〉》:"公内树宽明,外施简惠,神皋载穆,縠下以清。"沃衍:土地肥美平坦。陆机《怀土赋》:"背故都之沃衍。"英藩:英明之藩王,此处指随郡王萧子隆。

⑱承:仰承。比屋:所居屋舍相邻。陆贾《新语·无为》:"尧舜之民,可比屋而封……教化使然也。"隆化:隆盛之教化。芳尘:见《夏始和刘屠陵》注⑥。余烈:遗留的业绩、功业。

⑲龌龊:器量局促,狭小。《文选·张衡〈西京赋〉》:"独俭啬以龌龊,忘蟋蟀之谓何。"褊(biǎn)心:心胸狭窄。《诗经·魏风·葛屦》:"维是褊心,是以为刺。"夸毗(pí):指以谄谀、卑屈取媚于人。《诗经·大雅·板》:"天之方懠,无为夸毗。"诞节:虚妄行为。《诗经·鄘风·旄丘》:"旄丘之葛兮,何诞之节兮。"此处"诞"引申为荒唐、虚妄。此二句为谢朓自谦之辞,亦或隐指自己被谗之事。

⑳伊郁:忧愤郁结。《文选·何晏〈景福殿赋〉》:"感乎溽暑之伊郁,而虑性命之所平。"不怡:不乐。曹植《洛神赋》:"余情悦其淑美兮,心振荡而不怡。"遐讨:远究,追根探底。先哲:先世的贤人。潘岳《西征赋》:"岂时王之无僻,赖先哲以长懋。"

㉑"纷吾生"句:《全齐文》作"纷吾生之游薄"。纷:盛多貌。游荡:游宦波荡。弥:满。纪:古人以十二年为一纪。《尚书·毕命》:"既历三纪。"历:经历。

㉒下车:见《宣城郡内登望》注②。江海:指谢朓任职之处。

㉓"睇崇冈"句:涵芬楼本作"睇崇芒而引领"。睇:同"眷"。崇冈:高冈。嵇康《琴赋》:"惟椅梧之所生兮,托峻岳之崇冈。"引领:见《暂使下都夜发新林至京邑赠西府同僚》注⑤。"望大夏"句:张本、《全齐文》作"望大厦而长思"。大夏:即大厦,高大的房子。

㉔曲街:犹小街。陆机《怀土赋》序:"方思之殷,何物不感? 曲街委巷,罔不兴咏。"委陋:偏僻,简陋。寤寐:睡梦。

㉕神交:梦魂相交会。形容思慕深切。《文选·沈约〈和谢宣城〉》:"神交疲梦寐,路远隔思存。"眇:远。河汉:银河,此处以喻眇邈迢遥。《庄子·逍遥游》:"犹河汉而无极也。"佳期:见《春游》注②。

321

㉖"尔乃"句:《艺文类聚》作"余乃眷言兴慕"。眷言:同"睠言",指回顾貌。《诗经·小雅·大东》:"睠言顾之,潸焉出涕。"悠然:深远貌。

㉗"将整归辔":览翠本、万历本、张本、郭本、《全齐文》作"方整归辔"。辔:缰绳。一廛(chán):古时一夫所居之地。《孟子·滕文公上》:"远方之人,闻君行仁政,愿受一廛而为氓。"

㉘考:考察。华城:指建康。古时以京城为礼文昌盛之区,故曰华城。直陌:笔直的道路。洛浦:洛水之滨,天子所都每可言洛,故此处亦代指建康。回阡:迂回的道路。

㉙飞甍:见《入朝曲》注③。闲馆:即虚馆,指寂静的馆舍。谢灵运《斋中读书》:"虚馆绝诤讼,空庭来鸟雀。"

㉚艺:种植。《说文》:"艺,种也。"藿:苗。《诗经·小雅·白驹》:"食我场藿。"

㉛"睇微茎"句:览翠本、万历本、张本、郭本、《全齐文》作"睇微英之霍霍"。睇(dì):斜视,流盼。《说文》:"睇,目小衺视也。"霍霍(huò huò):草弱貌。《楚辞·淮南小山〈招隐士〉》:"蘋草霍靡。"水叶:指莲叶。

㉜田田:形容莲叶盛密貌。《乐府诗集·相和歌辞一·江南》:"江南可采莲,莲叶何田田。"

㉝蒯:截断。不日为功:不久就成功,言成功之易也。《诗经·大雅·灵台》:"不日成之。"

㉞轮奂:高大华美。《礼记·檀弓》:"美哉轮焉,美哉奂焉。"斫砻(zhuó lóng):砍削磨光。《春秋穀梁传·庄公二十四年》:"礼,天子之桷,斫之砻之,加密石焉。"

㉟索绹(táo):制绳索。《诗经·豳风·七月》:"昼尔于茅,宵尔索绹。"绕绕:缠绕貌。《后汉书·仲长统传》:"古来绕绕,委曲如琐。"乘屋:指修盖房屋。《诗经·豳风·七月》:"亟其乘屋,其始播百谷。"芃芃(péng péng):形草木茂盛的样子。《诗经·鄘风·载驰》:"我行其野,芃芃其麦。"

㊱棂(líng):窗棂。踦区:同"崎岖"。道路高低不平。绳闬(hàn):结绳为门。闬,门。张衡《西京赋》:"闬庭诡异,门千户万。"窈窱:幽深的样子。孙绰《游天台山赋》:"邈彼绝域,幽邃窈窱。"

㊲菌:《博雅》:"菌,薰也。其叶谓之蕙。"萧:《尔雅·释草》:"萧,荻。"橑

(lǎo):《广韵》:"橑,屋橑,簷前木。"葵薍(tǎn wàn):初生的芦荻。葵,《尔雅·释草》:"葵,薍也。"陈奂《诗毛氏传疏》:"葵、薍皆藿初生之名。"栊:《说文》:"栊,槛也。"

㊳ "于是"句:《艺文类聚》作"于是榎插芳槿"。芳槿:即木槿。可以为篱,花并不香,芳当为美称。谢灵运《田南树园》:"插槿列当墉。"

㊴ "园桃春发"句:《艺文类聚》《全齐文》作"簷桃春发"。发:开花。

㊵ 晞:《说文》:"晞,干也。"馥:《广韵》:"馥,香气芬馥。"

㊶ "无芬菲"句:张本作"无芳菲以袭予"。《楚辞·九歌·少司命》:"芳菲菲兮袭予。"王逸注:"袭,及也。"芬菲:花草茂盛貌。旖旎:多盛美好。《楚辞·九辩》:"窃悲夫蕙华之曾敷兮,纷旖旎乎都房。"都房:大花房。《文选·宋玉〈九辩〉》:"窃悲夫蕙华之曾敷兮,纷旖旎乎都房。"

㊷ "恒离居"句:《艺文类聚》作"恒离居而岁月"。离居:离开居处,流离在外。《尚书·盘庚》:"今我民用荡析离居,罔有定极。""庸销落"句《艺文类聚》《全齐文》作"痛销落而徒伤"。庸:乃。销落:凋谢,引申为衰落。曹植《赠丁仪》:"初秋凉气发,庭树微销落。"

㊸ 时命:指命运。严忌《哀时命》:"哀时命之不及古人兮,夫何予生之不遘时。"殖:通"植",孳生。迁:变迁,离散。

㊹ 征事:即证之事实。求理:探究事理。甄:《广韵》:"甄,明也。"

㊺ 譬:比如。丰草:茂密的草。《诗经·小雅·湛露》:"湛湛露斯,在彼丰草。"区别:区分,辨别。《论语·子张》:"譬诸草木,区以别矣。"夭:夭折。

㊻ 背萱:指种植于堂北的萱草。萱,同"谖"。《诗经·卫风·伯兮》:"焉得谖草,言树之背。"幽幽:深远貌。《诗经·小雅·斯干》:"秩秩斯干,幽幽南山。"

㊼ 苟:假如。外物:外界事物。应:应对。无骞:没有欠缺,无亏。

㊽ 况朝霞之采可咽:意为朝霞之气可餐。《汉书·司马相如传》:"呼吸沆瀣兮餐朝霞。"琼扉:玉饰的门扉。指神仙之居所。《云笈七签》:"琼扉生景云,灵烟绝幽蔼。"宣:《广韵》:"宣,明也。"

㊾ 虚白之气:谓清空洁白之气。《庄子·人间世》:"虚室生白,吉祥止止。"无生之篇:指佛经。《文选·孙绰〈游天台山赋〉》:"散以象外之说,畅以无生之篇。"

323

㊿加璧：即"束帛加璧"，五匹帛上面再加美玉。古时聘请或探问时奉送的贵重礼物。《礼记·礼器》："束帛加璧，尊德也。"执圭：楚国爵位名。《淮南子·道应训》："载列田百顷，而封之执圭。"缠：缠绕，约束。

㊽薄暮：指傍晚，太阳快落山的时候。《广雅》："日将落曰薄暮。"此处比喻暮年。永年：长寿。《尚书·毕命》："资富能训，惟以永年。"

野鹜赋 并序

有门人毙一野鹜，因以为献①。予时命以登俎，用待宾客②。客有爱其羽毛，请予为赋。其词曰：

夫何罗人之伎巧，荐江海之逸禽③。落摩天之迅羽，绝归飞之好音④。碎文锦之丹臆，裂雕绮之翠衿⑤。孤雏惊以靡翼，羁雌叫而莫寻⑥。越沧流以远致，乃交贸以兼金⑦。因阍寺以传请，排邃户以重深⑧。贵敷衽以取爱，愿登俎以甘心⑨。

【题解】

本赋张本题作《野鹜赋》（有序）。此赋乃循客所请，下笔而成，结句写客爱其羽而我爱其味，当是即兴游戏之作而别无寄托。观本赋之情景，似作于谢朓任职宣城期间，故系之于建武三年（496）。

【校注】

①"有门人"句：涵芬楼本作"有门人毙二野鹜"。门人：食客，门客。《战国策·齐策三》："郢之登徒，见孟尝君门人公孙戌。"野鹜：野鸭。献：下对上、卑对尊的进献。

②登俎：放于砧板上。此处指把野鹜宰杀，烹以待客。

③罗人：指设罗网捕鸟之人。《周礼·夏官·罗氏》："罗氏掌罗乌鸟。"伎巧：即技巧，技术，技艺。《鬼谷子·捭阖》："度权量能，校其伎巧短长。"伎，同"技"。荐：进献，祭献。逸禽：指鸿雁、野鸭等疾飞之鸟。《文选·张衡〈归田

赋〉》:"落云间之逸禽,悬渊沉之鲂鳜。"

④摩天:指迫近蓝天。形容极高。阮籍《咏怀》其四十九:"高鸟摩天飞,凌云共游嬉。"迅羽:迅疾的飞鸟。此处指野鹜。"绝归飞"句:《艺文类聚》作"绝飞归之好音"。归飞:往回飞。《诗经·小雅·小弁》:"弁彼鸒斯,归飞提提。"好音:悦耳的声音,此处指鸟鸣。《诗经·鲁颂·泮水》:"食我桑黮,怀我好音。"

⑤碎文锦之丹臆:化用鲍照《代雉朝飞》:"碎锦臆。"文锦,指野鹜之羽毛文采若锦。丹臆,指野鹜胸脯羽毛为红色。《文选·潘岳〈射雉赋〉》:"青秋莎靡,丹臆兰綷。""裂雕绮"句:《艺文类聚》作"纳绮绿之翠襟"。雕绮:华美绮丽。翠衿:指禽鸟胸前的翠色羽毛。《文选·祢衡〈鹦鹉赋〉》:"绀趾丹觜,绿衣翠衿。"

⑥"孤雏惊"句:《艺文类聚》作"孤雏喧以靡翼"。涵芬楼本作"孤雏惊以摩翼"。孤雏:解释为失去母鸟的幼鸟。傅玄《放歌行》:"孤雏攀树鸣,离鸟何缤纷。"靡翼:即敛翼。《广韵》:"靡,偃也。""羁雌叫"句:览翠本、张本、郭本、《全齐文》作"饥雌叫而莫寻"。此二句想象野鹜被捕后,其雌鸟与幼鸟的悲惨境况。

⑦沧流:青色的水流。颜延之《车驾幸京口三月三日侍游曲阿后湖作》:"山祇跸峤路,水若警沧流。""乃交贸"句:张本、《全齐文》作"乃交留以兼金"。交贸:交易。《广韵》:"贸,市卖也。"兼金:价值倍于常金的好金。《孟子·公孙丑下》:"前日于齐,王馈兼金一百而不受。"

⑧"因阍寺"句:涵芬楼本作"因阍寺以传言"。阍(hūn)寺:守门、侍从之人。《周礼·天官·冢宰》郑玄注:"阍人,司昏晨以启闭者。"又:"寺之言侍也。"传请:传达。《尔雅·释诂》:"请,告也。"邃:《说文》:"邃,深也。"

⑨敷:铺展,铺开。衽:衣襟。此处比喻野鹜之羽毛。甘心:快意,满意。《左传·庄公九年》:"管、召,仇也,请受而甘心焉。"

酬德赋 并序

右卫沈侯以冠世伟才,眷予以国士,以建武二年,予将南牧,见赠五言①。予时病,既以不堪莅职,又不获复诗②。四

325

年，予忝役朱方，又致一首③。迫东偏寇乱，良无暇日④。其夏还京师，且事宴言，未遑篇章之思⑤。沈侯之丽藻天逸，固难以报章；且欲申之赋颂，得尽体物之旨⑥。诗不云乎："无言不酬，无德不报⑦。"言既未敢为酬，然所报者寡于德耳。故称之《酬德赋》。其辞曰⑧：

悲夫四游之代序，六龙骛而不息⑨；轻盖靡于骏奔，玉衡劳于拊翼⑩。嗟岁晏之鲜欢，曾阴默以凄恻⑪；玄武伏于重介，宛虹潜以自匿⑫。览其物之用舍，相群芳之动植⑬；吊悴躯于华省，理衣簪而自敕⑭。思披文而信道，散奋懑于胸臆⑮。

嗟民生之知用，知莫深于知己⑯；彼知己之为深，信怀之其何已⑰！牵弱葛之蔓延，寄陵风于松杞⑱；指曲蓬之直达，固有凭于原枲⑲。彼排虚与蹑实，又相鸣于林沚⑳；兴伐木于友生，咏承筐于君子㉑。矧景行之在斯，方寄言于同耻㉒；求相仁于积习，寓神心于名理㉓。

惟敦牂之旅岁，实兴齐之二六㉔；奉武运之方昌，睹休风之未淑㉕。龙楼俨而洞开，梁邸焕其重复㉖。君奉笔于帝储，我曳裾于皇穆㉗；藉风云之化景，申游好于兰菊㉘。结德言而为佩，带芳猷而为服㉙；援雅范以自绥，懿前修之所勖㉚。

昔仲宣之发颖，实中郎之倒屣㉛；及士衡之籍甚，托壮武之高义㉜。有杞梓之贞心，协丹采之辉被㉝；伊吾人之陋薄，虽藻之何置㉞！

惟风雅之未变，知云纲之不廓㉟；譬层栋之将倾，必华榱之先落㊱。翳明离以上宾，属传体于纤萼㊲；周二辉而分崩，挤九鼎于重鬐㊳。虽鱼鸟之欲安，骇风川而迥薄㊴；微天道之布新，嗟员首其焉托㊵！

予窘迹以多愧，块离尤而独处㊶；君纡组于名邦，贻话言于洲渚㊷。怅分手于东津，望徂舟而延伫㊸；虑古今之为隔，岂山川之云阻！赖先德之龙兴，奉英灵之电举㊹，事紫泥之密勿，腰青緺而容与㊺；沾后惠以朅来，竟卒获其笑语㊻。

我舣舟以命徒，将汩徂于南夏㊼，既勗予以炯戒，又引之以风雅㊽；若笙簧之在听，虽舒忧而可假㊾。昔痁病于漳滨，思继歌而莫写㊿。

恩灵降之未已，奉京枌而作傅(51)。临邦途之永陌，怀予马于骐𫘤(52)；望平津而出宿，登崇冈而兴赋(53)。顾飞幰之南回，引行镳而东驱(54)；何瑰才之博侈，申赠辞于萱树(55)。指代匠而切偲，比治素而引喻(56)；方含毫而报章，迫纷埃之东骛(57)。释末位以言归，忽乘驲以南赴(58)；连篇章之莫酬，欲寄言于往句(59)。类铩翮之难矫，似洞源之不注(60)；意搔搔以杼柚，魂营营而驰骛(61)。

尔腰戟于戎禁，我拂剑于郎闱(62)；愿同车以日夜，城望昏而掩扉(63)。时游盘以未极，睠落景之徂辉(64)；苦清颜之倏忽，吝欢赏之多违(65)。排重关而休告，知南馆之有依(66)；骖识门以右转，仆望路其如归(67)。忘清漏之不缓，惜晓露之方晞(68)。

闻夫君之东守，地隐蓄而怀仙(69)；登金华以问道，得石室之名篇(70)。悟寰中之迫胁，欲轻举而舍旃(71)；离宠辱于毁誉，去夭伐于腥膻(72)。

忽携手以上征，跻中皇之修迥(73)。巾帝车之广轼，棹河舟之轻艇(74)；历星术之熠耀，浮天潢之瀴溟(75)。机九转于玉浆，练七明于神鼎(76)；吹万化而不喧，度千春之可并(77)。齐天地于倏忽，安事人间之纡婞哉(78)！

【题解】

《酬德赋》是谢朓赋中最后一篇，张本题中无“并序”二字。其主要内容为感激挚友沈约多年来的知己之情,同时也有畏惧时势多危,感慨自己仕途飘零之意。赋中小序称沈约为"右卫",但沈约任职右卫率一职时还在永明年间,其当时为文惠太子属官,据谢朓写本赋时间既久,且官职亦变迁多次,所以"右卫"之称似并不准确。谢朓此赋所写时节当为冬季,按其赋中小序所载返京时间,本赋最早也当作于建武四年(497)冬,此时沈约官职为国子祭酒,故不当称沈约近十年前之官职。《南齐书·沈约传》载:"明帝崩,政归冢宰,尚书令徐孝嗣使约撰定遗诏。迁左卫将军,寻加通直散骑常侍。"沈约在明帝崩后,于永泰元年(498)迁左卫将军,故此处"右卫"或为"左卫"之误。永泰元年(498),谢朓首告其岳父王敬则谋反事,明帝欲迁朓为尚书吏部郎,朓三次辞让,中书有疑,后沈约为之辩解,方得无事。谢朓或为此事作此赋向沈约表达感激之意,故本赋所作时间乃定于永泰元年(498)冬。

沈约一生,历经三朝,尤受南齐历代君主恩宠,但仍与范云等劝进萧衍自立为帝,其行迹颇不足道。故《南齐书·沈约传》言其:"自负高才,昧于荣利,乘时藉势,颇累清谈。及居端揆,稍弘止足。每进一官,辄殷勤请退,而终不能去,论者方之山涛。用事十余年,未尝有所荐达,政之得失,唯唯而已。"然沈约与谢朓却情深义重,可称知己。他们二人年纪相差三十三岁,谢当为沈约后辈。永明年间二人俱从竟陵王门下,列位"竟陵八友",二人年龄差距虽大,但彼此推重对方文采,情谊极深。沈约曾赞谢朓诗:"二百年来无此诗也。"沈约作诗提倡声律、讲求对仗,谢朓亦极为认同,与王融等人以气类相推,遂成"永明体",风行天下。二人自相交以来,相互酬唱不断,谢朓赴荆州、出宣城,沈约皆有诗赠。在宣城期间,谢朓作《在郡卧病寄沈尚书》,沈约亦有唱和,谢朓赴湘祭南岳,沈约亦有赠诗。可以说,谢朓在人生的每一个关键阶段,都会向沈约倾诉心事,而沈约亦对谢朓心事极为了然。后谢朓被诬杀,临终前曾谓门宾:"寄语沈公,君方为三代史,亦不得见没。"对沈约信重之心,可见一斑。而萧衍曾以次女适谢朓子谟,入梁后为永世公主。萧衍后嫌弃谢谟门第单薄,令其女适他人。而谟不堪叹恨,为书状如诗赠主。主以呈帝,甚蒙矜叹,而妇终不得还。《南史》载:"时以为沈约早与朓善,为制此书云。"相比萧衍之凉薄,沈约虽一生依违于强权,但于谢朓却可谓生死不负了。沈约曾有《伤谢朓》一首:"吏部信才杰,文锋振奇响。调与金石谐? 思逐风云上。岂言陵霜质,忽随人事往。尺璧尔何冤,一旦同丘壤。"谢朓此赋中亦有"知莫深于知己"之语,两相映照,二人深情,殊为感人。

【校注】

①右卫沈侯:即沈约。此处"右卫"或为"左卫"之误,详见题解。沈约当时以才学为文坛领袖,故谢朓称之"冠世伟才"。眷:眷顾。《说文》段玉裁注:"眷者,顾之深也。"国士:一国中才能最高,最受敬仰的人物。《战国策·赵策一》:"知伯以国士遇臣,臣故国士报之。"南牧:指建武二年谢朓出为宣城太守。牧,《礼记·曲礼》:"九州之长,入天子之国,曰牧。"后称州郡之长临其民曰牧。

②莅职:到职,上任。莅,《广韵》:"莅,临也。亦作涖。"不获:不能之意。

③"予忝役朱方,又致一首":《艺文类聚》作"忝役朱方,见赠以诗"。"迫东偏寇乱……得尽体物之旨"诸句缺。忝役:就任所职的谦辞。忝,《说文》:"忝,辱也。"朱方:春秋时吴地名,治所在今江苏省镇江市。《史记·吴太伯世家》:"王余祭三年,齐相庆封有罪,自齐来奔吴。吴予庆封朱方之县,以为奉邑。"

④迫东偏寇乱:明帝以来,北魏以南齐内乱,多次入寇。此处当指建武四年北魏入寇之事。《南齐书·明帝纪》:"四年八月……索虏寇沔北。冬,十月,又寇司州。甲戌,遣太子中庶子梁王、右军司马张稷讨之。"时谢朓为宣城太守,虽未直接参与战事,但也负有兵役粮饷等后勤事务,故亦颇为忙碌。

⑤言:即燕语。见《七夕赋》注⑬。未遑:来不及。篇章:指诗文。

⑥"得尽"句:涵芬楼本、览翠本作"得其尽体物之旨"。张本、郭本、《全齐文》作"得尽其体物之旨"。丽藻:华丽的辞藻,亦指华丽的诗文。陆机《文赋》:"游文章之林府,嘉丽藻之彬彬。"天逸:即天纵,意为天生超绝。报章:谓杼柚往复,织成花纹。后亦指回信或诗文酬答。《诗经·小雅·大东》:"虽则七襄,不成报章。"报,往复。申:申诉,表明。体物之旨:见陆机《文赋》:"赋体物而浏亮。"

⑦诗:指《诗经·大雅·抑》。酬:原作"雠"。朱熹《诗集传》:"雠,答也。"

⑧"故称"句:《全齐文》作"称之曰《酬德赋》"。此句为自谦之语。意为自己即无言敢对沈约之诗,对沈约之大德亦乏善可报。故只能作《酬德赋》一篇以表自己心意。

⑨"悲夫"句:张本作"嗟夫四时游之代序"。览翠本、万历本、郭本、《全齐文》作"悲夫四时游之代序"。四游:古人认为大地和星辰在一年的四季中,分

329

别向东、南、西、北四极移动,称四游,后亦代指四季。《礼记·月令》题解孔颖达疏引汉郑玄注《考灵耀》云:"地与星辰俱有四游升降。四游者,自立春地与星辰西游,春分西游之极。地虽西极,升降正中,从此渐渐而东,至春末复正。自立夏之后北游,夏至北游之极。地则升降极下,至夏季复正。立秋之后东游,秋分东游之极。地则升降正中,至秋季复正。立冬之后南游,冬至南游之极。地则升降极上,冬季复正。此是地及星辰四游之义也。"代序:指时序更替。《楚辞·离骚》:"日月忽其不淹兮,春与秋其代序。"六龙:指太阳。见《秋夜讲解》注⑫。

⑩盖:车盖,代指车。靡:凋敝。骏奔:亦作"骏犇",急速奔走。《后汉书·章帝纪》:"骏奔郊畤,咸来助祭。"玉衡:车辕头横木的美称,此处指车衡上的鸾铃。《楚辞·刘向〈远游〉》:"柱玉衡于炎火兮,委两馆于咸唐。"拊翼:拍打翅膀,此处指车行时,衡上之鸾鼓其翼。《广韵》:"拊,拍也。"

⑪岁晏:意指一年将尽的时候。《楚辞·山鬼》:"留灵脩兮憺忘归,岁既晏兮孰华予!"鲜:《广韵》:"鲜,少也。"曾阴:犹重阴,层叠的阴云。《文选·江淹〈从冠军建平王登庐山香炉峰〉》:"落日长沙渚,曾阴万里生。"

⑫玄武:古代神话传说中四象之一,代表颛顼与北方七宿的神兽。而到了汉代五行学说开始兴起,它的象征含义又多了壬癸与冬季。《礼记·曲礼上》:"前朱雀,后玄武。"孔疏:"玄武,龟也,龟有甲,能御侮用也。"重介:厚厚的甲壳。《广韵》:"介,甲也。"宛虹:弯曲的虹。《文选·司马相如〈上林赋〉》:"奔星更于闺闼,宛虹扦于楯轩。"李善注引如淳曰:"宛虹,屈曲之虹也。"匿:隐藏,此处指冬季不见彩虹。《礼记·月令》:"孟冬之月……虹藏不见。"

⑬"览其物"句:张本、《全齐文》作"览斯物之用舍"。用舍:指行藏。《论语·述而》:"子谓颜渊曰:'用之则行,舍之则藏,唯我与尔有是夫。'"群芳:所有植物。䓞:萌动。植:《集韵》:"植,立也。"

⑭吊:悲伤,怜悯。《诗经·桧风·匪风》:"顾瞻周道,中心吊兮。"悴躯:憔悴的身躯,此为作者自指。华省:指高贵显要者的官署,此处指谢朓此时任职之尚书省。潘岳《秋兴赋》:"宵耿介而不寐兮,独展转于华省。"衣簪:衣冠簪缨,古代仕宦的服装,常借指官吏或世家大族。《宋书·孝义传论》:"若夫孝立闺庭,忠被史策,多发沟畎之中,非出衣簪之下。以此而言声教,不亦卿大夫之耻乎。"自敕:自我告诫。

⑮"散奋懑"句：张本、郭本、《全齐文》作"散忿懑于胸臆"。披文：加以文饰。陆机《文赋》："碑披文以相质。"披：《广韵》："披，开也。"奋懑（mèn）：犹"愤懑"。抑郁不平。司马迁《报任少卿书》："恐卒然不可为讳，是仆终已不得舒愤懑以晓左右。"胸臆：内心，心中所藏。《焦氏易林·临之大有》："心劳未得，忧于胸臆。"

⑯"知莫深"句：《艺文类聚》作"知莫深于在己"。知用：知道如何用事。《管子·戒》："寡事成功，谓之知用。"知己：了解、理解、赏识自己的人。《晏子春秋·内篇杂上第五》："士者诎乎不知己，而申乎知己。"

⑰彼：指沈约。此二句意为沈约对自己的了解、赞赏极深，是以每次分离自己都深深怀念其人。

⑱弱葛：柔弱的蔓草，为谢朓自比。蔓延：指蔓草滋生，连绵不断。陵风：形容高峻。沈约《登玄畅楼》诗："中有陵风榭，回望川之阴。"松杞：松树与杞树，皆为栋梁之才，此处比沈约。此二句言自己如弱葛，依托松杞方能陵风。

⑲枲（xǐ）：《说文》："枲，麻也。"此二句化用《荀子·劝学》"蓬生麻中，不扶而直"之句，意思与上句同，盖以曲蓬自喻而以原枲比喻沈约。

⑳排虚：凌空。蹠（zhí）实：亦作"跖实"，谓兽类足踏实地而行。《淮南子·原道训》："鸟排虚而飞，兽蹠实而走。"高诱注："蹠，足也。实，地也。"相鸣：《诗经·小雅·伐木》："嘤其鸣兮，求其友声。"林汜：树林水洲。汜，水中小洲。

㉑伐木：《诗经·小雅》篇名。《诗经·小雅·伐木》序："伐木，燕朋友故旧也。"友生：朋友。《诗经·小雅·伐木》："相彼鸟矣，犹求友声。矧伊人矣，不求友生？"承筐：馈赠礼品，奉上礼品，后以"承筐"借指欢迎宾客。《诗经·小雅·鹿鸣》："我有嘉宾，鼓瑟吹笙。吹笙鼓簧，承筐是将。"君子：指沈约。此二句言己与沈约情谊深厚。

㉒矧（shěn）：况且，何况。景行：大路，比喻高尚的德行。《诗经·小雅·车辖》："高山仰止，景行行止。"郑玄笺："古人有高德者则慕仰之，有明行者则而行之。"

㉓相仁：犹"辅仁"，培养仁德之意。《论语·颜渊》："曾子曰：'君子以文会友，以友辅仁。'"积习：指长久以来而形成的习惯。董仲舒《春秋繁露·天道施》："积习渐靡，物之微者也。其入人不知，习忘乃为常然。"神心：神妙之心。

331

名理:名称与道理。

㉔敦牂(zāng):古称太岁在午之年为"敦牂",意为是年万物盛壮。《尔雅·释天》:"太岁在午曰敦牂。"旅岁:岁末。《方言》:"旅,末也。"兴齐之二六:永明八年为庚午年,时为齐国建立的第十二年,故曰"二六"。

㉕武运:武功兴衰之运会。昌:昌盛。休风:美好的风气。《文选·潘岳〈杨仲武诔〉》:"载扬休风。"刘良注:"休,美也。"淑:《尔雅·释诂》:"淑,善也。"

㉖龙楼:太子居所。见《永明乐》注⑧,此处指沈约曾为太子属官,出入东宫。俨:同"严",庄重整齐。洞开:敞开,打开。班固《西都赋》:"闺房周通,门闼洞开。"梁邸:汉梁孝王喜构筑,其府第见称于世,后因以代指王侯的豪华宫室。此处当指竟陵王萧子良之宅邸,沈约与谢朓皆曾为竟陵王门下之士。《南齐书·武十七王传》:"竟陵文宣王子良,字云英,世祖第二子也。……五年,正位司徒……移居鸡笼山邸,集学士抄《五经》、百家,依《皇览》例为《四部要略》千卷。招致名僧,讲语佛法,造经呗新声。道俗之盛,江左未有也。"

㉗帝储:即储副,皇位的继承人,一般指太子。《后汉书·种暠传》:"太子,国之储副。"曳裾:见萧衍《直石头》注⑤。皇穆:皇子,此处指随郡王萧子隆。穆,古代宗庙次序。《周礼·春官·小宗伯》郑玄注:"父曰昭,子曰穆。"

㉘风云:《易经·乾卦》:"云从龙,风从虎,圣人作而万物睹。"意谓同类相感应。后因以比喻遇合。化景:比喻随阴阳运行而变幻的景色。申:申结。兰菊:比喻君子,此处指沈约。

㉙德言:合乎仁德的言论。芳猷:谓美德,芳美之道。为佩、为服:皆指谢朓将沈约之善言、美德常记于心而不敢或忘。

㉚援:《说文》:"援,引也。"雅范:雅正之风范。绥:《广韵》:"绥,安也。"懿:意指美好。《尔雅》:"懿,美也。"前修:亦作"前脩",犹"前贤"。《楚辞·离骚》:"謇吾法夫前修兮,非世俗之所服。"勖(xù):勉励。

㉛仲宣:汉末文学家王粲的字,为"建安七子"之一。发颖:喻露出头角,名声才能显现出来。中郎:指蔡邕,邕曾任中郎将,后世乃以中郎称之。倒屣:指急于出迎,把鞋子左右穿反。形容热情迎客。事见《三国志·魏书·王粲传》:"王粲字仲宣,山阳高平人也。……粲徙长安,左中郎将蔡邕见而奇之。时邕才学显著,贵重朝廷,常车骑填巷,宾客盈坐。闻粲在门,倒屣迎之。粲至,年既幼弱,容状短小,一坐尽惊。邕曰:'此王公孙也,有异才,吾不如也。吾家书

籍文章,尽当与之。'"

㉜士衡:陆机字士衡。籍甚:见《和萧中庶直石头》注⑦。壮武:指张华。《晋书·张华传》:"张华,字茂先。……论前后忠勋,进封壮武郡公。"此句用张华提携陆机兄弟事。《晋书·陆机传》:"至太康末,与弟云俱入洛,造太常张华。华素重其名,如旧相识,曰:'伐吴之役,利获二俊。'"

㉝杞梓:原指两种优良木材名字,后比喻优秀的人才。《国语·楚语上》:"其大夫皆卿才也,若杞、梓、皮革焉,楚实遗之。"贞心:坚贞之心。《逸周书·谥法解》:"贞心大度曰匡。"丹采:亦作"丹彩",朱丹华彩。何晏《景福殿赋》:"丹彩煌煌。"

㉞黼(fǔ)藻:指华美的辞藻或文字。黼,《周礼·考工纪·画缋》:"白与黑谓之黼。"

㉟风雅:指文章之教化规范。云纲:言密云四合如网。纲,曹融南疑为"网"之误。廓:《广韵》:"廓,空也。"

㊱层栋:指高楼。华榱(cuī):雕画的屋椽。《汉书·司马相如传》:"华榱璧珰,辇道缅属。"

㊲翳:障蔽。明离:指太阳。《易经·离卦》:"明两作离,大人以继明照于四方。"孔疏:"明两作离者,离为日,日为明。今有上下二体,故云明两作离也。"上宾:谓作客于天帝之所,为帝王驾崩之饰辞,此处指齐武帝之崩。《逸周书·太子晋解》:"王子曰:'吾后三年,上宾于帝所,汝慎无言。'"孔晁注:"言死必为宾于上帝之所。"属:托也,付也。《左传·隐公三年》:"宋穆公疾,召大司马孔父,而属殇公焉。"传体:犹"继体",继位。迁萼:纤弱的花萼。此处以喻郁林、海陵二王,二人为武帝之孙,年幼继位,皆为萧鸾所杀。

㊳周二辉:指周年之间。二辉,谓日月。分崩:指郁林、海陵二王失德乱政,以致四海解体。挤九鼎于重壑:意谓齐国祚危急。九鼎,代指社稷江山。《史记·封禅书》:"禹收九牧之金,铸九鼎。皆尝亨鬺上帝鬼神。遭圣则兴,鼎迁于夏商。周德衰,宋之社亡,鼎乃沦没,伏而不见。"

㊴鱼鸟:泛指生灵,此处代指百姓臣民。风川:与鱼鸟相对,鸟飞于风,鱼游于川。迴薄:同"回薄",谓循环相迫变化无常。《文选·贾谊〈鵩鸟赋〉》:"万物回薄,振荡相转,云蒸雨降,纠错相纷。"

㊵微:非。《诗经·邶风·柏舟》:"微我无酒,以敖以游。"天道:天理。布

333

新:更新,建立新的。《左传·昭公十七年》:"彗,所以除旧布新也。"此处指明帝代立。员首:同"圆首",人首形圆,因以"圆首"代称人,此处指黎民。《淮南子·精神训》:"头之圆也象天,足之方也象地。"

㊶"予窘迹"句:《艺文类聚》《全齐文》作"予窘迹以多愧"。窘迹:即窘步,步履艰难,代指处境困窘。曹丕《陌上桑》:"被荆棘,求阡陌,侧足独窘步。"块:犹"块然"。孤独的样子,独处的样子。《汉书·陈汤传》:"使汤块然被冤拘囚,不能自明。"离尤:遭受罪过。《后汉书·冯衍传下》:"行劲直以离尤兮,羌前人之所有。"

㊷纤组:系佩官印。谓身居官位。见《游敬亭山》注⑧。名邦:指东阳郡,沈约曾任东阳太守。"贻话言"句:涵芬楼本、览翠本、万历本、张本、郭本、《全齐文》作"贻话言于川渚"。贻:赠送。洲渚:水中小块陆地。左思《吴都赋》:"岛屿绵邈,洲渚冯隆。"

㊸东津:谓方山之津。《丹阳郡图经》:"方山在江宁县东五十里,下有湖水,旧扬州有四津,方山为东,石头为西。"津,渡口。徂:《尔雅》:"徂,往也。"延伫:见《杜若赋》注②。

㊹先德:有德行的前辈。此处指齐高帝。龙兴:喻王者兴起。班固《西都赋》:"是故横被六合,三成帝畿;周以龙兴,秦以虎视。"奉:助也。英灵:英明灵秀所钟之人,此处指萧鸾。电举:谓闪电,比喻速度之快。《晋书·王鉴传》:"高风启涂,龙舟电举,曾不十日,可到豫章。"

㊺紫泥:古时书信以泥封,泥上盖印,皇帝之诏书则以紫泥封。卫宏《旧汉仪》:"皇帝六玺,皆白玉螭虎剑文曰:皇帝行玺、皇帝之玺、皇帝信玺、天子行玺、天子之玺、天子信玺,凡六玺……皆以武都紫泥封,青布囊,白素里。"密勿:犹"黾勉",勤劳努力。《汉书·刘向传》:"君子独处守正,不挠众枉,勉强以从王事……故其诗曰:'密勿从事,不敢告劳。'"青緺(guā):指青绶。佩系官印的青紫色丝带。《史记·滑稽列传》:"及其拜为二千石,佩青緺出宫门,行谢主人。"緺,《说文》:"緺,绶紫青色。"容与:见《和何议曹郊游二首》其一注①。

㊻沾:受益。朅(qiè)来:犹言去。《后汉书·张衡传》:"回志朅来从玄諆,获我所求夫何思!"卒:终于。笑语:犹燕语。见《七夕赋》注⑬。

㊼舣(yǐ):《广韵》:"舣,整舟向岸。"命徒:命事徒侣,将事远行。汩(yù)徂:疾行。《楚辞·九章·怀沙》:"伤怀永哀兮,汩徂南土。"南夏:指中国南方,

此处指宣城，位于建康之南。夏，《尚书·舜典》孔安国传："夏，华夏也。"

㊽炯戒：亦作"炯诫"。明显的鉴戒或警戒。《汉书·叙传》："又申之以炯戒。"

㊾笙簧：见《和何议曹郊游二首》其二注④。舒忧：亦见《和何议曹郊游二首》其二注④。假：通"借"，借用，利用。

㊿痁（shān）病：疟疾。漳滨：漳水边，指邺城。《水经注·浊漳水》："（浊漳水）又东出山，迳邺县西。……魏武又以郡国之旧，引漳水自城西东入，迳铜雀台下，伏流入城东注，谓之长明沟也。"刘桢《赠五官中郎将》诗之二："余婴沈痼疾，窜身清漳滨。"后因用为卧病的典实，此处指谢朓卧病宣城事。继歌：谓续歌相酬和，指宣城病中与沈约诗文相和之事。

(51)恩灵：见《思归赋》注⑥。京：谓京口、京城，指南徐州。《南齐书·州郡志》："南徐州，镇京口。……今京城因山为垒，望海临江，缘江为境。"枌（fén）：指枌榆社，汉高祖刘邦故里的土地神祠，在丰县西南二十余里。《史记·封禅书》："高祖初起，祷丰枌榆社。"此处当指萧齐故里武进，武进时属南徐州南东海郡。傅：《说文》："傅，相也。"作傅，明帝长子萧保义时任南徐州刺史，沈约则任保义之镇北谘议、行南徐州事。

(52)邦途：大道。永陌：长陌。陌，田陌。怀予马：即怀予。《楚辞·离骚》："仆夫悲予马怀兮。"骐馵（qí zhù）：指身有青黑斑纹而左足白的马。《诗经·秦风·小戎》："文茵畅毂，驾我骐馵。"

(53)平津：平原之津渡。出宿：出居在外。《诗经·邶风·泉水》："出宿于泲，饮饯于祢。女子有行，远父母兄弟。"登崇岗而兴赋：指登高而赋。崇岗，高岗。《汉书·艺文志》："登高而赋，可以为大夫。"

(54)"顾飞幰"句：涵芬楼本作"顾归幰之南回"。览翠本、万历本、张本、《全齐文》作"顾归幰之南回"。飞幰（xiǎn）：飞扬的车幔，此处代指车。幰，《说文新附》："幰，车幔也。"行镳（biāo）：行进的乘骑。镳，《说文》："镳，马衔也。"此处借指马。

(55)瑰（guī）才：同"瑰材"，珍奇的栋梁材，亦比喻杰出的才具、才能。《后汉书·班固传》："因瓌材而究奇。"侈：《广韵》："侈，泰，大也。"萱树：见《阻雪》联句注⑫。

(56)代匠：《老子》："夫代大匠斫者，希有不伤其手矣。"后多用作自谦之词，比喻在名家高手面前，容易显出自己的拙劣。切偲(sī)：即“切切偲偲”，意为朋友间相互敬重切磋勉励貌。《论语·子路》：“子曰：‘切切偲偲，怡怡如也，可谓士矣。朋友切切偲偲，兄弟怡怡。’”治素：即治丝。《左传·隐公四年》：“臣闻以德和民，不闻以乱。以乱，犹治丝而棼之也。”此二句指沈约教导谢朓如何治理州郡。

(57)含毫：见《和萧中庶直石头》注⑭。报章：见注⑥。纷埃东骛：指北魏东来入寇，以致尘埃纷起。见注④。骛，《说文》：“骛，乱驰也。”

(58)末位：微末的职位。“忽乘驲”句：览翠本、张本、郭本、《全齐文》作“忽乘驿以南赴”。驲(rì)：指古代驿站专用的车，后亦指驿马。《说文通训定声》：“车曰驲，曰传；马曰驿，曰递。”此处言自己将解宣城任职，奉命前往南岳祭祀。

(59)寄言：把情谊寄托在诗文之中。嵇康《琴赋序》：“是故复之不足，则吟咏以肆志，吟咏之不足，则寄言以广意。”

(60)铩翮(shā hé)：犹“铩羽”。左思《蜀都赋》：“鸟铩翮，兽废足。”矫：《博雅》：“矫，飞也。”洞源：即泉源。《说文》：“洞，疾流也。”

(61)搔搔：通“骚骚”。行动急疾貌。《礼记·檀弓上》：“故骚骚尔则野，鼎鼎尔则小人，君子盖犹犹尔。”杼柚：亦作“杼轴”。织布机上的两个部件，即用来持纬(横线)的梭子和用来承经(直线)的箱。《诗经·小雅·大东》：“小东大东，杼柚其空。”此处杼柚代指组织为文。陆机《文赋》：“虽杼轴于予怀，怵他人之先我。”营营：《楚辞·远游》：“魂营营而至曙。”朱熹《楚辞集注》：“营营，犹曰茕茕，亦耿耿之意也。”驰骛：疾驰；奔腾。《楚辞·离骚》：“忽驰骛以奔走兮，非余心之所急。”

(62)腰戟：横戟于腰。戟，古代一种合戈、矛为一体的长柄兵器。戎禁：指禁卫。《文献通考·职官》：“(晋)武帝受禅，分中卫为左、右卫将军。……宋、齐谓之二卫，卫领营兵，每暮一人宿值。”沈约此时任职左卫将军。拂剑：即拭剑。《雷焕别传》：“拭剑光艳照耀。”拂，《广韵》：“拂，拭也。”郎闱：指中书省，此时谢朓复官为尚书吏部郎。

(63)“城望昏”句：《艺文类聚》、万历本作“诚望昏而掩扉”。掩扉：关门。《说文》：“扉，户扇也。”此二句言自己终于和沈约同处为官，希望可以时时往来。

(64)游盘：亦作“游槃”“盘游”。游逸娱乐。《尚书·五子之歌》：“(太康)乃盘游无度，畋于有洛之表，十旬弗反。”未极：没有停止。《楚辞·九歌·湘君》：

“扬灵兮未极，女婵媛兮为余太息。”落景：落日。徂辉：落日的光辉，比喻逝去的岁月。

(65)清颜：敬称人容颜。多用于男性友朋。《南史·孔休源传》：“不期忽觏清颜，顿祛鄙吝。”倏忽：顷刻，极短的时间。《淮南子·修务训》：“倏忽变化，与物推移。”吝：《说文》：“吝，恨惜也。”欢赏：欢畅。谢灵运《鞠歌行》：“心欢赏兮岁易沦，隐玉藏彩畴识真。”

(66)重关：层层的宫殿门或屋门，代指深宫。休告：官吏呈请休假。南馆：南边的客舍，泛指接待宾客的处所。曹丕《与朝歌令吴质书》：“驰骋北场，旅食南馆。”

(67)骖：见《冬绪羁怀示萧谘议虞田曹刘江二常侍》注⑧。右转：《南齐书·百官志》：“自二卫……已下，谓之‘西省’。”西省在右，故曰右转。此二句言二人过从之密。

(68)清漏：清晰的滴漏声。古代以漏壶滴漏计时。鲍照《望孤石》诗：“啸歌清漏毕，徘徊朝景终。”晞：《说文》：“晞，日干也。”汉乐府《薤露》：“薤上露，何易晞。”

(69)夫君：犹“之子”之意，这个人，此处指沈约。《楚辞·九歌·云中君》：“思夫君兮太息。”东守：指沈约出为东阳太守。隐蓄怀仙：指东阳地域隐僻，而内藏神仙。

(70)“登金华”句：涵芬楼本、览翠本、万历本作“登金华以问之”。金华：山名，古称长山或常山。在今金华市区北面，故俗称北山。《太平寰宇记·婺州金华县》：“长山，在县南二十里，一名金华山，即黄初平、初起遇道士教以仙方处。”石室：见《祀敬亭山春雨》注①。

(71)寰中：宇内，天下。迫胁：狭窄，局促之意。轻举：指隐遁，避世。《楚辞·远游》：“悲时俗之迫阨兮，愿轻举而远游。”舍旃（zhān）：即舍之。《诗经·唐风·采苓》：“舍旃舍旃，苟亦无然。”

(72)宠辱：即得失荣辱。《老子》：“得之若惊，失之若惊，是谓宠辱若惊。”毁誉：指诋毁和赞誉。《论语·卫灵公》：“我之于人，谁毁谁誉。”夭伐：指未长成而遭戕伐。谢灵运《游赤石进帆海》诗：“请附任公言，终然谢夭伐。”腥膻：难闻的腥味。亦比喻人间丑恶污浊的现象，故需要去之。沈约《需雅》诗之三：“终朝采之不盈掬，用拂腥膻和九谷。”

(73)上征：上升，此处用以表示离开尘世之意。《楚辞·离骚》：“驷玉虬以乘鹥兮,溢埃风余上征。"跻:《广韵》:"跻,升也。"中皇:即中天。《广韵》:"皇,天也。"修迥(jiǒng):辽远,缥缈。

⑭巾:作动词,衣饰车驾,实际即驾车。《左传·哀公三年》:"校人乘马,巾车脂辖。"帝车:北斗星。《史记·天官书》:"斗为帝车,运于中央,临制四乡。"棹(zhào):划船。此二句化用陶潜《归去来兮辞》:"或命巾车,或棹孤舟。"言欲归隐也。

⑮星术:指天衢。《说文》:"术,邑中道也。"熠耀(yì yào):光彩,鲜明。《诗经·豳风·东山》:"仓庚于飞,熠耀其羽。"天潢:星名,即天津星。《史记·天官书》:"王良……旁有八星,绝汉曰天潢。"瀴溟(yíng míng):水杳远貌。《文选·木华〈海赋〉》:"经途瀴溟,万万有余。"李善注:"瀴溟,犹绝远杳冥也。"

⑯九转:见《和纪参军服散得益》注①。玉浆:犹玉液。《楚辞·九思》:"从卬遨兮栖迟,吮玉液兮止渴。"七明:道家炼丹术语。《抱朴子·仙药》:"七明、九光芝,皆石也。生临水之高山石崖之间,状如盘碗,不过径尺以还,有茎蒂连缀之。起三四寸,有七孔者,名七明;九孔者,名九光。光皆如星,百余步内,夜皆望见其光,其光自别,可散不可合也。常以秋分伺之得之,捣服方寸匕,入口则翕然身热,五味甘美,尽一斤,则得千岁。"神鼎:炼丹之鼎炉。

⑰万化:万事万物,大自然。《庄子·齐物论》:"子綦曰:'夫吹万不同,而使其自已也。'"

⑱齐:等同。即庄子"齐万物"之齐。倏忽:见注㊹。纡(yū):苦闷郁结胸中。《楚辞·九章·惜诵》:"心郁结而纡轸。"王逸注:"纡,曲也。"婞(xìng):即婞直。倔强,刚直之意。《离骚》:"鲧婞直以亡身兮。"

章表

章、表都是中国古代向帝王上书陈情言事的文体,这两种文体在战国时被统归入"书"一类,如李斯之《谏逐客书》。到了汉代,"书"这一文体根据不同的功用被细分成章、奏、表、议四小类。刘勰《文心雕龙·章表》就指出:"章以谢恩,奏以按劾,表以陈情,议以执异。"可见,章主要用于臣僚拜官、升迁或受皇帝赏赐等情况,用书信的形式进行谢恩。也用来通报灾异、弹劾官员,其功能并不是单一的。表的主要作用就是臣子对帝王有所陈述、请求、建议,表达臣子对君主的忠诚和希望。此外,还有一种专议朝政的文章,亦统称"表"。总的说来,尽管具体内容不同,但这两种文体都离不开抒情手法的运用,因此,"陈情"可以说是它们的一个基本特征。齐明帝萧鸾篡位前,谢朓在其府中任职,颇受萧鸾眷顾,府中重要文书皆出朓手,谢朓集中有章表四篇,俱为此时代齐明帝所作,此外《文镜秘府论》中有《为鄱阳王让表》残章一篇,共计五篇。其时正值齐明帝图谋篡位之际,朝局形势极为紧张。萧鸾奉宣城郡公时,与谢朓同为"竟陵八友"之一的任昉为之作表,因萧鸾"恶其辞斥"而被罢黜,终建武之朝,"位不过列校"(见《梁书·任昉传》)。故谢朓为齐明帝所作章表,多为空泛套语,而无甚实际内容,虽颇合明帝之意,但就艺术价值而言却是乏善可陈了。

为鄱阳王让表

　　玄天盖高,九重寂以卑听[①];皎日著明,三舍回于至感[②]。

【题解】

　　本文谢朓集中未录,见于《文镜秘府论·文二十八种病》。鄱阳王,为齐高帝第七子,名锵。《南齐书·高祖本纪》载,建元元年六月,封锵鄱阳王。《南齐书·高祖十二王传》载:"建元四年,世祖即位,以锵为使持节、督雍梁南北秦四州郢州之竟陵司州之随郡军事、北中郎将、宁蛮校尉、雍州刺史。"故曹融南认为本表当作于是年,但谢朓其时还未出仕,似不可能为鄱阳王作此表。《南齐书·高祖十二王传》又载:"(永明)九年,始亲府、州事。加使持节、督江州诸军事、安南将军,置佐史,常侍如故。先是二年省江州府,至是乃复。十一年,为领军,常侍如故。"此时谢朓人在荆州,应也不可能为其作表。隆昌元年(494)四月,萧锵又转尚书右仆射,常侍如故。俄迁侍中、骠骑将军、开府仪同三司,领兵置佐。谢朓此时为任新安王中军记室一职,后以本官兼尚书殿中郎,故此时谢朓为萧锵作表让尚书右仆射一职似乎可能性更大,故本表姑系于隆昌元年四月。

【校注】

①玄天:泛指天。《庄子·外篇·在宥》:"乱天之经,逆物之情,玄天弗成。"九重:古人认为天有九层,因泛言天为"九重天"。《淮南子·天文训》:"天有九重。"卑听:《史记·宋微子世家》:"子韦曰:'天高听卑。君有君人之言三,荧惑宜有动。'"原指上天神明可以洞察人间最卑微的地方,天帝虽高高在上,却能听到下面人世间的言语,而察知其善恶。此处则以颂帝王圣明,能了解民情。

②皎日著明,三舍回于至感:《淮南子·览冥训》:"鲁阳公与韩构难,战酣日暮,援戈而㧑之,日为之反三舍。"舍,二十八宿,一宿为一舍。

为明帝拜录尚书表

升降玉阶,对扬休命①。六辔在手,千里何偕②?司会天官之统,尚书百僚之本③。弘之即庶绩惟凝,替之则彝伦斯斁④。修身践言,本惭五美⑤;果行育德,未阶六正⑥。妄属负图之寄,多谢五仁之绩⑦。操桧楫于龙津,荷梓梁于云构⑧。无以辅位明堂,遗像麟阁⑨。

【题解】

本表作于延兴元年(494)七月。《南齐书·海陵王纪》:"延兴元年秋,七月,丁酉,即皇帝位。以尚书令、镇军大将军、西昌侯鸾为骠骑大将军、录尚书事、扬州刺史、宣城郡公。"录尚书事为官名,其职位在三公之上,可谓百官之首,人臣之极。《通典·职官》:"录尚书……亦西京领尚书之任。……自魏晋以后亦公卿权重者为之,职无不总。"萧鸾任此职意味着其已把持南齐朝政,篡立之事亦随时可为了。谢朓这时已从海陵王任新安王时之中军记室兼尚书殿中郎调任萧鸾府下之骠骑谘议、领记室、掌霸府文笔。一时之间,重要文书皆出其手,颇受萧鸾眷顾。《为明帝拜录尚书表》《为齐明帝让封宣城公表》《为百官劝进齐明帝表》皆作于此时。

本表内容如题,为谢朓代萧鸾上表向海陵王谦让录尚书一职。"升降"以下四句写受命,"司会"以下四句写任重,"修身"以下十句写自己才华不足,不堪重任,全文用典雅重,文字简要,但萧鸾之辞让纯为假意,不过掩人耳目而已,故其内容实无可读之处,事实上在本年十月,萧鸾即篡位自立,是为齐明帝。

【校注】

①"升降"句:张本作"升降王阶,拜扬休命"。郭本作"升降玉阶,拜扬休命"。升降:上前与后退,古代礼节。《管子·小匡》:"管仲曰:'升降揖让,进退闲习,辨辞之刚柔,臣不如隰朋,请立为大行。'"玉阶:玉石砌成或装饰的台阶,代指朝廷。《文选·张衡〈思玄赋〉》:"勔自强而不息兮,蹈玉阶之峣峥。"对扬:对答称扬,多用于臣子受君赐之时,兼有答谢、颂扬之意。《尚书·说命》:"敢对扬天子之休命。"休命:美善的命令。多指天子或神明的旨意。《易经·大有》:"君子以遏恶扬善,顺天休命。"

②六辔:古一车四马,马各二辔,其两边骖马之内辔系于轼前,谓之軜,御者只执六辔。后以指称车马或驾驭车马。《诗经·秦风·小戎》:"四牡孔阜,六辔在手。"此处"六辔在手"当指萧鸾总揽事权之意。千里:指面积广阔。《后汉书·刘般传》:"今刺史一州之表,二千石千里之师,职在辨章百姓,宣美风俗。""千里何偕"谓不能胜任之意。

③司会:官名,为天官冢宰之属。《周礼·天官·冢宰》:"司会中大夫二人……"郑注:"司会主天下之大计,计官之长,若今尚书。"天官:官名,即天官冢宰,为六卿之首。《周礼·天官·冢宰》:"惟王建国……乃立天官冢宰,使率其属而掌邦治,以佐王均邦国。"尚书:指录尚书事官职。百僚:百官。《尚书·皋陶谟》:"百僚师师,百工惟时。"

④"弘之"句:张本作"弘之则庶绩惟凝"。庶绩惟凝:《尚书·皋陶谟》:"抚于五辰,庶绩其凝。"孔传:"凝,成也,众功皆成。"庶,众多。替:衰废。《尔雅·释言》:"替,废也。"彝伦:常理,常道。《尚书·洪范》:"王乃言曰:'呜呼,箕子!惟天阴骘下民,相协厥居,我不知其彝伦攸叙。'"斁(yì):厌倦,懈怠,厌弃。《国风·周南·葛覃》:"为绨为绤,服之无斁。"

⑤修身践言:意为修养身心,履行诺言。《礼记·曲礼上》:"修身践言,谓之善行。"惭:惭愧。五美:指孔子主张的五种基本美德。《论语·尧曰》:"子曰:'尊五美,屏四恶,斯可以从政矣。'子张曰:'何谓五美?'子曰:'君子惠而不费,劳而不怨,欲而不贪,泰而不骄,威而不猛。'"

⑥果行育德:意为果断行事以培养高尚的道德。《易经·蒙卦》:"君子以果行育德。"阶:登上,达到。六正:六种正道之臣。刘向《说苑·臣术》:"故人臣之行,有六正六邪……六正者,一曰萌芽未动,形兆未见,昭然独见存亡之几,得失之要,预禁乎不然之前,使主超然立乎显荣之处,天下称孝焉,如此者圣臣也。二曰虚心尽意,进善通道,勉主以礼义,论主以长策,将顺其美,匡救其恶,功成事立,归善于君,不敢独伐其劳,如此者良臣也。三曰卑身贱体,夙兴夜寐,进贤不解,数称于往古之行事,以厉主意,庶几有益,以安国家社稷宗庙,如此者忠臣也。四曰明察幽见成败,早防而救之,引而复之,塞其间,绝其源,转祸以为福,使君终以无忧,如此者智臣也。五曰守文奉法,任官职事,辞禄让赐,不受赠遗,衣服端齐,饮食节俭,如此者贞臣也。六曰国家昏乱,所为不谀,然而敢犯主之颜,面言主之过失,不辞其诛,身死国安,不悔所行,如此者直臣也。是为六正。"

⑦属:通"嘱",托付,受托。负图:指受先帝遗命辅佐幼帝的典实。《汉书·霍光传》:"武帝年老,欲立少子弗陵为嗣,命大臣辅之。察群臣唯光任大重,可属社稷。乃使黄门画者画周公负成王朝诸侯以赐光,曰:'立少子,君行周公之事。'"多谢:多惭。谢,惭愧。五仁:指舜的五位贤臣。《论语·泰伯》:"舜有臣五人,而天下治。"孔注:"禹、稷、契、皋陶、伯益。"

⑧操:操持,掌握。桧楫(guì jí):桧木做的船桨,借指舟船。《诗经·卫风·竹竿》:"淇水滺滺,桧楫松舟。"龙津:指龙门。《晋书·郭璞传》:"登降纷于九五,沦涌悬乎龙津。"荷:负荷。梓梁:以梓木为梁。《埤雅》:"梓为百木长,故呼梓为木王。罗愿云:'屋室有此木,则余材皆不震。'"云构:构筑入云,比喻

大厦。《文选·陆机〈招隐诗〉》："轻条象云构，密叶成翠幄。"

⑨辅位：居辅弼之位。明堂：见《三日侍宴曲水代人应诏》注⑲。遗像：遗留画像。麟阁：汉代阁名，在未央宫中，即麒麟阁。汉宣帝时曾图霍光等十一位功臣像与阁上，以表扬其功绩（见《汉书·苏武传》）。后多以之表示卓越的功勋和最高的荣誉。《三辅黄图·阁》："麒麟阁，萧何造，以藏秘书，处贤才也。"

为齐明帝让封宣城公表①

如其悬旌灞浐，刷马伊谷②；洒洒望属车之尘，整笏侍升平之礼③。陛下讦谟玄览，钦若宏图④；鉴臣匪躬，共申彝训⑤。虽量能之请，近遂微躬⑥；则弘长之风，足轨来世⑦。

【题解】

此表亦为代萧鸾而作，写作时间与《为明帝拜录尚书表》相同，篇幅、内容亦仿佛。"如其"以下四句写皇帝此时封自己为宣城公尚不是合适的时候，"陛下"以下四句写自己深感皇帝的信任与厚爱，最后四句写自己的辞让之意。本表不过萧鸾故作推迟，不久之后萧鸾便让谢朓代谢拜章，接收封爵，随后又晋为王，当年十月便篡位自立，其速度之快，让人感慨。

【校注】

①张本题作"为明帝让封宣城公表"。

②悬旌：挂起旌旗，指进军。葛洪《抱朴子·广譬》："故秦始皇筑城遏胡，而祸发帏幄；汉武悬旌万里，而变起萧墙。"灞浐：见《侍宴华光殿曲水奉敕为皇太子作》注㉚。此时灞浐在长安附近，属北魏境内，故此处代指北魏之地。刷马：犹饮马。伊谷：指伊水与谷水，均在河南洛阳附近，此时亦在北魏境内。此二句言自己欲进军北魏，恢复中原故地之意。

③洒洒：把酒浇洒在地上，以示祭奠。此处为迎接皇帝而来之意。属车之尘：指天子的车驾。《史记·司马相如列传》："犯属车之清尘。"颜注："属者，言

345

相连续不绝也。尘,谓行而起尘也。"属车,帝王出行时的侍从之车。此处因不敢直言天子之车,故以属车代指天子车驾。整笏:端正地握着朝笏,比喻恭谨待命貌。笏,古代大臣上朝拿着的手板,用玉、象牙或竹片制成,上面可以记事。升平:太平。《汉书·梅福传》:"使孝武皇听用其计,升平可致。"颜师古注引张晏曰:"民有三年之储曰升平。"此二句言望天子车驾北临而洒洒相迎。

④訏谟(xū mó):远大宏伟的谋划。《诗经·大雅·抑》:"訏谟定命,远猷辰告。"玄览:深察,远见。《老子》:"涤除玄览,能无疵乎。"钦若:敬顺之意。《尚书·尧典》:"乃命羲和,钦若昊天。"宏图:宏伟的计划,远大的谋略。

⑤鉴:察见。臣:萧鸾自称。匪躬:谓忠心耿耿,不顾自身。《易经·蹇卦》:"王臣蹇蹇,匪躬之故。"彝训:父祖之常训、教诲。《尚书·酒诰》:"聪听祖考之彝训。"

⑥量能:指衡量人之才能。《汉书·食货志》:"圣王量能授事。"遂:《广雅·释诂》:"遂,行也。"微躬:谦词。卑贱的身子。

⑦弘长:弘大长远。《文选·袁宏〈三国名臣序赞〉》:"士元弘长,雅性内融。"轨:轨范。孔安国《尚书序》:"所以恢弘至道,示人主以轨范也。"

为宣城公拜章

惟天为大,日星度其象①;谓地盖厚,河岳宣其气②。斯冕旒所以贞观,衮职所以代终③。惭下穆而上尊,岂南征而北怨④?何以克咏九歌,载宣七德⑤;铭彼旂常,勒斯钟鼎⑥。

【题解】

本文为萧鸾接受宣城公爵位后谢朓代写谢恩之奏章,当作于《为齐明帝让封宣城公表》之后。"惟天"以下八句言天地气象之变化,皆与人间之事所感应变化。最后四句则以表达自己的谦虚之意作结。

【校注】

①惟天为大:《孟子·滕文公》:"子曰:'大哉尧之为君也!巍巍乎,惟天为

大,惟尧则之。'"日星:指日月星辰。《左传·桓公二年》孔疏:"日照昼,月照夜,星运行于天,昏明遞匝,民得取其时节,故三者皆为辰也。"象:形于外者皆为象。《易经·系辞》:"在天成象,在地成形,变化见矣。"

②谓地盖厚:此以比喻帝王威势。《诗经·小雅·正月》:"谓地盖厚,不敢不蹐。"河岳:指黄河、五岳,代指江河山岳。宣其气:《国语·周语》:"太子晋曰:'夫天地成而聚于高,归物于下,疏为川谷,以道其气。'"宣,《广韵》:"宣,通也,散也。"

③斯:因此。冕旒:古代大夫以上的礼冠。顶有延,前有旒,故曰"冕旒"。《周礼·夏官·弁师》:"天子之冕十二旒,诸侯九,上大夫七,下大夫五。"此处代指天子。贞观:谓以正道示人。《易经·系辞下》:"吉凶者,贞胜者也。天地之道,贞观者也。"衮职:指帝王的职事,亦借指帝王。或指三公的职位,亦借指三公。此处指三公之职。《文选·蔡邕〈陈太丘碑文〉》:"弘农杨公,东海陈公,每在衮职,群僚贺之。"代终:指代天子做出成果。《易经·坤卦》:"地道无成,而代有终也。"此二句意为自己虽为三公,但亦不敢为主先成,必须天子做主,自己方敢代天子做出成果。

④穆:《广韵》:"穆,和也。"尊:尊奉。岂南征而北怨:《尚书·仲虺之诰》:"乃葛伯仇饷,初征自葛,东征西夷怨,南征北狄怨,曰:'奚独后予?'"此二句为萧鸾自惭德薄,并无怨望。

⑤九歌:夏朝时的乐歌。《尚书·大禹谟》:"禹曰:'於!帝念哉!德惟善政,政在养民。水、火、金、木、土、穀,惟修;正德、利用、厚生、惟和。九功惟叙,九叙惟歌。戒之用休,董之用威,劝之以九歌,俾勿坏。'"又《左传·文公七年》:"九功之德,皆可歌也,谓之九歌。六府、三事谓之九功。水、火、金、木、土、穀谓之六德。正德、利用、厚生谓之三事。"载:语气助词,无意义。宣:宣扬。七德:指武功的七种德行。《左传·宣公十二年》:"夫武,禁暴、戢兵、保大、定功、安民、和众、丰财者也。……武有七德,我无一焉,何以示子孙?"此二句皆萧鸾自谦无功德。

⑥铭:铭记。旍常:旍与常,皆为旗帜之类,以画饰而异,以表示王侯身份,故多以此代指王侯。《周礼·春官·司常》:"日月为常,交龙为旍……王建大常,诸侯建旍。"勒:刻志之。钟鼎:钟和鼎,皆为礼器,上常有铭文以记大事。《墨子·鲁问》:"镂之于金石,以为铭于钟鼎,传遗后世子孙。"

347

为百官劝进齐明帝表

臣闻时乘在御,必待先天之业①;神化为皇,乃叶应期之运②。况复汤孙有绪,纂尧惟德③;旧邦伫新,复禹归祉④。大齐之权舆宝历,孕育前古⑤。昭假四海,克酬三灵⑥。而嗣命疾威,蕃郦叛换⑦;委裘御宇,彝鼎如忽⑧。陛下文思体道,徇齐作圣⑨。薨应龙于冀州,戮长蛇于沮水⑩。荣光之瑞昭回,延喜之宝润色⑪。天睠爱发,人谋咸赞⑫。伏愿陛下仰答灵祇,弘宣景命⑬;诞受多方,奄宅万国⑭。

【题解】

《南齐书·明帝纪》:"隆昌元年……封宣城王,邑五千户,持节、侍中、中书监、录尚书并如故。未拜,太后令废海陵王,以上入纂太祖为第三子,群臣三请,乃受命。建武元年(494)冬,十月,癸亥,即皇帝位。"南北朝时,多有权臣纂位之事发生,纂位之君为掩人耳目,多托于禅让,使朝臣上劝进之表,齐明帝萧鸾纂位,亦不脱此窠臼。《南齐书·王晏传》载:"隆昌元年,加侍中。高宗谋废立,晏便响应推奉。延兴元年,转尚书令,加后将军,侍中、中正如故。……高宗与晏宴于东府,语及时事,晏抵掌曰:'公常言晏怯,今定何如?'"可见劝进明帝之事为王晏领衔,而谢朓为执笔者。全表引经据典,所言者无非帝业危殆,而惟萧鸾英明神武,可挽危局,故恳请萧鸾早即帝位。

【校注】

①时乘在御:《易经·乾卦》:"大明始终,六位时成;时乘六龙以御天。"王弼注:"处则乘潜龙,出则乘飞龙,故曰时乘六龙也。"先天:谓先于天时而行事,有先见之明。《易经·乾卦》:"大人者,与天地合其德,先天而天弗违,后天而奉天时。"此二句意为人主统治天下,必须先创建功业。

②神化:指萧鸾化合神。《魏志·王肃传》裴注:"孙盛曰:'化合神者为

皇。"叶:同"协"。《广韵》:"协,合也。"应期:顺应期运。《春秋元命苞》:"五德之运,各象其类,兴亡之名,应录以次相代。"

③汤孙有绪:此句指萧齐皇室乃是远承商汤之绪。《诗经·商颂·殷武》:"有截其所,汤孙之绪。"商纣王庶兄微子启后裔萧叔大心食邑于萧(今安徽省萧县西北),因以为氏,为萧齐先祖。纂尧惟德:《汉书·叙传》:"皇兮汉祖,纂尧之绪,实天生德,聪明神武。"纂,继承。

④旧邦仳新:《诗经·大雅·文王》:"周虽旧邦,其命维新。"仳,同"伫"。《玉篇》:"仳,企也。"复禹:指少康复兴夏朝之事,比喻恢复祖先基业。《左传·哀公元年》:"伍员曰:'(少康)遂灭过、戈,复禹之绩,祀夏配天,不失旧物。'"祉:《说文》:"祉,福也。"

⑤权舆:起始。《诗经·秦风·权舆》:"今也每食无余,于嗟乎!不承权舆。"宝历:指国祚,皇位。《乐府诗集·燕射歌辞三·晋朝飨乐章》:"椒觞再献,宝历万年。"

⑥昭假四海:昭示恩泽以达天下之民。《诗经·大雅·烝民》:"天监有周,昭假于下。"四海,指天下子民。酬:报答。三灵:指天、地、人。《文选·班固〈典引〉》:"答三灵之蕃祉。"

⑦嗣命:指继命之君。此处当指郁林王、海陵王。《南齐书·明帝纪》:"嗣命多违。"疾威:犹暴虐,威虐。《诗经·小雅·雨无正》:"旻天疾威,弗虑弗图。"蕃鄙:指藩国边鄙。蕃,通"藩"。叛换:亦作"叛涣",凶暴跋扈之意。《文选·左思〈魏都赋〉》:"云撤叛换,席卷虔刘。"

⑧委裘:旧谓帝位虚设,唯置故君遗衣于座而受朝。《汉书·贾谊传》:"卧赤子天下之上而安,植遗腹,朝委裘,而天下不乱。"御宇:统御宇内。彝鼎:古代朝廷祭祀用的鼎、尊等传国重器,代指宗庙、社稷。《礼记·祭统》:"对扬以辟之,勤大命,施于烝彝鼎。"忽:《广韵》:"忽,灭也。"此二句言郁林、海陵二王不理朝政,国运堪危。

⑨文思:指才智与道德。古代专用以称颂帝王。《尚书·尧典》:"聪明文思。"体道:体悟大道与躬行正道。《韩非子·解老》:"夫能有其国保其身者,必且体道。"徇齐:疾速。引申指敏慧。《史记·五帝本纪》:"黄帝者……幼而徇齐,长而敦敏,成而聪明。"

⑩翦应龙于冀州:指萧鸾翦除异己。翦,翦除。应龙,神话传说中一种有

349

翼的龙。《山海经·大荒东经》:"应龙处南极,杀蚩尤夸父,不得复上。故下数旱,旱而为应龙之状,乃得大雨。"冀州,《淮南子·览冥训》:"杀黑龙以济冀州。"高诱注:"冀,九州中,谓今四海之内。"戮长蛇于沮水:指萧鸾平晋安王萧子懋叛乱事(见《南齐书·武十七王传》)。长蛇,《左传·定公四年》:"申包胥曰:'吴为封豕长蛇,以荐食上国。'"此处指萧子懋。沮水:河流名,在今湖北中部偏西。《左传·哀公六年》:"(楚昭)王曰:'江、汉、睢、漳,楚之望也。'"萧子懋曾为雍州刺史,治地近沮水。

⑪荣光:五色云气,与青云并为河洛之瑞。《太平御览》引《尚书中候》:"成王观于洛河,沈璧礼毕,王退。俟至于日昳,荣光并出幕河,青云浮洛,青龙临坛,衔玄甲之图吐之而去也。"《南史·王摛传》:"永明八年,天忽黄色照地,众莫能解。司徒法曹王融上《金天颂》。摛曰:'是非金天,所谓荣光。'武帝大悦,用为永阳郡。"昭回:谓星辰光耀回转。《诗经·大雅·云汉》:"倬彼云汉,昭回于天。"延喜之宝:玉圭名。《尚书璇玑铃》:"禹开龙门,导积石,玄圭出,刻曰:'延喜玉,王受德,天赐佩。'"后用为宣扬帝王瑞应的典故。润色:见《拟宋玉风赋》注⑬。

⑫天睠:即天眷,上天眷顾。《尚书·大禹谟》:"皇天眷命。"爰:于是。人谋咸赞:谓众意皆赞同。《后汉书·光武帝纪赞》:"灵庆既启,人谋咸赞。"

⑬伏:敬辞,俯伏之意。仰:向上,亦为敬辞。灵祇:天地之神,亦泛指神明。《文选·张衡〈南都赋〉》:"圣皇之所逍遥,灵祇之所保绥。"弘宣:广泛宣告。景命:大命,此处指承继帝王之位的天命。《诗经·大雅·既醉》:"君子万年,景命有仆。"

⑭诞受多方:接受众方之国,即承继帝位。《尚书·泰誓》:"惟我有周,诞受多方。"诞,助词。奄宅:抚定,统治。陆机《答贾谧诗》之五:"赫矣隆晋,奄宅率土。"奄,覆盖。宅,居住。

笺启

笺、启俱为古代文体之名,其功用为下达上的笺记、书启。《新唐书·百官志一》:"下之达上,其制有六:一曰表,二曰状,三曰笺,四曰启,五曰辞,六曰牒。"事实上两种文体之间差别极小,往往难以区分,故将谢朓笺启合为一类,按创作时间先后排列。

谢随王赐左传启

  昭晰杀青,近发中汗①,恩劝挟册,慈勖下帷②。朓未睹山笥,早懵河籍③;业谢专门,说非章句④。庶得既困而学,括羽莹其蒙心⑤;家藏赐书,簏金逊其贻厥⑥。披览神胜,吟讽知厚⑦。

【题解】

  本文及下篇《谢随王赐紫梨启》均作于谢朓赴荆州任随王文学时,按其内容,可见此时谢朓正为随王所看重,尚无忧愁思归之心,故系于永明十年(492)。本文主要内容为感谢随王赐《左传》,"昭晰"以下四句写随王赐书劝读,"朓未睹山笥"四句为谢朓自谦自己学识浅薄,最后六句则写自己当认真读书,并将珍藏以传之后代。

【校注】

  ①昭晰:见柳恽《奉和竟陵王经刘瓛墓下》注④。杀青:古代制竹简程序之一。后泛称缮成定本或校刻付印为"杀青"。此处指《左传》书成。《后汉书·吴佑传》:"恢欲杀青简以写经书。"李贤注:"杀青者,以火炙简令汗,取其青易书,复不蠹,谓之杀青,亦谓汗简。"中汗:当指"汗简"之中。

  ②挟册:亦作"挟策",意为手拿书本,比喻勤奋读书。《庄子·骈拇》:"问臧奚事,则挟筴读书。"勖(xù):勉励之意。下帷:指身居苦读,详见《始之宣城郡》注①。此二句言随王勖勉之恩。

  ③朓未睹山笥:张本、郭本作"朓未窥山笥"。山笥:指堆积如山的典籍。《七略》:"孝武皇帝敕丞相公孙弘广开献书之路,百年之间,书积如山。"笥,盛

353

饭或衣物的方形竹器。懵(měng)：无知。河籍：广如河水的藏书，与山笥同义。此二句为谢朓自谦，言典籍众多，如山如河，自己难以尽学。

④业谢专门：指自己没有专门之学，为谢朓自谦。专门，指自别为一家之学问。《汉书·夏侯胜传》："胜从父子建字长卿，自师事胜及欧阳高……胜非之曰：'建所谓章句小儒，破碎大道。'建亦非胜为学疏略，难以应敌。建卒自颛门名经，为议郎博士，至太子少傅。"说非章句：意为自己不习章句之学，亦是自谦。章句：剖章析句。经学家解说经义的一种方式。亦泛指书籍注释。《东观汉记·明帝纪》："亲自制作五行章句。每飨射礼毕，正坐自讲，诸儒并听，四方欣欣。"

⑤庶得：幸而能得。既困而学：已受到困惑而知力学。《论语·季氏》："子曰：'生而知之者，上也；学而知之者，次也；困而学之，又其次也；困而不学，民斯为下矣。'"栝羽：箭末羽毛，比喻修学益智，增进才力。《孔子家语·子路初见》："子路曰：'南山有竹，不柔自直。斩而用之，达于犀革。以此言之，何学之有？'孔子曰：'栝而羽之，镞而砺之，其入之不亦深乎！'"栝，通"栝"。莹：明亮。蒙心：蒙昧之心。

⑥"籯金"句：《初学记》《艺文类聚》、张本作"籯金遗其贻厥"。赐书：君王赐给的书籍，此处指随王所赐《左传》。《汉书·叙传上》："彪字叔皮，幼与从兄嗣共游学，家有赐书，内足于财。"籯(yíng)金：指儒经，此处代指随王所赐之《左传》。《汉书·韦贤传》："遗子黄金满籯，不如一经。"《尚书·五子之歌》："明明我祖，万邦之君，有典有则，贻厥子孙。"孔传："贻，遗也。言仁及后世。"

⑦披览：指翻阅，展读。神胜：精神振奋。《广韵》："胜，举也。"吟讽：谓有节奏地诵读诗文。《说文》："讽，诵也。"厚：厚爱，厚德。

谢随王赐紫梨启

味出灵关之阴，旨珍玉津之澨①。岂徒真定归美，大谷惭滋②。将恐帝台妙棠，安期灵枣③，不得孤擅玉盘，独甘仙席④。虽秦君传器，汉后推餐⑤，望古可俦，于今何答⑥？

【题解】

本文主要内容为感谢随王赐紫梨一事。紫梨,梨的一种,果实为紫色,味甜。左思《蜀都赋》云"紫梨津润",孙楚《秋赋》云"紫梨甜脆"。"味出"以下四句写紫梨之产地,"将恐"以下四句写紫梨之滋味甘美,堪比仙果,最后四句则表对随王赐梨之感恩,而不知如何报答。全文称扬颇具层次,书感亦不卑不亢,颇为得体。姑系于永明十年(492)。

【校注】

①"味出"句:张本作"味出灵阙之阴"。灵关:山名,在今四川宝兴南。《文选·左思〈蜀都赋〉》:"廓灵关而为门,包玉垒而为宇。"阴:背阳之处,指关北。"旨珍"句:郭本作"名珍玉津之澨",《初学记》作"介珍玉津之澨"。《艺文类聚》作"玠珍玉津之澨"。旨:《说文》:"旨,美也。"玉津:地名,在成都东。《文选·左思〈蜀都赋〉》:"西逾金隄,东越玉津。"澨(shì):水边。《楚辞·湘夫人》:"夕济兮西澨。"

②真定:指真定梨。《太平御览·果部·魏文帝诏》:"真定(辖赵州)御梨大如拳,甜如蜜,脆如菱,可以解烦、释渴。"真定为今河北正定县。归美:称许,赞美。大谷:大谷梨。葛洪《西京杂记》:"上林苑有紫梨、青梨、大谷梨、细叶梨、紫条梨、瀚海梨。"又《文选·潘岳〈闲居赋〉》:"张公大谷之梨。"大谷在今河南洛阳市东南。滋:《广韵》:"滋,旨也。"

③帝台:《山海经》中所载神仙名。《山海经·中山经》:"东三百里,曰鼓钟之山,帝台之所以觞百神也。"妙棠:指沙棠,味甘美。《山海经·西山经》:"昆仑之丘有木焉,其状如棠,黄华赤实,其味如李而无核,名曰沙棠,可以御水,食之使人不溺。"又《吕氏春秋·本味》:"果之美者,沙棠之实。"安期灵枣:指神仙安期生所服食之仙枣。《汉书·封禅书》:"(李)少君言上(指汉武帝):'臣常游海上,见安期生。安期生食巨枣大如瓜'。"颜注:"《列仙传》云:'安期生,琅琊人。卖药东海边,时人皆言千岁也。'"

④"不得"句:张本作"不得孤擅王盘"。孤擅玉盘:独擅玉盘之美。独甘仙席:独占仙席之甘。此二句言紫梨滋味可与仙果相比。

⑤秦君传器:事见《史记·秦本纪》:"戎王使由余于秦。……因与由余曲席而坐,传器而食,问其地形与其兵势尽觇,而后令内史廖以女乐二八遗戎王。

355

戎王受而说之,终年不还。于是秦乃归由余。由余数谏不听,缪公又数使人间要由余,由余遂去降秦。缪公以客礼礼之,问伐戎之形。"汉后推餐:《骈体文钞》作"汉后推粲"。事见《汉书·韩信传》:"项王恐,使盱台人武涉往说信。……信谢曰:'……汉王授我上将军印、数万之众,解衣衣我,推食食我,言听计用,吾得至于此。夫人深亲信我,背之不祥。幸为信谢项王。'"后,《尔雅·释诂》:"后,君也。"

⑥望古可俦:只有古时美举可与相比。俦,通"畴"。《广韵》:"畴,等也。"于今何答:指自己不如前贤,而受此恩赏,不知如何报答。答,《尚书·牧誓》孔传:"答,当也。"

拜中军记室辞随王笺

故吏文学谢朓死罪死罪①。即日被尚书召,以朓补中军新安王记室参军②。朓闻潢污之水,愿朝宗而每竭③;驽蹇之乘,希沃若而中疲④。何则?皋壤摇落,对之惆怅;歧路西东,或以鸣唈⑤。况迺服义徒拥,归志莫从⑥;邈若坠雨,翩似秋蒂⑦。

朓实庸流,行能无算⑧。属天地休明,山川受纳⑨,褒采一介,抽扬小善⑩,故舍耒场圃,奉笔兔园⑪,东乱三江,西浮七泽⑫,契阔戎旃,从容宴语⑬。长裾日曳,后乘载脂⑭,荣立府庭,恩加颜色⑮。沐发晞阳,未测涯涘⑯;抚臆论报,早誓肌骨⑰。

不悟沧溟未运,波臣自荡⑱;渤澥方春,旅翩先谢⑲。清切藩房,寂寥旧革⑳;轻舟反溯,吊影独留㉑。白云在天,龙门不见㉒;去德滋永,思德滋深㉓。惟待青江可望,候归艎于春渚㉔;朱邸方开,效蓬心于秋实㉕。如其簪履或存,衽席无改㉖,虽复身填沟壑,犹望妻子知归㉗。揽涕告辞,悲来横集,不任犬马之诚㉘。

【题解】

永明十一年(493),谢朓被武帝敕令还都,当年七月,武帝驾崩,故敕令当为七月前所发,谢朓接敕后,于当年秋还都(见《暂使下都夜发新林至京邑赠西府同僚》),从本文题可知,谢朓作此文时,已领补中军新安王记事参军。《南齐书·鬱林王本纪》载:"(永明十一年)十一月辛亥,立临汝公昭业为新安王。"故本文当作于永明十一年十一月后。《南史·谢朓传》引此文后云:"时荆州信去倚待,朓执笔便成,文无点易。"可见此笺为谢朓请人寄送荆州,又《南齐书·随郡王子隆传》载子隆于永明十一年解督,故本文当作于永明十一年十一月至十二月间。

本笺题为《拜中军记室辞随王笺》,可见谢朓返都后,随王仍有留用之心,然此时谢朓已领补中军新安王记事参军之职,故有此笺以"辞"也。全文据文意可分为三段,首段言自己被诏从荆州返都并改任新安王中军记事参军一职,表达自己不能继续任职随王府中之惆怅。次段为谢朓追忆荆州三年任职之情景,表达自己对随王眷顾之感恩,并誓图报答。最后一段进一步感念随王恩德,表示自己被诬还都的幽愤之心,并表达自己仍愿追随随王之心。谢朓在荆州后期,因受人嫉恨,颇不愉快,故有作《思归赋》以表不安于荆州之意,后被召还都,路中作《赠西府同僚》语多幽愤,而本笺则表对随王感恩之心,怀旧之心溢于言表,三篇俱为情深言工之作,相互参读,或可对当时谢朓心态,略有体会。

【校注】

①死罪死罪:用作表章、函牍中表示冒渎的套语。曹植《上责躬应诏诗表》:"臣植诚惶诚恐,顿首顿首,死罪死罪。"

②即日:近日。记事参军:官名,为掌管文书之官。东汉置,诸王、三公及大将军都设记室令史,掌章表书记文檄。魏晋后,地方官、诸侯王下设记事参军专门掌管军队里的文书起草,记录表彰等事,元代后废除此制。

③潢污(wū):聚积不流之水。《左传·隐公三年》:"苟有明信……筐筥锜

釜之器,潢污行潦之水,可荐于鬼神,可羞于王公。"朝宗:比喻小水流注大水。《尚书·禹贡》:"江汉朝宗于海。"

④驽蹇(jiǎn):劣马,比喻能力低下。《汉书·叙传·王命论》:"驽蹇之乘,不骋千里之涂;燕雀之畴,不奋六翮之用。"沃若:见《思归赋》注⑦。

⑤皋壤:泽边之地。《庄子·知北游》:"仲尼谓颜回曰:'山林与,皋壤与,使我欣欣然而乐与!'"摇落:见《拟宋玉风赋》注①。惆怅:因失意或失望而伤感、懊恼。《楚辞·九辩》:"廓落兮,羁旅而无友生。惆怅兮,而私自怜。"此二句谓秋之萧瑟也。歧路西东:《淮南子·说林训》:"扬子见歧路而哭之,为其可以南,可以北。"鸣唈(yì):呜咽。《淮南子·览冥训》:"孟尝君为之增欷鸣唈,流涕狼戾不可止。"此二句言离别。

⑥服义:服膺正义。《楚辞·招魂》:"朕幼清以廉洁兮,身服义而未沫。"拥:谓抱之于怀也。归志:返回的念头,此处指重返随王幕下之念头。《孟子·公孙丑下》:"夫出昼,而王不予追也,予然后浩然有归志。"

⑦邈若坠雨:潘岳《杨氏七哀诗》:"灌如叶落树,邈若雨绝天。"翩似秋蒂:郭璞《游仙诗》其十四:"在世无千月,命如秋叶蒂。"

⑧庸流:平庸无才之人。行能:品行与才能。《六韬·王翼》:"论行能,明赏罚。"无算:不足计数。算,《论语·子路》:"斗筲之人,何足算也。"郑注:"算,数也。"

⑨天地:比喻皇帝。休明:美好清明。《左传·宣公三年》:"楚子问鼎之大小轻重焉。对曰:'在德不在鼎……德之休明,虽小,重也;其奸回昏乱,虽大,轻也。"山川受纳:《左传·宣公十五年》:"伯宗曰:'川泽纳污,山薮藏疾。'"山川,比喻随王。

⑩褒采:褒奖,采纳。一介:一个。《尚书·秦誓》:"如有一介臣,断断猗无他伎。"抽扬:表扬。小善:《周书·阴符》:"太公曰:'好用小善,不得真贤也。'"

⑪耒(lěi):《说文》:"耒,手耕曲木也。"场圃:耕作之所。《诗经·豳风·七月》:"九月筑场圃,十月纳禾稼。"兔园:见《和王长史卧病》注②。

⑫"东江"二句:言自己从随王子隆多地奔走。萧子显《南齐书》:"随王子隆为东中郎将、会稽太守,后迁镇西将军、荆州刺史。"孔安国《尚书传》曰:"正绝流曰乱。"三江:越境也。《尚书》曰:"三江既入,震泽厎定。"七泽:楚境也。《楚辞》曰:"过夏首而西浮。"《子虚赋》曰:"臣闻楚有七泽。"

⑬契阔:见《春思》注③。戎旃(róng zhān):军旗,借指战事,军队。此处当指随王镇西将军府。旃,赤色的曲柄旗。《周礼·春官·司常》:"司常掌九旗之物名……通帛曰旃。"从容:安缓舒逸。

⑭长裾日曳:见萧衍《直石头》注⑤。后乘:指随从在后面的车马。曹丕《与吴质书》:"文学托乘于后车。"载脂:抹油于车轴上,谓准备起程。《诗经·邶风·泉水》:"载脂载舝,还车言迈。"

⑮颜色:面子,光彩。曹植《燕歌行》:"长者赐颜色,泰山可动移。"此二句言自己受随王恩待。

⑯沐发晞阳:《楚辞·远游》:"朝濯发于汤谷兮,夕晞余身兮九阳。"未测涯涘:指随王的恩德不可限量。涯涘,边际与界限。

⑰抚臆:以手按胸,表示诚意或自问。《演连珠》:"抚臆论心。"肌骨:肌肉与骨骼,常指内心深处。曹植《责躬表》:"臣自抱衅归蕃,刻肌刻骨。"

⑱沧溟未运:指才能尚未得施展。《庄子·逍遥游》:"北冥有鱼,其名为鲲。……是鸟也,海运则将徙于南冥。"未运,指尚未图南。波臣:指水族。古人设想江海的水族也有君臣,其被统治的臣隶称为"波臣"。此处为谢朓自称。《庄子·外物》:"周顾视车辙中,有鲋鱼焉。周问之曰:'鲋鱼来,子何为者邪?'对曰:'我,东海之波臣也。君岂有斗升之水而活我哉?'"荡:动荡。

⑲渤澥:见沈约《答谢宣城》注⑨。此处与前句之"沧溟"皆以代指随王。旅翮:迁飞的鸟。亦为谢朓自称。

⑳清切:凄凉哀切。刘桢《赠徐干诗》:"拘限清切禁,中情无由宣。"藩房:藩邸,指随王之西府。旧荜(bì):昔日所居的陋屋,指谢朓之居所。

㉑轻舟反溯:《洛神赋》:"浮轻舟而上溯。"吊影:对影自怜。喻孤独寂寞。曹植《责躬表》:"形影相吊,五情愧报。"

㉒白云在天:比喻思归之意。《穆天子传》:"西王母为天子谣曰:'白云在天,山陵自出。道路悠达,山川间之,将子无死,尚能复来。'"龙门不见:《楚辞·九章·哀郢》:"过夏首而西浮,顾龙门而不见。"王逸注:"龙门,楚东门也。"此句言与随王一别之后,山川阻隔,相见无期。

㉓去德滋永,思德滋深:意为离开随王愈久,思念随王也就愈深。《庄子·徐无鬼》:"谓女商曰:'子不闻夫越之流人乎?去国数日,见其所知而喜;去国旬月,见所尝见于国中者喜;及期年也,见似人者而喜矣。不亦去人滋久,思人

滋深乎？'"德，有德之人，指随王。滋，愈加。

㉔"惟待"二句：言自己将在随王入朝之时在江边相待，表达对随王之思念。归舻：归舟。

㉕朱邸：见《始出尚书省》注⑦。效：报效，效力。蓬心：见《奉和随王殿下》其二注⑤。秋实：《韩诗外传》："简王曰：'夫春树桃李，秋得食其实也'。"

㉖簪履：簪笄和鞋子。常比喻卑微旧臣。衽席：指卧席。

㉗沟壑：借指野死之处或困厄之境。《孟子·滕文公下》："志士不忘在沟壑，勇士不忘丧其元。"《列女传》："梁高行曰：'妾夫不幸早死，先狗马填沟壑。'"犹望妻子知归：《东观汉记》："张湛谓朱晖曰：'原以妻子托朱生。'"

㉘揽涕：挥泪。《楚辞·九章·思美人》："思美人兮，揽涕而伫眙。"横集：纵横交集。《楚辞·九叹·忧苦》："长嘘吸以于悒兮，涕横集而成行。"不任：犹不胜，表示程度极深。犬马：指臣子对君主的自喻，表示忠诚、甘愿服役奔走。司马迁《史记·三王世家·霍去病上疏》："臣窃不胜犬马心，昧死愿陛下诏有司，因盛夏吉时定皇子位。"

【汇评】

王世贞：绝妙好辞。

于光华《文选集评》卷十引孙鑛语：玄晖深于诗，此笺浑似诗赋。又曰：一往韶秀，全是诗才。拳拳之心，溢于言表，足见古人情谊之不薄也。又离合之情，俱见亲切。中间点缀，绝妙诗情。诗人之文，自饶本色。全是骈语，而犹有趣，此永明体之大概也。自休文声律盛行，而四六铿锵，遂至徐庾一派矣。

于光华《文选集评》引方伯海语：一路疑疑曲曲，申诉离情。起言欲与王始终其事，无如迫于朝命，因言平昔恩遇之深，今日天涯之隔，后此继见之愿。选词造句，无字不新，无语不炼，清新俊逸，兼庾、鲍二家。

于光华《文选集评》卷十引孙执升语：文情委折，姿采秀妙。陆雨侯谓其"驱思入渺，抑声归细，嫋嫋兮韩娥之扬袂"。知音哉！

张溥《汉魏六朝百三家集题辞注·谢宣城集》：集中文字，亦惟文学《辞笺》《西府赠诗》两篇独绝，盖中情深者为言益工也。

陈天定《古今小品》：美言可市芬于椒兰。

蒋士铨《忠雅堂评选四六法海》卷二：道宕温丽，足可高压辈流。

许梿《六朝文絜》卷六:通篇情思宛妙,绝去纷饰肥艳之习,便觉浓古有余味。

王文濡《历代诗文名篇评注读本·南北朝文卷》:齐梁以后,文尚浮嚣,玄晖特起,独标风骨。此文华实并茂,悠然神往,洁比白云在天,清比青江可望,是齐梁体之矫矫者。

为王敬则谢会稽太守启

臣本布衣,不谋远大①。折冲之勤不举,燮理之义何阶②?常恐覆悚是贻,咎征斯应③。陛下继历圣统,日月重光④。得以桓珪衮服,拜奉岁时⑤;视濯献牲,鞠躬郊庙⑥。而鸿恩妄假,复授龟符⑦。玉节迈于双璜,表东侔于四履⑧。临边三事,既谢张温⑨;颍川再抚,亦惭黄霸⑩。

【题解】

王敬则(435—498),谢朓岳父,晋陵南沙(今江苏常熟北)人。幼好刀剑,业屠狗,尝贩于高句丽。以武艺被宋前废帝选入宫,为细铠将。宋明帝用为直阁将军,宋末转为萧道成心腹,后参与杀宋后废帝。道成代宋,他任侍中。齐武帝时,位至司空。齐明帝疑忌旧臣,敬则惧祸а,举兵反,被杀。据《南齐书·王敬则传》所载,王敬则曾两次担任会稽太守,第一次是永明元年(483),王迁会稽太守,加都督。第二次为隆昌元年(494)出为使持节,都督会稽、东阳、临海、永嘉、新安五郡军事,会稽太守,本官如故。本启所作时间当为隆昌元年这次。

作为王敬则之女婿,谢朓为岳父代作之文仅见此篇。其时萧鸾对高帝、武帝旧臣颇有猜忌,而王敬则作为高帝、武帝心腹请谢朓代作此启,辞谢会稽太守一职,可谓是深思熟虑,有示己无异心之意。上启之后,王之辞谢未准,并被进位太尉,然而萧鸾即位后,始终对王敬则外厚其礼,而内相疑备,最后逼得王敬则谋反被杀,而谢朓也因为密告王敬则谋反而在之后的时日里陷于极度矛

361

盾中。本启自"臣本布衣"以下六句向皇帝表明自己才行微薄,不堪重用,"陛下继历胜统"以下十句言己感念皇帝看重之隆恩,最后六句再次言己抚边、治郡才能均不出色,委婉呈露辞谢之意。

【校注】

①布衣:布制的衣服,古代平民不能衣锦绣,故以此借指平民。诸葛亮《前出师表》:"臣本布衣,躬耕于南阳。"远大:高远宏大的志向、前途、职位等。此二句言王敬则出身寒微,本无大的志向。

②折冲:使敌人的战车后撤,即御敌取胜。《诗经·大雅·绵》:"予曰有御侮。"勤:《说文》:"勤,劳也。"燮(xiè)理:协调治理。《尚书·周官》:"立太师、太傅、太保,兹惟三公,论道经邦,燮理阴阳。"王敬则当时已任司空,为三公之一。此二句言自己文武均无过人才能。

③覆悚(fù sù):谓倾覆鼎中的珍馔。后因以喻力不胜任而败事。《周易·鼎卦》:"鼎折足,覆公悚。"贻:《尔雅·释言》:"贻,遗也。"咎征:过失的报应,灾祸应验。《尚书·洪范》:"曰咎徵:曰狂,恒雨若;曰僭,恒旸若。"此二句言自己不能胜任太守之职。

④继历:继承国祚。历,宝历,指代国祚。圣统:天子之统绪。《汉书·儿宽传》:"间者圣统废绝。"日月重光:指国运复昌。《汉书·宣帝纪》:"天地开辟,日有重光。"此二句言鬱林王继位。

⑤桓珪:即桓圭,古代天子与公、侯、伯、子、男五等诸侯于朝聘时各执玉圭以为信符,圭有六种,表不同的爵秩等级,桓圭为公爵所执。《周礼·春官·大宗伯》:"公执桓圭。"郑玄注:"桓圭,盖亦以桓为琢饰,圭长九寸。"衮服:即衮衣。为古代天子及王公的礼服,因上有龙的图案得名。《诗经·豳风·九罭》:"我觏之子,衮衣绣裳。"王敬则封寻阳郡公,故当执桓圭,着衮衣。岁时:一年,四季。《礼记·哀公问》:"岁时以敬祭祀,以序宗族。"

⑥濯:指洗涤祭器。《周礼·春官·大宗伯》:"凡祀大神……率执事而卜日宿,眡涤濯,莅玉鬯,省牲镬。"献牲:贡献祭祀之牺牲。鞠躬:恭敬谨慎貌。《汉书·冯参传赞》:"宜乡侯参鞠躬履方,择地而行,可谓淑人君子。"郊庙:帝王祭天地的郊宫和祭祖先的宗庙。

⑦鸿恩:大恩。多指皇恩。《汉书·匈奴传下》:"大化神明,鸿恩溥洽。"

鸿,通"洪"。假:给予。《汉书·龚遂传》:"遂乃开仓廪假贫民。"复授龟符:张本作"覆授龟符"。龟符:龟形的符节,旧指传国之宝及受命之符策。《黄帝出军决》:"黄帝伐蚩尤到盛水之侧,立坛祭以太牢,有元龟衔符从水中出置坛中而去。黄帝再拜稽首受符,视之乃所得梦符也,广三寸,长一尺,于是黄帝佩之以征,即日擒蚩尤。"

⑧玉节:指玉制的符节,为守土者之符信,此处指王敬则加"使持节"之衔。《周礼·地官·掌节》:"守邦国者用玉节,守都鄙者用角节。"迈:超越。双璜:高官之服式。《大戴礼记·保博》:"行则鸣佩玉。……上车以和鸾为节,下车以佩玉为度;上有双衡,下有双璜。"表东:表式东海。《左传·襄公二十九年》:"表东海者,其太公乎。"东,指东海,因王敬则为会稽太守,故以东代之。侔(móu):相等,齐等。四履:谓四境的界限。《左传·僖公四年》:"五侯九伯,女实征之,以夹辅周室。赐我先君履:东至于海,西至于河,南至于穆陵,北至于无棣。"

⑨三事:指正德、利用、厚生三件事。《尚书·大禹谟》:"六府三事允治。"谢:惭愧。张温:字伯慎,东汉末年南阳穰县人。官至司隶校尉、太尉,封互乡侯。曾经为董卓、孙坚、陶谦等人的上司,奉命讨伐韩遂、边章、北宫伯玉的叛乱,颇有功绩。董卓掌权后,以和袁术勾结的罪名杀害张温。此二句自谦自己于抚边之事不如东汉之张温。

⑩颍川再抚,亦惭黄霸:用黄霸两任颍川太守事以表自己再次任职会稽。见《闲坐》联句注⑥。

教令

教令为古代公文文体,为上对下的谕告。《文选·傅亮〈为宋公修复张良庙〉》题注:"秦法,诸公王称教,教者,教示于人也。"后来把皇太子或诸王所发布的命令、文书称之为教,或者教令。谢朓集中有教两篇,此外《为随王东耕文》虽题为文,但实际也属于教令之范畴,故列于此处。

为随王东耕文

谷躔星景,穑表蜡先①;八政奠首,六府兹宣②。弊嗟非国,登颂有年③;一夫或怠,望岁谁天④。

【题解】

此为谢朓在荆州任上代随王所作之教令。《南史·宋文帝纪》:"命刺史、郡守修春耕、冬耕。"齐代亦沿此制。故随王作为荆州刺史,有劝导百姓努力春耕之责。谢朓其时为随王文学,故代为作之。东指东皇,为司春之神,故东耕即为春耕。此教估计为谢朓至荆州次年所作,故暂系于永明十年(492)春。

此教以韵文形式而作,全篇四韵八句,告谕百姓当及时春耕,后世之告示形式与之仿佛。

【校注】

①谷:指八谷星,属紫微垣。传说为稻、黍、大麦、小麦、大豆、小豆、粟、麻,或管理土地的官员。《晋书·天文志上》:"(五车星)其西八星,曰八谷,主候岁八谷。"《星经》:"八谷星主黍、稷、稻、粱、麻、菽、麦、乌麻,星明则俱熟。"躔(chán):指星宿的运行。《方言十二》:"躔,历行也。日运为躔,月运为逡。"星景:星光。景,同"影"。穑:通"啬"。意为收谷。《释文》:"蜡祭八神。先啬一,司啬二……。啬与穑同,先啬,神农也。主,言为八神之主也。司啬,上古后稷之官。"蜡:指蜡祭,年终祭祀之名。《礼记·郊特牲》:"天子大蜡八,伊耆氏始为蜡。蜡也者,索也。岁十二月,合聚万物,而索飨之也。蜡之祭也,主先啬而祭司啬也,祭百种,以报啬也。"

②八政:古代国家施政的八个方面。《尚书·洪范》:"农用八政……一曰

食，二曰货，三曰祀，四曰司空，五曰司徒，六曰司寇，七曰宾，八曰师。"奚：文言疑问词，何也。六府兹宣：指六府所藏，当以农谷而宣其用。六府，指水、火、金、木、土、谷。六者为财货聚敛之所。《尚书·大禹谟》："俞，地平天成，六府三事允治，万世永赖。"宣，《广韵》："宣，通也。"

③弊：《玉篇》："弊，坏也，败也。"非国：国之不国。《礼记·王制》："（国）无三年之蓄，曰国非其国也。"登：指五谷成熟。《广韵》："登，成也。"有年：丰收，年成好。《穀梁传·桓公三年》："五谷皆熟，为有年也。"此二句言农耕不举，将叹国不成国，五谷丰收则颂有年。

④"一夫"二句：言只要有一个人懈怠而耽误农耕，就可能有人因此而受饥馁之苦。一夫或怠：《吕氏春秋·爱类》："神农之教曰：'士有当年而不耕者，则天下或受其饥矣。'"望岁：盼望丰收。《左传·昭公三十二年》："闵闵焉如农夫之望岁，惧以待时。"谁天：谓将何所得食。《汉书·郦食其传》："王者以民为天，而民以食为天。"

为录公拜扬州恩教

昔召南分陕，流甘棠之德①；平阳好道，深狱市之寄②。吾忝属负荷，任总侯伯③；受饯元戎，作牧中甸④。此地五都杂会，四方是则⑥；而向隅之矜斯积，纳隍之叹犹繁⑦。兴念下车，无忘待旦⑧。有齐礼导德，致之仁寿⑨；弘漏网之宽，申在宥之泽⑩。

【题解】

本文与《为明帝拜录尚书表》的写作时间同为延兴元年（494）七月。萧鸾获录尚书事一职，故称录公。同时，萧鸾还任扬州刺史，故此教专为拜受扬州刺史恩命而由谢朓代作，以示吏民。扬州自汉代即为江南重镇，领丹阳、会稽、吴、吴兴、东阳、新安、临海、永嘉等八郡，齐都建康即在丹阳郡治下，其地位可见一斑。《南齐书·州郡志上》载："扬州，京辇神皋。汉、魏刺史镇寿春，吴置持节督州牧八人,不见扬州都督所治。晋太康元年,吴平,刺史周浚始镇江南。元帝为都督,渡江左,遂成帝畿,望实隆重。萧鸾任扬州刺史可谓占据了南齐最为重要之地,并集军政大权于一身,其后篡立之事也就水到渠成了。

本文主要目的在于宣扬萧鸾之恩德,故此教开篇"昔召南分陕"以下八句便以召公及汉相曹参自我标榜;言己身负辅佐新帝之重任,当尽心竭力;"此地五都杂会"以下至结尾,言民间疾苦甚多,表示自己政将崇德务宽,致民仁寿。不过从萧鸾篡位后表现来看,其作为与崇德务宽颇不相称。《南齐书·明帝纪》载:"帝明审有吏才,持法无所借。制御亲幸,臣下肃清。"

【校注】

①召南:《诗经》十五国风之一,为先秦时代召南地方民歌,共十四篇。召南为召公姬奭采邑,在岐山之南。分陕:指将陕南之地分封于召公姬奭。甘棠:《诗经·召南》中的一篇,为怀念召公之作。《史记·燕召公世家》:"召公之治西方,甚得兆民和。召公巡行乡邑,有棠树,决狱政事其下,自侯伯至庶人,各得其所,无失职者。召公卒,而民人思召公之政,怀棠树,不敢伐,歌咏之,作《甘棠》之诗。"

②平阳好道,深狱市之寄:指汉初开国功臣平阳侯曹参为齐相时,为政喜用黄老之术,以致齐国大治。《史记·曹相国世家》:"孝惠帝元年,除诸侯相国法,更以参为齐丞相。……闻胶西有盖公,善治黄老言,使人厚币请之。既见盖公,盖公为言治道贵清静而民自定,推此类具言之。参于是避正堂,舍盖公焉。其治要用黄老术,故相齐九年,齐国安集,大称贤相。……参去,属其后相曰:'以齐狱市为寄,慎勿扰也。'后相曰:'治无大于此者乎?'参曰:'不然,夫狱市者,所以并容也;今君扰之,奸人安所容也?吾是以先之。'"

③忝:见《酬德赋》注③。负荷:背负肩担。此处指萧鸾身负先王所遗治国之重任。《左传·昭公七年》:"子产曰:'古人有言曰,其父析薪,其子弗克负荷。'"任总侯伯:言己担负统率百官侯伯之责,言其繁重。总,统率。

④饯:饯别,饯行。《说文》:"饯,送去食也。"元戎:大的兵车,代指军队统帅,萧鸾时为骠骑大将军。《诗经·小雅·六月》:"元戎十乘,以先启行。"作牧中甸:指萧鸾担任扬州刺史。中甸,指畿甸之内。

⑤五都杂会:指扬州为天下总会之地。五都,指古代的五大城市。所指不

369

一。汉以洛阳、邯郸、临淄、宛、成都为五都。《汉书·食货志下》:"遂于长安及五都立五均官,更名长安东西市令及洛阳、邯郸、临淄、宛、成都市长皆为五均司市师。"四方是则:指扬州为齐国政治、经济中心,各地均以扬州为法。《诗经·大雅·卷阿》:"岂弟君子,四方为则。"郑笺:"则,法也。"此二句言扬州地位之重要。

⑦向隅:对墙,指惠不及众或孤独失意。见刘绘《有所思》注③。矜:怜悯,怜惜。纳隍:谓推入城池中,代指出民于水火的迫切心情。张衡《东京赋》:"人或不得其所,若己纳之于隍。"

⑧下车:见《宣城郡内登望》注②。待旦:等待天明。此处意为勤勉于政事。《尚书·太甲上》:"伊尹乃言曰:'先王昧爽丕显,坐以待旦。'"

⑨齐礼导德:意为用礼教整顿,用道德诱导,让百姓归服。《论语·为政》:"子曰:'道之以政,齐之以刑,民免而无耻;道之以德,齐之以礼,有耻且格。'"致之仁寿:让百姓有仁德而长寿。《汉书·董仲舒传》:"尧舜行德,则民仁寿。"仁寿,《论语·雍也》:"知者动,仁者静,知者乐,仁者寿。"此二句言自己当推弘德化。

⑩弘漏网之宽:言法网宽大,意谓自己当如曹参行宽法。《文选·陆机〈五等诸侯论〉》:"六臣犯其弱纲,七子冲其漏网。"申在宥之泽:重申仁恕之德。在宥:指任物自在,无为而化。多用以赞美帝王之仁政、德化。《庄子·在宥》:"闻在宥天下,不闻治天下也。"

临东海饷诸葛璩谷教①

昔长孙东组,降龙丘之节②;文举北辅,高通德之称③。所以激贪立懦,式扬风范④。处士诸葛璩,高风所渐,结辙前修⑤。岂怀珠被褐,韫玉待价⑥;将幽贞独往,不事王侯者邪⑦?闻事亲有啜菽之娄,就养寡藜蒸之给⑧。岂得独享万钟,而忘兹五秉?可饷谷百斛⑨。

【题解】

此教作于谢朓任南东海太守任上。《南史·隐逸传下》载:"诸葛璩字幼玫,琅邪阳都人也。世居京口。璩幼事征士关康之,博涉经史。复师征士臧荣绪,荣绪着晋书,称璩有发摘之功,方之壶遂。齐建武初,南徐州行事江祀荐璩于明帝,言璩安贫守道,悦礼敦诗,如其简退,可扬清厉俗,请辟为议曹从事。帝许之。璩辞不赴。陈郡谢朓为东海太守,下教扬其风概,饷谷百斛。"谢朓任东海太守为建武四年(497)事,故本文作于建武四年。

本文开头六句,用任延、孔融为官时折节下士的典故表明自己"饷诸葛璩"之目的在于宣扬贤达,激励社会。"处士诸葛璩"以下至"就养寡藜蒸之给"九句言诸葛璩之高尚品德及事迹。最后三句言己不能独享俸禄而任由贤人清贫,故赠其谷百斛。全文虽短,却笔意起伏,颇有波澜,相比其他奉命之作,此文中颇可见谢朓之真实面目。

【校注】

①张本题作"为东海饷诸葛处士教"。

②昔长孙东组,降龙丘之节:指东汉初年之官员任延,任职会稽都尉时礼遇隐士龙丘苌等人之事。《汉书·循吏传》:"任延,字长孙,南阳宛人也。……更始元年,以延为大司马属,拜会稽都尉。……延到,皆聘请高行如董子仪、严子陵等,敬待以师友之礼。……吴有龙丘苌者,隐居太末,志不降辱。王莽时,四辅三公连辟,不到。掾史白请召之。延曰:'龙丘先生躬德履义,有原宪、伯夷之节。都尉埽洒其门,犹惧辱焉,召之不可。'遣功曹奉谒,修书记,致医药,吏使相望于道。积一岁,苌乃乘辇诣府门,愿得先死备录。"东组:指配组绶而东行,当代指任延任职会稽都尉。

③文举北辀,高通德之称:指东汉末官员孔融任北海相,深敬郑玄,为之特立一乡之事。《后汉书·郑玄传》:"国相孔融深敬于玄,屣履造门。告高密县为玄特立一乡……今郑君乡宜曰'郑公乡'。昔东海于公仅有一节,犹或戒乡人侈其门闾,矧乃郑公之德,而无驷牡之路!可广开门衢,令容高车,号为'通德门'。"北辀:指乘车北行,此处指孔融任北海相之事。通德:共同遵循的道德。《史记·平津侯主父列传》:"智、仁、勇,此三者天下之通德,所以行之者也。"

④所以激贪立懦,式扬风范:指任延、孔融之举目的是为激动贪顽,振起懦

弱,弘扬高尚之风范。激贪立懦:《孟子·万章下》:"故闻伯夷之风者,顽夫廉,懦夫有立志。"式扬:用以发扬。式,《广韵》:"式,用也。"扬,《增韵》:"扬,发也,显也。"风范:教化,风气。

⑤处士:古时候称有德才而隐居不愿做官的人。《史记·殷本纪》:"或曰,伊尹处士,汤使人聘迎之,五反然后肯往从汤,言素王及九主之事。汤举任以国政。"高风:高尚的风操。夏侯湛《东方朔画赞序》:"睹先生之县邑,想先生之高风。"渐:沾湿。《广雅·释诂一》:"渐,湿也。"结辙:亦作"结彻",指辙迹交错,谓继踵之意。《汉书·文帝纪》:"故遣使者冠盖相望,结彻于道,以谕朕志于单于。"前修:见《酬德赋》注㉚。

⑥怀珠被褐:指有才之人未仕。《老子·知难》:"知我者希,则我者贵。是以圣人被褐而怀玉。"褐,粗毛或粗麻织的短衣。韫玉待价:即待价而沽之意。《论语·子罕》:"子贡曰:'有美玉在斯,韫匵而藏诸?求善贾而沽诸?'子曰:'沽之哉,沽之哉!我待贾者也。'"韫,《广韵》:"韫,藏也。"

⑦将:《经传释词》:"将,抑也。"幽贞:指隐士。《易经·履卦》:"履道坦坦,幽人贞吉。"王弼注:"在幽而贞,宜其吉。"独往:犹言孤往独来。谓超脱万物,独行己志。《庄子·在宥》:"出入六合,游乎九州,独往独来,是谓独有。"不事王侯:不奉侍王侯。《周易·蛊卦》:"不事王侯,高尚其事。"

⑧事亲:侍奉双亲。《孟子·离娄》章句:"事,孰为大?事亲为大。"啜菽(chuò shū):吃豆羹,形容生活清苦。《礼记·檀弓》:"子路曰:'伤哉贫也。生无以为养,死无以为礼也。'孔子曰:'啜菽饮水,尽其欢,斯之谓孝。敛手足形,还葬而无椁,称其财。斯之谓礼。'"窭(jù):《尔雅》:"窭,贫也。"藜蒸:采藜的嫩叶蒸熟为食。多指粗劣之食。《孔子家语·七十二弟子解》:"曾参后母遇之无恩,供应不衰。其妻以藜蒸不熟,因出之。"此二句言诸葛璩生活清贫,但仍能孝敬双亲。

⑨万钟:指优厚的俸禄。《孟子·公孙丑下》:"王谓时子曰:'我欲中国而授孟子室,养弟子以万钟,使诸大夫国人皆有所矜式。子盍为我言之?'"钟,古量器名。《左传·昭公三年》:"釜十则钟。"杜注:"钟,六斛四斗。"五秉:《论语·雍也》:"子华使于齐,冉子为其母请粟。子曰:'与之釜。'请益。曰:'与之庾。'冉子与之粟五秉。"何晏集解:"马曰:'十六斛曰秉,五秉合八十斛。'"后借指赈穷济急之粮。饷:《广韵》:"饷,饷馈。"

文册

册文，亦作"策文"，文体名。简称"册"。原为册命、册书等诰命文字的一种，只用于帝王封赠臣下；后世应用渐繁，有祝册、立册、封册、哀册、赠册、谥册、赠谥册、祭册、赐册、免册等名目，凡祭告、上尊号及诸祀典，均得用之。徐师曾《文体明辨》："古者册书，施之臣下而已……其目凡十有一：一曰祝册，郊祀祭享用之；二曰玉册，上尊号用之；三曰立册，立帝、立后、立太子用之；四曰封册，封诸王用之；五曰哀册，迁梓宫及太子、诸大臣薨逝用之；六曰赠册，赠号、赠官用之；七曰谥册，上谥、赐谥用之；八曰赠谥册，赠官并赐谥用之；九曰祭册，赐大臣祭用之；十曰赐册，报赐臣下用之；十一曰免册，罢免大臣用之。"谢朓集中有册文两篇，为《齐明皇帝谥册文》与《齐敬皇后哀策文》。其中《齐明皇帝谥册文》是给齐明帝上谥之册书；《齐敬皇后哀策文》是迁明帝刘皇后梓宫附明帝陵入葬之策文。

齐明皇帝谥册文

维永泰元年九月朔日，哀子嗣皇帝讳，仰惟大行皇帝早弃万邦，圣烈方远①；式遵帝世，俾鬯鸿猷②。咸以为无名以化，则言繁莫宣其道③；有求斯应，则影响庶同其功④。所以永言配命，寄心宗极⑤；光昭令德，允树风声⑥。

伏惟大行皇帝合信四时，齐明日月⑦；创保大于登庸，通神机于受命⑧。因时以畅，藉九万而轻举⑨；天保既定，运四海而高临⑩。及迺开物成务，重维国纲；风行草偃，化往如神⑪。左贤右戚，内乐外礼；辑五材以教民，申三驱而在宥⑫。用能盛德殷荐，美善斯毕⑬；皇矣之业既乎，蒸哉之道咸备⑭。

景化方远，厌世在天；龟筮告期，远日无改⑮。仰则前王，俯询百辟；累德称睿，允极鸿名⑯。谨命某甲奉太牢之奠，谨上尊谥曰明皇帝，庙号高宗⑰。天人允协，神其尚飨⑱！呜呼哀哉！

【题解】

齐明皇帝,指齐明帝萧鸾。《南齐书·明帝纪》:"高宗明皇帝讳鸾,字景栖。……建武元年冬,十月,癸亥,即皇帝位。……(永泰元年七月)己酉,帝崩于正福殿,年四十七。"明帝崩后,按例当由继任之嗣君根据其生前事迹为其上谥号。是年九月,嗣君东昏侯及群臣为萧鸾谥曰明皇帝,是有此文。谥册为国之重典,本应由礼部撰写,谢朓此时为吏部官员而作此文,可见其文笔为世所重。

全文按内容可分为三段,首段为追念明帝之功业,群臣恳请为其上谥号,以光明帝之令德,树明帝之风声。第二段盛赞明帝在位期间之功绩巨大,可与开国太祖相比。末段为册高谥号,结束谥典。萧鸾死后,谥号为"明皇帝",《逸周书·谥法解》:"照临四方曰明,潜诉不行曰明。"可谓美谥,然《南齐书·明帝纪》赞曰:"高宗傍起,宗国之庆。慕名俭德,垂文法令。兢兢小心,察察吏政。汧阳失土,南风不竞。"观明帝一生,以旁枝入纂帝业,表面虽提倡俭德,但实则服御无改,所谓"兢兢小心",不过是猜忌之心过重,以致对太祖、武帝子孙多有屠戮,而"察察吏政"亦不过是集权之举,且由于国内政局不稳,在对北魏时,失土甚多,其嗣子东昏侯荒淫尤甚前人,故最后直接断送齐国国祚。故萧鸾谥号与其行止颇不相副。是以《南齐书·明帝纪》曰:"高宗以支庶纂历,据犹子而为论,一朝到此,诚非素心,遗寄所当,谅不获免。夫戕夷之事,怀抱多端,或出自雄忍,或生乎畏慑。令同财之亲,在我而先弃;进引之爱,量物其必违。疑怯既深,猜似外入,流涕行诛,非云义举,事苟求安,能无内愧?既而自树本根,枝胤孤弱,贻厥不昌,终覆宗社。若令压纽之征,必委天命,盘庚之祀,亦继阳甲,杕运推公,夫何讥尔!"可谓盖棺之论。

【校注】

①朔日:农历将朔日定为每月的第一天,即初一。《说文》:"朔,月一日始苏也。"哀子嗣皇帝讳:指明帝嗣子东昏侯萧宝卷,明帝死后,即皇帝位,永元三年,萧衍起兵反齐,十月,萧宝卷被宦官作反所害,年仅十九。《南齐书·东昏侯纪》:"东昏侯宝卷,字智藏,高宗第二子也。……建武元年,立为皇太子。永泰元年七月,己酉,高宗崩,太子即位。……(永元三年)十二月,丙寅,新除雍

州刺史王珍国、侍中张稷率兵入殿废帝,时年十九。"讳:萧宝卷为嗣皇帝,故臣子不可直呼其名,而以"讳"代之。《春秋公羊传·闵公元年》:"公出复入,不书,讳之也。讳国恶,礼也。"大行皇帝:古时在皇帝去世直至谥号、庙号确立之前,对刚去世的皇帝的敬称。谥号、庙号一旦确立,就改以谥号或庙号作为正式称号,不能再称"大行皇帝"。《风俗通》:"皇帝新崩,未有定谥,故总其名曰大行皇帝。"圣烈:即帝业。圣,为对皇帝之尊称。烈,《尔雅·释诂》:"烈,业也。"。

②式:规格,范式。《说文》:"式,法也。"遵:遵守,遵循。帝世:帝王的世系。俾:使,把。鬯(chàng):通"畅",畅茂顺遂之意。《汉书·郊祀志》:"草木鬯茂。"鸿猷:鸿业,大业,深远的谋划。《尔雅·释诂》:"洪,大也。"又:"猷,谋也。"此二句为追念明帝,誓言当继承发扬其帝业。

③咸:《说文》:"咸,皆也,悉也。"无名以化:指依自然之道以为治,而使民自化。《老子》:"道恒无名。侯王若能守之,万物将自化。"

④"有求"二句:《艺文类聚》作"有来斯应,则影响庶图其功"。张本、郭本作"有求斯应,则影响庶图其功"。有求:有要求,此处指臣子要求为萧鸾上谥号。影响:影子和回声,多用以形容感应迅捷。《尚书·大禹谟》:"惠迪吉,从逆凶,惟影响。"

⑤永言配命:言常思虑自己的行为是否合乎天理。《诗经·大雅·文王》:"永言配命,自求多福。"毛传:"永,长。言,我也。我长配天命而行。"寄心:指寄托心意。刘向《说苑·谈丛》:"故君子留精神寄心於三者,吉祥及子孙矣。"宗极:至高无上,此处指明帝。

⑥光昭令德:谓发扬明帝之美德。《左传·隐公三年》:"光昭先君之令德,可不务乎?"光昭,发扬光大。令德,美德。允树风声:树立风化声教。《尚书·毕命》:"彰善瘅恶,树之风声。"允:用以。《尚书·尧典》:"允厘百工。"

⑦"伏惟"句:《古文苑》作"伏惟大行皇帝今信四时"。伏惟:伏在地上想,为下对上陈述时的表敬之辞。四时:指四季,《礼记·孔子闲居》:"天有四时,春秋冬夏。"又指一日的朝、昼、夕、夜。《左传·昭公元年》:"君子有四时,朝以听政,昼以访问,夕以修令,夜以安身。""齐明"句:《艺文类聚》作"光明日月"。齐明:犹争光。此二句言帝诚信如四时之至,而圣明则齐于日月。

⑧"创保大"句:《古文苑》作"创光大于登庸"。保大:武功七德之一,保守

成业,安泰之意。《左传·宣公十二年》:"夫武,禁暴、戢兵、保大、定功、安民、和众、丰财者也。故使子孙无忘其章……武有七德,我无一焉,何以示子孙?"登庸:登帝位之意。扬雄《剧秦美新》:"臣伏惟陛下以至圣之德,龙兴登庸,钦明尚古,作民父母,为天下主。""通神机"句:《古文苑》作"通机神于授命"。《艺文类聚》作"通机神于受命"。神机:神妙之机运。《三国志·魏书·曹植传》:"登神机以继统。"受命:受天之命而获帝位。《尚书·召诰》:"惟王受命,无疆惟休,亦无疆惟恤。"

⑨"因时"句:《艺文类聚》作"因时以惕"。畅:顺畅,没有阻碍。九万:见《高松赋》注㉜。

⑩天保:上天护佑我王,臣子对君王的祝颂。《诗·小雅·天保》:"天保定尔,亦孔之固。"此处有治理国家之意。

⑪"风行"句:《古文苑》作"风行草化"。开物成务:通晓万物之理,得以办好各种事情。《易经·系辞上》:"夫开物成务,冒天下之道,如斯而已者也。"开,开通,了解。务,事务。维:《广雅·释诂》:"维,系也。"国纲:国家的纲纪。风行草偃:比喻以道德文教感化人。《论语·颜渊》:"君子之德,风;小人之德,草。草上之风,必偃。"化往:心向往之。

⑫左贤右戚:指用人以贤,而非用人以亲。《史记·孝文帝纪》:"昔先王远施不求其报,望祀不祈其福,右贤左戚。"按魏晋时以左为上,右为下,故文中曰"左贤右戚"。内乐外礼:乐由内心产生,礼体现于外表。《礼记·乐记·乐论》:"乐由中出,礼自外作。"辑:聚集,收集。《玉篇》:"辑,和也。"五材:指勇、智、仁、信、忠五种德性。《六韬·龙韬·论将》:"太公曰:'将有五材十过。'武王曰:'敢问其目。'太公曰:'所谓五材者,勇,智,仁,信,忠也。'"三驱:古王者田猎之制。谓田猎时须让开一面,三面驱赶,以示好生之德。《易经·比卦》:"九五,显比,王用三驱。"在宥:见《为录公拜扬州恩教》注⑩。

⑬"用能"句:《古文苑》作"用能尽德殷荐"。盛德:敬称有高尚品德的人。《左传·文公十八年》:"少皞氏有不才子,毁信废忠,崇饰恶言,靖潜庸回,服谗蒐慝,以诬盛德。"殷荐:用盛乐荐祭上帝。《易经·豫卦》:"先王以作乐崇德,殷荐之上帝,以配祖考。"美善斯毕:尽善尽美之意。

⑭皇矣:篇名,叙述周王先祖功德的颂诗。《毛诗序》:"《皇矣》,美周也。天监代殷,莫若周。周世修德,莫若文王。"孚:《说文》:"孚,信也。"蒸哉:《诗

经·大雅·文王有声》:"文王受命,有此武功,既伐于崇,作邑于丰,文王烝哉!"此二句言萧鸾具备人君之道,其功业如周文王般信于天下。

⑮景化:敬仰。《后汉书·刘恺传》:"景化前修。"厌世在天:指萧鸾驾崩。《庄子·天地》:"千岁厌世,去而上仙。"龟筮(shì):占卦。古时占卜用龟,筮用蓍,视其象与数以定吉凶。《尚书·大禹谟》:"鬼神其依,龟筮协从。"远日:谓一旬以外的日子。《礼记·曲礼》:"丧事先远日。"又《仪礼·特牲馈食礼》:"若不吉,则筮远日,如初仪。"此四句言萧鸾驾崩,以占卜定其葬期。

⑯仰则前王:指萧鸾之丧仪向上则取法于前代帝王之成例。俯询百辟:向下亦征询诸侯之建议。百辟:指诸侯。《诗经·大雅·假乐》:"百辟卿士,媚于天子。"累德:指积德。《史记·周本纪》:"崇侯虎谮西伯于殷纣曰:'西伯积善累德,诸侯皆向之,将不利于帝。'"睿:《说文》:"睿,深明也,通也。"允:公平。鸿名:大名,盛名。

⑰太牢:即古代帝王祭祀社稷时,牛、羊、豕三牲全备为"太牢"。《礼记·王制第五》:"天子社稷皆太牢,诸侯社稷皆少牢。大夫士宗庙之祭,有田则祭,无田则荐。"庙号:皇帝死后,在太庙立室奉祀时特起的名号。刘知几《史通·称谓》:"古者天子庙号,祖有功而宗有德,始自三代,迄于两汉。名实相允,今古共传。"高宗:册文中认为萧鸾功业可齐太祖萧道成并论,且萧鸾以宗室篡立,故称高宗。谥法云:"德覆万物曰高,功德盛大曰高,覆帱同天曰高。"

⑱天人允协:天意人心全部和洽。《说文》:"协,众之和同也。"尚飨:亦作"尚享"。旧时用作祭文的结语,表示希望死者来享用祭品的意思。

齐敬皇后哀策文

惟永泰元年秋九月朔日,敬皇后梓宫启自先茔,将祔于某陵①。其日,至尊亲奉奠某皇帝②。乃使兼太尉某设祖于行宫,礼也③。翠帟舒阜,玄堂启扉;俎彻三献,筵卷六衣④。哀子嗣皇帝怀蜃卫而延首,想鹥辂而抚心⑤;痛椒涂之先廓,哀长信之莫临⑥。身隔两赴,时无二展;旋诏左言,光敷圣善⑦。

379

其辞曰：

帝唐远胄，御龙遥绪；在秦作刘，在汉开楚⑧。肇惟淑圣，克柔克令；清汉表灵，曾沙膺庆⑨。爰定厥祥，徽音允穆；光华沼沚，荣曜中谷⑩。敬始纮綖，教先種稑；睿问川流，神襟兰郁⑪。先德韬光，君道方被；于佐求贤，在谒无诐⑫。顾史弘式，陈诗展义；厚下曰仁，藏往伊智⑬。十乱斯俟，四教罔忒；思媚诸姑，贻我嫔则⑭。化自公宫，远被南国；轩曜怀光，素舒仁德⑮。闵予不祐，慈训早违；方年冲藐，怀褒靡依⑯。家臻宝业，身嗣昌晖；寿宫寂远，清庙虚归⑰。呜呼哀哉！

帝迁明命，民神胥悦；乾景外临，阴仪内缺⑱。空悲故剑，徒嗟金穴；璋瓒奚献，祎褕罔设⑲。呜呼哀哉！

冯相告祲，宸居长往；贻厥远图，末命是奖⑳。怀丰沛之绸缪兮。背神京之弘敞㉑。陋苍梧之不从兮，遵祔隅以同壤㉒。呜呼哀哉！

陈象设于园寝兮，映舆鍐于松楸㉓。望承明而不入兮，度清洛而南游㉔。继池绋于通轨兮，接龙帷于造舟㉕。回塘寂其已暮兮，东川澹而不流㉖。呜呼哀哉！

藉闵宫之远烈兮，闻缵女之遐庆㉗。始协德于蘋蘩兮，终配祇而表命㉘。慕方缠于赐衣兮，哀日隆于抚镜㉙。思寒泉之罔极兮，托彤管于遗咏㉚。呜呼哀哉！

【题解】

齐敬皇后指明帝皇后刘氏，亦为东昏侯生母。《南齐书·皇后传》载："明敬刘皇后，讳惠端，彭城人，光禄大夫道弘孙也。太祖为高宗纳之。建元三年(481)，除西昌侯夫人。永明七年(489)，卒，葬江乘县张山。延兴元年(494)，赠宣城王妃；高宗即位，追尊为敬皇后。赠父通直郎景猷金紫光禄大夫，母王氏平阳乡君。永泰元年(498),高宗崩,改葬,祔于兴安陵。"本哀策文即为明帝驾崩后,东昏侯迁刘皇后梓宫附明帝陵入葬,以天子名义而颁之哀册。写作时间与《齐明皇帝谥册文》同时。

全文分引文和正文两部分,形制上与《齐明皇帝谥册文》略异。引文部分主要叙述了迁敬皇后梓宫入明帝陵之缘由,表达了哀子东昏侯对母后的去世的哀痛,以及不能亲身致祭的遗憾,故作此文,以光敬皇后之懿德。正文共五段,每段都以"呜呼哀哉"作结。首段言敬皇后之家世及与明帝共同生活之经历,极赞敬皇后"光敷圣善"的美德与嗣皇帝早失慈母的悲痛。次段言敬皇后去世后,齐明帝对其伤悼之情。第三段言明帝在敬皇后去世时于故乡已为之筑墓,故本次明帝驾崩,需移敬皇后之梓宫与明帝合葬。第四段写敬皇后梓宫渡水而南的移葬过程。最后一段写嗣皇帝对母后的生养之恩的感激,全文作结。

此文及上文皆为谢朓奉东昏侯旨意而作,此类文字,事关朝廷重典,在皇权时代,是最为重要的文字。一般来说,这类文字要求典重庄严,但在文学价值上却少有可言之处,谢朓此文却写得雅赡不缛,全文不仅有典有则,要切题目,而且韵骈兼用,情韵皆佳。南朝之际,哀策文情韵俱胜,多有佳制,谢朓此文可谓其中典范,故《南齐书·谢朓传》云:"敬皇后迁祔山陵,朓撰哀策文,齐世莫有及者。"

【校注】

①梓宫:中国古代帝王、皇后所用以梓木制作的棺材。《风俗通》:"梓宫者,礼:天子敛以梓器。宫者,存时所居,缘由事亡,因以为名。凡人呼棺木亦为宫也。"茔(yíng):《说文》:"茔,墓也。""将祔"句:张本、郭本作"将祔于兴安陵"。祔(fù):合葬。《礼记·檀弓》:"孔子曰:'鲁人之祔也,合之。'"某陵:指明帝之陵墓兴安陵,某为避讳之语。

②"至尊"句:张本、郭本作"至尊亲奉奠明皇帝"。至尊:指东昏侯萧宝卷。萧宝卷为敬皇后所生,后为明帝太子,明帝崩后继位为天子。奠:用祭品向死者致祭,祭奠。《周礼·牛人》:"共其奠牛。"某皇帝:指明帝,此时明帝谥号未上,故称。

③"乃使"句:张本、郭本作"乃使兼太尉陈显达设祖于行宫"。太尉某:指

381

明帝朝太尉陈显达。司马彪《续汉书》:"太尉公一人,掌四方兵事功勤,岁尽则奏其殿最,而行赏罚,凡郊祀之事,掌亚献。"按前句所言,东昏侯主持明帝之奠礼,则敬皇后之奠由太尉主持。祖:出行时祭祀路神。《诗经·大雅·烝民》:"仲山甫出祖。"

④"翠帟"句:《艺文类聚》作"犀帟舒阜"。翠帟(yì):即翠幕。张协《禊赋》:"翠幕蜺连。"《广雅·释器》:"帟,帐也。"舒:舒展。阜:土山,此处指墓垄。《诗经·小雅·天保》:"如山如阜,如冈如陵。"玄堂:指坟墓。晋《张朗碑》:"刊石玄堂,铭我家风。"启扉:开启墓门。俎(zǔ):古代祭祀时放祭品的器物,代指祭祀。彻:撤除,撤去,此处指彻去祭祀的祭品。《左传·宣公十二年》:"且虽诸侯相见,军卫不彻,警也。"三献:古代祭祀时献酒三次,即初献爵、亚献爵、终献爵,合称"三献"。《礼记·礼器》:"三献爓"。筵:竹席。六衣:也称六服,指王后的六种礼服。《周礼·天官·内司服》:"掌王后之六服:袆衣、揄狄(揄翟)、阙狄(阙翟)、鞠衣、素纱、褖衣。"此四句言迁葬之过程。

⑤哀子嗣皇帝:指东昏侯。蜃(shèn)卫:即蜃车,载棺的丧车。《周礼·地官·遂师》:"大丧,使帅其属以幄帟先,道野役及窆,抱磨,共丘笼及蜃车之役。"延首:伸长头颈,常形容急切盼望的样子。曹植《王仲宣诔》:"延首叹息,雨泣交颈。"鹥辂(yì lù):指柩车,此处指敬皇后之丧车。《周礼·春官·巾车》:"安车,雕面鹥总。皆载棺柩车也。"鹥,凤凰之别名,此处代指皇后。抚心:抚摸胸口,表示感叹。《列子·汤问》:"师襄乃抚心高蹈曰:'微矣子之弹也!虽师旷之清角,邹衍之吹律,亡以加之。'"

⑥椒涂:皇后所居住的宫室。因用椒和泥涂壁,故名。廓:空也。长信:指长信宫,汉代宫名,为太后所居。应劭《汉官仪》:"帝祖母为太皇太后,其所居曰长信宫也。"此二句痛敬皇后未及明帝即位即早逝。

⑦"身隔"两句:《艺文类聚》作"身隔两边,时无三辰"。言东昏侯要主持明帝祭祀大典,故不能分身主持敬皇后之奠。赴:《尔雅》:"赴,至也。"展:《礼记·檀弓》:"子路去鲁,谓颜渊曰:'何以赠我?'曰:'吾闻之也,去国,则哭于墓而后行。反其国,不哭,展墓而入。'"郑玄注:"展,省视也。"旋:立即,随即。左言:为史官的代称。《汉书·艺文志》:"左史记言,右史记事。"光敷:广为宣扬。干宝《晋记》:"魏帝诏曰:'三后咸用,光敷圣德。'"圣善:专用以称颂母德。《诗经·邶风·凯风》:"母氏圣善,我无令人。"此二句言东昏侯命史官下诏,宣扬

母后之盛德。

⑧帝唐远胄,御龙遥绪:指敬皇后家族为唐尧之后裔,与汉高祖刘邦同族,血统高贵。《汉书·高祖本纪赞》:"而大夫范宣子亦曰:'祖自虞以上为陶唐氏,在夏为御龙氏,在商为豕韦氏,在周为唐杜氏,晋主夏盟为范氏。'"帝唐,指唐尧。胄,古代称帝王或贵族的后代。绪,世系。在秦作刘,在汉开楚:《汉书·高祖本纪赞》:"范氏为晋士师,鲁文公世奔秦。后归于晋,其处者为刘氏。……是以颂高祖云:'汉帝本系,出自唐帝。降及于周,在秦作刘。涉魏而东,遂为丰公。'"又《宋书·武帝记上》:"高祖武皇帝讳裕,字德舆,小名寄奴,彭城县绥舆里人,汉高帝弟楚元王交之后也。"此二句言刘皇后为宋武帝刘裕同族,为汉楚交王之后,亦是言皇后之家世。

⑨肇:开始,初始。《离骚》:"皇览揆余初度兮,肇锡余以嘉名。"淑圣:犹言圣明贤淑。克柔:和顺。夏侯湛《东方朔画赞》:"无淬伊河,高明克柔。"克,能。柔,善。克令:谓有美德。令,美好,善。《诗经·鲁颂·閟宫》:"鲁侯燕喜,令妻寿母。"清汉:《韩诗外传》:"汉有游女,薛君曰:'游女谓汉神。'"表灵:显灵。谢灵运《登江中孤屿》:"表灵物莫赏,蕴真谁为传。"曾沙:《汉书·元后传》:"元城建公曰:'昔春秋沙麓崩,晋史卜之,曰:"阴为阳雄,土火相乘,故有沙麓崩。后六百四十五年,宜有圣女兴。"其齐田乎!今王翁孺徙,正真其地,日月当之。元城郭东有五鹿之虚,即沙鹿地也。后八十年,当有贵女兴天下。'"膺庆:承受福泽。《文选·颜延之〈宋文皇帝元皇后哀策文〉》:"昭哉世族,祥发庆膺。"李善注:"庆膺,犹膺庆也。"此四句言敬皇后生来美善,如汉水女神示灵人间,如沙麓圣女受庆天下。

⑩爰定厥祥,徽音允穆:言敬皇后与明帝订婚,妇德和善。厥祥,卜得吉兆纳征订婚。《诗经·大雅·大明》:"文定厥祥,亲迎于渭。"郑笺:"问名而后,卜得而吉,则王以礼定其吉祥,谓使纳币也。"厥,其。徽音:德音,指令闻美誉。《诗经·大雅·思齐》:"大姒嗣徽音,则百斯男。"允穆:淳和。《广韵》:"允,信也。"又:"穆,和也。"光华:光辉照耀。《尚书大传·虞夏传》:"日月光华,旦复旦兮。"沼沚:语出《诗经·召南·采蘩》:"于以采蘩,于沼于沚。"《毛诗序》:"采蘩,夫人不失职也。"中谷:语出《诗经·周南·葛覃》:"葛之覃兮,施于中谷。"《毛诗序》:"葛覃,后妃之本也。"光华二句言敬皇后声光美好,恪守妇职。

⑪"敬始"句:《艺文类聚》作"敬始缔绤"。纮綖(hóng yán):为贵显人家妇

女具有勤俭美德的典故。《列女传·母仪篇·鲁季敬姜》:"皇后亲蚕,玄紞。公侯夫人加之以纮綖。"穜稑:见《雩祭歌·迎神》注④。《周礼·天官·内宰》:"上春,诏王后帅六宫之人,出穜稑之种,而献于王。"睿问川流,神襟兰郁:言敬皇后见识听闻渊博,气度襟怀芬芳。睿问:圣明的声闻。问,通"闻"。川流:河水流动,喻层见迭出。蔡邕《袁宫夫人碑》:"义方之训,如川之流。"神襟:指胸怀。兰郁:芬芳如兰。

⑫先德:指萧鸾。韬光:敛藏光采,比喻隐藏声名才华。萧鸾武帝时为西昌侯,一直韬光养晦。《三国志·吴书·贺邵传》:"贺邵上疏曰:'陛下昔韬藏神光,潜德东夏。'"君道方被:《艺文类聚》作"君道方披"。《毛诗序》:"文王之道,被于南国。"君道二句言萧鸾在武帝在位时,深藏不露,为人低调。"于佐"句:《艺文类聚》作"辅佐求贤"。诐(bì):偏颇,不正。《毛诗序》:"《卷耳》,后妃之志也。又当辅佐君子求贤审官,知臣下之勤劳,内有进贤之志,而无险诐私谒之心。朝夕思念,至于忧勤也。""于佐"二句言敬皇后辅佐萧鸾获取贤名,而无阴私之心。

⑬顾史弘式,陈诗展义:此二句言敬皇后取法女史,通晓诗书。班婕妤《自伤赋》:"陈女图以镜监兮,顾女史而问诗。"女史,女官名。《周礼·天官·女史》:"女史掌王后之礼职,掌内治之贰,以诏后治内政。"厚下曰仁,藏往伊智:此二句言敬皇后仁慈而明智。厚下:《易经·剥卦》:"山附于地,剥上而厚下。"干宝《晋纪·总论》:"仁以厚下。"藏往:记藏往事于心中。意在作为来日之借鉴。《易经·系辞上》:"神以知来,知以藏往。"

⑭十乱:辅佐周武王的十个有才能的人。《论语·泰伯》:"武王曰:'予有乱臣十人。'孔子曰:'才难,不其然乎!唐虞之际,于斯为盛,有妇人焉,九人而已。'"马融曰:"其一人,谓文母也。"俟:等待。"四教"句:《艺文类聚》作"四教罔式"。四教:指妇德、妇言、妇容、妇功。《周礼·天官·九嫔》:"九嫔掌妇学之法,以教九御,妇德、妇言、妇容、妇功。"忒(tè):《广雅》:"忒,差也。""十乱"二句言敬皇后有治事之才,又不亏妇德。思媚:仰慕爱戴。《诗经·大雅·思齐》:"思媚周姜,京室之妇。"诸姑:指明帝母辈。《诗经·邶风·泉水》:"问我诸姑,遂及伯姊。"贻:遗留,传下。嫔则:为妇的准则。《尔雅》:"嫔,妇也。""思媚"二句言敬皇后能敬爱诸姑,能传妇道。

⑮化自公宫:指敬皇后嫁于明帝前先在祖庙学习妇德。公宫,祖庙。《礼

记·昏义》:"是以古者妇人先嫁三月,祖庙未毁,教于公宫,祖庙既毁,教于宗室,教以妇德、妇言、妇容、妇功。"远被南国:指敬皇后之德行远播于南方荒蛮之地。《毛诗·周南·汉广》序云:"文王之道,被于南国。"轩曜:轩辕星的光耀,借指后妃。《淮南子·天文训》:"轩辕者,帝妃之舍也。"素舒:古代传说中为月亮驾车的仙人,此处代指月亮,亦指后妃也。"轩曜"二句言敬皇后之德行深厚,光明可比日月。

⑯闵予:《诗经·周颂·闵予小子》:"闵予小子,遭家不造。"闵,怜惜。不祐:神明不祐助。《易经·无妄》:"天命不祐。"慈训:慈母的教诲。《晋中兴书》:"肃祖太妃荀氏薨,显宗诏曰:'朕少遭闵凶,慈训无禀。'"早违:对敬皇后去世的委婉说法。"闵予"二句言东昏侯自哀早失慈母。冲藐:幼小。《尚书·盘庚下》:"肆予冲人,非废厥谋。"《左传·僖公九年》:"初,献公使荀息傅奚齐,公疾,召之,曰:'以是藐诸孤,辱在大夫,其若之何?'"杜注:"言其幼贱,与诸子悬藐。"怀褒(xiù):怀抱。《诗经·小雅·蓼莪》:"父兮生我,母兮鞠我。拊我畜我,长我育我,顾我复我,出入腹我。"郑笺:"腹,怀抱也。"靡依:无依。"方年"二句言东昏侯年幼失母,母爱无依。

⑰臻:《说文》:"臻,至也。"宝业:皇位,帝业,国运。《易经·系辞下》:"圣人之大宝曰位。"嗣:继承。昌晖:昌盛辉明,此处亦指帝位。"家臻"二句言明帝以旁系登帝位,而东昏侯由此得以承继圣明之时。寿宫:指神祠。《楚辞·九歌·云中君》:"蹇将憺兮寿宫,与日月兮齐光。"清庙:《诗经·周颂》首篇即为《清庙》。《毛诗序》:"清庙,祀文王也。"此处代指南齐之太庙。"寂远""虚归"皆指敬皇后之早逝。"寿宫"二句言敬皇后却已早逝,未见夫、子之荣光。

⑱帝迁明命,民神胥悦:此二句言明帝即位,民神皆喜。《诗经·大雅·皇矣》:"帝迁明德,串夷载路。"此处以文王受明命比明帝即位。《国语·周语》:"祭公谋父谏曰:'至于文武,事神保民,莫弗欣喜。'"又《楚语》:"王孙圉曰:'又能上下说乎鬼神。'"乾景外临,阴仪内缺:言明帝即位,但皇后缺位。乾景,指明帝。《易经·说卦》:"乾为天,为国,为君,为父。"阴仪:指皇后。《礼记·昏义》:"天子理阳道,后治阴德。"

⑲故剑:指旧妻。《汉书·外戚列传上·孝宣许皇后》:"孝宣许皇后,元帝母也。……时许广汉有女平君,年十四五……广汉重令为介,遂与曾孙,一岁生元帝。数月,曾孙立为帝,平君为婕妤。是时,霍将军有小女,与皇太后有

385

亲。公卿议更立皇后,皆心仪霍将军女,亦未有言。上乃诏求微时故剑,大臣知指,白立许婕妤为皇后。"金穴:亦为嗟叹皇后故去之典。《后汉书·后纪·郭皇后》:"(郭皇后帝)况迁大鸿胪。帝数幸其第,会公卿诸侯亲家饮燕,赏赐金钱缣帛,丰盛莫比,京师号况家为金穴。""空悲"二句言明帝怀念敬皇后。璋瓒:古代祭祀时打鬯酒的玉器,以璋为柄。《礼记·祭统》:"君致齐于外,夫人致齐于内。……君执圭瓒裸尸,大宗执璋瓒亚裸。"祎褕:皆王后之服。见本文注④"六衣"注。"璋瓒"二句言敬皇后故去,空遗皇后礼器服饰而无用。

⑳"宸居"句:《艺文类聚》、《初学记》、张本作"宸驾长往"。冯相告祲(jìn):《文选·张衡〈东京赋〉》:"冯相观祲,祈禳禳灾。"李善注:"《周礼》曰:春官宗伯冯相氏,掌日月星辰之位,辨其灾祥,以为时候。"冯相:冯相氏,周官名,掌天文。《周礼·春官·序官》:"冯相氏,中士二人,下士四人,府二人,史四人,徒八人。"宸居:指帝王居住。《文选·班固〈典引〉》:"是以高光二圣,宸居其域。"蔡邕注:"言高祖、光武如北辰居其所,而众星拱之。"贻厥:指留传;遗留。《尚书·五子之歌》:"有典有则,贻厥子孙。"远图:深远的谋划。《左传·襄公二十八年》:"荣成伯曰:'远图者,忠也。'"末命:帝王临终时的遗命。《尚书·顾命》:"皇后凭玉几,道扬末命,命汝嗣训。"奖:劝勉。《方言六》:"自关而西,秦、晋之间,相劝曰耸,或曰奖。""贻厥"二句指明帝遗命,勉励嗣君要有远图。

㉑丰沛:汉高祖,沛丰邑人,因以丰沛称高祖故乡。后代指帝王故乡。绸缪:情意殷切,缠绵。《诗经·唐风·绸缪》:"绸缪束薪,三星在天。"背:离开。弘敞:广大宽敞。《风俗通》:"秦政并吞六国,苞宇宙之宏敞。"此二句言明帝在敬皇后去世后,为其在故乡筑墓。

㉒陋苍梧之不从兮:指娥皇、女英二妃未随舜下葬,故为陋也。《礼记·檀弓》:"舜葬于苍梧之野,盖二妃未之从也。"苍梧,山名,即九疑山,一作"九嶷山"。位于湖南省永州市宁远县城南,是舜陵所在地。遵鲋(fù)隅以同壤:指颛顼与九妃合葬于鲋隅。《山海经·海内东经》:"大荒之中,河水之间,鲋隅之山,帝颛顼与九嫔葬焉。"鲋隅,山名,即鲋鱼山。同壤,谓同穴合葬。此二句言将要迁敬皇后棺木祔明帝陵,使帝后合葬。

㉓象设:见《游后园赋》注⑫。园寝:建在帝王墓地上的庙,以备祭祀时用。《汉书·韦贤传》:"而京师自高祖下至宣帝,与太上皇、悼皇考各自居陵旁立庙,并为百七十六。又园中各有寝、便殿,日祭于寝,月祭于庙,时祭于便殿。"

鍐(zōng):马首饰物。蔡邕《独断》:"金鍐者,马冠也。如玉华形,在马髦前。"

㉔承明:指承明门。陆机《洛阳记》:"承明门,后宫出入之门。"清洛:指洛水。潘岳《籍田赋》:"清洛浊渠,引流激水。"此二句言敬皇后棺木渡水而南与明帝合葬。

㉕池绋(fú):指灵车。《礼记·丧服大记》:"饰棺君三池。"郑玄注:"池,以竹为之,如小车笭,衣以青布。柳象宫室,悬池于荒之爪端,若承溜然。"绋,同"绋"。引棺的大绳索。龙帷:画有龙的帷幕,王侯的棺饰。《礼记·丧服大记》:"饰棺,君龙帷。"造舟:指以舟搭浮桥以渡河。《诗经·大雅·大明》:"造舟为梁,不显其光。"此二句形容运送敬皇后棺木之情景。

㉖回塘:曲折的堤岸。《文选·张衡〈南都赋〉》:"收骊命驾,分背回塘。"东川:东流之水。《吕氏春秋·圜道》:"水泉东流,日夜不休。"澹:《说文》:"澹,水摇也。"此二句形容敬皇后棺木日暮渡水时的哀伤氛围。

㉗闷(bì)宫:此以敬皇后比之后稷之母姜源。《诗经·鲁颂·闷宫》:"赫赫姜嫄,其德不回。……是生后稷,降之百福。"远烈:远祖的功绩,此处指敬皇后之功德。缵(zuǎn)女:以敬皇后嫁明帝比之太姒之嫁文王。《诗经·大雅·大明》:"缵女维莘,长子维行。"郑笺:"天为将命文王君天下于周京之地,故亦为作合,使继太任之女事于莘国,莘国之长女太姒,则配文王维德之行。"遐庆:久长的幸福。蘋蘩:《毛诗序》:"采蘋,大夫妻能循法度也。"又:"采蘩,夫人不失职也。"

㉘协德:合乎道德。《晋中兴书》:"策明穆皇后曰:'正位闺房,以著协德之义。'""终配祇"句:张本、郭本作"终配祇而表命"。配祇:指祭祀时以皇后配享地神。《汉书·郊祀纪》:"天地合祭,先祖配天,先妣配地。"表命:指公布敬皇后之称号。此二句言敬皇后始终尽夫人之本职,故以贤德被尊为皇后。

㉙赐衣:《东观汉记》:"上赐东平王苍书曰:'岁月骛过,山陵浸远,孤心惨怆。飨卫士南宫,皇太后因过按行阅视旧时衣物。惟王孝友之德,今以光烈皇后假髻、帛巾各一、衣一箧遗王,可时瞻视,以慰凯风寒泉之思。'""哀日隆"句:《艺文类聚》《初学记》作"悲日隆于抚镜"。抚镜:《西京杂记》:"宣帝被收系郡邸狱,臂上犹带史良娣合采婉转丝绳系身毒国宝镜一枚,大如八铢钱。旧传此镜见妖魅。得佩之者为天神所福,故宣帝从危获济。及即大位,每持此镜,感咽移辰。常以琥珀笥盛之,缄以戚里织成锦。一曰斜文锦。帝崩不知所在。"

此二句言睹物思人。

㉚寒泉：比喻母爱。《诗经·邶风·凯风》："爰有寒泉？在浚之下。有子七人，母氏劳苦。"正义："此孝子自责无益于母，使母不安也。"罔极：指人子对父母的无穷哀思。《诗经·小雅·蓼莪》："欲报之德，昊天罔极。"彤管：《诗经·邶风·静女》："静女其娈，贻我彤管。"毛传："古者后夫人必有女史彤管之法，史不记过，其罪杀之。"郑笺："彤管，笔赤管也。"此二句言母恩深厚，无以为报，只要托史笔记之，以传颂后世。

【汇评】

于光华《文选集评》引孙𬭸语：玄晖才自是清俊。此篇调亦响，第尚未及宏深之致尔。

于光华《文选集评》引方伯海语：文字要切题目。后薨在明帝未践阼时，此番从先茔起迁祔葬，出自明帝遗命，便是题目。"化自公宫"以上，俱切为诸侯时事，然尚多通套，可以移掇。以下紧照此义，层层摹写，有典有则，亦切亦流。

焦袁熹《此木轩杂著》卷三：《文选》所录哀策文凡三篇；《宋宣贵妃哀策文》，谢庄作；《宋元皇后哀策文》，颜延之作；《齐敬皇后哀策文》，谢朓作。语其妍妙凄锵，颜若不逮二谢，然文章之道，体制为先。今观颜之作，有齐肃庄正之意，此处似为优也。《记》曰："居小君之丧，居处、言语、饮食衎尔。"注曰："恻隐不能至。"颜文所以特高者，以其不失臣子之体故也。若希逸之文，不几与所谓自哭其亡妾者相类乎哉？元晖虽代其少帝之辞，以音气言，则亦前谢之流也。达此旨者宜有以辨焉！

李兆洛《骈体文钞》引谭献语：雅赡不缛。

墓志铭

墓志铭,指古时墓葬中,刻在石上埋入坟中的文字。志文似传,铭语似诗,一般为记述死者生平或悼念性的文字。一般来说,古人墓中志、铭可能兼备,亦可能只有其一。谢朓集中共有墓志铭四篇,均为四言铭文,基本上都作于建武初年,盖当时谢朓任职为掌中书诏诰及中书郎,故此类文字皆为应命而作之例行公文。其中海陵公主及新安长公主为萧鸾之女,鬱林王与海陵王皆为武帝孙,先后为帝,最后均为萧鸾所弑。

齐鬱林王墓志铭①

绿车旖旎,翠蕤掩映②。癸贰戏良,临洮弛盛③。毁德归桐,弃尊居郑④。

【题解】

鬱林王萧昭业,为文惠太子长子,继其祖为帝,改元隆昌。鬱林王即位后,奢侈无度,淫秽宫闱,不修政务,疑辅政萧鸾有异志,与后叔何胤谋诛萧鸾,胤不敢当。后萧鸾虑变,于隆昌元年(494)七月二十二日,率兵入宫诛鬱林王。年二十二。故《南齐书·鬱林王本纪》:"史官曰:'鬱林王风华外美,众所同惑。伏情隐诈,难以貌求。立嫡以长,未知瑕衅,世祖之心,不变周道。既而愆鄙内作,兆自宫闱,虽为害未远,足倾社稷。《春秋》书梁伯之过,言其自取亡也。'"故本文当作于延兴元年(494)海陵王即位后。谢朓为鬱林王所作墓志铭篇幅极短,全文仅六句,全为贬责之语,实为罕见。

【校注】

①张本、郭本题作"鬱林王墓铭"。
②绿车:汉皇孙用车,亦称皇孙车。《汉书·金日磾传》:"上(成帝)拜(金)涉为侍中,使待幸绿车载送卫尉舍。"颜师古注引三国魏如淳曰:"幸绿车常置左右以待召载皇孙;今遣涉归,以皇孙车载之,宠之也。"旖旎:见《思归赋》注㊶。翠蕤:缀有翠羽的饰物。《史记·司马相如列传》:"错翡翠之威蕤。"掩映:遮映衬托。此二句言鬱林王皇太孙之身份。

③癸贰:猜度怀疑。癸,同"揆"。《史记·律书》:"癸之为言,揆也。言万物可揆度,故曰癸。"贰,怀疑,不信任。《尚书·大禹谟》:"任贤勿贰,去邪勿疑。"戏:谓戏豫。《诗经·大雅·板》:"敬天之怒,无敢戏豫。"良:良善之人,此处指萧鸾。临祧(tiāo):指郁林王承继曾祖齐高帝之嗣。祧,古代称远祖的庙。《左传·襄公九年》:"以先君之祧处之。"弛,松懈。盛:指祭祀时放于容器中的祭品。《左传·桓公六年》:"粢盛丰备。"此二句言郁林王猜忌贤良,不敬先祖。

④毁德:毁坏祖先的德业。归桐:此以太甲放桐之事喻萧鸾废郁林王。《尚书·太甲序》:"太甲即立,不明,伊尹放诸桐。"桐,故地在今河北临漳。弃尊:被弃之至尊。居郑:亦以周襄王居郑事言郁林之废。《左传·僖公二十四年》:"书曰'天王出居于郑',避母弟之难也。"

齐海陵王墓铭①

中枢诞圣,膺历受命②。於穆二祖,天临海镜③。显允世宗,温文著性④。三善有声,四国无竞⑤。

嗣德方衰,时惟介弟⑥;景祚云及,多难攸启⑦。载骤辂猎,高辟代邸⑧。庶辟欣欣,威仪济济⑨。

亦既负扆,言观帝则⑩;正位恭己,临朝渊默⑪。虔思宝缔,负荷非克⑫;敬顺天人,高逊明德⑬。

西光已谢,东旭又良⑭。龙纛夕俨,葆挽晨锵⑮。风摇草色,日照松光⑯。春秋非我,晚夜何长⑰。

【题解】

海陵王萧昭文为文惠太子次子,郁林王昭业之弟。隆昌元年(494)七月,萧鸾废郁林王后,立其为帝,改元延兴。是年十月,禅位于萧鸾,降封海陵王。十一月,萧鸾谓萧昭文有疾,将其杀害,时年十五岁。(见《南齐书·海陵王本纪》)故本文当作于萧鸾即位后之建武元年(494)。

谢朓此墓志铭按其韵可分四段,每段八句,首段写海陵王贤德可继大位,次段写海陵王继位,众人拥戴,三段写海陵王以己能力不胜帝位而禅位让贤,末段写海陵王薨后,葬仪隆重。全铭写得冠冕堂皇,然文字之下所掩饰之皇位更迭,其丑恶残酷,岂为此十五岁童子所能承受,故千载之后读此铭,亦不胜唏嘘。

【校注】

①《艺文类聚》题作"齐海陵王墓志铭"。

②中枢:中央,代指朝廷。扬雄《太玄·周》:"植中枢,周无隅。"范望注:"正午为中,枢立则运,言二极相当,为天杠抽运。"诞圣:圣君诞临,此指海陵王继位。诞,《广韵》:"诞,育也。"膺历:帝王承受国祚之称。历,历数,宝历。此处代指国祚。受命:见《齐明皇帝谥册文》注⑧。

③於穆:表示对美好的赞叹。《诗经·周颂·清庙》:"於穆清庙,肃雍显相。"二祖:指齐太祖高皇帝萧道成与齐世祖武皇帝萧赜。天临海镜:形容天下光明。《文选·颜延之〈应诏宴曲水作诗〉》:"太上正位,天临海镜。"此二句赞叹南齐二祖圣明,帝业昌盛。

④显允:意为英明信诚。《诗经·小雅·湛露》:"显允君子,莫不令德。"世宗:指世祖长子,海陵王之父萧长懋,永明十一年薨,谥"文惠"。郁林王即位后追尊为文帝,庙号世宗。温文:温和有礼。《礼记·文王世子》:"礼乐交错于中,发形于外,是故其成也怿,恭敬而温文。"此二句言海陵王之父天性温文。

⑤三善:指古时提倡的三种道德规范:亲亲、尊君、长长。《礼记·文王世子》:"行一物而三善皆得者,唯世子而已。……父子、君臣、长幼之道得而国治。"《南齐书·文惠太子传》:"(太子)疾笃上表:'臣地属元良,业征三善。'"四国:指四方的国家。《诗经·大雅·崧高》:"揉此万邦,闻于四国。"无竞:不可争衡,无比。《诗经·周颂·执竞》:"执竞武王,无竞维烈。"

⑥嗣德方衰:言郁林王萧昭业以荒淫乱政。介弟:为对他人之弟的敬称,指海陵王。《左传·襄公二十六年》:"夫子为王子围,寡君之贵介弟也。"

⑦景祚:指地祚、大位。景,大也。祚,《广韵》:"祚,位也。"多难:灾难众多。《礼记·檀弓上》:"吾君老矣,子少,国家多难。"攸:《尔雅·释言》:"攸,所也。"

⑧轊猎:猎车。《汉书·宣帝纪》:"太仆以轊猎车奉迎曾孙,就齐宗正府。……已而群臣奉上玺、绶,即皇帝位,谒高庙。"颜注:"文颖曰:'轊猎,小车,前有曲舆不衣也,近世谓之轊猎车也。'"高辟代邸:言文帝以代王入登大宝之事。《史记·孝文帝本纪》:"孝文皇帝,高祖中子也,母曰薄姬。高祖十一年,诛陈豨,定代地,立为代王。……代王乃进至渭桥。群臣拜谒称臣,代王下拜。太尉勃进曰:'愿请间。'……太尉勃乃跪上天子玺。代王谢曰:'至邸而议之。'闰月己酉,入代邸。……(文帝)遂即天子位。群臣以次侍。使太仆婴、东牟侯兴居先清宫,奉天子法驾迎代邸。皇帝即日夕入未央宫。"此二句言海陵王即位。

⑨庶辟:指诸王。庶,多也。辟,《尔雅·释诂》:"辟,君也。"欣欣:喜乐貌。《诗经·大雅·凫鹥》:"旨酒欣欣,燔炙芬芬。"威仪:庄重的仪容举止。《左传·襄公三十一年》:"有威而可畏谓之威,有仪而可象谓之仪。"济济:端庄礼敬的样子。《诗经·大雅·公刘》:"跄跄济济,俾筵俾几。"

⑩负扆(yǐ):背靠屏风。指皇帝临朝听政。《淮南子·氾论训》:"周公继文王之业,履天子之籍,听天下之政,平夷狄之乱,诛管蔡之罪,负扆而朝诸侯。"帝则:天之法则。《诗经·大雅·皇矣》:"不识不知,顺帝之则。"

⑪正位:指正南面而坐帝位。恭己:谓恭谨以律己之意。《论语·卫灵公》:"无为而治者,其舜也与?夫何为哉?恭己正南面而已矣。"渊默:亦作"渊嘿",谓深沉静默。《汉书·成帝本纪赞》:"临朝渊嘿,尊严若神。"

⑫虔思:恭慎地思考。《广韵》:"虔,恭也。"宝缔:指帝业。负荷:见《为录公拜扬州恩教》注③。非克:不能胜任。《玉篇》:"克,胜也。"《南齐书·海陵王本纪》:"皇太后令曰:'……嗣主幼冲,庶政多昧,且早婴尫疾,弗克负荷。……太傅宣城王胤体宣皇,钟慈太祖……宜入承宝命,式宁宗祐。帝可降封海陵王,吾当归老别馆。'"

⑬敬顺:敬重顺从。《史记·五帝本纪》:"乃命羲和,敬顺昊天。"明德:指才德兼备的人,此处指萧鸾。《诗经·大雅·皇矣》:"帝迁明德,串夷载路。"

⑭"西光"二句:言鬱林、海陵二帝先后去世。西光、东旭均指日,分比鬱林、海陵。已谢、又良,言二人去世,用语措辞略有区别。

⑮龙纛(dào):指绘有龙形的大旗。为天子仪仗。纛,古代用毛羽做的舞具或帝王车舆上的饰物。《周礼·地官·乡师》:"及葬执纛,以兴匠师。"俨:庄重貌。葆:葆车。用五彩鸟羽装饰车盖的车。《后汉书·光武帝纪下》:"益州

传送公孙述瞽师、郊庙乐器、葆车、舆辇,于是法物始备。"挽:挽歌。锵:形容金玉相击声。此二句言海陵王之丧礼庄重肃穆。

⑯"风摇"二句:言海陵王墓地之风物。

⑰春秋非我:为挽歌内容,言时光不属我也。《汉书·礼乐志·郊祀歌》:"日出入安穷,时世不与人同。故春非我春,夏非我夏,秋非我秋,冬非我冬。"晚夜:以夜晚比喻幽冥。阮瑀《七哀诗》:"冥冥九泉室,漫漫长夜台。"

临海公主墓志铭①

长发有祥,瑶台乃构②。玄鸟归飞,北音斯奏③。聿来徐土,祯符爰授④。帝体灵柯,秾华以秀⑤。

饰馆东鲁,言归景族⑥。有教公宫,无系车服⑦。既肃簪珥,亦崇汤沐⑧。率礼衡门,降情云屋⑨。

彼月斯望,在钧维缙⑩。瞻须配景,望烛齐神⑪。霜华昆岫,灭采上春⑫。慈缠云陛,悲动外姻⑬。

郁彼崇芒,眷然城輂⑭。辒翟按辔,龙旐徐转⑮。

【题解】

临海公主事不详,当为明帝之女。从铭文内容看,其人曾出嫁北方,葬于徐土,去世时年纪不大,公主称号应为明帝即位后追赠,故系于建武元年(494)。全文按韵亦可分为四段。首段言明帝即位,公主受封而归葬于南徐。次段追叙公主在世时品德贤淑,并无骄矜之气。三段言公主早逝,令人伤心。最后一段言公主之丧仪隆重而悲伤。

【校注】

①张本、郭本题作"临海公主墓铭"。

②长发有祥:此以言家族永有吉祥,比喻萧鸾即位为帝。《诗经·商颂·长发》:"濬哲维商,长发其祥。"郑笺:"长,犹久也。"瑶台:美玉砌的楼台,此处

395

指临海公主之墓。《楚辞·离骚》:"望瑶台之偃蹇兮,见有娀之佚女。"构:构建。

③玄鸟:燕子,此以代指公主。《诗经·商颂·玄鸟》:"天命玄鸟,降而生商。"北音斯奏:指公主去世后归葬南徐。《吕氏春秋·音初》:"有娀氏有二佚女,为之九成之台,饮食必以鼓。帝令燕往视之,鸣若谧隘。二女爱而争搏之,覆以玉筐。少选,发而视之,燕遗二卵,北飞,遂不反。二女作歌,一终曰'燕燕往飞',实始作为北音。"

④聿:语气助词,无意义。《诗经·大雅·绵》:"聿来胥宇。"徐土:指南徐州萧氏故居武进。祯符:祥瑞,吉兆。

⑤灵柯:灵木之柯枝,比喻天子之子息,此处指公主。秾(nóng)华以秀:言公主姿容美盛。《诗经·召南·何彼秾矣》:"何彼秾矣,唐棣之华。"

⑥饰馆东鲁:指公主出嫁。饰馆,筑馆而饰。《左传·庄公元年》:"秋,筑王姬之馆于外。"古时天子嫁女于诸侯,自己不能亲自主婚,而请同姓诸侯为之主。王姬为周平王孙女,嫁于齐侯,鲁侯为之主婚,故筑馆鲁之城外。归:嫁女。《诗经·周南·桃夭》:"之子于归,宜其室家。"景族:大族。《尔雅·释诂》:"景,大也。"

⑦公宫:见《齐敬皇后哀策文》注⑮。无系车服:言公主身份高贵。《毛诗·召南·何彼秾矣序》:"王姬亦下嫁于诸侯,车服不系其夫。下王后一等。"孔疏:"王姬,天子之女,亦下嫁于诸侯。其所乘之车,所衣之服,皆不系其夫为尊卑,下王后一等而已。"

⑧簪珥(zān ěr):发簪和耳饰。古代多为高贵妇女的首饰。簪,冠上饰。汤沐:指公主的汤沐邑,为其收取赋税的私邑。《礼记·王制》:"方伯为朝天子,皆有汤沐之邑于天子之县内。"此二句言公主服式庄重,封邑隆祟。

⑨率礼:遵循礼法。《玉篇》:"率,遵也。"衡门:横木为门。指简陋的房屋。《诗经·陈风·衡门》:"衡门之下,可以栖迟。"降情:犹虚怀,虚心。云屋:高屋。指宫邸。此二句言公主下嫁能守礼仪,而无骄矜之气。

⑩望:指月圆之日,即夏历每月十五、十六。《释名》:"望,月满之名也。月大十六日,月小十五日,日在东,月在西,遥在望也。"在钓维缗:言公主成婚。《诗经·召南·何彼秾矣》:"其钓维何?维丝伊缗。"朱熹集传:"缗,纶也,丝之合而为纶,犹男女之合而为昏也。"

⑪须:指须女星。《史记·天官书·婺女注》:"正义曰:'须女四星,亦婺女,天少府也。'"烛:烛星。《史记·天官书》:"烛星,状如太白,其出也不行。见则灭。所烛者,城邑乱。"

⑫霾:《释名》:"霾,晦也。言如物尘晦之色也。"华:玉华。昆岫:指昆仑山,借指仙山。灭采:失去光彩。此二句言公主早逝。

⑬缠:缠绕。云陛:指宫前阶陛。左思《七略》:"闾甲第之广袤,建云陛之嵯峨。"外姻:外亲。《左传·隐公元年》:"士逾月,外姻至。"此二句言公主去世,明帝及亲人皆悲伤不已。

⑭郁彼崇芒:言公主墓地之盛大。郁,郁郁。《后汉书·光武帝纪》:"气佳哉,郁郁葱葱然。"崇芒:高大的坟墓。芒,或作"邙",即北邙山。东汉时王侯公卿多葬于此,代指坟墓。眷然:依依不舍貌。城辇:京城。旧以帝王所居为辇下,故称。此二句言公主下葬而魂萦京城。

⑮"辒翟"句:郭本作"辒翟安辔"。辒:《说文》:"辒,辒辌,衣车也。"《释名》:"輧车,四面屏蔽,妇人所乘。"翟:指翟车,古代后妃乘坐的以雉羽为饰的车子。《周礼·春官·巾车》:"翟车,贝面组总,有幄。"按辔:谓扣紧马缰使马缓行或停止。《史记·绛侯周勃世家》:"壁门士吏谓从属车骑曰:'将军约,军中不得驱驰。'于是天子乃按辔徐行。"龙旒(liú):指龙旗。旒,旗子下边悬垂的饰物。《礼记》:"旗十有二旒。"徐转:徐徐飘扬。此二句言公主柩车行进时的凄清景象。

新安长公主墓志铭①

氤氲长发,时惟睿文②。诞兹明淑,玉振兰芬③。誉宣女师,德侔高行④。肃穆嫔风,优游闺正⑤。抚事成箴,临图作镜⑥。如何冥默,方春委盛⑦。

【题解】

新安长公主事迹不详,按铭文所记,似乎尚未出嫁便已去世。当亦于明帝即位后得享公主封号。所作时间与《临海公主墓志铭》同。

【校注】

①张本、郭本题作"新安长公主墓铭"。

②氛氲:祥瑞之气。长发:见《临海公主墓志铭》注②。时惟:是为。睿文:指天子之文德。颜延之《宋郊祀歌》:"灵监睿文。"此二句言公主家族兴盛,指萧鸾即帝位之事。

③诞:诞生。兹:此。明淑:贤明和淑,此处指公主。玉振兰芬:美言公主之德行声誉。玉振:比喻音韵响亮、和谐。《孟子·万章下》:"集大成也者,金声而玉振之也。"兰芬:见《齐敬皇后哀策文》注⑪"兰郁"条。

④誉宣女师:言公主美誉为女师所宣扬。《诗经·周南·葛覃》:"言告师氏,言告言归。"毛传:"师,女师也。古者女师教以妇德、妇言、妇容、妇功。"侔:《说文》:"侔,齐等也。"高行:战国魏国一寡妇的尊号。刘向《列女传·梁寡高行》:"高行者,梁之寡妇也。其为人荣于色而美于行。夫死早寡不嫁,梁贵人多争欲娶之者不能得。梁王闻之使相聘焉……(高行)乃援镜持刀以割其鼻,曰:'今刑余之人殆可释矣。'王大其义,高其行,乃复其身,尊其号曰'高行'。"

⑤肃穆:庄敬和睦。嫔风:犹言妇德。《周礼·天官·太宰》郑注:"嫔,妇人之美称也。"优游:悠闲自得。《诗经·小雅·白驹》:"慎尔优游,勉尔遁思。"阃(kǔn)正:指内室。《广韵》:"阃,门限也。"此二句言公主德行可为闺范。

⑥抚事:犹治事。《广韵》:"抚,持也,循也。"箴:用以告诫规劝。图:图书。作镜:言参临图书以作鉴戒。班婕妤《自伤赋》:"陈女图以镜监。"

⑦冥默:指永从幽冥,不可相见。委:通"萎"。《广韵》:"萎,蔫也。"此二句伤公主之早逝。

祭文

祭文,文体名,为祭祀或祭奠时诵读以表示哀悼或祷祝的文章。内容上可分四类,哀悼死者,祈求降福,驱除邪魔,祈祷降雨,而多用于哀悼死者。它是由古时祝文演变而来,其辞有散文、有韵语、有俪语。而韵语之中,又有四言、六言、杂言、骚体、俪体之不同,而以四言为正体。刘勰《文心雕龙·祝盟》:"若乃礼之祭祀,事止告飨;而中代祭文,兼赞言行。祭而兼赞,盖引神而作也。"谢朓集中共存祭文两篇,皆为四言韵体。

祭大雷周何二神文[1]

大过在运,小雅尽缺[2];琼镜日沦,金车未晢[3]。周生电断,神谟英冠[4];正因部奇,风敛云散[5]。晋德如毁,功资叶赞[6]。山无猛鸷,时旷忠贤[7]。流王于彘,龟鼎忽焉[8]。忠肃布衣,君亲自然[9]。驱狐上国,斩鲵中川[10]。纷纶凯入,氛氲配天[11]。

【题解】

本文为祭神之作。大雷,即大雷戍,位于今安徽省望江县城,历来为长江下游戍守要地。三国时,东吴为防魏、蜀在此设雷池监,屯田驻兵。东晋置戍,因有大雷江而称大雷戍。周、何当指三国时吴国大将周瑜和东晋名将何无忌,二人何以被祀为神,未见记载,已不可考,或因二人皆曾领兵在大雷戍附近征战,有护民之功绩而致。兹录二人事迹如下,以供参考:周瑜,字公瑾,安徽庐江舒县人,长壮有姿貌,精音律。周瑜少与孙策交好,助其平定江东,孙策遇刺后,以中护军的身份与长史张昭共同辅佐孙权,建安十三年(208),周瑜率军与刘备联合,于赤壁之战中大败曹军。建安十五年(210)病逝于巴丘,年仅36岁。(事见《三国志·吴书·周瑜传》)何无忌,东海郡郯县人。刘牢之之甥,酷似其舅。曾与刘裕等起兵讨伐篡位的桓玄,败之。无忌等次桑落洲,桓玄部将何澹之等率军来战。无忌率众鼓噪赴之,澹之遂溃。后官至江州刺史,在卢循之乱中与徐道覆作战战死,谥号"忠肃"。(事见《晋书》本传)

观谢朓一生行迹,无明文记载其何时曾往大雷戍有祭祀之事,可能是来回荆州时曾有途经,或者是奉命赴湘州祭祀衡山时顺路一祭,故系于建武四年(497)奉命祭祀衡山时。全文篇幅不长,据其文意,前八句当为周瑜之祝辞,后十二句为何无忌之祝辞。

【校注】

①张本、郭本题作"祭大雷何周二神文"。

②大过在运:《易经·大过》孔疏:"此衰难之世,唯阳爻乃大能过越常理以拯患难也,故曰大过。"小雅尽缺:《毛诗·小雅·六月》序:"小雅尽废,则四夷交侵,中国微矣。小雅,《诗大序》:"雅者,正也,言王政之所由废兴也。政有大小,故有小雅焉,有大雅焉。"此二句言汉末失政,而时局艰危。

③"琼镜"句:《艺文类聚》作"琼镜曰沦"。琼镜:玉镜。喻清明之道。《太平御览》卷八十二引《尚书帝命验》:"桀失其玉镜,用其噬虎。"注:"玉镜,喻清明之道;噬虎,喻暴虐之风。"沦:《说文》:"沦,没也。"金车:古代一种呈金车形的祥瑞。《宋书·符瑞志下》:"金车,王者至孝则出。"又《瑞应图》:"舜时金车见帝庭。"晢(zhé):日光。此二句言清明之道沉沦而祥瑞之光不见。

④电断:英明的决断。《后汉书·文苑传·边让传》:"惠风春施,神武电断。"《三国志·吴书·周瑜传》:"周瑜、鲁肃,建独断之明,出众人之表,实奇才也。"神谟:神谋。英冠:言英明冠于众人。

⑤正因部奇:言周瑜处事用兵奇正相合。《孙子·势篇》:"凡战者以正合,以奇胜。"奇,《管子·小问》房玄龄注:"奇谓权谲以胜敌也。"风敛云散:此句言周瑜克敌制胜奠定三国鼎立之格局。

⑥晋德如毁:言晋朝失德,时局如火酷烈。如毁,言王朝濒于灭亡。《诗经·周南·汝坟》:"鲂鱼赪尾,王室如毁。"功资叶赞:此句言何无忌有匡扶晋室之功。叶赞:指协同翊赞。叶,通"协"。《三国志·蜀书·来敏传》:"(来忠)与尚书向充等并能协赞大将军姜维。"

⑦猛鸷:猛禽,指鹰,后比喻勇猛。旷:空也。此二句言朝廷没有刚猛英勇之忠贤来匡扶时局。

⑧流王于彘:言桓玄篡晋,迁晋安帝于寻阳事。《国语·周语》:"厉王虐,国人谤王。邵公告曰:'民不堪命矣。'……王不听,于是国莫敢出言,三年,乃

流王于彘。"龟鼎忽焉:言帝位更迭。龟鼎,指元龟与九鼎,两者古时为国之重器,因以比喻帝位。《后汉书·宦者传序》:"自曹腾说梁冀,竞立昏弱。魏武因之,遂迁龟鼎。"忽,见《为百官劝进齐明帝表》注⑧。

⑨忠肃:何无忌死后谥号"忠肃"。布衣:指平民。见《为王敬则谢会稽太守启》注①。君亲自然:此以言何无忌天性忠孝。《孝经·圣治章》:"父子之道,天性也。"又《士章》:"资于事父以事君而敬同。"

⑩驱狐上国:言何无忌于荆州打败桓玄之事。狐,指桓玄。上国,指荆州位于东晋国都建康之西。《左传·昭公十四年》杜注:"上国,在国都之西。西方居上流,故谓之上国。"斩鲵(ní)中川:言何无忌在桑落洲打败桓玄部将何澹之之功。鲵,指大鱼,常比喻不义之人,此处当指何澹之。《左传·宣公十二年》孔疏引裴渊《广州纪》:"鲸鲵长百尺。雄曰鲸,雌曰鲵。"此二句言何无忌之战功。

⑪纷纶:犹"纷纭",众多貌。凯入:指战胜奏凯歌而还其国。《后汉书·蔡邕传》:"城濮捷而晋凯入。"氤氲:盛貌。《文选·谢惠连〈雪赋〉》:"散漫交错,氤氲萧索。"配天:指德配于天。《礼记·中庸》:"高明配天。"

为诸娣祭阮夫人文①

婉娩嫔德,幽閒娪性②。眄史弘箴,陈诗成咏③。嘉言足题,清晖可映④。契阔未几,音尘如昨⑤。中景遽倾,芳木先落⑥。畴日交觞,享也虚荐⑦。带上先结,握中遗扇⑧。迸泪失声,潺湲如霰⑨。

【题解】

本文为谢朓代人而作,具体所祭对象阮夫人的情况不详,所作时间亦不可考。全文篇幅不长,依韵可分为三段,体制虽短,但层次依旧分明。"婉娩"以下六句为首段,主要内容为赞扬阮夫人的德才;"契阔"以下四句为次段,为悲痛阮夫人之早逝;最后六句为末段,言亲友之怀念。本文语言质朴,但情感

403

真挚,读来颇有如哭如泣、如咽如诉之感。

【校注】

①张本、郭本题作"为诸娣祭阮夫人文"。诸娣:《诗经·大雅·韩奕》:"诸娣从之,祁祁如云。"毛传:"诸娣,众妾也。"又《广雅·释亲》:"娣,妹也。"

②婉娩:指仪容柔顺。《礼记·内则》:"女子十年不出,姆教婉娩听从。"嫔德:妇德。幽闲(xián):柔顺闲静,多形容女子。闲,通"娴"。《后汉书·列女传赞》:"端操有踪,幽闲有容。"嫔(fù):同妇。此二句赞阮夫人之德行柔顺幽闲。

③眄:《说文》:"眄,衺视也。"史:女史。见《齐敬皇后哀策文》注⑬。箴:见《新安长公主墓志铭》注⑥。陈诗:见《齐敬皇后哀策文》注⑬。此二句言阮夫人精通诗史才华出众。

④嘉言:善言;美言。《尚书·伊训》:"圣谟洋洋,嘉言孔彰。"清晖:明净的光辉、光泽,此处当指阮夫人之仪形。《文选·王俭〈褚渊碑文〉》:"哀清晖之眇默。"此二句言阮夫人言语美善,仪形照人。

⑤契阔:离合,聚散。《诗经·邶风·击鼓》:"死生契阔,与子成说。"未几:指没有多久,很快。《诗经·齐风·甫田》:"未几见兮,突而弁兮。"音尘:音信;消息。蔡琰《胡笳十八拍》之十:"故乡隔兮音尘绝,哭无声兮气将咽。"

⑥中景:日在中天,比喻中年。遽倾:匆遽倾颓,言阮夫人突然去世。芳木先落:亦言阮夫人去世,如嘉木凋落。

⑦畴日:昔日,往日;以前,从前。《文选·丘迟〈与陈伯之书〉》:"见故国之旗鼓,感生平于畴日。"交觞:相互敬酒。曹植《乐府》:"交觞接杯,以致殷勤。"享:《广韵》:"享,献也,祭也。"荐:《韵会》:"荐,进也。"此二句言昔日众人共饮,而今只能灵前虚设祭礼。

⑧带:绖带,古代丧服所用的麻布带子,系于首及腰。先结:《礼记·少仪》:"葛绖而麻带。"郑注:"带,所以自结束也。"遗扇:指阮夫人之遗物。《宋书·张敷传》:"张敷……生而母没。年数岁,问母所在,家人告以死生之分,敷虽童蒙,便有思慕之色。年十许岁,求母遗物,而散施已尽,唯得一画扇,乃缄录之。每至感思,则开笥流涕。"此二句言众人为阮夫人戴孝,睹其遗物伤感不已。

⑨迸(bèng)泪:形容伤心痛哭,泪如泉涌。《文选·潘岳〈寡妇赋〉》:"口呜咽以失声兮,泪横迸而沾衣。"失声:指悲极气噎,哭不成声。《孟子·滕文公上》:"昔者孔子没,三年之外,门人治任将归,入揖于子贡,相向而哭,皆失声。"潺湲:形容流泪的样子。《楚辞·九歌·湘君》:"横流涕兮潺湲,隐思君兮陫侧。"霰:小雪珠。

附录一

《南齐书·谢朓传》

谢朓,字玄晖,陈郡阳夏人也。祖述,吴兴太守。父纬,散骑侍郎。朓少好学,有美名,文章清丽。解褐豫章王太尉行参军,历随王东中郎府,转王俭卫军东阁祭酒,太子舍人、随王镇西功曹,转文学。

子隆在荆州,好辞赋,数集僚友,朓以文才,尤被赏爱,流连晤对,不舍日夕。长史王秀之以朓年少相动,密以启闻。世祖敕曰:"侍读虞云自宜恒应侍接。朓可还都。"朓道中为诗寄西府曰:"常恐鹰隼击,秋菊委严霜。寄言罻罗者,寥廓已高翔。"迁新安王中军记室。朓笺辞子隆曰:"朓闻潢污之水,思朝宗而每竭;驽蹇之乘,希沃若而中疲。何则?皋壤摇落,对之惆怅;岐路东西,或以鸣悒。况乃服义徒拥,归志莫从,邈若坠雨,飘似秋蒂。朓实庸流,行能无算,属天地休明,山川受纳,褒采一介,搜扬小善,舍来场圃,奉笔兔园。东泛三江,西浮七泽,契阔戎旃,从容宴语。长裾日曳,后乘载脂,荣立府廷,恩加颜色。沐发晞阳,未测涯涘;抚臆论报,早誓肌骨。不悟沧溟未运,波臣自荡;渤澥方春,旅翮先谢。清切蕃房,寂寥旧荜。轻舟反溯,吊影独留,白云在天,龙门不见。去德滋永,思德滋深。唯待青江可望,候归舻于春渚;朱邸方开,效蓬心于秋实。如其簪履或存,衽席无改,虽复身填沟壑,犹望妻子知归。揽涕告辞,悲来横集。"

寻以本官兼尚书殿中郎。隆昌初,敕朓接北使,朓自以口讷,启让不当,见许。高宗辅政,以朓为骠骑谘议,领记室,掌霸府文笔。又掌中书诏诰,除秘书丞,未拜,仍转中书郎。出为宣城太守,以选复为中书郎。

建武四年,出为晋安王镇北谘议、南东海太守,行南徐州事。启王敬则反谋,上甚嘉赏之。迁尚书吏部郎。朓上表三让,中书疑朓官未及让,以问祭酒沈约。约曰:"宋元嘉中,范晔让吏部,朱修之让黄门,蔡兴宗让中书,并三表诏答,具事宛然。近世小官不让,遂成恒俗,恐此有乖让意。王蓝田、刘安西并贵重,初自不让,今岂可慕此不让邪?孙兴公、孔觊并让记室,今岂可三署皆让邪?谢吏部今授超阶,让别有意,岂关官之大小?抑谦之美,本出人情,若大官必让,便与诣阙章表不异。例既如此,谓都自非疑。"朓又启让,上优答不许。

朓善草隶,长五言诗,沈约常云"二百年来无此诗也"。敬皇后迁祔山陵,朓撰哀策文,齐世莫有及者。

东昏失德,江祏欲立江夏王宝玄,末更回惑,与弟祀密谓朓曰:"江夏年少轻脱,不堪负荷神器,不可复行废立。始安年长入纂,不乖物望。非以此要富贵,政是求安国家耳。"遥光又遣亲人刘沨密致意于朓,欲以为肺腑。朓自以受恩高宗,非沨所言,不肯答。少日,遥光以朓兼知卫尉事,朓惧见引,即以祏等谋告左兴盛,兴盛不敢发言。祏闻,以告遥光,遥光大怒,乃称敕召朓,仍回车付廷尉,与徐孝嗣、祏、暄等连名启诛朓曰:"谢朓资性险薄,大彰远近。王敬则往构凶逆,微有诚效,自尔升擢,超越伦伍。而溪壑无厌,著于触事。比遂扇动内外,处处奸说,妄贬乘舆,窃论宫禁,间谤亲贤,轻议朝宰,丑言异计,非可具闻。无君之心既著,共弃之诛宜及。臣等参议,宜下北里,肃正刑书。"诏:"公等启事如此,朓资性轻险,久彰物议。直以雕虫薄伎,见齿衣冠。昔在渚宫,构扇蕃邸,日夜纵诿,仰窥俯画。及还京师,翻自宣露,江、汉无波,以为己功。素论于兹而尽,缙绅所以侧目。去夏之事,颇有微诚,赏擢曲加,逾迈伦序,感悦未闻,陵竞弥著。遂复矫构风尘,妄惑朱紫,诋贬朝政,疑间亲贤。巧言利口,见丑前志。涓流纤孽,作戒远图。宜有少正之刑,以申去害之义。便可收付廷尉,肃明国典。"又使御史中丞范岫奏收朓,下狱死。时年三十六。

朓初告王敬则,敬则女为朓妻,常怀刀欲报朓,朓不敢相见。及为吏部郎,沈昭略谓朓曰:"卿人地之美,无忝此职。但恨今日刑于寡妻。"朓临败叹曰:"我不杀王公,王公由我而死。"

《南史·谢朓传》

朓字玄晖,少好学,有美名,文章清丽。为齐随王子隆镇西功曹,转文学。子隆在荆州,好辞赋,朓尤被赏,不舍日夕。长史王秀之以朓年少相动,欲以启闻。朓知之,因事求还,道中为诗寄西府,曰"常恐鹰隼击,时菊委严霜,寄言罻罗者,寥廓已高翔"是也。仍除新安王中军记室。朓笺辞子隆曰:"朓闻潢汙之水,思朝宗而每竭,驽蹇之乘,希沃若而中疲。何则?皋壤摇落,对之惆怅,歧路东西,或以鸣唈。况乃服义徒拥,归志莫从,邈若坠雨,飘似秋蒂。朓实庸流,行能无算,属天地休明,山川受纳,褒采一介,搜扬小善,故得舍耒场圃,奉笔兔园。东泛三江,西浮七泽,契阔戎旃,从容燕语。长裾日曳,后乘载脂,荣立府廷,恩加颜色,沐发晞阳,未测涯涘,抚臆论报,早誓肌骨。不悟沧溟未运,波臣自荡,渤澥方春,旅翩先谢。清切蕃房,寂寥旧革,轻舟反沂,吊影独留。白云在天,龙门不见,去德滋永,思德滋深。唯待青江可望,候归艎于春渚,朱邸方开,效蓬心于秋实。如其簪屦或存,衽席无改,虽复身填沟壑,犹望妻子知归。揽涕告辞,悲来横集。"时荆州信去倚待,朓执笔便成,文无点易。

以本官兼尚书殿中郎。隆昌初,敕朓接北使,朓自以口讷,启让,见许。明帝辅政,以为骠骑谘议,领记室,掌霸府文笔。又掌中书诏诰,转中书郎。

出为晋安王镇北谘议、南东海太守,行南徐州事。启王敬则反谋,上甚赏之,迁尚书吏部郎。朓上表三让。中书疑朓官未及让,以问国子祭酒沈约。约曰:"宋元嘉中,范晔让吏部,朱修之让黄门,蔡兴宗让中书,并三表诏答。近代小官不让,遂成恒俗,恐有乖让意。王蓝田、刘安西并贵重,初自不让,今岂可慕此不让邪?孙兴公、孔觊并让记室,今岂可三署皆让邪?谢吏部今授超阶,让别有意,岂关官之大小。扬谦之美,本出人情,若大官必让,便与诣阙章表不异。例既如此,谓都非疑。"朓让,优答不许。

朓善草隶,长五言诗,沈约常云"二百年来无此诗也"。敬皇后迁祔山陵,朓撰哀策文,齐世莫有及者。

东昏失德,江祏欲立江夏王宝玄,末更回惑,与弟祀密谓朓曰:"江夏年少,脆不堪,不可复行废立。始安年长入纂,不乖物望。非以此要富贵,只求安国家尔。"遥光又遣亲人刘渢致意于朓。朓自以受恩明帝,不肯答。少日,遥光以朓兼知卫尉事,朓惧见引,即以祏等谋告左兴盛,又说刘暄曰:"始安一旦南面,则刘渢、刘晏居卿今地,但以卿为反复人尔。"暄阳惊,驰告始安王及江祏。始安欲出朓为东阳郡,祏固执不与。先是,朓常轻祏为人,祏常诣朓,朓因言一诗,呼左右取,既而便停。祏问其故,云"定复不急"。祏以为轻己。后祏及弟祀、刘渢、刘晏俱候朓,朓谓祏曰:"可谓带二江之双流",以嘲弄之。祏转不堪,至是构而害之。诏暴其过恶,收付廷尉。又使御史中丞范岫奏收朓,下狱死,时年三十六。临终谓门宾曰:"寄语沈公,君方为三代史,亦不得见没。"

初,朓告王敬则反,敬则女为朓妻,常怀刀欲报朓,朓不敢相见。及当拜吏部,谦挹尤甚,尚书郎范缜嘲之曰:"卿人才无惭小选,但恨不可刑于寡妻。"朓有愧色。及临诛,叹曰:"天道其不可昧乎!我虽不杀王公,王公因我而死。"

朓好奖人才,会稽孔觊粗有才笔,未为时知,孔珪尝令草让表以示朓。朓嗟吟良久,手自折简写之,谓珪曰:"士子声名未立,应共奖成,无惜齿牙余论。"其好善如此。

朓及殷叡素与梁武以文章相得,帝以大女永兴公主适叡子钧,第二女永世公主适朓子谟。及帝为雍州,二女并暂随母向州。及武帝即位,二主始随内还。武帝意薄谟,又以门单,欲更适张弘策子,弘策卒,又以与王志子諲。而谟不堪叹恨,为书状如诗赠主。主以呈帝,甚蒙矜叹,而妇终不得还。寻用谟为信安县,稍迁王府谘议。时以为沈约早与朓善,为制此书云。

《宣城郡志·良吏列传》(万历初重修)

谢朓,字玄晖,阳夏人。少好学,敷藻清丽。明帝时,以中书郎出为宣城内史。每视事高斋,吟啸自若,而郡亦治。初,朓尝有言:"烟霞泉石惟隐遁者得之,宦游而癖此者鲜矣!"及领宣城,境中多佳山水,双旌五马,游历殆遍,风流文采,扬炳一时。诗曰:"高阁常昼掩,荒阶少诤词。"又云:"既怀欢禄情,复协沧洲趣。"其标致可想见之。人至今称谢宣城云。

附录二

一、《谢朓集》流传状况

1.《郡斋读书志》

《谢朓集》十卷

右齐谢朓玄晖也。阳夏人。明帝初,自中书郎出为东海太守。东昏时,为江祐党潜害之。朓少好学,有美名,文章清丽,善草隶,尤长五言诗。沈约尝云:"二百年来无此诗也。"《文选》所录朓诗仅二十首,集中多不载,今附入。

2.《直斋书录解题》

《谢宣城集》五卷

齐中书郎陈郡谢朓玄晖撰。集本十卷,楼炤知宣州,止以上五卷赋与诗刊之,下五卷皆当时应用之文,衰世之事,可采者已见本传及《文选》。余视诗劣焉,无传可也。

3.《四库全书总目提要》

《谢宣城集》五卷(内府藏本)

齐谢朓撰。朓字玄晖,陈郡阳夏人。事迹具《南齐书》本传。案朓以中书郎出为宣城太守,以选复为中书郎。又出为晋安王镇北谘议、南东海太守、行南徐州事,迁尚书吏部郎,被诛。其官实不止于宣城太守。然诗家皆称"谢宣城",殆以北楼吟咏为世盛传耶。据陈振孙《书录解题》称:"朓集本十卷。楼炤知宣州,止以上五卷赋与诗刊之。下五卷皆当时应用之文,衰世之事,可采者已见本传及《文选》。余视诗劣焉,无传可也。"考钟嵘《诗品》称:"朓极与予论诗,感激顿挫过其文。"则振孙之言审矣。张溥刻《百三家集》,合朓诗赋五卷为一卷。此本五卷即绍兴二十八年楼炤所刻。前有炤序,犹南宋佳本也。本传称朓"长于五言诗"。沈约尝云"二百年来无此诗"。钟嵘《诗品》乃称其"微伤细密，颇在不伦。一章之中，自有玉石"。又称其"善自发端，而末篇多踬。过毁过誉，皆失其真"。赵紫芝诗曰："辅嗣易行无汉学，元晖诗变有唐风。"斯于文质升降之间，为得其平矣。

二、旧刻序跋

楼 序

南齐吏部郎谢朓，长五言诗，其在宣城所赋，藻绘尤精，故李太白咏"澄江"之句而思其人，杜少陵亦曰"诗接谢宣城"也。予至郡，视事之暇，裒取郡舍石刻并《宣城集》所载谢诗，才得二十余首。继得蒋公之奇所集小谢诗，以昭亭庙、叠嶂楼、绮霞阁所刻及《文选》《玉台新咏》、本集所有，合成一编，共五十八篇，自谓备矣。然小谢自有全集十卷，但世所罕传。如《宋（齐）海陵王墓志》集中有之，而《笔谈》乃曰："此铭集中不载。"盖虽存中之博，亦未之见也。而余家旧藏偶有之。考其上五卷赋与乐章之外，诗乃百有二首，而唱和联句、他人所附见者不与焉，是以知蒋公所编本集者非全集矣。于是属之僚士，参校谬误，虽是正已多，而有无他本可证者，故犹有阙文，锓版梓传之，目曰《谢宣城诗集》。其下五卷，则皆当时应用之文，衰世之事，其可采者已载于本传、《文选》，余视诗劣焉，无传可也。遂置之。

绍兴丁丑秋七月朔东阳楼炤题

洪 跋

谢公诗名重天下，在宣城所赋为多。故杜少陵以谢宣城称之，在宣城宜有公之集矣。后公六百五十余年，枢密楼公始克锓之木。距今又六十四年，字画漫毁，几不可读，是用再刻于郡斋，以永其传。

嘉定庚辰冬十二月望，鄱阳洪伋识

康 序

《宣城集》旧十卷，宋以后止传其诗赋五卷，其五卷者皆当时杂文，不如诗，故不传也。刘侯知武功之二年，一日来浒西别业，见《宣城集》，叹曰："古之言诗者，以曹、刘、鲍、谢，今曹、鲍刻本矣，顾独无刘、谢，幸亲与见谢，今已不刻，如后世绝之者自余为何！"刻成，予抚卷太息曰："嗟乎！宣城诗盛传于当时，及于后世，且千百年也。由昭代以来，且百有数十年也，亦莫不咸爱其诗，思见其集，顾奚无一人刻，彼岂弗知不爱也？利私见夸耀，掩昧希乏为胜尔。即多差谬，《随王鼓吹曲》与《乐府》所载颇异，他何可言哉！"或曰："此集本或其质直。"盖不然。自开成以来，诗人务以奇靡钻研为巧，虽当世名作如李、杜，弗学之矣，又安肯轶代越世哉？故虽刻本亦少，好古之士，或往往抄录备种数尔，固无由不谬也。刘侯名绍，字继先，濮人。

正德辛未六月庚辰武功康海序

黎 跋

《宣城集》者，集宣城守谢朓作也。谢之作盛于当时，及于后世，窃疑近时罕刻本以传之。丙申冬，秋卿于曹峰有事是地，出是集以授，予览，乃刻自武功，喜欲新之，而宣庠贡生遂呈抄本以校。夫集以宣城名，其刻于宣城宜也，顾乃刻于武功者，亦足以见爱慕人心之所同。宜刻于宣城，而宣城久无传者，岂其私录私藏，珍重独得也耶？于是付诸梓，期与宣城并传不朽。噫！谢公芳声流布，迄今耿耿不磨，其所以传之者，恐不待托于物。但因托之物者，或可以为所传之证也。其于所以传之者，未必无助。

嘉靖丁酉秋七月任丘警庵黎晨跋

梅 序

宣城故股肱郡，盖玄晖、太白宾之而地纪益章。余登敬亭，其上有谢李祠云。彼太白目无往古，迺独中好玄晖，不啻其口出。自后世布侯于唐体，而于古浸失其原，其六代以还靡靡尔，此所谓掺齐盟而临滕薛五十里之国，敢不敝赋是从，要以其精凿于致而藻缋于词，去辄近不霄壤哉！谢氏康乐、玄晖称最著，玄晖风华映人，发端矫厉，评者以其调俳而气今，康乐语俳而气实古，不佞颇有味乎其言。及按史所为朓传，进若不能举，退若弗胜类，非玉卮无当者。而乱之生也，则言语以为阶。即以概于王敬则，或亦大义所在耳。其卒以不免，自唯天道之不可昧，岂中固有所市而阳名高也者乎？非不佞敢知矣。叙曰：朓齐时为宣城内史，史佚载，人迄今号谢宣城云。《谢宣城集》五卷，郡司理史公以不佞纠其遗谬,授副墨之子。先由宋楼东阳,而嘉靖中任丘黎侯,凡三为役矣。司理公属书离辞,一意古昔,兹役也,唯其有之。然此诗赋尔,它文五卷,余读其《辞随郡王笺》与《敬皇后哀册》,未尝不赏其整缛也。东阳顾一切弁髦之,嗟夫!文之难与言也殆如此。

万历己卯皋月梅鼎祚禹金序

张溥《汉魏六朝百三名家集·谢宣城集题词》

李青莲论诗,目无往古,惟于谢玄晖三四称服,泛月登楼,篇咏数见,至欲携之上华山,问青天。余读青莲五言诗,情文骏发,亦有似玄晖者,知其兴叹难再,诚心仪之,非临风空忆也。梁武帝极重谢诗,云:"三日不读,即觉口臭。"简文与湘东书,推为"文章冠冕,述作楷模"。刘孝绰日置几案,沈休文每称未有,其见贵当时,又复如是。今反复诵之,益信古人知言。虽渐启唐风,微逊康乐,要已高步诸谢矣。随王赏爱,晤对不舍,长史间之,殊痛离割。集中文字,亦惟文学辞笺、西府赠诗两篇独绝,盖中情深者为言益工也。会稽孔颙粗有才华,未立声名。玄晖爱其让表,不难折简手写,齿牙奖成。宁忍重背妇翁,生怼寡妻。然王公甫诛,二江构害,出反之讥,颇挂时论。呜呼!康乐、宣城,其死等尔!康乐死于玩世,怜之者犹比于孔北海、嵇中散;宣城死于畏祸,天下疑其反复,即与吕布、许攸同类而共笑也。一死轻重,尤贵得所哉!

娄东张溥题

郭　序

诗至齐梁而靡,论者谓其调俳而词缛,浸失汉魏古穆之遗,顾小谢独以清丽见称,与康乐、惠连齐名,谓之"三谢"。建武时尝出守宣城,郡署踞陵阳之巅,有楼巍然,俯瞰城外。太白诗云"人间寒橘柚,秋色老梧桐。谁念北楼上,临风怀谢公"者是也。唐刺史独孤霖改为叠嶂楼,历今数百年,宣人犹呼谢公楼云。乃萧子显、李延寿所著史传,并不记朓守宣城事,而集中视事高斋、敬亭赛祀诸诗,皆守宣城时作,然则古人宦迹,史所失载者多矣。集凡五卷,刻板毁于兵燹,予求其全帙数年,不可得。岁丁亥,方摄邑篆,孝廉梅君耦长出藏本,谂予曰:"是不刻且佚。"予寻览一过,盖前明万历时司理史公元熙同其令祖禹金先生校刻者也。先是,嘉靖丁酉,郡守黎公晨得武功旧刻,参以《玉台新咏》

《文选》诸书汇梓其诗，而文置不录。顷耦长复从其令叔勿菴所裒辑其文若干首，厘为六卷。予斥俸授诸梓，而属耦长董其役，庶几谢集稍完整。予闻宣城故多典籍，如唐之《太真集》《庐岳集》，宋吴械之《韵补》，周紫芝之《竹坡诗话》《太仓稊米集》，皆仅存其名。夫征文考献，以永将来，固官于是者所有事也。予愧力薄，未能网罗放失，次第板行，于后之贤者，实几几有厚望焉。

时康熙丁亥清和月间阳郭威钊撰

吴 跋

一

案《直斋书录解题》云：" 《谢宣城集》原本十卷，宋楼炤知宣州，止以上五卷赋与诗刊之，下五卷皆当时应用文字，衰世之事，可采者已见本传及《文选》。余视诗劣焉，以为虽无传可也。"故今《宣城集》止五卷。明时有数刻，予所见嘉靖丁酉任邱黎晨刊本，其间纰缪舛错殊多，又正德辛未康海序刘绍刊本，以为世本《随王鼓吹曲》与《乐府》多差谬，不知其所谓勘正本差谬正复不少，如《鼓吹曲》中第一首《芳树》，乃误以为再赋者次于前，他人诗或在再和中者，亦误次于前，并以王融之《巫山高》为宣城诗，而第五卷中《同咏乐器》《坐上器物》诸篇，溷乱错谬，尤不胜更仆数。至明人集录汉魏六朝诸集，固无论也。去秋偶从卢绍弓学士借得旧藏宋本，视明刻迥异，因即授剞劂，刊入《愚谷丛书》。惜梓垂成而学士已归道山，不及更相与订其亥豕矣。昔人评三谢诗，玄晖差薄，近有唐风。顾予读《宣城集》，尤不能无慨于中者。昔郑雍纠妻祭仲女，厉公与谋杀仲，为妇所泄而死，读《春秋》者犹怜之；朓之告王敬则，要亦迫于事之所不得已。然敬则之败甫踰年，而朓亦诛死，岂非天哉！夫士生衰世，不幸又遇懿戚之变，故宜高举远引以避其祸。朓既昧乎明哲保身之诚，徒贻"刑于寡妻"之讥。顾其诗曰："虽无玄豹姿，终隐南山雾。"何竟不能自践其言邪？因取本传冠诸集端，而为之跋。

嘉庆元年春王正月十有八日吴骞槎客氏

二

予以嘉庆丙辰重梓《宣城集》，用卢学士依宋校本。明年夏过吴趋，顾千里茂才为言黄荛圃孝廉有两宋本《宣城集》俱佳，荛圃因即录其序跋目录见遗，予喜过望。细读之,盖即陈直斋所云东阳楼炤原本,而鄱阳洪伋嘉定庚辰重刻者也。宋本全书体格较此稍异,每叶二十行,行十八字,目次行款,亦多不同。亟取序跋补刊入集,并书颠末以著良友之惠云。

丁巳天中前一日骞载跋

附录三

历代评论

钟嵘：其源出于谢混,微伤细密,颇在不伦。一章之中,自有玉石,然奇章秀句,往往警遒,足使叔源失步,明远变色。善自发诗端,而末篇多踬,此意锐而才弱也,至为后进士子之所嗟慕。朓极与余论诗,感激顿挫过其文。(《诗品·齐吏部谢朓》)

梁简文帝：至如近世谢朓、沈约之诗,任昉、陆倕之笔,斯实文章之冠冕,述作之楷模。(《与湘东王书》)

颜之推：刘孝绰当时既有重名,无所与让;唯服谢朓,常以谢诗置几案间,动静辄讽咏。(《颜氏家训·文章篇》)

李白：蓬莱文章建安骨,中间小谢又清发。(《宣州谢朓楼饯别校书叔云》)

又：明发新林浦,空吟谢朓诗。(《新林浦阻风寄友人》)

又：我吟谢朓诗上语,朔风飒飒吹飞雨。谢朓已没青山空,后来继之有殷公。(《酬殷明佐见赠五云裘歌》)

又：解道澄江净如练,令人长忆谢玄晖。(《金陵城西楼月下吟》)

杜甫：谢朓每篇堪讽咏,冯唐已老听吹嘘。(《赠岑嘉州》)

冯贽：李白登九华山落雁峰,曰："此山最高,呼吸之气想通天帝座矣。恨不携谢朓惊人诗来,搔首问青天耳!"(《云仙杂记》卷一)

皎然：宣城公情致萧散,词泽义精,至于雅句殊章,往往警绝。何水部虽谓格柔而多清劲,或常态未剪,有逸对可嘉。风范波澜,去谢远矣。(《诗议·论文意》)

黄庭坚：南阳刘勰尝论文章之难云："意翻空而易奇,文征实而难工。"此语亦是。沈、谢辈为儒林宗主,时好作奇语,故后生立论如此。(《与王复观书》)

黄彻：谢玄晖善为诗,任彦升工于笔。又云"任笔沈诗"。(《䂬溪诗话》卷三)

唐庚：江左诸谢诗文见《文选》者六人，希逸无诗，宣远、叔源有诗不工，今取灵运、惠连、玄晖诗合六十四篇为《三谢诗》。是三人者，诗至玄晖，语益工，然萧散自得之趣，亦复少减，渐有唐风矣，于此可以观世变也。（《书〈三谢诗〉后》）

王应麟：赵紫芝诗谓："辅嗣易行无汉学，玄晖诗变有唐风。"（《困学纪闻》卷十八）

葛立方：陶潜、谢朓诗皆平澹有思致，非后来诗人怵心刿目雕琢者所为也。老杜云"陶谢不枝梧，风骚共推激。紫燕自超诣，翠驳谁剪剔"是也。大抵欲造平澹，当自组丽中来，落其华芬，然后可造平澹之境，如此则陶、谢不足进矣。（《韵语阳秋》卷一）

陈傅良：近读古乐府，始知后作者皆有所本。至李谪仙绝出众作，真诗豪也，然古词务协律而尤未工。仲孚尝问诗工所从始。余谓谢元晖。杜子美云"谢朓每篇堪讽咏"，盖尝得法于此耳。李云"解道澄江静如练，令人却忆谢元晖"，与子美同意。因书种德堂遂记此语。（《止斋文集》卷四十一）

严羽：谢朓之诗，已有全篇似唐人者，当观其集方知之。（《沧浪诗话·诗评》十五）

刘克庄：紫微公作《夏均父集序》云："学诗当识活法。所谓活法者，规矩备具，而能出于规矩之外，变化不测，而亦不背于规矩也。是道也，盖有定法而无定法，无定法而有定法，如是者，则可以与语活法矣。谢玄晖有言：'好诗流转圆美如弹丸。'此真活法也。……"所引谢宣城"好诗流转圆美如弹丸"之语，余以宣城诗考之，如锦工机锦，玉人琢玉，极天下巧妙。穷巧极妙，然后能流转圆美，近时学者，往往误认弹丸之喻而趋于易，故放翁诗云："弹丸之论方误人。"（《江西诗派小序》）

陈绎曾：藏险怪于意外，发自然于句中。齐梁以下造语皆出此。（《诗谱·谢朓》）

谢榛：魏文帝曰："梧桐攀凤翼，云寸散洪池。"……以上虽为律句，全篇高古。及灵运古律相半，至谢朓全为律矣。（《四溟诗话》卷一）

又：人非雨露，而自泽者，德也；人非金石，而自泽者，名也。心非源泉，而流不竭者，才也；心非鉴光，而照无偏者，神也。非德无以养其心，非才无以充其气，心犹舸也，德犹舵也。鸣世之具，惟舸载之；立身之要，惟舵主之。士衡

417

士龙有才而恃;灵运玄晖有才而露。大抵德不胜才,犹泛舸中流,舵师失其所主,鲜不覆矣。(卷三)

王世贞:玄晖不唯工发端,撰造精丽,风华映人,一时之杰。青莲目无往古,独三四称服,形之词咏。《登九华山》云:"恨不携谢朓惊人诗来。"特不如灵运者,匪直材力小弱,灵运语俳而气古,玄晖调俳而气今。(《艺苑卮言》卷三)

胡应麟:世目玄晖为唐调之始,以精工流丽故。然此君实多大篇,如《游敬亭山》《和伏武昌》《刘中丞》之类,虽篇中绮绘间作,而体裁鸿硕,词气冲澹,往往灵运、延之逐鹿。后人但亟赏工丽,此类不复检撼,要之非其全也。(《诗薮》外编二)

钟惺:谢玄晖灵妙之心,英秀之骨,幽恬之气,俊慧之舌,一时无对。似撮康乐、渊明之胜,而似皆有不敌处曰厚,然是康乐以下,诸谢以上。(《古诗归》卷十三)

何良俊:诗自左思、潘、陆之后,至义熙、永明间,又一变矣。然当以三谢为正宗。盖所谓芙蓉出水者,不但康乐为然,如惠连《秋怀》、玄晖"澄江净如练"等句,皆有天然妙丽处。若颜光禄、鲍参军雕刻组绣,纵得成道,亦只是罗汉果。(《四友斋丛说》卷二十四)

陆时雍:诗至于齐,情性既隐,声色大开。谢玄晖艳而韵,如洞庭美人,芙蓉衣而翠羽旗,绝非世间物色。(《诗镜总论》)

又:读谢家诗,知其灵可砭顽,芳可涤秽,清可远垢,莹可沁神。

又:熟读玄晖诗,能令宿貌一新,红药青苔,濯芳姿于春雨。

陆时雍:谢朓清绮绝伦,每苦气竭,其佳处则秀色天成,非力所构。《诗品》谓其微伤细密,非也。其病乃在材不继耳。若情事关生,形神相配,虽秋毫毕具,愈见精奇,累幅连篇,深知博大,诗之臧否,不系疏密间也。(《古诗镜》卷十六)

吴淇:齐之诗,以谢朓为称首,其诗极清丽新警,字字得之苦吟。较之梁,唯江淹仿佛近之,而沈约、任昉辈皆所不逮,遂以开唐人一代之先。然汉魏之遗音,浸以微阙。何大复曰:"文靡于隋,韩力振之,而古文亡于韩;诗弱于陶,谢力振之,而古诗亡于谢。"则齐固古诗与唐诗中间一大关键也。(《六朝选诗定论》卷二)

叶燮:六朝诗家,惟陶潜、谢灵运、谢朓三人最杰出,可以鼎立。三家之诗

不相谋。陶潜澹远,灵运警秀,朓高华。各辟境界、开生面,其名句无人能道。(《原诗·外篇下三》)

郎廷槐:《诗》《骚》以下,风会递迁,乃自然之理,必至之势。齐梁后拘限声病,喜尚形似,钟嵘尝以讥谢玄晖、王元长矣,然二公岂失为一代文宗耶?(《师友诗传录》引王士禛语)

陈祚明:元晖去晋渐遥,启唐欲近,天才既隽,宏响斯臻。斐然之姿,宣诸逸韵,轻倩和婉,佳句可赓。然佳既在兹,近亦由是;古变为律,风始攸归。至外是平调单词,亦必秀琢,按章使字,法密旨工。后人哦传警句,未究全文,知其选语之悠扬,不知其谋篇之深造也。发端结想,每获骊珠,结句幽寻,亦铿湘瑟。而《诗品》以为"末篇多踬",理所不然。夫宦辙言情,旨投思遁,赋诗见志,固应归宿是怀,仰希逸流,贞观丘壑,以斯托兴,趣颇萧然,恒见其高,未见其踬。但嫌篇一旨,或病不鲜,幸造句各殊,岂相妨误?盖元晖密于体法,篇无越思;揆有作之情,定归是柄。如耕者之有畔焉,逾是则不安矣。至乃造情述景,莫不取稳善调,理在人之意中,词亦众所共喻,而寓目之际,林木山川,能役字模形,稍增隽致。大抵运思使事,状物选词,亦雅亦安,无放无累,篇篇可诵,蔚为大家,首首无奇,未云惊代,希康乐则非伦,在齐梁诚首杰也。(《采菽堂古诗选》卷二十)

又曰:谢宣城诗如雅歌比竹,音节和愉。当其高调偶扬,不乏裂云之响。闻于邻听,指此为工,不知密坐满堂者别自赏其谐适。

沈德潜:齐人寥寥,谢玄晖独有一代,以灵心妙悟,觉笔墨之中,笔墨之外,别有一段深情名理。元长(王融)诸人,未齐肩背。(《说诗晬语》卷上六十六)

沈德潜:玄晖灵心秀口,每诵名句,渊然泠然,觉笔墨之外,别有一段深情妙理。(《古诗源》卷十二)

又:康乐每板拙,玄晖多清俊,然诗品终在康乐下,能清不能厚也。

黄子云:元晖句多清丽,韵亦悠扬,得于性情独深;虽去古渐远,而摆脱前人习弊,永元中诚冠冕也。(《野鸿诗的》)

乔亿:读小谢诗令人神思清发,昏不假寐。(《剑溪说诗》卷上)

又:江淹才力实胜何、刘、沈、谢,故与明远并称江鲍体,然小谢之清音独绝矣。

又卷下:知能率高于能炼,则知谢不如陶,柳不如韦矣。知能拉杂过于能

419

洁,则知小谢不如鲍矣。

成书《多岁堂古诗存》:玄晖在齐为独出,即在晋末,诸名家而外,亦罕其敌。可谓健于文者。诗至齐梁,原汉魏三唐一大转关处,谢诗上攀魏晋,下开陈隋,至清新诸什,又盛唐之嚆矢也。

李调元:诗文绮丽,盛于六朝,而就各代言之,亦有首屈一指之人。如……齐则以谢玄晖为第一,名句络绎,俱清俊秀逸,武帝、简文帝所不及也。(《雨村诗话》)

无名氏:玄晖、明远,凌厉顾盼,并驾一时,工单词双句者,不能望其颜色。然谢诗腴,鲍诗隽;谢诗尚有入时处,鲍诗如乐府诸篇,铿金戛玉,骎骎古音,其后作者,渐有气弱格降之叹。(《静居绪言》)

方东树:元晖别具一副笔墨,开齐梁而冠乎齐梁,不第独步齐梁,直是独步千古。盖前乎此,后乎此,未有若此者也。本传以清丽称之,休文以奇响推之,而详著之曰:"调与金石谐,思逐风云上。"太白称其清发惊人,元晖自云圆美流畅如弹丸,以此数者求之,其于谢诗,思过半矣。(《昭昧詹言》卷七)

又:元晖诗如花之初放,月之初盈,骀荡之情,圆满之辉,令人魂醉。只是思深,语意含蓄,不肯说煞说尽,至其音响亦然。

又:大抵下字必典而不空率,造语必新而不袭熟,凝重有法,思清文明,而不为轻便滑易。同一用事,而尤必择其新切者;同一感寄,而恒含蓄;同一写景,而必清新。古之作者皆同,而元晖尤极意芊绵蒨丽。其于曹公之苍凉悲壮,子建之质厚高古,苏、李、阮公之激荡僄忽,渊明之脱口自然,仲宣之跌宕壮阔,公干之紧健亲切,康乐、明远之工巧惊奇,皆不一袭似,故尔克自成一家,退之所谓力去陈言,如是然。元晖于公干、康乐、明远三家,时相出入,缔情缠绵似公干,琢句似谢、鲍。

又:昔人称小谢工于发端,此是一大法门,古人皆然,而康乐、明远、颜延之尤可见。大抵蓄意高远深曲,自无平率,然如颜延之特地有意,久之又成装点客气可憎。故又须兼取公干之脱口如白话,紧健亲切。然不善学之,又成平率。惟康乐、惠连、元晖兼二美,无二病。至于陶公之无容心于修词琢句,杜公之峥嵘飞动、元气浑运,圣矣,不可以此例论。

又:阮亭标典、远、谐、则四法,求之小谢,可谓尽之。然使专求之四法,而略彼神明,亦终是作伪诗死诗而已。阮亭盖未能证是也。

又:元晖不尚气而用意雕句,亦以雕句,故伤气也。然有典有句而思新,故自千古后,惟王摩诘能继其声。然浮而不质,不如元晖气韵沉著,若既无气,又无句,又浅率无深思,乃为俗人之诗矣。

又:韩公扫齐梁,以为乱杂而无章。而小谢犹自有章,未可慨斥。小庾不让小谢,而谢体较高。

又:小谢情优于鲍,令人如或遇之。而明远有气体,较又高于小谢。

潘德舆:唐子西曰:"三谢诗,至玄晖语益工。"赵师秀诗"玄晖诗变有唐风",皆谓玄晖薄于康乐,不知康乐之厚以排垛耳。钟嵘知其为芜词累而登诸上品,何也?宁取玄晖,不取康乐,玄晖之隽骨,与鲍明远之逸气,可称六朝健者。(《养一斋诗话》卷一)

刘熙载:谢玄晖诗以情韵胜,虽才力不及明远,而语皆自然流出,同时亦未有其比。(《艺概》卷二)

施补华:谢玄晖名句络绎,清丽居宗,虽不如魏晋诸贤之厚,然较之阴铿、何逊、徐陵、庾信,骨干坚强多矣,其秀气成采,江郎五色笔尚不能逮。唐人往往效之,不独太白也。"玄晖诗变有唐风",真确论矣。(《岘佣说诗》)

附录四

谢朓年表

公元纪年	南朝年号	历史事件	谢朓事迹	诗文系年
464年	宋孝武帝大明八年	宋孝武帝刘骏去世,前废帝即位。此时伏曼容44岁,范岫25岁,沈约24岁,王秀之23岁,萧疑21岁,何佟之16岁,范云14岁,王俭、王思远13岁,萧长懋、刘绘7岁。	谢朓出生。高祖谢据为谢安欽兄;曾祖谢允,曾为宣城内史;祖父谢述,曾为吴兴太守;祖母范氏,为宣城太守范晔之妹;父谢纬,曾任正员郎中,散骑常侍,母为宋文帝五女长城公主,舅为宋孝武帝。	
465年	宋前废帝永光元年、景和元年,宋明帝泰始元年	前废帝被诛,文帝十一子刘彧即位,是为宋明帝。是年柳恽,王僧孺、崔慧祖出生。	2岁	
466年	宋明帝泰始二年	晋安王刘子勋叛乱,九月乱定,徐州刺史薛安都降北魏。江革、徐勉、钟嵘出生;鲍照卒。	3岁	
467年	宋明帝泰始三年	北魏攻历城,同年宋明帝派沈攸之北伐。是年,王融出生。	4岁	
468年	宋明帝泰始四年	二月,北魏陷历城;七月,萧道成代宋攸之为南兖州刺史,镇广陵。	5岁	

422

公元纪年	南朝年号	历史事件	谢朓事迹	诗文系年
469年	宋明帝泰始五年	因薛安都之叛，刘宋淮河以北的青、冀、徐、兖、豫等五州之地全面陷于北魏。	6岁	
470年	宋明帝泰始六年	萧道成因军权过重及民间流言为宋明帝疑忌，是年陆俸出生。	7岁	
471年	宋明帝泰始七年	宋明帝召萧道成回朝，任散骑常侍，太子左卫率。	8岁，《南齐书》及《南史》本传皆载："少好学，有美名，文章清丽。"	
472年	宋明帝泰豫元年	四月，明帝崩，太子刘昱即位，后追废为苍梧王，史称宋后废帝。褚渊、袁粲等萧道成为右卫将军。	9岁	
473年	宋后废帝元徽元年	北魏拓跋宏即位，是为孝文帝。	10岁	
474年	宋后废帝元徽二年	六月，以萧道成为中领军，南兖州刺史，留卫建康，与袁粲、褚渊、刘秉共理朝政，号称"四贵"。是年，萧子隆出生。	11岁	
475年	宋后废帝元徽三年	荆州刺史沈攸之自以为才力过人，早有异心，三月，萧道成以张敬儿为雍州刺史，牵制沈攸之。	12岁	

423

公元纪年	南朝年号	历史事件	谢朓事迹	诗文系年
476年	宋后废帝元徽四年	六月,加萧道成尚书左仆射。七月,建平王景素据京城反,乙未乱平。	13岁	
477年	宋后废帝元徽五年;宋顺帝昇明元年	七月,萧道成弑后废帝,立宋明帝三子刘准为顺帝,改元昇明。萧道成自任司空,录尚书事。王敬则等随其入宫助威。十一月,袁粲等谋诛萧道成,事败被杀。是年,到洽出生。	14岁	
478年	宋顺帝昇明二年	二月,加萧道成太尉,都督南徐等十六州诸军事,以卫将军褚渊为中书监、司空。道成表送黄钺。	15岁	
479年	宋顺帝昇明三年;齐高帝建元元年	四月,萧道成废顺帝自立,是为齐高帝。五月,杀顺帝,六月立萧赜为太子,兄子萧鸾为西昌侯。	16岁	
480年	齐高帝建元二年	正月,北魏入寇,二月败之。三月以萧鸾为郢州刺史。	17岁,此时当已学成,史传其文清丽,长五言诗,善草隶。然少作不存。	
481年	齐高帝建元三年	二月,北魏入寇,败之。	18岁,此时谢朓当已与王敬则女成婚,生子谢谟。	

公元纪年	南朝年号	历史事件	谢朓事迹	诗文系年
482年	齐高帝建元四年	四月,萧道成崩,萧赜即位,是为齐武帝,立长子萧长懋为太子,次子萧子良为竟陵王,七子萧子隆为随郡王。皇孙萧昭业为南郡王。弟豫章王萧嶷为太尉,王敬则为平北将军,封寻阳县公。	19岁,是年,谢朓弱冠解褐,步入仕途,为太尉萧嶷行参军,并两次奉派北行。	
483年	齐武帝永明元年	豫章王萧嶷兼领太子太傅,王敬则为都督会稽等五郡军事,会稽太守。四月,萧赜杀功臣垣崇祖、萧嶷以太尉儿。六月,因疑杀谢灵运孙谢超宗。五月,杀张敬儿。	20岁	
484年	齐武帝永明二年	元月,竟陵王子良为护军将军兼司徒,领兵置佐,镇西州。	21岁	七月作《七夕赋》
485年	齐武帝永明三年	五月,武帝撤销总明观,于王俭府中开设学士馆,是年,周颙卒。	22岁	
486年	齐武帝永明四年	随郡王萧子隆为持节,督会稽、东阳、新安、临海、永嘉五郡,东中郎将。	23岁,迁随王东中郎府。	
487年	齐武帝永明五年	元月,任命豫章王萧嶷为大司马,任命竟陵王萧子良为司徒。将临川王萧映、卫将军王俭开三司和中军将军王敬则三人一并加授为开府仪同三司。同年,竟陵王子良开西邸,招文学。	24岁,与沈约、王融、萧衍、范云,任昉、萧琛、陆倕八人从游于竟陵王萧子良西邸,号为"竟陵王八友"。与沈约、王融等以气相推毂,提倡声律,朓诗亢美,世称"永明体"。	作《永明乐》十首;又作《王孙游》《附《春游》《铜爵悲》《玉阶怨》《金谷聚》

425

公元纪年	南朝年号	历史事件	谢朓事迹	诗文系年
488年	齐武帝永明六年	三月,立萧子响为巴东王。九月,武帝前往琅邪城讲习武事。王俭子本年开府。	25岁,转王俭卫军府祭酒,太子舍人。其间好奖被人才,退携后进,并与钟嵘论诗任还。	春作《和江丞北戍琅邪城》
489年	齐武帝永明七年	在竟陵王萧子良府上,范缜发表反佛教因果报应言论,并据此作《神灭论》。五月,王俭卒。六月,武帝又任在琅邪城。十二月,豫章王萧疑请辞还第,武帝命其世子萧子廉代其守东府。是年,刘谦卒。	26岁	春作《和刘西曹望海台》,又作《高松赋》《拟宋玉风赋》《杜若赋》《游后园赋》
490年	齐武帝永明八年	荆州刺史萧子响违制,帝遣丹阳尹萧顺之平之,杀子响。八月,武帝遣郡王萧子隆代鱼复侯萧子响为持节都督荆雍梁宁南北秦六州、镇西将军、荆州刺史。	27岁,调任随王镇西功曹,转文学。	秋作《奉和竟陵王同沈右率过刘先生墓》;冬作《阻雪》联句;又作《同咏坐上所见一物·席》《咏竹火笼》《同咏坐上玩器·乌皮隐几》《同咏乐器·琴》杂咏三首》《咏镜台》《咏灯》、《咏烛》、《咏鸂鶒》

426

公元纪年	南朝年号	历史事件	谢朓事迹	诗文系年
491年	齐武帝永明九年	三月,武帝于芳林园楔宴群臣。初夏,随郡王子隆赴荆州,亲王府事。武帝再赴琅琊城讲武,有北伐意,王融上书促之,事未成。	28岁,三月侍宴华光殿曲水,为太子作诏。初夏,随郡王赴荆州,临行前,西邸文友与以诗相饯。在荆州时,受命抄撰群书,以文才为随郡王赏爱,晤对不合日夕。	三月,作《侍宴华光殿曲水奉敕为皇太子作》《三日侍华光殿曲水代人应诏》《三日侍宴曲水代人应诏》《和别沈右率诸君》《离夜》《将发石头上烽火楼》《和伏武昌登孙权故城》《同谢咨议咏铜爵台》《鼓吹曲》《怀故人》《奉和随王殿下》其五,夏作《奉和随王殿下》其二、其六、其七,秋作《奉和随王殿下》其二、其十一、《同赋杂曲名·秋竹曲》,冬作《奉和随王殿下》其一、其三、其十
492年	齐武帝永明十年	元月,竟陵王萧子良兼任书令。四月,豫章王萧嶷去世。五月,以竟陵王子良为扬州刺史。	29岁,在荆州与同僚渐生抵牾,渐而有思乡与不安之情。	三月作《曲池之水》《和王长史卧病》《为随王东耕文》,夏作《夏始和刘孱陵》《同籍夜集》《芳树》《临溪送别》,冬作《冬绪羁怀示萧谘议虞田曹刘江二常侍》《临楚江赋》,又作《奉和随王殿下》其八、其九、其十三、其十四、《谢随王赐左传启》《谢随王赐紫梨启》

427

公元纪年	南朝年号	历史事件	谢朓事迹	诗文系年
493年	齐武帝永明十一年	正月,文惠太子卒。七月,武帝崩,太孙萧昭业继位,以竟陵王子良与西昌侯萧鸾辅政。王融欲立竟陵王为帝,事败被杀,理朝令,萧子良为太傅。随郡王解荆州督,进号西将军。	30岁,随郡王镇西长史王秀之以朓年少相劾,密召还都。武帝救朓还都。其年,武帝崩,立其弟萧昭文为新安王,谢朓为其中军记室,不久兼任尚书殿中郎。	春作《望三湖》《和village曹游郊二首》,夏作《落日同何仪曹煦》,七月作《奉和随王殿下》其十二、《和宋记室省中》《至湖阳诗》(附《失题》),秋作《暂使下都夜发新林至京邑赠西府同僚》《新亭渚别范零陵云》,十一月前后作《拜中军记室辞随王笺》,又作《思归赋》
494年	齐鬱林王隆昌元年;齐海陵王延兴元年;齐明帝建武元年	四月,竟陵王萧子良以忧病死。萧谌单独辅政。鬱林王以鄱阳王萧锵为侍中、骠骑将军,萧子隆为中军将军,抚军中外诸兵置佐。七月,鬱林王与萧谌谋诛萧鸾事败,被杀,称海陵王。萧鸾为骠骑大将军、录尚书事、扬州刺史,即位,大权中外诸人萧鸾一人之手。十月,萧鸾废海陵王及随郡王,是为齐明帝,立子萧宝卷为皇太子。不久,任杀安王萧遥光为扬州刺史,进大始郡王,都督中外诸军事。司马王敬则等为人爵邑。	31岁,启让北使,以口呐见许。出尚书省任萧鸾之骠骑谘议、领记室,掌霸府文笔,除骠骑书丞未拜,仍转中书郎。此时萧鸾之重要表章皆出其手。然县深受萧鸾眷顾,但身处乱世,萧子隆塞献之事及王融之死,目睹好友之暴死,心中危惧之心渐盛。其同为岳父王敬则出任会稽太守职,在京期间与王敬则诸子来往颇多,时有诗相酬唱。	春作《蒲生行》《和徐都曹出新亭渚》,四月作《为鄱阳王让表》《为王敬则谢会稽太守启》,七月作《齐鬱林王墓志铭》《为明帝让宣城公表》《为录公拜杨州恩教》《和王中丞闻琴》《酬王晋安》《齐海陵王墓志铭》《临答公诗》《洛议咏铜爵台》《始出尚书省》,十月作《为百官劝进齐明帝章》《新安长公主墓志铭》《新亭渚饯谢公拜公表》《安海公主墓志铭》,冬作《观朝雨》

428

公元纪年	南朝年号	历史事件	谢朓事迹	诗文系年
495年	齐明帝建武二年	元月,北魏人寇司州、徐、豫、梁四州,明帝道镇南将军王广之等征讨,冠军将军萧遥光援取胜,还为中庶子。萧遥光解都督扬州、南徐州军事,进号抚军将军,加散骑常侍。六月,明帝诛高帝、武帝子孙。	32岁,因得罪江祏等人被谮,出为宣城太守。在郡期间,自比卧治,寄情山水,不扰民,止贪竞,吏民共治。	春作《鼓吹曲》《和王主簿季哲怨情》《别王僧孺》《直中书省》《答王世子》《和王主簿怨情》《赠王主簿》二首、《夜听妓》二首,《游东田》《和刘绘人琵琶峡望积布矶》诗《晚登三山还望京邑》《京路夜发》《之宣城郡出新林浦向板桥》,夏作《后斋回望》《始之宣城郡》《和王著作融八公山》,秋作《高斋视事》馆》《治宅》《新治北窗和何从事》《秋夜讲解》《冬日晚郡事隙》《游山》《落日怅望》《高斋闲望答吕法曹》《咏山》,又作《咏邯郸故才人嫁为厮养卒妇》
496年	齐明帝建武三年	四月,北魏寇司州,被击退。王敬则为都督会稽等五郡军事、会稽太守。因明帝诛杀高武旧臣,己为高帝心怀疑忌,明帝于王敬则亦深忌之。	33岁,居宣城郡,渐生思乡之情,归隐之心日切。	春作《祀敬亭山庙》《春思》《和纪参军服散得益》《祭敬亭山赋得雨》《送江水曹檀主簿朱孝廉还上国》《与江水曹至滾干戏》《送江水曹珉远馆》,联句《祀敬亭山春雨》《在敬亭山路中纪功曹中园》《闲坐》《在敬亭路中还涂临渚》,夏作《赋贫民田》《在郡卧病呈沈尚书》《咏竹》《咏临北栀子》,秋作《将游湘水寻句溪》《咏落梅》,夏作《侍筵西堂落日望乡》联句《堂咏桐》《咏蔷薇》,又作《游东堂咏桐》《咏风》《咏蔷薇》《野鹜赋》

429

公元纪年	南朝年号	历史事件	谢朓事迹	诗文系年
497年	齐明帝建武四年	元月,因萧遥光相激,杀王晏。北魏人寇雍州,萧遥光率军拒之,魏军退,以功辅国将军、监雍州事。	34岁,奉命赴湘祭祀南岳,同年夏回京,移疾东田家园。后复为中书郎,旋出为晋安王镇北谘议,南东海太守,行南徐州事。在东海有饷诸葛处士之举。	春作《泰役湘州与宣城吏民别》《祭大雷周何二神文》《赛役湘州》(附系《为诸娣祭阮夫人文》),夏作《休沐重还丹阳道中》,秋作《移病还园示亲属》《和萧中庶直石头》《临东海饷诸暨谷教》
498年	齐明帝建武五年、永泰元年	元月,明帝疾,忌高、武子孙,尽杀之。四月,以张坏为平东将军,密防王敬则,王敬则起兵谋反,旋败,本人则被杀死。七月,以太子中庶子萧衍为雍州刺史。同月萧鸾崩,太子萧宝卷即位,国政尽付萧遥光、徐孝嗣、江祏、萧坦之、刘暄六人,世称"六贵"。	35岁,仍守南东海郡、行南徐州事。密启岳父王敬则谋反之事,因此为明帝迁为尚书吏部郎,谢朓上书三让。中书有疑,以同祭酒沈约约为之辩解。朓又启以王敬则女,优答不许。其妻为王敬则女,常怀刃欲报,朓不敢见。作《酬德赋》以报沈约并述生平。	九月作《齐明皇帝谥册文》《齐敬皇后哀策文》,冬作《酬德赋》

公元纪年	南朝年号	历史事件	谢朓事迹	诗文系年
499年	齐东昏侯永元元年	五月,加封始安王萧遥光开府仪同三司,萧遥光以东昏失德,有取而代之之心。	36岁,东昏失德,萧遥光密谋取代,遣亲人刘沨密致意谢朓,朓自以受恩高宗,非沨所言,不肯答。少日,遥光以朓兼知卫尉事,朓惧见引,即以沨等谋告左兴盛、萧坦之、徐孝嗣。祐闻,乃称敕召朓,遥光付车骑,与徐孝嗣、祐、暄等连名启诛,朓下狱死。	

图书在版编目（CIP）数据

谢朓全集／卢海涛编著．
—武汉：崇文书局，2019.6
（中国古典诗词校注评丛书）
ISBN 978-7-5403-5337-7

Ⅰ．①谢…
Ⅱ．①卢…
Ⅲ．①古典诗歌－诗集－中国－南朝时代
Ⅳ．① I222.739.1

中国版本图书馆CIP数据核字（2019）第053061号

谢朓全集【汇校汇注汇评】

策划编辑	王重阳
责任编辑	李艳丽
责任校对	董　颖
封面设计	甘淑嫒
责任印制	田伟根
出版发行	长江出版传媒　崇文书局
地　　址	武汉市雄楚大街268号C座11层
电　　话	（027）87293001　邮政编码　430070
印　　刷	湖北恒泰印务有限公司
开　　本	880mm×1230mm　1/32
印　　张	14.125
字　　数	406千
版　　次	2019年6月第1版
印　　次	2019年6月第1次印刷
定　　价	52.80元

（如发现印装质量问题，影响阅读，请与承印厂调换）

本作品之出版权（含电子版权）、发行权、改编权、翻译权等著作权以及本作品装帧设计的著作权均受我国著作权法及有关国际版权公约保护。任何非经我社许可的仿制、改编、转载、印刷、销售、传播之行为，我社将追究其法律责任。